日本児童詩歳時記

江口季好編

駒草出版

『日本児童詩歳時記』刊行にあたって

一　刊行に至るまでのこと

日本の子どもたちは千年以上まえから今日まで詩を書きつづけてきました。奈良時代に成立した『古事記』『日本書紀』『万葉集』『日本霊異記』『古語拾遺』などには子どものことばがたくさん出ていますが、それらは氏名と年齢が明記されていません。また文字を覚えて自分で書いたものかどうかがはっきりわかりません。

氏名と年齢が明記されていて、子どもが書いた詩であることが明確であるもっとも古い作品は、八二七年に菅原清公、南淵弘貞によって編纂された『経国集』のなかにある子どもたちの漢詩です。これを見ると唐との文化交流をすすめるうえで、子どもたちに漢詩を書く力を学ばせ身につけたいと思う教育的関心が高まっていたことがわかります。源　明《みなもとのあきら》は「時年十三」と記してこんな内容の漢詩を書いています。

「芳しい菊をたくさん持って翫賞する。菊は寿命を延ばすものと、宋の右大臣王弘は酒の中に浮かべた。いま重陽の宴を楽しんでいる。はや夕日がさし、暮れていくのが嘆かわしい。」

菅原道真（八四五―九〇二）は『菅家文草』のなかに十一歳のときに書いたものとして、漢詩を載せています。子どもにもわかるように漢字ひらがなまじりで書いています。

月夜見㆓梅花㆒。于㆑時年十一

月の輝くは晴れたる雪の如《ごと》し
梅花は照れる星に似たり
憐《あわれ》（おしむ）ぶべし金鏡（月のこと）の転《かろ》きて
庭上に玉房の馨《かお》れることを

こうして平安時代になり、ひらがなが流通し、和歌が作られるようになると、子どもたちも和歌を作るようになり、江戸時代になって俳句が作られるようになると子どもたちも俳句を作るようになり、現代の自由律のような和詩が書かれるようになると、子どもたちも現代書いているような詩を書くようになりました。

『一のもり』（来風山人・一七七五年発行）にはこんな詩があります。縦十センチ、横七センチほどの小さな和綴じの本で子ども（でっち）の詩を編者来風山人が書きとめています。

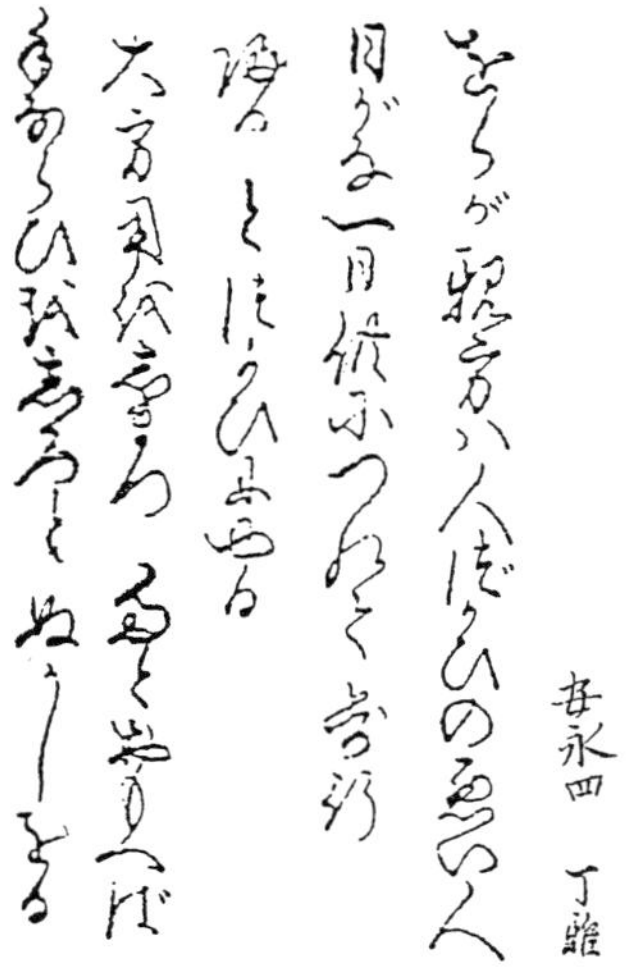

安永四　丁稚

をらが親方ハ人づかひの悪い人
日がな一日供につれて歩き
帰るとつかひにやる
大方用をしまつたとおもへば
手ならひをしろとぬかしをる

天保十四年の『柏崎日記』におろくという女の子のこんな表現があります。

いかに御倹約だとふうて、紙このよもじノウ。

ぬれてやぶけて、おかんちょが見ゆるノウ。

これらの表現のほか、江戸時代の子どもたちは、和歌も俳句も漢詩もたくさん書き残しています。

明治時代になると、明治十年に創刊された子どもの投稿雑誌『頴才新誌』に大量の子どもの漢詩が掲載され、つづいて『少年園』『日本之少年』『小国民』『少年文庫』『少年世界』『少年文集』など三十二種類の雑誌に作品が紹介されるようになりました。それらのなかには「敵は幾万ありとても」「火筒の響き遠ざかる」「煙も見えず雲もなく」というような軍歌を模倣した作品もありましたが、日露戦争も終わり、明治四十三年の『少年世界』にはこんな作品があります。

学校ごっこ

東京府　佐藤チヨ

次の室から弟の聲がする
なにをしておるのかと思ってよく聞くと
学校ごっこをしてゐるのであった。
弟「小山さんいくつですか」
小山「八つです」
弟「よろしい」
弟「こんどはここに梨が五つに
　みかんが二つあります。
　皆でいくつですか、簡野さん」
簡野「はい、八つです」

弟「馬鹿、そこにたってゐろ」
　ずゐぶんゐばった先生だ

この作品を読むと、もう明治時代の作品ではなく大正期以降の作品かと思われます。大正七年（一九一八）には『赤い鳥』が創刊され、北原白秋によって児童自由詩教育が大きな運動として進められ全国津々浦々の子どもが詩を書くようになりました。そして子どもたちは感覚的な優れた詩を書くようになり、このなかで歌人や詩人や作家も育ち、湯川秀樹さんのような科学者も育ちました。

しかし『赤い鳥』の児童詩教育が感覚主義になるなかで、現場の教師たちは生活を見つめた社会性のある生活綴方の詩を求めるようになり、小砂丘忠義を中心にしてすすめられる『鑑賞文選・綴方読本』の志向する教育運動を重視して指導するようになりました。しかし、十五年戦争の進展のなかでやがてこの活動も弱体化しました。そして、終戦とともに再び生活綴方の考えにねざした日本作文の会の児童詩教育の運動が大きく展開するようになりました。

一九四七年（昭和二二）私は佐賀師範学校を卒業して中学校で国語を担当し、生徒に詩や作文を指導しつつ新北中学校の全校文集『新中文園』を発行し、その後、東京で小学校に勤め、今日まで児童詩教育の教育的意義を生かしつつ青年学級も担当し教師生活をつづけています。こうして児童詩教育の意義や指導の方法を数冊書くなかで、全国の先生たちと交流を深めてきました。この五十年以上に及ぶ期間に私は全国の先生たちからたくさんの児童詩をいただきました。その作品数は二百五十万篇に及ぶ膨大なものになりました。これらの作品は日本の教育の大きな深い価値をもっていて、これを日本の教育に生かすことを考えて、ここに『日本児童詩歳時記』を刊行しました。

図書館に行きますと、俳句歳時記の本が何種類もあります。目を移すと『漢詩歳時記』『短歌歳時記』『日本詩歌歳時記』、さらに目を移すと『花歳時記』『わたしの歳時記』『学校歳時記』などもあり、また『地球歳時記』『朝鮮歳時記』などと、検索するとたくさんの歳時記が刊行されています。しかし、子どもの詩の歳時記は今のところ一冊もありません。私は長年残念に思い、この刊行を夢みてきました。

いま、この願いを私はやっと実現することができました。どうか、この歳時記を学校や家庭で、そして日本の教育のために生かしていただきたいと思います。

二　『日本児童詩歳時記』の活用の仕方

(1)　学校での活用

小学校から高校まで、一時間目の授業が始まるまえに少し時間をとって、その日の予定などを話し合ったり読書の時間にするなどの校時が設定されているところがあります。

この本の内容はこの時間の話題にすることができる事項がたくさんあります。「今日は一月二五日、北原白秋という人が生まれた日です。白秋が作った歌をうたおうか」「今日は九月九日、何の日だか知ってるかな。９９だから救急の日だよ。一九八二年に厚生省と消防庁で決めたの。大けがをしたときなど救急車に来てもらって病院に行っても、車のお金はいらないんだよ」「また今日は重陽の節句といって……」などと日々子どもに話してやれることが満載されています。そういう日々の詩もあるので、日々楽しく活用することができます。

各教室にぜひ置いていただいて有意義に活用していただきたいと思います。

もちろん、この本は児童詩集ですから、詩の指導にあたっては学校生活をはじめ、季節、家庭生活、社会的なこと、動植物まで、書く意欲喚起、取材指導など鑑賞指導まで十分活用できます。

(2)　家庭での活用

最近とくに、家庭内の会話が少なくなってきたと言われています。家庭内の会話が少ないと、家族の絆も弱くなっていきます。この本を家庭において、夕食のあとなどにする日々の話題を豊かにしていくことは、今日とくに大切にされる必要があるのではないでしょうか。

また、この本に各家庭の祖父母、父母、子ども、孫、親類の方々の誕生日など、各月の先頭ページに書いてご活用いただけばと思います。また各ページの詩を読んで、家族でよく書けているところなどを話し合うようにすれば、子どもの表現力も成長します。また読書の意欲も育てることができます。

(3)　子どもの全面的発達・成長のために

子どもの成長にとって、学校教育のなかでの知的な向上が大切なことは第一条件ですが、もう一つ、生活感情や行動の人間としての成長が大切であることは言うまでもないことです。

このなかの子どもの詩には、子どもたちの新しい興味・関心を呼び起こす作品がたくさんあります。作品を読んで、自分も今度よく見てみようと思ったり、詩のなかの子どもの生活行動を読んで自分を見つめ考えなおすこともあると思います。こうして一つひとつの詩は知的刺激ともなり、その感動が学習意欲となり、また生活のなかでも行動のあり方の学びともなり、この両者は子どもたちの全面的発達となる糧となります。

このような価値を内容としているこの『日本児童詩歳時記』を生かしていただきたいと思うのです。そういうご経験をお聞かせいただくようなことができましたら私の喜びはそれ以上のものはありません。

二〇〇八年三月

編者　江口　季好

日本児童詩歳時記　もくじ

4月

卯月

5月

皐月

6月

水無月

7月

文月

8月

葉月

9月

長月

10月

神無月

11月

霜月

12月

師走

1月

睦月

2月

如月

3月

弥生

さしえ　なかだ　えり
デザイン　ベストナイン

四月

4月——行事

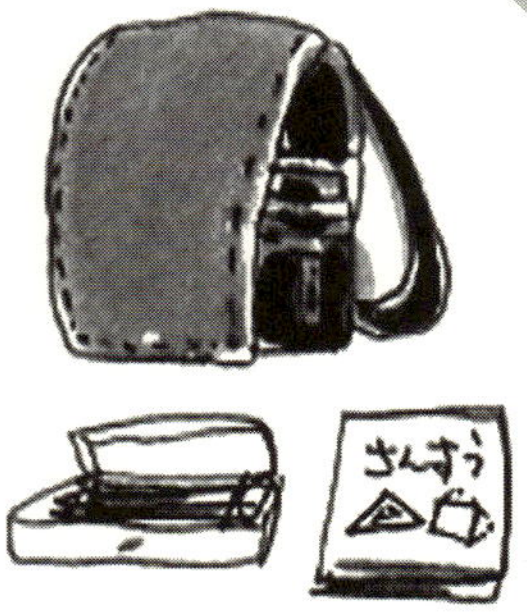

1 エイプリル・フール（楽しい嘘はついていいと言われている日）
学校図書館法ができた（1953）
児童虐待防止法公布（1993）
京都ではじめてバキュームカーが使用された（1957）
養護学校義務化施行（1974）
都市緑化推進運動（6月30日まで）
消費税がスタートした（1989）
トレーニングの日（1994年制定）
親鸞上人誕生（1173）
2 国際子どもの本の日
アンデルセン誕生（1805）
高村光太郎没（1956）

子どもを殺すような親

東京都・小6　山本　麻美子

こんな人、人間じゃない。
小さな、小鳥でさえ、
ちゃんと子どもをそだてる。

図書館

東京都・小5　田中　朝子

静かだった
海の底のように
静かだった
自動ドアが
「スーッ」
と開く
一歩中に入ると
別の国に来たような
別の世界に入ったような気分だった
耳がキンキンするほど静かだった
それなのに
本を読み始めると
落ち着いてくる
早く次が読みたくなる
本の中から
いろんな音が聞こえてくる
本の中から
いろんな風景が跳び出してくる
自分が主人公になった気がして
自分も
本に書いてあるようなことがしたくて
外に出た

しょうひぜい

愛知県・小2　志賀　厚作

ぼくは、
しょうひぜいはきらいだ。
しょうひぜいなんて大っきらいだ。
しょうひぜいは、
こまかいから
出すのがめんどくさい。
しょうひぜいなんて
なければいいのになあ。
いつでも思う。
四百五十円のプラモデルを
買いにいったら
四百六十三円だった。
しょうひぜいなんて
どっかにいっちゃえ。

筋トレ

青森県・小4　工藤　嵩大

野球部で筋トレをした
最初は学校の中を十周する走りこみだ

3 愛林の日
いんげん豆の日
4 ピアノ調律の日（1994）
天気予報がはじめて新聞に出た（1883）
5 春季休業終
6 始業式
入学式
城の日（1990年姫路市が制定）
春の全国交通安全運動（6日～15日）
学校五日制（2002）
7 世界保健デー（1948年ＷＨＯで制定）
法然上人誕生（1133）
小川未明誕生（1882）
8 花まつり（釈迦が生まれた日）
参考書の日（1984年参考書の出版社できた）
ギリシャでミロのビーナスが発見された（1820）
9 反核燃の日（1985年六ケ所村が決めた）
奈良の大仏ができた（752）
左官の日
世界海の日
10 建具の日・良い戸の日（1985）
駅弁の日（1993）
ヨットの日
11 メートル法公布記念日（1921）
日本ではじめてパンがつくられた

「すごいつかれた　もう走れない」
九周したあとはふらふらだった
でもあと一周だからと思って必死で走った
「やっと終わった」
ワークスペースにすわりこんだ
けど、まだある
うで立てふせを
二十回五セットして合計百回だ
「うでいでえ」
これで全部終わった
家に帰って
お母さんにマッサージしてもらった
気持ちよかった

インゲンマメ

愛媛県・小5　荻藤　雅

ハートみたいな形をしているよ。
大きな葉が上に出てきた。
葉の表面には
うぶ毛がはえてる。
ビロードみたい。
二つに分かれたところは
ウサギの耳の部分みたいで、おもしろいね。
緑色をしているね。
種はちぢんで、もうお役目が終わったね。
茎、太くなりました。
どんどん育ってください。
おいしくなれなれインゲンマメ。

ピアノの調律

東京都・小6　三上　優輔

おじさんは
音さを打って耳にあてて、
ねじをしめて
鍵盤をたたいている。
楽しそうな顔だ。
ピアノと遊んでいるみたいだ。

今日は始業式うれしいこと二つ

山口県・小5　相川　真喜子

今日から新学年スタート。
ドキドキしながら階段をのぼり、
クラス発表の紙を見た。
ワーイ、仲のいい友達と同じクラスになれた。
はなれちゃった友達もいるけど、
いつまでも友達だよ！
と心の中で思った。
それが、うれしい事の一つ目。
もう一つは、
通学路の校内のさくらが
とってもきれいだったこと。
心がいやされるようだった。
私は春が一番大好き。

（1848）
12 世界宇宙飛行の日（1961年ガガーリンがはじめて宇宙に飛び出した）
パンの記念日（1983）
13 水産デー（1950「漁業法」施行記念）
石川啄木没（1912）
14 リンカーンが暗殺された（1865）
タイタニック号沈没（1812）
電報取り扱い開始（1873）
15 科学技術週間（15日～21日）
おかしの日
ヘリコプターの日（1986）
16 足利義満が京都北山に金閣寺をつくった（1397）
17 ハローワークの日（1947）
板垣退助誕生（1837）
徳川家康没（1616）
18 発明の日（1954）
頭髪の日
米食の日
自転車安全の日
よい歯の日（1993）
19 地図の日（1800）
20 郵政記念日（1871年日本で郵便事業が開始された）
21 民放の日（1951年民間放送連盟が制定）
京都壬生狂言（壬生寺）

なんだかすてきな予感がするから、
明日の入学式も晴れるといいな。

松本城

神奈川県・小6　相澤　伸昭

階段が急だった。
木の床が古くてななめになっていた。
暗かった。
武士の時代からの古い城だそうだ。
天守閣に出たら、
北アルプスの山々が緑色に光り、
空が青くすんでいた。
この風景を
武士たちも見たのだろうか。

修学旅行―姫路城

京都府・小6　金井　健太

姫路城に着くと、
まず「い」の門へ行った。
次に「ろ」「は」「に」の門に行った。
石不足で墓石などを石垣に使ってある。
城の中は火縄銃や鎧などがある。
しばらく下ったら、
お菊井戸があった。
実はこの井戸は殿様が逃げるための
かくし通路だったので、
幽霊のうわさを流していた。

姫路城が、
こんな複雑な構造の城だったなんて、
すごいなあと思った。

こうつうじこ

福岡県・小1　はたなか　えいじ

みちばたで　らっかさんをとばしたら、
どうろに　とんでいった。
ぼくは、らっかさんばかりみて、
どうろに　とびだして、
じてんしゃに　ぶつかった。
パトカーが　まつもとびょういんに
つれていって　くれた。
そして、四か　がっこうを　やすんだ。
こんど　ひかれたら　ぼくは
しぬかもしれないと　おもった。
おかあさんは、
たいへん　しんぱい　したそうです。
こんどから　きをつけます。

交通事故

東京都・小5　大川　直

あれはなんだろう。
パトカーと救急車が止まっている。
たくさんの人ががやがやさわいでる。
なんだかいやなふんいきだ。
見ると車とオートバイから流れ出した

22 アースデー・地球の日（1970年地球環境を守るためにはじまった）
23 福沢諭吉が慶応義塾を開校（1868）
こども読書週間（23日～29日）
サン・ジョルディの日（1987年本やバラをおくる日として書店組合が制定）
24 植物学の日（牧野富太郎の誕生日・1862）
25 藤まつり
26 歩道橋の日（1963年大阪にはじめて歩道橋がつくられた）
チェルノブイリ原子力発電所爆発（1986）
シェークスピア誕生（1564）
27 長崎の祭り・開港記念日
28 サンフランシスコ平和条約発効記念日（1952）
29 みどりの日（1989）
ゴールデンウイーク始まる
肉の日
30 図書館記念日（1950年図書館法が公布された）
みその日
そばの日

どす黒いオイルが
コンクリートににじみ出ている。
一しゅん、時間がぴたっと止まったようだ。
オートバイの運転手の一人は、
ほどうにころがり、
もう一人は意識不明で
救急車にかつぎこまれた。
車の運転手は黒人で
頭をかかえ、へいにもたれていた。
もう一人はその人をかばいながら
現場をさみしそうな目で見つめていた。
せすじの熱がすうっとどこかへ消えて、
ぞくっとした。

ぼくの父

東京都・小6　広井　義政

ぼくは、父の顔を覚えていない。
でも、父に抱かれたことは
かすがに覚えている。
母に父の話を教えてもらった。
「おとうさんはね、
おまえをとてもかわいがったんだけど、
おとうさんがおまえをだこうとすると、
すぐわたしの所へ逃げてきちゃったのよ。」
ぼくはそれを聞いて、
なんで逃げたりなんかしたのだろうと思う。
今になると、ほんとうに父が欲しい。
父とあばれたり、野球をしたり、
いっしょにおふろに入ったりしたい。
でも、
ぼくの父はこの地球上にはいない。
今ごろ天か地にいるのだろう。
ぼくは父の墓にいくといつも、
「なぜ生きていなかったんだ。
生きていたらなあ」
と思う。
なぜ交通事故なんかで死んだのだ。
よく、右と左を見て渡らないからだ。
いくら叫んでも聞こえないお父さん。

春

東京都・小5　川島　由紀子

奈良の大仏は、
いっぺん
野原を歩きまわってみたいだろう。

奈良の大仏

東京都・小6　小川　真理

お百しょうや、役人が作った大仏。
聖武天皇が作ろうと考えた大仏。
当時の人達は、
ブルドーザーなど、
もちろん使わない。
一人一人の手でできた大仏。

あれだけ大きいものが、
あの時代に、
よくできたなあ。

材料は、全国から運ばれ、
九年がかりでできたという。
材料だって、簡単には運べない。
土手をきずいたり、くずしたり。
天皇は、命令すればよかったけど、
お百しょう達は、すごく大変だったんだ。
大仏作りが終わり、
帰る途中、
食べ物もなく、
死んでしまった人もいるという。

大仏は
そういう、
苦しみや、
悲しみの、
大きな、銅のかたまり。

過去からの贈り物

広島県・小6　藤鬼　希江

大仏は
聖武天皇の一つの願いにより造られた
その願いとは
平和な世の中を
きずいていくことだった。

その大仏を造るには
多くの人手と材料と
年月をついやした
一日に二千人もの人が
三年間も働かなければならなかった
大仏にぬった水銀のせいで
多ぜいの人がぎせいになった
多ぜいのぎせい者をはらって
七百四十九年　大仏は完成した

聖武天皇の願いと
多ぜいの人の努力で完成した大仏は
今もなお　そのすがたを残している
そして　その大仏には
多くの人々の願いが
こめられている
私も　いつか
本当の平和が来ることを
願っている

世界地図

福岡県・小4　八木　亜沙美

わたしが小さくなって、
世界地図に入れたら……。
アメリカに行って、
ホットドッグ食べ放題。
「あーおいしい。」
ブラジルに行って、
みんなでおどりたい。
「サンバ、ルンバ、マンボ!」
北きょくに行って、
白くまと記念写真。
「ハイチーズ。」
そして、
世界中の人と友だちになるんだ。

地球の独り言

神奈川県・小5　関戸　真吾

この前恐竜が現れたと思ったら
もう絶めつしてしまったか。
今度は人間とかいうのが現れて、
短い時間で文明を発達させ、
最近はかく実験だ戦争だとさわいでおるが、
まったく迷わくな話じゃ。
あんなことじゃ、
恐竜ほど長く生きてられそうにないのう。

地　図

東京都・小5　桜井　利恵子

このなかにはいってみたい。

おとうさん

東京都・小2　大森　もとよし

おとうさんはさかんやだ。
あしばからおちたこともある。
きかいでけがをしたこともある。
でも、
いつもわらってしごとにいく。
ぼくもおとうさんみたいな
つよい人になりたい。

海

香川県・小6　福田　健

青い海
光っている海
ねていたら気持ちがよい
ウミネコがたくさんないている。
ヨットが
走っている。

長さのべんきょう

岩手県・小2　阿部　ゆうや

算数の時間に
長さのべんきょうをした。
長さには
まほうのたんいがあることをしって
びっくりした。
「センチメートル」と「ミリメートル」は
アメリカでもイギリスでも
せかいじゅうどこへ行っても
つかえるたんいだ。
長さをべんきょうしたら
なんだか
せかいの人たちと
友だちになったような気もちになった。

パン屋さん

東京都・小4　福本　和司

うちは　昔からパン屋さん
お父さんで三代目だ
ぼくは後をつぎたいと思っている。
そうすると四代目
パン屋さんになるには
パンの本を読まなくてはならない
外国へ行って
勉強しなければならない
ぼくが四代目になったら
たこやきパンをつくる
とり肉の入ったサンドイッチ
動物の形をした食パンもつくりたい
それから
見た目がおいしそうなパン
ねだんも安くする
でも　ひょっとしたら
おにいちゃんが四代目で
ぼくは　五代目かもしれない

宇宙のながめ

東京都・小5　中村　満枝

ガガーリンは、
「地球は青かった。」
と言った。
月はやっぱり黄色で、
太陽は赤。
たくさんの星は水色だろう。
わたしもそんな宇宙を
見てみたいな。

せり

島根県・小5　和泉　裕之

イシガキダイだ。
ほかにも、シイラ、スズキ、
サザエ、メジナなどいろいろいた。
竹をもったおじさんが、
おこったようにいう。
仲買いさんが、
「はい、五百円、百円、五十円」
指でマークをだして買う。
船が来て、
どんどん魚が入ってきた。
りょうしさんたちが、

種類別にハッポースチロールに入れる。
船から海に落ちた小魚をねらって、
カモメが円をかいてまわりながら
小魚を食べている。
そして、せりがつづいている。

おかし

東京都・小4　中川　ちひろ

おかしを食べると太る。
さいあく。
でも、おかしを食べると
元気が出る。
太るのはいやだけど
おかしは食べたい。
太らないおかしが
あるといいなあ。

京がし作りのおじさん

京都府・小4　安田　祥子

おじさんの
うまれるまえからあった形どりで、
おじさんの
うまれるまえからつたわっていた京がしを、
いまも、おじさんが
作ったはる。
もう二百年も
つづいているやて。
「京がしは、
　自分の心をこめて
　作っているのどす。
　そやから、
　毎日、よいおこないせんと
　ええかしは作れしまへん。」
おじさんは、
こういいながら
せっせと手で作ったはる。
そのおじさんの手で作られた
京がしを、
もらってたべたら、
口の中でトロリととけた。
おじさんの心が
なんだか、つたわってくる。

ヘリコプター

福井県・小2　かどの　まゆみ

ヘリコプターはおおきかった。
がらすのあたまをして
あたまのなかには
にんげんや
にもつがあった。
ヘリコプターのどうは
ほそかったので
びっくりしたよ。

金閣寺

広島県・小6　市原　理香

「うわあ！」
見たとたん
思わず声を上げてしまった金閣寺。
どこも　かしこも、
あざやかな金ぱくが　ぴしっとはられて、
まるで　金のかたまり。
屋根の上には、
金色の尾を　なびかせながらほうおうが　立
　っている。
人をよせつけない　その雰囲気。
まるで、
私がここの主だよ　と言っているよう。
農民が、米も　ろくに食べられなかったころ
に、
この金閣寺は　建てられた。
この美しい金ぱくの下には
どんな苦労が　ひめられているのだろう。

発明の日

石川県・小4　林　けんじ

エレキテルを
発明したのは
平賀源内。

四月十八日は
発明の日。

日本の山

福岡県・小5　塚口　紀子

日本地図でみると
日本の山は
両手をひろげて
道にとおせんぼをしているみたい
わたしたちを
すみっこにおいやって
平気な顔をして
おとうさんのように
ひざをくみ
ずっしんと
日本の
いちばんいいところに
すわっている

日本地図旅行

東京都・小6　堀川　麻衣

日本地図旅行とは、私がヒマな時に
やる遊び。
スタートは町田。
指がてくてく歩くと、
もう千葉県。
海に入って遊ぶ。
てくてくてく……。
もう大阪府。
たこ焼　食べたいなあ。
てくてくてく
海を横切って　もう沖縄。
沖縄の海の前にテントを張って……。
「今日はここで休もう」
日本地図だからできる遊び。
現実になったらいいなあ。

日　本

岐阜県・小6　柴山　つや子

世界地図を見た
よその国を見ないで
日本だけ見ていると
日本はずいぶん大きい
世界を見ると
日本は豆つぶのように小さい
けれども世界じゅうで
日本がいちばん形がよい
日本の人びとをのせている
ハンモックだ

郵便やさん

福島県・小6　小林　律子

郵便やさんが手紙をもってきた。
はんをおしてやろうと思ったら、
細い、つかれたような目で、
植木を見ている。
道に自転車がとめてある。
郵便やさんのしわだらけの顔、
たれさがったカバン、
もう、何十年もつとめたのだろう。
それでも、わたしたちのために、
いっしょうけんめいだ。
一分でも一秒でも早くとどけようと、
かけ足で自転車にのる。
雨の日も、風の日も、
やすまず働く郵便やさん。
郵便やさん、ごくろうさん。

地球のいかり

北海道・小6　国枝　和幸

なんで
住まわせてあげてんのに
わるさをするんだ
地球にとっては
人よりねずみのほうが
十倍はありがたい

木をきるな
せんそうするな

地　球

福岡県・小6　米村　磨美

果てしない宇宙に、
ぽっかりとういている、
地球。
今、地球は、
人間にいじめられている。
大気汚染。
すみきった青空が、
ねずみ色のえりまきを、
つけている。
オゾン層のはかい。
地球のバリアを、
音もなしにつきやぶっている、
殺し屋。
とめても、
急ブレーキはかからない。
それにもかかわらず、
地球は私達を、
かわりなく、
ふんばってはぐくんでくれる。
そんな地球に、
賞状をあげたい。
今、地球はうったえている。
地球は、人間だけの、
ものではないと。

今、私たちの地球は

東京都・小6　猪瀬　七奈美

はてしなく続く、この丸い地球。
緑がへっている。
酸性雨が降っている。
温暖化現象。
さまざまな環境問題が
私たちのまわりでおこっている。

みんなもっと緑の大切さや
美しさに気づきたい。
酸性雨が
いろいろなものに影響を与えている。
温暖化で
南極の氷がだんだん解けている。

外から見れば青くてきれいな地球でも
こういう悲しいことが
あちこちでおきている。
だからみんなが
少しずつ心がけていきたい。
宇宙で一番きれいな星にするために。

お手紙

長野県・小2　杉本　恭子

おばあちゃんが、お手紙を書いた。
はじめ、おかあさんにたのんだ。
でも、わすれた。
つぎ、おとうさんにたのんだ。
でも、わすれた。
つぎ、わたしにたのんだ。
わたしは、ちゃんとポストに入れた。
お手紙を出すのに三日もかかった。

手　紙

埼玉県・小3　吉田　祐

お母さんが夜おそくまで仕事をしていて
夜に会えない日が続いたので
手紙を書いた。
「お母さん、お帰りなさい。
　いつも仕事をがんばっていますね。
日曜日にはいっぱい休めますからね。
かたもみもしてあげますからね。
　お仕事がんばってね。
祐より。」
次の日
お母さんがうれしそうに
ぼくが書いた手紙をかべにはっていた。

りっきょう

広島県・小4　西田　剛

学校の正門を出たところに、
りっきょうができた。
わたりぞめしきに　六年生がさんかした。
ぼくも、しきに出たかった。
土曜日に友だちと、
りっきょうをわたりに行った。
新ぴんだから、気もちがとてもいい。
りっきょうをわたっていると、
とのさまになったようなきがした。
おもわす　おお手をふって
一歩　一歩　いばって通った。

歩道橋

東京都・小6　横田　克彦

ぼくは歩道橋が大すきだ。
学校へ行くとき帰るとき、
いつもわたる。
歩道橋にたちどまって
いつもみる。
瑞穂の町もみんな見えるようだ。
まっ白に雪をかぶった富士山。
青くそびえるおくたまの山。
車、車とつながる国道。
歩道橋っていいなあ。

放射能

静岡県・中3　山崎　雅之

ソ連の原子力発電所が爆発して
放射能が飛び散った
多くの人が放射能で毛が抜けた
皮膚がただれた
内臓が侵された
そして、死んだ
恐ろしい放射能
原子力は一歩扱いをまちがえば
大惨事になる
原子爆弾になる
たとえ平和利用とは言え
科学者よ
原子力の安全利用を
もっともっと研究すべきである

にわとり

奈良県・小1　北谷　まみ

にわとりのほうを見て
「ニャーオ」といってみた。
にわとりは　びっくりした。
こんどは、「ワンワン」といってみた。
さっきよりちょっとびっくりした。
さいごに、
「コケコッコー」
といってみた。
にわとりはびっくりして、
はねを　ばたばたした。

わくわくニュース

愛媛県・小4　越智　元夢

みやうらに新しい図書館ができた。
ぼくの中で、一番のわくわくニュースだ。
ドキドキしながら、図書館をのぞいた。
本がいっぱいある。
読みたい本のリクエストもできる。
ビデオもある。
うれしくて、本もビデオも
かりれるだけかりた。
おばあちゃんちに帰ると中に、
のら犬にあった。
四ひきののら犬は、
ぼくのかりた本とビデオを、
「ようけ、かりたな。」
と言うように、じろりと見た。

4月　季節

☆うららかな、のどかな天気
☆静かな海
☆春がすみ、うすぐもり
☆黄砂
☆春の日
☆おぼろ月
☆春一番
☆春の朝
☆春のよい
☆春日
☆春の光
☆春の空
☆春の雲
☆春の星
☆春の月
☆春の風
☆春の雨
☆春眠
☆春祭り

はる

北海道・小1　藤本　ゆうき

りりかちゃんが
「とっておきの　ばしょに
　つれてって　あげる。」
といった。
わたしは　わくわくして
ついていった。
エフロードの　ところで
とまった。
りりかちゃんが
「ここだよ。」
といった。
はこべの花と
すみれみたい花が
いっぱい　さいていた。
二人で　しゃがんで　とった。
ほんとに
とっておきの　ばしょだった。

ふわふわのふとん

鹿児島県・小2　おくだ　ゆか

きょうは、はれだったので、
おかあさんが、わたしのふとんを
ほしてくれました。
ふとんが、ふわふわしていました。
早くねたいとおもいました。
ふとんに、かおをあてたら、
おひさまのにおいが
いいにおいでした。

春の色

長崎県・小2　阿部　洋介

お母さんが
台所の出まどにかざっているサイネリアの花。
うすいうすいピンク色。
お母さんも今日はきれいにおけしょうしている。
サイネリアと同じ口べにの色
もう春ですね。

春

長野県・小4　堀江　宏

春だなあ、
ポカポカ天気、
ぼくねむくなっちゃう。
あっ、もんしろちょうも、
キャベツにとまって、
ねている。

春の合図

愛媛県・小4　越智　あかね

春がくると
ほとんどの人が
くしゅん　くしゅん
へっくしゅん　へっくしゅん
デパートや教室でも
くしゅん　くしゅん
へっくしゅん　へっくしゅん
春の合図は
くしゅんかへっくしゅんだ

春の風

愛媛県・小4　真木　けんご

春の風がふく。
春の風は、
体の中がすき通るようだ。
春の風は、
いいかおりがする。
何のにおいかな。
春の風は、
夏の風より
秋の風より
冬の風より
気持ちいい。
ぼくは、
風の中で
一番すきだ。

春　風

埼玉県・小4　南　春菜

「わっ、気持ちいい。」
花のにおい
ちょうちょひらひら
その下は　花でいっぱい
春のにおい
「やっぱりいい」
春風

春の川

愛媛県・小5　楠本　優美

川をそっとのぞいて見る。
水の流れにのって魚のむれがリズムよく泳いでる。
たにしは流されないように土の中にもぐっている。
水草は青々としげり水の流れにのっている。
川の水もぬるんできもちいい。
川の上にはちょうちょがとんでいる。
川の流れにのってリズムよくあそんでいる。
春の川って魚もたにしも水草もみんな仲よし。

春の山

長野県・小5　柳沢　由佳

「まぶしい。」
大きく広い空
きれいな白い雪をかぶった
駒ケ岳
春の光にかがやいている御岳山。
どっちもまけないくらい
きれいにみえる。
「今、あの山に登れたらな。」
でも私は、
峠の上から
きれいな、きれいな
二つの山を見ている。
そのきれいな二つの山は
今、春のひざしをいっぱいにあびている。
とってもしあわせそうに、あびていた。

4月——家庭生活

- ☆花粉症
- ☆入学式、進級の用意
- ☆花まつり
- ☆健康診断の結果と治療
- ☆ゴールデンウィークの計画
- ☆さくらもち
- ☆花見
- ☆茶つみ
- ☆木の芽あえ
- ☆菜飯
- ☆春ごたつ

にゅうがくしき

長野県・小3　笠原　くに子

一年生が
おとうさんやおかあさんにつれられて
にこにこしながらとんでいく
わたしも一年生にあがるときは
おとうさんにひっぱられて
とんでいったのだな
一年ぼうず
きょうはあんなにうれしくても
いまにしゅくだいがたんとでるぞ

家に帰って

京都府・小4　岩丸　太志

「四年生も赤阪先生やったで。」

と言うと、

「あかさか新聞読めるしいいなあ。」

と、お母さんが言った。

「そりゃ、あかさか新聞読めていいけど、こ
　わいやん。」

と、ぼくが言った。

「あんた、チャラチャラしてるし、ビシッと
　してもらえていいやん。」

と、お母さんは言った。

おはなみ

長野県・小3　中島　保奈美

かいしゃのおはなみがあった。
ことしは、さむいからといって
外ではやらず、
やきにくやさんでやった。
うちのなかでやるのは
おはなみじゃない。
でも
みんなが
いいおはなみだ
といった。

はるをもってきたね

長野県・小1　藤沢　友子

犬とていぼうをあるいていると、
ちらっとゆきの中に、
花をみつけた。
ひめおどりこそうの花びらに、
ちょこんとゆきのつぶがのっていた。
おかあさんにみせたくて、
花を三ことって
かけ足でうちへかえった。
おかあさんにみせると
「まあ、かわいらしい。
　ともちゃんは　はるをもってきたね。」
といった。
小さなちゃわんに水をいれて
花をいれた。
わたしとおかあさんで
いつまでもながめていた。

かふんつけ

鳥取県・小3　西谷　萌夢

「手伝いして。」
はずんだお母さんの声。
おばあちゃんちに行くんだ。
楽しみにしていたかふんつけの日だ。
ごまみたいなみどりのこな。
息がかかると
とんでいってしまいそうなこな。
わたしの小指みたいなところに
パッパッと　ふりつける。
「高いところは、台にのってつけるんだよ。」
おばあちゃんの声が　きこえてきた。
背のびしても　とどかないところに
パッパッと　ふりつける。
小さな小さななしの赤ちゃんが
大きく大きく育って
秋には、カリッと
おいしいなしになるだろう。

花とお母さん

宮崎県・小4　佐々木　舞

家には、窓辺に、
セントポーリアとシクラメンが
咲いています。
それはずっと
お母さんが育てています。
手入れをする時、
「きれいな花をさかせてね。」
と、よく言います。
花が咲いたら
「きれいよ。とってもきれいよ。」
とも言います。
セントポーリアを
落としてしまった時、
「ごめんね」
と、あやまっていました。
シクラメンにも、
同じように話しかけます。
お母さんと花は
友達みたいです。

中学生の朝

岐阜県・中1　反中　陽介

中学生になった
朝が早い
小学生の時は寝坊ばかり
早く起きられるか心配だった
いよいよ朝が来た
目覚まし時計が鳴り　すぐ目が覚めた
やっぱり小学生の時とは意気込みが違う
母も少し驚いたようすだ
自分でも別人に思える
その時、ねえちゃんが
「一緒に学校に行こうか」
と言った
やさしい言葉なのに
僕は少し頭に来た
ぼくはもう中学生だ

4月——学校生活

☆進級
☆始業式
☆入学式
☆組がえ・転入生
☆先生の離任、新任
☆新しい担任
☆学級委員、クラブ、委員会、係など
☆健康診断（身長、体重、胸囲、視力、聴力、歯、内科、尿、ぎょう虫などの検査、結核検診、心電図検査など）
☆交通安全教室
☆避難訓練
☆遠足

二年生

東京都・小2　せき　ゆう一

けさ、おかあさんが、
なふだの一年を二年になおしてくれた。
くつの学年も、
一の一が、二の一になった。
学校についたら、
ぼくたちのきょうしつが
二かいになった。
ぼくはいままでと
ぜんぜんかわってないけど、
なんかすこしは、
かわらなければいけないとおもう。

転校生

岐阜県・小2　垂水　弘司

転校生が
ひっこしてきた日
給食の時　ないていた
ぼくが
「どうしてなくの」
と聞いたら
浜島俊広くんが
「名古屋のことを
　思いだすの」
といった
ぼくが転校したら
ぼくも泣くかなあ
そして
一週間たって
すこしなまいきになりました

ぼくは二年生

長野県・小2　千邑　悟司

一年生が　ろうかを　はしっていた
ぼくが
「とまれ」といったら、
一年生は
――ぴたり――
と、とまった。
おもしろいなあ。

ぼくは、二年生だ。

新しい友だち

愛知県・小2　まつお　けんじ

しぎょうしきの日
二の一の子でお友だちができたよ
みやゆうすけくんだよ
朝　教室に入ったら
「おはよう」
て元気な声で言ってくれたよ
えらい子なんだよ
話をしたら
わらけるぐらいおもしろかった
サッカーがとくいだって
ずうっと友だちになろうと思った

春はぼくたち

北海道・小2　ちおか　じゅん

きょう、ひらぞの公園に
春を見つけにいって、
ぼくといずみちゃんと
わらいながら
けんかをしていたら、
先生が
「これも、春だね。」
っていったんだよ。
先生もぼくたちを見て
春を見つけたんですね。

三年生

長野県・小3　平林　由未佳

四月四日、
きょうから三年生です。

「いってきまあす」

おかあさんにあいさつをいって
学校にいきました。

きょうしつにいったら、こくばんに、

「三年生のかおになってるかな」

ってかいてありました。

わたしはすいどうのちかくにある
かがみをのぞいてみました。

「よかったあ」

三年生のかおになっていました。

この一年間がんばります。

四年生のはじまり

北海道・小4　椎名　真樹子

目ざましを六時にかけた。
「おきろ、
　学校に行くのは一番だ。」
と、かいてねた。
目をさました。
ひとりでおきた。
「はやいねえ。」
お母さんが台所でいった。
走って家を出た。
あった。
新しい教室。
もう、八人もきていた。

じしゃく

宮城県・小4　志村　春海

教室に
新しい先生がきた
先生が
「あそぼう」
とかいだんをおりると
みんながさてつみたいに
くっつく
先生がじしゃく

新学期

長野県・小4　阿部　さとみ

げたばこに入れるとき
三年生のほうに行った。
「まちがえた。」
と、小さい声で言った。
回ったふりをして
四年生のげたばこに入れた。

一年生

大阪府・小4　藤本　敬子

春がやってきた。
さくらの花が咲いている。
小さな体に大きなランドセルをせおった
一年生がやってくる。
はずかしそうに下を向き
ほおはバラ色にそめて
やってくる一年生。
お父さんにもお母さんにも、
こんな一年生のときがあったのかなあ。

りにん式

長野県・小4　新保　亜紀

しゅう業式が終わってりにん式になった。
私はいのった。
（どうか、鷹野先生が、
　転にんしていきませんように。）
校長先生が、先生方をつれて
真ん中を通ってきた。
あっ。
鷹野先生がいる。
下をむいてないている。
私もなきそう。
いっしょうけんめいこらえていた。
けれど、鷹野先生の話になったら、
がまんができなくて、
なみだが、あふれてきた。
きょうしつで、思いっきりないた。
もうとめられない。
かなしい。
なぜかわるのだろう。
そんな気持ちで、いっぱいだった。

五年生！

愛媛県・小5　藤本　梨帆

今日から新学期。

うれしい気持ち半分。

不安な気持ち半分。

不安の理由はクラスがえがあるから。

「仲のいい友達とはなれたらどうしよう。」

と、思った。

「ドックン、ドックン。」

くつ箱が近づくにつれ、
心ぞうが早くなる。

「ドキドキドキ。」

心ぞうが今にもとびだしてきそう。

見たい気持ちで足もどんどん速くなる。

何組だろう…？

「あー、よかった。いっしょのクラスだ。」

私の体から力がぬけた。

新しい集団登校

富山県・小6　竹内　理恵

一年生が入学してきて
新しい登校班をつくった
私は最高学年
ねぼうは許されない
一年生は
ちっちゃくて足がおそい
ゆっくりゆっくり
歩いてあげる
それでも一年生には速い
新しい集団登校
新しいことばっかりで
心まで新しくなる
新学期

桜の花

千葉県・小6　後関　奈々

校庭に桜の花が満開だ
新しい気持ちでスタートだ
小学校では最上級生
仲よし清掃や仲よし活動のリーダー
委員会では委員長
クラブの部長
下級生のめんどうもみよう
一年生にはやさしく

ぞうきんのしぼり方も
ほうきの使い方も教えよう
五年生には、
りっぱな六年生になれるよう
応援しよう
難しくなる勉強も
常に自分の考えを持って前向きにやろう
いろいろ語り合える友達もつくろう
来年の桜の花が満開になるころ
私はどんなことを考えているだろう

歯科検診

長野県・小5　北村　美穂

「虫歯ありません。」
前の絢子ちゃんは虫歯がない
とうとう私の番だ
「おねがいします。」
おそるおそる言った
イスにすわつて口を開けた
先生のゴム手ぶくろの手が
口に入った
先生の手が口の中を動き回っている
先生がぼそぼそっと
何かを言っている

「虫歯ありません」
小池先生の大きな声
出口に向かい
ほっぺをひっぱって
本当かなっと思った
やっぱりないんだ
やっと
一息ついた

選挙運動

高知県・小6　梅原　達矢

今朝から白門と赤門で
選挙運動が始まった。
白門から入ると、
「お願い入れて。」
秀太君が言ってきた。
「どうしよっかなあ。」
ぼくは、わざと言った。

「六年二組の徳永秀太です。
　清き一票をよろしくお願いします。」
ほかの人にも、大声でたのんでいた。
教室に帰ってきた秀太君は、
雨にびしょぬれで
つかれた顔をしていた。
がんばったんだなあと思った。
心の中では秀太君にきめている。

選　挙

北海道・小6　勝井　謙太郎

選挙の時、
みんなでポスターを
作ってくれた。
五年生の時も作ってくれた。
いやともいわず、
ポスター作りを
ひきうけてくれた友達……
ポスターの下書きをしてくれた友達……
作文作りを手つだってくれた友達……

こんなに　みんなが
支えてくれていたのに
ぼくは、気持ちにこたえられなかった。
緊張して
うまく話せなかった。

たった三票差で
負けてしまった。

三票差までつめられたのは、
みんなが支えてくれたからだった。

そのやさしさは
わすれたくない。

4月

植物

☆サクラの花
☆ナシの花
☆モモの花
☆リンゴの花
☆レンギョウの花
☆ツゲの花
☆カラタチの花
☆マツの花
☆コデマリの花
☆シラカバの花

☆ヤマブキの花
☆アケビの花
☆カリンの花
☆サンザシの花
☆フジの花
☆ツツジの花
☆エゴの花
☆キリの花
☆ボタンの花
☆アケビの花
☆ライラックの花
☆ヤブツバキの花

☆ヒナギク

☆ワスレナグサ
☆ウド
☆キランソウ
☆ミズバショウ
☆キンポウゲ
☆オキナグサ
☆ニチニチソウ
☆フタリシズカ
☆ヒトリシズカ
☆イカリソウ

☆ナノハナ
☆スズメノカタビラ
☆ハハコグサ
☆チチコグサ
☆ゼンマイ
☆スカンポ

☆レンゲソウ
☆イタドリ
☆ウマゴヤシ
☆ツバナ
☆ワラビ
☆サクラソウ
☆スイバ

☆スカンポ

☆アマリリス
☆シロツメグサ
☆セリ
☆カラスノエンドウ
☆シバザクラ
☆スズラン
☆ハルジョオン
☆アマドコロ
☆スイカズラ
☆ウラシマソウ
☆ヒナゲシ
☆シュンラン
☆オキナグサ
☆オドリコソウ
☆ヒメジョオン

☆マリーゴールド
☆マーガレット
☆フリージア
☆シクラメン
☆スイートピー
☆エンドウ
☆コンニャク植え

☆サトイモ植え
☆カボチャ植え

☆アスパラガス
☆キャベツ
☆シュンギク種まき
☆カブ種まき
☆ゴボウ種まき
☆ダイコン種まき
☆カボチャ種まき
☆キュウリ種まき
☆キャベツ

モクレン

千葉県・小1　やまさき　さきこ

せいたかのっぽの
おひめさま

れんげのおひめさま

愛媛県・小1　にのみや　ゆかり

えんそくで、
れんげばたけにいったよ。
はじめてはいったよ。
せんせいが
ねっくれすのつくりかたを
おしえてくれたよ。
いっしょうけんめいつくったよ。
かんむりも、うでわもつくって
つけてみたよ。
れんげのくにの
おひめさまになっちゃった。
いいにおいがして
うれしかったよ。

すみれ

東京都・小1　しみず　かずたか

きょうさむいのにぼくのうちのにわに
むらさきのちいさなすみれが
一つさいています。
はっぱをいっぱいあつめて、
あたたかくしてあげました。

ほとけのざ

埼玉県・小1　しいはし　とおる

ほとけのざが
かたまっていました。
花は小さくさいていました。
いっぱいとりました。
ぼうしのなかにいれました。
ぼうしのなかもはるになりました。

さくら

長野県・小2　箕輪　修二

学校のさくらが、
かぜにふかれて、
ゆきのようにちらちらまっていった。
それをぼくたちがつかもうとしても、
さっぱりつかめない。
にくらしくなっちまう。

くさぶえ

山形県・小1　こだま　ゆみ

きのう
くさで　ふえを　つくりました
ぶうと　なりました
げらげら　わらいました
しげひさくんのは
もっと　すごかった
せんせいの
おならみたいだった

春

東京都・小2　三上　しゅんすけ

雨のあと
タンポポのはっぱから
まるいしずくが
けしきをうつしながら
ポタンとおちた。

つゆ草の花

神奈川県・小2　さかい　まさえ

つゆ草の花は、
顔を出して、
あかんべえをしている。
ちいさくてかわいいのに、
なぜか、なまいき。

つぼみが出た

佐賀県・小2　わたなべ　ひろき

わあい、わあい、
きょねんかったぼくの花
「ボケ」につぼみが出た。

わあい、わあい、
花もさいていた。
まっかで小さくて
かわいい花。
かれたと思っていたのに、
うれしいな。
これからも
きれいな花をさかせるように
うんとかわいがるぞ。

さくら草

東京都・小2　堀口　良子

今日から、うちでは
さくら草を販売しています。
お父さんが、
いっしょうけんめい育てたさくら草。
つとめが終わってから
土をかえたり水をあげたりしていた。
「さくら草あります。一はち五百円。」
というかん板は、
習字三段の私が書いたんです。
お父さん、
今日は十はちも売れたよ。
友だちの末柄さんが、
わざわざ買いに来てくれたんだよ。
白とピンクのきれいなのをあげたよ。
とても喜んでいたよ。

スイートピー

山形県・小2　高橋　忠吉

スイートピーの
においがええな。
おかあさんのおちちのような
においがします。
おかあさんがそばで
見ています。

ほとけのざ

東京都・小2　土田　彰子

ほとけのざがありました。
わたしはこうつうじこにならないように
おいのりしました。
れい子さんのしんぞうがなおるように、
ゆうちゃんがまいごにならないように、
おいのりしました。

しょくぶつ

千葉県・小2　中川　洋一

学けんの　本に、
しょくぶつは
くきに
水を　ためて　いると
かいて　あった。
水を　とる　ところは、

ねっこから　とると
かいて　あった。
でも　ちかくに　水が
ないところが　あるのに
どうやって　水を
とるのかなと
ぼくは、おもった。

なの花畑

石川県・小3　目久田　信雄

なの花畑で
石にけつまずいて
ころびました。
おきるとき
ふわあっとしました。
なの花のにおいが
ふわあっとしました。

きしょうぶの花

東京都・小3　石川　淳子

きしょうぶの花がさいた。
一本、
すうっと、
女王さまのように、
さいていた。
となりのつぼみは、
こまづかいみたい。

さくら

岐阜県・小3　足立　たかひろ

さくらがひらひらひらひらとんで
とてもきれい
こんなにもさくらの花が
ちっている小学校なんてきっとないよ
ゆめみたいに
運動場にさくらが
ちっているんだもん
すごいよ
ぼくたちが
四年生になっても
きれいなさくらがさくのかな
きっとさくでしょう

草もち

東京都・小3　あべ　しんや

きょう学校から帰ると草もちがあった。
おかあさんが作った草もちだ。
ぼくはさっそく食べてみた。
ちょっとにがかった。
どうしてかなと思った。
「今年は、去年より、
　よもぎをつむのがおそかったのよ。」
と、おかあさんが言った。
だから、少しにがかったのだ。

しゃらの木

東京都・小3　秋元　玲子

しゃらの木
しゃらの木
おてらさんのしゃらの木
花が、きれいにさいている
たかいところにさいている
ほしいな
とれないなあ

と　げ

大阪府・小3　辻本　三千代

「バラって、なんで、
　とげあるんや。」

と先生に聞いた。

「きれいやから　とげ　あるんや」

といった。

「先生も　きれいやのに
　なんで　とげないねん。」

「ふくで　かくしてんねん」

といった。

ほんとうかなあ。

なずな

埼玉県・小3　木村　ふじ美

なずなをふると
ぴる　ぷる
ぷるん
ぴたん　ぷたんとなる
むぎばたけ。

いたどりの味

長野県・小3　松田　綾子

先生がいたどりのかわを
バナナのようにむいた。
先生がおいしそうに食べたから
みんなが
「ずるいぞ。ちょうだい。」といった。
先生は「うまいなあー。」といった。
いたどりを小さく切った。
「はんちょう、いたどりを一つずつもってけ
　えー。」といった。
ふでばこの上にいたどりのかわをおいた。
口をあけていたどりを食べた。
「うん、これはおいしいぞ。」
とわたしはいった。
すっぱいような味もするし、
あまいような味もするし、
「だけどおいしいな。」といった。
わたしはしぜんの味が
こんなにおいしいとはしらなかった。

忘れな草

長野県・中3　滝沢　明美

家への帰り道
ふと横を見ると
細い田んぼ道に
水色の小さな花が咲いていた
忘れな草だ――

思わず
「かわいい」とつぶやいた
忘れな草が
いくつもいくつも
群がって咲いていた

ちょっと離れたところに一本だけ
さびしそうに咲いている忘れな草
その忘れな草は
今の私にそっくりだった
友のさそいをことわって
ひとりで家路についていた私に――

うど取り

長野県・小3　内田　守道

お父さんと
うど取りに行った
車で山を登り
車を止めた
ふくろを持って
土手へ登った
やっと見つけた
うれしかった
かまで　うどを取った
うどのにおいが　ぷんぷんした
家に帰って
うどのてんぷらをお父さんが作った
お姉ちゃんが　つまみそうになった
ぼくは、
「食べちゃいかん。」
と言った
姉ちゃんは　あわてて手をひっこめた

パンジー

東京都・小4　豊田　由香

花が、
風でひらひらゆれている。
ちょうちょうが、
とんでるみたい。

二りん草

東京都・小4　井原　紀子

音楽のとき
歌を歌っていたら
二りん草がからだをゆすっていた。
まるでいっしょに歌っているようだ。
わたしは二りん草にきいてみた。
「いっしょに歌っているの。」
二りん草は
風にゆっくりからだをゆらした。

さくら草

山梨県・小4　早津　実紗

さくら草が
野原にさいている
あまい風にのって
ひらひら　ひらひら
ゆれている

空を見て
雲を見て
お日様を見て

シクラメン

東京都・小4　宮本　麻美子

「あらあら。」

おばあちゃんがあわてている。

「どうしたの。」

おばあちゃんの方を見ると
シクラメンがしおれていた。

「おお、すごい。ぺったんこだ。」

私がいうと、

「早く、お水をあげなくっちゃねえ。」
と、おばあちゃんが台所へ行った。
「ああ、かわいそうに。」
と、水をあげている。
自分の子どものように
花を心配している。
心がやさしいんだな。
やさしいってすてきなことだな。

スイートピー

北海道・小4　木幡　紗季

春にうえたスイートピー
十月になって初めてさいた
もうすぐ冬になるのに
もうすぐ雪がふるのに
小さくて赤いスイートピーがさいた
春になって
あたたかくなってから
さけばいいのに
だけど
さくとちゅう
さむいのにがんばってさいたんだよね
早くさきたいなーって思いながら
さいたんだよね
さいた時
みんなとってもうれしかったんだよ！

リラの花（ライラック）

埼玉県・小4　木村　勝博

リラの花が、よくさいている。
いいにおいだ。
リラの花、とりたいな。
においをかいで、がまんした。
リラの花に
ちょうちょがとまっていた。

水ばしょう

長野県・小4　金津　多子

あたりいちめんにさいている
水ばしょう。
まっ白い花だ。
うつくしいな。
花がさいている根もとには
水がいっぱいたまっている。
ここは　いっぱい雪がつもるそうだ。
だから、
雪のおもみに負けないように
かたまってはえているんだね。

カラスノエンドウ

福島県・小4　西　真由美

カラスノエンドウの花って
なんか
ランプに火がともっているみたい。
あのクルッとした、
つるもかわいい。
でもふしぎ。
あんなにかわいい花なのに
カラスの名前がついているなんて。
わたしが名前をつけるとしたら
コトリノエンドウにするのになあ。

こんぶひろい

青森県・小4　山本　千秋

ほっかんぶりをしたおとうさんが、
こんぶをしょって、
海からあがってきた。
「ああ、こぇこぇ。」
といいながら、
長いこんぶをひきずり
すなはまをのろのろ歩いてきた。
ドンズギの中から
ボショボショ音がした。
「おとうさん、しゃっこいべな。
　ふくもよごれただろうな。」
顔がまっかだ。

わたしは、
牛乳をもってくるに
家に走った。

アスパラ

長野県・小4　宮沢　由香

アスパラ畑に行った。
おばあちゃんは、
「昨日雨ふったから出ているぞ。」
と言った。
私は天気の方が出ると思っていたので
びっくりした。
おばあちゃんの言ったとおり
たくさん出ていた。
アスパラって、
雨がふりすぎても出ないし
天気がよすぎても出ないので、
わがままな作物で
おひゃくしょうさんも大変だなと思った。

ぼくと花

北海道・小4　酒井　康太

家のにわの
フクジュソウは
小さくてき色い花

あたたかい朝
ぼくが元気に外であそんでいると
フクジュソウも
元気にさいていた

でも
さむい夕方になると
小さな小さな
つぼみになった
そしてぼくも家の中に入った
フクジュソウの花は
ぼくに似ている

たんぽぽ

広島県・小5　藤本　竜洋

学校の帰り道、
コンクリートのわれめから
きいろい花。
なんだろう。
たんぽぽだ。
こんなわれめにさいている。
ねっこを、ぐーんとふんばって、
さいているんだろうな。
そして、
あの、まっかな太陽めざして
あおい手をのばし
ぐんぐん　ぐんぐん、ぐんぐん、ぐんぐん、
大きくなっていくんだな。
そう思うと
なんだか元気が出てくる。
ぼくは、
たんぽぽを
じっと見ていた。

ヒヤシンス

神奈川県・小5　猪瀬　京子

白　ピンク　うすい青
一つ一つの花びらは弱そう
まとまると一つの花になり
なんだか強そう
人もそうかもしれない
みんなで協力すれば
一つの花のように
りっぱになれるかもしれない

ふ　じ

愛媛県・小5　伊藤　裕衣子

ブンブンと、
はちが、
むらさき色の花のみつをすいにきた。
ブンブンと、
はちが、
ぶどうみたいなふじの花に
やってきた。
おいしい、
おいしいと、
みつをすいに。

デイゴ

沖縄県・小5　高島　ちえり

デイゴの花が咲きました
赤く赤く咲きました
緑の中に咲きました
見ているとりんごが
赤くうれたように
見えました
デイゴさん変しんするのが
うまいなあ

水ばしょう

長野県・小5　小林　弘樹

沼のあちこちに、雪が残っていました。
その雪どけの冷たーい水の中に、
真っ白な花が咲いていました。
ぼくは、
生まれて初めて見る花でした。
花に手をふれてみました。
そして、水の中にも手を入れてみました。
そしたら、すごく水が冷たくて、
びっくりしました。
こんなに冷たい水の中に、
どうしてあんなにきれいな花が、
咲くのだろうと、
ぼくは、不思議に思いました。
お父さんに聞いてみた。
「雪どけをしらせるのが、水ばしょうだ。」
と、言いました。

きつねのぼたん

東京都・小5　押見　隆幸

先生が、
「この葉っぱ、なんににていると思う。」
といいました。
ぼくは、
「わからない。」
と答えました。
先生が、
「葉だけ見ると、ぼたんの花ににているの。
　お寺さんにきれいな花がさくでしょう。
でも花を見ると、き色で、
きつねに、ばかされたみたいなんだよ。
だから、この花、
　きつねのぼたんっていうの。」
ぼくは、ほんとうかなあと思って
き色い花を見ました。

一粒の種

静岡県・小5　松井　良太

この小さな一粒の種。
胚や胚乳の観察もした。
でも　不思議だ。
水と　空気と
適当な温度があれば　発芽する。
日光と　肥料があれば　成長する。
この小さな一粒から
根が出て　芽が伸び
大きく　大きくなって
トウモロコシになるなんて。
こんな小さな種が
大きなトウモロコシになる！
精密な機械やコンピューターより
もっと不思議な　この一粒。

すずらん

長野県・小6　小島　美香

今にも
リーン　リーン
なりだしそうだ
小さな花が　風にゆれている

アセビ

東京都・小6　土肥　雅男

アセビの花は
小さなふうせん。
小さなでんき。
小さなふくろ。
せっけんのにおい。

いいにおい。

ペンペン草

愛知県・小6　松原　秀樹

さかさまにして
ふってみると、
カラッカラッと鳴る。
さわやかな音だ。
春の草花で、名はナズナ。
花は赤ちゃんがいっぱい
しがみついているようだ。
カラッカラッペンペン
楽器になりそうだ。
ふるたびだんだん、花が落ちていく。
ペンペンカラッ
ペンペンカラッ
春をふりまきながら散っていく。

ミント

東京都・小6　千葉　晴香

ミントの葉っぱは
いい香りがします。
ミントの葉っぱは
あついおゆにいれると
ハーブティーになります。
私もハーブティーをのんでみたいな。

花　見

京都府・小6　松田　豊子

自分の子どもを見向きもしないで
ふたりのおとなは
ぐいぐい　お酒をのむ。
顔や手は真っ赤になり
手足は　ふらふらしているのに
むりに立ち
ざしきの上を　おどっている。
そのうしろで
子どもは
ちょうちょを　追いかけている。
わたしは
桜の花びらをひざにのせて
ごはんをたべている。

こぶしの木

千葉県・小6　盛岡　靖子

白いこぶしの花
花びらが落ちてくる。
遠くから見るとなんだか
こぶしの木は、
真っ白なドレスを着て
立っているようだ。
夕日にむかって立っているこぶし。
上のほうが夕日にそまってべに色だ。
あたりが暗くなっていっても、
こぶしの木は
立っている。
静かに、静かに、立っている。

たらのめとり

長野県・小6　押野　光史

たらのめは　天ぷらにするとうまい
だが　とるのは大変だ
うまいたらのめは　山おくにある
大きいやつは
入れないようなやぶにあるから　腹がたつ
とるには　そのやぶに入らなきゃ　とれん
入れば　自分のいる位置もわからなくなる
大きな　めじるしの木を決めて
そこまで　さがしながら行く
やぶの間に　たらのめの木を見つけたら
そこまで　一直線に進む
だけど
そうかんたんには　たらのめはとれない
トゲの木の大群が
そこら中を　ちくちくさす
つるがからまって　前に進めない
そこをつっきるように進む

たらのめをとるには
山とけんかをして
勝ってとるようなものだ

桃の花

東京都・小6　竹島　利仁

縁側に、桃の花が八本、そっとおいてある。
おばあちゃんだな。
おばあちゃんは、
三百メートルはなれたぼくの家へ、
足をずるようやってきたんだな。
枝の切り口はななめにサッと美しい。
桃の花ってやさしい色だな。
ふっくらとふくらんだつぼみは赤っぽい。
きっと、
にこにこ笑いながら帰っていったんだな。

おばあちゃん、
おばあちゃんが大事にしていた桃の花は、
今年もきれいにさいたんだな。

こんにゃくつくり

佐賀県・中1　飯田　由美子

「コト　コト」
小さく音をたてながら
夜おそくまで灯のついた台所
なにか黒くて
ねばねばしたものを
赤いゴム手袋で
ゴイゴイかきまぜている
「何これ」
「こんにゃくさい」
こんな黒くてどろどろしたものが
こんにゃくなんて
「私にもさせて」
「でけん　かいかとけ」
それでゴムの手袋してたんだな

ずうっとかきまぜて
かたまったところで
火にかける

あくる朝
こんにゃくが
皿にどんと並んでいる
はしでとろうとしたら
にゅるっと逃げてしまう
酢みそをつけて
ゴクンと一息にのみこんだ

からすのえんどう

熊本県・中3　蛇島　絵里

緑のつるから、
ちぎれおちそうな、
からすのえんどう。

風が吹くたびに、
からすのえんどうは、
大きなはちきれそうな実を、
ゆり動かす。
回りの草には目もくれず、
えんりょなしに、
野原一面に群がっている。
そんなからすのえんどうに、
わたしの心は、
すいつけられてしまった。

向こうの方では、
子どもたちの遊ぶ声に続いて、
からすのえんどうの笛の音。
いつの間にか、
なつかしい、
幼い日々が、もどってくる。

4月——動物

☆コアラ
☆ナマケモノ
☆ビーバー
☆ヤマアラシ
☆スカンク
☆パンダ
☆ハイエナ
☆サイ
☆カンガルー
☆アザラシ
☆イグアナ

☆サル
☆シカ
☆ヒキガエル
☆イルカ
☆クジラ
☆ネコ

おたま

埼玉県・小1　中村　みのる

おかあさん、
おたま
大きく　なったら
かえるに　なるでしょう。
そしたら
どこの　川に　にがすの。
あら川も　きたないでしょ。
どぶ川も　きたないでしょ。
おたま、
かわいそうだよ。

ゾウのおしっこ

東京都・小1　かない　たてお

うえのどうぶつえんにいったよ。
ゾウがおしっこをしたよ。
おしっこをするとき、
あめがふっているみたいな
おとがしたよ。
一ぷんぐらいしてたよ。
うちのおふろ
いっぱいになるかな。
ゾウはすっきりしたかな。

おさるさん

大分県・小2　はらだ　ともはる

おさるさんは
おけつは　あかいけど
にんげんから
おかしや　みかんを
もらって　いいな。
ぼくも　おさるさんに
なりたいな。

かわいい　子ざる

長野県・小2　大仁田　純子

あさ、

おかあさんが
ふとんをはぐって
「見て見て。」
と言った。
わたしはまだ、
ねむたいときの目だったのに
すぐにパッと目をあけて
まどの外を見た。
そうしたら
本当に小さな小さな
かわいい子ざるが、何びきもいた。
大きなおやざるのおしりの
おちそうなところに、
子ざるが、ピョンと
ジャンプして、
毛を一生けんめい
つかんでいた。

ぶたのおさん

宮城県・小4　佐々木　かつ子

ぶたのおさんが始まる。
ぶたは、ちゃんと
わらでねるところを作って、
よこになる。
足をぴんとのばし
はらをそらせて
ブ　ブ　ブとうなっている。
大きなおなかの中で、
今うまれてくる子どもが、
もぞもぞ動いている。
いよいようまれてくる。
小さなふくろにはいって、
まっかな血にくるまれて、
まっかな小ぶたが出てきた。
おかあさんにそっくりのぶたが、
ぴょこっと出てきた。
きれでふいてはこにいれようとすると、
「どこさつれでいぐ。」
と心配そうにしておきあがる。
「とんねがらいい。」
手をやすめず、とうちゃんが言う。
そういうとおとなしくなって横になる。
ぶたは人の言うことがわかるのかなあ。
「いがった。
　みんな大きくてじょうぶそうだ。」
と、はずんだとうちゃんの声がする。
やっぱりぶたがかわいいんだなあ。

白イルカ

東京都・小5　中里　亜美

白イルカは白くて
おでこがツルツルで　かわいい
背ビレがない
はやく泳いだり
ゆっくり芸をしたり
目が小さくて
人なつこい

真っ白でキレイ
いつも笑っているかんじで
いつか飼ってみたいなあ

しか

奈良県・小6　岡田　恵子

さんぱつされたしかが
わたしのまえを走る
だいぶ大きくなった
小じかが
さむそうに私をみている
私の上着が
ほしいのだろうか
じっと私をみている
母じかは
いないのだろうか
一ぴきだけ
私をみている
いったい私のなにを
みているのだろう

4月

―鳥

☆アヒル
☆シジュウカラ
☆コサギ
☆キジ
☆キジバト
☆ウミネコ
☆ヤマゲラ
☆カワラヒワ
☆ワシ
☆ヒヨドリ
☆ツグミ

☆コゲラ
☆アオジ
☆ヒバリ
☆キツツキ
☆カナリア
☆ブンチョウ
☆ハマチドリ
☆コジュケイ
☆スズメ

ことりさんのレストラン

愛媛県・小2　わたなべ　あみ

うちは四月にさくらんぼがいっぱい
　みのります
おかあさんの友だちが
「とりに行きたい。」
と言ってとりに来ます。
「とってもいいよ。」
と言っていないのにとってしまうのが
ことりさんです。
うちはことりさんのレストランです。
とっても人気のレストランです。

ひばりのす

北海道・小3　花田　さぎり

野原のまん中で
ひばりのすを見つけた。
かれ草のすの中に
小さなたまごが四つある。
かわいいなあ。
学校から帰って見てみると
ひばりのおかあさんが
パッととびたった。
次の日行くと
たまごが三つしかない。
だれが、もっていったのだろう。
おかあさんひばりが、
きっとさがしているだろう。
私のあたたかい手で
そっとたまごをあたためてやった。

はとのポピーちゃん

沖縄県・小3　金城　利紀

はとのポピーちゃんが
ポーポーポーと
ないていた。
何をもとめているんだろう。
にがして　とないているのかな。
えさをちょうだいとないているのかな。
お友だちがほしいとないているのかな。

えさをあげても　ポーポーポー
大きな鳥かごにうつしてもポーポーポー
もうなかないで
ポピーちゃん。

カナリア

長野県・小4　神田　美香

カナリアは、いつも朝の四時半ごろからなきだす。
どうしてカナリアは早起きなのだろう。
まえは、メスのカナリアがいたから
元気にいっしょに歌っていたのに
しんでしまった。
それからぜんぜん元気がなくなった。
まい日わたしが学校から帰ってくると、
あんまりないていない。
カナリアを元気にするために、
学校から帰ってくると
コロコロとなくまねをしてあげる。
そうすると、だんだん元気になってくる。
もっと元気になってほしいな。

文鳥

東京都・小5　岡崎　順子

まっかなくちばし、まっ白なはね。
わたしの宝物ピイ太。
水浴びが大すきで、
いつもまっ白なからだでいる。
よっぽど、きれいずきなんだな。
はねをぶるぶるふるわせ、水を切る。
ぬれたからだで太陽を浴びる。
とても気持ちがよさそうだ。
朝日を浴びるピイ太が、とても勇ましく見える。
くるくるした丸い目でわたしを見る。
そんなピイ太がかわいい。
かごから出すと、わたしの肩に止まり、
はね回るピイ太。
雪のつもっている所に置くと、
赤いとがった物が置いてあるように見える。
そんな、まっ白いピイ太。
わたしの宝物のピイ太。
長生きしてねピイ太。

浜千鳥

佐賀県・小6　岩永　功

ぼくたちがかきをとっていたら
五十羽ぐらい
浜千鳥が飛んできた。
みんな足をしのばせて
浜千鳥のところに近寄った。
ぼくが一番近くまで行った。
ぼくの前をすうっと横ぎって行った。
羽の内側に白いすじがとおっていた。
がたには浜千鳥の足かたがついていた。
三本ゆびで
小さな矢じるしのようになっていた。
まん中のゆびが二センチくらい。
よこのみじかいゆびが
一センチ五ミリぐらいだった。
ぼくたちが足かたを調べていたら
チューチューチッチッ
と、たくさんかたまってとんでいた。
ぼくたち四人は見とれていた。

ひばり

長野県・小6　大屋　桃代

ひばりのすがあった。

たまごが二つ、ひよ子が二ひき。

そっとひよ子にさわった。

そのとたん、どこからか
「ビュ――」

「チチチ　チチチチチチ」

けたたましい声、

「ビュ――ビュ――」

私の所をおいはらう。

「親鳥だ！」

私は真っ青になる。すからとおのいた。

おそろしいほどのすごさ。

親が子を守る力のすごさを
初めて知った。

4月 ― 昆虫

☆ツマグロヨコバイ
☆モンシロチョウ
☆スズメバチ
☆シジミ
☆カイコ
☆コクゾウムシ
☆ハカリムシ
☆ダンゴムシ
☆モンキチョウ
☆アゲハチョウ
☆クマバチ
☆アシナガバチ
☆テントウムシ
☆アブラムシ

もんしろちょう

徳島県・小3　寺西　和之

もんしろちょうは
小人の白いひこうき
あ、
みどりのはの上にちゃくりくした。

さようなら　アゲハちょう

長野県・小3　内堀　美奈子

よう虫から　かえったアゲハちょうの
いよいよ　たび立ちの日
太陽がキラキラ光る
テラスに出た
「げん気でね」
「たのしい国に行ってね」
「みつをいっぱいすって大きくなれや」
思い思いのことをいった。
「さあ　幸せになるんだよ。」
先生がしずかに　アゲハをはなした
しゅんかん　せすじがすっとした。
「さようなら　アゲハちょう」
ことばがつたわったのか
ひらひら青空にまい上がった。
「あ……　おちてきた。」
なごりおしそうに　せん回した。
見る見る　遠くに　きえた
くろと　黄色の
ビロードの上着をきて。

ちょうちょう

東京都・小2　き村　ひろ人

きょう学校にくるとき
もんしろちょうを見つけました。
ひらひらと、とんでいきました。
かわいいなあ。
ぼくも、ひらひら手をふって
いい気もちで
学校にきました。

だんご虫

愛媛県・小3　福岡　蓮

にわで、だんご虫をみつけた。
手でつかまえたら、だんご虫の体がまんまるくなった。
ボールみたいになってすごいな。
足は何本あるか数えてみた。
いっぱいあったので、わからなかった。
だんご虫の体には、かたいところがある。
よろいをつけているみたいでかっこいいな。
まるでアルマジロみたいだ。
だんご虫を、かごに入れた。
だんご虫は、かごの中にある草の方にしか行かない。
どうしてだろう。
だんご虫は、ふしぎがいっぱいだ。

二ひきのちょう

福井県・小4　わし田　あかね

学校の帰り道、
ちょうが二ひき
そろってとんでいた。
なかよしのちょう。
お日様にてらされ、
白く光っている。
はねを広げてかがやいている。
どこまで行っても光っている。
わたしは、うっとり。
思わず、
「きれい。」
とさけんだ。

かいこのよう虫

京都府・小4　市川　つばさ

いやだけど、
かいこのよう虫をさわると
ふわふわして、わたのようだ。
おしりから
黒い小さなうんこをした。
こんな小さいかいこに、
なにができるのだろう。
こんな小さいかいこが
どうして糸なんかつくれるのかな。

春

静岡県・小6　荻野　かよ子

ちょうが
なの花の上を
まっていく
ひら
　ひら
ひら
　ひら
ひら
　ひら
春は　のどかだなあ

はかり虫

石川県・小6　東谷　泰子

豆をもいでいたら
はかり虫が手にのっかった。
はかり虫は、体の真ん中を
ギューと上げて
いっしょうけんめいに
一歩、二歩と計っている。
いやな感じがする。
気持ちが悪い。
こちょばしい。
こんな小さな虫が
人間を計るなんて
いやな虫だな。
まだ、草でも計っていればいいのに
何のために人間を計るのだろう。
けったいなはかり虫。

4月——魚介類

☆イシモチ
☆アマダイ
☆イシダイ
☆ウグイ
☆エボダイ
☆アオヤギ
☆アサリ
☆サザエ
☆トコブシ
☆ジュゴン
☆イソギンチャク

☆コウナゴ
☆アマゴ
☆イワシ
☆ハヤ
☆ヤマメ
☆メジナ
☆アナゴ
☆ヘラブナ
☆ハヤ
☆イカ
☆カラスガイ

☆アカガイ
☆マテガイ
☆トリガイ
☆コヤスガイ
☆サクラガイ
☆ハマグリ

かたくちいわし

福岡県・小1　ありまつ　まお

ぎんいろの　ちいさなさかな
なまえは　かたくちいわし
すいぞくかんで
ほかのさかなは
べつべつにおよいでいるのに
かたくちいわしだけは
なんびゃくぴきもいっしょに
およいでいた
いっぴきもはなれていなかった
うちのかぞくといっしょだね
やっぱりいちばんまえは
おとうさんかな？

メダカとり

島根県・小2　大野　あつし

メダカとりに行ったら
どじょうを見つけた
とろうとしたら
するするっと
ヘドロにもぐった
たもをつかって
パシャッと
土ごととったら
五ひきもとれた
どじょうは田んぼのにおいがした

あわび

和歌山県・小3　大川　雅史

しおが　ひいちゃうとき
あわびを　とりにいった。
おにいちゃんは　ちゅうぐらいで、
ぼくは、ちっちゃいあわびを　二ことった。
帰るとき、
大きい　あわびを見つけた。
七センチぐらい　あった。
おにいちゃんは、
手で　とっても　いっこも　とれんさけ、
かねの　ぼうで　とったら　とれた。
うちへ　もって帰って、

ばんに　うでて、
しょうゆうをかけて　たべたら
おいしかった。

ヤマメ取り

秋田県・小4　山代　晃司

ヤマメ取りをした。
つかまえた後は
しお焼きにして食べる予定。
「がんばってつかまえよう。」
ヤマメは、小さいし　すばしっこい。
なかなかうまくつかめない。
ようやく一匹つかまえた。
全部で十匹つかまえた。

イワナつかみ

長野県・小4　藤村　直樹

こらまてー。
つかまえたぞ。
おっ。
こいつは、でかいぞ。
石の下にいるかも。
つる。
にげられちゃった。
石の下に手をつっこんでまたちょうせん
つかまえた。
魚を見たら、かじかだったのでにがした。

父さんにきいた。
たべれる魚といったのでざんねんだった。
一時間で　うちにかえった。
ぼくのとった魚は
十三びきだった。
ぼくは、びしょびしょでうちにかえった。

しおひがりで発見!!

愛媛県・小4　上迫　裕輝

しおひがりに行った。
一年ぶりに行った。
去年たくさんとれたのではりきって行った。
近所のはるなちゃんもさそって、
お父さんと三人で行った。
かめおかの海岸へ行った。
くま手で砂をほったら、あさりが出てきた。
去年より少なかった。
はるなちゃんといろんな所へ行ってみた。
岩のかげでヤドカリを発見。
岩の下でカニを発見。
岩にくっついているたにし発見。
砂浜でいろんな貝がら発見。
しばらくしてお父さんたち発見。
おじさんたちがタコをつかまえていた。
すごーいと思った。
来年は、もっと大物をつかまえるぞー!!

アワビ

青森県・小5　蛸島　弘美

アワビは、ふちのほうであるく。
アワビは、くさや、こんぶのあるところに
ついている。
やし（やす）で、二、三回ついても、
とれてこないのもある。
けつ（尻）からには、とっつるが、ついてい
る。
とっつるは、
白やらちゃ色のようなものが、まじっている。
けつからの、うしろに、
小さいのや大きいのやあながあいている。
そのあなで、いきをしている。

イソギンチャク

栃木県・小5　黒崎　貴恵

イソギンチャクは、
さわると、とじる。
また、少したつと開く。
もう一度、さわってみる。
またとじて、
開く。
イソギンチャクは、

開いたり、とじたり、
ドアみたい。
おもしろいなあ。

アメフラシとの出会い

愛媛県・小5　濱本　修平

今日みんなと海へたんけんに行った。
そこで「アメフラシ」という
大きい生き物を見つけた。
なんだかいねむりしているみたいだった。
だいたら、ちょっと動いた。
きっと昼ねのじゃまをしちゃったんだね。
「ごめんね。」
と言ってだっこした。
次に頭をなでてやった。
本によると
冬場じゅう分成長したものは、
四百ミリメートルにもなるらしい。
最後に、そっと元の場所にもどした。
これがぼくとアメフラシとの出会いだ。

うにの身

福岡県・小6　森本　光栄

うにの身
美しいオレンジ色
お父さんが、うにのからを割った
ばりっ　ばりっ
次々に、うにの身が見えてくる
オレンジ色だけど
暗い色、明るい色、うすい色
身の色によって、味がちがうのか
そんなことを考えながら
うにの身を取る
身がくずれないように
そっと　そっと
やわらかく　やわらかく
箱に
同じ大きさ
似た色をえらんで
ならべて入れていく
気をつけて
一箱うにをならべていく
ぴんとはりつめた心が
ほっと息をつく

メバル

愛媛県・小6　首藤　多佳子

生きのいいメバル
父がつってきた
夕食にメバルが出た
じょうずに全部食べきれない私
それを見た父が言った
「メバルがかわいそう。
　身をいっぱいのこされて、
　天国へいけんわい。」
それを聞いた私はビクッとした
がんばって全部食べようと思った

イカすくい

愛媛県・中1　角谷　望

私は、お父さんと次朗さんといっしょに、イカすくいに行った。
まずライトをとりつけ、海を照らす。
そこの照らした所にイカのえさとなる
イカナゴやプランクトンが集まってくる。
こうしてイカがえさをもとめて集まってくるというわけだ。
だが、イカはういてこないとすくうことができない。
「きたぞ、きたぞ、左だ。」
と次朗さんに言われながらお父さんがイカをすくう。
「やった！　何びきすくった？」
と私はお父さんがすくうたびに大はしゃぎした。
こうしてたくさんすくった。
食べるのが楽しみだと私は思った。

五月

5月—行事

1 メーデー（1886年、アメリカのシカゴで1日8時間労働を主張して始まった）
ユニセフの日（1946年第1回国連総会で創設）
新日本窒素水俣病確認（1956）
日本赤十字社設立（1877年佐野常民が博愛社を結成した日）
佐賀県有田のとうき市
2 八十八夜
緑茶の日
郵便貯金の日（1875）
えんぴつの日（1866）
3 憲法記念日（1947年主権在民、戦争放棄、基本的人権を大切にする日本国憲法施

ユニセフぼ金

東京都・小4　鈴木　智大

四年生になって
やりたかった代表委員になった。

一番最初の大きな仕事は
ユニセフぼ金だ。

「おはようございまあす。ユニセフぼ金にご
　協力をお願いしまあす。」

「あさってまでやっていまあす。」

次々にお金が入っていく。

初日でたくさん入った。

道おか先生が、

「もうやめるかあ。」

と言った。

「ざけんな、やめねえ。」

とぼく。

「じゃあ続けよう。」

「おう。」

少したって、

「次はしょく員室に行こう。」

と言った。

いろんな先生が入れてくれた。

「ご協力ありがとうございました。」

自分の仕事が終わった。

うれしくて、すごく気分がよかった。

ユニセフ募金

京都府・小6　西尾　文音

「みんな入れてくれるかな。」
手作りの募金箱を持つ手がふるえる。
チャリン。
最初に入ったお金。
すずのようなきれいな音が出た。
一円玉でも十円玉でも、その音は出た。
自然にきん張がほぐれる。
「おねがいします。」
大きな声が出た。
チャリン。
チャリリン。
みんなは、いっせいに笑顔になった。
私も笑顔になった。
その音が、美しい音楽のように聞こえた。
一人でも多く、世界の子どもたちが、
笑顔になってくれるといいな。

お茶

埼玉県・小3　大橋　寛之

おかあさんが
「おとうさんが、いないけど
　お茶でものもうかな。」
といった。ぼくが、
「かわりになってやろうか。」

行）
4　国民の休日（1985）
熊本地裁が水俣病についてチッソの社長に有罪判決（1976）
5　こどもの日（1948年子どもを大切にする日として決まり、1951年「児童は人として尊ばれる」という児童憲章が制定された）
マルクス誕生（1818）
こいのぼり
ちまき
広島に原爆の子の像ができた（1958）
おもちゃの日
くすりの日（1987）
若芽の日（1982）
小林一茶誕生（1763）
6　立夏
7　博士の日（1888年学位会によって決まった）
ゴムの日
8　世界赤十字記念デー（スイスのアンリ・デュナンの誕生日（1828・1948制定）
松の日
9　アイスクリームの日（1869年横浜ではじめて売り出された）
10　愛鳥の日（世界には約9000種、日本には約550種の野鳥がいる1947）

といったら、
おかあさんが、
「へへへへ。」とわらった。
ぼくは、おとうさんのまねして、
お茶をのんだ。
にがいな。
しばらくして、おかあさんが、
「ああ、おいしかった。
　小さなおとうさん、どうもありがとう。」
といった。
こんどは、ぼくが
「へへへへ。」とわらった。

お茶もみ

和歌山県・小3　宗家　由香

シュウー、シュウー。
湯気の出ているおなべのふたを開けた。
目のさめるような、
深緑の葉っぱが、ひかっている。
部屋中に、お茶のにおいが広がる。
「あついから、気をつけなあよ。」
おばあちゃんの前で、お茶をもむ。
手の中で、葉っぱがまるまっていく。
「そのくらいでいいやろ。」
もんだお茶を、
むしろいっぱいに広げた。
緑のじゅうたんになった。

新　茶

和歌山県・小5　冨浦　哲平

若い葉をさがしてつむ。
雨がえるのような色の
ぼくの小指の先ほどの
つるつるした葉をつむ。
ぼうしの中に
あふれるくらいつんだ。
葉をいって
今度はお茶をもむ。
ぎゅっぎゅっと
もめばもむほど
いいかおりがする。
コーヒー豆より香ばしい。
ぼうしの中から
むしろの上にも
そこらじゅうに
初夏が広がった。

ぎせい

東京都・小5　関口　祐司

えんぴつが小さくなる。
ぼくたちが大きく成長するから。

愛鳥週間
子ども読書週間（1950）
11 長良川で鵜飼はじまる
12 看護の日（1820年ナイチンゲールが生まれた日）
海上保安庁記念日
ザリガニの日
民生委員の日（1977）
タオルの日
13 第2日曜日は母の日
14 ジェンナーが天然痘をふせぐ種痘をはじめた
斎藤茂吉誕生（1882）
15 沖縄本土復帰記念日（1972）
京都のあおいまつり
16 東京浅草三社まつり
旅の日（1689年芭蕉が奥の細道の旅に出た日）
17 世界電気通信記念日（1865年万国電信連合が結成された日）
東照宮春季大祭
18 国際親善デー（1899年オランダのハーグで第1回万国平和会議が開かれた日）
19 女性パイロット登場（1964）
ボクシング記念日
宮本武蔵没（1645）
20 東京港開港記念日（1941）

けんぽうのこと

東京都・小4　松永　幸一

先生が
「日本には戦争をしないという
　けんぽうがある。」
と言いました。
ぼくは外国の子どもとけんかしないで
なかよくあそびます。
ぼくは外国の子どもと
けいどろしてあそびたいです。
おすもうもしたいです。

ぼくの名前

青森県・小4　鈴木　正憲

ぼくが生まれた日、五月三日は、
憲法記念日で休みの日。
ぼくの名前は、
生まれた後に付けられた。
父と母が
「憲法記念日生まれだからな。
　その憲法の憲を取って、正しい付けて、
　正憲なんていいじゃないか。」
「うん、そうだな。」
こうして、「正憲」と決まった。
正しく生きて、
きまりを強く守ってほしい、
というねがいが入っている名前だったんだ。

なぜ教えないのだろう

大分県・小6　工藤　淳子

社会の時、
先生が、
「輸出すべきは　日本国憲法」
と言った人のことを話した。
日本の高校生が、
「日本には、戦力は持たないという憲法があ
　る。」
という手紙を、アメリカの出版社に出した。
アメリカの人は、それを知らなくて
大反響だったらしい。
私はその時、疑問に思った。
今年の夏休みに、
『近代日本の記録』という本を読んでいた時、
アメリカのマッカーサーという人が、
憲法の基礎を作ってあげたと書いてあった。
なぜ、
アメリカの人が日本の憲法の基礎などを
教えるみたいなことをしていて、
そのアメリカの国の人が
日本の憲法の内容を知らないのか。

21 ローマ字の日（1955）
野口英世没（1928）
京都に日本最初の小学校ができた（1941）

22 ガールスカウトの日（1947）
夫婦の日
「子どもの権利条約」日本で発効（1994）

23 コペルニクスが地動説を発表した（1543）
キスの日

24 ゴルフ記念日、ゴルフ場が日本ではじめて六甲山にオープンした（1903）

25 浜田広介誕生（1903）
食堂車の日（1899）
湯島天神祭

26 東名高速道路開通（1969）

27 神戸の酒鬼薔薇聖斗事件（1997）
ツベルクリンを作ったコッホ没（1910）

28 東京両国の川開き・隅田川の花火大会
1732年からつづいている
ゴルフの日（1927）

29 こんにゃくの日（1989）
与謝野晶子没（1942）

30 ごみゼロの日（あきかんなどポイ捨てが多くなったので1982年に設定）
消費者の日（消費者保護のため1968年に設けられた）

私はいっしょうけんめい考えた。
だが、よくわからなかった。
もしかして、
アメリカの人は
自分の国の人に日本の憲法の内容を
教えてないのではないか。
なぜ、教えないのだろう。

日本国憲法覚えた

福岡県・小6　波多野　隆文

ケロと学校帰る時
「憲法前文　覚えてこうや。」
とやくそくした。
ぼくは　家に帰って
すぐ　憲法をとり出して
覚え始めた。
学校で半分　覚えていたので
とても　やりやすかった。
「国政は　そもそも　国民のげんしゅくな
　しんたくによるものであって……。」
と、どんどん覚えていった。
何度も何度も
同じ部分を　くり返して覚えた。
あまり夢中で　時間を見なかった。
あとで見たら
もう十時半だった。
もう　ねないと　と思ったけど
あと一回言って　ねようと思って
全部　とおした。
まちがえずに言えた。
ぐっすりねた。

何のための憲法九条

鹿児島県・中3　岡山　君子

「何のために憲法九条があるんや」
新聞に、関西弁で書かれた手紙の一部
　が載っていた
私も同じ考えだった。
イラクに派遣された自衛隊の人達は
家族の写真を胸に抱き
戦場で生活している
何のために憲法九条はあるのだろう

子どもの日

長野県・小1　小川　ともか

あさ　おきて、
おとうさんのへやへいって、
「きょうは、こどもの日。
　きょうは、こどもの日。
　きょうは、子どもの日。」
と、なんどもなんども
いいました。
おとうさんは、
「はい。はい。はい。」

31　世界禁煙デー（1988年ＷＨＯで決定）
ワールドカップ日韓共催決定（1996）開幕（2002）

と、いいました。
おかあさんは、おこりました。

子どもの日

愛媛県・小3　村上　たか文

今日は、一番いい日
子どもの日。
ちまきを買って
こいのぼりのケーキを買って、
ぼくたちが、すくすく育つおいわいです。
夜は、長いしょうぶの
葉っぱのおふろ。
いいにおいで、気もちがいいよ。
これも元気に、かぜをひかないというねがい
　がこめられています。
今日は、いいことといっぱい。
元気もりもりになったよ。

こどもの日

京都府・小5　高向　世子

こどもの日は
ぜったいに　あそぼう
お父さんも家にいる
お母さん　お父さん　妹
みんな　いっしょにあそぼう
子どもの日に
勉強する人って　いるかな

わたしは　ぜったいにあそぶで
先生も
「子どもの日は　宿題なしにしてやる」
いっている
でも　雨がふったらあかんな
外で　あそべへんもん

子どもの日
五月五日
はやくこいこい
お天気で――

こいのぼり

長野県・小2　近どう　きみ子

わたしは
一かいでよかけん
あのこいのぼりの
おなかの中でねてみたい。
こいのぼりのおなかは
ふわふわで
きもちよかごとあるけん。

こいのぼり

東京都・小5　松永　幸一

校舎の上で
こいのぼりが
バタバタおよいでいる。

口がでっかい。
めんたまも、でっかい。
きょうは、運動会だ。
ぼくは
一とうになるぞ。

しょうぶのおふろ

長野県・小2　徳武　秀和

きょうは、六月四日、
しょうぶのおふろの日。
ぼくがしょうぶをまいたところは、
あたま、
手、
足、
体、
それに、ちんこ。

おとうさんが、ぼくのところを見て、
「はははは」
と大きな声でわらいました。
あたまにまいたのは、
あたまがよくなるように。
手は、力がつくように。
足は、
ひできくんより、はやくはしれるように。
体はじょうぶになるように。
ちんこはね、
先生だけに教えてやるよ。
おねしょしないようにって
おもったんだ。

ちまき

新潟県・小5　若山　昇

ささをゆでて、
かあちゃんの器用な手が
くるくると　三角形の　つつ型にまく。
もち米をつめて　すげで　しばる。
五つずつあつめて　すげのひもでたばねる。
それを四つ、
あわせて　二十こ、
一時間、ゆでる。

五月のせっくに　毎年食べる　ちまき。
きなこをつけて　食べる。
ささの　においと　きなこのにおい、
おせっくのにおいがする　ちまき。

かしわもち

栃木県・小5　櫃田　愉美子

ちゃぶ台の上の
おさらにならべてある
かしわもち、十五くらい。
ぎょうぎよく、ならんでいる。
おいしそうだな。
手のうらへのせて、
ぱっと投げて手のひらにうけ、
葉っぱをひらいてみたら
白いおもちが
ふっくらとして、
中にはあずきあんがはいっていた。
たべるのが、もったいないような気がした。
たべてみたら、
おいしくて、ほおが、おちそうだ。
ふと外を見たら、
向かいの家に、
こいのぼりが風をのんでおよいでいた。
矢車も
いきおいよくまわっていた。

ゴールデンウィーク

長野県・小6　手塚　幸宏

お父さんもおじいちゃんも
仕事が休み
夕ご飯の時お父さんが
「植林があるからどこへも遊びに行けれん
なあ。」
とぼくの方を見ながら言った。
ぼくは心の中で
「いつも　どこへもつれて行ってくれんの

に。」
とお父さんの顔をにらんだ。
朝になって、お父さんとおじいちゃんは
なえ木をしょって
山へでかけるところだった。
夕方になってまっ黒い顔で
家に帰ってきた。
ぼくはお父さんとおじいちゃんが
かわいそうになった。

かたづけ

長野県・小1　わかつき　ゆみ

おかあさんが、
「いらなくなった、おもちゃ、
　かたづけよう。」
といいました。
小さいときから、
いっぱいあそんでいた、おもちゃが、
すてられる。
おかあさんは、
「これも、いらないね。
　これも、いいでしょう。」
と、ごみぶくろへ、
ぽいぽい、いれてしまいました。
おもちゃを、もやすとき、
「ありがとう。さようなら。」
って、小さなこえでいいました。
もえてしまうのが、やだかったので、
見ないできました。

ゴムの木

東京都・小4　はま田　ゆうき

パキッと折ったところから、
とろとろと白いえきがでてきた。
手につけると
のりのようだ。
これをどうすれば
ゴムボールになるのだろうか。
どう考えてみてもわからない。

アンリー＝デュナンの仕事

長野県・小5　弥津　学

テレビでエチオピアの難民の様子を見た。
最近雨が降らないという。
作物がとれないので飢餓になっている。
十一歳というのに体重が九キログラムしかな
　いという。
ぼくも同じ年齢だというのに、
ぼくの半分以下だ。
そのうちお米の袋をわたす場面になった。
あっ、赤十字のマークだ。
地図帳を開いてみた。
エチオピアは、アフリカのまん中近くにあっ
　た。
山が高く険しそうだ。
こんな山奥へ食料を運ぶだけでも大変なこと
　だな。
アンリー＝デュナンの赤十字の仕事が今も生
　きている。

大松

愛知県・小5　鈴木　作松

大きく、太く、高い大松。
その中には、
三百年の歴史がつまっている。
堂々とした根っこ、
太い幹、沢山の葉っぱ。
三百年もかけて大きくなった。
もし、大松がしゃべることが出来たら、
ぼくたちに、戦争のことや、
台風のことや、地震のことを
教えてくれるだろう。
でも今は年をとっていて、
あちこちが腐り折れ、弱っている。
それでも大松は、
一生懸命生きようとしている。
雨や風に打たれても、
大松は弱音をはかない。
苦しい様子を見せない。
文句も言わないで、
じっと座っている。

ぼくも大松のようにどっしりと、
人がよりかかってきても、
倒れないような人になりたい。

こんにゃく植え

長野県・小6　高田　優子

「一、二、三、一、二、三。」
数を数え植えていくこんにゃく植え。
畑を山、谷、山、谷として
谷の所に植えていく。
こんにゃくに白い粉がついているから
風が吹くと目に入って痛い。
でも一通り一通り
きちんと植えていかなければいけない。
植え終わった通りには
白く一直線にこんにゃくがならんでいる。
きちんと間も
こんにゃく三こ分。
これを見ると背すじがのびるように気もちが
　いいのだ
全部植え終わった畑にふく
風が気もちよかった。

ちゅうしゃ

兵庫県・小1　むらかみ　なおこ

ちゅうしゃをするせんせい
えらそうなかおをしていた
かんごふさんをみたら
にこにこわらっていた
ちゅうしゃをするとき
わたしはかんごふさんばかりみていた

おまつり

愛知県・小1　つづき　とおる

かみさまに
百円あげようか十円あげようか、
まよいました。
十円あげることにしました。
手をポンポンと二つたたいて、
「びょうきにならないように。」
と、たのみました。
もっと、たのもうとおもったけど、
十円だから
よくばると、きいてくれないとこまるので
一つにしました。

ははの日

東京都・小2　西村　けんじ

ぼくは、ずっとまえ、
ママに
「ぼくができることを
　なんでもいっていいよ。」
といいました。
ママが、
「そうね。
　べんきょうしてくれる。」
といいました。
ぼくは、びっくりして
大きな口で
いいました。
「いやだよ。」
そして、ぼくは、にげました。

母の日

和歌山県・小2　東　みほ

母の日のしゅくだい。
「ありがとう。」
といってもらうまでお手つだい。
にわのそうじをした。
いっぱつでいってくれた。
まだまだやりたくて、
せんたくものをたたんだ。
またいってくれた。
ふきそうじをした。
こんどもいってくれた。
おちゃわんをあらった。
またまたいってくれた。
花に水をあげた。
おちゃのはっぱもつんだ。
家のそうじ、まどふき、

ほとけさまに、ごはんとお茶をあげた。
いっぱい「ありがとう」といってもらって、
（わたしは、こんなにやくにたつ子かな。）
と思った。

おかあさん

広島県・小3　橋本　奈美

わたしが大きくなったら
かんごふになる。
お母さんも、かんごふだから。
かぜをひいたとき、
お母さんの病いんに行ったら
病院のにおいがした。
はりや薬やいろんなのがあった。
ちゅうしゃをするとき
いたかったけど、がまんした。
わたしは、
かんごふのお母さんがすきです。

かんごふさん

長野県・小3　戸谷　友香

わたしは、今年
二回も入院した
その時から私は
かんごふさんにあこがれた
かんごふさんは
歩けない人を
はげましていた
私がお茶をこぼした時
かんごふさんが
「あらだいじょうぶ。」
と言って
ふとんをかえてくれた
夜中にはな血を出したら
ボタンをおしてないのに
来てくれて
氷でひやしてくれた
わたしは
すごくうれしかった
かんごふさんて
すごいなーと思った
わたしもしょうらい
そんなかんごふさんになりたい

お母さんはすてきなかんごふさん

熊本県・小3　げじま　ゆりこ

「お母さん、お父さんと
どうゆうふうに出会ったの。」
お姉ちゃんがきいた。
「まえ病いんにつとめていた時、
お父さんが病人できたんだよ。
お母さんに一目ぼれして、
『つきあってください。』
って言いなったよ。
あとから、
けっこんもうしこみにきなはったよ。」
「ドラマににている。」
お姉ちゃんが
目を大きくした。
わたしのむねも
あったかくなった。

沖縄県の平和のために

沖縄県・小5　嘉数　珠代

昭和四十七年五月十五日。
沖縄県は、日本に復帰した。
人びとは手をとりあってよろこんだという。
でも、
一つ、こまることがあった。
基地＝じごくよりこわい所があったのだ。
まわりの人びとは、
そう音になやまされ、くるしんだ。
こらえきれなくなった人びとはたちあがった。
ストをしたり、さいばんなどをおこした。
必死でアメリカ軍をおい出そうとした。
だが、カービンじゅうなどにおどかされ、
とうとう負けてしまったみたい。
でも、これくらいでおわってたまるか。
今度はわたしたちが、たちあがってみせる。
大きくなって、

世の中の事をもっとわかって、
人びとのために、
沖縄のために、
きっと、平和にしてみせる。

あおいまつり

京都府・小3　鹿谷　逸郎

キーカタカタ　キーカタカタ
牛車が　ゆっくり　ゆっくり
ぼくの目の前をとおって行く
あおいとしょうぶの花をつけて
金ぴかの車がとおって行く
「わあ　きれいね」
「あの車に　だれがのったんかな」
「おくげさまだろうね」
男の人や　女の人が　わいわい言っている
キーカタカタ　キーカタカタ
むしあついのに
牛は　口をもぐもぐして
はなからいきをして
ぐってり　ぐってり　足をのばしている
そのまわりを
白やみかん色のころもをきた人が
すましたかおで
あるいてはる

一人旅

東京都・小3　濱本　慧太

新横浜から、「のぞみ」に乗って、
広島へ行った。
新かん線に乗って、
ずっとドキドキしてた。
ぼくは、ちゃんと広島でおりられるかなあと
思ってた。
お母さんに、
三十分ごとに電話をかけた。
車しょうが、
「次は、広島です。」
と言ったしゅんかん、
ぼくは、荷物を持って立ち上がった。
ドアの前にダッシュで行って、
左がわのドアの前に立ってた。
でも、開いたのは右がわだった。
自分でもわらった。
ホームに止まる時、
おじいちゃんとおばあちゃんの顔が見えた。

国際交流

宮城郡・小4　大内　崇

給食時間に外国の先生が来ました。

金ぱつでせが高く、顔も長い人でした。

ぼくが、

「ハロー。」

と言ったら、

「ハロー。」

と言ってくれました。

ぼくの英語が通じました。

外国の先生はにこにこしていました。

ぼくはまた何か言いたくなりました。

女性パイロット

東京都・小6　須藤　実希

「初の女性パイロットがでました。」

テレビをつけたら、
アナウンサーが言っていた。

（へー、すごいなぁ。かっこいいなぁ。）

私はテレビにかぶりつくように見ていた。

「将来私もパイロットになってみたいな。」

と言ったら、

「スチュワーデスにしといたら。」

とお母さんに言われた。

パイロットの方が大変だと思うけど、
やっぱり、
第二の女性パイロットになりたい。

ローマ字の勉強

広島県・小4　和田　明久

四時間目に、先生のわる口を、ローマ字で書
いた。

先生が、

「先生は、美人です。」

と　いいのばかり書いて、

「みんなは、ぼんやり。」

とわる口を　書いたからだ。

おこって　六人が出て　書いた。

でも、六人とも　なおされた。

小ごし君は
「先生のおっぱい、ぺっちゃんこ。」

と書くつもりが、

「先生のおっぱい、ぺちゃこ。」

と書いて、なおされた。

おもしろくて　みんな　大わらいした。

ローマ字で、文章を書くのは　むずかしい。

チュッしたよ

青森県・小2　たざわ　ゆみこ

教室のそうじを　手つだったら
「きれいになったね、ありがとね」と
先生が頭をなでてくれた
うきうきと　うたいたくなって
ラー　ラララー
とスキップして　カバンをしょった
おどりながら
「ちょっと先生、ね」
って　ほっぺにチュッした
先生の　ほっぺたは
ツルン　ツルンだった

ゴルフ

和歌山県・小5　真野　由佳

前の田んぼでゴルフ。
父のボールは、
田んぼをとおりすぎ、
山の杉の下の方へ落ちた。
「取りに行ってきて。」
と言われた。
自分が打ったのに……。

木の皮やひっつき虫をセーターにつけ、
やっと見つけてきてあげたのに、
今度も取りに行かないで、
家の中に入った。
「このやろう。」
つぶやかずにはいられなかった。

ツベルクリンのちゅうしゃ

長崎県・小3　松山　晶子

学校でツベルクリンの注しゃがあった。
するまえ、心がどきんどきんした。
注しゃのはりが、うでにはいった。
でもじっとがまんして
目をつむって
よこをむいていた。
すんでから少しいたかった。
きょうしつに来たら
いたみがとまった。
少し赤くなって
ちが出ていた。

こんにゃく玉

東京都・小3　窪島　勝義

おばあちゃんと
くわをかついで畑にいった。
こんにゃく玉に
きずがつかないようにほった。
くわが石にぶつかって、
ガチャ、ガチャと音がする。
おもいきりくわをふり上げた。
大きなこんにゃく玉がでてきた。
ごつごつしていて岩のようだ。
くきはぶよぶよしている。
おばあちゃんは、
大事そうにこんにゃく玉をもって、
にこにこしていた。

5・30（ごみゼロ）

和歌山県・小4　中井　じゅん

六時間目に、ごみ拾いをした。
一から四はんに分かれて、
それぞれのはんをする。

学校からスタート！

後ろの方にいると、よくわかる。

「みんな、見落としてるなあ。」

と思いながら拾う。

たばこの吸いがらだらけの所があった。

あめのふくろも。

「ここは、ごみめっちゃ多い。」

と言いながら拾う。

だいたい拾えたら、
学校にもどった。

「森や川がきたなくなってる！」

と、ごみの量がうったえているみたいだ。

よごれるといやだから、
また、ごみ拾いするぞ。

地球を守ろう

高知県・小５　小松　友里

全校一せいの大山清掃
火ばさみで空き缶をはさむ
タバコも
一つ一つとらなきゃいけない
もえるゴミ
もえないゴミを分ける
ビニール袋に入った
お弁当の食べかす
くさったにおいで
ギョッと、あげそうになる
上級生も下級生もない
みんな一生けんめい
みんなの手がもくもくと動く
一年に三回
はまちどり公園を美しくする

おとうさんのおつかい

京都府・小３　今井　ひろやき

おとうさんが
二かいから　よんでいた。
「なにっ。」
といって　あがったら
「タバコかってきて。」
といった。
いつも　おだちんをくれるので
行こうと思った。
だけど　ちょっと考えてから
「だめっ。」
といった。
「おだちんをふやしても　あかん。」
といった。
おとうさんは
タバコをやめる　といったのだから
ぼくは　ぜったいに　いかないぞ。
おだちんなんかに　つられないぞ。

二〇〇二年Ｗ杯大会と日韓友好

山梨県・小６　山下　大輔

ぼくが生まれるずっと前、
日本は豊臣秀吉の朝鮮出兵から、
長い間、韓国を力ずくで支配し、
あってはならないことを
日本は韓国にしてきた。
そんな時代があったことを知り
ぼくは涙があふれそうになった。
韓国に犯した過ちを悔しく思い。
現在もにくみ合うとしたら、
とても悲しいことだ。
２００２年Ｗ杯日韓共催に決定！
というニュースを知ったとき
やったあ！　とうれしく思った。
二十一世紀のあけぼのに、
日韓共催Ｗ杯を成功させ、
新しい歴史の幕あけになることを、ぼくは夢
　みている。

5月——季節

☆青空と白雲
☆若葉
☆そよ風
☆水田に田植え
☆苗の緑
☆あせばむ日
☆初夏の季節感
☆さつき晴れ

川原

東京都・小1　森川　一明

いいなあ
空はまっさおの
ひゅうひゅうだし、
いちょうはどんどん
みどりになるし、
川原に人があそんでいるし、
宿題をやっちゃったし、
あしたは日ようだし、
あああ、
ひとつ
ひっくりかえって、
ねてやろう。

むぎばたけ

千葉県・小2　かつまた　かずのり

むぎ　いっぱい　おえてる。
くさの　め　でたね。
つばなも　しげったね
どどめも　なって
くわの　はっぱがまっさおだね。
もうきっと
どっちょ（どじょう）も　でたね。

麦

東京都・小4　吉野　幸枝

麦畑の道をだれか通っている。
あれはだれだろう
よんで見ようかな
麦のせいが高いので
頭だけせっせと歩いていく
きょうは　よい天気だから
麦がまぶしいほど黄いろい

若葉

奈良県・小5　長谷川　トモ子

いつのまにか

山が青くなった
木のはっぱが雨にぬれて
つやつや光っている
窓ガラスに
山の緑がうつって
青い
うちの中も
青いようだ

五月の風

群馬県・小5　福田　直美

レースのカーテンを
ゆらしながら
五月の風が入ってくる
やさしい声で入ってくる

五月の風は
緑の木の葉をそよがせ
楽しい歌をうたって
流れていく

風はあの青空のなかを
どこへ行くのだろう

五　月

茨城県・小5　金子　真由美

あぜ道の散歩
クローバーがのびて
草がのびて
緑一面の世界。

田植えのすんだ田んぼ道
木も青々としげり
風は少しあたたか
これが五月なのかな。

雨がふっても気もちがよい
晴れの日はちょっぴりあせをかく
もうすぐやってくる夏を感じる。
これが五月なのかな。

あちこちにつばめが飛び
すずめが、たまごを生む。
そんな五月にわたしは生まれた。

山

東京都・小6　鈴木　春子

二、三日のうちに
山は
やわらかな
みどり色になった。
風が吹くたびに
葉が一枚いちまい光るようだ。

大雨の一日

長野県・小6　竹内　愛理

学校帰りに突然、
歩道橋の下で、友だちと雨やどり。
「あっ」という間に、ひょうも降り始めた。
そして、大つぶの雨。
雷が、光って、鳴って、
私は、こわかった。
私は、追われるように店先に移った。
そうしたら、
「店の中に入りなよ。」
と、店の人が声をかけてくれた。
しばらくして、雨が小降りになると、
かさも貸してくれた。
小さなぐう然が
人のやさしさを私に与えてくれた。
幸せな気持ちになれた一日だった。

風

神奈川県・小6　小村　桂太郎

すずしい風
物干しざおで
ぼくのユニホームが
おどっている。

5月

―家庭生活

☆こいのぼり
☆ちまき
☆かしわもち
☆ころもがえ
☆衣類の整理
☆ゴールデンウィークの楽しい計画
☆家族の誕生日（各月）
☆夏まつり
☆母の日
☆夫婦の日

ふくろかけ

長野県・小1　増田　寿美子

おかあさんが
なしのみに
ふくろをかけていた
わたしは、
ふくろをわたす
おてつだいをした
なしは、まるくて
まわりに　しろいぷつぷつがついていた
ひとつのきに
五十七このなしがついていた
あまいなしになるといいな

えんどうむき

和歌山県・小2　あん上　やすひさ

はたけからとってきたえんどうの
かわをむいた。
とっちゃんとむいた。
先のほうをピッとおしたら
パカッとあいた。
まめが一れつに六こついていた。
ぼくみたいな歯ぬけのもあった。
よるは、まめごはんだ。
おばあちゃんが
「はつもん食べたら
なが生きするで。」

と言った。
ぼくは、おかわりした。
ほとけさんにも、そなえた。
チンチーン
「どうぞ、おあがりください。」
と言って、そなえた。

母の日（ヘチマ）

兵庫県・小3　森川　泰文

ぼくは、
今、
ヘチマを三十本うえている。
そのうち、
三十本ほどしるをしぼって、

おかあさんにあげたい。
たわしに、二こか、三こして、
それで、
おかあさんの足をこすってあげる。
おかあさんの足が、
白くなって、
おかあさん、わかくなる。

いちご五つ

青森県・小3　畑中　祐妃子

おさらにいちごが五つ
三時になったら食べる
三時になるまでねる
でもねむれない
だからおきる
おきたらいちごが四つ
あれれと思いながらトイレに行く
そして手をあらって
いちごのおさらを見たら二つ
またまたあれれと思って
きょろきょろ見回す
そしたらテーブルの下に妹が……。
そうだ妹のしわざだ
なかよく二人で一つずつ食べた。

あたたかい日

埼玉県・小3　富永　千鶴

おじいちゃんと、おばあちゃんが、
なかよく、じゃがいもを植えている。
おじいちゃんは、
くわを上手に使って
長いまっすぐなさくを作る。
こしを、
地面にくっつくくらいまげて
さくをきる。
そして、
ときどき、こしをのばして
回りを見ては
また、はたらいている。
おじいちゃんが
じゃがいもを植えたあとから
おばあちゃんが
こやしをまいていく。

りんごのふくろかけ

茨城県・小4　久保　千春

「ふう――。」
「まだ、ここまでか。」
と言う声が聞こえてきた。
見ると、
おじさんと、おばさんが、
りんごに、ふくろをかけている。
見ているうちに、
考えこんだ。
どうして、りんごはあまいのかな。
自然にあまくなるのかな。
それとも、
人があせ水ながして
がんばっている気持ちが
入っていくのかな。
おじさんと、おばさんは、
かわいい、大切な子どもたちに
一人、一人、
着物をきせるように、
やさしく
ふくろをかけている。

なすのわらしき

岐阜県・小4　北村　朋典

おかあさんが、
なすに土をよせている。
「ぼくは、なすの下にわらをしいてね。」
たのまれたら、いやとはいえない。
わらを、なすのねもとに
どっさり入れる。

「そんなにようけ入れたら、虫がわく。

その四分の一ぐらいにして——」

「はい、わかったよ。」

おかあさんが、
おばあさんから教えてもらったことを、
いま、ぼくがおぼえたのだな。
なすのことを、
ちゃんと知っていないと、
いいなすはならないんだな。

アスパラの出荷

長野県・小4　笹岡　正敏

今日、
夕方、六時半ごろから、ものおきにいって、
お父さんと、お母さんで
アスパラの出荷の用意をした。
ぼくは、一束一束目方をはかって
わゴムでとめて、お母さんにわたした。
お父さんにもわたした。
お父さんとお母さんは、
黄、紫、赤、青、白、緑のテープをはった。
紫が一番いいねだんで売れる。
紫が、三十五束あった。
いくらになるのかな。
よくおてつだいしたから
あしたは、
アスパラ切りにつれていってくれるといった。
はやくいきたいな。

もものふくろかけ

鳥取県・小4　大下　裕子

「かわいい。」

あかねさんが言った。

「ほんとだ。」

すごく小さくて黄緑色のももだった。

まるで、うめみたいだ。

みんないっせいにふくろかけを始めた。
坂本のおじいさんに言われたとおり、
実を落とさないようにしよう。
とてもむずかしかった。
「実が落ちたらどうする、はるなさん。」
はるなさんは、だまって、
ふくろかけをしている。
わたしもがんばろう。
ももをそっとふくろに入れ、
ゆっくりと口のはり金をねじってしめた。
「ふうっ。」
やっとできたぞ。
のどはかわくし、おでこにあせがでた。
「暑い。」
すごくじめじめする。
ももの毛が落ちて、顔がかゆい。
坂本のおじいさんの方を見た。
一生けんめいに、しておられる。
こんなにかゆいのに、毎年しているんだな。
一日に何百こもかけるなんて、すごい。
みんなのために、
ピンク色のおいしいももを作ってください。

カサカサカサ、もも団地に風がふく。
まぶしい太陽をあびて、
きらきらとゆれて光るももの葉。
緑のかがやきに、自然の命を感じる。
いつのまにか、すうっとあせがひいていた。

つぼみ取り

青森県・小5　吹田　絵理

五月の風にゆられ
山々を白くするりんごの花
一つの大きな花の周りに
ふっくらと五つのつぼみ
早く咲きたいなと競ってる
甘ずっぱいかすかなかおりで
畑は花の園
でもつみ取ってしまう
花一つだけ残して
せっかくふくらんできたのに
こんなにめんこいのに

一つ一つ私にもぎとられていく
ポロリポロリ
つぼみが落ちる
父と母は
するどい目で
ポキポキポキポキ
たちまち地面は真っ白
大きなりんごを作るために
高く売れるりんごを作るために
残る花はたった一つ
風にあおられ
悲しそうに落ちていくつぼみ

キャベツ

長野県・小5　吉川　美千代

夕方
お父さんと、キャベツをとりにいった。
初めての出荷だ。
お父さんがキャベツをほうちょうできると、
わたしは二つも三つも持って
草の上まではこんでくる。
とてもいそがしいから休むひまもない。
さいごはつかれてくたくたになる。
生産量が多くなると
ねだんが安くなると、社会科で勉強した。
こんなに苦労しているのに
そんなおかしな話ってあるだろうか。

ちまき

石川県・小6　中村　幸造

節句の日のささもち。
ささの間から見えるもち。
つるつるしている。
ささをはがすと、
なおつるつるしている。
気持ちよくむけた。
新しいささの葉脈が
そのままうつっていて、
ささの匂いが
クンと鼻にはいる。
節句のちまきはうまい。

しろかき

長野県・小6　飯田　悠太

水の中にはいった。
土がグニュッとうなった。
足がはまった。
なめくじにさわっているようだ。
足をぬくと、土が音をたてる。
きもちわるい。
すべって水着がまっ黒になった。
小さい子たちは、大はしゃぎで
どろ人間になっていく。
うつぶせになって、
クジラのように
黒いかたまりになっている子もいる。
一人がこけるとつぎがこける。
となりがこけると、
そのまたとなりがこける。
もう、きもちわるくなんてない。
これがしろかきだ。

ふきの皮むき

長野県・小6　飯森　奈々

おじいちゃんが
山から、しょいかごいっぱい
ふきを取って来た。
さっそく、おばあちゃんが、
ふきの皮をむきはじめた。
くきの先の赤いところを少しちぎると、
すうっと、
かんたんに皮がむけるのを見て
おもしろくなったので
私もやった。
黄緑の食べられるところを、
五センチくらいにちぎってざるに入れた。
全部むき終わって、
手を見たら茶色かった。
おばあちゃんの手は黒かった。

5月——学校生活

☆ガーデンパーティー
☆体力測定
☆一輪車のり
☆つなひきゲーム
☆写生会
☆遠足
☆運動会
☆音楽鑑賞教室
☆開校記念日
☆家庭訪問

たいじゅうそくてい

東京都・小2　はまだ　やすのり

ようふくを　ぬいだ。
みんなもぬいだ。
ひろしくんが
「パンツも　ぬぐの。」
と　きいた。
みんなが　わらった。
ひろしくんは
おおいそぎで
パンツを　あげた。

かていほうもん

神奈川県・小2　入江　かずま

先生がうちんちにきた。
ペット見せたら
「かわいいね。」って言って、
それから
お母さんとお話をした。
かえったら
先生バッグわすれて
お母さんが、おいかけていった。

ぼく

東京都・小3　井上　拓応

ぎょうぎがわるい。
じゅぎょう中　すぐ後ろを向く。
つくえの上に　ねっころがる。
持ち物を　あちこち　ちらかす。
ふでばこやえんぴつを　かじる。
気にくわないことがあると、
口をとんがらして　おこる。
すぐ泣く。
だから、バカにされる。
おかあさんにも、しょっちゅうおこられる。
なのに、

「拓ちゃんは、すなおで、明るく、元気がいい。それが一番。」

先生が、言ってくれた。

遠足

岐阜県・小4　早野　幸雄

「かんぱい。」

正男くんが言った。

カチン。

すいとうのキャップがなった。

「ハハハ。」

「へへへ。」

みんな、笑い顔になった。

若葉が、
顔に、ふさっとゆれた。

遠足

東京都・小6　平野　保和

バスの中で、
僕たちのバスはのろいので、
「うんちゃん、早くだしなよ。」
といったら、
校長先生が、
ぼくのけつをつっついた。

ムギナデシコのしおり

埼玉県・小6　田中　美麗

秋に、クラスみんなと先生で、
小さな種をまいた。
今、かすかにゆれている、
うす紫のかわいいムギナデシコの花。
この美しい花もやがてかれてしまう。
クラスみんなと先生と、
一つずつ花をつんでおし花にした。
みんな、いつまでも、いつまでも、
大切にしたいムギナデシコのしおり。

スポーツテスト

愛知県・小6　山口　友博

まず最初は、走りはばとび。
番が来た。
三メートル二十五センチ。
二回目は、一回目より落ちて三メートル。
去年より落ちているかなと思ったら、
上がっていた。
五十メートル走。
去年は八秒六だった。
今年は八秒二に上がっていた。
ほかの種目も上がっていた。
だんだん力がついてきたんだな。

家庭訪問

大阪府・小6　桐井　暢子

先生が私の家に来る。
お母さんは、部屋をかたづける。
そして、先生が来るのをそわそわとしてまっている。
先生ってそんなにえらいのかなあ。
ふだんは、なかなかかたづけをしないのに、
先生が来るというと、
ふきそうじまでして部屋をきれいにする。
先生が来るだけで家の中がきれいになるなら、
毎日のように先生に来てほしい。

生徒会

佐賀県・中1　二十歩　浩一

生徒会の副会長に推薦された
顔には出さないが内心うれしい
「えーおれいやばー」
みんなはいっている
でも、みんなだってうれしいんじゃないのかな
だれもがはずかしい
「いやだいやだ」といっていた人が
真剣に演説の文を考えている
ぼくも考える
当選できるといいな

5月

植物

☆リンゴの花
☆シャクヤクの花
☆ギボウシの花
☆ホオノキの花
☆オオバコ
☆スダジイの花
☆ヒナゲシ
☆エニシダ
☆ボタン
☆ウノハナ
☆サツキの花
☆ミズキの花
☆ナス

☆ハスの葉
☆ヒシの実
☆タマネギ
☆シュンギク
☆ビワの実
☆ゴマ
☆サツマイモ植え
☆サトイモ植え

☆ミカンの花
☆カキの花
☆クチナシの花
☆クリの花
☆カワラナデシコ
☆ムギの穂
☆ショウブ
☆スズラン
☆タケノコ
☆ハルジオン
☆カナムグラ
☆エゴの花
☆ツツジの花

☆フリージア
☆アマリリス

☆バラ
☆アオイ
☆スダジイの花
☆ホオノキ
☆ハクウンボク
☆ザクロの花
☆ウメの実

☆スイカズラ
☆タイサンボク
☆ノビル
☆カーネーション
☆アマドコロ
☆カキツバタ
☆アヤメ
☆エビネ
☆ウキクサ
☆ショウブ
☆チョウジソウ
☆ホウチャクソウ

☆アカツメクサ
☆オドリコソウ
☆クワツミ
☆ソラマメ

☆カスミソウ
☆エンドウ
☆ゼラニウム
☆ガーベラ
☆スイートピー
☆フタリシズカ

エンドウマメ

千葉県・小1　すずき　しな

おとなりのトウモロコシと
けっこんするつもりでしょ

えんどうのつる

大阪府・小1　山口　雅代

みどりのいとのような
手がのびた。
さむいかぜがふいても、
もう
のびた手はちぢまない。
さむそうな手、
あすは
わらのどこをにぎるの。

がじゅまる

沖縄県・小1　まえかわ　かずや

みどりのはっぱの上から
あたらしいきみどりいろをした
ちっちゃなはっぱが出ていた。
赤ちゃんのはっぱだ。
ひげをはやしているがじゅまるの木は、
おじいちゃんの木だとおもったのに、
赤ちゃんのはっぱが出るってふしぎだな。

いたどりぶえ

青森県・小1　ゆき　りさ

いたどりぶえをつくったよ。
いたどりのくきをきって
つくるんだよ。
口のところに、
ささのはっぱをきっていれたよ。
ぶうぶう、
ぶうぶう、
ゲ、ゲゲ、
みんなでふいたら
いろんな音が出たよ。
いたどりぶえで
おんがくかいをしているようだったよ。

うの花

島根県・小2　野村　あゆみ

きょうキアゲハのえさを、
さがしたあと、
先生が白い花をとって、
「これが、うの花。」
といいました。
わたしが、
「えの花あるんですか。」
といったら、
先生が、わらいました。

ニセアカシア

石川県・小2　たけまつ　りさこ

ニセアカシアの花は、
白くて、あまくて、
よるになって、
うえをみると、
ゆきみたいに、
きれいにみえます。

おおばこ

東京都・小2　小じま　こう平

おおばこは　なかなかぬけないよ。
おおばこを手でもって
「いっせっのせ」といって　ひっぱった。
ぬけた。
ねを見たら
ねがそうめんみたいだった。

みずばしょう

山形県・小2　稲村　みか

きれいだね
およめさんが、ならんでいるみたい。
きれいだね。
みかも
こんなドレス
きてみたいな。

みやこわすれ

東京都・小2　あわた　きょうじ

むらさきの
みやこわすれの花がきれいです。
おかあさんが、じっと見ています。
おかあさんは、
みやこわすれが大すきです。
ぼくも大すきです。

アスパラガス

長野県・小2　ばんば　ゆきひこ

アスパラの　てっぺんが
花の　つぼみみたいだ。
まっすぐの　アスパラを
見ると、
ローソクに、
火が　ついているようだ。

すいれん

長野県・小2　まつざわ　きみ子

わたしが、
目をさますと、
もう、
池のすいれんは、
きれいに
さいている。
「すいれんは、
　なんじごろおきるかな。」
と、わたしはおもった。
ゆうがたになると、
きれいな、
花びらを
とじてねてしまう。
すいれんも、
ねむたいのかな。

かすみそう

島根県・小2　三島　たけし

きょう
学校のそばに
かすみそうが、さいていました。
かすみそうをさわったら
すずしかったです。
さらさらしていたから
すずしかったです。

すずらん

青森県・小2　にしざわ　あけみ

先生が　もって来た　すずらんです。
小さなすずのような　花です。
まるで　すずが　なりだしそうな花です。
色は、白くて、スタンドみたいで、
でんきが　つきそうです。
こうすいのようなにおいがする花です。
いくつもあれば、へやじゅう　いい　かお
りがするように思いました。

さんざしのはな

東京都・小2　松田　みすず

きがながいね。
きがかぜでゆれてる。
あかいはなきれい。
そらがみずいろ。
かぜがすずしいね。
さんざしのはな
きれいね。
さんざしのはなを
もらいました。
もってかえりました。
こっぷにいれた。
ままがにこっとしてみてた。

あさがお

東京都・小3　岩塚　はつみ

つるが
竹のさきのほうまで
はみでている。
つかまえるところがないかな、
とかんがえているみたい。
つるは、

さきのところに
目があるみたい。

アスパラのめ

青森県・小3　佐々木　マリ絵

二、三こぐらい
小さい小指の半分ぐらいのめが
ぽつぽつ出ていた。
かわいいな
頭にすなをかけて
やっと外に出てこれたぞうっと
にこにこしているようだ。
あつくて
アスパラのめが
あせをかいているよう
あしたも晴れたら
水をかけてあげよう

びんぼう草

群馬県・小3　福島　芳子

こまったな。

だって、みんな、

「びんぼう草とるとびんぼうになる。」

て、いって、先生は、

「びんぼう草をとんないとふえる。」

て、いうから、わたしはこまった。

ジャスミン

東京都・小3　日向　ゆう子

小さな白い花。

上から見ると、お星さまみたい。

横から見ると、ふん水みたい。

おどりこそう

長野県・小3　市川　ゆみ子

おどりこそうは、
白くて、
かわいい、
お花です。
わたしたちが
見てると
まるで、
人がおどってるみたいです。
みつをすうと
さとうをなめたような
かんじがします。

すずらん

東京都・小3　保坂　真紀

風をうけると
小さな花が
ユラ
ユラ
ゆれる
まるで
すずがうごいているようだ
そっと耳をすますと
すずのねがきこえてくるような
気がする

シャクヤクきり

長野県・小3　樋口　武伸

ピッシ　ピッシ
つぼみからふくらんできた
シャクヤクをきる
ぼくとおねえちゃんは
ていねいにはこぶ
みつが手にベタベタとつく
シャクヤクのにおいで
いっぱいになる
このシャクヤクは
どこまでいくのかなあ
東京かなあ　名古屋かなあ
それとも長野県の中かなあ
そんなことを考えながら
いためないようにはこぶ
きょうは土曜だから
お父さんもお母さんもきた
家ぞく六人で力を合わせたら
すぐ終わった

オカトラノオ

埼玉県・小3　くろさわ　さち子

のはらでオカトラノオを見つけました。
はじめは名まえがわからなかったので、
ちとせちゃんの図かんを見て
しらべました。
白い小さな花が
いっぱいあつまってさいています。
名まえがわかったとき、
おもしろい名まえと
思いました。
家にもって帰って
お母さんに見せたら、
「きれいな花だね。」
といって、じっと見ていました。

ねじ花

東京都・小4　平原　麻衣子

ピンクのねじ花に
モンシロチョウがとまっていた。
花がねじれてついているので
モンシロチョウは
その花をたどって
ねじれながらみつをすっていく。
くるくるまいた口をのばして
はねをひらひらさせて
ゆっくりすっている。
ふわっととんだら
となりのねじ花にとまって
また、はねをひらひらさせて
ぐるぐるとねじれて
ゆっくりみつをすっている。

くんしらん

東京都・小4　押見　たかゆき

先生に
「なんていう花。」

とききました。

「くんしらん」

といって、じっと見ていました。

くんしらんはさむいのに
かんばってさいています。

先生は、くんしらんがすきなのかな。

お茶つみ

静岡県・小4　池谷　良平

ぼくの家の畑には
お茶の木が　広がっている
緑色のお茶の芽が
すうーっと　のびてきた
近所のおばさんたちが
手伝って
お茶つみをしてくれた
ぼくが学校から帰ると
お茶の木が
丸ぼうずになっていた

竹の子

和歌山県・小5　西　直美

つやがある竹の子のこの毛なみは、
まるでつやつやした毛なみの犬みたい。
どうして冬に出ないのかな。
あんなにたくさん
服をきているのにな。

えんどうの花

東京都・小5　小峰　和枝

えんどうの花が咲いている。
めだかの行列のように、
小さい実がなっている。
白い花。
かわいい花。
畑の中に、いちれつに、
まっすぐならんでいる。
雲のように、
ふわふわと、
綿のように、
ふわふわと、
美しく、
えんどうの花が咲いている。

てっせん

長野県・小5　畔上　文子

てっせんは白い花、
朝顔のようにするするとのびた。
つるのてっぺんに、
ひっそりさいている。
まるで雪のように
ほんわりとしている。
大きな花びらは
まだ生まれたばかりの
うさぎの耳のようだ。

新　緑

愛媛県・小5　藤本　奈々

教室のまどから
私の部屋から
車のまどから見えてくる
私のひとみにうつってる
山いっぱいに広がる緑
かがやく黄緑
生まれたての若い葉が
五月の風にはしゃいでる
くすの木　ブナの木　カエデの木
生まれてくるよ　自然の力
森は生きている！

じしばり

東京都・小5　田中　元浩

お母さんはこのごろ
変わった趣味を持っている。
それは、草花集め。
じしばり、おおばこ、母子草など。
じしばりは大きく育って
黄色いキクがならんだようだ。
お母さんは毎朝、
草花たちに水をあげる
まるで、
お金を出して
買ってきたように
かわいがっている。

きりの花

岡山県・小5　岡本　台盛

道を行く。
よい花のにおいがする。
頭をあげると
高いきりの木の花だ。
夕日にそまって
赤紫になっておっている。
蜂が花ふんを腹一面につけて
花の中にとびこんだり
出たりしている。
きりの花はまるで
おかあさんのように
だまってみつをすわせている。

こばん草

三重県・小5　北村　新子

しらないおじさんが、

「これ、どこでとったん。」

ときいてきました。

わたしが、

「町屋川」

といいました。

おじさんが、

「これ、こばんそうやに。」

といってきました。

よく見たら、
ほんとに、こばんみたいでした。

やぐるまそう

茨城県・小5　村田　明弘

やっと、
やぐるまそうがさきました。
青むらさき色の花です。
きつねのようにとんがった花が、
百こくらいあつまってさいています。
なんで、やぐるまそうというのかな。
矢のような花が

くるくるまわるみたいだから
いうのかな。

この花は
なおちゃんが生まれたとき
もらったたねをまきました。
ぼくは、なおちゃんをそだてるように、
水をあげました。

先生に、
やぐるまそうを切ってあげました。
「ありがとう。」
といって、とてもうれしそうでした。

なおちゃん、
やぐるまそうのような
やさしい女の子になってね。

さくらんぼ

愛媛県・小5　小池　亜紀

畑のすみに
さくらんぼの木。
小さな赤いビー玉。
おいしそうな、
赤いあめ玉。
つやつや光る、
赤いルビー。
手でつまんで食べてみる。
「ウーン。甘ずっぱい。」
さんらんぼ。
高い所の実は
お母さんにとってもらう。
てっぺんの実は、
鳥たちにさしあげよう。
赤い赤い
さくらんぼたち。

ガーベラ

福岡県・小5　松股　亜依

ガーベラは思い出の花。
クロが亡くなる数日前に
花びんでゆれていた花。
日がたつにつれて花がしおれていくと
クロの体も弱っていった。
学校に行っている間も
ずっとクロのことが気がかりだった。
五月七日の夜、
クロは眠るように亡くなった。
ガーベラはまだ咲いているのに
クロだけが先に行ってしまった。
花屋さんでガーベラの花を見ると
私の心は少しゆれる。
クロがどこかで私を見ている気がする。

ゼラニウム

岡山県・小5　太田　由美子

この花は学校からわけてもらったもの。
もらってきた時は小さい葉が二つで、
小さくて鉢ばかり大きく見えた。
友だちと別れてさびしかっただろうな。
私にできる世話といえば、
水をきらさないでやることと
太陽の光をいっぱいあててやることだ。
そして、そのたびに「がんばって」と、
声をかけてやることだ。
今では、仲間がいっぱい。
葉っぱは広がり、鉢よりも大きくなった。
茎もがっちりしてもうかれる心配はない。
豆つぶほどの小さい、ふっくらした、
赤いつぼみを見つけた時うれしくなって、
「よくがんばったね。」
と声をかけてやった。
ここまで育てたことをじまんしたいな。

カスミ草

東京都・小5　佐藤　千保

小さな小さなカスミ草
そっとつみたくなるような
ちょっとさびしくなるような
なみだがスーと落ちそうな

白い小さなカスミ草
野原にそっとさいている
風にゆられてさいている
カスミ草は私に夢をあたえてくれる
小さな天使

野原にはカスミ草の香り
やさしいふんわりした香り
だんだんねむくなってしまいそう
そんな野原があったらいいな
夢でもいいからそんな野原へいってみたい

おおばこ

神奈川県・小5　岸本　武

おおばこが
アスファルトの間から
顔をのぞかせていた。
自動車が大きな音をたてて走る中で
一生けん命生きている。
ふまれても、
ふまれても、
おき上がってくる。
それだけ生きのびようとしている。
ふまれて
ふまれて
ふまれても
生きるんだとおき上がる。
がんばっているんだなあ。

あじさい

愛知県・小5　近藤　聖美

雨だ　雨だ
あじさいたちが
さわぎだした
花はがくの真ん中に入る
「集まって。」
一つのがくが言う
真ん中に集まって
みんなでおしくらまんじゅう
ぎゅっぎゅっ
いたいよ　いたいよ
小さくなったり
大きくなったり

晴れてきた
花がきらきらしている
がくは花の親
花をだいて見守る
やがて　花はりっぱに咲く

うまのあしがた

高知県・小5　川村　彩規子

黄色の小さな花。
太陽の光が当たって、
ニスをぬったように
ぴかぴか光っている。
黄緑の葉はよもぎの葉ににている。
くきには、
毛がもしゃもしゃ生えている。
いつも通る運動場の入り口にあるのに、
うまのあしがたに気づかなかった。
やっぱり、
花の名前をおぼえると、
雑草でもかわいく見えて
やさしい気持ちになるんだね。

ねじねじ花

長野県・小5　遠山　実の里

学校へ行く時、
家の畑で、
ねじねじ花を見つけました。
棒に花がまきついているみたいで、
かわいかったです。
明日の学校の帰りに取って、
おばあさんにあげます。
早くおばあさんのよろこぶ顔が見たいです。

うらしまそう

埼玉県・小6　中野　豊

これが、うらしまそうか。

この竿と糸。
きれいだなあ。
りっぱだなあ。
浦島太郎が釣っている。

雑草

島根県・小6　山本　祥太郎

いつの間にか
セメントの下から
顔を出した雑草
こんな小さな体のどこに
これほどの力強さがあるのか
「もっとぼくを見て」
そううったえているように

みずき

東京都・小6　土肥　雅男

本門寺にいった。
みずきの花がさいていた。
かいだんみたいにさいていた。
先生が、みずきをとった。
はじめ、大きい花だと思った。
見たら小さかった。
はっぱのしるがでた。
べたべたしていた。

庭のキャラ

東京都・小6　田嶋　美千代

「お、お母さん、かれていないよ。」
かれていたはずのキャラの木が
青々とした葉を芽ぶいている。
「本当だ。生命力っていうのは、
　動物でも植物でもあるものなのね。
　すごいわ。」
お母さんもとても感激している。
そのキャラは昔、
庭の中心に
「おれは王様だ」
というようにドスンと立っていた。
雨の日や風の日には
小さい植木を守るように立つ。
でもそんな王様も
家の建てかえで植えかえた時に
かれてしまったのだ。
仕方なく
庭のすみにもっていったキャラ。
一年以上も葉をつけなかったキャラ。
それが今、青々と芽ぶいている。
素晴らしく強い生命力で芽ぶいている。

アカシヤの花びら

長野県・小6　松沢　弥生

「パラッ」
と何か白いものが
つくえの上に落ちてきた。
それをそっとひろってみた。
雪のようなアカシヤの花びらだった。
道の向こうから風にのってきたのかな。
ふでばこの中にしまった。

えんどうの花

東京都・小6　小峰　和子

えんどうの花が咲いている。
めだかの行列のように、
小さい実がなっている。
白い花、
かわいい花、
畑の中に、
いちれつに、
まっすぐにならんでいる。
雲のように
ふわふわと、
綿のように
ふわふわと、
美しく
えんどうの花が咲いている。

みやこわすれ

東京都・小6　森田　博子

朝つゆにぬれていた。
つぼみが
とうとうひらいた。
庭のはしで
ひっそり咲いた。
むらさき色が
光っている。
みやこわすれを
静かに
一りんつんだ。
心がおっとりして優しくなった。
そばに咲いているだけで
おちつくんだ。
またいつか
この庭のはしで
咲いておくれ。

ぼたんの花

東京都・小6　野村　亜紀子

「大きいなあ、ぼたんの花だ。」
と、お父さんが目を大きくして
ゆびさした。
「うん、大きいね。」
と、ぼたんの花を見つめながら答えた。
ぼたんの花は堂々とはばをとって
大きく咲いている。
おとうさんは
ぼたんの花にすいこまれるように
近よっていった。
「何してるの。」
と不思議に思って聞くと、
「大きさ比べ。」
と言って、
ごつごつしたお父さんの手と、
パッと咲いているぼたんの花を見比べていた。
ぼたんの花は
ひっそりゆれて笑った。

ユキノシタ

福岡県・中1　加納　朋子

ユキノシタ。
雪の下で咲く強い花だから
この名がついたという。
ユキノシタ。
めだたないけれど、
よく見ると五まいの花びらは、
三まいは短くて、二まいは長い。
大の字になって、
ねっころがっているよう。
ユキノシタ。
おとなしい花だけど、
私はおまえが好きだ。

そら豆

島根県・中2　藤原　美津子

そら豆を
まん中から二つに折った。
中は綿みたいなうす綿のふわふわしたものが
豆をつつんでいる。
おかめの顔のような豆が
二つぶはいっていた。
たった二つぶを
綿のようなものにくるんで
上からかたいさやをかぶせている。
自然というものは
なんとていねいなものだろう。

5月 —動物

☆カバ
☆ラクダ
☆カモシカ
☆カナヘビ
☆ヘビ
☆ミドリガメ
☆ワニ
☆トカゲ
☆オコジョ
☆リス
☆オオカミ
☆コアラ
☆ムササビ

おたまじゃくし

広島県・小1　しんの　つとむ

せんせい
おたまじゃくしが
およいで　いたよ。
おともだちと　およいで　いたよ。
ちっちゃい　あしを、
しっかり、しっかり、しっかり、
うごかして、
およぎの　けいこを
して　いたよ。
こうして、
じょうずに　なるんだね。

かえる

秋田県・小1　しんどう　かずま

かえるは、なんでなく。
ゲコゲコ、ゲコゲコ、
なんでなく。
おたまじゃくしは、なかないよ。
大きくなったら、かえるになってなく。
にんげんは小さいときなくのに。
そうか、
かえるは、
にんげんと、はんたいなんだ。

トカゲ

山口県・小2　中村　あき

チョロチョロチョロ、
わたしはトカゲ。
ひなたぼっこが、大すき。
きょうは、どこでやろうかな。
石の上がいいかな。
草の上がいいかな。
やっぱり石の上がさいこうさ。
お日さま大すき。
おひるね大すき。
おなかがすいたら、ペロペロペロ。
とんできた虫、パックリコ。

「ああ、おいしかった。」
よそみをしてたら、
人間だ。
わー。にげろ、わっせっせ。
あっちへチョロチョロ。
こっちへチョロチョロ。
しっぽをおいて、
あなぐらめざして、
いちもくさん。
もう、これであんしんだ。
しっぽがはえるまで、
がまん。がまん。

リスを見た

高知県・小4　黒川　芳男

「リスぞ。リスぞ。」
おかあさんの声がした。
さがしたけど見当たらない。
静かにしていたら
そっと顔を出した。
おみきを見ながら
口をもぐもぐ動かした。
ぼくが石を落としたら
リスはびっくりして
かくれてしまった。
待っていると
また顔を出した。
近づいて来たり、にげたり
リスとおっかけっこをした。
真正面から顔を見た。
生まれて初めて見た本物のリスは
思ったより大きくて
すごくかわいかった。

オオカミ

大阪府・小4　溝江　純

「オオカミだ」
きょうもオオカミは
おいかけられる。
でもオオカミは
人間をおそうってきまってないじゃないか。
でもオオカミはおそわれる。

コアラ

東京都・小6　鈴木　浩司

コアラが、
日本にくるのは、
とてもかわいそうだ。
日本の小さなおりの中よりも
ユーカリの木がたくさんあって
おりの中よりも何百倍も広い、
自然の中に住んでいたほうがいい
コアラはオーストラリアの自然の中にいるのが、
一番かわいい
だからぼくは
コアラを日本につれてこないで、
オーストラリアの自然の中に
返してやった方が一番、
いいと思う。

学校にムササビが出た

和歌山県・小6　橋本　光浩

外を見ると、
「ムササビや」
という声が聞こえた。
とんで出ると、
スクールバスの車庫に
リスのようなものが走り回っていた。
バケツでつかまえようとした。
川村君がすくうようにしてつかまえた。
さわってみると、
ネコのようで
前足と後ろ足のあいだに
羽があった。
見るのが初めてだった。
できたらかってみたかった。

5月——鳥

☆シジュウカラ
☆ヨシキリ
☆ブッポウソウ
☆アヒル
☆カッコウ
☆カワセミ
☆キツツキ
☆ブンチョウ
☆カイツブリ
☆ヒヨドリ
☆コゲラ

☆メジロ
☆コサギ
☆ムクドリ
☆カラス
☆カルガモ
☆ウミウ
☆カワウ
☆ツバメ

つばめのこ

宮崎県・小1　ひだか　ゆうこ

つばめのこをみました。
つばめのおかあさんが
えさをさがしにいったよ。
つばめは、かしこかったよ。
どうしてかというと
うんこをすにしなかったから、
かしこかったよ。
うんこは、しろだったよ。
きれいだったよ。
おかあさんが、
えさをやったときないたよ。

つばめ

長野県・小2　栗原　拓也

ぼくが、にわをさんぽしてたら、
ぼくのかたに
つばめがとまった。

びっくりした。

あるいたけど、
まだ、とまっていた。

「何でとまったのかな。」

と思った。

おばあちゃんにはなしたら、

「目をつつかれなくてよかったなあ。」

と言った。

おとうさんが、

「すをかけられなくてよかったな。」

と言った。

シジュウカラ

東京都・小2　若山　彰江

学校で先生が
「シジュウカラは、ネクタイ鳥って
　おぼえておけばいいわね。」
といった。
本門寺へ行った。
お父さんみたいにネクタイをした鳥がいた。
わたしは名まえをわすれたけど、
ネクタイ鳥とおぼえていた。

横山君が「シジュウカラ」とよんで、

「新しいネクタイ買ってやるからな。」

といった。いざきくんも
「せびろ、買ってやるからな。」

といった。

せびろにネクタイ、にあうと思った。

口ばしをとがらせて
目をくりくりさせていた。

体はすずめくらいだった。

初夏の小鳥

徳島県・小4　宮久保　めぐみ

夏の山は小鳥の世界。
さあ、みんな思いっきり歌いましょ。
カッコー　カッコー
テッペンカケタカ　テッペンケケケ
ケキョケキョ　ホーホケキョ
姿をかくしてじょうずに歌う。
何回も練習しているのはうぐいすさん。
ケキョキョキョ　ケキョキョキョ
ケッキョ　ケッキョキョキョ
ちがうよ。こう歌うのよ。
ホホホ　ホーホケキョ
お母さんが教えている。
一面緑の静かな山、
小鳥の歌がすきとおって聞こえる。
小鳥さん。
緑の空気はおいしいでしょ。

かっこう

北海道・小4　梅野　祐子

カッコー、カッコー。
かっこう鳥の声で目をさまされた。
はねおきて、そとへでてみた。
朝の空気がひやっとした。
からだがピクピクとなった。
おもいきりいきをすいこんだ。
はらのなかまでひやひやとした。
りんごの木がこいきりのなかに
ぼやけて見える
かっこう鳥も
りんごの白い花を見にきたのだろうか。
おばあちゃんもでてきた。
こしをのばし、空を見あげるようにして、
「きょうも、よい天気になるよ。」
といって
フーッと、大きくいきをはいた。
あたり一面のきり、
遠くは見えない。
どの木にとまっているのだろう。
ただ、すみきったさえずりだけが聞こえてくる。

おなが鳥

東京都・小4　神戸　昌子

たいくつで外を見ていると
わたしの家の上を
おなが鳥が飛んでいる。
急にわたしの家の庭におりてきて
しばふの中の虫をたべている。
青い色のきれいなはねは、
ほかの鳥にじまんができそう。
わたしはそうっと
外にでてみると
すごい声を出して
飛んで行った。
あんなきれいな鳥なのに
あんな声だともったいないな。

つばめ

東京都・小5　富田　智弘

つばめは雨の日でも
外にえさをさがしに行く。
雨の日は虫はあまりいないのに、
えさをさがしに行く。
よく、えさが見つけられるなあ。

5月

昆虫

☆アメンボウ
☆ハナムグリ
☆クロアゲハ
☆ハンミョウ
☆クマバチ
☆マイマイツブリ
☆タガメ
☆ゴキブリ
☆ゲジゲジ
☆シャクトリムシ
☆アリジゴク
☆シラミ
☆キタテハ
☆カナブン
☆シオカラトンボ

ちょうちょのレストラン

福岡県・小2　川上　ようすけ

ぼくのかあさんは、
お花が大すき。
うちのベランダは、お花でいっぱい。
白いお花が、ゆれてるよ。
そよそよ風が、いい気もち。
黄色いお花が、歌ってる。
お日さまぽかぽか、あったかい。
赤いお花が、よんでるよ。
ちょうちょさんたち、
よっといで。
おいしいみつをめしあがれ。
ひらひらアゲハがとんできて、
おなかいっぱいのみました。
友だちつれて、また来てね。
うちはちょうちょのレストラン。

おもしろいしゃくとり虫

新潟県・小2　太田　司

しゃくとり虫は
せなかをでっぱらせて　歩く。
なみみたいに、
せなかをくねくねさして歩く。
せなかをでっぱらせてわっかみたい。
ときどきとまって首をふる。
行く道をしらべているみたい。
右、左、どちらがいいかな。
おもしろいしゃくとり虫だな。

ごきぶり

東京都・小3　長谷川　剛

ぼくがテレビを見ていたら、
おとうさんが
「ごきぶりだ。」
と言った。
おとうさんが新聞紙をもってきて
ごきぶりをたたいてころした。
おとうさんがぼくに、
「ごきぶりをティッシュでとれ。」
と言った。

ぼくが
「やだもん。」

と言うと、おとうさんが、

「よわ虫。」

と言った。

ぼくはそのままテレビを見ていた。

かいこ

長野県・小3　うすい　りょうすけ

のうきょうから　かいこがきた。
まだ赤ちゃんでかわいい。
ちょこっとおすと
首がちぢみます。
今は小さくて
もようが見えないけど
大きくなると見えます。
かわいいかいこ。
「今年でさいご。」
と、おばあちゃんが言った。
ぼくは、さびしくなりました。
だから、きねんにしゃ真をとります。

おけら

山形県・小3　遠藤　美之

かだんに　こやしを入れていたら
けいとうの根もとから
おけらが　出てきた。
おけらは　大いそぎで
トンネルの中に入って見えなくなった。

「ああ、びっくりした。」
と　いったら　先生が
「おけらの方が　もっとびっくりしたべね。」
と　いった。

カナブンがいるんだよ

東京都・小3　石橋　郁也

みんな知らないと思うけど
カナブンがいるんだよ。
学校の正門からまっすぐ行って
信号を右に曲がるんだ。
左から数えて一本目のエンジュの木に
カナブンがいっぱいいるよ。
夏から秋にかけての季節だよ。
時間はいつでもOK。
ぼくも一回だけ、けいけんしたんだ。
木をゆらすと、何十匹ものカナブンが
一度にブーンとぼくにとんで来たんだ。
こわかったなあ。
あの時は本当にびっくりしたよ。
でも注意してね。
一回ゆらしてカナブンを出すと
一、二週間はもどってこないからね。

だんご虫

・小4　桑原　舞優

ころころころだんご虫
手で持つと丸くなる
足は何本あるのかなぁ
上のこうらがかたいのは
何でかなぁ
だんご虫は草を食べるのかなぁ
もしかして死んだ虫を食べるのかなぁ
顔はどこにあるのかなぁ
なぜだんご虫って付けられたのかなぁ
もしかしてだんごみたいだからかなぁ
なぜだんご虫のすみ家はどこにでもあるのか
なぁ
だんご虫のすみ家がたくさんあるからいいな
ぁ
私もすみ家がたくさんある所に住みたいな
ころころころだんご虫

初　夏

島根県・小4　山根　恵理子

モンキチョウが二ひき
からみあってとんでいる。
下から上へ　下から上へ
じぐざぐ　じぐざぐ
ちょうちょのエレベーターは

まっきいろな粉をちらして
夏へのかいだんを上がっていくみたい。

ハチ

熊本県・小6　石原　美香

殺虫剤をまいたら　ハチがおちてきた
しばらくバタバタ　あばれていた
足をバタつかせ　羽をぶらつかせ
触角をふりふり
あっちでバタバタ
こっちでバタバタ
口をパクパク
剣を　出したり　ひっこめたりして
あばれている
しばらくして見たら　動かなくなっていた
それでも　じーっと見てたら
足がひくひくって動いた
触角があっちにゆれた
ちょんとつついたら
おしりが横へたおれた
足がゆっくり　もぞもぞって動いた
もういっぺんだけ　生きかえられないかな
このハチ

くろあげはちょう

佐賀県・小6　森永　春美

おつかいの帰り道
竹やぶがザワザワ
ふと見あげた私の目に
まっくろのあげはちょうが
大きなくもの巣につかまってもがいている
たすけてあげたい
おもわず足元の石を投げた
あたらない
ちょうにあたりそうで
思いきってなげられない
大きなくもがだんだん近づいてくる
ちょうをたすけたい
そこら辺にあった竹をとった
くもの巣をいじった
やぶれた
そのしゅんかん
くろあげはちょうがとんだ
ちょうは、ばたつかせていた羽根を
ゆっくり広げると
夕焼けがはじまった空へ
竹やぶの上をゆっくりとんで
きえていった。
自転車のペダルをこぐのがおもしろくなり
うきうきしながら帰っていった。

アカタテハ

長野県・小6　原田　千万

アカタテハが
舞って来た
ぼくをからかうように
行ったり来たりしていたが
バラの花に止った
「しめた」と思って
そっとアミを近づけて
サアッと振った
入っているか
入っていないか
目をつぶった
目をあけて見たら
入っていなかった

じがばち

高知県・小6　武内　加奈

じがばちが一生けん命
穴をほり、土をつめている
口先のキバをドリルにして
ブインブイン
羽を動かし
土をくずしている
細い足でせっせと土を寄せ
もうすぐできるね
自分のすみか
ガンバレヨと
声をかけてやった。

5月
―魚介類

☆カツオ
☆キス
☆キンメダイ
☆トビウオ
☆ニシン
☆ハタハタ
☆カレイ
☆ウニ
☆ホタルイカ
☆ワタリガニ
☆イワナ

☆ヤマベ
☆ザリガニ
☆エビ
☆ワカサギ
☆カサゴ
☆イサキ
☆ヒラメ
☆メダカ
☆タナゴ
☆ブラックバス

めだか

愛媛県・小1　いつき　あかり

めだかにちかづくと、
めだかはにげます。
学校からかえってきて
めだかをみると、
すぐ、
かくれてしまいます。
わたしといっしょで、
はずかしがりやです。

かつお

鳥取県・小3　木下　まさみ

昼の船の上。
苦しそうに体をひねり、
ばたばたと船板をたたく。
あっちでもこっちでも、
血をはいている。
まるい目をしっかりあけて
いたい、いたいとさけんでいる。
ばたばたするたび、
血をはいていく。
「いたいよう。いたいよう。
　たすけてよう。」
「苦しいよ。」
「海の中へもどしてよ。」
かつおたちの声が聞こえる。

それでも、また、
ぼくらは糸を投げ入れた。

タナゴ

茨城県・小3　生井沢　佳奈

わたしの家にタナゴがいる。
おじいちゃんが、お友だちからもらってきた。
「今は川にもあんまりいないんだ。」
っておじいちゃんが言ってた。

わたしが近づくと、
口をパクパクさせ、とてもかわいい。
スースーと、まっすぐおよぐ。
おなかが、キラキラ光っている。
水そうに、タナゴをたくさん入れたら水がキラキラ光った。
まるで
ダイヤモンドがおよいでるみたい。

かにとり

香川県・小5　篠原　正仲

堺井君と造船所のうらに
かにとりにいった。
小さいかにがいた。
とろうとすると
堺井君の足がかにの上にのった。
ギュッという音。
堺井君が「何の音」と言って、
足をのけると、かにが死んでいた。
死んだかにが出てきたところから、
もっと小さなかにが出てきた。
親をさがしにきたのだろう。
それを見るとかわいそうになった。
ぼくのお母さんが
このようになったら、どうだろう。
ぼくたちは、かにのはかを作ってやった。

ブラックバス

東京都・小5　山口　晃平

河口湖へ行った。
今回で四回目。
朝から雨が降っている。
大雨の中釣りを始めた。
ぼくは見た。
クランクベイトにバスが喰いついた。
「フィッシュ、フィッシュ」と言いながら
ロッドを横にして、リールをまいた。
バスの頭が見えた。
まるでやられたという顔をしていた。
大物だ、五十センチメートルもあった。
周りのギャラリーたちも集まった。
ぼくは、いい気分だった。
また、ぼくに釣れるように言ってリリースした。

しじみとり

茨城県・小5　皆藤　和也

しじみとり
大きなしじみや
小さなしじみ
きれいなしじみ
黒いしじみ
いろんなしじみがいっぱいだ
ザクザクと　持ち上げる
小さな手の中いっぱいだ
小石とまざってしじみがとれる
あっという間にたくさんの
ああ　たのしいな　しじみとり

命がけで

岐阜県・小6　中谷　峻也

あゆのあみの解禁日前日
しろうおじさんが、そわそわしながら
あみの準備をしていた
そんなにうれしいのかなあと思った
次の日の朝、目がさめると
おじさんは、もういなかった
たくさんとれるといいなあと思いながら
学校へ行った
その日の夕食は、あゆの塩焼きだった
ずい分大きいのだったから
上手に育ったんだなと思った
ひれの所が塩からかったけど
それが、身を食べるのを
よけいにおいしくしてくれた
おかわりをしようと思ったら
もう、みんなに食べられてしまっていた
おじさんが命がけで取ってきてくれたあゆは
とってもおいしかった

六月

6月——行事

1　写真の日（1841年、長崎の上野俊之丞がオランダ人から手に入れた写真機で島津斉彬を写した日）
気象記念日（1875年、東京に気象台が設けられた）
電波の日（1950年、電波法が制定された）
鮎漁はじまる
ねじの日（1949）
麦茶の日（1986）
パトカーが発足（1950）
2　危険物安全週間（2日～8日）
横浜開港記念日（1958）
本能寺の変（1582）

写　真

長野県・小6　宮本　英明

東京へ行って、
お父さんがかよっている学校へ行った。
いろいろ案内してもらってから、
お父さんの部屋へ
つれていってもらった。
お父さんの部屋は小さくて
ベッドと机と戸だながあった。
せんたくものも、干してあった。
ベランダから庭を見た。
そして机を見たら、
写真がはってあった。
写真には、
お母さんと弟とぼくが写っていた。
やっぱりさみしいんだなあ。

その一しゅん

東京都・小6　荒井　直美

写真という字は
真実を写すと書く
だから写真はウソは写せない
写真は正直者
シャッターおしたその一しゅん
動かない世界のできあがり
写真の世界に入ってみたいな
みんな止まっておもしろそう
もしどろぼうがでてもぬすんだ一しゅん
カメラでパチリ
火の形を研究したい時
燃えひろがる一しゅんをパチリ
二度とできないかっこうをした時
思い出にパチリ
でもその写真には欠点が一こ
それは言葉が写らないこと
それがなければ……
未来にはどんなカメラができてるのかな
言葉が写るカメラが
あったらいい

むぎ茶のおしゃべり

神奈川県・小2　市原　綾奈

むぎ茶をコップに入れたら
とくとくぺちゃぺちゃ
おしゃべりしてた
わたしもいっしょにリズムにのって
ごくごくのんだ

本能寺

京都府・小5　井尻　聡一

なんだ、これが本能寺か。
ごくふつうのお寺だったので、
ぼくは、がっかりした。

織田信長没（1582）
3 測量の日（1989、国会の議事堂の前庭に日本水準原典がつくられた）
ペリー浦賀に入港（1853）
4 虫歯予防デー（1928年から実施）
東京に天文台が設けられた（1888）
ハーリーまつり（豊漁を祈る糸満市）
5 世界環境デー（公害や自然保護や温暖化について考える週間1972）
飲み水の日（1990）
6 楽器の日
7 計量記念日（1951年計量法ができた）
8 大阪教育大学附属池田小学校事件（2001）
9 リサイクルの日（1990）
エスカレーターの日
10 時の記念日（1920年に設けられた）
このころ日曜日ハーリー（ペーロン）が行われる
大気汚染防止法、騒音規制法が公布された（1968）
11 第一国立銀行ができた（1873）
傘の日（1989）
12 家庭の日
恋人の日（1988年に全国縁組連合会が制定）
14 日記の日（1942年アンネフランクがこの

むかし天下をねらっていた織田信長が、
明智光ひでに殺された所とは、
どうしても、思えないほどさびしい。
お寺には、はとがたくさん飛んでいて
まるで、
殺された信長の家来のように
信長のお墓を守っていた。
お墓は、古びて、緑色になっている。
まわりに、こけがはえ、
手をつないでいるようで、
たくましかった。

お寺のお客さんは、
ぼくだけだった。
多分、ここを知っている人が、
少ないいんだろう。

ぼくは、信長のお墓に向かって、
光ひでは、悪人じゃないから
ゆるして　あげて。
と、いのって帰った。

歴史を学んで

東京都・小6　村田　卓彌

ぼくは、歴史がきらいだった。
次から次に人物が出てくる。
おぼえるのが大変だ。
でも、織田信長を知ってから
歴史が好きになってきた。
若いころは
うつけ者といわれていた信長。
だけど、はげしい雨にたすけられて
今川軍をやぶり
火縄銃三千丁を
三人組に分けて使い
武田軍をやぶる。
おどろくほどの強運
頭のよさ。
ぼくは、信長が好きになっていた。
興味を持って授業を受けると
昔のことがよくわかるようになった。
いつの間にか歴史が好きになっていた。
中学校では、世界の歴史も勉強する。
まだ知らない、いろいろな人物。
今度は、どんな人物と会えるのだろう。

はぬけ

兵庫県・小2　池崎　晃司

べんきょうのとき
しゃべっとったら
先生が
「おくば　かんどりなさい」といった
「おくば　むしばや」
いうたら

日から日記をつけはじめた）
小さな親切運動が起こった（1963）
15 お菓子の日
東京山王祭り
16 第三日曜、父の日（1946年アメリカで始まった）
かばんの日
さくらんぼの日（第3日曜日　1990）
和菓子の日（1979）
17 沖縄返還協定調印（1971）
18 海外移住の日（1908）
光化学スモッグで東京杉並区の女子生徒が入院した（1970）
太宰治誕生（1909）
19 はっかの日（ペパーミント）
21 夏至（1年中でいちばん昼が長い日）
冷蔵庫の日（1985）
22 ボーリングの日（1861）
23 沖縄慰霊の日（1961）
24 UFOの日（1947）
25 朝鮮戦争がはじまり米軍が出撃（1950）
住宅デー（1978）
26 国連憲章調印記念（1950）
露天風呂の日
27 日照権の日
ヘレン・ケラー誕生（1880）
28 貿易記念日（1963）

「まえば　かんどりなさい」といった
先生
まえばもぬけて
ないねんて

虫歯

愛知県・小3　杉浦　知康

ポカッとあながあいてしまった。
つめてあったところがとれた。
へんなかんじ。
何か食べるとつまるし、
いたいし、
虫歯はいやだ。
どうして歯を虫が食べるのかな。
あまいもののせいかな。
歯みがきが足りないのかな。
ギリギリガーガー、
歯医者さんがけずる。
虫歯はいやだ。

ダイオキシン

千葉県・小6　円道　麻子

「便利」が燃えて煙となり
黒い悪魔に姿を変え
空からそっと降りて来る
おじいちゃんの好きな松も
あやちゃんの好きなウィンナーも
わたしの好きなにんじんも
あらゆるものが汚染され
ダイオキシンの世界になった

母乳を飲む赤ちゃんは
アトピーになりやすく
発ガン性物質　危険度ナンバーワンの
ダイオキシン

ダイオキシンは消えない
森がなくなっても
人がいなくなっても
ずっと　ずっと　そこにある
そんな世界にだれが住む

ちょっとの「便利」をがまんして
スズメノテッポウ　草笛にして
安心してふけるような
そんな世界にもどりたい

ピアノのれんしゅう

東京都・小3　上間　健太郎

まいしゅう金曜日に
ピアノの先生がくる。
はっぴょう会のきょくを
練習している。

29　にわとりの日
「星の王子さま」の著者サン・テグジュペリ誕生〈1900〉
滝廉太郎没（1903）
30　富山県で発生したイタイイタイ病に賠償判決（1971）
みその日
そばの日

きょくはエリーゼのために。
はっぴょう会まであと3か月。
ぼくははっぴょう会が
はじめてだからドキドキする。
ながいきょくだから
ひけるかどうかもしんぱいだ。
ぼくは
「がんばってぜんぶひけるようになるぞ。」
と思った。
大きなはく手が
聞こえてきそうだ。

重さの勉強

埼玉県・小5　足立　瑠花

重さの勉強で、
コーラ・水・アルコールの
どれが一番重いかを
はかりで実験しました。
もちろん水のコーラの量は、
いっしょの五十ccです。
私は水よりコーラの方が重いと
思いました。
だってコーラは、
炭酸やさとうなど、
いろいろ入っているからです。
でもじっさいにはかってみたら、
水の方が重かったです。

次にアルコールと水をやりました。
私は水だと思いました。
今度は正解でした。
今日の実験はおもしろかったです。

エスカレーター

神奈川県・小4　武笠　佑太郎

あっち行ったり、
こっち来たり、
人をのせて運ぶんだ。
働きすぎてつかれたよ。
少し
休けいさせて。

エスカレーター

熊本県・小5　谷口　志穂

四歳のいとこが
エスカレーターで下りるのを
こわがっていた。
妹が
「まほちゃん、だいじょうぶ。」
といった。
妹が下りる時つまずいて
つっこけた。
いとこに言いながら　つっこけた妹が
おかしかった。

時の記念日

東京都・小4　上田　達男

「あしたは何の日か知ってるか。」

と江口先生がぼくにきいた。

ぼくは知らなかった。

「時の記念日。時間を大事にする日。」

と言った。

ほんとかな。

ぼくがよくちこくするから言ったかな。

うで時計

大阪府・小5　緒方　信子

母に、
買ってもらったうで時計。
カチカチ。
と小さな音を鳴らして、
早くはめてみて、
と言っているようだ。
一度、
うでにはめてみた。
まるで、
お姉さんになったみたいだ。

時　計

青森県・小5　白山　慶彦

チクタク、チクタク、動いている時計。
休みなく動いている。
でも電池の力がなくなると止まる。
でも新しい電池にかえると、
時計は何回でも動きはじめる。
不老不死だ。
ぼくも年をとっても若がえりたい。
でも、動いているだけでは楽しくない。
時計は、かわいそうだ。
でも仕事を休まない時計はえらい。
ぼくは時計のおせわになっている。
ぼくは感しゃしたい。

ハーリー

沖縄県・中1　与那嶺　成美

今日は、旧の五月四日。
時計が六時を打った。
外は、もうとっても明るい。
まぶしいくらいの青い空だ。
窓辺の風鈴が静かになった。
今日は
島の人みんなの待ちに待ったハーリー。
浜には大漁旗をいっぱいに立てた船が
次々と集まってくる。
男の子はみんな船に乗って大主神社を拝む。
島を一周して陸にあがる頃、
太陽が島一杯に輝く。
いよいよ舟こぎ競争が始まる。
父もくり舟をこぐのだ。
日ごろあまり笑わない父だが、
日にやけた赤い顔に、
白い歯を見せて笑っている。
ハーリーは、島の正月だ。

か　さ

神奈川県・小3　岡本　亜希

雨が
ザーザーと
ふった時、
赤や青や黄色の
かさがパッパッパッとさく。
大きいのや小さいのや
色いろとある。
私たちを雨から、
まもってくれる。
雨の日にさく、
お花みたいです。

か　さ

東京都・小4　田辺　陽子

おかあちゃんとふたりきりで
かさを買いに行った。
帰りに雨がふったので
さっそくさした。
小さいかさだから

おかあちゃんにしがみつきながら帰った。
「陽子ちゃんがしがみついているの
　何年ぶりかな。」
おかあちゃんが言った。
私は前よりも
もっとぎゅっとしがみついた。
もう大きいから
いつしがみつけるかわからない。
家がどんどん近づいてくる。
もっと遠ければいいなあ。
と思った。

すごく　びっくり

高知県・小1　笹岡　祐貴

学校の　かえりみち、
ひとりで　かえりよったら、
女の人と　男の人が
けっこんをする、といって
目をみつめ、なんと
ちゅうを　しよった。
ぼくは　かくれちょった。

おばあちゃんが おじいちゃんを すきだったとき

愛知県・小2　薮田　理奈

おばあちゃんが
おじいちゃんを　すきだったとき
七夕さまに
おねがいを　しました。
「あつおさんと
けっこんできますように。」
一年生から　六年生まで
六回も　たんざくに書きました。
「だから、
けっこん　できたんだよ。」
おばあちゃんは
ねがいごとが　かなって
今でも　うれしそうです。

けんか

鹿児島県・小1　ほこのはら　たかし

おねえちゃんが
べんきょうをしているとき、
ぼくが
「にっきのだい
　なんてだいにしようか。」
といった。
おねえちゃんが、
「うるさい。」
と耳がやぶれるぐらいのこえで
いった。
ぼくは、けんかのにっきがかけた。

日記

東京都・小5　相坂　奈緒美

わたしはずっと日記を続けている。

「勉強も日記もがんばってえらいわ。」

「相坂さんは、生き生きとして見えるわ。」

先生がいつもほめてくれる。

先生の言葉を読みたいから
がんばっている。

アンネへ

――アンネの日記をよんで――

長野県・小6　大日方　雅美

アンネ
あなたはなんて
かわいそうな人なんでしょう。
アンネ
あなたはなんて
すばらしい人なんでしょう。
アンネ
あなたは、
ヒトラーのぎせい者ね。
でも、
あなたは、弱音なんてはかないで
ユーモラスで
すばらしい、

日記や、
お話を
かきつづけたね。

アンネの文からは、
戦争なんて
　いやだ。
ヒトラーのいいなりは
　いやだ。
自分勝手は
　いけない。
と、うったえてるよう。

私は思う。
もし
あなたが生きていたら
すばらしい文学や
すばらしい社会を
つくったことでしょう。

　アンネへ
　　永遠に、やすらかに

アンネの日記

熊本県・中1　宮田　明日香

舞台は「赤」の照明
恐怖の色のようだ
「隠れ家」に踏みこんだ
ゲシュタポが
アンネの「日記」を
投げすてた
「やめてえっ……」
アンネ役の
春香ちゃんの
叫び声
練習で
何度も見ていたはずなのに
私は胸があつくなった。

おかし

東京都・小5　醍醐　和恵

きょうは姉の遠足。
おかしがのこっている。
「一つぐらい、いいや。」
と思って、
こっそり食べた。
あと一つだけ。
ついでにもう一つ
と食べていたら、
残りが五つくらいしかない。
「こらあっ。」
姉にみつかった。
おいかけてきた。
家中をにげ回った。
けれどおいつかれて、
けっとばされた。
でも、あとで残りのおかしを、
わけてくれた。

さくらんぼ

東京都・小4　酒井　宏明

さくらんぼは
いいな
お日様の
光で赤くなって
きもちよさそう

さくらんぼは
いいな
風をうけて
ゆらゆらゆれて
きもちよさそう

れいぞうこ

大阪府・小4　鳥田　純子

れいぞうこをあけると、でんきがつく。
しめたら、くらくなる。
れいぞうこにも、あさとよるがある。
あさ、おきると
れいぞうこをあけて
おかずをだす。

すると、おかずとおちゃとたまごが
「おはよう」という。
わたしも、「おはよう」という。
れいぞうこの中にはいっているのが
みんな、「おはよう」という。

冷蔵庫

静岡県・中3　髙橋　祐介

十四年間も使ってきた冷蔵庫が故障した
その日に新しい冷蔵庫が来た
トラックで運ばれて来て
ちょっと雨に濡れていた
階段の手すりにぶつけないように
ゆっくり運びこまれ
古い冷蔵庫と替えられた
古い冷蔵庫は多少手すりにぶつかったが
下まで運び出された
新しい冷蔵庫はきれいで大きかったが
トラックで持って行かれた古い冷蔵庫は
十四年間も家族に奉仕してくれただけに
かわいそうだった

ボーリング

東京都・小5　塩畑　誠

会社の人とボーリングに行った。
（ストライクをとるぞ。）
と思って早くふりかぶったら、
ボールを後ろにおとした。
となりの人がわらった。
次になげたら、ストライクを
二回れんぞくでとった。
心の中で
「やった。」
と思った。お母さんが、
「よかったね。」
と言った。

いれいの日

沖縄県・小5　山城　明子

六月二十三日。
沖縄戦が終わった日。
ああいやな戦争。
人びとが死んでいく。
なんのつみもない子どもたちまで。
わたしたちは
だれに何を要求すればよいのか。
万人が苦しみ死んでいく。
日本は
そんな戦争をしなければならなかったのだろうか。
日本が戦争にまけたために、
沖縄は安心してねむることもできない。
今日はいれいの日。
私はもくとうをささげる。
戦争は二度とおこってはならないと。

命こそたから

福岡県・小5　ふち上　真ゆ

わたしは、沖なわの言葉で
「命こそたから」という言葉をしった
日本は昔戦争を
たくさんしていた
沖なわでは、地上戦が行われた
そのために、
沖なわの人が何千人も死んだ
戦争が終わって日本は、
「もう戦争はしない」
と約束をした
昔と思っていても絶対に
わすれては、いけないことだと思う
だから、
沖なわの人は、「命こそたから」
と言っているんだと思った。

ＵＦＯ

宮城県・小2　及川　開

テレビでＵＦＯを見ました。
まどのいっぱいある
ホットケーキのようなかたちでした。
うちゅう人も出てきました。
目が大きくて

はなが小さいうちゅう人。
「人はころさない。」
といっていました。
いわてのおばあちゃんも、
二十さいのとき
UFOを見たそうです。
おかあさんも
ちゅうしゃじょうで見ました。
白いまるいものがなんこも
とんでいたそうです。
こわいけど、
おもしろいです。

ボーナス

東京都・小2　かみやま　けんじ

おとうさんがボーナスをもらってきた。
おかあさんが一万円をかぞえていた。
二十まいあった。
ぼくは、かっぱえびせんと
さっぽろポテトをかいにいった。
千円でたりた。
かえったら、まだおかあさんが
一万円をかぞえていた。
そして、
「こんなうちにはいってんのやだなあ。」
といった。
おかあさんがいった。

「うちをかいたい。」といった。
小さな声だった。

せまい家

東京都・小3　こう野　ゆう真

おじいちゃんの家は、広い
ぼくの家はせまい
おじいちゃんの家は二人ぐらし
ぼくの家は五人ぐらし
おじいちゃんたちは広い家だから、
二人べつべつのへやにいる。
ぼくたちは、五人同じへやにいる。
せまい家だけどぼくの家は楽しいよ。

太陽を食うマンション

神奈川県・小6　勝俣　喜与志

ぼくの家の
道一本むこうに
鉄きんコンクリート十階だての
マンションがたった
がんじょうなマンションは
ぼくの家から太陽をうばった
怪物のようなかげが
太陽をかくして
洗たく物もかわかない
家の中もくらい
一日中　電気つけっぱなし

おまけに寒い
ぼくの家では
午後三時ごろ
やっと日の出をむかえる

ろ天ぶろ

長野県・小6　中山　英彦

ぼくは、キャンプに行って
はじめてろ天ぶろにはいった。
はじめははいりたくなかったが、
はいってみるとあんがいおもしろかった。
ぼくはみんなとはしゃぎあった。
ふろの中には、湯の花がわきあがった。
先生が写真をとっている。
ふろからのけしきは、すばらしくきれいだ。
川の青色と山の緑をつつむように、
まっさおな空の色
心の中まであらわれるようだ。
ふろから上がったら
からだがまっかになっていた。

露天風呂

東京都・小6　古川　賢一

暮れから、ずっと楽しみにしていた
石和の温泉。

お父さんと、隣のおじさんとぼくの三人で入
　った。
周りの生け垣で、外を歩く人が見えた。
少しはずかしいと思ったけど
気にしないで入っていた。
広くて、浅くて寝るのにちょうどよかったの
　で、ねてしまった。
すると、隣のおじさんが、
「あれは、金星だ。」
と、上を見上げて言った。
三日月も見えていて
少しはなれた所に、
一番星が輝いていた。
その星を見ながら
二十一世紀は
平和な世紀になるといいなと思った。

なみだのあじ

神奈川県・小2　佐々木　莉奈

ヘレンケラーの本を読みました。
かわいそうで
なみだがぽろぽろ出てきました。
思わず、ベロでうけとめてなめました。
少し、しょっぱかったよ。
先生、
なみだがしょっぱかったってしってた?
先生は、ないたことがありますか。
わたしは、
なみだをなめたのは、はじめてです。

ヘレン・ケラーの気持ち

高知県・小5　川村　有加

国語の勉強中
「みんな目をつぶって、
　耳をふさいで、口をとじて」
先生が言った
ヘレン・ケラーになるんだ
すぐにわかった
真っ黒で何も見えない
何か考えようとしても
何もうかばない
ぐるぐる何かが頭の中をうずまいている
「こわい」
という気持ちさえ伝えられない
「助けて」
と助けさえよべない
体をトンとたたく合図とともに
目を開けた
まぶしいくらいの光が
目の中へとびこんでくる
手がじとっとしていた
一分が五分ぐらい長く感じた
ヘレンはこんな気持ちで
毎日を過ごしたのか……

滝廉太郎

東京都・小6　佐藤　一明

ぼくは滝廉太郎の本を読んで、
たいてい、びんぼうな家の子が、
えらい人になっていくんだと思った。
廉太郎は近眼のめがねをかけているが、
勉強はよくできた。
かけっこも一ばんはやかった。
廉太郎は音楽学校に入学して、
二十二日めに、えんそうして、
毎日新聞にのった。
廉太郎は子どもたちのために、
「はとぽっぽ」「春のうららの隅田川」
「もういくつねるとお正月」「荒城の月」「箱
　根の山は天下の険」など、
たくさん曲を作った。
ドイツに留学した。
でも二十四歳で肺結核で死んだ。
もっとなが生きしていたら
どんな曲を作ったのだろう。
ぼくは、ざんねんでしかたがない。

6月

季節

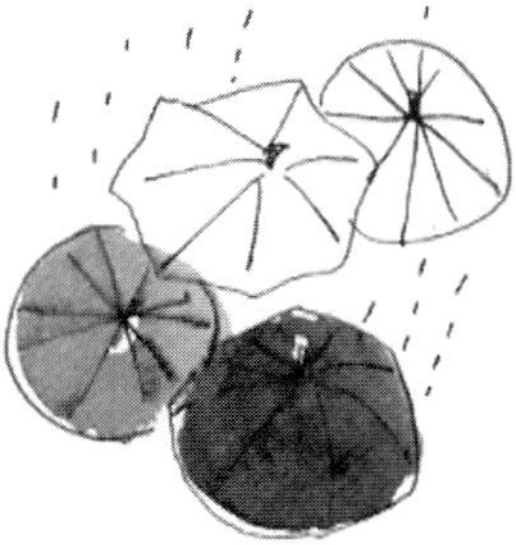

☆雨の日が多くなる
（九州は早く梅雨になり北海道は7月になって梅雨らしくなる）

☆大雨になり、川がはんらんしたり、土石流が出たりする

☆食べ物がくさったり、カビがはえたりする

☆梅雨

☆夏至

あめ

奈良県・小1　ひろおか　よしお

あめがふっています
木からぽつぽつ
あまだれがおちています
きょうは　おへやできしゃごっこ
おとうととふたりで　あそびます
あめはまだまだふってます

こうえんと雨

千葉県・小2　秋元　春香

雨がふったよ。
ピッチャン、ビッチャン
ほらね。
雨が、土にお水をかけているよ。
水たまりが大きいね。
こうえんのすべり台も
てつぼうも
雨のシャワーで
水あそびをしてるよ。
耳をすませてごらん。
みんなが知らないうちに
すべり台もてつぼうも
ブランコも
ジャングルジムも
「子どもたちがいなくてさびしいね。」
っておしゃべりしているよ。

つゆだま

岐阜県・小2　中井　えり

ゆうべの雨が
つゆだまになって
さといものはっぱの上で
ころころ、ころころ、
ぎん色にかがやいて
きれいだなあ。
あっ、おちた。

六　月

島根県・小3　長谷　亜希子

通り雨がすぎ

わたしは外に出た。
アスファルトのやけるにおい
太陽がキラキラ水たまり
見上げると七色の橋
アジサイの葉から落ちる
ひとしずく
一瞬ちがう世界
ふと私は思った
雨も悪くないと

梅雨

静岡県・小3　平崎　晴海

用水路に水が流れ
菖蒲やアジサイが水辺を飾る
ツユクサたちが
初夏の水を腹一杯に飲み込んでいる
カエルが水面で
まだ根付かない苗に加勢する
「ゲコ　ゲコ　雨降れ、ゲコ、ゲコ」
青梅の実がスーパーの店先に並ぶ
今年もまた梅雨がやって来た

ひょう

長野県・小4　松本　雄二

ひょうがふってきた。
ひょうは土にあたってはねかえっている。
たばこにきっとあながあくな。
やんだのでたばこばたけにいってみた。
一まいのはっぱにいっぱいあながあいていた
ひどいのはくきにあたって
ひっかけているのもある。
せっかく作ったのに
これじゃあ、お金が少ししかとれなくなって
　しまう。
よこの野菜畑もきずついている。
きっとよくそだたないぞ。
ひょうめ
さくもつをそだたせないつもりか。

かや

愛知県・小4　富田　章よし

おばあちゃんが、かやを出してきた。
「かやって、何。」
みんなが聞いた。
「人が虫かごに入って、かにさされん　よう
　にするもの。」
と言った。
「ふーん。よくわからんなあ。」
夜になって、おばあちゃんが、
「さあ、かやをつるよ。」
といって、へやのすみのひもでつった。
「こりゃあ、ほんとうに、そこのない
　虫かごみたい。どうやって入るの。」
「かが入らんようにパパッとしたら、
　そのすきにパッと入る。」
と言って見本を見せてくれた。
まるで、にんじゃだ。
ぼくもまねしてサッと入った。
おとうも入った。
せいこう。せいこう。
中から見ると、なにかへんだな。
友だちの家にもないかや。
ぼくたちは、はじめてかやの中でねた。

夏至

長崎県・小4　阿部　洋介

「先生、きのう、
　何の日だったでしょう。」
と、ぼくが先生にしつもん。
「先生のお給料日。」
と、先生が言った。
ちがうよ、夏至だよ。
お日さまが一番子どもたちに
味方してくれる日だよ。
先生もぼくのお母さんと同じだな。
カレンダーの中で
きっと、お給料日だけ待ちどおしんだな。
理科のじゅ業は
ぼくが代わってやろうかな。

6月 家庭生活

☆夏服を着る
☆夏ぶとんでねる
☆父の日のこと
☆食べ物の注意
☆田植え

ながぐつが　たべられた

長野県・小1　木下　まさよし

たんぼにはまったよ。
どろだらけになったよ。
ながぐつが
たんぼにたべられちゃった。

おとうさんの日

北海道・小1　ほそだ　きよし

きよしの　おとうさんは
きよしが　目を　さます　ときは
もう　十一トンの
ダンプに　のって
しごとに　いっています。
きよしは　ちょきんから
千円　おろして
はんそでの　ふくを　かって
プレゼント　しました。
おとうさんの　日には
みんなで　しょくどうに　いってきました。
きよしも　いっぱい　たべました。

新しいくつ

兵庫県・小3　岸岡　学

水たまりで
2年生の子が遊んでいる
今日は　おろしたてのくつ
頭の中には　お母さんの顔
えーい　遊んでまえ
くつの先がぬれてしまった
「ちょっとぬれても
いっぱいぬれても
おんなじことや」
今日だけぼくは
2年生になる

父の日

茨城県・小3　大場　昇

お父さんに何をあげるか考えた。
なかなかきまらない。

お母さんにきいたら
「お母さんに
　リボンをつけてあげればいいのよ。」
と言った。
ぼくのおくり物になるかな。
ぼくはまた考えてしまった。
父の日になった。
けっきょくかんしゃの手紙を書いて
わたした。
それから
「二人でおでかけしてきていいよ。
　弟はぼくが見ていてあげるから。」
と言った。
ぼくも、ほんとうは
いっしょにいきたかったけど。

夢

東京都・小5　後藤　一真

寝る時、まくらの下に
サッカーのざっしをしいた。
そしたら、
夢の中で、ぼくは、
サッカーのチーム、レアル・マドリードの
選手になった。
しかも、新しい家族になった。
お父さんが、ベッカム。
お母さんは、いない。
兄が、ロナウド。
次男が、ぼく。
弟が、フィーゴ。
まだ、兄弟がたくさんいた。
すごい大家族だった。
チームのかんとくが、
なぜか、友達の柴田君だった。
びっくりした。
ぼくは、エースだった。
ワールドカップでは、
日本代表で、得点王にかがやいた。

朝、お母さんに起こされた。
最高の夢だった。

梨の袋かけ

佐賀県・中1　佩川　知恵

お父さんが梨畑から帰ってきた
ごはんをついでやった
「ともえ
　昼から梨の袋かけば手伝え」
手伝いは大きらい
「いや」
と言いたい
お母さんは　まだ
梨の袋かけをしているのだろう
ごちゃごちゃした葉っぱの中で
梨を傷つけないように
届く所まで手を伸ばして
がんばっているのだろう
つい「うん」と返事をした
お父さんは歌いながら、
車に乗って　出かけて行った。

父の日

群馬県・中1　松本　操子

六月十五日
香織ちゃんと図書館に行った。
その帰り
香織ちゃんはプレゼントを買った。
私もプレゼントする人がいたら
あげたかった。
私は香織ちゃんに
「プレゼントする人がいていいね。」
と言った。
家に帰って父の写真を見た。
「どうして死んじゃったの。」
と叫んだ。
涙があふれた。

6月 —学校生活

☆プール前の検診
☆プールびらき
☆水泳はじまる
☆学校に危険なところはないか話し合う
☆歯みがき訓練
☆入梅後の内遊び

じゅぎょうさんかん

東京都・小1　さめじま　ゆかほ

わたしの　おかあさんは
きていなかった。
また、うしろをみた。
やっぱり、きてなかった。
おかあさんのかおを　おもいだした。
ゆうべ、おそかったから
つかれて　こなかったんだ。
まどがらすから
くもを　みていた。
わたしは、
しんだおとうさんを　おもいだして
おとうさん、
がんばるよ。
と、こころの中で　おもった。
そしたら、おとうさんが
そらから　みてるようにおもった。

うんどうかい

東京都・小1　中山　じゅん一

りゅうざきくんのリレーがはじまる。
ぼくは、しんけんに、にらみつけた。
先生が
「ようい、どん。」といった。
りゅうざきくんは
せんとうをはしっていた。
やがて、りゅうざきくんのスピードがおちた。
ぼくは、おうえんした。
かけっこは、おわった。
りゅうざきくんの足をみたら
◯いあながあいていた。

こうていのみずたまり

長野県・小1　まるやま　しんや

あれれれ
せっかくできたみずたまりを
こうちょうせんせいがうめてるぞ
どろんこあそびのつづきがあるのに
さんすうすむまでまってよ。

とらいあんぐる

大阪府・小2　福永　恵子

きょうしつで　とらいあんぐるをした。
わたしは　はっと　きがついた。
とらいあんぐるは、
すごくきれいな　おとだなぁ。
そらの女のかみさまのこえぐらいなきれいさ。
かみさまの　こえがすると、
かみさまのまわりに、
いっぱい　ほしがあつまるようだ。

一つのいちご

青森県・小3　伊東　幸真

クラスでそだてたいちご、
一つみがなった。
だれがたべるかを、
みんなでそうだんした。
にっちょくがたべるかな。
水やりをがんばった人がたべるかな。
しっかりかんさつした人がたべるかな。
みんなでたべたいな。
たった一つのいちご、
ぼくはものさしではかった。
四cmぐらいあった。
できるだけたくさんの人でたべたいな。
十六とう分にしてたべた。
たったひとつのいちご。
せかいでたった一つの、
あまずっぱい　一かけらのいちご。

歯のけんさ

佐賀県・小4　永渕　裕康

あっ
どがんしゅうか。
えいきゅうしの《（が）》
全部虫歯て《（といわれた）》。
どがんことしたら
なおっとやろうか。

プール開き

静岡県・小5　山崎　健喜

プールの水が
太陽の光をあび
ぼくがはいるのをまっている。
ぴちゃ　ぴちゃと
かすかな音を出すと
ぼくの心はもう泳いでいる。
シャワー、せんたいそう、
いよいよ、プールにはいれる。
一年ぶりの水泳だ。
うっ、
冷たい。
まるで冷ぞう庫の中のように
かたまりそう。
このくらいで負けるものか。
ぼくの心は泳ぐことでいっぱいだ。
今年の目標、クロール十九秒。

計　測

東京都・小6　石原　民恵

一番初めの私
背の高い私は
身長を聞かれても気にしない
でも、やっぱり　体重
背が高くてふつうならいい
でも私は背が高くて
太ってる。
木内先生が
「体重はかります。」
と言った。
やだなぁと思いながら
体重計に乗った。
「　kgです。」
と言ったとたん私は
健康カードを見る。
0.5kg減っていた。
ラッキーという気持ちで
ろうかへ出た。

6月
植物

☆ミカンの花
☆ザクロの花
☆コーヒーの花
☆テイカカズラ
☆オリーブの花
☆ナンテンの花
☆ユスラウメの花
☆エニシダの花
☆ミズキの花

☆ゼラニウム
☆サルビア
☆カスミソウ
☆アネモネ
☆ラベンダー
☆ダリア
☆マーガレット
☆ユリ
☆リンドウ
☆アジサイ

（収穫）
☆トマト
☆ナス
☆チンゲンサイ
☆ニンジン
☆ホウレンソウ
☆エンドウ
☆タマネギ
☆インゲンマメ
☆さくらんぼ

あじさい

茨城県・小1　はなわ　よしのり

あじさいがきょうしつにあると、
おへやのなかまで
あめがふりそうです。

あじさいの花

愛知県・小2　栗田　仁司

六月。
そろばんで
ほめられて帰る時、
あじさいがさいている。
しかられて帰る時も
あじさいがさいている。
何にもない日も
あじさいがさいている。
ようちえんのころ
むかえにきてくれなくて
さびしかった。
その時も
あじさいがさいていた。

あじさいの一つひとつの花の中に
ぼくの
うれしいことや
かなしいことや
さびしいことが
いっぱいつまっている。

あじさい

静岡県・小3　鳥沢　幸子

雨がやんだ
あじさいの花が
重そうに　頭をさげている
葉っぱからしずくが
ポトリン　ポトリンと落ちる
光にあたって
花がキラキラ光る
まぶしい
ちっちゃな花が
いっぱいかたまりあって

うすむらさきのまりみたいだ
葉っぱのうらを
そおっとのぞいたら
かたつむりがひるねしていた
あじさいは
かたつむりの家なんだな

あじさい

埼玉県・小4　高橋　夏紀

あじさいは、
花が協力して
一つのグループをつくっている。
みんなで心をよせあって
きれいな花にしている。
一つ一つの花がきれいだ。
それがかたまってさいているから
とてもきれい。
けんかしている花は一つもいない。
なかまはずれの花もいない。
あっちにも、こっちにもさいている。
花の色をかえながらさいている。

アジサイの花

東京都・小5　田中　冬美

「ふーちゃん、勉強するとき
　気持ちがいいからおいといたよ。」
おばあちゃんが、
ニコニコしながらいいました。
本当だ。
机の上には、
アジサイの花が一本
コップにさしてありました。
小さな花びらが
ぎっしりと集まっている。
白い花びらがうっすらと
みずいろになっている。
葉っぱが一枚、花を囲むように
ついています。
花びらにも、つゆが、
きらきら光っています。
今日は宿題が
すらすらできそうです。

くちなしの花

福岡県・小2　大島　宏行

ぼくのうちのにわに、
くちなしの花があります。
くちなしの花のにおいは、
こう水のにおいがします。
くさかったべんじょも、
くちなしの花をかびんにさしておくと、
べんじょは、いいにおいになります。
おかあさんがびょうきで、
びょういんにゅういんしているとき、
おかあさんの友だちが、
くちなしの花をたくさんもってきた、
いい思い出があると、
ぼくに話してくれました。
くちなしの花、
ぼくの庭に、
いっぱい、いっぱい、さけ。

ちょうちんぐみ

長野県・小2　小池　真由美

父さんと、山回りにいった。
山のとちゅうに、
まっかな　ぐみがあった。
父さんが
「このぐみおいしいんだよ。」
といった。
だから　わたしは　食べてみた。
とってもあまくて、
おもわず「おいしい。」といった。
わたしは、
「このぐみなんていうの。」
ときいた。
父さんが、
「ちょうちんぐみっていうんだよ。」
といった。
たくさんあったので、
もってかえって

うちの人にもあげた。
みんなおいしそうに食べた。

月見草

長野県・小3　清水　将一

学校で月見草のさくのを見た。
あつまった時は、つぼみばかりだった。
七時ごろになると、
つぼみがわれてきた。
黄色い花びらが顔を出した。
がくがひらくと同時に花びらもひらいた。
「バサッ。」かすかな音がした。
じっと見ていると、
花びらは回てんするようにひらいていった。
ふわっと花びらがうき上がってきた。
めしべもまっすぐになった。
ぼくは、思わず「さいた。」と
小さい声でさけんだ。

えごの花

東京都・小3　鈴木　喜一郎

お花をひろいました。
いっぱいひろいました。
ひろっていたら、
「これは、えごの木の花だよ。」
とおじさんがいいました。
学校にちこくしました。
先生におこられました。

みかんの花

東京都・小3　佐藤　亜希子

みかんの花がさいた。
花びらが四まいで、白い花だった。
つぼみの時から毎朝見ていたんだ。
つぼみは、ほそ長くて
つるつるしていた。
みは、どういうふうにできるのかな。
あぶらなみたいに
めしべが大きくなるのかな。
花がちってわかったぞ。
めしべの下に
みつせんみたいのがあって、
それがふくらんで大きくなるんだ。
今は、がびょうより少し小さい。
まい日見ている。

くりの花

長野県・小3　三浦　和彦

くりの花が
雨の中で
白くさいている。
ほそながくて
へびのようだ。
ひとところにかたまって
さいている。
雨がくりのはの上に
ぽつ　ぽつとおっている。
くりの花の
つよいにおいが
ぷうんと
におっている。

ほたるぶくろ

埼玉県・小4　加藤　洋

ふじ色のようなうすむらさきの、
ほたるぶくろ。
もとの方を
ぷっくりふくらませている。
赤ちゃんのほおのように、
先の方は、
小さくつぼまっている。
お人よしの、口のように、
花はじっと下をむいている。
わたしに見られてはずかしそうに
いつまでたっても、
ほたるぶくろは、
上をむいてはくれない。

雪の下

長野県・小4　黒田　美智子

青い空の下で
雪の下の花が
しずかに　さいている。
そよ風に　白いうさぎの
耳のような花びらが
かわいらしくゆれる。
ちょうもはちも　とまらない
しっそな花だが
わたしは、大すきだ。
わたしは、にわかに出て
一本おって　かびんにさした。

ハエトリソウ

福岡県・小4　森　健太郎

学校から帰って見ると
ハエが一ぴき、ハエトリソウの葉の上に
ぼくは、
「早くかかれっ。」
と心の中で言った。
サッ。
○・五秒くらいの速さで葉がとじた。
ハエは、一生けんめいあばれているが、
でもハエトリソウのほうが力が上だ。
ぐいぐいおしつける。
ハエは、動かなくなった。
二時間後
ハエは、すっかり葉にはさまれてしまった。
もう、消化されはじめている。
ハエトリソウの葉の数も春とくらべて、
何枚もふえた。
「そのちょうしだ、ハエトリソウ。」

シャガ

神奈川県・小5　木島　美代子

シャガの花は、
着物を着た女の人みたいに、
美しい。

ウツボカズラ

長野県・小5　島田　隆史

休みの日、
育てているウツボカズラを
じーっと見た。
「ブーン」
ハエがウツボカズラに寄っていった。
「ポトッ」
ハエがウツボカズラの中に
吸いこまれるように入っていった。
まるで、試験管の中に入れられる
実験用の生き物のようだ。
ぼくはウツボカズラの中を見た。
ハエはウツボカズラの中の
ネチョネチョした液の中に入っていた。
底なしぬまに入った人のようだ。
いくらハエでも少しかわいそうだった。

からすびしゃく

埼玉県・小5　吉川　誠

水を出しているモーターの音が、
ビンビンカン、ビンビンカンってきこえる。
用水のながれが早くって、
ぼくの手が、かるくながれた。
からすびしゃくの花が、
まっすぐ、のびていた。

つゆくさ

東京都・小6　田中　悦子

この花を見るたび、
私は心を痛める。
いつ見てもこの花はさびしそうで、
いつも泣いているみたい。
小さくて
暗い
むらさきの花が、

いつも下をむいている。

さぎ草の花

東京都・小6　茂原　尚子

さぎ草の花は、
さぎの飛んでいる姿に似ているという。
長細い茎の先に、
小さな白いつぼみ。
朝、
二輪咲いた。
小指ぐらいの大きさの真っ白い花。
二羽がつばさを広げ、
今、飛び立とうとしている。

のうぜんかつら

福島県・小6　佐川　和子

空を見あげると、
みかん色の花とつぼみが見える。
のうぜんかつらの花が咲いたんだ。
あさがおのようで、きれいな花。
去年は、
とうちゃんの病気にきくからといって
この花をひろったっけ。
今年は、ひろわなくたっていい。
第一、とうちゃんが死んでしまって
いない。
ひろったってしかたがないのだ。
ひろわなくてもいいのだから
いつまでも
きれいな花をつけていてほしい。

たばこのなえ

群馬県・小2　林　さとみ

たばこは、まだちっちゃい。
だけど、
うえたあとの
きみどりのたばこの
ならんだところが
とってもきれいだ。
きょうも、かあちゃんと水をくれた。
はっぱがすこしずつのびていく。
はやく、はがかけるようになればいいな。

ピーマンの赤ちゃん

新潟県・小3　たかはし　まさし

赤ちゃんピーマンができた。
花の中にまあるいおしりがみえる。
ぼくのおやゆびくらいかな。
赤ちゃんもやっぱりみどりいろ。
花から生まれてくるんだね。
花がおかあさんなんだね。
はじめてしったよ。
「赤ちゃん、おめでとう。」
口をちかづけて、
そっといったよ。

バナナの木

東京都・小3　古川　雅一

本門寺で
「あれが、バナナの木だよ。」
と先生が、ゆびさしたとき、
みんな、おどろいて、
「えー。すごーい。」
と言った。
よく見ると小さなバナナがなっていた。
でも食べられないそうだ。
東京にもバナナの木があったのかと、
ぼくはびっくりした。
お父さんとお母さんを
あしたつれて来て
見せてやりたいと思った。

たちあおい

北海道・小3　松田　一迅

たちあおいが
ぼくを、
ぬかしたぞ。
はっぱを、
りょう手のようにひろげて
おりたたんだ花びらを、しまっている
けど、

きいろい花びらは、
出たがっているぞ。
ぐんぐんのびれ
ぼくが、せのびをしても
とどかんようになると
もう、夏休みだ。

たまねぎ

鳥取県・小3　国頭　俊夫

理科の観察で
たまねぎを切った。
何まいも何まいも
かぶさっている皮の下に
小さなめがみつかった。
「たまねぎのいのちだ。」
先生が言われた。
うすい、すきとおった黄緑の中に
たまねぎのいのちがあるのだ。
あつい皮をやぶってのびていく力、
おもたい土を平気でもちあげていく力、
そんな力が
このうすい黄緑のめの中にあるのだ。
たまねぎのしるが
ジーンと目にしみて、
持っているたまねぎが
急に
重たくなった。

たまねぎとり

長野県・小4　塚田　博文

たまねぎをぬいた。
ねぎの先の方をきつくもってぬいた。
先の方しかぬけなかった。
父のぬきかたを見たら、
父はたまをもって、ぬいていた。
ぼくもまねをしてみた。
ちゃんとうまくぬけるようになった。
こんどはしばったたまねぎを、
はこぶしごとをした。
休んだ時手を見たら、
小さい手が、まっ黒になって、
たまねぎくさかった。
午後七時ごろまでかかった。
おふろにはいった。
ごしごしこすったら、
やっとにおいがおちた。
よる母にほめられた。

くりの花

長野県・小4　あさだ　くに

くりの花がさいている。
はだ色の花だ。
プーンとはちがとんできた。
おそばがならんでいるように
だらんとさがっている。
そのくりの花から
ぷーんとにおいがして来る。

大きなすいかなあれ

福岡県・小4　粟津　靖英

ジャージャージュー
大事なすいかに水をかけた。
給食に出たすいかのたねをまいたのだ。
どうせすてるならと、
みんなのすいかのたねをまいた。
ゼリーの入れ物にうえた。
みんなにこにこわらっていた。
みんなの頭の中には
あまくてとても大きなすいかが
うかんでいただろう。
三週間後
小さなにぎりこぶしぐらいの
すいかがなった。
やったあと思った。
広い地面にちょこんとすわっている。
とってもかわいかった。
顔のニコニコがとまらなかった。
先生は
「給食のたねでも、
　こんなになるなんて、すごいねえ。」
とほめてくれた。

いっしょうけんめいせわを
したかいがあった。

アロエのつぼみ

東京都・小4　岩崎　尚子

アロエに
赤くて大きいつぼみができた。
十年に一度しかできないつぼみ。
初めて見たつぼみ。
アロエに花があるなんて
しんじられない。
細いくきが、すくっとのびて、
その先には、
長丸のつぼみがついている。
まるで、松ぼっくりのようだ。
じっと見ていると、
ぎざぎざの葉っぱがゆれて、
わたしを追いかけてくるような気がする。
大きなアロエのつぼみ、
すてきな花をさかせてね。

ジャガイモ

北海道・小4　二村　朋子

ジャガイモの芽が
ピカピカ光っている。
水をやったら、もっと光ってくれる。
草をぬいたら
ジャガイモの葉に
太陽の光があたって
かがやいて見える。
ジャガイモのえ顔がはっきり見える。
草をぬいてやったおれいを言うように
ニコニコわらっている。

ピーマン

広島県・小5　藤井　ナオコ

「ワァ、見てお母さん。」
私はびっくりした。
お母さんといっしょにかってきた
ピーマンの小さななえが
大きくそだって
白い花をさかせた。
緑の葉っぱを大きくひろげて
小さな花が
太陽にむかってさいている。
みるみる大きくなって
ぴかぴかのピーマンが
ほそいえだにおもそうに
ぶらさがっている。
本当に実がなるなんて
はんぶんしんじられなかったのに。
毎日食べてもまた出きてくる。
今日もピーマンに水をやる。

ほうの葉めし

新潟県・小5　四潟　幸江

「きょうで、田植えがおわるど。
　ほう葉めしだど」
山からとってきた長さ六〇センチの
大きな　ほうの葉。
一枚ずつ　きれいにあらって
たてよこ　十文字に　かさねる。
ばあちゃんは
きなこをいっぱい　しいて
ほかほか　ゆげのでている　ふかしを
ほうの葉に　もりあげながら、
「いねにいっぺ　花がさいて
　いい米がいっぺとれるようにってな、
　むかしから　田植えがおわると、
　ほう葉めし　つくっているんだど」
と、話してくれた。
ほう葉のにおいがしみた　ほう葉めし、
わらでしばったほうの葉包みが
家族の分、六つ　でき上がった。

ミント

東京都・小6　山口　一大

ぼくが植えたミント
庭のすみにいつもある

毎日見るたびに大きくなっていく
新しい芽がどんどん生えてくる
つるが伸びていって
そこからまた芽が生えてくる
虫に食べられても、雨に打たれても
たえず、少しずつ成長しつづける
ミントの生命力はぼくをいつも感心させ、
はげます
今日も明日も少しずつ
大きく、大きくなっていく
がんばれよ
ぼくのミント

いちごのなえうえ

栃木県・小6　荒川　栄一

やだなあー
また、いちごのなえうえ、
麦わらぼうしを手に、ぼくは思う。
でも、だめだ、やらなきゃ
あちいなー　あちいなー
太陽が、てりっぱなしだ。
手でなえをつかみ、
「ずぶり」と手を入れる。
やっぱり、土の中もあちいや
とうちゃんや、かあちゃんは、
なんとも、いわないや。

あしたば

東京都・小6　熊澤　慶一郎

あしたばの葉が
びんと立っている。
江口先生が
「これを食べると力がわいてくるよ。
　パワーアップするよ。」
といった。
ぼくは
「羽鳥君にたべさせたい。
　あんまり元気がないから。」
といった。
先生が
「そうか。そうか。」
といった。

ジャガイモの成長

石川県・小6　三崎　雅代

ジャガイモは、生まれも育ちも
土の中
水と日光がジャガイモの栄養
ジャガイモは、形も重さもバラバラだ。
使われ方もいろいろだ
でも、
たとえ別々のところへ行ったとしても、
新しい子いも、次の子いも
ちゃんと生きている
土の中で

ジャガイモ掘り

岐阜県・中1　中川　友博

青い空の下
ジャガイモ掘り
くきをひっぱると
丸いころころしたいもが
ピョンピョン蛙のように
出てくる出てくる
袋いっぱいになっても
まだ畑は残っている
汗が目にしみる
太陽が照りつける
最後の一かぶをぬいた
やっとで終わった
青い空
緑の山が
すがすがしい

やぶからし

東京都・小3　豊田　由香

やぶからし
やぶがないから
学校に葉の先をのばしている。
あきらめたほうがいいのに。

本門寺ごけ

東京都・小3　とみた　りさ

五重のとうの下に
みどり色のこけがあった。
森先生が
「これは本門寺ごけです。
　やねのどうからおちる、ろくしょうという
　どくが体の中にあるんだよ。
　どくをすっても、だいじょうぶなんだよ。」
といいました。
私はびっくりした。
ふしぎな、本門寺ごけだな。

麦のガム

長野県・小3　太田　真二

麦でガムを作った。
麦を口の中に入れた。
「モグモグ。」と、かんだ。
口から出して、のばしてみた。
「ボニョ。」と、きれた。
麦をいっぱい口の中に入れた。
のまないようにかんだ。
大きなボニョボニョができた。
出してのばすと、きれなかった。
ずーっと、かんでいた。
べん強のときも、かんでいた。
あじは、なかった。
麦からガムができるなんて、
知らなかった。

うめとり

岡山県・小3　岡崎　つばさ

うめの木は、ななめにかたむいていた。
木の下にシートをしいた。
おじいちゃんが　木のえだにくわをかけて、
ひっぱってぼうでたたいた。
うめが　ぽとぽとおちてきた。
一回で十こぐらい
十回ぐらいたたいた。
シートの中に、百こぐらいおちてきた。
おじいちゃんがシートのうめを、
わたしがシートの外のうめをひろった。
おばあちゃんに
「いっぱいとれたで。」
といいながらかえった。
おばあちゃんが
「いっぱいとれたんやな、
　こんなに大きなのをとったんやなあ。」
といった。

どくだみの花

茨城県・小4　大図　雄一

六月の雨は、
カイコのはく銀の糸。
どくだみの花を
「すきだ。」と言う人は
いないだろう。
見たことあるけ。
その糸でおり出した、緑地に
くっきりうかびあがった白十字。

うるしの木

長野県・小6　峰村　定雄

おや、人がきたぞ。
ぼくにさわった。
この人間はかぶれるぞ。
「あはは、ばちゃいぞ。」
ぼくはいった。
それっきり人がこなかった。
ぼくはさみしくなった。
人が通っても、ぼうでたたいたり、
つばをはきかけたりした。
ぼくはくやしくて、こらえた。
人間と友だちになりたいからだ。
それにぼくだって人間のやくにたつのに。
人間なんて、ひとりかってだ。
うるしの木だって生きているんだ。
でも、やっぱり、
人間と友だちになりたい。

あんず

北海道・小6　北川　真千子

ずっと前　かあさんが
あんずという木を　買った。
ばあちゃんが
「あんずって　おいしいんだよ。
　実がなったら　ちょうだいね。」
と、いった。
「まだ　小さいから
　大きくなって　実がなるころは
　ばあちゃん死んで　この世にいないよ。」
と　こたえると
ばあちゃんは
「実がなったら　お墓においといて」
と　いって　わらった。
なんだか　かなしくなった。
ばあちゃんの生きている間に
実がなればいい。

てっ果

長野県・小6　征矢野　敦

おじいちゃんが
「おい、りんご畑に行くぞ」

ぐん手をはめて、はさみを持って、
畑に行く。

今日は、りんごのまだ小さいのを
切る仕事だ。

「はっぱは、切るなよ。」

おじいちゃんが言う。

「木が弱ってしまうそうだ。」

と中ではっぱを切ってしまった。

「いけねー」、と思いながら、
ポケットにかくした。

「きっとおこられるなー。」

でもそんなことにしないで仕事をやった。

「こんどは切らないぞ。」

と思った。

青じそ

長野県・小2　酒井　佳世子

わたしは
ニンニクとか　青じそとか
かわったものが　すきだ。
おかあさんは
「しょうらい　さけのみになるわよ」
と　言っている。
青じそは
わたしの　大こうぶつだ。
かぞくは
「そんなにがいの、どこがすきなの」
と　言っている。
でも　わたしは
そのにがいとこが　すきなのだ。

あやめのふね

東京都・小2　えんた　かずや

あやめの　はっぱで　ふねをつくった。
小さいのがかるいから、
はやいとおもって小さくつくった。
友だちときょうそうしたらまけた。
大きいのが、かぜをうけるところが
大きいから、はやいとおもった。
ぼくのふねは、かわいそうだった。

どくだみ

兵庫県・小6　吉岡　秀雄

どくだみのまるい葉、
もっくりかさなり合っている。
みな、うえに出たいのだ。
みな、出してやりたいが。

6月—動物

☆ミミズ
☆ナメクジ
☆カタツムリ
☆アオダイショウ
☆マムシ
☆アマガエル
☆ヒキガエル
☆ムカデ
☆カジカ
☆モリアオガエル

とかげ

千葉県・小1　かどい　まさき

がっこうにいくとちゅう
とかげをみたよ。
ちょっとついてきたよ。
まるでぼくと
がっこうにいくみたいで
おもしろかったよ。
「いこう」
ってゆったら、
「うん」
ってうなずいたようだったよ。

6がつ17にち

佐賀県・小1　すぎたに　ひかる

6がつ17にち
おじさんたちが　トラクターで
たうえのじゅんびをしていたら
かえるがないていたので
よくみたら
あごのしたを
しろいとりのたまごのように
ふくらませて　ないていました。
「やぶれないのかなあ。」
とおもいました。

かえる

青森県・小1　はば　たかひろ

かえるには　どうして
おへそがないのかな。
あんまりなくから
かみなりさんに
おへそをとられたのかな。

かじかすくい

北海道・小1　さいとう　まさと

うちのうらの
ちいさな　すいろで、
どんじょすくいしました。

したら、かじかが　すくえました。
にょろっとして、
あたまや　くちが　でっかいから
びっくりしました。
「かじか、いるんだな」って、
うちの人もびっくりしました。

なめくじ

高知県・小2　おかむら　こうぞう

きょう、おふろで、
なめくじを見ました。
はじめ、一ぴきかと思ったら、
二ひきもいました。
二ひきとも大きかったから、
けっこんして
しんこんりょこうをしているのかな
と思いました。
なめくじは、
かたつむりのからからぬけたみたいです。
つのが二ひきともあります。
なめくじがとおったあとは、
ぎんいろのせんがついていました。
ぼくは、
シャンプのあわをすこし
なめくじにかけました。
なめくじは、にがかったろう
と思いました。

うちのネコ

東京都・小2　たかはし　えり

お母さんがたまねぎをきっていて、
「うわあ、目がしみる。」
といいました。
よこを見たら
うちのネコも目をこすっていました。
それを見たお母さんは大わらい
それをきいたわたしも大わらい。

ひきがえる

長野県・小2　荻生　直人

ぼくが、みみずをとってきたら、
かえるがねらっていた。
べろをだした。
べろでとった。
あごでかんで、ちぎってたべた。
ぜんぶたべた
かむとき、口をあけた。
中は、赤いちみたいないろだった。
つぎの日、
とんぼをとってきた。
かえるにあげた。
また、べろをだしてたべた。
くいしんぼうだな。

パンダ

東京都・小2　ひぐち　たいすけ

パンダは、パンを食べているから
パンダと思う。
頭はおにぎりみたいだ。
はなはでっぱって、目はたれ目だ。
耳はまんまるくて
まんじゅうみたいだ。
からだはフランスパンににている。
手はにんじんみたいだ。
足はだいこん足みたいだ。
すずき先生はふとっているから、
パンダとおんなじだ。

へび

熊本県・小2　石山　三洋

日曜日のお昼
畑に行ってみた。
へびがいた。
「こんにちは。」
とあいさつした。
そしたら、
へびがゆっくりちかづいて、
ぼくに、
べろを出した。
このへびとは

気が合うな。

かえる

長崎県・小3　藤木　優壮

かえるが
いじめられていた。
ぼくは
かわいそうと思った。
でも、やめろといったら
ぼくが
なかされてしまう。
ぼくが、みんなに
あそぼうといって
みんなであそんだ。
かえるは、にげていった。
うれしそうだった。

ムカデ

東京都・小4　後藤　健介

リビングルームでかっているねこが
前足をばたばたさせていた
こっちにくると
ねこはぼくの足に何かをのせた
ウニョウニョしていた
ぼくは足を見た
ムカデだった
そのとたんびっくりして
大声をあげた
いそいで足をふりまくった
なかなかおちない
十回くらいふってやっとおちた
お母さんに電話をした
スリッパでたたけと言われた
げんかんに行って
とってきたスリッパで
思いきりたたいたら
つぶれて動かなくなった
ようやくほっとできた

帰り道にヘビを見た

青森県・小4　相馬　健人

「わっ、ヘビだ。」
隣の家の草むらからヘビが出てきた。
ヘビは、ヒョウがらだった。
したを出して
そっとそっと近づいてくる。
口を開け、キバが見えた。
「や、やばい。」
だが、おそってこない。
どうしたんだろうと思ってよく見ると、
草の中にたまごのようなものがある。
こんなどぶの近くにすむなんて、
ヘビもたいへんだなあ。
次の日行ってみたらいなかった。
ヘビも引っこしするんだなあ。

やもり

石川県・小4　吉野　豪

台所のまどごしに
夜になると　あらわれるやもり
ガラスにへばりついて
うらやましそうに
ぼくたちの声を聞いている
いもうとが言った。
「お母さんは　どこにいるの」
いつも一人ぼっちでかわいそうだな
やもり君　早くおうちへおかえりよ

みみず

神奈川県・小5　萩原　俊矢

学校にいくとちゅう、
みみずがいた。
ちかくにあった石で、
三等分してやろうとみがまえた。
えい。
そのとき、
みみずがSの字になった。
つぎはOという字になった。
そしてまたSの字にもどった。
S・O・S。
よしゆるしてやろう。

6月
―鳥

☆ウ
☆ホトトギス
☆ヨタカ
☆メジロ
☆ヒガラ
☆キビタキ
☆ヒヨドリ
☆ウグイス
☆キジ
☆コジュケイ

くじゃく

山口県・小1　かわしげ　あきかず

せんせい
がっこうのくじゃく
なんてなくか　しってる
あほう　あほう
いうんよ
そいでね
ぼくは　てんさいじゃ
ぼくは　てんさいじゃいうたら
あほう　あほう　いうんよ
おもしろいんじゃけえ

めじろの声

宮崎県・小3　喜田　得浩

ぼくが　まんがの国を　みていたら
めじろが　ちと　ないた。
おばが「ほら」と　いった。
ぼくが　にちょる　声で　ちと　いったら
おばが
「また　ねえた」
と　いった。
ぼくは　おが　ねえたとど　といったら
「あんまい　にちょら」
と　いった。
めじろに　ふろしきを　かぶせた。

メジロ

東京都・小3　岩田　智美

ドン、
ガラスがなった。
なんだろう。
外にいそいででた。
自転車のあいだに
小さな黄緑色の鳥がいる。
まり子ちゃんが
そっと手のひらにのせてくれた。
お父さんにみせた。
「たぶん、メジロだな。」
お母さんがものおきから、

鳥かごをだしてきた。
水とはこべを入れた。
小鳥は、口ばしをかごからだしたり、
ぴょんぴょんはねた。
もう、だいじょうぶ。
さあ、とんでいけ。
そばのかきの木にとまって、
チュリ、チュリッとないた。
あっ、もう一わメジロが木にとまった。
きっと、お母さん鳥だ。
お母さん鳥は
とっても心配していたんだね。

鵜は、すごい

千葉県・小4　速水　雄飛

長良川に、鵜を見に行った。
なめらかな川の上に、
たくさんのやかた船がうかんでいた。
やかた船で夕食を食べながら
ドキドキして鵜を待っていた。
夕食には、鵜がとったあゆが入っていた。
いったいどうやって
このあゆをとるのだろう。
暗くなっていよいよ、鵜が出てきた。
真っ赤にもえたたいまつで、
あたりが明るくなった。
ぼくは目を丸くしながらじっと見ていた。
突然、一わの鵜が水の中に消えた。
もぐったかと思うと、
すぐにまた、顔を出した。
口には、あゆをくわえて、
じまん気に首をブルッとふった。
ほかの鵜も負けないぞ、と
川にもぐる。
夜の川は、真っ暗なのに、
鵜はすばやく次々とあゆをとっていく。
ぼくは心の中で、
「鵜はすごいなあ。」と思った。
鵜が羽を開いた時、水しぶきが飛んだ。
羽がキラキラと輝いてとても美しかった。

しらさぎ

東京都・小6　山﨑　真理子

まっ白なしらさぎが、
夕焼け空に二羽。
しらさぎのつばさは、
まるでやわらかい絹でつくったような
つばさだ。
まわりはとても寒いのに、
それに負けず、ゆうゆうと飛んでいる。
これこそ自然の美しさだ。
あんなにきれいな飛び方をしているのに、
見ている人が少なくてかわいそう。
私にも
あんなきれいなつばさがあったら、
この広い空をあのしらさぎのように、
ゆうゆうと飛んでみたいなあ。

カワセミ

東京都・小6　吉村　心理

パシャッ　水面を羽でたたく音。
あっ、カワセミだ。
魚を食べている。
青くてきれいな鳥が
青梅の自然の中で生き続ける。

さ　ぎ

埼玉県・中2　井沢　千代子

玄関の戸を開けて、
夕焼けにそまった西の空を見ていたら、
今は、つかわれることのなくなった、
田んぼの上を、音もなく、
静かに舞う、白いさぎ。
夕焼けの中に、
高くなり、低くなり、
飛んでゆく。
白い羽根が夕陽をあびて、
絹糸のように光った。
いつまでも、いつまでも。
立っていた私。

6月――昆虫

☆ニジュウヤホシテントウ
☆コガネムシ
☆シオカラトンボ
☆タマムシ
☆アシナガバチ
☆ハエ
☆ゲンジボタル
☆ヘイケボタル
☆カ
☆ボウフラ
☆ヨトウムシ

☆ブユ
☆ノミ
☆ヤゴ
☆ゲンゴロウ
☆アリジゴク
☆カタツムリ
☆アリ

やごさんへ

大阪府・小1　はった　かほ

やごさん、きのうおへやに
きたばっかりだから、
みんなのことこわいとおもうけど、
こわくないから、
だいじょうぶだからね。

かたつむり

千葉県・小1　よこお　たかこ

せんせ、
あんまり、
かたつむりのうた
うたわないほうがいいよ。
あんまりうたうと、
からだがみんな
でていっちゃうよ。

かたつむり

東京都・小1　もり　とう一ろう

かたつむりくん。
いつも　おうちを　しょってて
つかれないか。
おうちを　おろして　あるくと、
らくに　あるけるよ。

ほたる

長野県・小1　いけぐち　あつこ

ほたるを　とった。
それを　びんに　いれて
その　ひかりで　しゅくだい　したら
まちがっちゃった。

げんごろう

北海道・小1　いちやす　たかし

にいちゃんが
がっこうのそばで
げんごろうを　みつけてきました。
すいそうに　いれてやりました。

おかあさんと　にいちゃんが、
ほんで、
えさと　そだてかたを　しらべました。
ちいさいさかなが　なかったから
ごはんつぶをやりました。

ほたる

秋田県・小2　鈴木　政之

ほたるこは
ぐっと　いきを　ついて
はらに　ちからを　いれて
とんでいった

ぼうふら

神奈川県・小2　青木　詩織

きょう、ぼうふらが
いっぱいみぞにいたよ。
見ていたら、
かもとんできて、
まるで赤ちゃんを
まもってるみたいだったよ。
ぼうふらは小さくて、
フラフラ、クネクネ、
へびみたいに、うごいていたよ。
おかあさんが、
「ぼうふらは、ぼうみたいで、
　ふらふらしているから、
　ぼうふらっていうのかな。」
っていってたけど、
ほんとうかな？
そうだったら、おもしろいな。

ありじごく

高知県・小2　神戸　敦司

じん社のけいだいで、見つけた。
ありじごくのすや。
「あっ。」
ありじごくにありがおちた。
がんばれ。
はようにげろ。
「あっ。」
ありじごくのつのが、にょきっと出てきた。
つかまる。
つかまる。
にげるんだ。
ありは、はい上がろうとするけんど、
すながさらさらで、はい上がれん。
「あっ。」
とうとう、つかまった。
かわいそうなあり。

かたつむり

沖縄県・小2　ひが　かずよ

先生、
かずよの　かたつむり、
ねむたい、
ねむたいと、
あるいて　いるよ。

おけら

滋賀県・小3　野田　あき子

おけらは、
ガイガイと木でも土でもほる。
よっぽど、ほるのがすきだな。
おけらにたのんで、
わたしが、はいれるあなを
ほってもらおうかな。
せんそうがおこったら
そのあなに入れるだろう。

だんごむし

大阪府・小3　星野　友紀

だんごむしは
足が十四本ぐらいです。
足は、黒色です。
だんごむしは、
まんまるくなるときもあります。
かんだりは、しません。
まんまるくなると、
ビービー玉みたいです。

ア　リ

千葉県・小3　佐藤　久雄

バラの木に　アブラムシが、
びっしり　ついている。
おしりが　ぷくっと　ふくれている。
アリが　いったり　きたりして、
アブラムシの　おしりを　なぜている。
なにしているのだろう。
口で　くわえているのもいる。
おしりを　なぜるなんて　おもしろいね。

え、ほんとかな

東京都・小3　河野　勇

「カタツムリは、かみそりのはの上を歩く。」
と、本に書いてあった。
あしが切れて死んじゃうんじゃないかな。
さっそく
一番元気なカタツムリを選んでやってみた。
乗せるとき
どきどきして、手がふるえた。
置いたしゅん間
ぞくっとして、
自分が切られるような気がした。
カタツムリは、
かみそりのはを、包むようにして
へいきな顔で
どうどうとはっていった。
あとで、あしのうらを見た。
けがをしていなかった。
カタツムリってすごいな。
本に書いてあったことは、本当だったよ。

げじげじ

東京都・小4　清水　紀尭

さわると
でこぼこ　するぞ。
みんな　こわがる。
みんな　さわれない。
やあい、にんげん、
よわむしばっかりだ。

青　虫

神奈川県・小4　多田内　みお

わたしは　青虫の中くらいのを
ブニップニッとさわるのがすき。
でも、青虫は
どう思っているのかな。
「やーね、この人。
　おらの体をブニップニッてさわる。」
って思うかな。それとも
「あっ　気もちいいマッサージだな。」
って思うかな。

コオイムシ

長野県・小4　大沢　正享

田んぼの中で、
コオイムシをとった。

せなかにたまごをつけていた。

一つたまごが落ちた。

ぼくは、

「たまごをおとしたよ。」

といってやった。

でもコオイムシにはわからないのか
「スイ　スイ。」

と　およいで行ってしまった。

ホタルのたまご

長野県・小4　中沢　正博

ホタルを見に行った。
ひさお君がいたので、いっしょに見た。
ホタルの交びしているのを見た。
ホタルのメスがたまごを産んでいた。
こけの所を見たら、
ホタルのたまごがあった。
うす黄色に光っていた。
ぼくとひさお君はびっくりした。
「おっしゃ。」

と二人で言った。
ホタルのたまごは
「もうすぐ産まれるよ。」
って言ってるみたいにしずかに光っていた。
ラッキーな日だった。
ぼくとひさお君はむねをはって帰った。

ゲンジボタル

高知県・小4　梶原　宏晃

「ただいま。」
お父さんが帰ってきた。
よく見ると、
お父さんの手が
光っている。
「なんで、手が光りゆうが。」
と言った。
お父さんがきゅうに、
「早く電気けせ。」
と言った。
お母さんが電気をけした。
お父さんが手を開くと、
小さいものが光っている。
光っていたのは、
お父さんの手じゃなくて、
ゲンジボタルだった。
みんな
「きれいやね。」
と言った。

ノ　ミ

山梨県・小5　沢口　えみ子

あっ　ノミだ
あかい　いろをして
はねで　きた
おれを　くいにきた
「ようし　とって
　つぶしてしまえ」
ぶつっと　おとがして
つぶれた
白いたまごがでて
きもちが　わるかった

ウスバカゲロウ

東京都・小5　酒井　孝欣

「あっ、なんだ。」
一しゅんおどろいた。
カゲロウだ。
アリジゴクがカゲロウになったんだ。
うすい、すきとおった羽、
細い体。
つかまえると、
「にがしてあげな。」
と母に言われた。
はなすと、
カゲロウは、
きらきらとまっていった。
翌朝、ふとんの横に、
うごかなくなったカゲロウがいた。
ぼくは、そうっとひろい上げた。
短い命だなあ。

あめんぼう

東京都・小5　望月　圭一郎

池の上をあめんぼうが
自動車のように走っている。
あめんぼうがとおると
輪ができる。
木のかげで
すーい　すーいと、
ゆうぎをしているようだ。
そばでざりがにが
顔を赤くして見ている。

かたつむり

東京都・小5　田中　えつ子

みていると、
日がくれる。

6月——魚介類

☆**ドジョウ**
☆**チョウザメ**
☆**ナマズ**
☆**アユ**
☆**ブリ**
☆**ホウボウ**
☆**マス**
☆**ハマグリ**
☆**ホヤ**
☆**マテガイ**
☆**タツノオトシゴ**

☆**オオサンショウウオ**
☆**アマゴ**
☆**イワシ**
☆**ナマコ**
☆**アワビ**
☆**タイ**
☆**マグロ**
☆**トビウオ**
☆**コイ**
☆**ウナギ**

たことり

島根県・小1　こだけ　たつや

たこがいないかなあ。
さがしていたら、いた。
たもですくおうとしたら、にげた。
あきらめるもんか。
たこをおいかけた。
いわと、いわのあいだにはいった。
いしをなげた。
ぼうでつっつきながら
たもで、すくおうとした。
また、いわのあいだににげた。
もう一かい、
ぼうでつっついて、
さっと、たもですくった。
やっと、たもにははいった。
とれた。

どんこ

高知県・小1　いせわき　すがお

なかの川で　どんこをつかまえた。
あさいところで　つかまえた。
ふとかった。
かんに　いれた。
せまいけん、
しんこきゅうが　できんみたいな。
むごいけん　にがしてやった。
どんこは、つつうっと
ふかいところへ　にげていった。
うれしそうに　にげていった。

やどかり

東京都・小2　まつ山　あい

おもしろい。
手であたためると頭を出しておもしろい。
買ってきたあさりをおしこんだら
ちっちゃなはさみでちょっと食べて
かわいいなあ。
ポッといきをかけると
ポソッと頭と手のはさみを出す。
すなはまにすんでいるやどかり。

めだか

佐賀県・小2　かわはらだ　いさお

めだかが
すいすい　およいでいる。
すうっと
あみで　すくった。
よく見たら
うろこが
きれいだった。

ヤマメ

東京都・小2　谷合　ゆか

おじいちゃんが、
「そのはっぱがあつまっているところに
　ヤマメのたまごがあるよ。」
と、教えてくれた。
言われた方へよってみたら
白くて小っちゃくて
まるいたまごがあった。
ずっと前に赤いたまごを見た。
こんどは白いたまごだ。
はじめて見た。
赤いマスのたまごは
石のところにかくしてあったのに
ヤマメは
はっぱがあつまっているところで
お母さんヤマメがまもっていた。
かわいかった。
すごく小さかった。

アユ

高知県・小2　横川　たくや

「来てみぃや。」
と、おばあちゃんがぼくをよんだ。
おばあちゃんは、
アユをあみからはずしていた。
ぜんぶで、十五ひきぐらい
ひっかかっていた。
頭がのいているアユもいた。
かわいそう。
おばあちゃんに、
「手つどうちゃう。」
と言ったら、おじいちゃんが、
「あみがやぶれるき、気をつけよ。」
と言った。
ぼくは、ゆっくりのけた。
やっと一ぴきとれた。
なんと五分ぐらいかかった。
早くあみをなげれるようになって、
おじいちゃんと、
アユをとりに行きたい。

がたのむつごろう

佐賀県・小2　江原　亜紀

がたに　いったよ
ぬるぬるしたよ
かにがいたよ
わらすぼもいたよ
かおが　かわいかったよ
むつごろうも　いたよ
どろの中で
ぴょんぴょん　とんでいたよ
たのしそうだったよ
あとで
わらすぼ　やいてたべた
おいしかったよ

さわがに

栃木県・小2　手塚　裕之

かには、
石の下に　すんでいる。
だから、力もちだ。
大きな石に、
すぐ、もぐりこむ。
でも、よわ虫だ。
つかまえようとすると
すぐ　にげる。

七月

7月　行事

1　山開き
海開き
国民安全の日（1960）
社会を明るくする運動（1日〜31日）
河川・海岸愛護月間
愛の血液助け合い運動月間
郵便番号制がはじまった（1968）
童謡の日（『赤い鳥』創刊・1918）
「アンクルトムの小屋」の作者ストー夫人没（1896）
第1回総選挙が行われた（1890）
2　ユネスコ加盟記念日
半夏生
救世軍創立記念日

日本一の富士登山

千葉県・小5　宮野　拓也

一歩ふみだすたびに
苦しさがましていく
ふみだすのがこわい
頭がしめつけられる
ズキズキズキズキ
ドックンドクドク
心ぞうもうなりだしてきた。

白いきりが
ベールになってぼくをつつむ
ふたたび
足をふみだす
石に当たった、つまずいた……
む中で前へ前へと進んだ
リュックがかたにくいこむ
足がすべてだ
足がものをいう
力のかぎり　足を運ぶ
やった　頂上だ
足が笑った
リュックをおろすと
こうらをとった亀みたいな気持ちだ
足がほがらかに
走り出した

必死の富士登山

千葉県・小6　鳥潟　彦人

「彦ちゃん、がんばれ。」
監督の声が風に混じって
耳の中でボーボーと聞こえてくる

初めての富士山
楽しさや感動が全部消え去った八合目
砂が顔面を直撃する
激しい頭痛がぼくをおそう
もうろうとしてくる意識
夜の暗さで前の見えない不安と戦う
「早く頂上へ行きたい。」
「もうやめたい。」
二つの思いが交さくする
急こう配、高山病、リュックの重みで
いく度も後ろへ倒れた
「もういやだ。」

やっとの思いで頂上の鳥居をくぐりぬけた
その瞬間
雲のすき間からオレンジ色の小さな光
ご来光だ
遠い遠い雲のかなたから
ぼくに向かってくる小さな太陽
「登り切ったんだ。」

うどんの日（1980年、香川県でさぬきうどんを知らせるためにきめた）

3 波の日

ソフトクリームの日（1990）

4 なしの日

プロ野球オールスターゲームが始まった（1951）

5 バイク乗者にヘルメット義務づけ（1986）

6 朝顔市（東京入谷で江戸時代から行われている）

7 七夕祭り

日中戦争が始まった（1937）

ゆかたの日（1981）

たけのこの日

坪田譲治誕生（1890）

8 質屋の日（各地で質流れのバーゲンがある）

9 ほおづき市（東京浅草寺で9、10日と行われる）

ジェットコースターが文京区後楽園にできた（1955）

ほたるの夕べ

10 国土建設週間（10日～16日）

なっとうの日（754年、唐の鑑真が日本へ来て作り方を教えた）

11 世界人口デー（1989）

うれしさが胸にこみ上げた
午前四時十七分
ぼくは日本一高い山を登り切った

富士の山頂まで

静岡県・中1　松宗　輝男

ザックザック
靴に感じる
砂と岩石の道を一歩一歩確実に歩く
傾斜角度三十五度
気温五度という魔の道を
蟻のようにぞろぞろと歩く
話し声は一声もせず
ただ懐中電灯だけが蛍のように光っている
風がビュービューと吹き
霧がモヤモヤと道を取り巻き
寒さが増して来た
「寒くない、寒くない。」
と自分に言い聞かせても寒い
時計の針は深夜の一時を指していた
〝後もう少しで山頂〟という心に励まされ
七時間後、ついに山頂に立ったのだ
空には日が昇り
風は止み
朝になった
そして　富士の山頂から町を眺めた
まるでダイヤモンドのように光っていた

波とぼく

茨城県・小3　小暮　勇

海で泳いでいたら
大きな波がきてぼくをおしあげた
小さい波
大きな波とすもうをとった
波は強い
ぼくはおされた
でもおしかえした
やっぱりおされてしまう
ぼくは大きくうで広げて
がんばってみた
けど　ぜんぜんききめがなかった
波は強い
力強くてお父さんみたいだ

波

北海道・小4　田外　智洋

太陽がぎらぎらと照りつけるま夏
おきの方から
波は
ぼくたちをめがけて
すごいいきおいで
ザブーンと飛びついてくる
ぼくたちは波に体あたりする

しんじゅ記念日（1893年、御木本幸吉が
真珠養殖に成功）
12 とうふの日
パンの日
ラジオ放送が始まった（1935）
人間ドッグが開設された（1954）
13 お盆のむかえ火（15日まで）
日本標準時制定記念日（1876年、明石市
東経135度で測ることを決めた）
優生保護法の日（1948）
堺市でO・157食中毒発生（1996）
14 和歌山県那智大社で豊作を祈る火祭り
検疫記念日（1885年、コレラで約1万人
が死んだので警察で検疫の仕事をするこ
とになった）
港の衛生週間（14日〜20日）
福井県に恐竜博物館オープン（2000）
パリ祭（フランス革命1789・記念日）
15 中元
盂蘭（うら）盆
16 お盆のおくり火（とうろう流し）
やぶ入り（江戸時代の奉公人が1月16日
と7月16日に実家に帰った）
駅伝の日
17 江戸が東京となった（1868）
京都八坂神社祇園祭り
このころ海の日（第3月曜）

波は
ぼくたちにまけて
さあっと引いていく

しかし
波は
あきらめないで
何度も何度も
岸に向かってくる

ぼくは
そんな元気のいい波が
だいすきだ

千葉の海

東京都・小4　名古屋　絢子

「うわあっ。」
今、千葉の海にいる。
波が高くてかぶってしまう。
お昼ごろになっても、
まだ波が高い。
こわいけれど、
少しずつ海の中に入った。
「きゃあぁ。」
ザッバーン。
大波をかぶってしまった。
目をあけてみると、
前におし流されていた。
ちょっぴりこわいけれど、
波のりは楽しいな。

「アンクルトムの小屋」を読んで

長野県・小6　小林　郁美

トムが逃げなかったとき
「早く逃げてくれればいいのに
　みつからないように
　逃げてくれればいいのに」
と、思った。
トムが逃げなかったとき
わたしの心に
怒りのようなものがこみあげてきた。
どれい商人への怒りと
逃げなかったトムへの怒りみたいなものが。
わたしは悲しくなった。
ただ黒人だということで
赤ん坊のときから悲しい思いばかりして
同じ人間でありながら
人間が人間に買われ
ひとりの人間の幸、不幸が
買った人間しだいだなんて
あまりにもひどすぎる。
ずるく、自分の利益だけを考える人間が
うようよしている世の中や、
肌の色で差別する白人への怒りが

まんがの日（1846年イギリスでまんが雑誌が発行された日）
18 大賀はす開花記念日（1952年2千年前の実の花が咲いた）
光化学スモッグ発生、東京の高校生が入院（1888）
朝日新聞創刊（1888）
19 ネアンデルタール人発見（1856年ドイツのデュッセルドルフが10000万年から35000年前の人間の骨を見つけた）
20 終業式
勤労青少年の日（1970年7月第3土曜が勤労青少年権利法が制定された）
通知表
ティーシャツの日
地蔵盆
日本航空が女性パイロットを採用（1994）
このころ夏の土用の入り（土用の丑の日にうなぎを食べると元気になる風習がある）
21 夏休み
子ども会
アポロ11号が月着陸（1969）
22 にじの日
げたの日
メンデルが遺伝の法則発見（1822）

ふたたびわきあがってくる。
差別や偏見をなくしたといっても、
いま、
やはり黒人への差別が続いている。
ううん、差別は黒人だけの問題ではない。
わたしたちのまわりにもある。
いまのわたしには
差別をにくむことしかできない。

うどん

福島県・小2　はしもと　やすこ

ゆうべ
わたしは　うどんをたべた
うどんは　なしてながいのかな
と思った
「おかあさん　なしてうどんはながいの」
ときいた
「わがんね」といわれた
おとうさんにきいたら
「バカ」といわれた

なし

東京都・小5　大島　映子

「ぱりっ」と、
いい音をたてるなしは、
とてもあまい。
舌に、あまさがとけこむ、
なしを口の中に、
とじこめておくと、
口の中が、あまいかおりで
いっぱい。
いつまでもとっておきたい
なしの香り……。

たなばたさまへ

兵庫県・小1　かわもと　りゅういち

たなばたさま
くわがたが　いっぱいとれますように。
けんかが　つよくなれますように。
おかあさんが　あんまり　おこりませんよう
に。
それから
たしざんと　ひきざんと
くつとばしと　やきゅうが
じょうずになりますように。
おねがいします。

おりひめさんへ

長野県・小1　あまり　ゆたか

どうして　ひかるのですか。
ほくの　いぬが　しんだから
もう一ぴき　ください。
いぬは　じどうしゃに
ひかれました。

23 いぬの日
ふみの日（7月は文月だから、郵政省が制定・1979）
24 紙しばいの日（1964）
芥川龍之介自殺（1927）
25 かき氷の日
26 幽霊の日（1825年四谷怪談初演の日）
27 山本有三誕生（1887）
東京ではじめて光化学スモッグ注意報が出た（1970）
28 バッハ没（1750）
なっぱを食べる日
アポロ号月着陸（1969）
29 アマチュア無線の日（1973）
隅田川花火大会
ゴッホ没（1890）
30 新美南吉誕生（1913）
プロレス記念日
31 夏越祭（大阪宇佐神高など）

ほくの　いぬが
てんに　いたら
おしらせください。
ぴかぴか　つよく　ひかって
おしらせ　ください。

たなばた

東京都・小2　近藤　信子

天のかみさま、
十六日に海に行くので
はれにしてください。
テストは
いつも百点にしてください。

七夕まつり

長野県・小4　村田　由美

今日は、七夕まつり
わたしのねがいは、
「水泳で五十メートルが泳げますように」
たんざくに心をこめて書きました。
わたしは、今、黄色の帽子
そこに、黒線がほしいのです。
ちょっとむりかも知れないけれど、
いいえ、
今年は何だか五十メートルが泳げそう。
心がワクワクするんです。
やる気がどんどん湧くのです。

先生、
わたしだって本気でやれば、
きっと泳げますよね。
七夕さま、
わたしのねがいをたのみます。

七夕

愛知県・小6　中島　ともみ

一年にたった一度だけ、
けんぎゅう星としょく女星が会える日。
七月七日、
二人が天の川を渡って、
めぐり会った時、
わたしたちの願いはかなう。
私は、
晴になるように、
願いをこめて短ざくに書いた。
「お父さんの病気が、
　なおるように。」
竹につるす時も、
「どうか、お父さんの病気がなおるように、
　なおるように。」
心の中でくり返しながらつるした。
けんぎゅう星の願いは、
もうじきかなうけど、
私の願いは、
いつかなうかな。

ゆかた

大阪府・小5　今井　江里子

ゆかたを着た
百合のもよう
おびがきゅうくつ
あつくるしい

ブランコに乗るとよごれる
かいだんがのぼりにくい
走るときまくって走る

でも　女の子よ

つぼ田じょうじ先生

東京都・小1　ふる山　みつお

つぼ田先生がきた。
ぼくは、はりきって、
「くらげほねなしの、
　くらげは、かわいそう。」
といった。
つぼた先生が、
「きっちょむさん」のはなしをした。
どかんどかんともんをこわすとき、
ぼくは手をたたいた。
つぼた先生またきてね。

質　屋

東京都・小6　鈴木　正二

高いな。
安いな。
質屋の中を見て歩くのはおもしろい。
あれがもう少し安いといいなあ。
あれはちょうどいい値だんだなあ。
買おうかなあ。
質屋の中を見て歩くのはおもしろい。

ほおずき市

東京都・小3　竹内　俊子

あさくさのかんのんさまは
ありのぎょうれつみたいだった。
おとうさんと、おかあさんに手をひかれて、
チリチリと、
ふうりんがなる道をいく。
白い花と
ふうりんのついたほおずきがならぶ。
「だんな、これはやすいですよ。」
「いくらだい。」
「やすくしとくさ。」
大きな声が、あっちでもこっちでもする。
白い花が
二つ
三つついた
ほおずきを手にもって
わたしと
おとうさんと
おかあさんで
チリチリと、
ふうりんがなる道をいく。
人におされながら
わたしと
おとうさんと
おかあさんが、あるいていく。

ほたるは　みみが　とおいね

長野県・小1　いとう　みなと

せんせい
ほたるは　みみが　とおいね。
だってさ
ぼくが
あっちの　みずは　にがいぞ
って　いっても　いくんだよ。
あっちの　みずは
せんざいで　よごれているのにさ。

ねたふりを　して

長野県・小1　はら　みはる

よる、まどを　あけて
ねたふりを　していると、
まどから　なにかが　はいってきた。

でんきを　つけると、
かぶとだったので　まどを　しめて
つかまえた。

また、まどを　あけて
ねたふりを　していると
こがねが　はいってきた。
ほたるも　はいってきた。
そのとき、おにいちゃんが
「ひのたまで　ござる。」
と　いったので、
こわくて　つかまえれなかった。

ほたる

島根県・小3　川神　三郎

「みわちゃん
　ほたるがおるよ
　来てみんさい。」
母さんが
人指しゆびを口に当てて
小さな声でよんでくれた
ぬれたぎざぎざの
葉っぱの上に
たった一ぴきだけ
ほたるがいた
母さんとだまってみていると
緑色の光が
ぱあとついたり消えたりした
うちのげんかんの前に
よく来てくれたほたるに
「きれいだよ。」
聞こえるくらいの声でいいました。

なっとうのひみつ

高知県・小1　からいわ　かずゆき

ぼくは、
テストで百点をとったことが、
ぜんぜんありません。
「なっとうを食べると
　頭がよくなる。」
と、言っていました。
お母さんに、
「あしたから、
　なっとう買って来てよ。」
と、うれしくなって言いました。
なっとうばかり
五日間食べました。
すると
テストで百点を三回とりました。
なっとうのひみつは
だれにもおしえません。

なっとうの日

愛媛県・小3　井原　海

七月十日はなっとうの日。
きゅう食のメニューを見ると、
プチなっとうがあった。
ぼくは、
生まれてはじめてなっとうを食べるので、
どんなあじかなあ、と思った。
でも、
においはくさかった。
一つぶ食べると、
おいしかった。
けれど、
かむとにがかった。
もうなっとうの日は、
こりごりだ。

世界の人口

神奈川県・小4　八木　けん太

世界の人口は
正かくには分からない。
だって、
一秒にたくさん生まれているから。
それが世界の人口。

しんじゅ

神奈川県・小4　鈴木　栞

しんじゅは、
キラキラ
きれいだな。
海のそこの
あこやがいからとれる。
ネックレスもイヤリングも
つくれちゃう。
海でも地上でも人気もの。

わたしのうちはパンや

広島県・小1　せのお　あき

わたしのうちは
パンやです。
おとうさんは
たねを　こねたり
まるめたりします。
おばあちゃんが
パンをやきます。
おかあさんが
はいたつへ　いきます。
わたしのうちのパンは
とってもおいしいです。
だって、
みんなかってくれるもん。

ぼんおどり

愛知県・小4　杉浦　菜保子

曲が流れ出したとたんに
わたしはお友だちと
はりきっておどった。
いつのまにか弟が
となりに来ておどっていた。
わたしはおどりが好きだ。
「お母さんも子どものころ
　毎日おどっていたんだよ。」
とおばあちゃんが言っていた。
わたしのおどり好きは
きっと母ゆずりにちがいない。
おばあちゃんはうれしそうに
目を細めてわたしの方を見ていた。

おぼん

埼玉県・小4　川合　直美

今日はおぼんで
お寺のお手伝いをしました。
私と美穂ちゃんと二人だけです。
百十人くらいの人が一人ひとり
お米をもってきます。
私たちはまずお米をあずかった人の
顔と服を覚えます。
次におとさないようにおきます。
ちかくにあるしょう（鉦）をならして
お礼をお米のふくろに入れてかえします。
「お手伝い、えらいね。」
「お願いしますね。」
などと言われて楽しくなります。
三時間働いて五時ごろおわりました。
二千円とおかしをいっぱい　あめ二ふくろ
お茶一ふくろ　タオルとハンカチをもらって
「来年もよろしくね。」
とたよりにされました。

しょうろう流し

熊本県・中1　土本　貴和

じいちゃんのしょうろう船を、
祖父や父母
親せきみんなでかかえて
球磨川へ流しにいった。
暗い川の上には
あちこちに
あかりがゆらめいている。
船の底に
なし、ぶどう、おだんご、
ほかにもたくさん入れてやった。
きくの花もかざってあげた。
ちょうちんに火をつけ、
ゆっくりと流した。
いかにもじいちゃんらしく、

ほかの船においこされて
ゆったりと流れてゆく。
じいちゃん、さようなら。
ぼくは火が消えるまで
いつまでも見送っていた。

あわおどり

徳島県・小4　佐藤　和美

「エライヤッチャー。」

「エライヤッチャー。」

みんなの楽しいあわおどり。

女おどり、男おどり、
男おどりは、こしのひょうたんが、

「じゃり、じゃり。」

私は、こしのすずが、

「チャリ、チャリ。」

女おどりは、げたが、

「カラ、カラ、カラ。」

私はおどりが大好きだ。

みんなでおどる。

楽しい。楽しい。

あわおどり。

祇園祭

京都府・小5　村田　智香

祇園祭のおはやしってきれいだなあ。
コンチキチンコンチキチン
笛や太こや鐘の音が、重なりあって、
きれいやなあ。
ほこによっておはやしがちがうと聞いたけど
なんでちがうのやろ。
笛やたいこや鐘は同じやのに
だれがおはやしを考えはんにゃろ。
えらいなあ。

ほこの横にぶら下げてある織物。
これもほこによってちがう。
きりんやとら、花や木など
きれいに織ってある。
だれが織ったのかなあ。

ずうっと小さい頃から行っている祇園祭。
毎年買う物は　ちまき。
「食べられへんちまきなんか
　何にもならへんやんか。」
と、母に言ったら、
「やくよけのためやし、買わなあかん。」
と言われた。
家族みんなが病気や事故にならないように
昔から受けつがれた人々の願いだそうだ。
いいことだな。
いつまでも続いてほしい祇園祭。

夏のこうしえん

東京都・小2　小御門　俊

「プレーボール」
夏のこうしえんがはじまった。
七十三回目かいまく。
何日か前、夏休みがはじまった。
「プァァー」と
なった。
テレビの前でお父さんがさけんでいる。
「おっ、はじまったぞ。しゅん、
　はやくこい。」
ぼくは、いちもくさんにかけていった。

恐竜

岡山県・小5　川又　浩生

恐竜博へ行った。
中へ入れば、もうそこは化石の森。
まず現れたのは、ティラノサウルス。
歯をむきだして、今にもおそってきそう。
あらあらしい息づかいが、
聞こえてくるようだ。
古代から、
足音をひびかせてやってきたのは、
パキリノサウルス。
巨大な頭をつき出して、
歩きだしそうな気がしてくる。

そして、きみょうなほど長い首。
それを、こちらにのばしてきそうなのは、
マメンチサウルス。
この恐竜から見れば、
人間はニワトリのように、
見えているのではないだろうか。

恐竜の低い声がひびき、
恐竜を育てた古代森林の、
あたたかいにおいが広がっている。
そんな所で
本物の恐竜に会った。

まんが

千葉県・小3　野村　淳三

まんがの本を
四さつ　かりて行った。
ぼくは　とうちゃんに　見せたら、
こんな本は　だめだ、
と　いって　おこられた。

あんちゃんに　見せたら
ニコニコした　顔で
「あしたも　いっぺい　かりて来いな。」
と　いった。

ぼくは　うれしかった。

マンガ

栃木県・小6　藤田　律子

マンガはどうしてあるんだろう。
人を笑わすためにあるのかなあ。
でも、人は笑いすぎると
おなかが痛くなる。

マンガはこわい。
マンガを読んでいると、お母さんが
「勉強しなさい。」
っておこるんだもん。

マンガはおそろしい。
でも、おもしろい。

スモッグ

東京都・小3　柏原　勇

東京では　スモッグが
ひどくなってきた
空は　いつもボンヤリ
くもっているみたい
工場のえんとつのけむり
おふろからでるけむり
自動車からでるけむり
「みんないやだ」
ぼくは　いなかへいって
気持ちのいい空気を
いっぱいすいたい

光化学スモッグ

東京都・小6　中村　春之

目がいたい。ちかちかする。
光化学スモッグが出たな。
光化学スモッグ注意報が
放送される。
外を歩いても、しょっ中感じる。
ときには、家の中まで、入ってくる。
人間が人間を苦しめている。
光化学スモッグを、
なくす方法はないのかなあ。
煙害や、はい気ガスをとりしまったり
都でもいろいろ苦労している
いつになったら
空気が、きれいになるんだろう。

先生の通知ひょう

愛知県・小2　かとう　り名

先生、おでこが光るから　Ａ。
めがね、はずしてくれないから　Ｃ。
算数の教え方が上手だから　Ａ。
体いく　ＯＫ　Ａ。
やさしいから　Ａ。
あんまりおこらないから　Ａ。

ダイエットしてないから　Ｃ。
おもしろいから　Ａ。
国語もＯＫ　Ａ。
二十五歳とうそをつくから　Ｃ。

先生。
Ｃが三こもあるぞ!!
先生
Ｂが０こだ!!
先生
Ａが……七こ。
もうちょっとＡをふやせば。

つうちぼ（つうしんぼ）

大阪府・小４　やの　えみこ

国語　五
社会　五
理科　五
算数　五
こんなに五が　ならんだらなあ。
おとうさん　どんな顔するやろ。
おかあさんは泣くやろな。
目をくしゃくしゃして
おばあちゃん　よろこぶで。
一ぺんで　ええから
五をならべたい。

ティーシャツ

福岡県・小１　いしばし　けい子

おかあさんが、
だいじゃやまの
ティーシャツを
かってきた。
すぐにきてみた。
がぼがぼだ。
からだをとおりぬけて
おちそうだ。
おねえちゃんが
わらった。
おかあさんも
わらった。
わたしも
なんだかおかしくなった。
がぼがぼの
ティーシャツも
わらっているようだ。

なつやすみ

長崎県・小１　なかの　おさむ

なつやすみになったら、
うみにいきたいし、
おんせんにもいくし、
えいがにもいくし、
くまもとにもいくし、
四十二日でたるのかな。

どようのうしの日

愛知県・小２　ひろはま　佑実子

わたしは、
うなぎがきらい。
きょうは、どようのうしの日。
おかあさんが、
うなぎをかってきた。
「きょうのごはん、うなぎ。」
ときいたら、おかあさんが
「うなぎをたべんと、ひとりだけ、
　夏ばてして、しんじゃうよ。」
と言った。
「そんなの、いやだ。」
と言って、たべようとおもったけど、
きらいなものは、きらいだ。
うなぎをどかして、ごはんだけたべた。
おかあさんが
「こら、うなぎもたべんといかんじゃん。」
と言ったから、
むりやり、口にいれた。
「うえっ。」
としたけど、
おかあさんがにらんでいたので
わたしはたべた。

これで、
夏ばてしないですむかな。

虹

福岡県・小6　村田　恵理子

雨がたくさん降った。天気予報は大はずれ。
すねてベッドで寝ていたら
窓から日差しがさしこんだ。
目をこすりながら窓の外見たら青空広がって
ぽっかり虹ができていた。
赤・黄・緑……半透明なやわらかな色
今まで見た中で一番きれい
ずっとずっと見ていたら
知らないあいだに時間がすぎて
空は、いつしかうす墨色に……
一番星みーつけた。
明日は、どんな天気かな
雨ってちょっぴりいいかもね。

げた

東京都・小5　山野　正人

カラン、コロン。カラン、コロン。
だれかが歩いてくる。
あの音は、げたの音だ。
カンコン、カンコン。
あ、走りだしたな。
カラン、コロン
カラン、コロン
ひきずるような音にかわった。
なにしているんだろう。
気になって窓をあけて下を見た。
小さな男の子だ。
足の三倍もあるようなげたを
ひきずっている。
「エヘン」
せきばらいをすると、ぼくを見上げてニタッ
　と笑った。
あのげた、たぶんお父さんのだろう。

かきごおり

東京都・小2　津田谷　圭一

かきごおりはつめたい。
おいしい。
口びるの色が、赤や白にかわる。
かきごおりという食べものはきれいだ。
かきごおりにもあじがある。
メロン、いちご、レモンなどある。
かきごおりを食べると
頭がいたくなる。
だけど、ぼくはすきだ。

かき氷

長野県・小4　武藤　理恵

かき氷を食べた
スプーンで　口の中に入れると
ひんやりして　おいしい
「わあい。」
「わあい。」
「かき氷だ。」
ゆかとやす代が　よろこんだ
「お姉ちゃんが　一番最初だよ。」
けんかしても、おいしいかき氷
かき氷の冷たさに
三人とも　にっこり笑うから
最後には　なかなおりして　食べ終わる

氷屋

東京都・小6　城所　一幸

氷屋の前を通った。
ザザザと、氷をかく音がきこえた。
きこえなくなったと思ったら、
こんどは
ジャージャーといちご水をかけた。
ぼくは、
口がむずむずしてきた。

おばけ

神奈川県・小2　杉下　沙織

おばけってこわいよね。
と～ってもこわいよね。
でもちびっちゃいのだったら、

いっしょにかけっこして、
友だちになれるかもしれない。

スリラーショー

東京都・小2　大の　のりかず

たま川えんに
スリラーショーを見にいった。
けんをとる人が、
おもちゃの手を出しておどろいた。
お父さんと手をつないで入った。
カーテンが、サッとあいて、
口からちが出ている人が出てきた。
少しいくと、
いどから、おばけが出てきた。
ぼくは、こわくなって、
お父さんにくっついてあるいた。

アポロ十一号

福岡県・小5　山方　昭弘

四十四年七月二十八日
アポロ十一号月へ向かう。
人類始まっていらい
人間が初めて、月面に、足をおろしたのだ。
みんな、時のたつのをわすれて、
テレビを見つめた。
「やった。」思わずぼくは、さけんだ。
三人の宇宙飛行士
アームストロング、コリンズ、オルドリン
とうとう、人類のゆめを、
世界の人々の、望みを、かなえた
かがやかしい、三人の宇宙飛行士よ。
一歩また一歩
おちついたアームストロング船長バンザイ
ビデオテープでも見るようだ。
あれがほんとに、月の表面だろうか。
信じられない。
幼いころ、絵本で見た月では、
うさぎがもちをついていた。
そんな、童話の世界を
一ぺんに　ふきとばした。
いつかぼくも、月に行きたい。
そして、この目、この足で確かめたい。
それは、どんなに、美しく
すばらしいことか。
こんなことを　考え、
いつのまにか、飛行士になった気分で
テレビに見入る。

ラジコン

大阪府・小5　山岡　雄大

ラジコンをにわでしました。
かべにぶつかったりしました。
すると
中井こうへい君のいえの犬がでてきて
ラジコンに
「ワンワン」ほえました。
ラジコンをうごかすと
ついてきます。
犬にむかってラジコンをうごかすと
犬は、にげていきました。

ゴッホを読んで

沖縄県・小6　高江洌　勝美

ゴッホ
あなたは自分が感じた
一番美しい物を
思いのままに描けるので
すばらしい
あなたの絵は
今の世界では有名だが
生きていたころは
相手にされず
きらわれていたゴッホ
今あなたが
生きていたら
人々が自分の絵を
理解していることも知り
生きていたころのような
貧乏もなく
楽な生活の中で絵を描いていたと思う
ゴッホ

あなたは
絵を描くことだけしか考えられないの
絵のことでゴーガンとけんかして
自分の耳を切りおとしてみたり
自分からすすんで
精神病院に入院してみたり
かわいそうなゴッホ
自分をたすけてくれた
ただ一人の弟テオドルに
自分がじゃま者
あつかいされていることを知り
自殺してしまうゴッホ
あなたには
自分の絵が
人々にわかってもらえるまで
生きてほしかった。

春の時代

愛知県・小5　浅尾　成孝

女学生の時、
新美南吉が英語の先生だった。
生徒はみんな先生が大好きだった。

東京旅行
奈良の大和路
富士登山
思い出は聞きとれないほどいっぱい。

おばあちゃんの春の時代。

先生の日記の本に
おばあちゃんのことが出てくる。
先生との写真もある。
おばあちゃんは時々
その写真をじっと見ている。
目が生き生きとしてうれしそうで
かなしそう。

昭和十八年
先生は若くして死んでしまった。

話を聞いた日の晩
おばあちゃんは、
先生の写真を見て泣いていた。

プロレス

三重県・小2　野上　きょうへい

夜、プロレスをした。
おとうさんとした。
ぼくとおにいちゃんと、いもうと、
三人たい、おとうさん一人。
「たすけてえ。」
「だいじょうぶか。いまたすけにいくぞ。」
ぼくは、ひっしにむかっていった。
でも、おとうさんは、
ながい足で
ぼくたち三人を
かんたんにはさんでしまった。
あせびっしょりになった。
かんぜんに、ぼくたちのまけだ。
こんどやるときは、
ぜったい、かってやる。

プロレス

千葉県・小5　新田　祐也

最初に母さんと席をとった。
「今、馬場選手が一階で
　サインをしています。」
下を見たら、ほんとにいた。
シャツを買って
サインしてもらった。
プロレスが始まった。
だんだん、おもしろくなった。
馬場選手が出た。
ふざけていて、おもいっきり
やってないように感じた。
決勝戦で三沢選手を応援した。
勝ってほしかった。

7月 ——季節

- ☆ つゆあけ
- ☆ 暑くなる
- ☆ 晴天の日が多い
- ☆ 入道雲が出る
- ☆ 夕だち
- ☆ かみなり
- ☆ 朝なぎ・夕なぎ
- ☆ 西日
- ☆ 草いきれ

原にねて

愛知県・小5　安藤　建一

青い青い草原にねて
上を見たら
雲が動いていった。
自分まで動いていった。

あついなあ

大阪府・小4　松下　たくや

もうすぐ　なつが　やってくる
ぼくは　ねるとき
「あついなあ　あついなあ
ほねに　なりたいぐらい　あついなあ」
と　いってはだかになりました
でも　まだまだ　あつかった

暑い夏

長野県・小5　穂苅　真由美

せみが鳴いている
カブトムシも
クワガタムシもいる
お父さんは
滝のような汗を流しながら
パンツいっちょうで
せんぷう機の前
私は
ぜんぜん宿題が終わらない

にゅうどうぐも

熊本県・小1　たけはら　きみよ

にゅうどうぐもが
そらに　うかんで　いました
わたしを　にらみつけて　いました
すこし　こわかったから
小さい　こえで
「ばか」
と　いいました
にゅうどうぐもが
まゆげを　たてて　にらみつけました
こわかったです

「ばか」
と　いったのが
にゅうどうぐもに
つたわったのかも　しれません

カミナリ

東京都・小1　たぞえ　りょう

おそらに
ひびがはいったよ。

かみなり

愛知県・小1　たにかわ　けんいち

ぴかぴか
ごろごろ
ぼく、
もう、
うちにかえったんだぞ。
かみなりも
うちにかえれ。

かみなり

埼玉県・小3　戸田　政文

とつぜん、かみなりがなった。
弟が、よつんばいになって、
おかあさんにとびついた。
「だいじょうぶ、だいじょうぶ、
　かみなりなんか
　おちないから。」
といった。
弟は、
おへそに手ぬぐいをまいて
へやのすみで、ちっちゃくなっていた。

かみなり

北海道・小4　北野　輝希

今日、友だち四人で
つりをしていると
雨がふってきた
かみなりの音がかすかに聞こえる
かみなりが落ちて死んだらこまる
ぼくは　さおをねせてたたんだ
ひっしで　自転車をたおして
土かんの中に入った
その土かんの中で
おっかなくて
しばらくむねが
ドッキン　ドッキンなった
そのとたん
ピカ　ゴロゴロとつぜんなったので
よけい　ドッキンドッキンなった
その土かんも鉄がはまっていたので
あわてて出た
それから　みんなで
自転車に乗って　急いで
石どめ君のうちの小屋に入った
おぐら君が
「コンクリートに鉄が入っていたら
　こまるから　とびあがれ」
といった
ぼくたちは、おぐら君のまねをして
ピョンピョンとんだ
ようやく　雨もかみなりもやんだ
外に出ると
にじがでていた

ゆうだち

山梨県・小1　まつの　まさみ

がっこうのかえりに
かみなりがなりました。
ぴかっ　ぴかっ　といなびかりがしました。
そらが　ひびわれるようでした。
かぜがふいてきました
かさが　とびそうでした
あめが　よこに　ふってきました
つめたい　つめたい　あめでした。
かおも　からだも
びしょびしょになりました。
みんなで　とんで　かえりました。

せんぷうきのかぜ

福島県・小1　よしだ　まどか

ねえ、ママ
せんぷうきに
あしをかざすとね
かぜのくつしたを
はいたみたいだよ。

かぜが　あしをつつみこむんだよ。

あせも

宮城県・小3　金子　しゅん

ボリボリガリガリ
おかあさんかゆいよ
体じゅうのあせもが
さわいでる

おかあさんの手は
あせもたんけんたい
ビシャビシャパシャパシャ
ももの葉の薬
つめたいなあ
気もちいいなあ

ピシャピシャパシャパシャ
あっ　葉っぱのにおいがしてきた
ビシャビシャパシャパシャ
おかあさんの手
いっぱいたんけんしたね
かゆいのが行っちゃった

ふうりん

大阪府・小4　石原　敏幸

夏のふうりんがなると、
すずしいきもち。
秋のふうりんがなると、
さみしくて、さむいかんじ。
ふうりんにも、
きせつがあるんだな。

日やけ

広島県・小4　杉原　ゆかり

楽しい夏休みが、やって来た。
毎日　プールへ通った。
25m　泳げるようになろうとひっしに通った。
家に帰ると、おとうちゃんが
「どっちが　前にゃあ。」
といって　顔を　さすった。
はなを　ギューンと、つまんで
「こっちが　前じゃのう。」
といって　わらった。
おかあちゃんが
「夏休みは、まっ黒になればいいんよ。」
といった。
（どんなに黒いのかな）
と思って　かがみを見る。黒かった。
黒い顔で
ひょっとこみたいな顔をしたり　おこってみ
た。
とても　おもしろい。

星空

長野県・小4　高柳　つねみ

見上げれば、空いっぱいの星
きらきらかがやいて、
ダイヤモンドのように美しい
あっ　ひしゃく星だ
きれいだなあ
もうすぐ七夕
おりひめ様とひこ星様
天の川をわたって
一年に一度だけ会えるという
そんな美しい星空
じいっと見ていると
その星空の中にすいこまれそう
あの星の中のたったひとつでいい
私の手のひらにのせてみたい
あの星の世界へ行ってみたい

7月 ―家庭生活

☆家族旅行
☆キャンプ
☆花火
☆ラジオ体操
☆すいかわり
☆海水浴
☆エアコン
☆書中お見舞い
☆登山
☆土用の丑の日

ラジオたいそう

千葉県・小3 吉原 めい子

ラジオたいそう
いやー
きらい！
つまんない！
それにねむい いやったら いや

かぜに なって

福島県・小1 阿字 征男

かぜに なったら、
かあちゃん かせいでっとこさ いって、
あせ ひっこめて やんだ。
すっと
うんと かせがれっぞい。

ゆかた

東京都・小2 北野 順子

わたしが ゆかたを きて歩いたら
ゆかたの 魚も 歩いたよう
ながい たもとが
じめんに つきそう
ひらり ひらり
たもとが ゆれる
どこかで
せみが ないてるわ

きゅうりのパック

東京都・小3 山地 幸子

お母さんは、
夜、きゅうりを切って、
顔につけて、
上にサランラップをやっている。
もし、どろぼうが入って来ても、
お母さんの顔を見たら、
にげていっちゃうだろうな。

おてつだい

愛知県・小1 とみやま ひろき

「いたい。」

たまねぎのかわをむいたら
ぽろぽろ
ぽろぽろ
なみだがでちゃった。
にんじんのかわを
むこうとおもったけど、
なみだがいっぱいで
やれなくなっちゃった。

てんぐさとり

高知県・小5　山下　博道

新聞をくばるとき
町はシーンとして
せみの声だけが
聞こえていた。
道路は
だれひとり通らない。
今日はみんな
てんぐさとりにむちゅうなんだ。

メロンもぎ

千葉県・中2　五十嵐　和子

庭のフレームの中に
手ぬぐいをかぶった母の影がうごく
メロンをもぎっているのだ。
むっとした熱気とともに
メロンのにおいが
ブウーンとはなをつく
かごにはいったメロンをかかえると
母の苦労の重みを
ずっしりと両手に感じた。
明日は
東京へはこんでいくのだ
母みずからの背中にしょって
はこんでいくのだ
わたしはメロンの一つ一つを
そっとなでてみる
母の背中をさすっているようなつもりで

花　畑

岡山県・小6　浅尾　稠

おばあさんと作った花畑。
「死んだら、この花畑の花をたててくれいなあ。」
といわれた花畑。
ダリヤに　ばら。
百日草にほうせんか。
グラジオラス。
かけてやった水が
夕日に赤くそまっている。

げんたん

長野県・小6　嶋崎　富生

青がり。
今年からげんたんを、
しなくちゃならない。
草かり機が、
ガーガガガー。
どんどんかられていく。
せっかくつくったいね。
やっとほが出はじめたのに。
母がつぶやく。
「こんなことやだね。」
「お金なんか、いらないや。」
ほんとうにもったいない。
政府に言ってやりたい。
馬鹿野郎と。

たまった宿題

京都府・小4　仁木　智也

今日は夏休み最終日。
日記、七日分
「夏休みのくらし」の中の
かけ算、わり算、やってない。
見ただけで、ぞっとする。
「明日、宿題、持っていかんとこ。」
と悪いこと考えた。
明日、
ぼくの運命はどうなるだろう。
日記を一つ書いてねた。

7月 学校生活

☆プール
☆保護者会
☆通知表
☆委員会
☆教室整理
☆夏休み
☆臨海学校
☆林間学校
☆キャンプファイヤー

雨

静岡県・小2　高橋　亮

校ていの水たまりに
はなまるが
かぞえきれないくらいできた。

夕顔

島根県・小6　久保　恵

先生、
夕顔が咲いてますよ。
見てください。四時四十分。
見ましたよ。見ましたよ。
大きな白い花が、
こっちを向いて咲いていましたよ。
ありがとう。五時。

黒板のすみに書いておいたことばに、
先生のことばと一しょに、
誰かが黄チョークで囲んで
花丸をつけてくれていた。

なつやすみ

千葉県・小1　かわしま　えりこ

ほんとに
いっぱい　やすんでもいいの。
せんせいもやすむの。
なつやすみって　いいな。
せんせいの　かお
ようく
みて　おこう。
みんなの　かおも
ようく
みて　おこう。

なつ休み

福井県・小2　たかつ　りょう

あまりしたくないもの
ラジオ体そう
しゅくだい
お手つだい

一日中していたいもの
ファミコン
サッカー
水あそび
なつ休みは
たのしいこと
いやなことが
はんぶんこ

つうしんぼ

東京都・小5　片居木　孝至

夏休みの前、一つこわいもの。
それは、つうしんぼだ。
ひさしぶりに遊べると思ったのに
お母さんが、
「つうしんぼは。」と聞く。
その日は、遊べないで
せっきょうを聞く。
せっきょうなんか
時間がもったいない。
心の中は、
「だれか、遊びにこないかな。」
そんなことを考えている。
お母さんの言うことは
だいたいわかっている。
毎度のことだから。

プールびらき

愛知県・小1　すずき　めぐみ

あしたは、プールびらき。
みずぎとぼうしをよういした。
うれしくなって、きちゃった。
きたまま、ごはんをたべた。
「いやねえ。」って
おかあさんが、わらった。
あした、てんきにならないかなあ。
てるてるぼうずを
つくろうっと。

こうちょうせんせいのおなか

長野県・小1　おくの　くみこ

せんせいね
こうちょうせんせいの　おなかって
おおきいね。
だってね。
すいえいぱんつの　うえに
おへそが　ちょこんと
でて　いたよ。

ぼくのじっけん

熊本県・小2　内村　勝也

きのうプールにいった。
水の中にもぐって
さかなのように
いきをすってみた。
はなから水がはいってきて
とてもくるしかった。
人げんは
水の中では
いきができないんだ。

二十五メートル泳げた

長野県・小3　豊国　源知

七月十七日
ぼくはこの日を
わすれない
始めて二十五メートルを
泳げた日
今まではいくらやっても
出来なかった
ゴールのかべに手がついた時
ぼくはきせきかと思った
先生が
「やった。よかったね。」
とおっしゃった
ぼくがうれしくて日記を書いたら
おたよりを書いて下さった
ぼくは赤い字を何回も読んだ

水着

東京都・小4　千葉　はづき

あっ、わたしの水着きてる。
「おかあさん、のびるよう。
　はやく、ぬいでよう。」
おかあさんが
「へいきよう。
　だって、お店でたまたま、
　おなじ水着があったの。」
といった。
わたしは、びっくりした。
おかあさんは、かがみのまえで
うしろを見たり、まえを見たりして、
わらっていた。

しゅくだい

東京都・小1　かわの　しょうご

みのわせんせい
よく　しゅくだい　だすね。
いちど、
「あいすくりーむ　たべなさい」って
しゅくだい
ださないかな。

すいかわり

長野県・小4　西条　良夫

めかくしをして
一歩二歩三歩四歩五歩、あるいて
「エイー」
と、すいかめがけてたたいた。
すいかの横をかすった。
つぎの人がつづいてたたいた。
やっぱりわれない。
そのつぎは、ぼくのおにいちゃん。
「エイー」
とたたいた。
まっぷたつにわれた。
みどり色だったのが
きゅうに赤い花がさいたようだった。

りん海学校の夜

大阪府・小5　吉野　朱音

十時です。
みんなベッドに入った
「ねられへんよなあー。」
「うん、目、ぱっちりやもん。」
コンコン、ガチャ
「先生やっ。」
シーン　みんなの声が消えた。
みんな一言もしゃべらず、
ねたふりをする。
「先生、さっさとドアしめて、
　どっか行ってぇやぁ。」
そう言いたいけど言えない。
ずうっとずうっと目をつぶる
体がムズムズする
「あー。もうげんかいや。
　目あけちゃえ。」
「えーっ。」
朝だった。
いつのまにかねてたんや。

星空

宮城県・小6　菊地　寿枝

キャンプの夜
ふと空を見上げると満天の星
プラネタリウムもきれいだけど
本物にはかなわない
「あれが北極星だよ」
いとこのお兄ちゃんに
星座を教えてもらった
小さな星くずたちの流れる天の川
大きな翼を広げて飛び立つ白鳥座
どの星も
きらきらときらめき
私の上に降ってきそう
思わず手を伸ばした

7月——植物

☆ネムの花
☆サルスベリ
☆キョウチクトウ
☆ヤマモモ
☆ブルーベリー
☆サギソウ
☆ガマ
☆スイレン
☆セキチク
☆ヒユ

☆タデ
☆イグサ
☆ウドの花
☆ヒマワリ
☆マツバボタン
☆ツキミソウ
☆ヒナゲシ
☆ユウガオ
☆ヘチマ

☆カラスウリ
☆ミョウガ
☆カタバミ
☆ミズヒキ
☆ラベンダー
☆アシタバ
☆コマクサ
☆ササユリ
☆スベリヒユ
☆センニチコウ

☆ナデシコ
☆ハマナス
☆ベゴニア
☆ダリア
☆ヒルガオ
☆トウモロコシ
☆ソラマメ
☆タカナ
☆カボチャ
☆トウガン

よいまちぐさ

長野県・小1　いっし　まいこ

せんせい、
よいまちぐさって　しってる。
うちに　あるよ。
ゆうがた　ろくじころ　つぼみがひらくよ。
あさになると、ぴんくいろになって
しぼんでいるんだよ
あした　もってきてあげるね。

ベゴニア

東京都・小1　村山　あや子

きょうしつに、ベゴニアが、
たくさんある。
おはながさいている。
いつもうんどうじょうを、
見ている。
くうきがいいからかな。
あかるいからかな。
すずしいからかな。
けしきがいいからかな。

あやめ

山形県・小2　木村　ひろし

あやめは　きれいだな
ちゃんと　ならんでおひなさま　みたいだ
みんな　ならんで
うたを　うたっているみたいだ
あやめは　おしゃれだな

夕　顔

東京都・小2　沢根　美加

だまされちゃったの。
今は、朝ですよ。
いつもまっ白い、きれいな
お花をさかせる　夕顔さん。
教えてあげたいな。
今は、朝ですよ。

すいれんの花

愛知県・小3　都築　栄里香

朝、学校に来る時　さいていたのに、
昼にはもうさいていない。
帰りにゆっくり見ていこうと
思っていたのに。

もも色に白が少しまざった花。
白色に赤が美しい花。
水の上にぽっとうかんで
やさしそう。
毎日さかせていてね。

みょうがとり

東京都・小3　中村　優子

庭でみょうがとりをした。
細っぽいみょうががニョキ、
赤っぽいみょうががニョキ、
一列にならんで
顔を出している。
「あっ、ここにもあった。」
ぽきっととると
大きなみょうがが出てきた。
緑のをとると少し小さめだ。
ニョキ、ニョキ、
たくさん出ている。

手にのせきれないほどとれた。
手がどろだらけになった。

せ　り

山形県・小3　山川　房子

私がせりをつんでいると
先生が通って行ったよ。
夕陽の赤いたんぼ道を。

おじぎ草はけらい

香川県・小3　真鍋　光代

あのね、とってもいいもの見つけた。
おじぎ草っていうんだよ。
一つ、ポンとさわると
けむくじゃらの頭をさげたよ。
私は、
「わあ、おじぎするんだ。」
と思わず言った。
おもしろくて、
ポン、ポン、いくつもやった。
するとじゅんばんに、
さっと頭を下げる。
あきずに頭を、ポンポンポン。
おじぎ草は、私のけらいのように、
頭を下げる。
私は大王様のように思えてきたよ。

ひまわり

青森県・小4　樽崎　みゆき

学校のひまわり
大きい花がさいている
ちっちゃい　ちっちゃい種から
大きい　大きい花に変わった
毎日毎日がんばって　日にあたるように
ほかのひまわりと競争し
太いくきをのばしていった
小さなつぼみをどんどんひろげていって
とうとう
大きくてきれいな花になった
花も生きている

たちあおい

埼玉県・小4　木村　勝博

たちあおいの花が
全部　咲けば　夏休みに　なるんだよ
先生が言った

おれ　たいようになって
たちあおいの上をぐるぐるまわりたい

たちあおいがおれを見て
ぱっとひらけば　なつやすみだ

歌ってるフヨウ

東京都・小4　上原　あゆみ

ゆうら、ゆうらと、
フヨウの白い花が、
そろってゆれる。
しずかで、
きれいな歌を歌っている。
私の心と口びるに、
そっとくる歌。
しずかで
きれいな歌を歌っている。
もっともっと、
白い花をいっぱい咲かせて、
みんなで歌って。

おしろいばな

東京都・小4　伊藤　暁子

小さい花です。
ポーズ
かっこいいです
おどっています。

アマリリス

愛媛県・小4　品部　祐里

庭にまっかなアマリリスがさいている。
ラッパのようにひらいている。

二つの花が
なかよくひっついている。
風にふかれて
ゆらゆらゆれて
花火みたいに
今にもパーンとはじけそう。
花の中は夏の歌
たくさんつまってるかな。

ガーベラ

三重県・小5　脇野　美穂子

ガーベラの花がさいている庭で
私は絵を書いた
太陽のような真っ赤な花びらの色が
なかなか絵にでない
いつまでもいつまでも
ガーベラの花を見ていた

あれれポピーの花が

東京都・小5　平石　美幸

ポピーのつぼみが家にやってきた。
二日目は、ちょっぴりオレンジ色が見えた。
夕がたには、つぼみの皮が
ストンと落ちた。
はりねずみみたいに
ちくちくしていた。
花がちょうの羽みたいに
音をたてずに開いた。
ポピーの花が、
夕日にかがやいていた。

山ゆり

岡山県・小5　竹久　昭一

すずしい朝。
おかあさんが谷間におりて、
折ってこられたゆりの花。
うすぐらいとこの間に
ぽっかりういて、
高いにおいが一ぱいだ。
家の中が
すずしい谷間のようだ。
ぼくはそこで本を読んでいる。

はまなすの花

北海道・小5　高橋　豊

はまなすの花
あかく光る。
ありが三びきならんで
花びらを通って
葉の下にかくれた。
すずめが
かげをさっと残して行った。

ねむの花

東京都・小5　豊田　由香

ねむの花は、
うすいピンクです。
チョリンチョリンと、
さいています。
かぜでゆれています。
ゆらりんと、わたしが、
いいました。
ねむのきがゆれています。

すいか畑

鳥取県・小5　谷川　公恵

すいか畑を通るたびに
なんとなくすいかの数をかぞえる。
一つ、二つ、三つ、四つと、
指でおさえながら。
かんかんと照りつける
お日さまの光をすって
ぬくもった
すいかの顔をなでながら。

エーデルワイス

大阪府・小6　堀後　理沙江

上品な
白い花
エーデルワイス。
一目見て、
美しい花と思いつつ
何度も見た。
まだ咲いていない
つぼみ。
早く咲け。
早く咲け。
エーデルワイスよ、
さようなら、
また会える日まで。

月下美人

青森県・小6　須藤　エミ

「わあ　咲いた咲いた」
ひさしぶりの祖母の大笑顔
廊下を歩く音もスキップのようだ
薄いわかめみたいな葉
きゅうりみたいな茎の先に
長く真っ白い花びらが十枚
月の光のように静かに光っている
「今日は元気かな」
祖母は毎日話しかけ
五年目でやっと咲いた
小さな一輪
「わーすごい、これがあの花か」
父が叫んだ
みんな笑って
月下美人と写真を写した

サンジソウ

奈良県・小6　田中　隆臣

小さな　桃色の花が咲く
だれが見たって　きれいと思わない
だれが見たって　小さな花
だれが見たって　気にもとめない
だれが見たって　そこらへんの草
でも　彼は持っている
体の中に　時計を
今日もまた
午後三時になると
花が咲く

白萩の花

東京都・小6　桑　由紀子

ぽつぽつと、白い小さい花。
緑の葉のすきまからだんだん増えて
庭が一面、いつのまにか、
雪のようになる。

マツバボタン

長野県・小6　片塩　里美

マツバボタンの花は、
いつも太陽の方へ向かってさいている。
今日は、くもっているから花々は、
あっちこっちに向かってさいている。
まるで、
「太陽さん、どこにいるの」
と、言ってさがしているみたい。
すきとおったようないろとりどりの、
マツバボタンの花がとっても
かわいらしく見えた。

ダリア

徳島県・小6　森詰　玲子

お隣の
ダリアの花が咲きました。
ぱっと明るく咲きました。
電気のように咲きました。

コマ草

長野県・小6　原田　千万

コマ草が
岩場に咲いている
霧の中で、
風に吹かれて咲いている
人の手ほどしかない大きさで
風に向かっている
どんなに強く吹かれても
吹きとばされない
葉が岩に当たっても
痛くないと言っているように見え
絶対に倒れないぞと
頑張っている

ピーマンのふくろづめ

長野県・小6　小池　明美

私の家ではたくさんピーマンを作っている。
お母さんがとったのを
私たちがふくろにつめる。
百五十グラムずつはかりながら
ふくろにつめる。
はかりにのして
おもい時には小さいのと大きいのを入れかえ
る。
ホッチキスでとめる。
「カッチカッチ」と
なにかいってるようなきがする。
なんかいもくりかえしてやっているうちに
はりがなくなる。
また
「カッチカッチ」と
ほんとうにしゃべったきがする。

ラベンダー

福島県・小6　菅野　智恵美

私の好きな花
ラベンダー
むらさき色のいい香り
ラベンダーがいっぱい咲いているところで
昼寝をしてみたいな
きっと
花と遊ぶ夢をみるだろうな

みずひきそう

島根県・小1　みしま　きょうじ

みずひきそうは、
上からみるとあかだけど、
下からみるとしろいんだね。
みんなは、あかいはなだと、
おもってるけど、
はっぱは、
このはな、しろいはなだと、
おもってる。

クローバー

千葉県・小1　やまぐち　みなみ

きっとながればしから
うまれたんだね
だっていいことがおこるんでしょう？

おじぎそう

秋田県・小2　藤島　ゆうすけ

さわると、はずかしそうにしぼむ。
じかんがたつと、
またはずかしそうにひらく。
おじきそうは、はずかしがりや。
ぼくも
おきゃくさんがきたとき、
おじぎそうとおなじ。

つゆ草

島根県・小2　池山　ふみ

つゆ草みて、
男の子も
「きれいだね。」
「すきな色だな。」
と、そっとさわったよ。

つゆくさ

山形県・小3　渡辺　春美

学校がえり
つゆくさが　どてに咲いていた
とてもきれいに咲いていた
理科のじっけんのときも
一ばんきれいな色だった
あきのそらのような
すみきったいろだ
春のたんぼのようなきれいな色だ
だれもつゆくさを
とらないといいなあ
はたらきにいく人が
みんなみていくだろうなあ

おもだか

埼玉県・小3　吉川　誠

ほたるが光ると
おもだかの　葉にのっているつゆが
いっしょに光る

ねこじゃらし

長野県・小3　小林　あき子

ねこじゃらしで、ひげをつくって、
はなの下につけてみた。
じゅん子がとんできて、
ゲラゲラわらった。
そんなに、へんかなと、
かがみを見た。
きみどりのヒゲがはえてるみたい。
自分で見てもおもしろかった。
いっしょに、わらっちゃった。
ねこじゃらしは、おもしろい。
おもちゃみたいな気がする。

カタバミ

東京都・小4　黒田　芳一

カタバミが、
お寺の入口に、
平べったくがんばって、
咲いていた。
その黄色の花の間に、
種のふくろをとがらせてる。
「パチン。」
と種がはねた。
ふまれてもふまれても、
いっぱいあるんだなあ。
小さくっても、
元気だなあ。

日日草

東京都・小4　佐藤　順子

つぼみは
パラソルみたいに
ぱっとひらく。

アカツメグサ

福島県・小4　原田　美香

アカツメグサのみつをすってみた。
花の頭からスポッととって、
チューチューすってみた。

一本目
「あまみが口の中にひろがっていく。」
二本目
「味なし、ちょっと草っぽいかな。」
三本目
「またあまみがでてきた。」
四本目
「これはまあまあかな。」
今日はハチになった気分。

ほたるぶくろ

長野県・小4　佐藤　美保

むらさきの
ふくろみたいな花
ほたるぶくろ。
いつも、
下を向いている、
はずかしそうに。

ぼうえんきょうを
のぞくように、
そっと、
小さなふくろの中を
のぞいてみた。
白い花粉
むらさきのしま。
風にゆれる。
小さいむらさきの
花のふくろ、ほたるぶくろ。

かたばみ

三重県・小5　伊藤　禎子

家に生えていました。
そこらじゅう、
いっぱい生えていました。
どこでも生えとんのやな。
五つぐらい種子がついていて、
さわったら、
急に中から種子がとび出しました。
顔にあたった。
すごくいたかったです。
こんなに勢いがすごいって、
知らんかったなあ。

かきの花

佐賀県・小3　三上　健一

ポトポトとなにかおとがする。
うらに出てみると、
土の上にかきの花がいっぱいおちている。
クリーム色がとてもきれいだ。
三つ四つ手のひらにのせたら、
ころころする。
手であつめて、
ビニールのふくろに入れた。
おかあさんが
「くびかざりにしたら、きれいかよ。」
といった。
いとにとおしたら、
妹がほしがった。

ユーカリの木

愛媛県・小3　大澤　大樹

ユーカリの木でっかいなあ。
ぼくはすべり台をのぼった。
のぼって見てみると、
すごいと思った。
体育館のやねとくらべると、
ユーカリの木の方が
でかかった。
次は、
学校のおく上とくらべても、
ユーカリの木の方が
やっぱしでかい。
「でっかいなあ」
葉もきれいにふわふわと
ゆれていた。
もっともっとでかくなって、
ずっと生きていてねと
心の中で言った。

さるすべり

東京都・小4　安田　茜

ふと気がついた
こんな所に
さるすべり
大きくそびえたつ木
風がふくと
さらっとゆれ
花びらが
ひらりひらり
見ていると
ゆめの中に
入ってしまいそう

甘　夏

宮城県・小4　菅原　佳純

八百屋さんの前を　通った。
まあるい黄色い甘夏が
目に　はいった。
立ちどまって
ポケットに　手を入れた。
チャリンと　音がした。
ほんとうは　たいやきを
買うつもりのお金だ。
甘夏を　二つかった。
へやで一人で食べた。
甘夏って
あまいみかんと思っていたら
すっぱかった。
わたしのへやに
甘夏のにおいが
いっぱいにひろがった。

う　ど

大阪府・小5　田中　智子

山の中でとった、うど。みどり色の、うど。
かわをむいて食べると
すっぱいけど、おいしい。
うどは、かわが赤っぽいのが
すっぱくておいしい。

びわの木

山口県・小5　中野　栄子

たねが
こぼれただけなのに
ただ
それだけなのに
もう芽を出している。

ガジュマルの木

沖縄県・小5　後真地　美沙

ガジュマルの木は
どんな苦しみにもたえている
夏、緑の葉がしげり
太陽にギラギラ照らされている
冬は黒ずんだ葉になって
北風にピュウピュウ吹かれている
それでもガジュマルの木は
ただたえている
どんな苦しみにもたえ
なん十年も生きてきたガジュマルの木
太いひげを
なん十本もたらしてゆうゆうと
たっている
私もガジュマルのようになりたい
どんな苦しみにもたえ
力強く生きる人間になろう

むくげの木

東京都・小5　菅野　由美子

むくげの
白い花が一つさいた
花びらのなかは、
こいむらさき。
毎年毎年、私の家の庭にさく。
たぶん、引っ越してきたときに
植えたんだ。
家庭訪問で、先生が、
「ここの道を通っているとき、

このむくげの木を見て
　気を休めていたんだよ。」
と言った。
そんなことぜんぜん知らなかった。
今年もいっぱいきれいな花が
さくといいな。

くすの木

山口県・小6　高見　将吾

サラサラサラ
サラサラサラ
くすの木が
風といっしょに
ゆれている
その木を見ていると
さわやかな感じがしてくる

サラサラサラ
サラサラサラ
くすの木は
ふつうの木よりもでかい
木の周りには
日かげですずしくて
人がねている

はっぱの上に小鳥がきて
キューキューとないている
すずしい風が吹いている

かいわれだいこん

愛知県・小1　たけだ　みちこ

かいわれだいこんって
おもしろいんだよ。
わたしが
がっこうから　かえって　くると
たいようの　ほうを　むいています。
ゆうがたに　なると
ゆうやけぞらに
だんだん　むいていきます。
よるに　なると
でんきのほうに　むいています。
かいわれだいこんって
おもしろいでしょ。
よるに　なると
はっぱを　とじて　ねるんだよ。

さといものはっぱの上に

栃木県・小1　はし田　浩志

さといもの　はっぱの上に
水が　のっかっていた。
そおっと　さわったら
はっぱの　めいろを
ひゅるひゅる　うごいた。
なかが　ぎんいろに　ひかって
ビーだまみたいだ。

さとうきび

鹿児島県・小3　平屋　克代

弟と二人でうえた　さとうきび
大きくなって、ほがでた
けれど、弟はしんで、もういない。
おはかに、いれてある。

一人でたべていたが、
弟が
かわいそうになって、
おはかに
さとうきびを持っていってあげた。
「よしぼん、たべね。」
といって、おれいをした。

ピーマンのなぞ

埼玉県・小3　岡　千尋

先生
ピーマンのマンって
どういう意味のマンなんですか？
私はアンパンマンやおたすけマンの
マンと同じだと思っていた。
だからピーマンのマンは
体のおたすけマンのことなのかなー
と思った。

お母さんに聞いてみた。

「そういうことは先生に聞いて…!」

と言われた。

先生、教えて下さい。

先生は、どう思いますか?

にらたばね

高知県・小3　松本　治彦

おかあさんとおばあさんは
にらのせわをしている
毎日にらばっかり
夜も昼もにらばっかり
ぼくのことわすれたかな
ぼくの顔を見たら
「しゅくだいをしちょうきよ」
という
たんたんというが
にくらしくなる
いつも一人でテレビを見る
今夜もおかあさんとおばあさんは
土間でにらをたばねている
にらのたばが
みるみる大きなふくろにたまる
にらのにおいが
家中いっぱいだ

すいか

石川県・小3　田野　和子

お母さんが買ってきてくれた
すいか。
まな板にのせてわったら、
ザクッと音をたてて
二つにわれた。
赤いみずみずしい色、
黒い種、
あまいにおい
兄さんも弟も、
じっと
お母さんの手もとを見ている。

なすび

福岡県・小3　田川　こうじ

ぼくたちが育てた野さいを、
フライパンで　やいて食べた。
ぼくはなすびが大きらい。
やいたなすのにおいをかいでみた。
あれ?　何もにおわない。
タレをつけて　思い切って食べてみた。
あれ?　味がしない。
だけど　あとから
あまいなすびの味がしてきた。
あ、おいしい
ぼくは、なすびがすきになったみたい。

びわ

佐賀県・小4　松下　亜紀

学校から帰っていたら、
畑のすみに立っている
二本の
びわの木が目にとまった。
びわって
だいだい色の
かわいい顔をしている。
「おいしいよ。」
といっているみたいに
たくさんのびわがにっこりわらった。
わたしもまけずににっこりわらった。
「まぶしいなあ。」
太陽の光がびわにあたって、
ビラビラかがみのように
わたしをてらした。
わたしは、目をほそくして
ゆっくりゆっくり
歩いて帰った。

梨がり

東京都・小4　安田　知悦

梨がりへいった。

とどかないので、お父さんに

かたぐるまをしてもらって、
梨をとった。
たべたらほっぺたがおちそうになった。
もう一度とった。
だけど虫食いだった。
梨は、みんな、日光の光をうけて、育ってい
く。
ぼくは、ゆめの中で梨がりのゆめを見た。

おくら

長野県・小4　川上　浩

父さんが
「おくらとりに行くぞ！」

とよんだ、ぼくはついてった。

ぼくはハサミでおくらをチョキン
かみぶくろにどっさり。

ことしは小さいのしかとれない。

でもいっぱいとれた。

まっ黒になってかえってきた。

あらってコココココココ
とおくらをきっている。

見ていなくてもうまそう。

しょうゆをかけたおくらのにおいが、
ぷーんーとにおってくる。

「いただきまーす。」

「うまいなあー。」

「どうしてこううまいのかなあ。」

「もっと食べたいなあ。」

ヘチマ

千葉県・小4　濱本　真一

ヘチマはすごい、
あっいうまにせがのびる。
葉っぱは手よりも大きくて、
さわるとべとべとくっついた。
黄色い花に、
大きな実。
緑や黄色や茶色の葉。
つるがぼうにまきついて、
まるで木にのぼるへびのよう。
め花の下には、
ヘチマの子ども。
親子で話をしているようだ。
め花についているヘチマの子どもも、
いつかは大きくりっぱなヘチマ。
大きなヘチマはそのうちかれる。
かれたらタワシにしてやるぞ。

ひるがお

東京都・小4　平松　栄

ひるがおさん。
あなたは
いつもお昼に花をさかせますね。
このあついお昼に。
みんなの遊んでいるときに
ふみつぶされるでしょう。
かわいそうな、ひるがおさん。
でもそれが
ひるがおの人生なのでしょう。
お昼しかさかないひるがおさんを、
だいじにしてあげよう。

ホップつみ

長野県・小5　武田　久子

高くのびたホップ畑
太陽がななめにさしこんでいる。
大きなかご　小さなかご
まるいきいろいホップの実
どんどん入る。
チョキ　チョキ　チョキ　チョキ
はさみの音がおもしろい。
時々　ばさばさと
ホップがきりおとされる。
どっと近よる。
みんなの顔に
くろいあせが流れて
シャツがくろっぽく
にじんでいる。

ヒエとり

長野県・小5　村瀬　肇

「うぅん」。

いねのかぶより
大きいヒエをひっこぬく。

力をいれる。

どんなにがんばっても、
なかなかぬけない。

「ぐぐぐぐ」、
うめきながら。

「スポッ」。

「ぬけた、ぬけた」。

と、思ったとたん、

「バシャッ」

しりもち。

田のどろ　水がしみる。

「ベチャ、ベチャ」

気持ちわるい。

気持ちわるい。

トマト

徳島県・小5　大和　陽子

いつも
顔を
赤くして
おこっている。

きゅうり

福島県・小6　川越　秀勝

グワーアー、グワーアー、
ぎんぎん照りつける太陽に、
モーターが、あえいでいる。
きゅうりの葉は消毒液をかけられ、
サーッ、サーッと、ためいきをつく。
ベト病、うどんこ病、
とんでいけ。とんでいけ。
ぼくはホースをもって、
きゅうりのトンネルの外がわの点検。
「秀勝、手伝うど、うんとらくだ。」
おとうさんが言った。
首にまいたタオルはすぐに、
しぼられるくらいお父さんの汗をすう。

みょうが取り

長野県・小6　山本　仁美

そーっと
みょうがのしげみの中をのぞいたら
小さいみょうがの花が
ちょこんと顔を出していた。
なんだか
茶色いチューリップみたいだった。
そーっと手をのばして
「ポッキン」とおった。
しげみの中には、ヤブカがいて
足を十数か所さされた。
しかし
お父さんは
「かゆい。」とも言わなかった。
わたしは
「がまんがたりない。」と思った。
あたりには、みょうがの
あまずっぱいにおいが、ただよっていた。

たばこ畑

宮城県・小6　熊谷　俊浩

ポクッ　ポクッ
たばこの葉をかく音。
グラッ　グラッ
大きくゆれるたばこ。
ぼくはひとりでゆれるたばこのあとを追う。
森の中をさまよっているようだ。
大つぶのあせをながし
せのびして
たばこの葉をかいている祖父がいた。
静まりかえっているたばこ畑の中で
ポクッポクッという葉をかく音が
大きく、耳にひびいてくる。

7月——動物

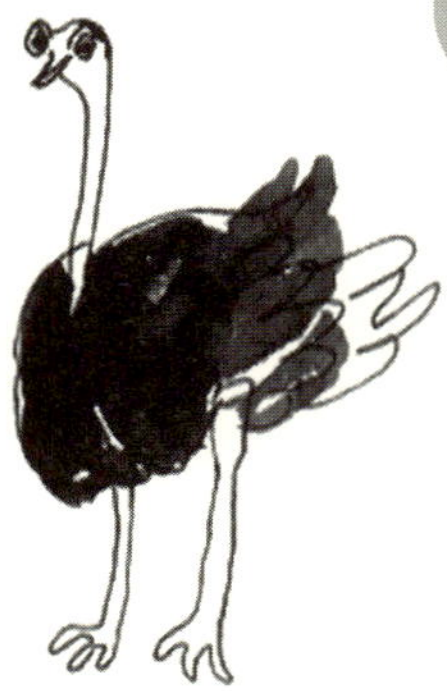

☆スカンク
☆ヤモリ
☆イモリ
☆ヒツジ
☆シカ
☆ダチョウ
☆カンガルー
☆カバ
☆カナヘビ
☆ミミズ
☆ウサギ
☆ゾウ
☆カエル
☆タヌキ
☆ヘビ
☆イタチ
☆イヌ
☆イノシシ

みみず

石川県・小1　島田　絵美子

みみずが　からだで　じを　かいた。
しまだの「し」やら
の、く、つ、る、3、2、9、6
みみずは　じょうずに
じを　かいた。

かえるはいいな

長野県・小1　おばた　ようこ

せんせい　あのね。
きのう　ぷうる　おもしろかったよ。
おもしろくて
「もう　ちょっと　およぎたい。」
って　わたし　いったけど
せんせい
「だめ。」
って　いったよ。
かえるは　いいな。
せんせいの　きまりなしで　およげて。
わたしも　およぎたいよ。

い　ぬ

大阪府・小2　友永　りょう

いぬは、
「ワンワン」
と、ほえる。
なぜ、えいごの1を
2回もいうのか。

やもり

愛媛県・小2　わたなべ　らいや

ぼくは、今やもりをかっているよ。
色は、茶色で、頭はへびみたい。
おどろくとシッポをおいてにげてくよ。
おいてかれたシッポは、
まだくねくねうごいてる。
「ぼくもつれていってー」
って言ってるみたいだったよ。

なすのくん

静岡県・小2　さとう　まさひろ

なすのくんと
うさぎにえさをやった
うさぎは
ぼくんちの方を見て
口をもごもご
うごかしていた。
「どうして、うさぎの目は、
　赤いか知ってるかい。」
なすのくんがいった。
「中のちが　すけてみえるから。」
ぼくがいったら、
「きっと、ねぶそくなんだよ。」
なすのくんがいった。
なすのくんって、とってもおもしろい。

むかで

三重県・小2　あさくら　せいじ

おふろで
おにいちゃんと　ぼくで
けんかしていました。
おにいちゃんが　けってきた
そのとき
むかでがきた。
「むかでがでた。」
と　いって
ぼくたちは　にげた。
むかでが
けんかを
とめにきたみたい。

ぞ　う

東京都・小2　ほうしど　ひろお

ぞうが　ぼくたちを　見ている。
「ぼうやたちと
　あそびたいなあ。」と
いっているようだ。
ながい　はなを　空に　あげると、
「おれは　りくのたいしょうだぞ。」と
いっているように　見える。
やせいの　はとが
みんなの　なげた　せんべいや　あめを
ねらっている。
「この　せんべいは　おれのだ。
　あっちへいけ。」
はなを　おろした　ぞうは
はとをおって　のっしのっしと　あるく。

あまがえる

静岡県・小3　内藤　宗尊

ゲェコ　ゲェコ
ゲェコ　ゲェコ
なんだ　あまがえるのやつ
かきのはっぱの上で
また雨をよんでいるな。
おれが　せっかく
てるてるぼうずをつくって
ものほしざおに　つるしているのに、
おら、あした　えんそくだぞ。
このばかかえるめ、
こんど　ないたりすると、
えんがわから　とびおりてって
竹のぼうを　けつへつっとおして
ぷうっと　ふくらましちまうぞ。

たぬきのぽんた

青森県・小3　高宮　靖子

畑のトウモロコシやキャベツが
あらされていた。
お父さんが、わなをしかけた。
二、三日たっても、
何もかからなかった。
一しゅう間たったら
たぬきがかかっていた。
「やっとたぬきが、かかったか。」
とお父さんが言った。
たぬきは、
わるいことをした
という顔をしていなかった。

おじいさんが言った。

「たぬきじるにして食おう。」

「だめ、だめ、
　せっかくのいのちがかわいそう。」

とおかあさんが言った。

「ぽんた」

という名まえをつけて
かうことにした。

イタチ

長野県・小4　宮尾　宗親

カサコソカサコソ
森のしげみから
イタチが飛び出した。
ぼくはあわてて
自転車のブレーキをかけた。
イタチはぼくを一目見て、
車道の方へかけて行った。
キキーッダーン。
にぶい音がしてから大きな音がした。
どうしたのかなと思って
車道の方へ行った。
そこには
イタチの死体がころがっていた。
車に引かれて死んだ後だった。
さっきのイタチだ。
血がドロドロにふき出ていて
かわいそうだった。

へびのぬけがら

東京都・小4　高梨　達也

へビのぬけがらを　見つけた。
すきとおっていた。
きれいだった。
金色のすじがあみのようになっていた。
しっぽの方には
ぽっかりあながあいている。
あなをよく見ると
へビのおそろしい顔が想ぞうできる。
どくへビかもしれない。
でもやっぱりきれいだった。

いのしし

茨城県・小4　長壁　敦

いのししが畑に来た
とても大きいいのししだ
子どももいる
畑をほろうとしているぞ
たいへんだ
畑には農作物がある
どうしよう
早くいかないかな
とうとうほられちゃったぞ
えさがないからほるのかな
でもすいかだけはのこったぞ
なんでなのかな
でもよかった
すいかはぼく大こう物だ
ほかの物がほられたのがざんねんだ
いのししはほんとうにめいわくだな
ほかの家もめいわくなんだろうな
どうしてくれるの
いのしし君

犬がかいたい

東京都・小5　笹垣　広大

犬をかいたい。
できれば
キリッとして
頭がよくて
足も速い。
そして、
いっしょに多摩川で散歩して
いっしょにごはんを食べて
いっしょに公園で遊んだり
いっしょにサイクリングして
いっしょにテントの中でねて
だけど
ぼくのビルでは犬は飼えない。
だけど犬が飼いたい。

7月——鳥

☆ライチョウ
☆ウズラ
☆トビ
☆ヒヨコ
☆オウム
☆キジバト
☆ムクドリ
☆クイナ
☆カイツブリ
☆ヤマガラ
☆フクロウ
☆ツバメ
☆フクロウ
☆カワセミ
☆ヒヨドリ
☆シラサギ

つばめの　あかちゃん

愛媛県・小1　谷口　とも子

つばめの　あかちゃんを　みたよ。
チッ　チッ　チッと　ないて
とても　かわいかった。
おかあさんがかえってきた。
だれに　えさをやるか、まよってる。
そしたら、あかちゃんが
大きい口をあけて、えさにとびついた。
もっと、えさをほしがっていた。
おかあさんは、どこかへとんでいった。
おかあさんは、たいへんだなあ。

ゆりかもめ

東京都・小2　なかざわ　ひろゆき

朝おきて　まどの外を　みた
ゆりかもめが　とんでいた
ゆりかもめが　遠くでとぶと
紙が　ひらひら
ちっているみたい

やまがらの赤ちゃん

岡山県・小2　浦上　ひとし

学校のうら山にやまがらがすを作っていた。
すばこのやねをとってみたら、
やまがらの赤ちゃんがねていた。
みんな小さくて、かたまってねていた。
ねずみ色のはねが
ぬれたようにひっついていた。
ぼくがピピピというと
はねをパタパタさせた。
赤い目をまぶしそうにあけた。
もういちど、ピピピというと、
みんなパッと口をあけた。
ぼくのことをおかあさんとまちがえたかな。
かわいいな。

ふくろう

福島県・小4　奥井　翔太

大空を自由に飛べる生き物。

それは鳥。
三百六十度に回る首を使い、
きらきら光る目でえものをみつける。
羽をはばたかせ、
するどいつめととがった口ばしで、
一瞬のうちにえものをとらえる。
すばやく空をまい巣へ運ぶ。
えさを待っている子どもたちのために。
暗い夜の空を何度も何度も飛び回る。
ふくろうも人間も、
子どもに対する思いは同じかもしれない。
今夜もふくろうの父親は、
ひっしでえものを探しているだろう。
大事な大事な、
子どもたちのために。
その同じ夜の空を、
僕は父の帰りを待っている。

かわせみ

東京都・小4　及川　悦幸

あっ、きれいな鳥だ。
頭が青くてむねがうすいオレンジ。
かわせみだ。
石の上にとまった。
あさせにでてじっとひなたぼっこをしている
　魚をねらっている。
ポチャンと小さな音をさせて、
すばやく川に入った。
あっ、なにかくわえている。
魚だ　魚をくわえている。
ハヤだ。
ぎん色のハヤがぴくぴくうごいている。
ほんの二、三秒のあいだにハヤをとった。
くびをはげしくふって
ハヤの頭を石にぶつけて気ぜつさせると、
くわえなおしてとんでいった。

うずらがいない

東京都・小5　大澤　侑子

「あれっ、うずらがいない。」

ドアが開いている。

逃げたんだ。

「うずらー。」

とよぶ。

けど来ない。

学校の外に出てしまったのかな。

下校の時こくは過ぎた。

「いたよ。うんていの所に。」

うずらは小屋の中に入れた。

まだ広い所で遊んでいたいようだ。

無事に見つかってよかった。

ヒヨドリ

東京都・小6　奈良　裕美

あっ、ヒヨドリだ。
木の実をおいしそうに食べている。
あっ、もう一羽きた。
あのヒヨドリ、
夫婦にも見え、兄弟にも見える。
でも、ぜんぜん知らないのかも。
でも、仲がいいなあ。
いっしょに木の実を食べている。
お話しながら食べているようだ。
私もヒヨドリの仲間に入ってみたい。

はく製の山鳥

鳥取県・小5　中村　加奈

はく製になった山鳥は、
「おれを、
　こんな姿にしたやつは、おまえか!!」
と、キリリッと、にらみすえて動かない。
一人ぼっちになったメスの山鳥は、
あわれな声をふりしぼりながら、
呼び続けていることだろう。
しかし、
オスの山鳥の耳には、もうとどかない。
カラッポになった自分の心を、
じっと天上からみつめるだけだ。

7月 昆虫

☆カミキリ
☆カラスアゲハ
☆ニイニイゼミ
☆クワガタ
☆カブトムシ
☆セセリチョウ
☆ジガバチ
☆タイコウチ
☆ゲンジボタル
☆タマムシ
☆セミ
☆テントウムシ
☆アリジゴク
☆カ
☆クマンバチ
☆ミズカマキリ

やご

東京都・小1　かけい　ゆうじ

せんせい、
おしえて　あげる。
やごを　とるときはね、
ばけつ　もって　いって、
いけの　どろを　すくうと
とれるんだよ。
ほんとだよ。

せ　み

岡山県・小1　なかにし　きょうこ

ミンミンぜみが　なきよる。
ミーン、ミーンいうて　なきょうらあ。
じぶんの　なまえを　いうて
なきょうらあや。

てんとうむし

愛知県・小1　おおた　やすひろ

えんぴつの下から上までのぼって、
どうしようか、まよっている。
はんたいにすると、
くるっとまわって
また上にのぼっている。
なんで上しかのぼらないのかな。
きっと　わけがあるんだね。

ありじごく

兵庫県・小1　ひの　しき

ぼくのいえのにわには
ありじごくのすがあります
3こあって
ぼくがありじごくのなかに
だんごむしのこどもをいれると
つちがごんごんとうごきました
そのまますいこまれそうになり
ぼくがたすけて
すがこわれました
すのなかは
どんなふうになっているか

ちいさくなって
みてみたいです

ひろきくんの　かなぶん

高知県・小1　野村　亮太

きゅうしょくのとき
かなぶんが　入ってきました。
でんきの　まわりを
ぐるぐる　とびまわりました。
ひろきくんが、
「ぼくの　かなぶんや。」
と　いいました。
「ほんなら　なまえ　よんで　みいや。」
と　ぼくが　いうと、
「かな。」
と　ひろきくんが、
大きなこえで　よびました。
かなぶんは、
ぴっと　おしっこを　しました。
「やっぱり　そうや。」
と　ひろきくんは　にこにこしました。

あ　り

東京都・小2　村上　けいこ

エッサ、ホイサ、
エッサ、ホイサ、
ありがはたらいている。
すをつくる。
たべものをはこぶ。
あんなに小さいのに、
まいごにならないのかな。
ふまれないように
気をつけてね。

カブトムシ

愛知県・小3　成瀬　晃

よろいを着たカブトムシ。
強そうなさむらいみたいに、
のそっ、のそっと歩く。

せみのおしっこ

高知県・小4　木戸　千隼

あっちからも
「ミーン。ミーン。」
こっちからも
「ミーン。ミーン。」
うるさい。
いちばん、うるさいところへ行った。
くまぜみが、いっぱい。
石をなげたら、
おしっこをかけて、にげていった。
頭が雨にぬれたようだ。
こんどは
カサを持ってこよう。

蚊

広島県・小4　田辺　恭子

蚊はドラキュラの一ぞく。
わたしの血のかわりに、
すいかか、
トマトジュースを、
どうぞ。

がんばったやご

愛媛県・小4　四村　昌弘

わあ、
やごに頭が出ているよ。
もうひといきだ。
がんばれよ、やご君。
うんとこしょ、もうすこしだぞ。
ぼくもおうえんしてやるから
がんばれ。がんばれ。
あ、
はねが出てきたよ。
りっぱなトンボになっている。
よくがんばったやご君。

くまんばち

東京都・小5　川島　由紀子

ヘチマの花が、
けさ食べたバナナの、かわのように、

くろっぽくなっている。
あっ、なんだろう。
ほしぶどうみたいなものが、
ヘチマの間をぬってとんでいる。
くまんばちだ。
花粉がからだにくっついて
かしパンか、ケーキのようだ。
いまに真っ黄色になっちゃう。

くまんばちが、そんなこと、
知ったこっちゃないと
いいながら、
ダンプカーのようにとばしていった。

小枝の芸術家

広島県・小5　行元　綾

私は見た。
すごい芸術家。
わが家の　家の横に
二mぐらいの木がある。

その木の小枝から
すうーっと　おしりから糸を　出しながら
クモが　降りてきた。
何をするのかな
と思って見ていると
すを作り出した。
まず　枝から枝へうつりながら
三角形の　形を作った。
今度は　三角形の中に
たてや　横　ななめの線を　引き出した。
それから　三角のまん中から
外にむかって　くるくる　円をかく。
すごい。
クモは　芸術家だ。

アメンボ

愛知県・小5　星　久美子

田んぼにあめんぼがいました。
かぜがふくと
なみのようにながれていました
アメンボは
ウミのサーファーのように
なみのりしています
そしてあめんぼがすこしうごくと
小つぶのあめがふったようで
大きくうごくと大粒のあめがふったように
見えます
上ははれなのに
下は雨がふっているようでした
みんなでうごくと
本当のあめのようです
田んぼはアメンボの
海のようです

ミズカマキリ

千葉県・小6　斉藤　集平

ミズカマキリがいた。
めずらしくプールでだれにもじゃまされず、
ゆうがに泳いでいた。
夏休み中の世話が心配だ。
家にもって帰ることにした。
水そうに移すと、
じっと水草にしがみついて、
何かを考えている。
エサがほしいのかもしれない。

メダカを水そうに入れた。
そのとたん、
野性の本能を思いだしたかのように、
さっと動き、
がっしりと手でメダカをおさえつけた。
一しゅんのすきも見のがさない目をして、
口で体液をすいだした。

メダカはかわいそうだけど、
これが自然のおきてなのかもしれない。

7月
――魚介類

☆メバル
☆メバチ
☆ワカサギ
☆サケ
☆ウナギ
☆オコゼ
☆ワラスボ
☆ドンコ
☆シャコ
☆アワビ
☆クルマエビ

☆ライギョ
☆キンギョ
☆カマス
☆ナマズ
☆ドジョウ
☆アユ
☆アオリイカ
☆ホタルイカ
☆ムラサキウニ

たなご
長野県・小3　宮入　かおり

たなごは、にじ色に光っている。
とんとん、たたくと、
すいそうの中をにげまわる。
ぴかぴか光って、ゼリーみたい。
えさをあげると、しらんぷり。
わたしが、かくれて見ていると、
ちょっと食べる。
妹がたなごを見ると、
たなごはよろこぶみたい。
妹と、たなごは、大のなかよし。
わたしも、いっしょに見ると、
やっぱりたなごは、にじ色に光っている。

くらげ
神奈川県・小1　ちば　なおき

くらげって
てぃっしゅがぬれているみたいだ

あゆのしおやき
京都府・小2　こうだ　たかお

おじいちゃんの友だちから、
でんわがかかってきた。
「はい。
　あゆのしおやきがいいですか。」
と、おかあさんがいわはった。
「おとうさんもいたばさんもいないから、
　なんとかします。」
っていって、でんわをきらはった。
「ぼくがするで。」
といった。
あゆにくしをさして
しおをつけてやいた。
おとうさんのをいつも見ていたから。
おきゃくさんがきて、たべやはった。
きんちょうした。

イグアナがだっぴした
東京都・小2　高橋　雅人

イグアナのかわがむけていた。

ぼくは、イグアナがびょうきかと思った。
おかあさんに聞いてみた。
「イグアナは、だっぴしているんだよ。」
と言っていた。
かわは、かたほうからむけていった。
あたらしいかわが見えた。
あたらしいかわは、ピカピカひかっていた。
かわいかった。
だっぴしたとき、
イグアナはきもちよさそうだった。

ヤドカリ

宮城県・小3　小山　としお

ベランダにまよいこんできた
ヤドカリ。
からがおもそうだ
手にとって耳にあてたら、
なみの音がザブンザブンとした。
はなしてやるといきおいよく
走るヤドカリ。
まるでなみがひいていくような
早さだ。

ぼくはひろい青い海を思った。
ボートが走っていく海を思った。

イカとり

熊本県・小3　福島　健太

夜の海は黒かった。
かい中でんとうで海をてらすと、
イカがからだをふにゃふにゃさせて、
泳いでいた。
あみですくおうとすると、
すうっと、にげる。
やっとつかまえた。
イカはぬるぬるしている。
バケツに入れると、すみをはいた。
水はまっ黒になった。
つかまえようとしたら、
ぼくの手もまっ黒になった。

サンショウウオ

北海道・小4　新居　隆美

サンショウウオにさわると、
つるつるしてなかなかつかめない。
うでまくりをしていると
うでにのぼってくる。
気持ち悪いのではなすと、
そのあと手がべとべとする。
サンショウウオが空気をすう時は、
空をずっと見ていて、
いっきに頭を出し空気をすう。
その時、口の中が見える。
口の中はピンクだ。
そのあと、
あわがぶくぶくと四、五こぐらい見える。
そして、また、もぐる。

夏のカニ

東京都・小4　中村　真梨奈

山梨のおばあちゃんの家のそばに、
小さな川がある。
きれいな水の川だ。
その川にはカニがいる。
大きいカニ、
中くらいのカニ、
小さいカニ。
お父さんと、お母さんと、子どもかな。
カニが
石についているコケを食べている。
食事をしているのかな。
つかまえようとすると、
おこってハサミをたてる。
夏の川にしか見られない
夏のカニ。
自然のきれいな川にいる
楽しそうな家ぞく、
夏のカニ。

魚釣り

東京都・小4　丸山　一紀

まず。しかけを作った。
海のなかにしかけをたらした。
父さんが
「さお先を見る。」
と言った。
さお先が動いた。
ピクッピクッと
ぼくは来た！
と思いつつ、リールをまいた。
すると、ビビビ・ビビビと糸からさお、
さおから手へとはんのうがあった。
そのとき、何かが、海のおくへ、おくへと
引きこもうとしていると思った。
そして急いでリールをまくと……。
ハマチという魚の子どもが一ぴきついていた。
ぼくは、自分で魚を釣れてうれしかった。

うにとり

福岡県・小5　岩本　百年

朝早くいっせいに
うにとりが始まる。
われ先に船が走る。
船には
黒いウエットスーツにマスクの
精かんな男たち。
ドボン、
ドボン、
あみぶくろをもってもぐる。
ふくろがいっぱいになると、
たくさんのうにを船においてまたもぐる。
昼十二時ごろ、
なごりおしそうに船は島に帰ってくる。
港では、ばあちゃんがまっている。
うにの製造が始まる。
ぼくも早く大人になって、
お父さんと
海で仕事がしたい。

夏　空

長崎県・小6　福田　祐一郎

つり糸たれて
じっと見つめていると、
水面にうつる雲の峰が、
ウキをすい込みそうだ。

夕ごはん

大阪府・小6　阿蘇　由季

母がえびの天ぷらを
たくさんつくったので
祖母の家へ持っていった
十分ほどたって　今度は祖母が
タイの煮ものを持ってきてくれた
これが本当の
「えびでたいをつる」やね
家族で笑ってもりあがった

ムツゴローじいさんのなげき

福岡県・小6　中村　啓司

ワシの名前はムツゴロー
有明海で暮らしとるんじゃ
実は近ごろ困っとるんじゃ
海にゴミをポイ捨てする人間のことじゃ
みんな海に生活はい水を流すんじゃよ
ワシが小さなころはのー
人間は海を大切にして
わしらはみんな
のびのび暮らしてたんじゃが
この前なんか仲間のカニが
あわふいてたおれとった
アゲマキ一家も
潮ふく音が聞こえないと思って見に行ったら
みんな上むいてのびとった

八月

8月——行事

1 消防祭り（1948年消防法が制定された日）
夏の消エネ総点検の日（1980）
観光週間（1日～7日）
水の週間（1日～7日）
ねぷた祭り（弘前）

2 『あたらしい憲法のはなし』が文部省から発行された（1947）
働く婦人の週間
パンツの日
ねぶた祭り（青森2～7日）
ハーブの日
豊田正子が小学生の時書いた『綴方教室』が映画になった（1437）

きんぎょ

秋田県・小1　とがし　かずほ

きんぎょを　みてたら
ぴょんと
みずを　はねた。
ぼくと
あそびたいのかな。

水の旅

青森県・小5　藤嶋　駿介

ある日ぼくは空から落ちる。
ある日ぼくは山を下りる。
ある日ぼくは川になる。
ある日ぼくはめだかと会う。
ある日ぼくは魚とすれちがう。
ある日ぼくは鳥を見る。
ある日ぼくは町を見る。
ある日ぼくは海に出る。
ある日ぼくは空をただよう。
上にたくさんみんながいる。
まわりにたくさんみんながいる。
後から後からついてくる。
そして、みんなと話しながら、
ぼくは、
次はどこに行くのかなあって思う。

しずくの中のにじ

広島県・小6　高橋　信子

公園で、
一つの
雨のしずくを見た。
昨日の雨が　残っていたのだろう。
その雨のしずくの中へ
太陽が、金属のように
きらっと光った。
その光る　しずくの中に、
弓の形で　帯のような
七色にかがやく　虹を見た。
きらきらと光り、
空にできる　虹よりか、
はっきりと、はるかにきれいだ。

おとうさんのパンツ

広島県・小1　ひがし　ゆうな

せんせい、あのね。
きょうせんたくものの山があったよ。
おかあさんのおてつだいをしたんだよ。
せんたくもののタワーができたよ。
おとうさんのシャツもパンツもくつ下も、
一ばん大きかったよ。
おとうさんのでっかいパンツをひろげてみたら、

3 ハサミの日（1977）

4 秋田竿灯祭り

戦争がはげしくなって学童疎開がはじまった（1944）

5 郵便貯金がはじめられた（1875）

タクシーの日（1912年タクシーが登場した）

壺井栄誕生（1899）

6 広島原爆の日（1945）

広島平和祈念式（原爆で亡くなった人びとの霊をなぐさめ、とうろう流しなどをして平和を願う）

食品衛生週間

花笠祭り（山形）

ハムの日

7 仙台七夕祭り

鼻の日（耳鼻咽喉科学会が制定・1961）

バナナの日

8 立秋

屋根の日（1988）

そろばんの日（1968）

ひげの日（1978）

親孝行の日（8月8日は「はは」「パパ」と読めるから・1989）

9 長崎原爆の日、平和祈念式

俳句の日

散髪の日

わたしのかおが、かくれちゃったよ。
おかあさんといっしょに、
「アッハハハ……。」
と大わらいしたよ。
こんどおふろで、
おとうさんのおしりをみてみよう。

あたらしいぱんつ

鳥取県・小1　上はら　かずまさ

きみちゃんが、
あたらしいじゃあじのふくをきてきたし
ずぼんもあたらしいのをはいてきたので
せんせいにみせました。
ぼくだって
あたらしいぱんつをはいてきたもん。
せんせい、
ぼくのぱんつもみせたげるで。
せんせいは、
「ええけえ　ええけえ。」
とえんりょしたけど、
ぼくは、ずぼんをずらして
まっしろしろのぱんつを
ちょびっとみせてあげました。

パンツがぬげた

富山県・小3　山下　洋

プールでパンツがぬげた。
ちかくで女の子が見ていた。
はずかしかったよ。
パンツをはくと、ころんで、
○○が見えたので
みんなが、げらげらわらった。

ねぶたにでたよ

青森県・小3　對馬　めぐみ

やまとのねぶたで
かねをならした
だんだんくらくなると
ねぶたがはじまった
ドンドドン　ドンドドン
たいこのおとがきこえてきた
わたしは
チャチャンチャチャンチャ
とかねをならした
おきゃくさんがふえてきた
よそのおばさんから
おかねをもらった
ティッシュに
五百円が二つ入っていた
わたしがこんなにもらってもいいのかな
こんなにへたなのにと思った

10 国民皆泳の日（1953）
健康ハートの日（1985）
道の日（1986）
11 よさこい祭り（高知）
がんばれの日（ベルリンオリンピックの記念）
12 徳島のあわおどり（12日から15日）
日航ジャンボ機が御巣鷹山で墜落（1785）
13 函館夜景の日
14 おせがき（餓鬼に食べ物を与えるように仏の話を聞かせる会）
15 終戦記念日、戦没者追悼式（1963）
地震平和研究会発足（1947）
16 京都の大文字焼き
17 パイナップルの日
18 高校野球記念日（1915から始まった）
豊臣秀吉没（1598）
19 クラシック音楽の日
俳句の日（1991）
バイクの日
上野動物園の動物たちが殺害された（1943）
20 ＮＨＫが創立された（1925）
交通信号の日（1931年東京銀座に交通信号がついた日）
21 噴水の日（1877年東京上野にはじめて作

ねぷた

青森県・中2　斎藤　秋夫

今夜は涼しいばんだ。
遠くの方で、太鼓や笛の音
勇ましいこどもの声が
町や村からきこえてくる……
ドンドン、ピーピー
ヤーヤドー
ねぷたの、あかりが、
あっちこっちでチラチラ動いて
だんだん大きく見えてくる
津軽のねぷた
人形ねぷた、扇ねぷた
さまざまな形をしたねぷた
大きなねぷた、小さなねぷた
大きく左右に、ゆらゆらと
あかりといっしょにゆれる
大きくゆれ、小さくゆれ
前にゆれ、後にゆれ
大きな太鼓の音
勇ましいこどもの声
夏の夜空は
はやしやかけ声で
いっぱいになる

ハーブえんに行った

兵庫県・小2　吉田　千春

夏休みに、
ぬのびきハーブえんに行きました。
お花もかざってありました。
ハーブのにおいがしました。
わたしは、スパイスという
カレーにつかうみをつぶして
こなみたいにしました。
いいにおいです。
レストランで
ハーブティーをのみました。
ちょっとにがいけど、おいしかった。
下に行くと、いっぱい花がありました。
いいにおいがしました。

はさみ

東京都・小3　上坂　健二

ぼくの家はとこやだ。
いつもはさみやバリカンの
音がしている。
はさみは、
「チョキンチョキン」と、
歌を歌いながら、
かみの毛を切っていく。
バリカンは、

られた）
献血記念日（1964・売血禁止）
チンチン電車の日（1903年東京で走った）
対馬丸がアメリカの潜水艦に撃沈された（1944）
23 三好達治誕生（1900）
滝廉太郎誕生（1879）
24 若山牧水誕生（1885）
25 （即席）ラーメンの日（1958）
世界初のロボットサッカー大会（1997）
26 人権宣言の日（1879）
海洋気象台ができた（1920）
27 宮沢賢治誕生（1896）
28 自転車安全の日
民放テレビ開設（1953）
29 文化財保護法施行記念日（1950）
焼肉の日
31 野菜の日（1983）

「ガチャガチャ」と、
歌を歌いながら、
かみの毛をかりあげている。
お客さんが終わると、
はさみは　お客さんにさようならをする。

竿灯祭り

秋田県・小6　大野　淳子

勢いのいいたいこの音が鳴る
ふえの音が鳴る
ピーという合図とともに
何個ものちょうちんが、
つるしてある竿灯が空にあがった
静かだった通りが
にぎやかになった
見ている人たちは
竿灯をじっと見守る
見ている人々と竿灯をあげている人が
一つになったようだ。

タクシー

千葉県・小3　倉本　ひろこ

はじめてタクシーにのった。
いすにかけたら
よめさんになった気がした。
スーッと水の上を
流れていくようだ。

どんどんみんなを
おいぬいていく。
「みんなより早いよ。」
まどからかおを出して
さけびたくなった。

お父さんの免許証

大阪府・小6　板垣　静

お父さんは、たくさんの免許を持っている。
一度見せてもらったけど、
原付、軽、小型、中型、大型、特大、
クレーン、ロガーとかの免許を持っていた。
あとは覚えていないけど、免許のないのは、
電車、飛行機、船、個人タクシーだけだ。
個人タクシーの免許をとるには、
十五年間無事故、無違反でなければもらえないそうだ。
私のお父さんは、十年間無事故、無違反。
だからあと五年で個人タクシーの免許がもらえる。
お父さん、がんばって。

二十四の瞳館

香川県・小5　川藤　亜矢子

お母さんたちと
「もう、あいているのかなあ――。」
と話しながら岬の分教場へ向かった。

「二十四の瞳館」に入るのは初めてだ。
中に入ってみると人形をかざってあった。
十二人の子どもたちと先生の人形。
ちゃんと着物を着ている。
ちっちゃいかわいらしい足の指も
ちゃんと五本ついている。
だれが作ったんだろう。
上手だなあ。
ガラスのケースの中には
壺井栄さんの書いた手紙や日記
本などのいろんなしりょうが
いっぱいならべてあった。
「きれいな字だな。」
とお母さんが言った。
「お母さんも上手だよ。」
と言うとにこっとしてくれた。
壺井栄さんの写真もみた。
細くてやさしそうな人かと思っていた。
でも、ぜんぜんちがっていて
ちょっとこわいような顔をして
きりっとしまった口もとだった。
もっともっと見たかったが、
お母さんたちと女の人に
「どうもすみませんでした―っ。」
とお礼を言って出た。
「二十四の瞳館」を出る時、
いい所へ来てよかったなあと思った。
もう一度、クラスの先生や
友だちといっしょに来たいなあ。

八月六日

愛知県・小3　大竹　弘泰

八月六日。
ぼくのたん生日。
「たん生日、おめでとう。」
と、みんなに言われた。
ケーキもプレゼントしてもらった。
八月六日
広島に原ばくリトルボーイが落ちた。
ピカッ。
一しゅんのうちに家がもえ、
人も死んだ。
今、ぼくは、
たん生日で楽しんでいるけど、
五十一年前のこの日は
たくさんの人が死んで
かなしんでいた日だ。
ぼくは、たん生日に
「せんそうがないといいなあ。」
と思う。

げんばく

広島県・小4　松島　愛子

あさだった
ばくだんがおち
みんな　たすけてー
といっている
いぬも死んでいた
いきているいぬは
みんなほえている
まつの木の下には
となりのおじさんが
死んでいた

人の骨の上に立っている

広島県・小4　石原　かな

公園の下に眠る街を見に行った
今はきれいだけど
原爆の後は　ぼろぼろだった
平和公園の下を掘ると
人の骨が出てくるよ
と　西田さんが言っていた
私は　人の骨の上に立っているんだな
そう思うと　こわくなってきた
中には　死んだ人の名前が
ずらっとびっしりならんでいた
もし　私のおじいちゃん　おばあちゃんが
原爆で死んでいたら
おじいちゃん　おばあちゃんの
名前がのっていたのかな
そう思うと　悲しくなってきた

原爆で
赤ちゃん
おばあさん
お母さん
おじいさん
何も関係ない人がころされる
原爆は　だいきらいだ
多くの人を苦しませて
ひどい
原爆なんて　もういやだ

原ばくはおそろしい

山口県・小5　宮崎　翔伍

原ばくはおそろしい
三mくらいの大きさで何万倍ぐらい物を一し
　ゅんにして消せる
そしてすごいりょうのほうしゃのうを出す
資りょう館に入ると
やけどした人の人形があった
これを二回見ると泣いているようにみえた
見たくないけど引きよせられるように
行って見てしまう
三輪車
これを持っていた子はその日のって
どこにいくか計かくをたてて
たのしみにしてたにちがいない
だがあやまちをおこしたせいで
関けいないその子まで
広島の人まで消えた
みんな悲しそうだ
だがそんなことを言っても
もどってこない
もうそんなことはさせない
してはいけない
だが他の国はまだ戦争をしている
その国の人たちも
日本みたいに平和になるのを
いのっているだろう
世界の人達も軍隊にいる人も
「戦争なんかやりたくない」
という思いは同じだろう

バナナ

東京都・小3　鳥越　英昭

学校の給食で　バナナがでた。
ぼくはバナナがすきだから、
いそいでおかわりしたら、
「さる」
とみんなにいわれてしまった。
気になったので
うちに帰って　十分ぐらい
かがみとにらめっこをした。
耳と口のところがにている。
ざんねんだあ。
やっぱりぼくはさるみたいだな。
こんどからバナナを食べる時は
さるの顔をしてたべようかな。

バナナ

岡山県・小4　福地　克公

バナナをたべた。
おいしい。
バナナの中が
さとうみたいだ。
べろがとけそうだ
すこしずつ食べた。
たべるたびに
バナナが小さくなる。
一どでいいから
バナナをたくさん食べたい。
たべるたびに
のどが
ぐうーとなる。

そろばん検定

和歌山県・小6　西　恵

「用意、始め」
ガッタ、ジ、ジャー
パチ、パチ
みんなのそろばんの音が
耳の中に入ってきて

自分の音が聞こえない。

「やめっ」
そろばんの音が
なくなった。
私は、みんなの音で
ぜんぜん　できてない。

うーん、困った
だって　合格できないもの。

長崎原ばくの日

長崎県・小5　城倉　淳基

日記を書こうとしたら
「今日は　長崎原ばくの日です。原ばくで亡
くなった人々のために　一分間の黙とうを
ささげます。」
の声と　ウウーッとサイレンが鳴り響いた。
ぼくは黙とうの意味は分からなかったけど
目をとじてこう祈った。
「広島の原ばく記念日で六年生の人が言って
いた平和の二文字の意味深い言葉の実現に、
ぼくも一員となり地球上の皆と実現したい
と思います。」
サイレンが鳴りやんだ。
ぼくはしばらく窓ぎわで立っていた。
それから
「よしっ」
と言って勉強机についた。

とこや

東京都・小4　伊東　周一郎

マンガを読んで待っていたら、
おしっこがしたくなった。
帰ろうかな。
でも一時間もまってたんだから、
ここで帰ったらそんだ。
あっ、おれの番がきた。
とこやさんに言おうかな。
三十分はかかる、どうしよう。
前のかがみを見ると、
あせりの表情が出ている。
ばれるとやだし、
もらすといっせいちだいのはじだ。
顔をしかめたり、
わらい顔にしたりしてごまかした。
やっとおわった。
おつりをにぎって全力で走った。
車がこなかったから、
信号をむしして道をわたった。
家に着いてトイレにとびこんだ。
ジャー、ああ、すっきりした。
おれってばかだな。
そんなにがまんしないで
言えばよかったのに。

心ぞう

富山県・小3　都築　佑介

体育館を三しゅうしてきたら
心ぞうの音が
ドクン、ドクン、ドクン
とだんだん大きくなってきた。
心ぞうが二こあるようだった。
つかれがとれてきたら
二こあったのが
また一こにかわった。

おぼん

長野県・小1　たなべ　たかこ

とうきょうにいる　おねえさんが
かえって　きました。
あんまり　ながいあいだみなかったので
ちょっと　はずかしかった。
でも　とても　うれしかった。
おぼんて　いいなあ
と　おもいました。

ぼんおどり

愛媛県・小2　中川　ひろゆき

ぼんおどりに行ったよ。
「おどってみようかなあ。」

って思っていたら、
ゆうくんとたっくんとかずきくんが、
「いっしょにおどろう。」
って言ったから、おどったよ。
いっぱいおどったよ。
たっくんのおじいちゃんも、
いっしょにおどったよ。
じょうずだったよ。
楽しかったよ。

よさこい

高知県・小3　白岩　惟幹

「気持ちえい。」
ぐんと手をのばしておどった。
たくさんの人が見ている。
僕は手を上や横に、
ぐんぐん、ぐんぐんのばしておどった。
「よっちょれ、よっちょれ、よっちょれよ。」
大きな声がひとりでに出た。
鳴子も楽しそうにカチャ、カチャ鳴る。
明るくにこにこおどった。
知らないおじさんが、
おどっている僕を写真にとった。
ちょっとまぶしかった。
またおどりはじめた。
おどりを見ていた人が、
うちわであおいでくれた。
風が気持ち良かった。

大文字の火

京都府・小5　大坪　伸子

こうもりが　羽をひろげた夜
まっかな　オレンジの火――
空のまんなかに
「大」の字が　とびでる
京都の町の空間に
「大」が　うねりだす
「仏さまが　京の町を歩いてはる」
となりのおばさんが
だれかに　ささやいている
「来年も　お天気だったらなあ」
「ゆかた着で　家族そろってこられる」
橋の上で見ている人
音もしない賀茂川――
パチッ　パチッ
ぐいぐいもえていく「大」の火
その音だけが　その文字だけが
夜の京の町の上を
いっぱいに　のしあるいている

豊臣秀吉

北海道・小5　松下　貴記

タイムマシンで秀吉の時代へ
タイムスリップ
あだ名は「サル」
信長からバトンを受けＦ１のように
速く一気に天下統一
どんな事にも動ぜぬどっしりとした
石のような大阪城
年貢を確実に取るための検地
外国との貿易で花開いた
安土・桃山文化
貧しい農民からとんとんと出世し
とうとう天下人
がむしゃらな秀吉
努力家の秀吉
でもやっぱり武士は武士
自分達だけぜいたくをし
農民達を苦しめた
差別のない世の中を作らなかった
歴史上の人物よりも
どんなに苦しくてもつらくても
生き残ってきた名もなき人々の
ど根性がすばらしい

オーケストラ

埼玉県・小6　田中　明子

ああ、いい曲だな。
もっときいていたかった。
ベートーベンの「運命」をきいていると、
なんだか、さみしくなってくる。

とびらをいくらたたいても、
ひらかないかんじになってくる。
ダダダダーン、ダダダダーン。
何回たたいても、
とびらがひらかないかんじになってくる。
オーケストラが
いっぺんにすきになった。

モーツワルッ・コンサート

神奈川県・高1　菰岡　洋子

指揮者が左手をあげた。
バイオリンが並んだ。
弓が虹になって
整然と上下する。
一瞬の緩みもない、
白と茶のコントラスト。
銀の空に舞踊台。
その中に虹が流れる。
テンポが早くなった。
虹は遠ざかる。
曲がゆるやかになった。
虹がクローズアップしてくる。
冷やっとしたふるえが、
ふふーっと足をなでる。
指先を伝わってほおまで、
のぼってきた。
やがて虹は消え、
拍手の雨がふってきた。

俳　句

東京都・小6　三上　優輔

NHKのテレビで、
「桜を守った歌」
というのを見た。
桜並木が工事で
切りたおされそうになったとき、
その町の人たちが、
切らないでくれと短歌や俳句を書いて、
桜の木にぶらさげた。
いつまでもさいてほしい桜たち
というような俳句だった。
すると桜の木は切られなかった。
よかった。
俳句には、力がある。

俳句の発表会

千葉県・小6　渡邊　翔

今日は、俳句の発表。
初めて、ステージに立つ。
不安で、少しすいみん不足だ。
あれだけ練習したんだから
「だいじょうぶ。」
自分に言い聞かせ、家を出た。
ステージに上がった。
急に緊張が高まった。
うまく発表ができなかったら
どうしよう。
練習の成果が出せなかったら
どうしよう。
足がガタガタしてきた。
いつの間にか、自分の番になった。
大きな息をひとつ。
「せみしぐれ　七日の命　道に落ち」
練習の成果が出せた。
人前で話せたうれしさが広がっていた。

おかあさんのばいく

群馬県・小1　さわたに　ひとし

おかあさんが
ばいくを　かった。
みどりの
かわいい　ばいくだ。
おかあさんは
ぼくたちを
かわいがるように、
ばいくを　なでてみたり

ふいたりして、
あめの日は
ぼろじてんしゃで
かよう。

許せない

高知県・小5　大垣　歩

歩いて横断歩道をわたっていると、
信号が赤なのに
バイクがつっこんできた。
「あぶない。」
ぼくはあわてて後にさがった。
「あいたー。」
バイクのタイヤが
ぼくの足をふんだ。
「気をつけなさい。
あんた、
まだ死にたくないろう。」
おばさんは、
ぼくをにらみつけて言うと、
バイクで行ってしまった。

ぼくは許せない。
信号無視をして、
ぼくの足をふんでおいて、
あやまらないなんて。
ぜったい許せない、
その態度。

かわいそうなぞう

長野県・小1　かなざわ　りゅうじ

先生、
どうして　あんなおとなしいどうぶつを
ころすんだろう。
ぼく　ぞうとぞうがかりの人が
とても　かわいそうだった。
先生、
どうして　せんそうなんか
はじまったんだろう。
せんそうなんか　なくちゃいいのに。
ぞうも　ぞうがかりの人も
とてもかわいそうだった。

汽　車

山口県・中2　棚崎　吉純

汽車は小さな汽笛で大きな音を出し、楽しく出発する。
機関車が先頭で、客車も遅れないように手をつないで、ものすごいスピードでつっ走る
汽車が通ると、野原の花はみんな髪をふりたてて、汽車におじぎする。
それでも汽車は、おかまいなしに、大きな音を出してつっ走る。
汽車が通ると、ヒバリが空高くまい上がり、
ピイピイとすみきった空に響かせる。
それでも汽車はおかまいなし。

蒸気機関車

大阪府・中3　宮村　光

蒸気機関車にはドラマがある
駅を出るとき
おなかの底までひびきそうな汽笛を鳴らし
蒸気をいっぱいまき散らし
ピストンを大きく力強く動かして出ていく
さも波瀾ありそうな男の門出だ

蒸気機関車にはドラマがある
坂を登る時
長い長い貨車を苦しそうに引く
力強くドラフトをひびかせながら
一歩一歩　登って行く

真っ黒な煙を原爆みたいに空高く吐き出し
真っ白な蒸気を
砂利も飛びそうな勢いで吹き出し
走って行く
蒸気機関車には男のドラマがある

こうつうじこ

東京都・小3　たかみざわ　しんじ

とおくのほうで

大きな声がしました。
いってみると女の子が、
しんでいました。
おまわりさんがかけてきました。
きゅうきゅう車もきました。
女の子は手やくびがとれていました。
ちが、だらだら出ていました。
だから、もうたすかりません。
その子のおかあさんがきました。
のうみそを
かみにつつんでいました。
のうみそはきれいでした。
みんな下をむいていました。
みんなの目から、
なみだがでていました。
ぼくのおかあさんも
なみだが、でていました。
ぼくは、
ハンカチで、ふいてあげました。

ぼくのほこり

愛知県・小6　篠崎　恭介

ぼくは、おじいちゃんに会ったことがない
せっかく戦争で生き残ったのに
電車にひかれて　死んでしまった
おばあちゃんが
「電車にひかれそうな人を助けてあげて
死んじゃったんだよ。」
って教えてくれた

自分の命を捨てて　人の命を助けるなんて
自分が死んでしまったら　何にもならない
でも
おじいちゃんは
自分の命よりも人の命が大切だったんだね
そんなこと　だれもまねできない

今　会えるのは
写真の中の笑顔のおじいちゃんだけ
会えないのはさみしいけど
自分の命がなくなっても
人を助けれたから
今もきっと天国で笑っているよね
ずっとずっと
おじいちゃんは
ぼくの心の中にいるよ

ふん水

東京都・小6　阿部　寛子

小さいふん水。
大きいふん水。
近くに行くと、
水がピシャッピシャッとんでくる。
「つめたい。」
よく見ると、
にじが見える。
見る角度によって、
いろいろな所に見える。
水がどんどん落ちていく。
でも水はなくならない。
すごい風がふいてきた。
ふん水が
ななめにゆれた。
木がゆれるように。
水は、それでも、
ずっと落ちていく。
きらきら光りながら。

けん血でお礼

高知県・小5　山下　純枝

テーブルの上に
ティッシュとはみがき粉が
置かれていた。
「へえ、お父さん、けん血しゅうが。」
「うん。」
「ゆ血でお母さん助かったがで。」
「うそ。知らんかった。どうして。」
お母さんの話を聞いた。
わたしには、
もう一人の兄弟がいたらしい。

その子がお母さんの卵管で育った。
はげしい腹痛でたおれて
手術をしたのだ。
その時、
一しょうビン一本くらいの血がでた。
まるで、
マンガやテレビのようだったらしい。
「ああ、だからお父さんは
　お礼の気持ちで
　けん血しだしたがやね。」
お父さんの血、
だれかの役に立ちゆうがや。
わたしも、
大人になったらけん血やろう。

父はラーメン屋さん

青森県・小4　中村　友利恵

土曜日の昼
決まって、父はラーメンを作る
そして
私や母にうるさいほど話しかけてくる
ラーメンを作りながら
口笛をふくのが父のくせ
うでまくりをしながら
「見ていろ、これが本物のラーメンの作り方
　だ。」
と自まんする
ねていた弟も
ラーメンのにおいにつられて起きてくる
おそるべし、父のラーメン屋

未来はロボットと

京都府・小5　田中　宏樹

テレビで
未来にかんする番組があった。
今、ロボットにも
感情があるものもある。
アシモは紅白にも出ていた。
コマーシャルにも出ている。
しゃべったり、あく手もする。
もう、ほとんど人間と同じもので、
今はプーチ、チャピーチ、ミャーチとミャ
　ーチ
動物のロボットだが、
二〇〇五年ぐらいには
人間形のロボットと
いっしょに働いたりする。
ぼくは、そう思う。

宮沢賢治について

長野県・小6　宮本　怜

宮沢賢治さんは一八九六年に生まれた。
その年は、
次々と災害に見まわれた年だった。
「人々が安心して
　田畑を耕せるように一生をささげたい。」
苦しい農作業に楽しさを見つけ、
工夫することに喜びを見つけ、
未来に希望を持つこと。
これが農学校の先生としての理想だった。
たくさんの詩や童話も書いた。
『雨ニモマケズ』
『注文の多い料理店』……。
すべての詩や物語に
賢治さんの理想がつめこまれている。
私は、
すべての物語を読んでみたい。
今、
賢治さんが生きていれば
この国は
いったいどうなっていただろうか。
私は、
今よりも
とっても平和な世界になっていたと思う。

8月

―季節

☆高温多湿
☆エアコン
☆不快指数
☆土用波
☆青田
☆冷房車
☆行水
☆花氷
☆ナイター
☆花火
☆避暑
☆暑中見舞い
☆セミ
☆台風

立山登山

東京都・小3　金井　康一

立山には、まだ雪がのこっていた。
スキーをしている人もいた。
と中の小屋で休んだ。
小屋を出発すると
がけになっていてさむかった。
やっとちょう上についた。
「やった！　ヤッホー。」
と、大声を出した。
空に近づいたようだ。
ちょう上の神社で、
おはらいをしてもらった。
と中、雨がふってきた。
雨は、つめたかった。
下りていくときに
きりがかかってきた。
回りの山が見えなくなって
体がひえてきた。

エアコン

埼玉県・小4　清田　英寿

「あれ、エアコンって
　何の略だっけ？」
と急に思いました。
そして、
「コンっていったら、
　コンピューターしかないから、
　エアーコンピューターかな？」
と思いました。
それでお母さんに聞いたら、
お姉ちゃんが、
「エアーコンディショナーの略なの。」
と言ってくれました。
ぼくは今度は、
「コンディショナーって何だろう？」
と思いました。

水の球

神奈川県・小5　安　智成

雨水の球が葉っぱに乗っている。

すき通った真珠のようだ。
ううんと重いのをがまんしている。
ああもうちょっとで落ちちゃうぞ。
葉っぱのすべり台で転がるぞ。
とつぜんいじわるな風が葉っぱをゆらした。
あっ落ちる！
ざんねん！
水の球は、流れ落ちた。
太陽に反射するひとしずく。
土の中へ命を送ったんだ。

風鈴

愛媛県・小6　中嶋　智子

近くの家の風鈴が
チリンチリンと
すずしげな音を鳴らした。
むし暑い部屋で
ぼーっとしていた私は
あー風がふいてんのかなーと
無意識のうちに
窓をあけはなった
とたんに
むし暑い部屋に
新鮮な空気がすべりこむ。
汗がすうっとひいていった。
風鈴が
静かに
チリンチリンと鳴っている。

雨のねだん

宮城県・小6　三浦　正

田んぼはカラカラ、
水がひとつもない。
いねは黄色くなった。
今にも死にそうだ。

きょう、ようやく雨がふった。
おかあさんたちは、
はねあがってよろこんだ。

一つぶ何円の雨かな。
千円かな。
一万円かな。

夏

北海道・中1　笠原　ひろみ

また夏がやって来た。
毎年違う顔をしてやって来る。
水害を連れてきたり、
冷害を連れて来たり、
猛暑を連れてきたり、
今度は、
どんな夏が来るんだろう。
夏は
毎年違う顔をしてやって来る。

八月になると

長野県・中2　宮戸　芳樹

八月になると
八月になると
あの大きく
たくましく
黒い毛
するどいつめ
俺達の食物をさらっていく
くまがでる
まめきび畑
それをあのクマが
畑を踏みつぶし
まめきびをむいて食べる
クマが帰った後は
畑ではなく荒地のようにして
畑はまめきびのしん　皮があちらこちらにちらばってる
まめきびがクマのクソに変わってころがっている。
お母さんが
「明日兄ちゃんが帰って来るで残しておいたのに。」
とせつなそうな顔で言った。

8月 ― 家庭生活

☆お盆
☆ちょうちん
☆お墓まいり
☆旅行
☆海水浴
☆花火
☆盆おどり
☆ふうりん
☆宿題
☆自由研究
☆新学期の用意

おはかまいり

香川県・小1　はま中　かずや

おかあさん、おじいちゃん、
みんなで　たかまつへ　おはかまいり。
おはなと　お水をあげて、
みんなで　手をあわせて、
おはかまいり。
おはかには　ぼくの
おかあさんの　おかあさんがいる。
おばあちゃんは　ぼくがきたこと
わかったかな。
おばあちゃんは　ぼくが大きくなったこと
わかったかな。

ゆかた

兵庫県・小1　かく　あきら

きょうは　おぼんです
あさ　はやく　おきて
さらぴんの　ゆかたを　きせて　もらいました。
あたらしい　ゆかたの　においがしました。
ぼくはよめさんのように
そろそろ　あるいて　みました。

おぼんさま

東京都・小1　くりはら　たかゆき

よる、せんこうにひをつけて、
おぼんさまをおくりました。
おじいちゃんがおはかにかえるんだと、
おかあさんがいいました。
ぼくは、いちどでいいから、
おじいちゃんはどんなひとだったか
あってみたかったです。
とってもおおきくって
きれいなおつきさまがでていました。
おじいちゃんもみながらおはかにかえったの
かとおもいました。

ごせんぞさま

愛知県・小2　さかきばら　ひろお

八月十三日に、
ぼくのうちへ、ごせんぞさまがやってきた。

ごせんぞさまは、みんなのいまにきた。
ねえちゃんは、さけびながら、
ゆかにへばりついておれいをした。
つばめだとおもったら
コウモリだった。

かみなり

大阪府・小3　山口　純一

きのうの夜テレビを見ているとき
かみなりがなってきました。
ねるときもなっていました。
六歳の弟はねるときおねえちゃんに
くっついていました。
おねえちゃんは
「地球のうがいや」
と言ってました。
「ゴロゴローとなるときは、
　ぐちゃぐちゃをしてるねん」
「雨がふっているときは、
　水をはいているねん」
「ひかったときは、
　歯がひかってるねん」
でも、こわかったです。

花　火

東京都・小4　久保谷　峰子

シュー。
花火は終わった。
ばけつに入れた。
ポッチャン、シュッ、という音が、
かすかに聞こえた。
けむりが少しずつきえていった。

初めての茶道

東京都・小4　松永　涼香

わたしは初めて茶道に行った。
とてもどきどきしていた。
家に入って二階に上がった。
たたみの部屋だった。
先生にいろいろ教わってから、
おかしがでた。
おいしかった。
お茶は、ちょっと苦かった。
でも、
おいしくて、
ほんのりする気持ちになった。
また、
やってみたいなぁ。

とうろう流し

埼玉県・小5　宮野　慶子

とうろうが流れていく。
ろうそくの火がキラキラひかり
静かに流れていく。
「おじいちゃんのとうろうはどれづら」
おばあちゃんが言った。
草につかまって止まるのもある。
おじいちゃんは、あれにのって
どこまでいくのだろう。
川の向こうまで、
ずっとずっと遠くまで、
赤く光って流れていく。

せんこう花火

青森県・中3　藤田　真起子

「シュポッ」
花火に火をつける
パチパチ　パチパチ
はじける火花
夜空に輝く打ち上げ花火もいいけれど
心をやすらかにできるのは
せんこう花火だけ
細かい何千もの火花をとびちらせ
かわいく　いとおしく
燃えつづけている
まるで、安眠しているかのように
心が無心になる
そして　まあるい玉が
「ポトッ」とはかなく落ちていく

8月

──学校生活

☆夏休み中の家庭訪問
☆プール
☆ラジオ体操
☆夏休み体験学習イベント
☆林間学校
☆臨海学校
☆キャンプファイヤー

花火大会

長野県・小3　河井　恵実

八月十一日
きょうは、花火大会だ。
夜、八時にみんな広場にあつまった。
くらやみの中に
ろうそくのほのおだけが
ゆらゆらゆれている。
ドラゴンが　あがった。
まっくらの中に　花がさいた。
ロケットが星のようにとんだ。
パンパンあがる花火が終わった。
ちょっと　しずかになった。
その時
小さな花がさいた。
せんこう花火だ。
大きな花火のあとに
しずかにしずかに　光っている。

勉強！　勉強！

広島県・小4　村地　亨

ぼくの顔を見ると、
お母さんは　すぐ、

「勉強は。」

と聞く。

「すんだよ。」

というと、

「たくさん　したの。」

と　また聞く。

テレビで　高校野球を見ていると
「あんまり　むちゅうになっては　だめよ。」

としかられる。

ああ、
せっかくの夏休みなのに。

勉強のない国に　行ってみたいなあ。

そして　自由に遊びたい。

もぐりっこ

宮城県・小3　大山　康久

まきおくんと　もぐりっこをした。
一、二の三で　しずんだ。

水の中で　目をあけたら、
あたりが　ぼーっと見えた。
きらっきらっと光るものは、あゆだな。
あれ、まきちゃんが　こっちを見てる。
へんな顔だなあ。
目だけ　ぎょろぎょろうごいてたこみたいだ。
おかしくておかしくて、立ってしまった。
まきちゃんも　すぐ　あがった。
「おい、ぼくの顔　見たかい」
「うん見た。くらげみたいだったぞ」
ふたりいっしょに、はらをかかえて
いつまでも、わらった。

波のり

千葉県・小4　飯高　義政

バサーン　ドドドー
いさましい　波の音
ぼく　波に　たいあたりした。
ヒャー
バサーン
こわい　飛び上がった。
ああ　いい気持ちだ　と思ったら
波に　はねかえされた。
足で　ふんばった。
足の下の砂が　たちまちくずれた。
二メートルぐらいの
まっさおな大波がおそいかかってきた。
むちゅうでにげた。
バサーン　と　音がした。
ああ　よかった。
波は　まっ白な波にくだけた。

水泳記録会

長野県・小5　河内　優輔

プールに飛びこんだ。
ドッボーン。
バシャバシャバシャ。
ひっさつ平泳ぎ。
全力で泳いでいると、
ゴールは目の前。
バシャバシャ。
ゴールにタッチ。
先生あわてて秒を見た。
一分三秒一三。
目標より下だった。
だけど一生けん命できたので、
とてもよかった。

着衣水泳

宮城県・小6　高橋　佳子

もっと軽いのかなあと思っていました。
実際やってみて、
なに、これ、
こんな服で川や沼に落ちたら
どうしようと思いました。
でも、十二メートルくらい泳げました。
ぬまに落ちても
五分くらいなら
だいじょうぶだと思いました。
でも、ほんとうに落ちたら、
パニックになって
泳げないかも知れない。

夏休み

愛知県・小6　安保　宏祐

夏休みは、
ぼく達に背をむけて、行ってしまった。
ぼく達は、まだ遊びたいのに。
あの川の、ザァーザァーという音を
まだ聞いていたいのに、
夏休みは、行ってしまった。
いっぱい、
やり残していることがあるというのに、
夏休みは、ようしゃなく行ってしまった。
もう一度、
もどってきてほしいあの日。
ギラギラと、
あせを流したあの日。
夏休みは、
ぼく達に背をむけて、行ってしまった。

8月 ― 植物

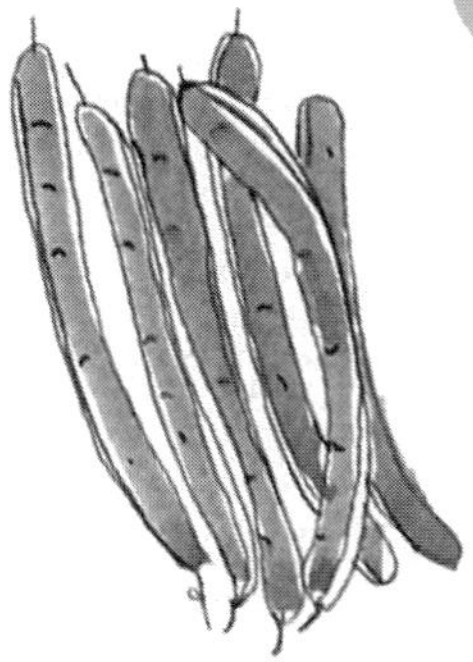

☆ムクゲ
☆ハイビスカス
☆アオギリ
☆アサガオ
☆オシロイバナ
☆ホウセンカ
☆ヤブカラン
☆ベンケイソウ
☆ヤマブドウ
☆アカマンマ
☆オミナエシ

☆ミゾソバ
☆ツリフネソウ
☆ツユクサ
☆エノコログサ
☆ホトトギス
☆ヒメユリ
☆カンナ
☆スイカ
☆ミョウガ
☆ゴマ
☆ハマユウ

☆ヒルムシロ
☆ヒシノミ
☆マリーゴールド
☆エーデルワイス
☆ナンバンギセル
☆ゲッカビジン
☆インゲンマメ
☆ササゲ
☆ダイズ
☆アズキ
☆ハマヒルガオ

☆コウゾリナ
☆キキョウ
☆イネノハナ
☆ダイコンのたねまき
☆ハクサイのたねまき
☆キャベツうえ
☆ツキミソウ
☆ニラノハナ
☆ハス
☆ヒャクニチソウ
☆ミズバショウ

ひまわり

青森県・小1　くどう　なおひこ

ひまわりは
もうたねになって
「またうえてください」
って
おじぎしてるよ

ひまわり

東京都・小2　たけ田　こうや

ひまわりは、すごいなあ。
三か月くらいで
先生よりでっかくなった。

さぎそう

福島県・小2　石川　あきら

さぎそうの花をじっと見ていると、
ほんとうに白いさぎのようだ。
風がふいてきた。
さぎが
高く
高く
とんでいるようだ。

カンナ

千葉県・小3　加藤　孝子

カンナの花は　花火みたいだ。
赤くもえていて
いまにもパーンとなりそうだ。

ラベンダー

愛知県・小4　小笠原　利恵

毎朝、お母さんは、
ラベンダーとお話ししている。
「元気に育ってね。」
ラベンダーは聞いているのか、
私にはわからない。
植物と話せるの?
お母さんは
「植物も聞いているよ。
何でも知っているよ。」

という。
私には信じられない。
でもラベンダーたちは、
すうっと細く長い首を上げて、
お母さんのことばを聞きながら、
元気に育っている。
むらさきの色のラベンダー。

ラベンダー

岐阜県・中1　東　加奈子

ラベンダー畑を見に行った
紫の色をした小さな花で
とてもいい香りだ
私はラベンダーの花が好きだ
ラベンダーの香りが心を動かすからだ
ラベンダーを何本か摘んでみた
よく見ると一本の茎に粒のような小さな花が
たくさんついていた
その一つ一つがいい香りを出していた
小さいものの方ががんばって生きていると思
った
人間は大きいし、強いのに
ちょっとしたことで
怒ったり泣いたり、すぐ投げ出してしまう
もしかしたら
人間が一番弱いのかも知れない
摘みとったラベンダーが枯れてしまった
やっぱり自然の中で生きていたほうが良かっ
た
花を摘んだのを後かいした
捨ててしまうのもかわいそうに思い
ポプリにすることにした
少しでもこの世界で生きてほしかった

月見草の花

長野県・小5　関　あゆみ

まだ明るい夏の夕方、
道ばたの月見草にフト目がとまった。
「ポン」やわらかい音がして
月見草の花が半分開いた。
夢かと思うほどびっくりした。
息を殺してじっと見ていると
「サースー、サースー。」
静かな音をさせて
少しずつ少しずつ開いていく。
だんだん美しくなっていく。
やっと開ききった時
月見草ってこんな美しい花かとびっくりした。
生まれて初めて
こんな不思議で、こんな美しいものを見た。
わたしは、
しばらく月見草からはなれられなかった。

月見草

長野県・小6　矢沢　涼子

さくところがみたくて
プランターの前で一時間まった
一しゅんゆさっとゆれた
がくがわかれ花びらが動く
月見草は自分をゆすり
ゆっくりだけど、
かくじつに動いている
まるで動物のように思える
花にも命がある……
と感じた
花がひらき終わると
がくがバタン……
と後ろへたおれる
まじりけのない白い花をさかせて
月見草は満足そうだ

サボテン

愛知県・小6　牧野　容子

サボテンはいつもおこっている。
たまには
さわらせてくれたっていいのになあ。
さわると体じゅうのはりで
私の手をさすのだ。
花が咲いた。

私はびっくりした。
つくづくサボテンにはにあわない。
かわいくてきれいな花。
体と大ちがいだ。
おまえは本当はかわいいな。

どくだみちゃ

愛知県・小1　いまいずみ　ゆり

おばあちゃんが、どくだみを
いっぱいとってきたからきいた。
「なににするの。」
「せんじて、のむんだよ」
「せんじるって、どうするの。」
「えんがわで、からからにほして、
　なべにゆをわかしていれて、
　さめたら、のみたいときにのむの。
　うんちがでないときのむといいよ。」
とおしえてもらった。
うんちがでなかったとき、のんだら、
トイレにいきたくなった。
うんちがつぎつぎにでて、
おなかが、きもちよくなった。

ひゃくにちそう

東京都・小3　うしお　あや子

ひゃくにちそうがさいた。
めがでて、つぼみができて、花がさいた。
まっきいろの花だ。
いちばん小さいのが花をさかせた。
へんだなあと思ってよく見た。
その花は小さいけど、
くきのふとい、つよそうな花でした。

ならんだ　がまのほ

愛媛県・小2　わたなべ　あや

みんな、がまのほって、
しってる？
わたし、きのう見つけたよ。
いつもじめじめしている草むらに、
チョコレート色のがまのほが、
青い空にむかって
ツンツン立ってるよ。
フランクフルトソーセージの
ぎょうれつのようだよ。
トマトケチャップをかけて
たべたくなったよ。

すずらんの花

奈良県・小2　山下　理恵子

病院へ
すずらんをもって行った。
「かわいらしい花やな。」
おかあさんは
においをかがはった。
よく見えるたなへおいてあげた。
おかあさんは、
そればかり見ながら
てんてきのちゅうしゃをうけてはる。
「はよ、かえってな。」
といったら、
「なるべくな」
と、いわはった。
すずらんも、
「うん、うん。」
というように、
小さくゆれていた。

がまのほ

岡山県・小3　梅川　順子

どてを歩いていたら、
がまのほを見つけた。
ひょろ長くて
ホットドックみたい。
さきだけが黄色っぽい。
においをかいで見る。
かわいたわらのような、
においがする。
黄色のこなが鼻についた。
もうひとつとって、
かびんにさした。
ホットドックだったらよいのに。

しばすべり

静岡県・小3　柳　綾香

ビニールシートを
おむつのようにして
坂をすべった

ごつごつ　ごつごつ
ごつごつ　ごつごつ
おしりをくすぐる
ピュー　ピュー
かぜがほっぺたをたたく

なんだかきょうりゅうの頭を
すべっているみたい

四つ葉のクローバー

神奈川県・小4　高橋　友和

四つ葉のクローバーをとっておけば
いいことがある。
ぼくは四つ葉のクローバーを見つけて
とっておいた。
お母さんにおつかいをたのまれて
行って来た。
お母さんは、そのおつりをくれた。
本当だな。
四つ葉のクローバーをとっておけば
いいことがある。

カラスウリの花

神奈川県・小5　加納　太郎

真夜中に咲く
レースのような花。
そこだけ明るく
光っているように見える。
だれにもきづかれないように
真夜中にさくカラスウリの花。

コマクサ

長野県・小5　吉池　あゆみ

坂をのぼると、コマクサが見えた。
「わっ。コマクサだ。」
思わず言った。
コマクサは、葉がサンゴのようだ。
花は、ピンクで、とても、かわいい。
おひめさまみたいだ。
はじめて見た、高原のコマクサ。
きよらかなこの花が、
私はすっかり、すきになってしまった。

つゆくさ

広島県・小5　渡辺　悦子

学校の帰り道。
道ばたに　いつも咲いている
つゆくさの花。
かくれるように
すすきの根元から　のぞいている。
花びらの青は　なんという青だろう。
セルリアンブルー。
それとも、あい色だろうか。
小さくても　力強い色をしていた。
梅雨のころから　ここに咲いている。
夏の暑い日も
二、三りんずつ　咲きつづけて
背たけものび、
なんとなく　つかれたように見える。
もう　まわりの草たちは、
みんな、秋の葉をつけているのに
今日も　終わりに近い花を
さびしそうに　咲かせている。

忘れな草の花

熊本県・小5　永松　秀崇

花に水をかけていたら
白い植木ばちに
かわいい水色の花が咲いていた。
「お母さん　この花なあに。」
と言った。

「忘れな草よ。」

と答えた。

「かわいいね。」

とぼくが言ったら
お母さんが
「別れても　別れても　心のおくに……」

と歌いだした。

ぼくもいっしょに歌った。

ゆりの花

奈良県・小5　奥田　和代

山道を歩いていると
どこからか
ゆりの花のにおいが
ぷーんとした
ふりかえると　あおばの下で
ひとりぼっちでさいていた。
わたしは
さようならといったら
ゆりの花もかるく
ゆれていた。

ハイビスカス

宮城県・小5　樽井　勇人

ギラギラとかがやく太陽の下、
君は、パッと顔をのぞかせた。
その花びらは、
まるで火のように真っ赤。
太陽にむかって、
ほほえんでいる。
君のお母さんは、
太陽なのかもしれないね。

ゆりの花

高知県・小6　野村　千枝子

夕飯がすんで、えんがわにすわった。
「ゆりの花がにおうね。」
と、母がいった。
花畑のすみに
まっ白く咲いているゆり。
わたしも、
クンクンとにおいをかいだ。
「ほんとににおうね。」
といった。
「あした、学校へ持っていったや。」
と母がいった。
わたしは、
あした参観日だったことを
思い出した。

ササユリ

和歌山県・小6　中井　香菜

ピンクの花が、
雑草に囲まれている。
こっちにも、
あっちにも咲いている。
上を向いたり、
下を向いたり、
しゃ面にいっぱいだ。
こんなにたくさんのササユリを、
見たことがなかった。
山の頂上には、
ひときわこいピンクのササユリが、
一本だけ、
堂々と咲いていた。

ひめゆりの花

沖縄県・中3　西原　初恵

山のてっぺんにひとりぼっちで
ひめゆりの花が咲いている。
雨にも風にも負けないで、
しずかに
ぽつんと
白い雪のように
ひめゆりの花がさいている。

枯れかけたサルビア

秋田県・小6　佐々木　優子

学校の花だんに
枯れかけたサルビアが咲いている。
一年に一度咲いて、

一年にいちど枯れる。
サルビアは
自分の仕事を果たして
満足しているのだろう。
枯れかけたサルビアは、
地面に
種をこぼし、
こんど生まれてくる新しいいのちに
望みをかけて
下を向いて咲いている。

ききょう

埼玉県・小6　関口　和子

むらさき色にさいたききょう
雑草の中で
ふうせんのように　ふくれあがった花
知らない間に
そっと開くききょう
その時
はじめて青空を見る
めしべと　おしべ

りゅうのひげ

東京都・小6　久保井　晶子

名前のわりにはあまりはく力がないはっぱ。
でも、ふさふさと
スーッと長くのびている。
私がありんこだったら、りゅうのひげを
ジャングルとまちがえるだろう。
友達とでもきっと、
ジャングルを探検に行くかもしれない。
一度、ありになって、
りゅうのひげを探検したいなあ。

ほおずき市

東京都・小6　島崎　敬子

五つのオレンジ色の
かわいいほおずき。
中身を見た。
四つは、皮が赤いのに、
みは、黄緑色で、とても小さい。
お父さんは、
「皮に色をぬって赤くしてるんだよ。」
と言ってた。
ずるいなぁ。
よく売れるようにするために
色をぬっているのだろう。
もっと、自然の色で売ればいいのに。
まりちゃんが帰った後、
ぼくは
よこになり、思わずため息をした。

しゃくなげ

東京都・小1　横山　はるな

スイスのレマンこのしまに
ルソーのどうぞうがありました。
おかあさんといっしょに
「むすんで、ひらいて」をうたいました。
ぐんまのおじいちゃんは
しばふの上にねっころがっていました。
おばあちゃんはおきていました。
そばには、しゃくなげの木がありました。
あかいお花がちょっとついていました。
しゃくなげの木のそばで
しばふにねっころがって
お花をみながら
アイスクリームをたべました。
おばあちゃんが
しゃしんをとってくれました。

マロニエ

東京都・小1　横山　はるな

セーヌ川のそばを
お父さんと、わたしと、お母さんと、
手をつないであるきました。
あつかったです。
でも、
マロニエの木のかげはすずしいです。

マロニエは
大きな大きな木です。
ゆっくり、ずっとあるいていきました。

げっけいじゅ

東京都・小3　阿部　淳

「ちょっと、かわいそうだけど、
　はっぱを一枚とって、もんで、
　においをかいでごらん。」
と先生が言った。
ぼくは十回くらいもんで、
においをかいだら、いいにおいがした。
お母さんのきもののにおいだ。
歩きながら、げっけいじゅに、
「ごめん」と言った。

かなむぐら

東京都・小4　松島　紫乃

本門寺の木に
かなむぐらと、やぶからしが、
いっしょにまきついていた。
かなむぐらをよく見ると、
つるにも葉にも、とげがある。
木はくるしそうだ。
自然はこうしてたたかっているのか。
なんのためにたたかっているのか。

ねむの花

東京都・小6　山本　雅己

風が吹くと
ふわふわと飛んでいきそうな
花。

浜木綿

静岡県・中2　稲葉　悦子

炎天下
じんとくる光のもとで
浜木綿は花を開く
まっ白な
細い花びらを開く
たんねんにたんねんに開く
夏になると
私はいつもこの花を待ちこがれる
遠くから訪ねてくる友のように、
なつかしむ
白い花がしぼむ頃
広い葉かげから
つぎつぎに伸びる茎
太く青く長く
大地にむかって天にむかって
ああ
私もこんな力がほしい。

竹の子

沖縄県・中3　池田　豊吉

サラ　サラ　サラと
竹の葉が歌い出す
風のリズムにのって
サラ　サラ　サラと
その下で
竹の子が
大きな目玉を
天に向けて
地面をうごかし
はいのぼる
竹の子も
きっと
大きくなりたいのだろう

お米のお話

長野県・小2　高橋　佳那

先生あのね、
七月の天気は、曇りと雨の日が多くて、
日の当たる日が少ないので
お米の心配が出てきました。
おじいちゃんとおばあちゃんが
心配しています。
テレビのニュースでもこの話をしています。
わたしもこの話を聞いて

今年お米がとれないと
大変なことだと思います。
太陽様どうか光を当ててください。
農家の人たちは、皆心配しています。
八月に入ると稲のほが出はじめますので、
太陽様早く早く温かい光をください。
おねがいします。

いねの花

秋田県・小2　木村　智幸

田んぼにいっぱいいねがそだっていた。
きよつけしているいねもあれば、
少しれいをしているいねもある。
ほをよく見たら、
白い小さい花っこがついていた。
下のほうからついていた。
ぷらんぷらんとおちそうについていた。
ぼくははじめてみつけた。
いねの花っこ　はじめてみつけた。
虫にくわれたいねもあった。
下をむいているいねもあった。
よこをむいているいねもあった。
いねのはっぱこから、
つゆっこがおちていた。
どのいねにも
ちっちゃな花っこが、
ぷらんぷらんとなっていた。

トマトとり

千葉県・小3　湯浅　洋子

トマト畑にはいると　強いにおい。
かあちゃんが　トマトをとる。
ねえちゃんが　それを　かごに入れる。
トマトを切る音だけが
チョキン　チョキンと　聞こえる。
かごの中に
小さいトマト　大きいトマトが
どんどん　かさなりあっていく。
かあちゃんと　ねえちゃんが
せわしたトマトだ。
日にてらされて
かごじゅう　まっかに光っている。

すいか

東京都・小3　東りゅう　有たか

わあ、
お母さんがすいかをかってきた。
小さいすいかだ。
いまだと、お金がたかいからなあ。
はやく食べたい。
お母さんが切ってくれた。
四つに切った。
お母さんは食べなかった。
ぼくは二つ食べた。
おにいちゃんも二つ食べた。
かみつくようにして食べた。
ああ、おいしかった。
すいかは、いくらしたんだろう。

たばこ

東京都・小3　弦間　三男

ぼくには、
お父さんがいない。
今から五年前に
なくなってしまった。
たばこをすいすぎて
病気になった。
ぼくがまだ四歳のとき……。
「たばこってへんだな。」
って知らなかったとき、
「早くすいたいな。」
と思ってた。
でも、
もうぜったいすわない。

たばこがり

宮城県・小5　藤村　祥太

「さあ　はじめっつお」
今年も　じいちゃんのひと声で
たばこがりが始まった
朝の五時

ねむい目をこすりながら
ぼくも手伝う
バリバリバリ
ギーギーギー
ズボッズボッズボッ
たばこの葉をかりとる音
かりとった葉を運ぶ荷車の音
くきをひきぬく音
ぼくの顔より大きくなった葉っぱ
白山の山のような緑色の葉っぱ
ぼくの身長より高くなった葉っぱ
とってもたくましくなったなあ
ずい分大きくなったなあ
夏の暑い日
午後の六時ころ
たばこかりが終わった
今年も大しゅうかくだ
体じゅう　汗がびっしょりだ
「今年もいっぺえとれでよがったな」
と言うじいちゃんの声
みんなの顔に笑顔があった
小屋いっぱいに積まれた葉っぱ
次は　かんそうさせる仕事がまってるぞ

さといもの葉

茨城県・小4　高野　寿美代

さといもの葉に　水がかかると
水がはじける
葉を手でさわると
葉の真ん中に　一つにまとまって
葉の先の方へ流れていく
雨がふっても　水がかかっても
葉は　ぜんぜんぬれない
さといもの葉が　たくさんある所があった
見てみると　やっぱり
さといもの葉は
ぜんぜんぬれていなかった
雨がふっても
葉は　ぴんと立っていた

イモの花

北海道・小6　井原　早季

学校の畑のイモの花が
咲き始めた
むらさき　白　ピンク
緑の畑が一気に色づく
一つの花は
とっても小さいのに
たくさんの花が
畑を変えてしまう
なんてすごいパワーだろう
きっとみんなに
大きく育ってることを
知らせているのだろう
しゅうかくまでの二ヶ月間
がんばって世話をしていこう

わさび

和歌山県・小5　空　畑

「うわ！　わさびできてる。」
目がキラキラした。
すぐにわさびの葉をにぎって、
ひっこぬく。
わさびは黄緑みたいな色をしている。
周りに根っこがワシャワシャ生えていた。
葉は細長で、すこしこわい緑だ。
わさびをすった。
ザッザッザッ。
においがプーンとしてきた。
舌がピリピリした。
りっぱなわさびだ。

ごま

東京都・小5　杉原　志保

しっかりと、とじたさやが、
種ができると、自然にひらく。
それは、土におちても、
芽が出るようになったからだ。
おすと、
バリッと、遠くまで飛ぶ。
それは、仲間を広くふやすためだ。

あの小さな一つぶのごまが
どんなふうにして
こんなにたくさんふえるのだろう。
大事に育てたものを人間にとられるとき、
どう思うのだろうか。
私にはわからないことがいっぱいある。

私がわからないことは、
ごまだけが知っている。

ヘチマ

兵庫県・小6　住田　恵一

お父さんが
「ヘチマの実から
　ヘチマ水がとれるんやな。」
とぼくにききました。
ぼくは
「下のくきを切って
　とるんやで。」
と教えてあげました。
また、お父さんが、
「ヘチマって
　緑のうちにとるんやな。」
とききました。
「ちがう。
　じゅくしたらとるの。」
と教えてあげました。
家族で大笑いしました。

かぼちゃ

徳島県・小6　田村　猪三郎

小屋の屋根の上で、
かぼちゃが一つ、
あかい夕日に
へそを照らしている。

かぼちゃの手入れ

沖縄県・中1　喜舎場　法生

わあー、
こんなにいっぱい、
大きなかぼちゃは
土の上で痛そうだ。
かぼちゃをそっと持ち上げ、
傷まぬように、
敷き皿を入れた。
ほっとしたようだ。
十枚　二十枚　五十枚……。
出荷する日が楽しみだ。
おじさんも弟も
負けずに皿を敷いている。

だいこんぬき

群馬県・小6　井野　しげる

だいこんのはっぱをもって
ぐいって　ひっぱった。
ばりっばりっ　はっぱの　もとがきれる。
すぐよこのはっぱをもってひっぱった。
りょう足に力をいれてひっぱったら
ぱっちぱっち
ねっこのきれる音がして
すっぽんとぬけた。
なげぇなあ。
おれのへそまであらぁ。

初夏の風

愛知県・中1　小口　由美

日の光がまぶしい。
その光が、
大きなしらかばの木々に当たって、
きらきらとまぶしい。
その光を見ながら、耳をすますと、
地球の声が聞こえるようだ。
「ゴーッ。ザワザワザワ。」
まるで、人をすい込むような、声。
その声を聞きながら、
自分のふみしめている大地をながめて見る。
いやに自分が大きく見える。
いやに自分がえらそうに見える。
きらきら光るしらかばの木々を見ながら
耳をすませると、
たしかに地球の声が聞こえる。

8月 ―動物

☆ブタ
☆モルモット
☆ナマケモノ
☆リス
☆セイウチ
☆ジュゴン
☆コウモリ
☆バク
☆クマ
☆カモシカ
☆タヌキ
☆キリン
☆イノシシ
☆トカゲ
☆ゾウ
☆ヤモリ

たぬき

高知県・小1　川村　ゆうや

いえの　うら山から
たぬきが　とびこんできた。
いもうとが
「うわあ。」
と　こわがった。
おにいちゃんが
「すごい。」
と　おどろいた。おとうさんが
「ひゃあー。」
と　びっくりして
おかあさんは、
「はじめてきた。」
と　よろこんだ。
ぼくたち　こどもが　おいかけた。
かおは　見れなかったけれど
しっぽと　おしりが　見えた。
しっぽは、ふでばこぐらいの　大きさだ。
すごい　はやさで、
あけていたところから　山へにげかえった。
さむそうだった　たぬき、ふるえていた。
山で　げん気に　すごしているかなあ。

うし

島根県・小1　ながい　ひろゆき

ぼくじょうに　えをかきにいったよ。
ぼくが　うしさんをかいてあげていたら
うしさんが　えをじっとみていたよ。
うしさん　じぶんだとわかったの。

いのししがり

大分県・小2　多田　ゆかり

ワンワン　ワンワン
犬のなき声が　きこえる。
バンバーン
てっぽうの音だ。
いのししを　とっている音だ。
いのししは、
手と足を　なわでくびられ
おじさんたちに　かつがれている。

いのししは、
目を　うすくあけ
はなから　ちが　ながれている。
おとうさんたちは、
大きな声で　わらいながら　はなしている。
おゆを　わかす人、
まきを　はこぶ人、
みんな　いそがしそうだ。
わたしは、
だまって　まどをしめた。

とかげのしっぽ

京都府・小2　岡本　やすひろ

とかげをつかまえた。
とかげは
しっぽをきってにげた。
しっぽがダンスをしているように
おどった。
ちょっとま　したら、
しっぽがうごかなくなった。
茶色に、青いすじが
ぴかっと光った。

リス

東京都・小3　木住野　まなみ

トイレへ行ってまどをあけた。
リスが木の上を
すいすいのぼっていきました。
木から木へと、とびうつるリス。
「すごい。」
こんなのはじめて見ました。
このごろ
リスがすぎの木の皮をむいてます。
お父さんはこまっています。

ぞうさん

秋田県・小5　上野　舞子

動物園のぞうは、
子どもが
「ぞうさーん」
とよぶと、
ぞうは、もういそがしいなー
ぞうは毎日いそがしそうだから
私は休みのとき行って、
「がんばってね。」
と声をかけてやりたい。

水牛は力持ちだ

沖縄県・小5　本原　聡

コンバインが田んぼの中で
深くめりこんだ。
父が水牛をつれてきた。
水牛は足に力を入れて
鼻をふうふう鳴らしながら
引っぱった。
あがった。
水牛は本当に力持ちだな。

ヤモリ

愛知県・小5　朝岡　慎

うちのあみ戸に
ヤモリが止まった
うら側から見ていると
とってもおもしろかった
虫を見つけた時
ぬき足さし足しのび足
長い舌です早くペロリ
虫を食べた
歩き方がダンスのように見えた

ナマケモノ

茨城県・小5　生方　宏樹

ナマケモノはのんびりしている
ナマケモノはゆっくり歩いている
でも本当になまけているのだろうか。
ぼくは
ナマケモノはなまけていないと思う
ただ動きがにぶいだけで
なまけているとは言わないと思う
そう思うと
ナマケモノが少しだけかわいそうになる

8月

——鳥

☆カナリア
☆ゴイサギ
☆イカルチドリ
☆イワツバメ
☆アカゲラ
☆クジャク
☆ウコッケイ
☆ヒバリ
☆ハト
☆カナリヤ
☆カラス

☆シラサギ
☆ヨタカ
☆ブッポウソウ

うこっけい

東京都・小1　さとう　かける

せんせい、あのね
きょう
うこっけいが
とんぼとかせみとかをたべるのを
はじめてみたよ。
すごかった。
はねだけとって、
からだをたべてた。
ばりばりたべてた。
ぼくの手をかみそうだった。
こわかったよ。

ひばり

長野県・小1　たかはし　かな

どうして
あんなにたかく
おおきな　つよいこえで
ないているのかなあ
きっと
みんなを
おきなさいって
よんでいるんだね
くさや
はなや
やまを
よんでいるんだよね

たまごをうんだよ

秋田県・小1　さとう　こうき

わあっせんせい
にわとりがね　三つも　うんだよ。
がっこうでも　たまごをうんだよ。
すごいなあ。
ぼくは　はじめてみたよ。
いいなあ。ほしい。
さわってみたいって　おもったら
ベルがなったの。
コケココ　コケコケ
となくので

「二じかんめもくるよ。」
って　いってあげた。
そしたら
コケココ　コケコケ　と
二かい　つづけて　ないたよ。

ハトはあたまがいい

東京都・小4　しげまつ　ぎんや

ぼくは土曜日、
おじいちゃんの家に行った。
ぼくが、庭であそんでたら
はとごやがあったので
ハトとあそんだ
ハトはおとなしく
手をたいらにすると
ハトが来る
ぼくは石で、
いもうとはエサ
どちらにくるか待っていたら
いもうとの方にやっぱり行った
ハトはあたまがいい

カナリヤ

東京都・小4　谷川　ひかる

かわいいカナリヤ。
「ピピピチュチュ。」
きれいな声で鳴く。
ひなが生まれたときおす親が、
めす親にえさを運んでやった。
今ではひなも、
「ピピピピピ。」と鳴いている。
四ひきいっしょにないているときは、
すばらしい音楽で、
えさを食べているときは、
とてもおもしろい。
ねているときは、からだを
うずくめてまるくなってねている。
カナリヤは、歌もうたうし、
色もきれいで、かっこが、いいな。

カラスの大群

高知県・小5　中司　宣孝

夕方
カラスの大群が電線に
じゅず玉のように止まっていた
思わずぼくは
（気持ち悪いなあ）
と思った
となりの栄二君も
「気持ち悪くていややねえ」
と言っている
どちらかが大声を出すと
大群が飛び立ちそうだ
こわいので
いつもは元気な二人が
あまりのカラスの大群に
今日はおされて
ものも言わずに通り過ぎた
家へ帰って電線を見上げたら
なにかの合図を待つかのように
みんなじっとしている
いつになったら飛び立つのだろう

鳥

埼玉県・小6　金子　俊

げんたぼう池の前の林に
鳥の写真をとりに行きました。
待っていたらカワセミが通りすぎました。
ぼくは
あっ、やっと見つけたと思いました。
カワセミを追いかけました。
カワセミを見うしなったと思った時
すぐそばの低い木にいました。
ぼくは　うわっと言いそうになりました。
横向きの姿で
コバルト色の羽がはっきり写せました。
カモやコサギもいました。
アオサギがすごい声を出してとびました。

8月
昆虫

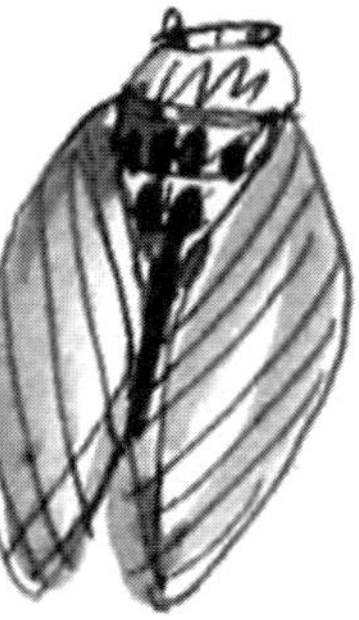

☆ウリハムシ
☆アゲハ
☆カマドウマ
☆カマキリ
☆キタテハ
☆ミズカマキリ
☆クマゼミ
☆アブラゼミ
☆ウスバカゲロウ
☆ハサミムシ
☆カブトムシ

☆ヒグラシ
☆ツクツクボウシ
☆テントウムシ
☆クマンバチ
☆エンマコオロギ

あぶらぜみ

愛知県・小1　がまいけ　ひろし

にいにいぜみと
あぶらぜみをとった。
えさをやらなかったので、
あぶらぜみが
しにかかって　いる。
じてんしゃの　あぶらを
つけて　やったら
じい　じい　じい　なきました。
あぶらぜみだから
あぶらが
ほしかったんだな。

かぶとむし

青森県・小1　ほんなみ　たかよし

おねだりをして
やっとかぶとむしをかってもらった。
一ぴき二ひゃくえん。
「たかいな。」
おとうさんは、むっとしていった。
おすはらんぼう。
大きなつのをふりまわして
あばれまわる。
めすはやさしい。
じっとしてうごかない。
ぼくはめすのほうがすきだ。
おすとめすをけっこんさせて、
たまごを
たくさんうませるからね。

おんぶバッタ

島根県・小2　原　けん一

子をせおって、
ピョンピョンとぶ
おんぶバッタ。
子をせおっているのに
へいきでピョンピョンとぶ。
おもくないのかな。
子は、
おやがはやくとんでも

はなれない。
まるで、きゅうばんがあるみたいだ。

つくつくぼうし

三重県・小2　芦沢　いづみ

つくつくぼうしが鳴きだした。
私はおまえなんか大きらい。
なぜ？
夏が終わるから。
終わってもいいじゃない、涼しい秋がくるさ。
いやだよ、楽しい夏休みが終わるから。
冬休みがじきくるさ。
そんなにまてないよ。
おまえが鳴くころ、
いつも私は宿題におわれているからいやだよ。
そんなのぼくのせいじゃない。
計画通りやらないのが悪いよ。
なまいきな、虫のくせに、
おまえは私にとって、さびしい虫。
歌のおつかい。
そして、宿題とおいかけっこさせる悪人さ。

テントウムシ

東京都・小4　清水　秀行

本門寺に、虫をとりに行った。
テントウムシをつかまえた。
よく見ると、はねが一枚とれていた。
かわいそうなテントウムシ。
これじゃ、とべないな。
葉にのせてやった。
少ししたら葉から落ちていなくなった。
ああ、と思ってさがした。
いない。
とんだのかな。
そうだテントウムシも生きているんだ。
つかまえられるのはいやだろうな。
ぼくは、つかまえないことにした。
だれかに、つかまらないといいな。
テントウムシ、
気をつけるんだぞ。

ハンミョウ

広島県・小4　江草　幸治

世ら町の山で見た。
土の上に頭をもたげた虫がいる。
なんだろう、
あっ　ハンミョウだ。
図かんで見たハンミョウだ。
初めて見たハンミョウだ。
黒と赤のまじった体が
キラキラ光っている
ほう石みたいなハンミョウだ。
とってもきれいだ。
あっ　飛んだ。
キラキラ光りながら飛んだ。
すごく速い。
まるで
ほう石のコンコルドだ。

トンボ

京都府・小5　今井　啓之

日本海　丹後由良の浜辺。
泳いだ帰り道。
砂の上を　はだしで歩いた。
あついあつい砂。
足が深く砂にしずむ。
まるで　お湯の中を歩いているみたい。
松の木の間をとおりぬけた。
「あっ、トンボ。」
「ほんと、めずらしいねえ。」
つかまえようと近づいたら
ゆっくりにげていった。
このごろは　あまりトンボをみない。
これも公害のせいかな。
このへんは　トンボがすめる所だなあ。
きっと　なかまがいるだろう。
はよかえり、みんなの所に。

8月　魚介類

☆アジ
☆アナゴ
☆フナ
☆チョウザメ
☆マグロ
☆ウマヅラ
☆シジミ
☆ホタルイカ
☆ヤリイカ
☆シャコ
☆アイナメ

☆ムツゴロウ
☆アメフラン
☆サンゴ
☆ヤドカリ
☆サメ
☆アカエイ
☆イサキ
☆イシガキダイ
☆イシガレイ
☆イシダイ
☆アワビ

☆イシガキ
☆クルマエビ
☆ズワイガニ

グッピーのあかちゃん

東京都・小1　みとめ　なおこ

一、二、三、四
あれっ。
一、二、三、四、五
あれっ。
またわかんなくなっちゃった。
なんどもかぞえたけれど、
やだ、もう、
あたまがいたくなっちゃう。
グッピーのおかあさんは、
どうやって、子どもをかぞえるんだろう。
グッピーのおかあさん、
もの上で休んでいるなあ。
かぞえすぎて、
つかれているんだなあ。

たつのおとしご

島根県・小1　わかさ　らん

うみにいって、
たつのおとしごを、みつけた。
でめきんみたいに、
めがおおきくて、
あたまに、
つのがあって、
からだじゅうに
ゴジラみたいな
ギザギザがあった。
しょうくんがつかんで、
「ざらざらだ。」
といった。
わたしもつかもうとしたけど、
こわくて
こわくて
だめだったよ。

トビウオ

福岡県・小3　山下　亮子

私は夏休み
いきに行った
船にのって

たいくつだった
一人でまくらなげをした
「パチャン、パチャン」
音を聞いて海を見た
「魚が空を飛んでいる」
「トビウオだ」
水面を二メートル
あっ四メートル
「すごい、空を飛んでいる」
私はおどろいて笑った
お母さんも
子どものように笑った
いきにつくまでトビウオを見ていた
大きなヒレにきれいな体
はじめてあったトビウオのむれ
もう一度
いきにいってあいたいな

クラゲ

青森県・小3　須藤　匡兵

夏どまりに泳ぎに行った時
白い物がプカプカ泳いでいた。
なんだろう。
お兄ちゃんが
「クラゲだ、にげろ。」
と言った。
お父さんが
ぐん手でクラゲをつかまえた。
手のひらのクラゲは
ぺっちゃんになって
ぬるぬるしていて
すきとおっていて
中が黒かった。
海の中で泳いでいるクラゲは
ふわふわしていて
白かったのに。
ぼくは、クラゲをはじめて見た。

カワニナ

東京都・小4　小宮山　梢

うちには、カワニナがいる。
エサを、あげると、
みんな、あつまって
一つのかたまりになる。
水そうの外から
一ぴきのカワニナをはかってみた。
大きいのは一センチだった。
そのうち一ぴきだけは、
水そうのはじでじっとしていた。
どうしたんだろうって思った。
毎回、毎回、つづいて一週かんした。
その日、
カワニナを見たらたまごをうんでた。
ほかのカワニナも
つぎつぎとたまごをうんでた。
しんぱいしたけど、
たまごをうんだから、うれしかった。

タナゴの産らん

東京都・小4　川島　徳人

タナゴがカラス貝に
白いくだを差し込んでいる。
（なんだろう）
じっと見てみた。
やはり卵を産んでいた。
らん管に力をこめて。
思わず、
「ファイト、ファイト、ファイト、
全部産むんだ。」
と、こぶしをふって言った。
初めて見るタナゴの産らん。
うす黄色の卵。
タナゴが、
「応えんしてくれてありがとう。」
と言っているようだ。
ぼくは、
「よかったね。」
と言ってあげた。

しじみ

大阪府・小5　小山　あき子

すいじ場に
しじみがおいてあった
三こほど
しろいしたをだしていた
石が
したをだしたみたいだ
わらで口をつきさした
しじみは
ぱっと口をとじた
わらを　つりあげた
さかなを
つってるみたいだ

うみうし

神奈川県・小5　竜野　敬大

うみうしを　買った。
むらさき色のを　買った。
えさは　コケとかを食べている。
うみうしは　おなかのへんが
ちょっとナメクジににている。
せなかに
細長いイソギンチャクみたいのが
くっついている。
あたまのへんに
黄色いのが　出ている。
うみうしのふんは　白かった。
うみうしは　せきついどうぶつだ。
ほかのしゅるいの　うみうしもいる。
たとえば　しまもようのがいる。
うみうしは　水そうのかべを
のぼっていく。
水の上には　出ない。
ふしぎだ。
うみうしは　きれいで　おもしろい。

ふ　ぐ

香川県・小5　野島　一男

今まで海で
自由に泳いでいたのに、
はりにかかり、
はじめて身にふれた陸の上で、
何かを　言い残すように
小さな口を
小さく　動かして、
死んでいった　ふぐ。
人間に　比べれば
小さな　小さな　命だけれど、
どろまみれになって
ちっていった。
あわれだ。

地曳網

愛知県・小6　酒井　惟

ザバーン。
ザザザザ。
ここは渥美の海岸。
船がもどってきた。
「引っぱれ。もっと引っぱれ。」
おお、魚がいっぱい。
かます、ぜんめ、いさきだ。
さめが二ひきいる。
尾っぽをブンブンふっている。
だれかが太いぼうでたたいて殺した。
「海へびがいるぞー。毒に気をつけろ。」
へびは首をつかまれてくねくねしてる
今日は今まで見たことないのを見た。

九月

9月――行事

1　始業式
防災訓練・引き取り訓練
二百十日
関東大震災記念日（1923年死者約14万人、37万戸消失、M7・9）
防災の日（1960年閣議で制定）
健康増進普及月間（1日～30日）
ドイツ軍がポーランドに進撃して第2次世界大戦が始まった（1939）
2　子どもの権利条約が発効（1994）
宝くじの日（1967）
与謝野晶子誕生（1878）
3　ドイツ軍などによるアウシュビッツ大虐殺

終わった

神奈川県・小5　関口　真実

夏休みの宿題が
終わった
やったー
でも
夏休みも
終わっていた

夏休みの「な～」のためいき

神奈川県・小3　門脇　彩香

夏は、「あついな～」
体が、「だるいな～」
やっぱり「のみものだな～」
せみが「うるさいな～」
しゅくだい「やらないとな～」
もうすぐ「学校だな～」
勉強「しないとな～」
お日さま「ガンガンだな～」
えんぴつ「けずらないとな～」
ひまわり「さいたな～」
だれかと「あそぼうかな～」
夏は、「アイスだな～」
学校の「きゅうしょくたのしみだな～」
夏休みの「さいごの日だな～」
これで、
「夏休みのな～ためいきも、おわりだな～」

ぼうさいくんれん

静岡県・小3　田中　力

サイレンがなった。
おじいちゃんとしみがにげた。
ぼくとおとうさんとおかあさんがにげた。
しゅうごう場所に着いた。
おばあちゃんがきた。
まりがいない。
大変だ、まりをわすれてきた。
おとうさんと家へ帰った。
「まり。まり。」
中からでてきた。
口べにをいたずらしていた。
口じゅうまっ赤だった。
おとうさん　おかあさん
ほんとうのじしんのときは
まりをわすれないでよ。

宝クジを買って

愛媛県・小6　正岡　善朋

今日、テレビでせんでんを見ていると、
急に、
お母さんがはなしかけてきた。
「あんねー。このテレビの宝クジ、十まいも
買ったんよ。」

4 櫛（くし）の日（1978）
クラシック音楽の日
田中正造没（1913）
5 石炭の日（1992）
救急医療週間
6 妹の日
7 白露
国際児童年はじまる（1979）
クリーナーの日
8 サンフランシスコ講和条約調印（1951）
国際識字デー（1965年ユネスコが決めた）
9 重陽節（菊の節句）
救急の日（厚生省と消防庁で制定・1982）
生活保護法制定（1946）
10 下水道促進デー（1961）
車点検の日
ＮＨＫなどがカラーテレビ放送をはじめた（1960）
11 秋の交通安全週間
世界貿易センタービル、テロ事件（2001）
12 宇宙の日（1992年、毛利衛飛行士8日間日本人初の宇宙飛行）
13 世界法の日（1965年創設）
14 『二十四の瞳』（壺井栄作）の映画が封切

と言った。

そしてまた言いだした。

「百万円当たったら、一万円ずつあげるけんねー。」

「それで、あとは、仕事べやを広げて、ミシン一つ買って、家のしゃっきんを多めにはらって、そして残りはちょ金するんよー。」

と、もう当たっているかのように言った。

いろんなことを想像しているけど、
ぼくは当たらないと思う。

でも、当たったほうがいいので、
とってもわくわくしている。

アウシュビッツてん

青森県・小1　川ごえ　たかひろ

アウシュビッツてんにいってきたよ。
せんそうをして、
みんなつかまったのが、
こわかった。
ぼくもつかまるのか、とおもった。
こわくて、いすにかくれたら、
「しずかにしろ。」
と、パパとママがおこった。
アンネ・フランクもつかまったよ。
そしてアウシュビッツに
つれていかれたよ。
ぼくは、つれていった人を
ゆるさない、とおもった。

櫛

熊本県・中2　西　佐智子

こわれかけている櫛
それが私の宝物
ひいおばあちゃん　おばあちゃん
おかあさん　そして私

戦争の時生まれた櫛
櫛は苦しみ悲しみを
知っている

二度と苦しみがないように
私の子ども　そして孫
願いをこめて　使ってほしい

音

京都府・小5　荒川　賦詠

コンサートホールにつく。

イスにすわる。

始まる。

耳をすませる。

きれいな声。

「軽騎兵序曲。」

かなりはげしい。

3曲目、

られた（1954）
15 敬老の日（1960）
老人福祉週間
ひじきの日
16 オゾン層保護のための国際デー（1987）
マッチの日
17 正岡子規誕生（1937）
18 自転車安全の日
米食の日
豊臣秀吉没（1597）
19 原水爆禁止日本協議会結成（1955）
苗字の日
20 彼岸（秋の彼岸）
5段階式通信簿が決定（1955）
動物愛護週間
航空記念日（1911年、日本ではじめて飛行船が飛んだ日）
東京六大学野球リーグ戦始まる（1925）
バスの日（1903年日本でバス開通）
21 宮沢賢治没（1933）
国際平和デー
秋の交通安全運動
22 ビーチ・クリーンアップの日
23 秋分の日（太陽が赤道の上を回り、昼と夜の長さが同じ）
愛馬の日（東京世田谷に馬事公苑オープンにちなみ制定・1968）

日本民謡によるオーケストラ。
楽器の説明もある。
4曲目はパイプオルガン。
5曲目は楽しい音楽。
6曲目はホ短調　新世界。
どれも心に残る曲。
また聞きたい。

田中正造

沖縄県・小6　仲村　秋乃

えらいなー。
えらいなー。
この国語の本を読んでいると、
つくづく思う。
みんなもそう思うだろう。
だって、
自分のためでもなく
農民のために、
自分の身のきけんをおしきって、
渡良瀬川鉱毒事けんのことを、
衆議院議員選挙に立候補して当選し、
国会のたびに、
鉱毒事けんのことを、
大きな体をのり出し、
われるような声をあげて、
政府にせまりつづけたんだもん。
ほんとにえらいよ。

田中正造は。

石　炭

岐阜県・小4　坂下　徹

石炭は黒く光る
このまっ黒い石ころがむかしは
みどりいろの葉っぱをつけて
どっしりと立っていた大木とは
とても思えない
また
まっ赤にもえて
きかん車をうごかしたなんて
とても思えない
だけど
なんとなくがっちりしてて
とてもたよりがいがある
やっぱり
なにか仕事のできる強そうな石だ

「石炭の町」をもう一度

福岡県・小5　谷口　将

一九九七年　三月　三十一日
「三池炭鉱　閉山」
今まで大牟田を支えてきた、
石炭産業が幕を閉じた。
今まで、休むことなく働いてきた、

テニスの日（1978）
ふみの日
24 結核予防週間（厚生省制定・1950）
環境衛生週間・掃除の日（厚生省制定・1971）
この頃十五夜（仲秋の名月）
25 熊本県の天草五橋開通（1966）
26 ワープロが発売された（1978年630万円）
27 イギリスのスチーブンソンが始めて蒸気機関車を走らせた（1825）
プライバシーデー
パソコン記念日
日中の国交回復（1972）
茨城県東海村ウラン加工施設で臨海事故、作業員2名死亡、１５０人被爆（1999）
28 パスツール没（1895）
29 作家ゾラ没（1902）
クリーニングの日（1986）
ディーゼルカー製作者、ディーゼル没（1913）

大牟田の誇りとして働いてきた、
炭鉱のヤグラたち。
今はただの建て物にしか見えない、
炭鉱のヤグラたち。
工場のえんとつから出ているけむりを、
じっと見つめている、
炭鉱のヤグラたち。

「もう一度、使ってほしい」
炭鉱のヤグラたちのさけびが、
どこからか、聞こえてくる。
もう一度だけ、
「石炭の町　大牟田」
と、よばれる日を、
心から、強く願っている。

もう一度……

救急車

東京都・小6　吉岡　優子

「ピーポー、ピーポー。」
救急車にゆられる。
けらけら笑う小さな妹を横目に
真っ青な顔をした母を気づかいながら。
母はベッドの上で
てんてきをうけている。
私は妹の手をひいて
病院の中を走る。

ある日の事だった。
母はカビキラーでそうじをしていた
マスクにゴーグル、タオル。
完全装備だったのに
ねん膜をやられたみたいだ。
母は、消防署にかけこんだ。
それからだあんな風になったのは。

目のおくそこから
あついものがわいてくる
一生けん命こらえた。

母の容体は良くなった

「もう救急車には乗りたくないね。」
母の一言が
頭の中でリピートしていた。

パトカーと消防車と救急車

京都府・小6　三好　勇也

ぼくはすぐ事故をする。
その中で一番心に残ったのは、
パトカー、消防車、救急車を、
いっぺんによんだことだ！

ペダルの上にのっけていた足が
タイヤの間に、はいったことだ！
その時に、おばさんが見ていた。
音がしたと思ったら、
いっぺんに三台も来た。
パトカーは意味ないのにと思った。
タイヤのはりがねをはずして
救急車で運ばれた。
な、な、なんと、
けがはいっさいしていなかった。
だけど、いちおう、
こていはしてあったけど……。

いもうと

秋田県・小1　たかはし　てつろう

ふたごの　いもうと。
けんかの　ときは
ふたりがかり。
ぼくは
なかなか　たいへんだ。

いもうとのおもしろいところ

岡山県・小1　くわの　ななこ

ももちゃんに「さるのまねをして」というと、
ぜったいやります。
おもしろい。
ももちゃんは、わたしが
「おむすびころりん」といったら
「すっとんとん」といいます。
おもしろい。
ももちゃんは「おあがりください」のことを、
「おわんぐりください」という。
おもしろい。
ももちゃんって、ごはんをのこすことがあり
　ます。
「ごはんかたづけるよ」というと、
「たべる」といいます。
おもしろい。
ももちゃんは、ころんところがっていると、
いつも　ぱんつがでている。
おもしろい。

すてるぞ

兵庫県・小1　木下　かずあき

「かたづけんかったら　すてるよ。」

ベッドの下に　かたづけました。

「ランドセルも　ほるで。」

二かいへ　もっていきました。

おかあさんが　そうじをしたあと、
ほったらかしにしました。

「そうじき　すてよか。」

そうじき

茨城県・小3　川崎　和

かみくず　けしかす
なんでもたべるぞ！
ウォー、ウォー、
さけんで、くって。
ものおきでねむる。

下水道工事

東京都・小5　宮野　善幸

工事のトラックが止まった。

「おうい、機械をおろすぞ。」

でっかい声が運転席から聞こえた。

「ようし。」

荷台から機械がおろされた。

道路には白い線が引いてある。

「ほらほら、子どもはじゃまだ。」

エンジンがうなった。

丸いのこぎりが回った。

ジージージー。

白い線の上を水をふいて機械が動く。

かたいアスファルトが切れる。

おじさんの手も機械といっしょにふるえてい
る。

飛行機がつっこんだ

東京都・小6　斉藤　雄太

バラエティー番組を見ていた。
突然、場面が変わった。
ニューヨークの高層ビルに
飛行機がつっこんで炎上。
事故だと思った。
家族もそう思った。
しかし、二機目の時点で
何か変だぞと思った。
中けいアナウンサーの言葉に
耳をすませていたら、
「三機目が国防総省につっこんだ。」
と言った。
頭がパニックになった。
「どうして」
「なんで」
いろいろ不思議に思った。
帰ってきた父に話したら
よっていたのによいがさめた。
家族全員何時間もテレビにくぎづけ。
頭の中はもうゴチャゴチャで
悲しみやいかりが出てくる。
ねむれない一日だった。

うちゅう

東京都・小3　斉藤　正人

うちゅうの一番むこうに何があるのかな。
うちゅうのむこうは何もなくて
ずっとうちゅうかな。
それとも、うちゅうのむこうに
何かがあるのかな。

火星　大接近

東京都・小5　寺山　さくら

「あのすっごく光っている星なに？」

と私は、言った。

お姉ちゃんは、

「たぶん、火星だよ。」

と言っていた。

八月の中ごろ、
今年は、六万年に一回の
火星超接近。
火星は、赤くきれいに
光っていた。
その日、私は、家にいた。

火星は、なんであんなに
きれいなんだろう。
火星は、宇宙の神秘なのかな。
自然の力は、すごい。
あんなにきれいなの、はじめてだ。

宇　宙

東京都・小6　鹿内　賢吾

宇宙は、果てしなく続いている。

その広い中にある、地球。

またその中の、日本。

そのまた日本の中の、東京。

そのまた東京の中の、町田。


今いる友達と出会う確率は、すごく少ない。

だから、ぼくは、友達ってすごいと思う。

友達ができるのには、意味があるんだ。

宇　宙

東京都・小6　坂和　玲子

私は、不思議に思う。
宇宙はどうやってできたのか。
その宇宙の中に数えきれないほど
たくさんの星がある。
どうして、そんなに星がいっぱいあるのか。

多分、地球以外のどこかの星に
生きているものがいる星も
そう少なくはないと思う。

いっぱい星があるのに
その中の地球だけに生き物がいる。
そんなふうに考えるとおかしいと思う。

やっぱり、どう考えても
宇宙は、わからないことだらけだ。

宇宙の中の星の一つに地球がある。
そこにはいろんな生き物がいる。
宇宙にとっては、
生き物が生きている間なんて
ほんの一瞬の出来事なのかもしれない。
そんな一瞬でも
私にとっては、一生。
だから大切に生きなければいけないと思う。

人工衛星

岡山県・中1　松尾　英良

なんにも分からなかった宇宙が
少しずつ解かれて
ほんの少し明るくなったところへ
人工衛星が浮かんだ。
人の力で
ぐるぐるぐるぐる
なぞなぞを廻っている。

法　律

神奈川県・小3　いとう　まさき

法律がたくさん書いてある本は、
何千ページもあるらしい。
べんごしは、
それをぜんぶおぼえているらしい。
ぼくもぜんぶおぼえて
べんごしになろうと思っている。

二十四の瞳の感想

東京都・小6　亘理　聡

かわいそうな映画、二十四の瞳。
戦争で死んだガキ大将たちの
ずらりと並んだおはかの前でおがむ、
大石先生。
昔の日本の男はみんな兵隊になりたかったのだ。
学校に行けないで店の番をさせられた女の子。
みんなかわいそうなことばかりだ。
見ている人はみんな泣いていた。
僕は涙は出さなかったけれど、
心の中では泣いていた。
最後に生きのこった人たちで会をひらいた。
そして、自転車を寄付した。
でも、大石先生の教えた人達が、
みんな生きていれば、もっとうれしいだろう。
どうして、あんなかわいそうな事ばかりに
なっているのだろう。
なぜ、戦争があったのだろう。
ぼくはいくら考えても、この映画では、
わからなかった。

ふくしセンターにいったよ

鳥取県・小1　山本　なおと

「わたしは九十一さいでございます。」

「わしは九十五さいでございます。」

「ええっ。」

ぼくは大ごえでいったよ。

たたみにひっくりかえった人もいたよ。

「せっせっせのよいよいよい。」

おばあちゃんとももたろうをしたよ。

おばあさんの手は
ぬくくって
やわらかかったよ。

ごつごつしてかたいとおもったのにな。

おばあさんは、
じゃんけんもつよいんだな。

ぼくはちょっとしかかてなかったよ。

手づくりペンダントをあげたら、

「ありがとう。ありがとう。」

ってなんかいもなんかいもいいながら
りょう手にとって
じいっとながめていたよ。

けいろうのひ

兵庫県・小1　みねゆき　よしえ

きょうはけいろうのひで、
ろうじんを　いたわるひです。
いたわるということは、
いたで
ろうじんのどこかを　わる　ことやって、
まんざいで　いっていました。
としよりを　ばかにしたら
だめです。
なんぼ　まんざいでも
だめです。

おじいちゃん

茨城県・小1　まえざわ　かずさ

おじいちゃんの目は、
ちっちゃくて、やさしい目。
いつもニコニコわらっています。
大きなおなかに
なにがはいっているのかな。
「あかちゃん、それとも、スイカ。」と
きいたら、「ウンコ。」といった。
たのしい、おじいちゃん。
でも、なやみが、ひとつあります。
お金はいらないから、
かみのけが、ほしいと口ぐせです。
おじいちゃんの、えをかくときは、
かみのけを、おまけして、
かいてあげると、
よろこびます。

バスの中で

岐阜県・小1　林　文子

「ふみちゃん、きのうでんわかかって
　きたよ。」
と、せんせいが、
びっくりしたかおでいった。
あのねえ、せんせい。
きのうバスの中で
おばさんに
せきかわってあげたの。
手にいっぱい
にもつをもってたで
かわってあげたの、
おばさんは、
「ありがとう、ありがとう。」
といって、
てさげについている
わたしのしょうめいしょをみて、
「あんた、ようごの子。」
といって、
びっくりしとったよ。
ほんで、せんせいのとこへ
でんわかかってきたんやよ。

まねだけど

愛知県・小4　松本　生子

バスにお年よりが乗ってきた。

若い女の人がすうっと立って
「どうぞ。」

「ありがとう」

せきをゆずった。

親切な人だな、ゆう気があるな
見ていて気持ちがよかった。

つぎのバスていで
お年よりが乗ってきた。

「どうぞ。」

まねしてせきをゆずった。

「ありがとう。」

にっこり笑ってくれた。

心がほわあんと気持ちよかった。

敬老の日

秋田県・小5　佐藤　紀子

敬老の日、
おばあさんに、
くりのおかしかってやった。
手紙も書いた。
「今日はおばあさんの日だよ。
　ゆっくり休んでな。」

健康な体、
　いつまでもつくっていてよ。」
と書いてやった。
おばあさん、手紙顔にあてて
こっそり泣いていた。
わたしも、こっそり泣いた。
毎日、畑で土にさわって
がりがりな手で、
手紙、ぎっちりにぎって、
泣いていた。

ひじき

東京都・小4　松本　文子

きのう、
ひじきをたべました。

きょうも、
ひじきをたべました。

おなかの中はひじきだらけです。

「ひじきばっかりだね。」

と言ったら、おかあさんが、

「かみの毛がきれいになる。美人になる。」

と言いました。

先生、ほんとうですか。

オゾン層

神奈川県・小3　長友　勇人

オゾン層はバリアーだ。
し外線が通さないようにしている。
空気が出ないようにもしている。
すごいぞ、オゾン層。
1つで2つのやくわりだ
かっこいいなオゾン層。

オゾン層からSOS

東京都・小6　小橋　正弘

「助けてくれえ。」
と、聞こえてくる。
そのSOS信号をおくる主は、
オゾン層。
オゾン層は、人間をむしばむ
しがい線から守ってくれる。
しかし人間は、それをこわす
環境破壊をしている。
今まで築き上げた資源を
人間は数十年で
使いはたそうとしている。

「助けてくれえ。」
オゾン層からのSOS。
今度は、ぼくたち人間が
オゾン層を助ける番だ。

マッチの火

東京都・小4　松本　吉孝

今日、理科のじっけんをやった。
ぼくは、はじめてマッチに火をつけた。
一回めは先生にてつだってもらった。
二回目はゆうきを出して自分でやってみた。
マッチに火がついた。
少しこわかった実験が
楽しくなってきた。

とよとみ・ひでよし

東京都・小5　中村　信雅

とよとみ・ひでよしは
チョウセンからもらったツルがにげた時
日本国中がわしの庭だから
みんなが見ればいいよと　いったそうだ。
ぼくは
ひでよしが　一ぺんにすきになった。
だけど　ほんとかな。
びんぼうな　かりうどがいて
ズドンと　一ぱつ
ツルをころしてしまったら　どうかな。
ひでよしは　その時　どういうだろう。
聞いてみたいな。
ぼくなら　答えは　ちゃんとあるんだ。

「ツルより　人間の方がだいじだ」

名　字

東京都・小5　山藤　智

お父さんの名字は山藤。
お父さんのお父さんの名字も山藤。
どこまで山藤という名字は続くのか。
一番初めの山藤という名字の人は、
どんな人だろう。
天国に行けば、会えるかな。
もし会ったら、どうして山藤という名字にな
ったのか聞いてみたい。

ひこうき

広島県・小1　ながせ　ともこ

はじめて、ひこうきに　のったよ。
さいしょは、
車みたいにはしっていたけど、
きゅうに、ぼわっと　うき上がった。
そして、どんどんどんどん上がって、
くもの上まで　いきました。
上がるときは　ななめでした。
どんどん上がって
まっすぐに　なりました。
でも、くもの上まで　いっても、
かみさまや　かみなりさまは
いませんでした。

ねこの　おかあさん

東京都・小1　ふじわら　さとこ

じどうかんから　かえるとき
ねこが　三びき
どうろを　あるいていました。
そのとき
じどうしゃと、トラックがきました。
わたしは　ひかれると　おもって、
目を　つぶりました。
でも　トラックは、
ねこが　とおるまで
まって　いました。
それを
おかあさんねこが　みていました。
ああ、よかった。

遊園地

栃木県・小3　若林　万由子

わたしと弟とお父さんと遊園地に行った。
弟とわたしで、ジェットコースターにのった。
弟は、
「こわい。」
と、どきどきしてなきそうな顔をしていた。
わたしは、
「だいじょうぶ。」
と、弟をはげましてあげた。
ほんとは、わたしも少しどきどきした。
もうすぐてっぺんだ。
「キャー。」
ものすごいいきおいで下りていった。
とっともはやくて、体がとんでいってしまい
そう。
少したつと、気持ちがよくなってきた。
あっという間に終わってしまった。
なんだか、またのりたくなった。
今度は、もっとすごいのにのりたいな。

バスの運転手

東京都・小6　斉藤　麻理子

橋本からバスに乗って、小山小学校前で、降
りた。

きちんと七十円はらったら、運転手さんが、

「きちんと　大人料金をはらいなさい。」

と　言われた。

私は、

「小学生です。」

と　言いはった。
二、三分言い合っていた。
私は、運転手さんが言い終わらないうちに、
バスから飛び降りた。
家に帰って、家族にそのことを話した。
そしたら、わらわれてしまった。
背が大きいのも　得しないと思った。

宮沢賢治の思い

東京都・小6　斎藤　佐智子

賢治は、色々な思いをこめて
童話を書いた。
人、自然、動物。
あらゆる物を、平等と考えた。
そして、愛した。

現在、自然破かいが進んでいる中で
賢治が生きていたら
何を思っただろうか。
何を考えただろうか。
たぶん
とてつもない悲しみにおそわれただろう。
そんな賢治は見たくない。

賢治のためにも
地球のためにも
この自然を守るのは
私達の手にかかっている。

賢治に思う

高知県・小6　山下　愛由

――ヒデリノトキハナミダヲナガシ
――サムサノナツハオロオロアルキ
暖かくしていようと思えば
暖かくしていられたのに。
のどを潤したいと思えば潤せたのに。
食べようと思えば、食べれたのに。
眠ろうと思えば、眠れたのに。
健康でいようと思えば健康でいられたのに。
しかし
賢治はそうしなかった。
人間の欲をすて
農民のために
自分のために
自然の中で生きぬいた。
人は　賢治を
賢くない生き方だと言う。
理想が高いと言う。
そして　命を大切にしていないとも言う。
でもわたしは農民の叫びを知った。
弱い者が身を寄せ合い
強い者の言いなりの中で
耐え忍んだあの時代。
自由を奪われ
明日の望みを
童話の中でかなえた。
まことの幸せを求めて
三十七年　走りつづけた賢治。
宇宙のなかでその恵みを
満身にうけ　生きぬいた賢治。
そんな賢治を
わたしは誇りに思う。

お月見

鳥取県・小2　かじ　理み

わたしのもってきた
ススキとがまのほと花みょうが、
教室のかびんにかざった。
「お月見したらいいのに。」
って、だれかが言った。
先生が
金紙で
お月さまをつくって
まどにはった。
二年二組のみんなで
お月見。
きゅうしょくのだんごたべて
おひるに　みんなで
わらいながら
お月見をした。

彼岸花

東京都・小5　山藤　圭

「あっ、彼岸花。」

お墓参りの時見つけた。

お墓のすみっこに
ポツンと一輪。

ちょうど

お彼岸のころ咲く
彼岸花がとても不思議だ。
まるでカレンダーを
全部おぼえていて、
お彼岸になると、
ぴょっと
顔を出す。

うま

東京都・小2　長谷川　ゆい

あさみぞ公園で　馬にのった。
とびあがるかと思って　ドキドキした。
わたしの番がきた。
こわかった。
お兄さんが
「一番おとなしいよ。」
と言った。
心の中で　あんしんした。
まわっているとき
けしきが　きれいだった。
とても　気持ちがよかった。

テニス

東京都・小4　横山　まり

母が打つと、
ポーンと、きれいな音。
わたしが打つと
ポトッという音。
わたしも母のように
きれいな音が出したい。
ポーン。
ポーン。
青い、きれいな空に。

テニス

広島県・小5　高橋　妙子

ボールを　手から放す。
白いボールが　ふわっと空中にあがる。
あげたボールを、ラケットで打つ。
命中だ。
パトンという音、
気持ちがすうっとする。
青くすみきった空を
白く小さいボールが、飛んでいく。
ヒューヒュー音をたてながら
飛んでいるボールをみていると
つい、いい気分になって
自分もボールをおいかけてみたくなる。
西の空が赤くなり
あたりがだんだん暗くなるころ
まだまだしたい気持ちをおさえながら
家に帰る。
ラケットのあみの目を通して
学校の校舎がだんだん小さくなっていく。

ツベルクリンなんて　ぼく　いやだな

千葉県・小3　斎藤　ちくじ

ツベルクリンは
いたいだろうと　思ったら
いたくない。
いんせいに　なるかな。
ようせいに　なるかな。
たいてい　いんせいだろうな。
いんせいは　いやだな。
どうしてかと　いうと、
ビー　シー　ジーを　やるから　いやだな。
ビー　シー　ジーは　いたいから　いやだな。
ビー　シー　ジーを　うったあと
ぐちゃぐちゃに　なるから、いやだな。
ツベルクリンのあと、白くなったら
ビー　シー　ジーをやる。
ぼくの　うでに、ポツンと
むらさきっぽいのが、
ついていた。

かすみが浦

茨城県・小6　関本　昌史

夏休みの自由研究で
かすみが浦へ行った。
汚れがひどいと聞いていたが、
着いてみると

予想をこえるひどさだ。
水面には、アオコがただよい、
岸にはたくさんの魚の死体とごみ。
ひどいにおいだ。
ザポン、チャポン、ザポン、チャポン、
岸によせる波の音が、
ぼくには泣いているように聞こえた。

海を守ろう

東京都・小6　安藤　昌嗣

海はよごれている。
工場の廃液でよごれている。
海は生き物だ。
海は多くのプランクトンや魚を育て養っている。
人間は飲み水や植物を与えてくれた海を
殺してしまった。
ぼくはある小説で読んだことがある。
「海は人間の捨てた工場廃液等で
　複雑な変化を起こし、
　恐ろしい害を人間にもたらした。」
ということを。
現実にもそういうことはあるかも知れない。
いやある、きっとある。
しかし人間がここで力を合わせて
自然を守れば助かるかもしれない。
きっと助かるだろう。
力を合わせて自然を守ろう。

パソコン

東京都・小1　よしざわ　しゅうすけ

ぼくは、
パソコンをやろうとおもった。

おかあさんが、

「もう、きょうのぶんはやったでしょ。」

といった。

「やだなっ。」

とおもった。

はやく、あしたになあれ。

パソコンはこわい

神奈川県・小4　藤井　康平

いつものように、
パソコンをやる。

インターネットをやる。

へんなメールがとどいた。

「いいかげんにしろ。」

と書いてあった。

よく見たら、

「金がかかるから。」

と書いてあった。

お母さんが送っていた。

パソコン

愛媛県・小4　渡辺　桃子

スイッチを入れると
パッと画面が明るくなり
ワクワクするわたし
マウスをおすと
次々と好きな画面が
目の前にとびこんできて
画面にすいこまれるようになるわたし
キーボードをたたくと
わたしの思う字がどんどん出てくる
それを見てまた左右の指を動かし続けるわたし
パソコンをする時のわたしは
どんな時より集中し、
体は石になり口は貝になる
そんなわたしにわたしがうっとりする

ワープロと父

愛知県・小6　市川　和世

ピッ、ピッ、ピー、ピッ
ワープロを打つ父
その目は、一点をにらんでいる

ピッ、ピッ、ピー、ピッ
その指は、ボタンにすいついていく
ピッ、ピッ、ピー、ピッ
画面にうつしだされていく文字、数字
ピッ、ピッ、ピー、ピッ
ワープロを打っている父は、
別人のようだ
私が話しかけても、返事をしてくれない
私が話しかけても、ふりむいてくれない
すもう、なわとび、鉄ぼうを
やってくれる父とは、
目がちがう
きびしい目だ
まるで、二人の父がいるようだ

ゾラという人

新潟県・小6　山岸　和男

先生のラジオは
どうもよく聞こえない。
時々、ガガーッと雑音がはいる。
でも、がまんして　聞いている。
きょうの放送はさいばんのことだ。
主人公は
ゾラという小説家。
さいばんの中で
ゾラは、こう言った。
「わたしは、ペンひとつで生きている。」と。
ぼくは
ペンひとつで
どうして生きていられるのかな
と、思った。
ゾラは、
一度おわったさいばんを
やりなおせと、申し出た。
ゾラは、おそれず
さいばんに発言した。
そして、ついに
ドレフュスは、むざいになった。

ゾラは、
いつも、
ほんとうのことを本に書いたのだろう。
正しいものの　みかたで
正しいことを　本にかいたのだろう。
だから　ゾラの本は、
たくさんの人に読まれたのだろう。

ペンひとつで生きている。
ゾラは
ほんとうにえらいと思った。

クリーニング

東京都・小6　三上　優輔

うちの近くにクリーニング屋がある。
近くに行くと、
ガッタン、ガッタンと音がしている。
いつもたくさんの量を
クリーニングしているから、
中ではとても大きな機械が
動いているだろう。
どんな機械かいちど見てみたいな。
ぼくの服も
クリーニングしてくれる機械だから。

笑　顔

山梨県・小6　芦沢　紗英

家族の笑顔。
元気のみなもと。
おばあちゃんの家のねこが死んで
悲しい時も、
転校してきて不安な時も、
かぜをひいて苦しい時も、
家族の笑顔が
私の心をいやしてくれる。
私は幸せだ。
私の宝物は家族の笑顔。

9月——季節

☆二百十日、二百二十日など、台風の季節
☆高潮
☆屋根の修理
☆つゆが見られるようになり、秋が感じられる
☆秋空が美しい
☆空気がすみ夜空が美しい
☆富士山に笠雲
☆味覚の秋

おつきみ

島根県・小1　こいで　ゆうや

おつきさまだ。
まんまるだんごにおつきさま。
おつきさま、おだんごひとついかがですか。
ふたつでもいいよ。

おつきよ

大阪府・小1　やまぐち　まさよ

おつきよだ。
あかるいな。
くさむらの　かげが
はっきり　してる。
こおろぎが
たくさん　ないている。
むしの　こえも
かげんなって
うつりそうね。

あき

栃木県・小1　こしぬま　ひさこ

たいそうのじかんにね、
まえにかがんで、うしろにそっくりかえる
たいそうをしたでしょ。
そのときね
わたしのかおのうえを
二ひきつなぎのとんぼが
スーイってとんでたよ。
つかまえようとしたら
スーイ　スーイ
とまわって、せんせいのほうにいっちゃった。
せんせいが
「もう、あきがきてるんだよ。」
といった。たくみちゃんが
「あきなんか、みえんのか。」
といった。
せんせいが、
「そら、みてごらん、あんなにあおいよ。」
といったので
みんなでねころんで、そらをみた。
どこをみても、

あおくて
いいきもちだった。

たいふう

長野県・小1　さかた　かずこ

たいふうがきて
うちも　木もころんだ。
わたしはうちのなかに
じっとしてました。
りんごは　みんな
おちてしまいました。
わたしはあおいりんごを
かごの中へ
いっぱいひろって
つちにうずめました。

台風の日

東京都・小3　岩下　まなみ

ママが、台風でしごとを休んだ。
ママのお店の人たちも、
台風で休んだ。
だから、
おふろに入ったり、
ごはんを食べたり、
テレビを見たり、
おうちのべんきょうをしたりした。
ママはこしをいため、
あんまり楽しそうではなかった。
でも、
わたしは楽しかった。
また、
台風が、
来るといいな。

台風の後

埼玉県・小3　小机　詠子

荒川の土手で
富士山がくっきり見えた。
まっすぐ歩いて行くと
すぐ着きそうな気がした。
とんぼが
風に吹かれて飛んでいた。

台　風

東京都・小6　吉村　真吾

うわーすげー
品川駅の前は人の頭でいっぱい
なんでこんなにいるんだ、と思い
改札口に向かった。
「山手線と京浜東北線は台風19号の影響によ
　りストップしています。」
放送があったがホームに行った。
地下は水でびちょびちょ
ホームには待っている人や
カメラを持った人がいる。
ぼくは、かみのけを直し
カメラの前を横切った。
いい顔で写ったかな。

夕やけ

静岡県・小3　松井　ほみ子

べんきょうがおわって
東名のはしにいったら
夕やけが
まぶしくかがやいていた。
富士山の方の空が、
オレンジ色で
いっぱいだった。
まあるいまっかな雲も
うかんでる。
あの雲にのっかってみたいなあ！
そうして
ダンスをしたら、すてきだろうな。

わたしは、
スキップをしながら
「夕やけ　小やけで　日がくれて。」
と、うたいながらかえってきた。

9月

――家庭生活

☆避難の方法
☆消火器
☆非常用食品
☆お墓まいり
☆台風にそなえる
☆お月見
☆家族の誕生

十五夜

広島県・小2　岩田　さつき

十五夜です。
おだんごを、十六こ　つくりました。
一つは　あじききの　おだんごです。
おつかいの帰りに
野道で　とったすすきを、びんに　さしました。

お月さまが出たので、
おくじょうへ　上がりました。
すすきと　りんごを　かざりました。
もうふの上で
おだんごに　あんこを　もぶして　たべました。

おかあさんが、
むかしの十五夜のことを　話してくれました。

「お月さまを見ながら、うたをうたったんだよ。五、七、五でうたったんだよ。」

といったので
「十五夜で　月にみとれて。」

と　わたしが　いいました。

「そうそう。そんなように　うたうんだよ。」

と　おかあさんが　いいました。

野ぎくの花

長崎県・小3　阿部　洋介

お母さんがバスからおりて、
野ぎくの花を見つけたって、
「おるす番、ありがとう。」
と、ぼくにくれたおみやげ。
かわいい、かわいい、野ぎくの花。
ぼくはコップにさして、
つくえの上にかざりました。

かかし

長野県・小4　平沢　茂子

かわらのたんぼに
かかしが立っている。
わたしの服を着て立っている。
おとうちゃが着せて
「これ茂子だに」

といったかかしだ。
わたしがおこって
おかあちゃんにいったら
「しょうないおとうちゃだなあ」
といったっけ。

ゆかた

神奈川県・小4　栗田　友恵

新しいゆかたをきたよ。
うれしかった。
こん色で朝顔のがらがついていた。
おばあちゃんが着せてくれた。
お母さんのおさがりのげたをはいた。
おじいちゃんが写真をとってくれた。
お祭りに行った。
みんなが
「かわいいね。」
と言った。
ちょっぴりお姉さん気分だった。

秋晴れ

東京都・小5　牧野　紀子

お父さんが心をこめて
みごとに咲かせた白菊。
そのかおりが、
すみきった空ににおう
お父さんの秋。

カキ取り

岩手県・小6　阿部　真瑠依

ガザガザ
ばあちゃんが、長い竹ざおで
カキを取っていた
さおの先に
上手にカキをはさんでくるっと回す
小さな甘ガキがどんどん落ちてきた
高いところは竹をつぎ足して
またくるっと回す
あの重い竹ざおを
ばあちゃんは軽々と持ち上げる
「手づだって。」
と言われてやってみたけど
足元がふらふらした
さおが重くて五個しか取れなかった
「今年はたくさん取れたな。これ、みやげに
もってげや。」
ばあちゃんはそう言うと
たくさんのカキを一輪車に乗せて運んでくれ
た
ばあちゃんってすごいよなあ
わたしもばあちゃんみたいに
なりたいなあ

お母さんの悲しみ

東京都・小6　小林　学

「ただいま。」
と、元気よくドアをあけた。
返事がない。
ぼくはおかしいなあと思いながら
部屋に入った。
お母さんは庭のすみにすわりこみ
ピンク色の小さな花を
さみしそうに見ていた。
その花は、シュウカイドウ。
「すてきな名前の花だけど、さびしい。」
と、前にお母さんに聞いたことがある。
十八歳になった秋
病気でなくなったお母さんの妹が
とても大好きだった花。
そのことを僕は知っている。
しばらくして
エプロンで顔をふきながら
「さあ、がんばろう。」
と、立ち上がったお母さんは
いつもの明るい顔になっていた。

健康なしるし

愛知県・小6　安達　美和子

毎年毎年
とうもろこしやきゅうり
なすを送ってくれる。
おばあちゃんが作った野菜は
私の手よりも足よりも
太くて長い。
おばあちゃんは
健康で病気なんかしてないよ、
とその野菜が教えてくれているようだ。
おばあちゃんとは
いっしょに暮らしていないけど
とうもろこしやきゅうり
なすたちが
おばあちゃんのことを
いっぱい話してくれる。

水まき

神奈川県・小6　山口　健

おじいさんの下駄をはいて
庭に出た
麦わら帽子をかぶって
ホースで水をまいた
「健にはそういう格好がよく似合うなあ。」
お父さんが笑った
シャワーを浴びて
百日草も一緒に笑った

減反

宮城県・小6　佐藤　喜典

おばあちゃんと裏の田んぼ道を散歩した。
荒れ果てて
雑草がぼうぼう生えているところがたくさん
　ある。
「うーん。もう米いらないんだとわ。おがし
　な世の中なったごだなあ。」
と、荒れ果てた田んぼを見ながら
おばあちゃんが弱々しい声で言った。
二、三年ぐらい前までは
この辺りは一面ずうっと水田だった。
「おばあさん小さいころはな、どこでも田ん
　ぼ多くて、減反なんて、考えられねがった
　ど。」
おばあちゃんの声は悲しそうだ。
どうして減反してまで
米を輸入するのだろう。
米山に行く途中の道路にも
「エイズよりこわい米の輸入」という看板が
　立っている。
米はまだ作れるのに
どうして、わざわざ輸入するんだろう。

シシトウ作り

高知県・中1　川村　睦美

夏の太陽がギラギラと照りつける
炎天下の中　父母と三人で
必死になってシシトウをちぎる
プチプチプチ
流れ落ちる汗
痛み始める腰
土と汗が服にしみこみ
手にはシシトウの青い匂いがへばりつく
郵便局へつとめる父
休みの日を利用しての畑仕事だ
大きな手を器用に動かしている
この故郷を守るために
必死で働きつづける母
現金収入の少ない下八川
それでもこの地を離れようとしない
父と母
苦しみにたえ続ける
父と母
私も負けまいと
歯をくいしばる
（このシシトウが
　良い値で売れますように……）
そう願い続けながら
シシトウをちぎる

9月

学校生活

- ☆ **避難訓練**
- ☆ **プールおさめ**
- ☆ **遠足**
- ☆ **運動会**
- ☆ **社会科見学**
- ☆ **開校記念日**
- ☆ **リレー**
- ☆ **騎馬戦**
- ☆ **タンブリング**

うんどうかい

広島県・小1　やまもと　りょうじ

たまいれしてな
たまを　うえに　なげてな
ぼくは
たまが　一こしか
いれられんかったけえ
もう一つ
いれたかったです。

おどり

愛媛県・小1　はせがわ　むつみ

うんどうかい
たのしかったよ。
「おどりがじょうずだね。」
とおかあさんにほめられたよ。
いえにかえって
ビデオをみたよ。
おばあちゃんが、
「なんかいみても、うまい。」
といってくれたよ。
うれしくなって
またおどったよ。

えんそく

東京都・小1　とよだ　ゆかり

わたしは、
うしが
しっぽをふっているのをみて、
うしは、てがないから、
しっぽで、さようならしたのかな、
とおもいました。

おしりが　あこう　なっちょう

高知県・小1　武田　ゆうへい

「なか小の　プールには、
とくべつな　くすりが
入っちょって、中で　おしっこすると、
あかくなるよ。」
と、せんせいが　いいました。

ぼくは
「やばい。」
と　おもいました。
いえに　かえって　おねえちゃんに
おしりを　みてもらおう
と　おもいました。
おしっこ、がまん　しょったけん、
ぴっと　出たかもしれん。
おしり、
あこう　なってないろうか。
ぼくは、どきどき　しました。
はしって　かえって、
おねえちゃんに
こっそり　みて　もらったら、
おねえちゃんは、
「だいじょうぶ。」
と　いって、
ゲラゲラ　わらいました。
ぼくは、ほっと　しました。

けんきゅうかい

徳島県・小1　しま　よしえ

せんせい
けんきゅうかいが　ある日は
「はやく　おかえりなさい。
けんきゅうかいだから。」
っていうでしょ
けんきゅうかいって
なにするの
おしえて

こうつうあんぜんきょうしつ

愛媛県・小1　かどた　あゆみ

こうつうあんぜんきょうしつで
おにんぎょうがしかれるのが
こわかったよ。
とらっくのまえ　うしろは
とおってはいけないことが
わかったよ。
これからもこうつうるうるは
まもるよ。

おつきみだんご

東京都・小1　はたざわ　しんご

きゅうしょくにつきみだんごがでた。

「これもってかえっていい。」

ときいたらせんせいは、

「どうして。」

「わかんないけどもっていきたくなった。」

と下をむきながらいった。

「ほんとはもってかえっては　いけないんだけど。」

といいながらビニールにいれてくれた。

せんせいしっていた？

おとうさんはあまいものがすきなんだよ。

おとうさんにおそなえしてたべた。

たいへんだよ

神奈川県・小1　しもだ　こうたろう

せんせい　せんせい
たいへんなことがおこったよ
ひまわりのたねを
すいどうにながしちゃった
たいへんだよ
めがでてはながさいちゃうよ
だって
まいにち　みずをあげてるから

ひなんくんれん

青森県・小2　こした　たかし

ひなんくんれんをした。
どきどきしていた。
走ってしまった。
先生に
「海よりもふかく
　はんせいしなさい。」
と言われた。
どうやってはんせいすれば
海よりもふかくなるのかな。

せきがえ

東京都・小3　塚本　千絵

せきがえをした。
私は、山田さんと、
大石さんと、
わかれたくなかった。
せきがえをやりたいか、
やりたくないかの、
たすうけつのとき、
ほとんどの人が、
やりたい、に手をあげた。
私は、やりたくなかったけど、
山田さんも、
大石さんも、
やりたいに、手をあげていたから
つい私もあげちゃった。
「あ～あ、はなれちゃった。」

リレーで

兵庫県・小3　山崎　菜々

もうちょっと
あと10㎝
あと1㎝
ぬくとき
体が　ふわっとなって
力が空へぬけていった
ぬいたあと
ゆび先と
足のおやゆびに
力が入った

宿泊の夜

富山県・小5　山口　未佳

やっぱりみんなねむっていない。
クスクス　クスクス
おしころしたような笑い声が
ふとんの中から聞こえてくる。

ヒタヒタ　ヒタヒタ
カチャッ。
あっ先生だ。
ふとんをかぶって
手足を動かさないで　じっとする。
おなかの川がピクピクと動く。
もうだめ。
もうがまんできない。
早く　早く　行って。

「みんなねむったようね。」
先生のつぶやきが聞こえ
静かに戸が閉まる。

ああ　よかった。
わたしは真っ先に起きて
先生の足音が遠ざかるのを確かめる。
小さな声で
「先生いかれたよ。」
と言った。
すると　一人残らず
ガバッと飛びおきて
「はあー」
大きなため息をつく。

なんだか　ねるのがもったいないなあ。

集団下校

鳥取県・小6　中村　忍

今日は、台風のため、
全校で集団下校だった。
私は班の班長だ。

薄暗い空から、
私の体にあたる強い風と雨。
一年生の小さな手を、
しっかり握って家へと急ぐ。

私は、
無事みんなを家まで送り、
たった一人で、
自分の家に帰っていった。

9月 ―植物

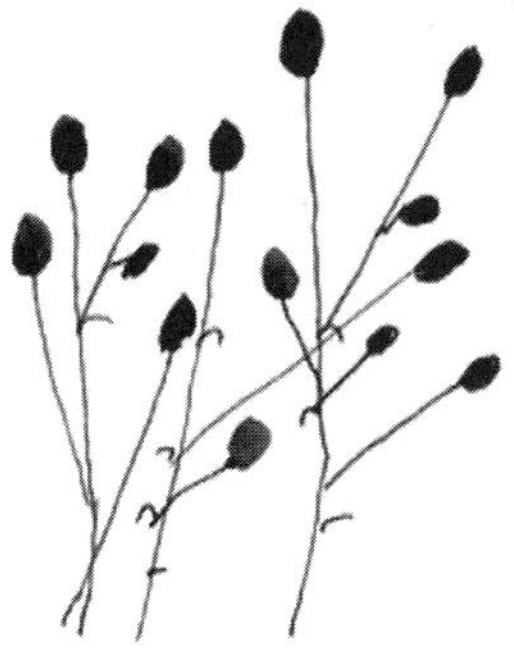

☆キンモクセイ
☆ヌルデ
☆カエデ
☆イチジク
☆カキ
☆シイノミ
☆カシノミ
☆ザクロ
☆トチノミ
☆ナシ
☆ナンテンハギ

☆ワレモコウ
☆トリカブト
☆シュウカイドウ
☆ケイトウ
☆コスモス
☆ヒガンバナ
☆シオン
☆オナモミ
☆サツマイモ
☆シソの実
☆マキエハギ

☆ハギ
☆ススキ
☆クズ
☆ナデシコ
☆オミナエシ
☆フジバカマ
☆ホオズキ
☆トウガラシ
☆ショウガ
☆リンドウ
☆ヨメナ

☆シイタケ
☆マツタケ
☆ハツタケ
☆ラッカセイ
☆ニラ
☆ヌカゴ
☆タバコ
☆カワラナデシコ
☆ヨシ（アシ）
☆ミズソバ

げっかびじん

神奈川県・小1　ながの　まい

よる9じ。
すこしはながひらきはじめた。
大きくて
はなびらがとんがっていて
ぼんぼりみたい。
しろくて
ちょっときいろで
やわらかくって
ふんわりして
フルーツのあまいにおい。
はじめてみて

いっぺんで大すきになった。

われもこう

東京都・小2　大ね　ゆうこ

おっぱいみたい。
まずいみたい。

われもこう

埼玉県・小3　田島　麻里子

ほかの草にまぎれて
われもこうがさいていました。
わたしがとろうとすると
先生が
「先生のだ。先生のだ。」
とよってきて、とってしまいました。
わたしがせっかく見つけたのに
ずるいなあと思いました。
でも、教室に帰ると、
先生が、
野ぎくといっしょに
われもこうを花びんにさしました。
みんなのものになったので
ほっとしました。

けいとうのたね

兵庫県・小1　かわばた　やすし

せんせいのつくえの上で
ぽんと　たたいたら

ぽろぽろぽろ
ぽろぽろぽろ
くろい　小さい　たねが　おちた
いっぽんの花から
こんなに　ようけ
おちる　おちる
けいとうは
らいねんのために
小さい　あかちゃんを
たくさん　たくさん
うんで　いるんだな

ひがんばな

埼玉県・小2　内田　ふじ夫

ひがんばなは
かげまであかい。
ひがんばながさくと、
たんぼのあぜみちが
よくわかる。

はぎ

埼玉県・小2　相馬　守

学校のうら山で
はぎをとった。
おれがふったら
すこし花びらがちった。
ぴらぴらとんで
土の上におちた。
もも色の花が
ちょうちょに　みえた。

ききょうの花

長野県・小2　高見沢　恵美

夕方、外に出て花を見ていたら、
ききょうの、かわいいつぼみを見つけた。
ゆびでつまんだら
ぷつんと音がした。
小さいのや大きいのがたくさんある。
つぎからつぎへ、
ぷつん。ぷつん。ぷつん。
と音が出た。
とても、おもしろかった。
つぶれたつぼみは、
きれいな、むらさきの花がさくのかな。
しんぱいに、なっちゃった。

きんもくせい

島根県・小3　うるしだ　りゅうすけ

今日、きんもくせいの
においをかぎました。
いいにおいでした。
はちになった気分でした。
はちはいつも、
こんなにおいかいでるのかな
と思いました。

金木犀

広島県・小5　本庄　令子

学校の帰り道、
ぷうーんとあまいにおいがした。
金木犀だ。
どこからにおいがしてくるのだろう。
きょろきょろした。
西の池のちかくの家の垣根ごしに。
大きな金木犀の木があった。
だいだい色の小さな花。
小さいかれんな花なのに、
ずいぶん遠くからにおう。
このにおいにであうと、
必ず立ち止まって木のありかを
さがしてしまう。
金木犀は母のすきな花だ。

ピーマン

東京都・小5　大塚　博子

お前はどうしてにがいの。
お前はどうしてまずいの。
お前はどうして
栄養があるの。

そのおかげで、
めいわくしているんだよ。

「まずいから、きらい。」

っていえば、

「栄養があるから食べなさい。」

本当にめいわくだよ。

お前がおいしくなれば、
おこられなくていいんだ。

むらさきしきぶ

東京都・小5　岸谷　美奈

「あっ、お菓子のラムネだ。」

と、私がさけんだ。

みんなが集まってきて、

「本当だ。似ているね。」

本当に、
食べたくなるほど、
紫がきれいで、
おいしそうだ。

ベゴニアの花

東京都・小5　小松　明日香

だいじに育てたベゴニアの花が
昨年の冬に
かれてしまった。
忘れかけてた今年の秋
のきしたに
小さなもも色の花を見つけた。
種がこぼれたのか
あのきれいなもも色の
小さなベゴニアの花が
太陽のように咲いていた。

ひまわり

鳥取県・小5　中村　浩治

夏の間、太陽を見ていたひまわりも、
今は、下を向いて、
ありの動くのを見ている。

蘭の花

兵庫県・小6　小島　優子

一日ずつ　開いていく
一歩ずつ　歩くように
咲いていく
一番大きく開いた時
ほえるように
かみつくように
咲いていた

ふじばかま

東京都・小6　秋山　妙子

ふじばかまが
風にゆれている。
学芸会が終わった。
空が青い。

すすきのプール

長野県・小2　大沢　まき

ふじさんにいくとき、
わたしは
すすきのはらっぱを見た。
みちのまわりが
すすきばっかで、
すすきのプールをとおってるような気がした。
わたしたちの車がとおると
風ですすきがゆれる。
すすきがゆれると
プールの水がうごくようだった。

くもまそう

東京都・小3　松尾　ゆみ子

小さなはっぱ。

小さな白い花が五つ。

そっと、いきしてるみたい。

高い山の中に帰りたいのかな。

べんけいそうの　はっぱ

長野県・小2　池井　小雪

うらの　はたけで、

べんけいそうを　見つけた。
おじいちゃんと　ふたりで、
べんけいそうを　ふくらました。
べんけいそうの　はっぱは、
ふうせんのように　ぷーっとふくらんだ。
でも　そうかんたんには　ふくらまない。
つめが　ちょっとでも　あたると、
ぱちんと　はじけてしまう。
わたしの　口の　さきっぽで、
やっとのことで　ふうせんになった。
くさの　においがして、
すっぱいあじがして、
ゆっくりと　ふくらみます。
かわいらしい、
ふうせんです。

かぜ草

東京都・小5　高橋　誠

ふうっ、
いきをかぜ草にふくと、
かぜ草はふるえる。
はげしくふるえている。
まるでギターの糸のようだ。
かぜ草が
秋を運んでくるのかなあ。

草という字

長野県・小3　北島　千恵

草とりに行った。
この前きれいにしたばっかりなのに、
ニンジンの所はこまかい草がいっぱい。
モロコシの所も草がいっぱい。
あちこちにはえている。
ニンジンよりも草が大きくなっていた。
「草ってなんで早くのびるのかな。」と思った。
先生が、
「草かんむりに早いとかくから。」と言った。
「草っておもしろい字をかくんだな。」
と思った。

つめ花

東京都・小3　島崎　明広

きょう、学校帰り、
へんな花があったよ。
むらさき色で、
ほうせんかみたいでね。
よく見たらつめににているんだよ。
三まいの花びらを、びゅっとぬいて
つめにつけたんだ。
十本にみんなつけたら、
あくまのつめみたいになったよ。
でも、花のあくまだから、
やさしいんだよ。
ぼくはつめ花ってつけたのに、
先生にいったら、
「つりふね草っていうんだよ。」って。
ほんとにふねにもにているね。

おみなえし

東京都・小4　高橋　秀子

おみなえしは
しずかな花。
おみなえしの花をなぜた風が、
わたしのむねをそっとなぜていく。

はぎの花

東京都・小4　秋山　光

ぽっ、ぽっ、
ぽっ、ぽっ、
はぎの花がさきはじめています。
すずしい風が、
やさしくふいています。
はっぱがうごいています。
えだもちょっとゆれています。

かやつりぐさ

東京都・小5　佐藤　清康

かやつりぐさって、

パッパッと
はっぱの花火みたい。
もしまっかだとしたら、
花火ぐさという名まえだったかな。

はきだめぎく

東京都・小5　伊藤　智恵

白い花が
こっそり咲いている
「はきだめぎくって、いやじゃない」
と聞いても返事がない
きれいな菊じゃないから
小さな虫だけがやってくる
でも、
一つ一つの白い花を見ると
しっかり咲いている。

おいらん草

千葉県・小5　白鳥　俊子

お盆が終えて
あれ、もう、
おいらん草が
散っていく。

力しば

東京都・小6　相沢　真一郎

「いてえ!」
力しばをぶっけられた。
みんなが楽しい表情になった。
力しば。
強そうな名だ。
でも、みんなを笑顔にした。

ほおずき

山形県・小4　稲葉　和子

ハートの形の葉
黄色くなった葉
葉のかげにのぞいていた
ほおずきの実は赤い
青い空をみながら
ほおずきを口に入れると
ころころとなる

ナルコビエのたね

埼玉県・小3　杉山　千恵子

紙の上にたねをのせて
「ウー」
と声を出したら
おいかけっこをしてました。
「ウー」
高い声を出したら
あっち　こっち　おどりました。
「うっ　うっ　うっ」
と声を出すと
ちょこ　ちょこ　とびはねました。
紙をもった手に
私の声がひびきました。
ひびくのと　たねのうごくのが
ぴったりしていました。

なんばんぎせる

埼玉県・小2　石川　久恵

なんばんぎせるは
どうして　自分でねっこを出さない
なんばんぎせるは
どうして　自分の力で生きない
みょうがは
くたぶ《(び)》れている

ひょうたん

山口県・小5　藤井　彬江

「おれは　えらい」
なんて　いばっているけど
なかは　からっぽ
すっからかん
これが　ほんとの
からいばり

ひょうたんは
へそのあたりが
まがっている
これがほんとの
へそまがり

さとうきび

沖縄県・小5　高嶺　えり子

広い広い土地に
さとうきびの花
一つ一つを見ていると
お父さん　お母さんの
汗水が　目にうかぶ
お父さん　お母さんの
苦労が　台風にも負けないで
こんなに咲いた
小高いところで見ると
銀色で畑がうまる
お父さん　お母さんの苦労は
銀色を生んだ

しそのみ

東京都・小6　成尾　敦子

ことしば　ずいぶん　しそのみを　とった。
私は　しそのみが　大すきだ。
しそのみを　つくだにのように
あまからく　につける。
しそのみを　にると
へやじゅうが　香ばしい。

みかんの木

栃木県・小6　日向野　智

ぼくの育てた
みかんの木
一年生の
給食で食べたみかん
その種から育てた
みかんの木
まだまだ小さいけど
葉っぱをたくさんつけている
いつかは実がなるのかな
大きくなあれ
みかんの木

大根の芽

沖縄県・小5　高嶺　えり子

小さな
小さな種が
パッと顔を出した。
かわいい両手で土をもち上げている。
「あら、
　こっちにも。
　あっちにも。」
土の中にいた
小さな
小さな種が
いま
新しい生命をふき出した。

くちなし

愛知県・小2　しおざき　まさよ

わあっ
みがいっぱい
夏に
あまくて　いいにおいがした
白い　くちなしの花
秋になったら
大きくて
だいだい色のみになったよ
大へんしん！

本門寺すげ

東京都・小3　まさき　けん一

先生が
「これは本門寺すげというんだよ。
　本門寺すげは、本門寺の山が
　くずれないようにまもっているんだよ。」
と話してくれたので、
みんな、びっくりして、

「本門寺、すげえー」
と言いながら見た。

金もくせいの雨

栃木県・小3　加藤　圭子

金もくせいの下にいたら
風がふいたよ。
そしたら、
ちら　ちら　ちら
ふってきたよ。
金もくせいがふってきたよ。
いいにおいといっしょに

ちら　ちら　ちら
金もくせいの雨がふったよ。

キンモクセイ

徳島県・小4　野口　京子

もしかしたら
キンモクセイの小さな花は、
リンリンとすずの音が
なっているかもしれません。
そのすずの音とかおりをたよりに、
秋のようせいが
やってくるのかもしれません。
わたしはキンモクセイがさくたびに、
いつもそんなふうに思います。
そして今年も
わたしの庭の大きなキンモクセイの木が、
花をいっぱいつけました。

くすの木

東京都・小5　北村　奏

つんとくる
へんなにおい
お父さんがちぎった葉っぱを
ぼくの鼻に近づけた。
バス停の列にいる
お母さんにもわたしたら
「ナフタリンのにおいがするね」
と言った。

さっきまでは
青すじあげはがとんでいた。
くすの木に
たまごを産むみたいだ
ぼう虫剤にする木なのに
なんでアゲハは
よってくるのかな

しゅうかいどう

富山県・小5　館　了恵

ぽたんとおちた、
しゅうかいどうの、つぼみ。
鶏、はしってたべにくる。

うるしかぶれ

新潟県・小6　大田　一実

うるしかぶれに
なってしまった
どうしてなったのか
わからない
山へ弟といったのだ
けれども翌朝になると
ぼくだけ顔が
へんてこだ
カユイ　カユイ
赤みをおびたふくらみが
上に下に
顔のところにできてしまった
弟が笑う
笑ってもおこれない
カユクて　カユクて
とびあがっても
まだたりない
くそ　医者になんか
いくものか
自分一人でがんばっている

パパイヤ

沖縄県・小5　前外間　のぞみ

どこにでもはえているパパイヤ
父や母が取って来る
私は、パパイヤのあえものが
好き
真っきいろにうれると
口の中がとろっとするような
あまくておいしい果物になる

しいの実

埼玉県・小3　柳　義昭

しいの実がいっぱい。
ぼくはくつしたをかたっぽぬいで
くつ下の中にひろった。
くつ下がタマゴみたいにふくらんで
足が一つだけいい気もちだった。
しいのみは
おっぺせば　いくらでも　はいる。
くつしたが
ぶうらん　ぶうらんした。

かりん

東京都・小6　加山　桃代

秋になると、
黄色い実をつけて、
大きくなるとおっこちてしまう
かりん。
四月がくると、また花がさき、
秋になると、
黄色い実をつけて、
また、大きくなるかりん。

へくそかずら

東京都・小5　松永　幸一

先生が
「へくそかずらだ。
このみは、へとくそのにおいがするよ。」
といった。
ぼくはにげた。
きいちゃんが、はなをつまんで、
においをかいでから
ぼくのところににげてきた。

山なしの実

岩手県・小5　上下　明美

川の音で育った山なし。
一日一日大きくなっていく。
みんな今年そだった何千もの兄弟。
風が鳴くとザランザランとゆれる。
強い風が吹くと、
ポトポト落ちる。
どこからか虫の声がする。
山なしも静かに秋を感じている。

どんぐり

埼玉県・小2　相川　ゆいな

どんぐりを見つけました。
とても　たくさんあったので
うめておきました。
うめた所に
どんぐりとるなとかきました。
古川君が
それじゃわかっちゃうなといいました。
学校のかえりに
まいちゃんと立札をとりました。

9月　—動物

☆シカ
☆イノシシ
☆タヌキ
☆ヤギ
☆ヒョウ
☆ゴカイ
☆カワウソ
☆シマウマ
☆マングース
☆ジュゴン
☆リス
☆サイ
☆サル
☆ビーバー

ビーバー

愛知県・小2　菊池　あみ

ビーバーがそんなに大きいとは思わなかったよ。
うさぎぐらいだと思っていたよ。
本当は、せのひくい子をこすぐらいだったよ。
びっくりしたよ。
どうしてと思ったよ。
でも、大きいものは大きいんだよね。

およぐのもはやい。
木を切るのもはやい。
はもじょうぶ。
ほんとにすごい。
わたしたちにできないことができる。
ビーバーはすごい。

サイ

東京都・小2　とみた　わたる

サイは、でかい。
なんだか、くいしんぼうみたいだ。
だけど、りっぱなつのがはえている。
どうぶつえんに行くと、
水の中に入っているときがある。
ふとっているから、人間のおふろに入るとおゆがこぼれちゃうかな。

子ねこ

和歌山県・小2　前東　あきら

まいごになった子ねこがいた。
ぱっちりとしたかわいい目。
うすちゃ色と白がまざっている。
ニィニィとないている。
じてんしゃのカゴにいれてきた。
ミルクをあげたら、
ペロペロとおいしそうに
のんでいた。
おばあちゃんが、
「はぐれたから、よけいなく。」
と、いっていた。

夕方、お母さんねこがさがしにきた。
しんぱいしていたんだな。
だまってつれてきてごめんね。
でもかいたかったな。

動物園

島根県・小2　木建　陽一

どうぶつえんにいった。
とら、キリン、パンダ、かば、
くまにゴリラなどがいた。
パンダはうまそうに
ささをたべていた。
かばはきもちよさそうに
水の中をおよいでいた。
ゴリラはつよそうに、
みんなのまえで
むねをたたいていた。

悲しいな

長野県・小4　瀧澤　歩

日曜日に山の方で
バン、バン、バン、バン
四発の鉄ぽうの音がした。
きっと、シカとかたぬきとかをうったんだ。
と思ったしゅんかん
「フゥーフゥーフゥー。」
と鳴くシカの声が
山じゅうにひびきわたって
十分位たったら
鳴き声が止まった。
山からシカを乗せたトラックがおりて来た。
ぼくは、
「かわいそうだ。」
と思い
トラックの行った後の所を見ていた。
シカの血かわからないけど
赤い水みたいのが落ちていて
「このやろう。
　ぼくは、
　こんなシカを殺す大人なんかに
　ならないぞ。」
と思った。
もうあのシカはこの世の中にいない。

リス

東京都・小5　山本　英津子

道ばたでリスに会った。
毛がふんわりして
まるで毛布のようだ。
そうっとリスに近よった。
リスがサッと木へ鳥みたいに移った。
木が大きくゆれた。
目がへびのようにするどい。
からだがちゅうに浮いている。
枝に片手でぶらさがっている。

ジュゴン

沖縄県・小5　下地　やよい

元気だったオスのジュゴンは
どうして　死んだんだろう
なんの原因もわからないそうだ
大学の先生がいうには
ジュゴンは
きのよわい動物だそうだ
だから
人のさわがしい声で
死んだかもしれない
それとも自分一人で　さびしかったかな
いくら海洋はくの
にんきを集めればいいと思っても
大まちがいだ
ジュゴンだって
人間と　おなじように生きているんだ
海洋はくの小さなプールより
太へい洋の大きな海の方が
ジュゴンにとっては
大のふるさとなんだから

9月　―鳥

☆インコ　☆メジロ
☆ヒヨドリ
☆カワラヒワ
☆セキレイ
☆カササギ
☆アホウドリ
☆モズ
☆マガモ
☆ヒドリガモ
☆スズメ
☆トンビ

すずめのピーちゃん

福岡県・小2　佐藤　結香

ピーピーピーと、
ピーちゃんがないていた。
ピーピーピーと、
かわいい声でないていた。

今は、もうきけないピーちゃんの声。
あのかわいい声を、
もう一どききたい。
もう一どもどってきてほしい。
わたしの手の上で
もう一どないてほしい。
水やりわすれてごめんね。
ごめんね。
ごめんね。
わたしのピーちゃん。

もず

長野県・小3　はた　かずき

ぼくの家の　白かばの木のえだに、
カエルとドジョウが　ささっていた。
おとうさんがいたから、聞いてみた。
「これは　もずという鳥が、
　夏、どこかの川から、
ドジョウやカエルをとってきて
木のえだにさしておいて
冬、雪がふって
食べるものがなくなったら、
　木をおぼえておいて、食べに来るんだ。」
と、教えてくれた。
つぎの朝、木を見に行ったら、
カエルが　なくなっていた。
ぼくは、きっと　もずが食べたと思った。
いく日かたって、見たら
どじょうは　そのままささっていた。
ぼくは、きっと、
もずは　わすれてしまったのだ　と思った。

トンビ

宮崎県・小4　岩切　義朗

トンビを見ました。
空中をくるくると回りながら
飛んでいたので
ぼくも空を飛べたらなあ
と思っていました。
その時、
トンビが急こう下しました。
そして、田んぼにいたかにをつかまえて
高く飛び上がりました。
トンビは空中でくるくる回りながら
足でかにをつかんで
くちばしでつついて
少しずつ食べました。

ヒヨドリ

長野県・小4　楯　祥

ヒヨドリがひるごろ
「ピイピイ」となく。
ヒヨドリは寒いから、
ボールのようにふくらんだ。
ボールのようにふくらんでいるのに
また
「ピイピイ」となく。
寒くてなくのかな？
ぼくはまねしてないた。
「ピイピイ」
ヒヨドリも
「ピイピイ」
とないてかえしてくる。
ふしぎだな。

シジュウカラ

北海道・小5　浜　忠太

松の木の所に、黒白のシジュウカラが
鳴いていた。
よく見ると、巣に卵もあるらしい
すると、カラスがバサバサやってきた
ツツピーとはげしく鳴く
その卵を口にくわえてぬすんでいった
ぼくは、腹が立って　石を投げようとしたけ
　ど　先生が
「だれかに当たったらどうする、
　鳥には鳥の住み方があるからやめなさい。」
といった。しかたなく、手を下ろした。
でも、シジュウカラ
そのあと、どうしただろうなあ。

山鳥

石川県・小6　森　久美子

草むらの中に、
山鳥が
腹を空に向けて死んでいる。
腹の上に霜がおりて、
真っ白だ。
かわいそうに、冷たいだろうな。
死んでしまったのだから
わからないかな。
くちばしを大きく開けて死んでいる。
また、山の方で、
ドーンと鉄砲の音がした。

メジロ取り大成功

島根県・小6　高木　美佳

うちの柿の実にメジロやハトがくる。
うるさくて六時くらいに目がさめる。
そのメジロを取る作戦を思いついた。
鳥かごの中に、柿と梨を入れて
そこに鳥が入ってくると
入り口をバタンと閉める。
台所で朝食を作っている母が、
「かごに鳥が入ったよ。」
と大声でさけんだ。
私は急いで入り口を閉めにいった。
中には
メジロが二羽。
メジロ取り作戦
大成功。

9月——昆虫

☆キアゲハ
☆トノサマバッタ
☆オンブバッタ
☆ショウリョウバッタ
☆ギンヤンマ
☆カナブン
☆スズムシ
☆ツクツクボウシ
☆ヒグラシ
☆ダンゴムシ
☆カンタン
☆カネタタキ

虫とり

千葉県・小1　矢場　丈拓

ほら　つかまえた
くさきりとばったは草むらで
つゆむしは　いもばたけ
かまきりは　らっかせいのところ
ぼくは　虫とりの名人さ
どこにかくれても　にがさない
じいっと　草を見ていると
虫のほうから　カサカサカサ
うごきだしたら　ぼくのかち
ぼくは虫とり名人さ
見つけたものは　にがさない

むしさがし

沖縄県・小2　しまぶくろ　しょうた

きょう
むしさがしをしたよ。
とんぼをみつけたよ。
とんぼが
あおいそらをみていたよ。

せ　み

福岡県・小1　さとう　ふみこ

どうようびにミンミンぜみを
みつけました。
つかまえようとしたけれど
やめました。
かわいそうだ
と、おもいました。
せみのおかあさんが、さみしがると、
おもいました。
ほんとうは、つかまえたかったです。

おにやんま

高知県・小1　布　かずなり

いつも
なつは　おかあさんの　めいにちです。
おにやんまが　二ひき　やってきました。
おばあちゃんは
おかあさんと　おじいさんだと　いいました。

おかあさんらあも
ぼくらと　いっしょに
ごちそうを　たべたいがや。
らいねんも　きてよ。
そとで　コーヒーぎゅうにゅうを　もって
まちようけんね。

くものすの　とんぼ

宮城県・小1　かの　けんた

バタバタ　バタバタ　バタバタ
げんかんの　てんじょうから　きこえた。
なんだろう。
とんぼが　くものすに　ひっかかっている。
おかあさんを　よんだ。
おかあさんが　ながいほうきで
とんぼを　とってくれた。
くものすは　のりのように　べたべた。
とんぼのはねも　べたべた。
はねが　手に　くっついている。
とんぼは　うごけない。
かなしそうな　かおを　している。
ぴんせっとで、べたべたを　とってあげた。
一ぽんのあしは　目にくっついている。
べたべたを　ひっぱった。
あしや　手がとれてしまいそう。
はねをおさえて
そうっと、そうっと、とった。
やっと　とれた。
はねが　すこし　こわれてしまった。
木のえだに　おいた。
じぶんのあしで　たった。
また、くものすに
ひっかからないように
きをつけて　とんでね。
げんきでね。

トンボ

岩手県・小3　菅原　一陽

「あっ、トンボだ。」
まどのテラスに
トンボが
クルクル目をうごかして
とまっていた。
まるで、だれか来ないかと
お友だちを
さがしているみたい。
「あそんであげよう。」
そっと近づいたのに
トンボのやつ、
さっとにげた。
ぼくのこと
こわいのかな。

ふしぎなとんぼ

東京都・小3　氏家　健

ねている関根君を
保健室にむかえに行った時
羽黒とんぼがいた。
ゆかにとまったり
ベッドにとまったり
電気の上にとまったりしていた。
ぼくのすぐそばにきたから
手をのばしてつかまえようとした。
そしたら、さとう先生が、
「つかまえちゃだめだよ。ぐあいがわるいか
ら、保健室にきたんだから。」
と言った。
うそだあ、と言おうと思ったけど
ほんとうだとこまるからやめた。

赤とんぼ

徳島県・小4　浅野　裕之

青い青い空を
赤とんぼのむれが
わをえがいて飛んでいる。
とうがらしのような赤い体。
赤い赤い体。
そのむれの中を
ぎんやんまが一ぴき

弓矢のように飛んで行った。
青い青い空の下で、
赤とんぼが
けっこん式をしている。
おすとめすがひっついて、
そのまわりをほかの赤とんぼが
わを作って飛んでいる。

赤とんぼ

山口県・小6　中村　祥代

赤とんぼが一ぴき、
きれいな海を
泳ぐように飛んでいる。
子どものころ、
赤とんぼは
神の使いだと聞いたことがある。
赤とんぼはなぜ神の使いなのか、
わからないまま、時はたった。
答えが見つかったのは
小五のときだった。
答えは
小さいとんぼをおいかけていたころを
思い出させてくれるからかな。

かげろう

長野県・小1　こまがた　あやみ

よる　はしをわたったとき
でんきのところにむしがいました。
おとうさんは
「かげろうだよ。」
と　おしえてくれました。
すごくたくさんいました。
しろいはなびらのように
まっていました。
くるくる
まわっていました。
きもちわるいぐらいでした。
でもかえるときは
みんなみちに
ゆきのようにおちていました。
かげろうのいのちは
ちょっとしかないんだね。

かまどうま

石川県・小1　かど　ゆきお

せんせい。
せんせい。
ぼくのてんなか
みてみまっしね。
かまどうま
うつくしやろいね。
あめみたいやろね。
これね
たかしちゃんとこの
にわのせめんとのわれたところの
したにおったんや。
このむし
くらいとこすきなんや。
ね、せんせい、
あ、てんなか、うざくし《(くすぐったい)》んな。

かまどうま

東京都・小5　謡口　知子

庭の日かげの植木ばちをひっくりかえした。

「あっ、かまどうまだ。」

かまどうまはおどろいてとびあがった。

ものすごい勢いだ。

その筋力ムキムキの後足で
みんながみんな長い触覚をふりみだしてとび
あがる。

「さむいよ。」

「植木ばちふせて。」

「ぼくたちねてたんだから。」

口々にそう言っているようだ。

「ごめんね。」

私はあやまって植木ばちをふせた。

ひぐらし

三重県・小2　杉谷　雅美

ひぐらしは
「ひぐ、ひぐ、ひぐ、ひぐ。」

となきます。
ひぐらしは
かわいそうです。
夕方しかなけないからです。
めすは、もっとかわいそうです。
なけないからです。
かわいそうな
ひぐらし。

ひぐらし

東京都・小3　遠野　勇一

きょう七時ごろ、
ひぐらしが、
ぴぴぴぴぴ……
とずうっと鳴いていた。
よくそんなに鳴けるなと思った。
でもそれぞれ鳴き方がちがう。
もしかして、
先生に一人ずつ歌わされてんのかな。

すいっちょ

和歌山県・小2　家高　新一

でんきにむしがいっぱいよってきました。
すいっちょがしょうじにとんで
ねこがおわえよった。
りょう手でかげに
じゃれました。

せんろの虫

神奈川県・小2　宮川　正年

くさぶえ子ども会の、みんなが
ごうらのえきにならんで、
でんしゃをまっている。
せんろを見ていたら、
かたあしとれた、スイッチョンが、
ゆっくりあるいていた。
あの虫が、かわいそうだ。
ひかれてしまうと、みんながさわいだ。
はやくとんでもらおうと、
小石をなげたが虫はかんじない。
なげる小石のかずが、ふえた。
スイッチョンはやっといそぎだした。
みんなが、よろこんで、はくしゅした。
もう、でんしゃがきても、ひかれない。
みんなは、しずかに、でんしゃをまった。

コオロギ

東京都・小3　大附　浩之

自転車にのっていたら、
きゅうに、大きなコオロギが、
とび出してきた。
すぐ、ブレーキをかけたが
スリップした。
「あっ、だめだ。」
こわごわ、タイヤをしらべた。
コオロギは、ふまなかった。
コオロギは、ふんでいなかったんだ。
心ぞうが、ドキドキした。

すず虫さんの電話

埼玉県・小3　田中　みほ

リンリンリン。

すず虫さんの電話がはじまった。

向こうからも、
リンリンリン。

楽しそうね。

なかまに、

「あそべるかい。」

ってきいているのかな。

「あそべるよ。」

と言っているのかな。

鈴　虫

東京都・小5　黒須　雅江

静かな静かな夜
ひとりで楽器をひいている
さびしい鈴虫の演そう会

ダンゴムシって

神奈川県・小3　井田　拓哉

ダンゴムシってよろいみたいな体を
どうやって丸くするのかな。
ダンゴムシって正面から見たら
目がはなれてるんだね。
ダンゴムシってだっぴした皮を
食べるってしらなかったよ。
それから
ダンゴムシってムシがついてても
こん虫とはちがうなかまなんだって。
ダンゴムシって足が十四本あるんだって。
ダンゴムシって
小さな体で庭を歩いて
いろんな食べものを食べて
生きているんだな。

あ　ぶ

東京都・小5　加川　勉

ブン、ブーン、
ブン、ブーン、
あふれるようにさいた、
きくのまわりで、
あぶがいっぱいとびまわる。
赤い花にとまったと思ったら、
また、ブーンと飛び上がる、
黄色い花にもとまった。
もぞもぞもぞ。
なにしているのかな。
よく見ると、花のテーブルで、
きくのごちそうを食べている。
いいにおいだ。
おいしそうだな。
ふわふわの花のベッドで、
ひるねするのもいるのかな。
何のゆめを見るのかな。
ぼくも、
あぶになってみたくなった。

ウマオイ

東京都・小5　井上　準之介

庭のはっぱに、
いつもウマオイがいます。
朝見ても、昼見ても、夜見てもいます。
一日中じっとして、
何をしているのでしょう。
雨が降らないかぎり
同じ場所の同じ位置で
じっとしています。
ぼくはウマオイが
何をしているのかが
不思議です。

ヤスデ

長野県・小6　井出　朱美

ヤスデは線路なんかに出て汽車をとまらせ
人々をこまらせる。
遠足のとき見たら
足の下は、死んだヤスデでいっぱい。
短い足をいっぱいつけて
いっしょうけんめい歩いているのもいた。
数えきれない程　歩いていた。
まえは、ヤスデなんかでなかったのに
一週間前から出てきた。
どうして急に出はじめたのだろう。
車にひかれて半分になった体でも
まだがんばって歩いている。
ドブの中もヤスデでいっぱい。
ヤスデが、食べられたり役に立つものだった
ら、
あっというまに誰かが持って行き、
そしてヤスデは姿を消してしまうだろう。
ヤスデは線路に出てからは有名だ。
テレビ・新聞にまで出る。
でも有名は有名でもへんな有名だな。

9月——魚介類

☆ハモ
☆マス
☆メゴチ
☆メバル
☆カマス
☆サンマ
☆イセエビ
☆タコ
☆ホタテガイ
☆フジツボ
☆サクラガイ

☆コハダ
☆シロギス
☆イシモチ
☆ウマヅラハギ
☆エボダイ
☆オコゼ
☆カツオ
☆カワハギ
☆カンパチ
☆キス
☆キハダ

☆アオリイカ
☆スルメイカ
☆ヤリイカ
☆トコブシ
☆ホヤ
☆ムラサキウニ

らいぎょ

長野県・小2　高はし　正三

ぼうきれのような
らいぎょ
せびれは
りゅうの　ようだ。
せなかの　もようが
黒まむしの　ようだ。
たいふうのように
水ばちで　あばれたはらが
へびみたい。
目だまが　どじょうに　そっくりだ。

じゃこ

和歌山県・小3　い中　ま友美

大きな岩のまわりで
じゃこが、
何びきも　かたまって
泳いでいる。

息をとめて、
音を立てずに近よっていく。
あと　少し
「あっ。」
じゃこは
みんな同じ方向に
にげてしまった。
じゃこは、
わたしを見ていたんだな。

うなぎとり

広島県・小5　安田　勉

よる　水のきついところに
つけばりをした。
あくる日早く行ってみた。
そろそろあげると
手にピリピリした。
何かつれとるな
ドキドキしながらひっぱると

大きなうなぎがつれていた。
うなぎは　にげようとして
ぼくの手にくるくるとまきついた。
ぼくは　ぐっとにぎって
にがさなかった。
うれしくてたまらない。
ぼくは　それを見せびらかしながら
わざとゆっくり帰った。

ヤシガニ

沖縄県・小5　慶田高　美香

おい、ヤシガニ。
ガサガサッと
きび畑を歩き回る
ヤシガニ。
どうしてそんなに
おしりが大きいんだ。
こらヤシガニ。
きび畑あさって何してるんだ。
こんな所に
お金はないんだぞ。

鰯拾い

北海道・小5　竹島　秀幸

九時三〇分ごろ
近くの浜で鰯拾いをした
波が来た所を見ている
波が引いた後に
鰯がはねていることがある
はねている鰯を見つけた
その鰯を拾いに行く
早くしないと次の波で流されてしまう
だから急いで拾いに行く
バケツに海水を入れておき
そのバケツに拾った鰯を入れる
元気なものは何度も飛びだして大変だった
二時間ほどで二十五~三十四ほど拾った
家に帰っても二匹ほど生きていた
流しで鰯を手で三枚におろした
あっちこっち走って疲れたけど面白かった

たことり

沖縄県・小5　宮里　隆史

タバコのすいがらを、
水にまぜてえさをつくった。
おとうさんと、
たこをとりにいった。
たこの穴をみつけた。
えさをいれてじっとみていた。
「あっ。」
足がでてきた。
つづいてあたまもでてきた。
ぼくはハッといきをとめて、
「それ、いまだ。」と、
すぐつかまえた。
とってもうれしかった。

海ホタルを初めて見た

広島県・小5　青木　朋美

エサをつけた糸を、なげこむと
みるみる海が　光りだす
青白い光を放ちながら
百、千、いや、何万匹も集まって、
みるみる海が、光りだす。

海ホタルって
まるで、海に落ちた、夜空の星
波がくるたびかがやきをます　夜空の星

うっとりと　海ホタルを見て考えた
自然はかいが進んで
トキも絶めつしたけれど
海ホタルは大じょうぶ?

海をうめて
工場や家を建てるのは、
もうやめよう
このうみの星を
またいつか　見にきたいから

十月

10月——行事

1
赤い羽根共同募金運動（1日〜31日）
リサイクル推進月間
障害者福祉月間
東海道新幹線開通記念日（1960）
体力づくり強調月間
法の日（1960）
印章（ハンコ）の日（1873年から書類に印を押すようになった）
新聞週間始まる（正しく早く知らせることを大切に）
警視庁が110番を設置（1948）
コーヒーの日（1983）
ネクタイの日（1971）
日本酒の日（1978）

赤い羽根

長野県・中3　笠原　敬子

町の四つ角までくると
婦人会のおばさん達が、
「赤い羽根を買ってください」と
あちらからも、こちらからも呼びかけている。
みんな、胸に赤い羽根をつけている。
ついこの前、私はラジオで、
「羽根をぬかれて、にわとりが、かわいそうだ、にわとりにもきふしてやればよい」
という、会話を聞いた。
人間ばかりではなく、にわとりにも
考えればそんな気持ちもする。
そんなことを考えていると
またどこからか
「赤い羽根を買ってください、かわいそうな人のために」
と、聞こえてきた。

法　律

京都府・小5　北村　知香

十一月一日に、
してはいけないほうりつが決まった。
それは、
車を運転しながら
けいたい電話をかけたり
話したりしてはダメというほうりつ、
そんなの守れるのかな〜。

法　律

東京都・小6　三上　優輔

憲法は一〇三条ある。

歩くときにも、車に乗っても、
物を買うときにも法律がある。

「日本に法律はいくつあるの。」

とお兄ちゃんに聞いたら、

「無限にある。」

と言った。

星をながめていたら、
星と法律の数は同じかと思った。

しんぶん

徳島県・小1　わたなべ　こうじ

しゃかいのじかん
どうして　しんぶんやさんは
まい日　はいたつするのでしょうって
せんせいが　きいた。
そんなこと　わかってるよ。
てれびをみるのに
しんぶんがなかったら
こまるからでしょう。

衣がえ
2　豆腐の日
土地の日（1997）
3　登山の日
4　陶器の日（1984）
イワシの日（1985）
古書の日
都市景観の日（1990）
里親デー（1948）
ソ連人工衛星打ち上げに成功（1957）
ソ連人工衛星月の裏側撮影（1959）
5　時刻表記念日（1894年初めて時刻表が出版された）
6　国際協力の日（1954年外務省が制定）
7　長崎くんち（9日まで）
8　国立公園法ができて11の公園が選定された（1931）
古紙リサイクル週間（8日から14日）
木の日（1977）
足袋の日
9　世界郵便連デー（1884）
金刀比羅宮祭り（香川県）
トラックの日（1992）
10　体育の日（1964年の東京オリンピックの開会の日）
目の愛護デー（1931）
かんづめの日（1787）

新聞

愛媛県・小5　冨田　めぐみ

おれは新聞
知ってのとおり、朝と夕方顔を出す
みんなおれを必要としてる
どんなやつより物知りだ
でもそれは一日だけだ
一日たてばもう不必要
夢があるのは配達前
カシャカシャカシャ
おれがすがたをあらわして
みんなの所へ行くんだぜ
たった一日の命でも
ほこりを持つぜ

おれは新聞

たくさんのんでね

福岡県・小2　きく本　まさゆき

おかあさん、お手紙ありがとう。
ぼくがおなかの中にいた時、えいようのある
　ものをたくさん食べてくれたんだね。
かいだんやさかみちで、ころばないようにゆ
　っくりあるいてくれたんだね。
おなかをさすりながら
「元気で生まれてきてね。まってるよ。」
と声をかけてくれたんだね。
それからぼくがいやがるので、
大すきなコーヒー、のまなかったんだね。
おかあさんありがとう。
おかげでぼくは、元気にうまれたよ。
これからは、大すきなコーヒーをたくさんの
　んでいいよ。
おかあさんのお手紙、ずっとずっと大せつに
　とっておくよ。

お父さんのネクタイ

埼玉県・小4　林　将輝

今日洋服ダンスのハンガーを見たら、
丸いがらのネクタイがあった。
一歩前に進んでよく見ると、
丸の中に丸が3つあった。
もう一歩進んで見ると、
ミッキーマウスのネクタイだった。
えっ、なんでこんなのあるの？
お母さんに聞いてみたら、
「お父さんが
　おもしろいネクタイを
　集めているのよ。」
と言った。
お父さんも
かわいいところがあるなー。

つりの日（1977）
まぐろの日（1986年漁業組合が設定）
11 ファーブル没（1915）
渡辺崋山没（1841）
12 コロンブス新大陸発見（1492）
松尾芭蕉没（1694）
13 引っ越しの日（1868年、天皇の江戸城引っ越しの日）
サツマイモの日
14 鉄道の日（1872年東京横浜間開通）
ＰＴＡ全国協議会結成（1952）
体育の日（1964）
15 きのこの日（1995）
16 世界食糧デー（1979）
17 貯蓄の日（1952年設定）
ショパン没（1845）
18 統計の日（1973）
冷凍食品の日（1986）
19 バーゲンの日（1895年東京で大売出しがあった日）
土井晩翠没（1952）
魯迅没（1936）
20 リサイクルの日（1990）
新聞広告の日（1958）
21 あかりの日（1881）
早稲田大学開校記念日（1882）
大隈重信が東京専門学校（現在の早稲田

おさけのでんわ

東京都・小2　くらはし　さおり

ごはんを食べているとき、
リーン、リーン、
となった。

お母さんが、でんわをとった。

「はい、倉橋ですけれど……。」

「…………。」

「はい。」

「…………。」

「はい。」

「…………。」

「はい。」

だんだん声がひくくなる。

でんわをきった。

あきらが、

「おとうさんの、おさけなの。」

と聞いたら、

「うん。」

とさみしそうにいった。

毎日、おさけのでんわだと声がひくくなるから
わかる。

酒

東京都・小6　竹内　美子

私のうちは酒やです。

買いにくるのは、しょうちゅうが多く、
お酒は二級が多い。
特級が一番少ない。
お酒やしょうちゅうは、
どこがおいしいのだろう。
病気にもなる。
自分の家で売っているけど、
多くのむと人間のからだによくないから、
たくさんうりたくない。

衣替えの朝

静岡県・中1　早馬　敦子

十月一日
今日は衣替えの日
朝、セーラー服を着た

ふと、入学式の朝を思い出した
ちょっぴり緊張して
ちょっぴり浮き浮きして
母と学校へ向かったものだった

今朝は緊張はないけれど
気分は浮き浮き
セーラー服がぐっと重く感じられる

〝しわはついていないかな
太く見えるんじゃないかな〟

大学）を創設（1882）
志賀直哉没（1971）
国際反戦デー（1966年、ベトナム戦争反
対運動が起こった日）
22 京都時代祭り（1895年に始まった）
セザンヌ没（1906）
23 電信電話の日（1869年電信線が引かれ
た）
田中正造が足尾鉱毒問題で天皇に直訴し
た（1901）
ピカソ没（1881）
土井晩翠誕生（1871）
24 太平洋戦争で連合艦隊が消滅し特攻隊機
が初出撃（1944）
東京オリンピック閉会（1964）
国際連合デー（1945年国連発足）
25 騒音防止週間（1953年設定）
ピカソ誕生（1881）
原子力の日（1963年東海村で発電開始）
サーカスの日（1871年東京で初興行）
26 伊藤博文没（1909）
27 読書週間（1947年、2週間設定）
文字活字文化の日
古本まつり（東京都神田）
30 速記の日（1882）
石川啄木誕生（1886）
31 ホームビデオの発表記念日（1969）

鏡をのぞいた
「うん、ヨシッ！」
私はきちっとネクタイを結んだ

お母さんの手

岡山県・小3　松浦　元樹

お母さんが
手の上で
とうふを切った。
とうふは小さくなって
なべに入った。
お母さんの手は
切れていなかった。
お母さんの手は
とうふを切るとき
まな板のように
かたくなるのか。
お母さんの手は
ふしぎだ。

八甲田登山

青森県・小6　蝦名　誠

肩にくいこむリック、
重い足、
「もうすこしだ、もうすこしだ。」
自分に何回もいい聞かせた。
頂上まで続くありのような行列、
さっきまで持っていた棒きれもない。
たよれるのは、二本の足と登る気持ち、
もう水はない。
がんがんと照りつける太陽、
力がぬけていく、
ますます肩にくいこむリック、
もうだめだ、足が地面に吸いつきそうだ。
のどがひりひりする。
その時、
「頂上だ。」
誰かがさけんだ。
ぼくは、むちゅうで登った。
みんなの顔が大きくとびこんできた。
重かった手足がきゅうに軽くなった。
頂上の風が快くほっぺたをなでた。

富士登山

東京都・小6　土屋　勇二

ザックザック
足もとに
とけたよう岩のかたまり。
フーッと息をして、
思わず頂上を見上げる。
白い測候所が、
まっち箱のようだ。
汗が、
背中を流れ出る。

香りの記念日（1992・世界香りのフェア記念・石川県）
ガス記念日（1872年横浜にガス灯がともされた）

父がふり返って、
「おい、がんばれよ！」
四十五度くらいの
山道のかたむき。
何でこんな所に登ったのか。
あともう少し、
もう少しと、
心の中で思いながら登る。
あこがれの七合目。
天と地の境。
足もとに浮かぶ、
わたがしのような雲。
思わず、
「オーイ。」
と　さけんだ。

陶器の町

滋賀県・小4　相楽　叶

山のふもとにならんだかまは
今日もむくむくと黒い煙をはいている
いろいろの陶器のふるさとだ
土で作られ赤いほのおをぬけて
きれいに焼きだされる
一つの火鉢のそのかげに
人々の力がこもっている
土をほる人、かたとる人、やく人、
みんなの力があつまっている
今日も黒い煙が立ちのぼる
そこに仕事にはげむ町の人がいる
こうして私たちの町は栄える

上有田のとうき市

佐賀県・小5　井手　亜依子

とうき市に行った。
みんな高かった。
六時ぐらいになると大安売りになって
おじさんが
「門の中はぜんぶ十円だよ。」
と言った。
私は一番先に走って行った。
ちゃわんやコーヒーちゃわんをとった。
あとからおとなの人が大ぜい来た。
とりあいっこをした。
おしくらまんじゅうやっているみたいだ。
いっぱいちゃわんがわれた。
ちゃわんをわった人は
お金をはらわなくていいのかな。

古本屋

神奈川県・小2　国江　悠介

古本屋で本を買った。
おうちにかえって

本を読んだら
名前が書いてあった。
古本屋にうるんだったら
名前けしてよ。
だって
ぼくのものなんだもん。

人工衛星

大阪府・小6　石村　孝夫

人間のあげた小さな星よ
金星や
木星や
土星やら
おまえの仲間に
あいさつしたかい
「こんにちは」
上空九百キロ
あたりはまっくらだから
「こんばんは」かな
ちゃんとあいさつをするんだよ
星たちの中で
おまえは
一番しんまいなんだから

時刻表

東京都・小5　小野　達也

「さあ、出発だ。」
時刻表をひらくと思わずこの言葉が出てくる。
時刻表を開いて見ていると、
いつの間にか旅をしているような気分になり、
目の前にいろいろな景色がうかんでくる。
むねのどうきも早くなり、
時刻表の中に
次々と停車駅をさがしていく。
「はっ。」
と気がついたら、
時刻表がぼくの顔の上にあった。
いつのまにかねてしまったらしい。

ボランティア

奈良県・小4　山田　和寛

きのう
兵庫県に行った
阪神大震災のせいで
家がつぶれていた
ガラスも
とびちっていた
マンションが
ななめになっていた
マンションのまん中が
つぶれていた
ぼくたちのチームは
いこいの家という所にいって
そこは　お年よりが
いっぱいいる所だった
「やることは　ありませんか」
と聞くと
「区役所まで行って
　水を持って来てほしい」
と言った
区役所は遠かった
水がなかったから
お茶を持っていった
すごかった。

バングラディッシュの子ども達

東京都・小6　宍戸　利香

バングラディッシュの映画を見て、
ものすごくおどろいた。
おなかがすいて、
やわらかい土を食べる子ども達。
たった五円のミルクが買えず、
やせ細って行く赤ちゃん。
たった一円のビタミン剤が買えず、
目が見えないままの子。
ただ、たんに、
バングラディッシュに生まれたため、
この世を去ってしまう、
幼い命。
こんな中で、
地球にある食料の、半分以上を、

日本とアメリカで、
食べてしまっているそうだ。
みんながふつうに食べれば、
飢える人はいなくなる。
食料がまかなえる　と、いうのに。

バングラディッシュの人が言った、
「日本人は、自分さえよければ、
　いいのですか？」
私も日本人。
この言葉が、
耳からはなれない。

木

東京都・小6　東竜　有彰

たくましく大きな木。
鳥がとまる。
ぼくは木を
うらやましいなあと思った。

光と木があっている。
葉の色がきれいになる。
鳥がとまると美しい鳴き声も聞けるし、
くやしい時、木を見ると
木の葉がゆれ、
ぼくをはげましてくれる。
見ているうちに
くやしさがだんだんおさまってくる。
木は人のくやしさを治める。
木はすばらしいと思った。

私と木を植えた男

東京都・小6　清水　翔

日記を書こう。
決心した心は堅かった。
しかし、日記は三月以来白紙である。

エルゼアール・ブフィエ、
彼と会ったのは　夏休み。
彼は、フランスのあれ地に
木を植えている。
そして、彼は一本の木を
森に育てあげた。
始めは根づかないカシワを
毎日毎日植え続けた。
きっと育つだろうと
希望を持ちながら。
「森を育てたのは、私だ。」
彼は、そう自まんしなかった。
だれ一人として、
老人が育てたとは思わなかった。
昔のあれ地を想像しなかった。
彼は、それでも満足していた。
名誉も報酬も受けずに。
ブフィエの誠実さ、
コツコツと努力を積み重ね、
目標にむかって
くじけず前進する。
そんな生き方に心をうたれた。

トラック

大阪府・小6　下農　富造

朝、目がさめたら
トラックのエンジンがなりひびいていた。
トラックも朝早くおこされて
ねむたいだろう。

ダンプ

東京都・小6　藤江　香央里

私のお父さんは仕事で四トンの
ダンプに乗っている。
「燃料を入れに行くから　おいで。」
と言うので、私もついて行った。

ダンプに乗ると、座席が高いので
上から下を見おろすようだった。

車が走り出した。
座席が大きく揺れて
体がガクガクする。
私は少し怖くなった。

でも、お父さんは笑っていて
余裕の様子だ。
何だか、お父さんが、
すごい人のように見えてきた。

私は「いつものお父さんとは、
また、違ったお父さんが見られて、
良かったな。」と思った。

オリンピック開会式

大阪府・小5　川口　順子

みんなが　まっていた　この日
きれいな　音楽が　ながれ
いよいよ　入場行進だ
そろった足並み
色とりどりのユニホーム
みんな希望に　みちている
ここに世界が
一つに結ばれたのだ
トーチをかかげた　坂井選手
一六三の階だんを
元気よくかけのぼる
しっかりと
いのるような気持ちで
じっと見つめる
遠いローマから
はるばる来た聖火
私たちが
小旗をふってむかえた聖火
今　ここに点火され
静かに　もえ続ける
いろいろな争い　クーデター
ここは　そんなことのおこらない
平和な場所なのだ
この平和が　いつまでも続くよう
私たちは　ねがいたい

聖火をむかえて
――東京オリンピック――

富山県・小6　赤田　佳津男

「聖火走者がきた。」
と、だれか大声でいった。
新聞、テレビで見た聖火
ギリシャで
太陽の熱を集めて点火された聖火
つぎつぎとリレーされた聖火
その聖火が
もう、何秒かでぼくの前を通るのだ。
なんだか胸がドキドキしてくる。
また
「けむりだ。」
と、だれかがさけんだ。
右の方から白いけむりが
もくもくと近づいてくる。
その後に、
オレンジ色のほのおが見える。
走者の顔も見える。
サッサッ、という音も聞こえる。
みんないっせいに、
「ワッ」と歓声を上げた。
ぼくは思いきり旗をふった。
このオレンジ色のほのおの中に、
リレーした人々がいる。
ギリシャからつぎつぎと受けつがれた国
それらの国々が、
このほのおの中で一つになっている。
ぼくはオレンジ色のほのおをじっとみた。
そのうち
聖火走者は通りすぎた。

はじめてめがねをかけたよ

愛媛県・小2　おち　ひとみ

はじめて
めがねをかけたよ。
くらくらして
こけそうだったよ。
でも、
おかあさん犬のクロが
よく見えたよ。
クロは、
わたしのかおを見ると、

ワンワンとほえてにげたよ。
クロ、どうしたんかな。
わたしが、
がいこくじんに見えたのかな。
クロ
わたしだよ。

目が不自由な人

東京都・小6　斉藤　真夕

友達の、発表会を見にいった。
目が不自由な人が、
エレクトーンをひいた。
私は、三年生のときも、みにきた。
そのときは、
体の中が、
からっぽになったかんじだった。
思ったとおり、
すごくはくりょくがあった。
私は、じっとその人をみた。
目が不自由だなんて
思えなかった。
目が不自由だから
ほかの人より
何倍も、練習しているんだな。

マグロをつりに行った

高知県・小4　澳本　宝仙

沖にマグロをつりに行った。
四十センチメートルくらいのマグロを
ねらっている。
朝は二、三びきしかくわんかった。
カツオ船もきちょった。
大方の船長さんが、
「くわんかえ。」
と聞いてきた。
ぼくは、
「くわん。」
と大きい声でさけんだ。
でも、どんどんつれだした。
大漁になった。
大きくなったら、りょうしになりたい。
ぼくのマグロは
ばあちゃんがさしみにしてくれるかな。

ファーブル

福井県・小3　山本　博美

ファーブルは、
とっても　とっても
虫が　すきな　子どもだ。
なんで、

あんなに
虫が　すきなんだろう。
九十一歳まで
よく　虫と　くらしていたなあ。

ファーブルは、
頭の　いい人だなあ。
小さいころは
いたずらっ子だったけれど、
いまじゃあ　もう　中学の先生。
りっぱだなあ。
わたしも
ファーブルの　ように　なりたいなあ。

ひっこし

東京都・小2　はやし　ゆき子

おとなりの　みちこちゃんが
あした、ひっこしするので、
さびしくなります。
もう、あそべないので、
きょうは
くらくなるまで、
いっしょうけんめいあそんだ。
あせが出て
どっちも
かおがきたなくなった。

さつまいも

岩手県・小2　佐々木　加奈子

がっきゅうえんで、いもほりをした。
でてきた、でてきた
でっかいの。
ころっとした小さいの。
おやっ
きょうとう先生のように
おなかがぽこんとでたいも。
やすし先生みたいに
すらっとして元気ないも。
玉川先生が
こくばんに字を書くときのように
くにゃっとしたいも。
まさあき先生みたいに
ほくろのあるいも。
校長先生がわらったみたいに
しわがいっぱいあるいも。
ああ、おもしろかった。
土の中ってふしぎだな。

蒸気機関車

東京都・小5　山口　雅弘

まっくろな車体、
大きな車輪が
一つ、二つ、三つ
小さい車輪が
一つ、二つ。
けいてきを、
「ボーッ。」とならして、
蒸気機関車は、いさましく走る。
何年も走りつづけたおじいさん。
もう一度乗ってみたいな。
こわされて、かわいそう。
もう電気機関車に
バトンタッチだね。
蒸気機関車は、
もうすこしで、いんたいだね。
もうすこし、
長く走ってほしいんだけど。

広　告

東京都・小6　三上　優輔

新聞の旅行の広告を見ていると
夢がどんどん大きくひろがる。
カナダで恐竜を見たり、
イタリアでサッカーを見たり、
スイスのアルプスにのぼったり、
ピラミッドを見たり、
夢は大きくなっていくばかり。
でも行ける望みはない。
広告の中に入って行きたい。
でも入れない。

あかり

宮城県・小4　沼館　正範

アパートのまどが、
明るくなった。
あっち、
こっち、
だんだん、
あかりが、ついていく。

家のこんでいるところは、
いっせいにつく。

まだ、くらいところがある。
あのうちのお母さん、
まだ、かえらないんだな。

電　気

福井県・小4　山下　哲司

家のでんとう、60W。
「わっ、まぶしい。」
すごい明るさ。
家いっぱい
すみずみまでてらす。
ぼくたちを明るくして
人のすることを
だまって上から見ている。

下でぼくたちがしていることを
どう思っているのだろう。

大隈重信

東京都・小4　城所　一幸

「大隈重信は武士をきらって
オランダ語や英語を勉強した。
幕府の長州征伐に反対した。
征韓論にも反対した。
不平等な条約改正をすすめ、
爆弾を投げられて片足をなくした。
早稲田大学をつくってから
総理大臣になって
世論を大切にすると言った。」
と江口先生が話した。
ぼくは大隈重信を尊敬する。
大隈重信も江口先生も佐賀県出身だ。
江口先生は早稲田大学で勉強した。
ぼくも早稲田大学で勉強したい。

オリンピック

長崎県・小3　神原　みゆき

おとうさんが、テレビを見ていた。
なみだがすこし目にたまっていた。
テレビでは、へいかいしきをやっていた。
わたしも、
せい火の火が消えて
せんしゅのすがたが消え、
たいまつだけになって、
ほたるの光がながれたというところで、
なみだが　こぼれた。
おとうさんも、
こんな気持ちなんだな。

国連デー

東京都・小5　天田　文博

学校の国旗けいようとうに
国連旗をあげる。
はり金がすぐからまる。
やっとなおった。
いよいよ国連旗をあげる。
友達とあげだした。
なんだか国連旗をあげていると、
いい気持ちだ。
国連旗は
青地に白で地球がかいてある。
その回りをげっけいじゅの葉が
まるくかこんでいる。
きょうは、国連デー。

ピカソの絵

高知県・小3　森　純氣

ピカソ展を見に行った。
ピカソのかいた絵は
鼻が口の横にきていたり
目が鼻のところにきていたり
へんな絵ばかりだった。
ぼくのめあては
ピカソのおくさんの
ジャクリーヌの絵だ。
ジャクリーヌの絵は
ほかの絵とくらべて
すごくうまかった。
ほんとうの人の顔だった。
ピカソのおくさんの絵だから
ていねいにかいたのかなあ。

サーカス

鳥取県・小2　岡嶋　真樹

テントのまん中に赤いぬのが一本。
おねえさんが手でぐいぐいのぼっていく。
足にぬのをまきつけた。
手をはなしてさかさになった。
おき上がって、また、のぼっていく。
どんどん高くなる。
とまった。
ヒュー。
おねえさんがおちてきた。
さかさまでおちてきた。
あたまが下につきそうなくらいおちてきた。
目がまんまるになった。

ころげおちそうだった。
むねもおなかも。

かわいそうな本

福岡県・小2　あじし　まゆ

ねえ　先生、
この本　かわいそう。
だってね
とっても　ふるいのに、
まだ　二人しかかりてないよ。
ずっとまえから　図書しつにあるのにね。
こんど　わたしが、かりてやろうかな。
そしたら　この本、
「うれしい。」
というかな。

ごんの最後

秋田県・小4　石沢　敦也

やっと、ごんぎつねがおわった。
ごんの最期は
かわいそうだった。
しのんでいったのに
みつかって
火なわじゅうで　うたれたごん。
兵十は
びっくりしたのと
がっくりしたのと
いっしょになった。
（つらかったのは、
　ごんより兵十かな。）
と思った。
かわいそうなごん。

「走れメロス」を読んで

長野県・小6　小穴　さゆり

メロスよ！
さあ行くんだ。
真実のために！
愛と誠の力を教えてやるんだ！
真実の友、セリヌンティウスを
死刑にしてはいけないんだ！
濁流を泳ぎきり、
山賊を三人もうちたおしたではないか。
ここでへたばってはならない。
おまえが日ぼつまでに、
刑場へ行かなければ、
確実に王は、
セリヌンティウスを殺す。
そのうえおまえは、
うらぎり者、うそつき、
そして、殺されるのがこわくて、
友をぎせいにした、いくじなし――
きっとこんなふうに言われるだろう。
王に教えてやるんだ。
本当の真実を！
正義を！
メロスよ、速く！
さあ
走れメロス

野鳥

広島県・小3　小松　しょう太

漢字テストがあった
さい後の一問は「野鳥」
「野」は「や」
「鳥」は「とり」
考えて　考えて　考えて……
（わかった「やきとりや」）
テストが返って来た
「なんじゃこりゃ」
と先生が書いていた
お母さんがわらった
お父さんもわらった
ぼくもわらった
「やちょう」やった

かんじ

長野県・小1　みやた　たいら

しょうがっこうで
はじめて
かんじを　ならった。

ぼくは
ほんとうの　一ねんせいに　なったんだな。
と、おもった。

かえって、
すぐ、おかあさんに　はなした。
それから、
一、二、三、四、五、六、七、八、九、十って、
なんかいも　のうとに　かいた。

漢字のしけん

東京都・小4　ひらの　ふみお

きょうは　漢字のしけん。
よし　百点　とってやる！
だんだん書いていく。
先生が「タビ」といった。
ぼくはわからなかった。
あたりを見まわした。
窓から旅かんが見えた。
旅かんのかんばんに
旅という字が書いてあった。
ぼくは　見て書いちゃった。

石川啄木

東京都・小6　川島　由紀子

びんぼうな生活をし、
弱い心になやまされ、
いくどか死のうと思った人間。
あるときは人力車にゆられ、
あるときは家で頭をかかえ、
そして病気になり、
死んでいった人間。
啄木の一生は、何だったのだろうか。
住むところも転々と変え、
職業も変えて、
どんなよいことがあったのだろうか。
詩を書いているときは、
しあわせだったのだろうか。
啄木は、私より年下のような気がする。
それは、かれが弱いからである。
――私には　そう思える。

お母さんのにおい

和歌山県・小4　森本　健太

くんくん
お母さんのにおいをかぐ。
家にいる時や
お出かけの時は、
化しょうのにおいがするね。
柿畑で
せんていをした時は、
あせのにおいがするね。
消どくをした時は、
「子どもに悪いから。」
って、
においをかがせてくれないね。
でも、おふろから出て来れば、
シャンプーのにおいがするね。
お母さんのしたことは、
何でも
においが知らせてくれるね。

ガス

東京都・小2　工藤　弘文

おかあさんに
「おふろの　ガスをつけて。」
とたのまれた。
「いいよ。」
と言って　つけた。
一回目は　つかなかった。
二回目も　つかなかった。
三回目に　点火をまわしたら
ドカン　となって　きえて　しまった。
ぼくは、びっくりした。
とてもこわかった。
おかあさんがやったら、
青いほのおを出して、よくもえた。
よかったと思った。

10月 ——季節

☆美しい秋空　☆秋風
☆涼しい秋風　☆虫の音
☆スポーツ
☆読書
☆食欲
☆落ち葉
☆夕やけ
☆淋しい夕暮れ
☆台風
☆紅葉
☆秋雨

ゆうやけ

鳥取県・小1　こにし　よしこ

きにょう
ゆうやけでした。
なを　あらいました。
うたをうたって　あらいました。
川の中も
ゆうやけでした。
なをあらえば
ゆうやけが
がさがさ　めげるので
わたしは
そろっと　あらいました。
なを　うごかさんやあに　あらいました。

ちゃんばらごっこ

鳥取県・小1　つむら　ひとし

のぶやくんと
こういちくんと
ちゃんばらごっこを　した。
こういちくんに　きられて
ぼくは　くさの中に　もくれた《(たおれた)》。
もくれたまんま
くさの中で　じっとしとったら、
そらが　ぼくんとこへ
おちてくるみたいだった。
ぼくは　そのとき
ちゃんばらごっこを
わすれとった。

たいふう

島根県・小1　くろかわ　ゆか

あさおきたら
びゅうびゅうって
かぜがふいていました。
あめがぱちぱちっと
まどがらすにあたっていました。
木と木がてをつないで
だんすしているみたいにゆれていました。
あさがおのはっぱが
あめにたたかれていたそうでした。

きょうは
そらがおこっているみたいでした。

ゆきむし

北海道・小1　阿部　友香

きょう　ゆきむしをみたよ
たくさんとんでいたから
さわってみたよ
さわるとゆきが
とけるように
きえたよ
さわってごめんね
ゆきむしがいなくなると
もうゆきがふるね
ゆきむしのしろいふくのように
ままにコートをだしてもらったよ

秋を見つけたよ

大阪府・小2　高木　まゆみ

秋は、高い　山の　空に　います。
大きい　くりの木を　見つけて、
おりて　来ます。
いっぱい　みを　つけます。
それから、ふもとへ　おりて　いきます。
ふもとの　もみじの　木に　来て、
ちょっと　やすみます。
そして　赤く　いろづけて、
町へ　おりて　いきます。
秋は　わたしの　家にも　来て、
きくを　さかせます。
秋は、電車みたいに、
つぎ　つぎ　と行きます。
そうして、また　空へ　かえって　いきます。

夜つゆ

秋田県・小2　松田　忠美

夜つゆはどうして出るんだろう。
てんとさまからおちてくるな（ん）だろうか。
ぼくはでんとのとこでみていました。
てんとからおちません。
土から上がってくるかみていました。
土から上がりません。
でも、はっぱこにつゆができました。
ちっちゃいつゆこができました。
ちっちゃいつゆこが、
しらないこまにできました。
でんとで光りました。
どうして出たかわかりません。
へんだなと思いました。
はっぱこが、うんだのかと思いました。

まん月

長崎県・小2　田中　こう

きょうは、まん月だ。
ベランダに出て、
ぼうえんきょうで見たら
クレーターが見えた。
月のところに、
大きなあながあるようだ。
はしっこが、チリチリしている。
青いにじのような
かんじだった。
月はたいようと同じで、
のぼるときは大きくて、
上にあがったら、小さく見えるなあ。

ウロコ雲

北海道・小3　牧野　穂乃香

そろばんじゅくの帰り
ウロコ雲を見つけた
おもわず
「あっ」とさけんでいた
ウロコ雲は
きれいなオレンジ色の光に
つつまれていた
その時　秋風が
私の顔をなでた

しも

大分県・小3　長谷部　一郎

あさ、学校に行こうと思って
戸をあけると
まっ白なしもがおりている。
しもは、ぼくに
「つめたいぞ。」といっているみたいだ。
ぼくは
「しもなんかにまけてたまるか。」と思った。
だから、けさは、ポケットに
手を入れてこなかった。

秋の山

和歌山県・小4　宗家　麻子

山を見ると色が変わってきている。
黄色や赤に変わってきている。
花火のようだ。
緑色ばかりだった葉っぱが
いろいろな色になった。
山がへんしんしたみたいだ。
私は秋の山が一番好き。
みんなで遊びに行こう。

空のプール

東京都・小4　松永　暁子

秋の空は
とんぼのプール。
どこまでもつづく
大きなプール。

秋

東京都・小4　畠山　和子

貨物列車が通って、
東の空が明るくなるころ
虫の音は、きえていくのよ。

夕やけ

青森県・小4　細井　恵

歩道橋の上から見たら
西の方が
夕やけでいっぱいでした。
「あーちゃん、夕日きれいだね。」
「うん、水たまりもオレンジ色になってる
ね。」
あずささんが言いました。
二人で見ていたら
赤い空に
飛行機が　まっすぐに
線を引いていきました。

衣がえ

愛媛県・小6　菅　真央

朝起きると、
はだ寒い。
クローゼットから、
長そでのブラウスをひっぱりだす。
時間を見ながらあわてて着ると、
ぴちぴちの七分そでじょうたい。
ブラウスが、
「まおちゃん、大きくなったね。」
と、知らせてくれた。

かきの木

石川県・小6　二次　裕美

学校の帰り道
かきの木が二つならんでいる
かきの木には
鳥に食べられて半分になったかきが
一つだけ
この前見たときは
両方の木に
かぞえきれいなほどなっていた
なのに今は全然
鳥に食べられて半分になったかきが
一つだけ
葉っぱも落ちて一枚もない
ああ
もう冬がくるのかな

10月

——家庭生活

☆稲刈り
☆収穫
☆虫ぼし
☆秋祭り
☆ハイキング
☆お月見

かんぴょう

長野県・小1　たけうち　みよこ

かあちゃんと、はたけから、
ゆうがおをとってきた。
大きいのが六ぽんあった。
おばあちゃんが
ほうちょうでほそくむいた。
ながいかんぴょうを
水につけておいたら
白くなった。
さおにかけてほした。
わたしのせいより
うんとながかった。

ばあちゃんは
どうしてあんなに
じょうずにむけるのかな。

りんごとり

長野県・小1　松澤　翔太

はたけにおかあさんたちと
りんごをとりにいった。
おかあさんに
「どうやってとるの。」
ときいたら
「りんごのしたをもって
　うえにやればとれる。」
といった。

ぼくはそうやったら
かるがるプチッといって
とれた。
うえのほうのは
三きゃくにのってとった。
うえのほうのりんごは
ぼくがぜんぶとった。
したにおりるとき
きゅうだから手すりをもって
一ぽ一ぽおりた。
ぼくがとったのは
みんなまっかっかで
びくいっぱいとれた。
くびにかけていたら

くびがとれそうでいたかった。

おちた　りんご

青森県・小1　三うら　れお

たいふうでおちたりんごが
はたけいっぱいにちらばっている。
あるけないほどひろがっている。
「ことしは、りんごがおぢで、
　お金にならねえよう。」
おばあちゃんがないた。
それでも、
なきながらりんごをひろっている。
おじいちゃんは、
口もいわないでひろっている。
ぼくはなんだかかなしくなって、
だまって
りんごひろいをてつだった。

夕やけ

長野県・小2　高坂　保之

「やっちゃん、
　夕やけが、きれいだよ。」
とお母さんがいった。
いそいで、えんがわに、行ってみた。
アルプスの山のまっ白な雪が、
オレンジ色に、そまっていた。
雲まで、オレンジだ。
ふわふわした、わたのようだ。
こんな夕やけを、はじめてみた。
お母さんと二人で、
見とれていた。

いねのあいさつ

青森県・小3　山内　瑶子

「見ろ見ろ、
　いねがみんなおばあちゃんに、
　おじぎしてらよ。」
おばあちゃんが
こがね色の
田んぼの道でそう言った。
なにばかなことしゃべってらのさ、
それだば、
ほかの人が通ればどうなるのさ。
みんな、ふんてよこを見るって
おばあちゃん言ったけど、
だれ通ったって同じだべな。
さっき通ったけど、
やっぱりいねは重たそうに
外がわむいていたよ。
でもなんだかふしぎだな。
すんごくえらい人になったような、
気がしてきたよ。
重たいお米になったのがうれしくて、
おばあちゃんに
あいさつしてたのかなあ。

サンショの実

東京都・小5　横山　直大

いくらオレがチビだからって
「一年生」っていうな
オレは生まれつき小さいんだ
いくらオレがチビだからって
「ゴキブリ」なんていうな
オレは泣きたいほどいためつけられてきた
「サンショの実は
　小つぶでもピリリとからい」
この言葉は
お母さんからずっと前に教わった
五年になった四月
山本先生もオレにそう言った
「サンショの実は
　小つぶでもピリリとからい」
オレはこの言葉といっしょに
毎日がんばっている

10月——学校生活

☆遠足
☆移動教室
☆日直
☆係活動
☆班活動
☆集団登校
☆運動会
☆文化祭
☆音楽会

うんどうかい

宮崎県・小1　ほまん　みのる

うんどうかいは
おはなしが
いっぱいで
れいを
いっぱい
しなければなりません。

なし

長野県・小1　なすの　とし

せんせえ
きのうかぜがふいたむんれ
かじゅえんへなしをひろいにいったに
でっかいのがこわれちゃったに
せんせえ　くいにこいよう
いっぺおってるに

あき

東京都・小2　高山　あき

「校ていで秋を三つ見つけてらっしゃい。」
と先生が言ったので、
わたしは、
「はーい。」
と言って外に出ました。
「先生、見つけました。すすきと赤いはっぱ
　とわたしです。」
と言ったら、
先生が
「えっ。」
と言ってから
「あきちゃん。」
と言いました。
二人でわらいました。

ガイドヘルプ体けんこうざ

千葉県・小3　清水　健

「ぼくは、どこへ連れていかれるんだろう。」
ガイドヘルプのおばさんに手をひかれ
目かくしをして歩いた
目が見えないぶん耳をいっぱい使う

今まで気がつかなかった
たくさんの音が聞こえてくる
地面に落ちる雨の音
近づいてくる人の足音
車の音にビクッとした
どこへにげたらいいのか分からない
まっ暗な世界にいることの
こわさを知った
「車がいないから　わたりますよ。」
おばさんの声がやさしく聞こえた
目が不自由な人に会ったら
声をかける勇気をもとう
そう思いながら
長いおうだん歩道をわたった

コーヒーの花

東京都・小3　治面地　泉

「コーヒーの花がさいたから
　先生に見に来てくださいといえる。」
とパパがききました。
「どうして。そのくらいいえるわよ。」
とわたしはおこっていいました。
学校で先生にいうと、
「そう、きっといく。」
とよろこんでいました。
しとしとと雨がふっています。
先生が来ました。
かさをさして、にわに出て
パパとコーヒーの花を見ていました。
わたしも行って、いっしょに見ました。
白い小さな花が
雨にぬれていました。
パパと先生はいつまでも見ていました。

社会科見学

東京都・小4　井上　洋一

第五福竜丸を見た。
そうぞうより大きい。
船たいは
ほとんどさびている。
福竜丸は、
今は、もう動かない。
むかしは、
マグロつり漁船として動いていたが
放射能をあびてしまった。
乗っている人は
みんなそのために死んだ。
水ばく実験なんてもうやめろ。

オーケストラ

茨城県・小4　片岡　義宗

今日はえんそうかい。
ぼくは、バイオリン。
ドキドキする。
タクトがふられた。
ぼくたちは音楽の世界へすいこまれている。
フォルテ、ピアノ。
音がぼくたちをまっている。
きょくがおわったとき
ぼくの心に一つの花がさく。

ソーラン節

京都府・小4　つじ　理恵

（いっせいのうで）
「ヤーレン　ソーランソーラン
　男どきょうは五しゃくの体あ、
　どんとのりだせえ、波の上、
　チョイ」
（あっ、チョイのところ
　まちがった。）
わらってしまうわたし。
男の人がおどる。
あぐらをかき手をたたく。
今度は女だ。
まわりの人もしんけんにしてる。
わたしもがんばろと思ったら
もう終わりに近づく、
吉田さんニコニコしてた。
赤阪先生もうれしそう。

10月——植物

☆モクセイ
☆キンモクセイ
☆キク
☆シュウカイドウ
☆コスモス
☆ヒガンバナ
☆ハギ
☆ナデシコ
☆オミナエシ
☆キキョウ
☆リンドウ
☆ヤツデ
☆ヨメナ
☆アシ
☆センブリ
☆ヤクシソウ
☆アキアカネ

はなみずき

神奈川県・小1　まとば　もえみ

はなみずきのはっぱは
あかちゃいろ。
ふかしたおいもみたいで
たべたくなっちゃうよ。

りんどう

鳥取県・小1　にしむら　かすみ

「がっこうにもっていきんさい。」
おばあちゃんが、
りんどうのはなをつつんでくれた。
だいじにかかえてあるいたよ。
がっこうまでずうっと、
かかえてあるいた。
せんせいのつくえに、
りんどうをのせた。
「せんせい、よろこぶぞ。」
きっと、はなをくんくんさせて、
わたしみたいに、かかえんさるなあ。

ピーナッツほり

青森県・小1　おの　ゆうすけ

きょう　がっこうのピーナッツをほった。
ひっぱっても　ひっぱっても
びくともしない。
つなひきみたいに　いっぱいいっぱい
力をだしたら
やっとぬけた。
ひょうたんみたいなピーナッツ
石ころみたいなピーナッツ
たくさんたくさんでてきた。
ピーナッツは上におがってるんじゃない
土の下についているんだ。
ほそいひもにぶらさがって
ぐちゃぐちゃついているんだよ。

いねかり

大分県・小1　あなん　まい

ウーウー

バインダーが
うごいていました。
よこのふくろに
おこめがはいります。
まるいパイプのなかから
すべりだいのように
ながれてできます。

いねのとこやさん

静岡県・小1　いいだ　こうすけ

だっこくしたよ。
いねがはげになっちゃった。
すごいいりょくで、いねのつぶが
とんできたよ。
だっこくきのまわりは
いねのつぶでいっぱいだ。
はげになったいねは、さらさらして
きもちよさそうだったよ。
ぼさぼさあたまをさっぱりして
とこやさんにいったみたいだな。
だっこくきって、
いねのとこやさんだね。

ななかまど

青森県・小1　おおひら　ゆうすけ

せんせい、あのね、
がっこうでべんきょうしていると、
ななかまどのきがみえます。
いま、まっかなみがついています。
さくらんぼみたいで、やわらかそう。
ななかまどは、
はるとなつは、みどりのはっぱで、
あきは、あか。
ふゆになったら
どんないろになるのかな。
まだわかりません。

どんぐりひろい

広島県・小1　たけたに　しょうた

せんせいあのね。
まえ、つよしくんとどんぐりをとりにいった
よ。
つよしくんが、
「もう、このくらいでいいんじゃない。」
「もうちょっととったほうがいいんじゃな
い。」
っていったよ。
そして、まだまだひろったよ。
どんぐりをとりすぎて、
ぽけっとからぽろぽろおちて、
もってかえるのがたいへんだったよ。
ひろいながらかえったよ。

シイノミ

千葉県・小1　はまの　みつひこ

こまになったり
くびかざりになったり
やじろべえになったり
いろいろなものになれていいな
ぼくもへんしんしてみたいよ

花びら

東京都・小2　うち田　ゆみ

うすいピンクの花びらが
たくさんおちていた。
ハートのかたちの花びら。
そばをとおったおばさんが、
「さざんかよ。」
っていってた。
わたしは、つばきかと思った。
またすこし歩いたら、
白のハートの花びらと
こいピンクのハートの花びらが
おちていた。
きれいだったから、
ひろって
日記ちょうにはった。

しいのみ

東京都・小2　今野　京子

しいの木のたねは
どこに、あるのだろう。
わたしは、しいのみがたねだ
と思っています。
だけど、しいのみがめを出すのかな。
こんなにかたいからから
どこからも、めは出ないと思う。
しいのみは、めを出すのかな。
それとも、しいの木は
もっと、なにかほかの
たねが、あるのかな。

あけび

石川県・小2　つ田　よう子

とも子ちゃんが、
先生のところへきて、
「あけび、たあんと見つけた。」
といった。
先生が
「どこに。」
といった。
とも子ちゃんが、せんとうになって、
はしっていった。
あとから、先生もつん《(い)》だっていった。
先生が、こぶんで、
とも子ちゃんが、おやぶんになった。

あけび

山形県・小2　鈴木　ゆうへい

山に　いくと
あけびが　いっぱい　なっていた
「ようし」と
木に　のぼろうと　すると
がさがさ　といった

「くまだ」

たまげて　うちに　とんで　かえった
あの　あけび　大きかったな

あけびとり

岡山県・小2　谷本　のりかず

みきくんと　山へあけびとりにいった。
お寺の下の
日のよくあたるところに
木にまきついて
いっぱいぶらさがっている。
高いからとれない。
ざんねん
赤いみが　ぱかっと口をあけて
お日さまに　光っている。
「おうい、竹が　あるぞ。」
と、みきくんが　いった。
竹で　たたきおとすと、ひとつ　おちた。
「いっちょ、あがり。」
と、いってたべた。
「たねがいっぱいで、食べにくいなあ。」
「へえでも　うめえがな。」
ふたりで　かおを見あわせて
目で　わらった。
あまいどろどろのあじが
のどまで　つながっていく。

ざくろ

鳥取県・小2　えばた　ふみこ

おかあさんが、
ざくろのみを、バリバリッとあけた。
もえている夕やけを、
すいこんだような、
すきとおったルビーのつぶが
かたまっている。
一つぶ一つぶとっておさらにならべた。
これをつないで首かざりができたらいいな。
「きれい。」
と、いって口にほうばった。
あまずっぱいしるが、
口の中いっぱいにひろがった。

ざくろ

愛媛県・小5　蓼原　美奈代

ざくろは兄弟がたくさんいる。
みんなちっちゃいけれど
実を寄せあっている。
そうすると一つの固まりになって
でっかくみえる。
どんなにちっちゃくても
みんなといっしょなら
毎日楽しいだろうな。
わたしもみんなとざくろのような
クラスをつくりたいな。

カラスうり

埼玉県・小2　おか田　むねゆき

カラスうりって、
からすが　何か　売るのかと　思った。
でも　ちがった。
ふか野くんが　もって　来た　カラスうりは
みどり　黄色　赤
いろいろな　色が　あった。
長まるで　ころころして　いた。
みどりの　カラスうりは、
長い　スイカのようだった。
赤い　カラスうりは、
うさぎの　目のようだった。

すずかけの木

東京都・小2　みいち　ひさ子

江口先生が、
「これは、すずかけの木。」
とおしえました。
なふだをみたら
プラタナスとかいてありました。
「すずかけの木じゃないよ。」
といったら、
「なまえが二つあるんだよ。」
といいました。
木は白いところと、
あおと、ちゃいろがあります。
わたしは
「きりんの木」と
つけてもいいなと思いました。

石がき

東京都・小3　はぶ　たけし

お寺の石がきは
さかなのうろこみたいだ。
そばのいちょうの木から
ぱらぱら葉がちってくると
うろこが光ったり
かげになったりしている。

イロハカエデ

東京都・小3　徳永　有香

小さな葉っぱがおちてくる。
プロペラみたいにおちてくる。
私の頭におっこちた。
森先生に名前をきいた。
「イロハカエデですよ。」
と教えてくださった。
うちにもってかえった。
お母さんにもみせた。
「イロハカエデでしょ。」
とすぐいった。
お母さんも知ってたんだな。

ちからしば

東京都・小3　野々山　陽子

夏のちからしばは、
はりのような毛を出していて
「ぼくにさわるな」、
というようだった。
でも今は、はりのような毛が
しょんぼりしている。
さむくなったからかなぁ。
それとも、冬の草たちに出番を
とられて悲しいのかなぁ。
さわると毛が落ちてくる。

まるでないているみたい。
わたしにまだ冬の草たちに、
出番をとられたくないようと
いっている見たいだった。
だから力しばをぬかなかった。
ちからしばが、
「ありがとう。」
と、いっているみたいだった。

とちの実

東京都・小3　木之下　拓斗

とちの実の中を　みんなで見た
まわりは　黄色で
まん中は茶色だった
山田くんと
高村くんは
ちょっと食べてしまった
二人は「まずいな」と思っているなと
ぼくは　かんじた
「モチモチの木」では
おいしいとかいてあったけれど
こんなのが　おいしくなるのかな
と　思った
でも
「一度たべてみたいな」
とも思った

ピラカンサとぶた

東京都・小4　赤星　えりか

赤い実をつけたピラカンサ。
むくどりが何羽も来て
ちょんちょんとつっついている。
おばあちゃんが
お正月まで実を置きたいと
ぶたのぬいぐるみをつり下げた。
いつのまにか
実が一つぶもない。
ぶたが、風にふかれてゆれている。
なんの役にも立たなかった。
けっきょく、ぶたの負けだ。
私はおかしくて
くくくっと笑った。

おなもみ

栃木県・小4　鈴木　努

野原で
なわとびを
していた。
茶色のセーターに
いつのまにか
おなもみが三つ
メダルのように
ついていた。

ぼくは
えらくなった気がして
「えへん。」
と胸を張った。

かきどろぼう

千葉県・小4　蔭山　章

ぼくらいで　七時ごろねた。
ようくねむった時、
「こらあ、町さ、うるほどある。」
と大きな声でいっている。
とうちゃんがおきて
まどのところで、
「こらっ、だれだっ。」
とどなった。
むこうの木にのぼっているやろが
「なんだ、こにゃろう。」
と、とうちゃんにかきをぶつけた。
かきが、がたんと戸にぶつかった。
まわりにいたのは
みんなにげた。
木にのっているやろは、
ずずしくてなかなかにげない。
ふりょうのやつらだ。

りんごもぎ

青森県・小4　千葉　このみ

初めてのりんごもぎ
おじいちゃんの話を聞いて
一こずつ
しんちょうに取っていった。
でも、
うっかり何こか落としてしまった。
すぐ後ろからおじいちゃんが、
「一こ落としたら、百円はらえ。」
と笑いながら言った。
「今度は、もう落とさないぞ」
と思いながら取っていると、
ポトポトポトッと
りんごの落ちる音。
おじいちゃんが
りんごを運ぶと中で落としていた。
わたしは、思わずさけんだ。
「おじいちゃ、二千円!!」

ぎんなん

高知県・小4　萩野　沙那恵

昨日、ぎんなんをむいた。
生まれてはじめてむいた。
くさかった。
むきながら、
「本当に、食べれるかえ。」
となりを見ながらつぶやいた。
そして今日、
あんなにくさかったぎんなんが
給食にでた
たきこみごはんに入って出た。
昨日あんなにくさかったにおいも
ふっとんでいた。
すごくおいしかったぎんなん給食。

イチョウの葉

東京都・小4　児玉　三郎

学校からかえると中
犬がいた。
すて犬みたいだ。
すて犬はじんじゃのおち葉を食べていた。
イチョウの葉だ。
すて犬は
はじめてくうぞ
というかんじで食べていた。
ぼくもイチョウの葉を
食べてみた。
うまくもないがまずくもない
まるでホウレン草の味
五まい食べた。
だんだん一まい目より
おいしくなってきた。

もくせいの花

愛知県・小4　柴田　元子

もくせいの花を
つくえにさしたら
べんきょうするとき
いいにおいがぷんぷんして
とても気持ちがよかった。
こけし人形も
花のほうへむけてやった。

リュウのひげの実

東京都・小5　斉藤　希一郎

リュウのひげの中に
るり色の実が光る。
そっととって、地面に投げた。
ポーン　ポンポン……。
ぼくの背の高さまではねた。
スーパーボールだ。

コスモス

東京都・小5　加山　桃代

母のすきな花、
コスモス。

コスモスが目につくと、
ずっと見ている。
母はコスモスを見るたびに、
「花のきもちは、
　花のすきな人にだけつたわってくるのよ」
という。

コスモスは風にゆれながら、
母の口ぐせを、
だまってきいている。

むらさきしきぶ

長野県・小5　青山　望美

ふと　窓を見たら
鳥が
むらさきしきぶの実をとっていた。
ほかの鳥も実をとりあっていた。
「おどかそう。」
とわたしが思った。
鳥がいっぱいくるのを待った。
鳥がいっぱい来たので、
私は　1、2の3
「わっ。」
と大きい声で言ったら、
バタバタバタと
飛びさっていってしまった。
むらさきしきぶの実も
少し落ちていた。
わたしは
「かわいそうなことしたな。」
と思った。

ビート切り

北海道・小5　大込　明広

「にんじんで、二、三万もうける位なら、ビート切りを、いそいだほうがいい。」
と、父さんが　言った。
雪が降ったら　ビートがくされて
何十万も　そんをする。
ほうちょうで　ビートの葉っぱを落として
ダンプの中に　なげてやる。
目の中に　土が入って
三回も四回も　目をこすった。
かみの毛の中も　どろだらけ
ぐんても　ぐちゃぐちゃだ。
母さんの顔も
どろがはねて　まっくろけ
百回以上も　こしをまげて
もうぼくは　へとへとだ
母さんが　ためいきをついた
ダンプのライトで　てらしながら
ビート切りをした。

くり

茨城県・小5　茅場　ひろ美

今年初めて、
家のくりが実った。
そのくりは、
おじいちゃんが、
大切に大切に育てていた。
そのくりをふかして
おじいちゃんを
思い出しながら食べた。

デントコン刈り

北海道・小6　小野寺　秋子

ああ、今日は、デントコン刈りだ。
私より背の高い
デントコンが、整列している。
百Mぐらいも並んでいる。
細長い葉をななめにのばしている。
白いヒゲ、黒いヒゲを、
もじゃもじゃとしている。
何だか、
私に挑戦してくるような気配だ。
雨にぬれたデントコンは、
葉先に水玉を持っている。
茎にさわると、
葉先の水玉がはねる。

カマを、茎にあてると、
「カツン、カツン」と
気持ちよく刈れる。
しかし整列したデントコンは、
どこまでも続いて、
私をつかれさせる。
さあもう一いきだ。
手が痛くなったころ、
最後の一本を刈りとると、
目の前が、明るくなった。

そろの木

東京都・小6　宮田　真詩

茶黒のじに白が混じり、
でこぼこで、ほりが深い。
彫刻の芸術だ。

「あー。」と、そろの木が……。

「どうして、そんなになげいているの。」

と、ムクドリが聞く。

「人間が通る時、気持ち悪いと言うんだ。」

と悲しむ。

「君には芸術というものがあるじゃないか。

　がんばってみなよ。」

「がんばってみるよ。」

秋ののどかな日に……。

紅　葉

東京都・小6　伊藤　佐知子

虫がくっていても、
遠くから見ると
きれいに見える。

おち葉

埼玉県・小6　伊藤　清

「きれいな　おち葉を　自然にうけとれると
　いいことが　あるんだよ。」
本家のおばあちゃんが言ってた。
晴れた日に
自然に手の中にはいるのがいいのだという。
「おれにも　とれたらいいな。」
青空を見ながら歩いた。

ぶどう

千葉県・小6　広田　絵理子

田舎の祖母から
一足先に
秋の知らせが着いた
深いむらさき色のぶどうだった
小さな秋が身を寄せ合い
何かをささやき合っている
まだ秋ではないけれど
こんな小さいぶどうが
一つあるだけで
家中が秋に包まれる

畑　道

茨城県・小6　石川　賢治

くちぶえ吹き吹き
別れてかえった
おかぶ畑の道。
お茶の花に
夕陽がさしていた。

ハマボウの花

神奈川県・小6　熊谷　悟

久しぶりの秋晴れの日曜日
いとこのおじさんとたずねた荒崎の海。
とっても水がすんでいて
静かだった。
長いあいだ波でけずられて
みがかれたような岩がずっとならんでいる。
「あそこ、おりられるかな。」
「おじさん、ぼくならいけるよ。」
からだをかがめ
注意深く手をついておりていくと、
ハマボウの花が一輪さいていた。
岩と岩の間をかきわけてきたような、
黄色い小さな花。

家にもっていきたかったけどやめた。
一生けんめいこの岩の間から
はいのぼってきた花だから、やめた。
だから、おじさんにもおしえなかった。
ぼく一人の秋のおもいでとしてとっておく。

ふじばかま

東京都・小6　秋山　妙子

ふじばかまが風にゆれている。
学芸会が終わった。
空が青い。

みかんの気持ち

愛媛県・小6　古本　成美

みかんつみに行った。
一つ一つ、ていねいにつんだ。
重たそうにしていたみかんの木が、
軽くなってホッと一息ついていた。
葉をザワザワ言わせて喜んでいる。
他の木が枝をゆさゆさゆらさせて
ぼくも、ぼくもと呼んでいる。
そんなみかんの木
早く軽くしてあげたいな。

むくの実

東京都・小6　土肥　雅男

先生に三つもらった、
あまあい、あまあい、むくの実。
むくの木は、
こんなあまい実をどうやって
つくっているのだろうと思いながら、
たから物のように食べた。

ハゼの木

東京都・小6　土田　盛二

「おい風、おれは強いんだぞ。
おれの前を通るときは礼をしていけ。」
ハゼの木が大とうりょうのように、
えらそうに風に文句をとばした。
風はムッとして言った。
「ハゼ君、君はそんなにきれいで、
いい色をしているのに、
なぜ、人はよってこないんだ。」
「それは、人がおれにさわると、
手があれてしまうからさ。
だから、おれは、
人に葉をもぎとられなくてすむのさ。」
ハゼの木は、風をあざ笑った。

山いも

山梨県・小6　矢川　久美男

山いも掘りだ。
うんとこしょ
うんとこしょ
お、山いもの頭が見えてきた。
大きな石をつかみ、
砂をもつかみ、
しっかりかじりついている。
「二百めはあるかな
いのししなんかに食べさせるものか」
ぼくはひとりごといいながら掘る。

菊むしり

青森県・小6　田村　里恵子

菊むしりを手伝った。
ザルに山盛りの黄色い菊
秋のにおいがした。
まんまるくきれいな形の花
しおれて茶色になった不細工な花
虫に喰われて、穴になった花
一こ一こ花びらをむしる
がくから離れた菊たちは
自由になった喜びを
静かに話している
ブクブク煮立ったなべの中
スチームバスをくぐりぬけ
きれいに黄色く仕上がった
部屋の中は、菊のかおりでいっぱいだ。

10月——動物

☆カジカ
☆タヌキ
☆チンパンジー
☆スッポン
☆マントヒヒ
☆カモシカ
☆サイ
☆ライオン
☆ヒグマ
☆ライオン
☆キリン
☆イノシシ

たぬき

東京都・小1　いちかわ　まさあき

てんぷらをあげているときに
うらぐちをあけたら
たぬきがいた。
たぬきも
てんぷらを
たべたいのかな。

たぬき

島根県・小4　平川　真織

いちじくの木の下に、
たぬきがいた。
母さんがすてるざんぱんを、
食べに来たのだ。
おや、子どももいる。
子どもは二ひきいる。
親だぬきは、チョコンとすわって、
黒くすんだ目で、
じっとこっちを見ている。
子だぬきは、じゃれあっていたけど、
こっちに気づいて、すわってしまった。
私がフッとためいきをつくと、
それだけでビックリして、
ダダダダダッと、山の上に登ってしまった。
そこからこっちを見ている。
ずいぶんやせているなあ。
たぬきさん、
いっぱい食べて元気でいてね。

いのしし

高知県・小2　下本　かずはる

おとうさんが
生きたいのししをつかまえた。
いのししは前足と後ろ足を
なわでぐるぐるくくられていた。
ぼくは前足のぐりぐりを
「だいじょうぶ。」
といいながら、やさしくなぜた。
いのししは耳をばさばささせて
ゴーッゴーッとないた。

ぼくもいのししといっしょに
ゴーッゴーッとないてみた。
いのししが
なみだぐんでいるように見えた。

いのししくん

静岡県・小3　村山　裕也

どうして、
ぼくの家の米を食べに来たんだ。
せっかく、家の人たちがくろうして、
作ったのに。
なんで、
おばあちゃんが、
だいじにそだてたさつまいもを、
ほじって食べちゃうんだ。
もう、山には食べ物はないのか。
道にまよってきたのか。
なかまは、どうしたんだ。
おなかがすいたからって、
ぼくの家の米やさつまいもを、
食べちゃこまるんだ。
もう山へ帰ってくれよ。
あきかんをぶらさげたり、
ラジオをしかけたりしたのに。
ちっともこわがらないで、
どうどうと、やって来ないでくれよ。
おじいちゃんやおばあちゃんを、
がっかりさせないでくれよ。

クマ

岩手県・小2　佐藤　信一

とうさんと　ぼくと
はつろうさんと
ザッコとりにいったら
クマが　いわから
川にとびおりたった。
ぼくはたまげて
どうろにはねもどった。
そうしたら　クマも
どうろのほうに　はねできたった。
はつろうさんが木をふりまわして
さわいで、ぼってけだった。
およばん　たまげだった。

きりん

愛媛県・小3　まつもと　みゆ

もしきりんさんになれたら、
いつもより高いいちから
けしきが見れるな。
いつも見上げるママも、
ありさんみたいにちっちゃく
見えるのかな？
いつも三十分くらいかかる学校も、
五分くらいでいけるかな？
でも、お家も高くなおさないけないし、
おいしいごはんもたべたいし、
あったかいおふとんでねたいから、
みゆはやっぱり、
人げんがいい。

ライオン

東京都・小6　道倉　清美

広い、広い草原。
ぼくそこが大好きだった。
食べ物はたくさんあるし、
のどがかわけば池だって近くにある。
ある日、「パンッ。」て音がしたかと思うと、
だんだんねむくなった。
気がつくとそこは、
おりの中だった。
にげよう。
だけどにげられなかった。
人間たちは、ぼくを動物園につれてきた。
あの大草原の百分の一、いや、千分の一以下
だ。
帰りたいなあ。
あの、広い、広い、とっても広い草原に。

10月

鳥

☆コガラ
☆キツツキ
☆ホオジロ
☆カケス
☆ツグミ
☆ウズラ
☆ハクセキレイ
☆イカル
☆ヒヨドリ
☆ムクドリ
☆カラス

からす

千葉県・小1　羽坂　英里子

学校にいくとき、
からすが
「あほう、あほう。」
とないていたんだよ。
あゆみちゃんが、
「だれか、わすれものしたんじゃない。」
といった。
それで、あゆみちゃんが
ランドセルの中を見てみたら、
ふでばこが入ってなかったんだ。
あわててとりにもどったんだよ。
すごいね、
からすって。

からす

鳥取県・小6　白岩　晃

ぼくの真上を
はたはたと通るものがある。
ふりあおぐとまっ黒なからすだ。
つよい日光の中を
大きく羽ばたいて
ゆうゆうと
山のほうへとんでいく。
背中が
鋼鉄のように光った。

きつつき

長野県・小2　北沢　恵子

「コッン、コッン、コッン」
と、にわの　あんずの木からきこえた。
「なんだろう。」
と、あんずの木を見ていると
きつつきがいた。
「きつつきだ。」
と、大声でいったら
おかあさんたちが　えんがわにきた
「コッコッコッ。」
と、いそがしそうに音をさせて
ちゅんちゅん　上の方へあがっていく。

虫がいないか
さがしているのだ。
木のてっぺんまであがっていって
また　ほかの木に　虫をさがしに
とんでいった。

きつつき

秋田県・小3　高橋　暁子

きつつきが
ふとい木を　コツンとつついた。
足のつめを　木にひっかけて
コツン　コツン
つっついている。
ときどき　えだのかげで
きつつきの赤いぼうしが
ちらちらする。
長い口ばしに　長い足
つめも長くて
コツン　コツンと　つついている。

つばめ

東京都・小2　児玉　祐奈

空を見あげた。
つばめが　むれをつくって
とんでいた。
地図もないのに、道もないのに、
どうやって、南の島まで
とんでいけるのかなあ。
わたしは　ふしぎでたまらない。
らい年もぶじに
もどってこれるかなあ。

とんび

長野県・小4　浜　大吾

とんびが飛んでいた。
空高く飛んでいた。
つばさをはばたかせてから、
大きく広げたまま、
飛んでいく。
ときどきふわっとするけど、
うまく風にのって
ゆうゆう飛んでいく。

ムクドリの子をおそうカラス

長野県・小4　徳竹　剛

学校の屋根の上、
ムクドリの子がすだちをして外に出ていた。
その時、とつぜん
何かがサーッとやって来た。
「カラスだ！」
同時に、体育館の方から、
スズメが三びき、カラスに向かって行った。
ぼくは、助けに行ったように見えた。
チュン、チュン、チュン、チュン
と、とってもおこっているようだった。
カラスは、あっという間に
子どもをつかんで森の方へ飛んでいった。
「カラスは悪いやつだなあ。」
と、みんなで言い合った。
いっしょに見ていた先生が、
「カラスも子育てをしてるから、
　しょうがないんだよ。」
と、言ったけど、
でも、やっぱりかわいそうだよ。

むくどり

岐阜県・小6　小塩　宇三

むくの木で
むく鳥が、
しきりにむくを
くっている。

ヒヨドリ

東京都・小3　小川　孝枝

本門寺で森先生が、
「耳をすましてごらん。
　ヒヨドリのけいかい音が
　きこえるよ。」
と言った。本当に
キーキーキー
と言うなきごえが聞こえた。

あやしいぞ、
と思っているのかな。

「なにもしないよ。」

と言ってあげたい。

とりの声をしゃべれたらな。

ひよ鳥

東京都・小5　木村　綾

庭にひよ鳥がいる。
赤い梅もどきの実を食べている。
そんなにおいしいのか。
実はあまいのか。
お前はあまいものが好きで、
ジュースや果物を食べるんだってね。
フェンスにのっているお前は、
かわいいから渡り鳥に見えないぞ。
その時に備えて、
羽を休めておくんだぞ。
梅もどきの実がなったら、
また食べに来るんだよ。
じゃあ、またな。

すずめおどし

長野県・小4　吉沢　八千代

田んぼのかたすみに
赤い色でいつも立っている
すすめおどし。
ドカーンと
そのすずめおどしがなりそうだ。
五分ばかり待っていた。
いくらまってもならない。
「なってもいいよ」
と思って待っていた。
今にもなりそうで
むねがどきどきする。
そばまでいったら、
急にすごい音で
ドカーンとなった。
「きゃあ」といってあわてて耳をふさいだ。
すずめより人間のほうが
びっくりする。

もず

宮崎県・小4　谷川　靖夫

学校がえり
運動場の
せんだんの木の葉が
ぼくの顔に　かかった。
せんだんの木の下は
きみどりの
クレヨンを
ぬったようだ。
上を見あげると
枝にもずが
とまっている。
石をなげた。
もずは
しっぽをふって
口をもぐもぐさせている。
なにかたべているようだ。
ぼくが
「もず、もず」と大声でいった。
もずは
「さらば」というような顔をして
とんでいった。

かきとおながとからす

東京都・小4　平塚　幸史

かきをとっていたら、
おながが集団でかきを食べていた。
「こら。」
と言って、持っていた竹のほうきを
ふりまわし、おながをおっぱらった。
じろうがきをすこし取って、
えどいちのほうへいってみた。
こんどは、カラスがじろうがきを
たべていた。また、
「こら。」
と言っておっぱらった。
からすはほかの木にいった。
ぼくが取ろうとすると、

「ぎゃあぎゃあ」

といっている。まるでからすが、

「とっちゃあだめ。とっちゃあだめ。」

といっているようだった。

かけす

東京都・小4　井上　一也

かけすはなにかしゃべる。
かずやとか、かあちゃん、
にわとりのなき声などいう。
おばあちゃんがそうじをして
はきだすとき、
かけすはギーギー鳴く。
だから、ぼくがテレビを見て
「うるせえ、だまれ。」といったら、
だまった。
すこしたったら、
また、ギーギーいった。
ぼくがにらめつけたら
しらん顔をしていた。

文　鳥

島根県・小5　吹譯　紀子

卵を生んでも
今は、だれも喜ばない
喜ぶのは
文鳥だろうか
卵だろうか
卵がかえったら、
手のり文鳥にしよう
とみんなは
前から言っていたのに
その時は、なぜか、
喜ぶ人は、少なかった。
二週間たった。
三週間たった。
もう、生まれてもいいのに。
生まれない時もあったが、
その時は、みんな待っていた。
かわいい声の聞こえる時を、
みんなで。
とうとう卵をとり出した。
くさったと思ってわった卵の中に
みんなの待ちわびていたものが
静かにいた。

うずら

栃木県・小6　渡辺　聡美

羽をパタパタ。
足をブルブル。
夏の祭りで買ってきた
うずらのひなは、
飛べない羽を
うごかしている。
買ってきたときとは
ぜんぜんちがう大きさ。
でも、うずらは
にわとり、どうよう、
とべない。
それでも羽をうごかす。
毎日、毎日、
飛びたいという
夢をもって羽をうごかす。

シラサギ

東京都・小6　木住野　綾子

川向こうの林に
小さな白いものが見える。
ときどき左右に動く。
あ、飛んだぞ。
太陽の光を反射して、
キラキラと空を飛んでいるのは
ああ、シラサギだ。
真っ白な羽を
青い空いっぱいに広げて
はばたいている。
まるでこの大きなかぎりない空は
自分だけのものだと、
見上げている者たちに
教えているようだ。

10月

昆虫

☆キリギリス
☆ウマオイ
☆エンマコオロギ
☆カンタン
☆マツムシ
☆クツワムシ
☆ケラ
☆ジョロウグモ
☆フナムシ
☆ヤスデ
☆アカトンボ
☆イナゴ
☆カマキリ

かまきり

高知県・小1　滝石　めぐみ

かまきりは、男の子です。
おこるからです。
手を　ふり上げて　おこります。

いなご

長野県・小1　みずかみ　ひでと

いなごが、
手を　くんで
なにっか
かんがえて　います。
かあさんの　ことかも
わかりません。
りかの　べんきょうが
おわったら
たんぼへ　にがしてやります。

だんごむし

東京都・小1　さいとう　まさし

がっこうにくるとき、
だんごむしをみちばたでひろったの。
はじめはうごいてたけど、
かさのさきでちょんちょんとつっついたら、
まるくなったよ。
とってもびっくりしたんだね。
きょうしつで、
はしもとさんとだんごむしであそんだよ。
まるまって　ころころしておもしろかった。
さいごは、きょうしつのそとに
にがしてあげたの。

とんぼ

広島県・小1　まつむら　ちどり

わたしが
おじぞうさんのように
しらんかおして
目をつぶってから
こころもとまらしてから
ながいことまっとったら
とんぼがきてとまったよ。

せんせいやっぱり
まちごうたんだね。

赤トンボ

広島県・小4　中山　恒夫

いねをはこんでいると、
赤トンボが　鼻にとまった。
ぼくの鼻を　木だと思って　とまったのか。
くすぐったいかんじで　へんな気持ち。
赤トンボを　じっと見た。
そしたら　赤トンボが　二ひきに見えた。
いろも　あかと　あおの
二じゅうの色に　見えた。

赤トンボを　おいかけていたら、
川に　おっこちた。

バッタを運ぶアリ

東京都・小3　林　まさのり

アリがバッタを運んでいた。
ぼくは、アリの後をついていった。
今まで見あたらなかったのに
巣があって、びっくりした。
バッタは大きいから
どうやって巣に入れるかふしぎだった。

巣からアリが出てきて
バッタの足を歯でちぎっていた。
あっという間に
足と羽のないバッタの死がいになった。

アリを一ぴき、つかまえてみた。
かまれたら、すっごくいたかった。
この歯で足や羽をちぎっていたんだ。

かまきり

沖縄県・小2　ごや　のりまさ

かまきりを
二ひきつかまえてしらべたら
おすとめすだったよ。
よるになると
めすがおすをたべていたよ。
めすがおすのくびを、おさえて、
かまできっていたよ。
ぜんぶからだをたべて
ほねとはねだけ、のこっていた。
おじいちゃんと、おばあちゃんと、
ぼくは、びっくりしたよ。

ハチにさされた

東京都・小3　大橋　正尚

ぼくは、牧野君とミニぶどうを取りに行った。
「登るぞ。」
と言ったら、すぐに
「いたっ。」
と言って、木から落っこった。
ドスンといきおいよく落っこった。
手のひらとおしりがいたい。
うわんと泣いた。
自転車に乗って帰った。
おしりがひりひりした。
手は、ずんずんふくらんだ。

はちのす取り

長野県・小6　牛山　浩児

はちのすを取りに行った。
他の人もいっしょに来た。
長い竹の棒を持って行った。
はちのすを見つけた。
足長ばちのすだ。
竹の棒でつっつく。
いっせいにはちは、おそってくる。
あわててにげた。
二人くらいはちにさされた。
今度は、強くつっついた。
やっとはちのすが落ちた。
やったあ。
みんな、よろこんだ。

10月——魚介類

☆スズキ
☆タチウオ
☆オコゼ
☆ウグイ
☆ウナギ
☆エボダイ
☆オコゼ
☆カマス
☆サケ
☆タチウオ
☆ヒラマサ

☆メバル
☆キハダ
☆クロダイ
☆シマアジ
☆サンマ
☆コイ
☆マイワシ
☆ムロアジ
☆メゴチ
☆アワビ
☆クルマエビ

☆タコ
☆ホヤ
☆シャコ
☆トコブシ

えさがすきなこい

愛媛県・小1　よこい　かな

こいのいけにえさをあげにいったよ。
こいにえさをあげたら
こいがあつまってきたよ。
こいの口があいたとき
えさがすいこまれていったよ。
こいがそうじきにみえたよ。
こいの口のなかはどうなっているのかな。

サンマ

岐阜県・中1　堀　正則

ことしはじめてサンマを焼いた。
去年は何日かと思って日記帳をひらくと
十月二十六日とあった。
今年は十月三日
日記帳をみているうちにサンマがこげた。
父が帰ってきて
「今夜はいい匂いがするなあ」
といった。

ますつり

東京都・小2　かわすぎ　たかし

さっきよりすごいひきだった。
ぼくは右手をぐうっとあげて
左手で魚をつかもうとした。
魚のしっぽがぶらぶらしていた。
ますが元気よく
ぼくの顔のほうに水をはねかえした。
ぼくは、かた手で顔をかくした。
ますが口をぱくぱくうごかしていた。
ぼくは、
ますをりょう手でぎゅっとつかんだ。
しっぽのうごきがだんだんよわくなった。
ついにつれた。
今つったますが一ばん大ものだ。
ぼくは、「やったあ。」といった。

いかつり船

青森県・小5　磯島　勝広

家の前の　まっくらな海に

かぞえきれない　いかつり船が並んでいた。
どこからこんなに　たくさんの
船が集まってきたのか
どこまでも、どこまでも光の行列を作ってい
る。

いつもはあれている海に
まほうの力で
新しい町ができたようだ。

明るい大きな船
暗い小さな船
父の乗っている船はどれだろう。
どの船もいかをたくさん　つるといいが。
あかりの間から
「よいしょ　よいしょ。」といっている
父の姿が見えてくるようだ。

いかのはこづめ

青森県・小2　たまい　ますみ

くもった日や雨の日には、
そうこにでん気をつけて
おとうさんがしごとをする。
ゴム手ぶくろをはめた手で
こおってしものついた
カチカチのいかを
ふくろに入れてはこにつめる。
いかは、はこのベッドに、
ねかされたようなすがたで
どんどんつめられていく。
おかあさんは、
「いかのてんぷらやさしみにすると
　おいしいです。」
と書いたせつめい書を
だまってさっさと入れていく。
おじいさんはそれに手早く
ふたをしてテーブルの上におく。
わたしとおにいちゃんでシールはり。
シールはぴかぴかで
赤い文字で一夜ぼしって書いている。
まがってはらないように
わたしは気をつけながら、
一まい、一まいていねいにシールをはる。
一人でするとたいへんだけど
みんなでするとらくにできる。
このいか、たくさんうれるといいな。

いわしとかつお

東京都・小2　田中　俊至

「つれたよ。」

お父さんがいった。

いいなあ、
ぼくもつれればいいのになあ。

「くってる、くってる。」

お父さんが大きい声でいった。

ぼくは、あわててひく。

水面がピカピカッと光った。

「もうちょい、もうちょい。」

「かつおかなあ、いわしかなあ」

つれたら、いわしだった。

ぼくは三十二センチで、
お父さんは三十センチだった。

「勝ったよ。」

といったら、お父さんが
「よくがんばったね。」

といってくれた。

いわしあみ

佐賀県・小4　西方　弘美

朝、はまに日の出を見にいったら
はまは人でいっぱい。
道はリヤカーが行ったり来たりしている。
えんとつからはけむりがもくもくでてる。
いわしをいでる人。
いなっている人。
ほしている人。
ちょうどせんそうの絵のようだ。
おきの方から船が帰ってくる。
どれも、まんせんばたたいている。
朝ごはんわすれてながめていた。

十一月

11月 行事

1 灯台記念日（1869年に三浦半島観音崎に西洋式灯台がつくられた）
東京の山の手線が運転開始（1925）
伝統工芸品月間
文化財保護強調週間（1日〜7日）
計量記念日
省エネの日
紅茶の日（1791年日本人がはじめて紅茶をのんだ）
すしの日（1962）
犬の日（1987）
2 唐津くんち（佐賀県）
北原白秋没（1942）
3 文化の日（1946・文化勲章授賞式があ

灯台

青森県・小6　清水　敬紀

きりがでてきた。
月もなくいやな夜だ。
ボーッ　ボーッ
む笛が
あたりの静けさをおし流すように
遠く近くひびきわたる。
加工場の屋根の上から
うすぐらい白っぽい光が近づいてくる。
光はいっきにぐっと広がると
また遠ざかる。
父の船はいまどこを走っているだろう。
灯台のあかりを見ているだろうか。
む笛を聞いているだろうか。
この音と光が
なんそうもの船をすくっているのだ。
弟とぼくはならんで
灯台の光を見る。

回転ずし

神奈川県・小4　大西　弘子

「いらっしゃいませ」。
とろ、いか、えび、たこ、いくら
まわるよ。まわるよ。ぐーるぐる。
さば、あじ、うに、つな、あなご
やっぱり、まわるよ。ぐーるぐる。
電車にのってるお客さん。
きちんとすわって、おぎょうぎいいね。
と中で、とろさんがおりたと思えば、
いくらさんが、のってくる。
こんどは、あなごくんがおりたよ。
のったり、おりたり、大いそがし。
この電車、
いつまでたっても、終点がないね。

いぬ

愛知県・小1　まつい　ともや

せんせい、おしえて。
どうしていぬは
すわっておしっこするの。
ぼくはちゃんと
たっておしっこするよ。
やりかたしらないのかな。
おしえてやろうかな。

盲導犬

千葉県・小6　森　美穂

目の見えない人のために
その人の目に代わって働く犬
それが盲導犬

る）
日本国憲法公布（1946）
社会福祉週間
文具の日（1987）
ハンカチの日（1983）
4 ユネスコ憲章記念日（1946）
雑誌広告の日（1970）
5 上野動物園でパンダ公開（1972）
電報の日
6 アパート記念日（1910年東京上野にアパートができた）
7 国会議事堂落成（1936）
東京に科学博物館が開館（1931）
トルストイ没（1910）
8 世界都市計画の日（1949）
このころ立冬
刃物の日（安全使用を広める日）
レントゲンがX線を発見した（1895）
9 119番の日（1889、消防庁制定）
換気の日（1987）
くじらの日
秋季全国火災予防運動（9日〜15日）
野口英世誕生（1876）
太陽暦採用記念日（1872）
10 エレベーターの日（1890年浅草にできた 1979制定）
トイレの日（1985、トイレ協会制定）

わたしがバスに乗ったとき
その犬を見つけた
主人の近くにすわっていて
かしこそうな顔だちだった
近づくと
何か熱いものを感じた
それは　犬一匹の大きな責任感だろう
小さな子どもがおかしを差し出しても
口にしない
今は
主人の目に代わって働いているからだ
主人の命を守る責任があるからだ
わたしは　この盲導犬を
心から応援したい
「がんばれ」と

白秋さん

福岡県・小2　吉岡　真梨子

白秋さん
あなたは私を知らないけれど、
私はあなたを知っています。
小学校であなたの詩を歌い
そして、学び親しんだから。
あなたの詩や歌は今でも
たくさんの人に愛されています。
白秋さん。
あなたが愛した柳川は
昔のようにきれいな川ではありません。
しかし、
あなたが作った詩のような、
あなたの愛する柳川へ、
あなたが最後に見たかった柳川に、
近づけるように、がんばっています。
白秋さん。
あなたも空から見守って下さい。

おかあさんのハンカチ

茨城県・小1　くらもち　あやの

じびかに　いって、
ハンカチを　わすれちゃったときに、
おかあさんにかしてもらったよ。
においをかんでから　てをふいたよ。
ハンカチのにおいは、
おかあさんのにおいだったよ。
おかあさんが　まほうをつかって
ハンカチに　ばけたみたいだったよ。

広告

長野県・小4　大井　美果

新聞紙に
広告がたばのように入ってきた。
後ろは、全部真っ白だ。
木から作られる広告の紙。

11 世界平和デー（1916年第1次世界大戦が終わった日）
電池の日（1987、電池工業会制定）
ピーナッツの日（1985）
税を知る週間（11日～17日）
12 洋服記念日（1972）
13 うるしの日（1985）
14 パチンコの日（1966）
15 七五三（男児3歳と5歳・女児3歳と7歳の祝い）
坂本竜馬没（1867）
赤十字記念日（1982年に万国赤十字同盟に加盟）
上越新幹線開通（1982）
こんぶの日（1982）
きものの日（1966）
かまぼこの日（1983）
おかしの日
16 幼稚園記念日（1876年東京に初めて幼稚園ができた）
録音文化の日
17 将棋の日（徳川吉宗が江戸城で将棋を対局させた）
ロダン没（1917）
浜田広介没（1973）
18 土木の日（1987）
自転車安全の日

今だって木が少なくなってきたと言われる。
自然もこわされてきている。
このごろは、むだ使いが多すぎる。
広告、ない方がいいな。
自然がこわされるし、木だってかわいそうだ。

国会議事堂

東京都・小6　佐藤　裕之

六年最後の社会科見学。
ぼくが、一番心に残った所。
国会議事堂。
伊藤博文、大隈重信、板垣退助、
三人の胴像があった中央広間。
中央広間の天井には、
ステンドグラスがはめこまれている。
トイレまでも大理石。
十七年間かけて作ったんだ。

りっとう

和歌山県・小1　にしはた　かずあき

せんせいが　きのう
りっとうと　ゆうて
きょうから　ふゆですよと
おしえて　くれました。
それで
きょうから
いっぺんに　さむなったんやなあと
ぼくも　おもった。

刃物

神奈川県・小4　赤崎　貴大

刃物は
使う人によって性格がちがう。
いい人は、
おいしい食べ物を作る。
悪いやつは、
人をきずつける。
みんな、いい刃物に育ってね。

119

東京都・小3　中じま　みきひこ

江口先生、
あっちゃんがころんだ。
ちがでている。
119ばんよ。
きゅうきゅうしゃよ。
あっちゃんが
江口先生とほけんしつに行った。

火事

北海道・小4　日下部　幸

「お父さん！　お母さん！　おきてーぇ。」
とつぜん、大声を出して
おねえちゃんが二階からおりてきた。

19 みどりのおばさん（学童擁護員）東京で初登場（1959）
小林一茶没（1827）
えびすこうの日
20 世界子どもの日（子どもの権利条約が国連総会で採択・1989）
毛皮の日（1989）
21 早慶対抗野球試合がはじまった（1903）
歌舞伎座開業
一休禅師没（1481）
22 いい夫婦の日（1948）
小雪（このころから降るようになる）
23 勤労感謝の日
樋口一葉没（1896）
外食の日（1984）
Jリーグの日
ふみの日
24 東京に天文台ができた（1921）
25 オリンピックの開催がクーベルタンの提案で決まった（1894）
ハイビジョンの日（1987）
26 秋の火災予防運動（1週間）
ふろの日
ペンの日（1935）
プロ野球が2リーグ制になった（1949）
27 厚生保護記念日（1952年刑を終えて出て来た人をあたたかく迎えようと決めた）

わたしとお父さんは
あわてておきて行って見ると
二階のへやは　もう火の海だった。
お父さんは
「一一〇番だ！」
と、どなって電話をした。
あわてているので、
何度もくりかえして知らせた。
一一九番に電話がおわると
「早く外に出なさい！」
と、またどなった。
わたしは、ジャージをはいて外へ出た。

わたしの家がもえる。
わたしの家が火につつまれている。
わたしは、
ただじっと見ているだけだった。
消防車を待っているのが、
ずい分長い時間に思えた。

やがて　消防車がきて
家に水をかけはじめた。
近所の人も集まってきて
手伝ってくれた。
車できてだまって見ている人もいた。
見ている人に私は
「帰れ！　家は見せ物ではないぞ！」
と心でさけんだ。

そして三十分。
やっと火は消え、
家はみすぼらしいすがたにかわった。

となりのおばあちゃんの家へ入って
わたしはねようと思ったけど、
朝までねられなかった。

火の用心

福島県・小5　橋本　澄子

火の用心をまわっているとき、
どこかの人が、
「かたいね。」（まじめだわ）
と、おっしゃった。
私はほめられたのでうれしかった。
いもうとも、うれしそうだった。
「もうすこしだから
　早くまわりましょうね。」
私がいうと、いもうとは元気に、
「はい。」
と、へんじした。

エレベーター

広島県・小5　檀上　朝江

ヒューと

28 ノーベル賞制定記念日（1901）
太平洋記念日（1520年マゼランが世界一周をして地球がまるいことを証明）
世界遺産条約採択（1992）
税関記念日（1952・大蔵省制定）
国鉄分割民営化決定（1986）
リクリエーション週間
親鸞没（1262）

29 議会開設記念日（1890年はじめて帝国議会が開かれた）
みその日

30 『トム・ソーヤの冒険』の作者マーク・トウェーン誕生（1835）
自動焦点カメラができた
『ガリバー旅行記』の作者スウイフト誕生（1667）
北里柴三郎伝染病研究所設立（1914）

空に上がったような気がした。
屋上に上がったら
おなかがすいた。

べんじょ

石川県・小3　小島　よしはる

べんじょは、
おしっこしても、
うんこをしても、
じっとがまんをして、
ちっともいやがらない。
みんなの食べたもの、
みんなののんだもの、
よぶんなものみんな、
だまってもらってくれる。
ほんとうにふしぎだ。

しごと

東京都・小3　菊地　ほしの

ギューン。ブウーン。
わたしの家のしごとの
車の音。
一年生のとき、
「バキュームカー。」
と、みんなによばれて、
ないたときもあった。
先生のお話を聞いた。
トイレのせつびは、
うちの中で一ばん大せつ。
トイレのせつびのない国は、
コレラやせきりで、
一日に何千人もしんでいく。
わたしの家のしごとは
いのちをまもるしごとだ。
ぜったいなくてはならない
しごとなのだ。

「平和」の重さ

愛媛県・中3　岡野　未来

私は戦争を知らない子です
どんなに、歴史や国語で勉強しても
被爆者や戦争を体験した人たちの
気持ちや
苦しみは
一〇〇%分かりません
「平和」の意味を知っている人は
今、この地球上に何人のこっているのか
私たちは戦争を知らない子です
「平和」の重さ
被爆者の人たちの気持ちや苦しみ
一〇〇%に近づく様に……
戦争を二度と繰り返さない様に
唯一原爆を落下された
日本人として、

今の地球を戦争を
「平和」の重さを
知るのが今の私たちの義務だと思う

すごい力

富山県・小2　やなぎざわ　ゆう子

一つの電池で
三つも四つも
電気がつきます。
電池は、
すごい力をもっている。

でんち

大阪府・小2　はしづめ　あきひさ

でんちって
すごいな。
だって、
かいちゅうでんとうとか、
おもちゃにいれたら、
足がうごいて、
手がうごいたりする。
かいちゅうでんとうは、
ひかりがでてくる。
だから
でんきは、
すごいな。

リストラ電池

愛媛県・中1　佐々木　耶枝

今のこの世は人が人じゃない
乾電池なのだ
いらなくなったら
「会社」という名の機械からはずされる
そして、新品の電池をはめこむのだ
最終的にはずされた電池は
社会のすみでころがるのだ
—わたしも将来こうなるのか…—
そう思いながら
テレビを横目に机の上の
さっき終わったばかりの電池を見た

ピーナツの花

福岡県・小2　さわい　てつろう

ピーナツの花を見たのは、
生まれてはじめて。
花は黄色で、
はっぱは三まいついていて、
花をかくしている。
花はくきのところについている。
はっぱが、
花をまもっているみたい。

ぜい金

広島県・小4　小中　悦子

ふ人会の人が
ぜい金の紙を持ってきた。
おかあちゃんは、
「ようけいじゃなあ。」
と言って紙を見つめている。
「こしがいたいけど
　おいしゃへ行くどころじゃあないわあ。」
「お金がなんぼうあっても、かなわんなあ。」
と言って工場へ行った。
おかあちゃんの後ろすがたを見ながら
きのどくじゃなあと思う。
私も　よくお金を使うし
しまつしなきゃあいけんな。

消費ぜい

広島県・小5　高岡　征史

「なあ、兄ちゃん　百円くれやー。」

とぼくが言う。

すると、

「しょうがねえなぁ。やるか。」

と百円くれた。

ニチイに買いに行った
いつも買いたいと思ってた
ホワイトチョコレート。

ホワイトチョコレートは百円だ。

ぼくは、ホワイトチョコレートを持って、
レジに行った
そして、レジのおばさんに、

「はい。百円ね。」

とわたした。

すると、

「ねえ、ぼく、足りないよ。」

と言ってきた
「なんでぇ、百円だろ。」

と言ったら、

「消費ぜいで三パーセント高くなるんだよ。

だから、三えん足りないよ。」

と言われ、ホワイトチョコレートを買えなか
った。

「ちくしょう、消費ぜいめー。」

税

東京都・小6　三上　優輔

社会科で、税のことをならった。
「農民たちは、税として、
稲をおさめたり、
特産物を都へ運んだりした。」
これは八世紀のことだ。
いまはいろいろの税がある。
物を買えば消費税、
温泉に入ったら入湯税。
お店の人は営業税。
給料もらえば所得税。
税金は学校をつくったり、
水道をつくったり、
道路をつくったりする。
税はみんな少ないほうがいい。
でも税がなかったら
みんな困る。

ようふく

兵庫県・小2　小林　淳子

おかあさんがようふくを作る時、
本を山ほどつんでいる。
そしてなんべんもなんべんも見ている。
そしてそのままねてしまう。
あのようふく
いつになったらできるのかな。

先生の洋服

福井県・小5　原田　芳孝

先生は、毎日洋服をかえてくる。
先生は、
いくつぐらい洋服を持っているのやろう。
おしゃれやな。
先生、毎日洋服よごすのかな。
だけど、先生金持ちやな。
あんなようけ服持っとって。

うるしの木

山形県・小1　いくま　けんじ

おとぎりそうは、いいくさだよ。
けがをしたとき、くすりになるからね。
だけど、わるい木もあるよ。
それは、うるしの木だよ。
さわると、かゆくなるからね。
だけど、
うるしのぬりものは、
こうきゅうひんなんだって。
ふしぎだな。

パチンコ

静岡県・中1　鈴木　勤

昔、パチンコは
子どもの遊びだったという
しかし、今は大人の遊びだ
なぜ大人は
子どもの遊びをとり上げたのか
もうかるからか
おもしろいからか
大人は法もつくった
「十八歳未満はだめ」

子どもの許しを得ないで
こんな大人がにくい

早く大人になりたい
なって法を改正する
「子どもしかパチンコをやってはいけない」
と……。

七五三

東京都・小3　井上　晴恵

うちへかえると、
きれいになったかずえが、
「はるえちゃん。」といった。
わたしが、
「はい、きれいだね。」といった。
そしたら、かずえがニコッとして、
あめをひとつくれた。
また「きれいだな。」と、わたしはいった。
こんどは、
「よくばり。」といって、
げんこつをくれた。

坂本竜馬

東京都・小5　小林　渚央

坂本竜馬は
歴史の上で有名な人物だ
西郷隆盛といっしょに
江戸幕府を倒すための
運動に協力して活躍した

竜馬は
土佐藩を脱藩していたが
郷士の身分で
殿様もそれ程気にかけていなかったので
許されたらしい
脱藩するなんて！
ぼくは　すごいと思った
当時　そんなことをしたら
殺されるかも知れないのに
とても勇気があって
すばらしい人だ
しかし
三人の暗殺者が竜馬を殺した
まだ残された仕事があるというのに
むなしく旅立った
実に残念でかわいそうな死
今でもたくさんの人の心の中に生きている
ぼくも竜馬を忘れない

ライバル

東京都・小6　石原　悠真

ぼくは休みの日
決まっておじいちゃんと将棋を打つ。

明るく広い部屋で
「さあ、打とう。」

とおじいちゃんが言うと対局が始まる。

一手、また一手と打っていくと
「これでつみだな。」

とおじいちゃんが勝ってしまう。

「ここが悪かったな。」

と言って、次の対局が始まる。

二人は永遠のライバルである。

浜田広介先生

東京都・小3　治面地　和泉

コツ、コツ、
浜田先生が教室の前に立ったとき、
わたしはもう、
先生が友だちのような気がした。
浜田先生が話しはじめた。
わたしは浜田先生の
「みなさんの話を心の耳を大きくして
　きいていましたよ。」
ということばがすきになった。
わたしは、じっと先生の目を見た。
わたしは浜田先生の童話の友だちだ。
浜田先生、体を大じにして、
もっとたくさん童話を書いてね。

小林一茶

福岡県・小6　浦田　義満

「やれ打つなハエが手をする足をする。」
一茶の心はどこかちがう。
生き物の命がそこにある。
雀　馬　猫……。
いや、
小さな小さなハエまでも、
生きているものすべてが、
一茶にかかると生きかえってくる。
そこには、
愛情がこめられ、
動物は動物らしくなる。
自然に生きているものすべてに、
愛情を示せる人間、
優しい心を持つ人間、
小さなことを大切にできる人間、
そういう一茶の心に
ぼくは感動する。

えびすこう

長野県・小3　昌山　尚司

きょうは、えびすこう
いろいろな人が、中央どおりをのぼっていく。
いかや　たいやきをうっている。
ぜんこうじの見えるところで
かどをひだりにまがる。
すこしいくと、じんじゃがある。
おさいせんをなげた。
ちゃりんと音がした。
帰るときに千円ひろった。
とくしたと思った。
でもまたおさいせんばこに
いれた。
あとで　考えたら
もったいないと思った。

花　束

東京都・小5　村尾　美香

私は、勤労感謝の日に、お父さんに、
カーネーションと、かすみ草の花束を
わたした。
「お父さん、いつもありがとう。
　これからも体に気をつけて、がんばって
　ね。」
と言ったら、
てれて、
「お酒の方がいい。」
って言いながら花束を受け取った。
うれしそうだった。

勤労感謝の日

群馬県・中2　新井　利江

きょうは勤労感謝の日
先生は昨日の帰りに
「明日はみんなが労働をたっとび、
　生産を祝う日だ。働く人がゆっくり
　休む日だよ。」
と言いました。
でも私の家では今日
父は土方に
母は畑に
でかけています。
「コンニャクが安くて困った。」
みんなの口ぐせになっています。
勤労感謝の日だからと言って
わたしの村で
ゆっくり休んでいる人はいません。

外　食

神奈川県・小4　工藤　七虹

外食すると、
自分の家が
かわいそう。
外食するなら
すぐ食べて
はやく家に帰ってあげて。

結婚記念日

埼玉県・小3　白鳥　香帆

「今日十一月二十七日は
お父さんとお母さんの
結婚記念日なんだよ。」と
お母さんがうれしそうに言っていた。
「お父さんは、
　ケーキを買ってくるかな?」
とお母さんが言っていたけど
きっとお父さんはわすれると私は思っていた。
でも夜になって、
お父さんがケーキを買ってきた。
お父さん、おぼえてたんだ!

おふろ

大分県・小3　村山　太亮

父ちゃんと
ふろに入った。
お湯がザーッとこぼれた。
「お湯がこぼれちょるで。」
「ああ、こぼれちょる。
　今日のつかれが
　流れちょる。」
父ちゃんは目をつぶった。
ぼくも目をつぶった。

ノーベルしょうをとりたい

福岡県・小4　山形　健人

田中さんという人が
ノーベルしょうをとった。
先生やお母さんと同じとしだ。
四十三歳でノーベルしょうは、
おそいと思っていたら早いそうだ。
ぼくも四十三歳になったら、
ノーベルしょうをとってみたい。
四十三歳なら、まだ時間はある。
何で、ノーベルしょうをとろうか。
海で一番深い所を調べてみようか。
それとも、ガンが治る薬を発明しようか、
何がいいかな。
四十三歳まで、あと三十四年。
その間にいっぱい考えよう。

読書週間

長野県・小4　清水　和江

先生が、
「月曜日から読書週間」と言った。
家に帰って母に言うと、
「和江はいつも読書週間だに。」
と言ってわらった。
それもそうだ。
えつらんカードも三枚めになった。
読書週間中に読んだ本は二さつだけ。
「日本歴史の光」と「北里柴三郎」
北里柴三郎は、
小さいころ、いたずらっ子で、
おぼうさんと医者は大きらいだった。
それが大人になって、
有名なさいきん学者になり、
大ぜいの人のいのちをすくった。
人は小さい時こうだったから
ああなるなんて
きめられないと思った。

夢

鹿児島県・中2　原崎　雄志

世界の遺産を見ているとき
ぼくの心は世界へ飛び立つ
エジプトのピラミッド
カンボジアのアンコールワット
ナスカの地上絵
そして
ペルーのマチュピチュ
インカ文明の残したすばらしい遺産に
心臓が高鳴り
なんともいえぬ震えがくる
夢は大きくふくらむ
いつか大人になったとき
ぼくは世界にはばたく

11月——季節

☆朝晩寒さを感じる
☆小春日和
☆霜が見られる
☆氷がはる
☆天気のいい日が続く
☆スポーツ
☆ハイキング
☆下旬からこがらしが吹く
☆おしくらまんじゅう
☆冬枯れの季節
☆しぐれ

きつねのよめいり

島根県・小1　なかむら　じゅん

せんせい　あのね、
きのう　てんきあめがふったでしょ。
ぼくは　のじくんちであそんでたんだよ。
かえりみち　ぼくはどきどきしたよ。
だって
きつねにであうかもしれないでしょ。
だけど　であわなかったよ。
ほっとしたけど、
ちょっと　ざんねんなきもちだったよ。
きつねのおよめさんは、
ちがうみちをとおったんだね。きっと。

うろこぐも

神奈川県・小1　よしだ　みれい

「みいちゃん、ちょっときて。」

と、おかあさんがいいました。

わたしは、

「どこにいるの。」

とききました。

「おかあさんは上よー。」

といいました。

わたしは、はしって二かいへいきました。

そしたら、おかあさんが、

「うろこぐもだよ。」

といいました。

わたしはうろこぐもなんて
うまれてはじめて見ました。

うみから山へ
山からうみへとつづいていました。

にじのようでした。

おかあさんは、そのときせんたくをしていました。

わたしは、
てつだおうかなとおもったけれど、
すぐに、にっきをかきました。

秋の木のは

東京都・小2　船木　いずみ

秋の木のはがおちます。

おかあさんが、
「おちばきれいだね。」
といいました。
わたしは、
おちばは
あかやきいろにおしろいつけて、
土のおよめさんに行くのだと思います。
そして、
秋がちょうどおけしょうの日だと
思います。

ななかまど

青森県・小2　横山　達郎

公園のななかまどのはっぱが、
赤くなっていた。
きれいなはっぱがいっぱいあったから
うれしかった。
妹のゆきなも、
ほいくしょの帰りに、
ななかまどのみをひろってきた。
「おにいちゃんにあげる。」
と言って、ぼくにくれた。
ゆきなも秋を見つけたんだなぁ。

秋の夕日

東京都・小2　森川　じゅん子

このごろ
お日さまが
早く　しずみます。
お日さまは
夏、いっぱい光ったから
つかれて
早く休み
早く　しずむんだと思います。

にんぽうこのはがくれ

東京都・小2　野村　かずのり

すごい風だな。
こんなときぼくたちは
木のはをいっぱいあつめてね、
ふところの中や
セーターのそでの中に入れてね、
「にんぽうこのはがくれ。」
といってからパッとまく。
おもしろいよ。

秋のにおい

大阪府・小5　坂本　えり奈

落ち葉をふむ。
カサカサ。
かるい、かわいた音。
秋のにおい。
少しだけあったかいにおい。
母が家で
ミルクをあたためているような
あたたかいにおい。

母のふるさと

東京都・小6　田中　久美子

夕日が川をそめ
川の流れをきいて育ったという母。
今ごろは
りんごの実が赤く色づき
いねかりはすみ
雪がちらほらと
ふるころだという。

落ち葉

長崎県・中2　萩原　工子

風に吹かれて
もう生きるあてもなく
サラサラとこぼれる
まっ青にすみきった空から
身をふるわせながら

11月 ―家庭生活

☆ 七五三の用意とお祝い
☆ 暖房器具をしらべ用意する
☆ はしか・おたふくかぜ・ふうしんの混合ワクチンの予防接種をしたりする（任意）
☆ 冬じたく

てぶくろ

長野県・小1　やなぎさわ　りえ

おかあさんが
よるおそく
てぶくろを　あんでくれた。
はめてみたら
おかあさんの　においがした。
おかってので　においがした。

インフルエンザ

高知県・小1　倉橋　ゆうすけ

インフルエンザで　やすんだとき、
おかあさんが、
シチューや　うめがゆを
つくって　くれました。
おばあちゃんが　きて、
プリンや　ごはんを
つくって　くれました。
おとうさんは、しごとから、
はやく　かえって　きてくれました。
おじいちゃんと、おばあちゃんが、
まいばん、たべに　きてくれました。
いもうとは、
一人で　あそんで　いました。

コンバイン

青森県・小2　雪田　たつや

コンバインは
前からいねを食べて
よこからもみを出す
後からは
わらがぽんぽんとび出す
コンバインって
人間の体ににているな
あぶらのタンクは心ぞうで
あぶらの通るくだは血かんだ
けむりの出るところは
おならのでるくだかな

わらは体の中を通って
しょうかされたのかな

ふゆのようい

宮城県・小2　菊地　秀

だいこんもつけたし
いももいけたし
こめもつくったし
ぶたもうってしまったし
もう雪が
ふっても
あんしんだと
おじいさんが
いっている。
早く
雪よ
ふれふれ。

大根ぬき

長野県・小3　佐塚　俊二郎

畑に着いて　おばあちゃんが
「大根ぬけるかい。」
と聞いた。
ぼくは　やる気で
「うん。」
と言った。
やり始めたら　おばあちゃんが
「これ、引っぱっても　ぬけない。」
と言ったから
「ぼくが　やってあげる。」
と言った。
ぬくときに　おじいちゃんが
「大根は、まっすぐぬかないとだめだよ。」
と教えてくれた。
一回目　引っぱったけど
ちょっと　動いただけで　ぬけなかった。
二回目　思いっきり　引っぱったら
スポッと　音をたてて　ぬけた。
心の中で
「やったあ。」
と言った。
おばあちゃんが
「しゅんは　力があるね、すごいよ。」
と言った。
おじいちゃんも
「たいしたものだ。」
とほめてくれた。
ぼくは　うれしくて
さい後まで　がんばった。

雨

埼玉県・小4　木村　ふじ美

雨がふる。
　ぴた　ぴた、
　ぷた　ぷた、
ざっざって音がしてふる。
ふうちゃんは土間で、
ねぎむきをしている。
ふうちゃんは、おとなになっても、
雨のふる日、
ねぎをはこんでたばにしている気がする。

雨は夜までふっている。
うち中だまって
ねぎをむいてたばにしている。

きりの朝

佐賀県・小4　居石　和久

走って学校にきた。
走っていると　まえがみえなくて
人にぶつかりそうになった。
人をぬくと、
ぬいた人が　みえなくなった。
前とうしろが　みえなくなって
走っていると　こわくなった。

おかあさんの車は
だいじょうぶかなあ

お手伝い

北海道・小4　酒井　康太

「手伝ってー」
日曜は
畑仕事の手伝いの日
ぼくは
おちているビートをひろう
だんだん日がくれて
体が固くなってくる
手がキーンとしてきた
あせがつめたく感じる
でも
がんばって三十こもひろった
毎年ビートひろいが終わると
冬がやってくる

葉たばこの心配

秋田県・小4　高橋　美雪

朝、ストーブのそばで
パジャマをたたんでいたら
「アッツ（アツ子の愛称）行げじゃ。」
ストーブにあたっていたばっちゃんが
とつぜん母さんに言った。
何のことかもいわないで。
「おめ（おまえ）、結果　月曜日見に行げ。」
と小さい声で言った。
母さんは、
「おら、おっかねして行げね（こわくて　行けない）。」
と顔をしかめて言った。
わたしにもわかる。
（何等になるか、
　何十万円になるか、
　一年の結果がどうなるか。）
とかみをとかしながら
わたしまでこわくなる。

冬がやってきた

福岡県・小5　矢辺　敏晃

玄関を出ると、
冷たい風が吹きつける。
体がひんやりして、
思わず、
ズボンのポケットに手をつっこむ。

学校が終わると、野球の練習。
グローブの中も、ひんやりと冷たく
ボールを取ると、
ビシッと痛い。

でも、今夜は、あたたかいシチュー。
お母さんのシチューはおいしんだ。
練習が終わったら、
走って帰ろう。

米袋は重い

広島県・小5　有田　恵一

父がもみすりをする
かわいたもみが
うすの口に吸い込まれていく
どんどん吸い込まれていく
もみがロールを通ると
きれいな米になって
ザーザー
と滝のように流れてくる
プーンとこうばしいにおい
新米のにおいだ
新米は、次々と三十キロの米袋にされる
これを運ぶのがぼくの仕事だ
ぐい
持ち上げようとしても
びくともしない
うーん負けるもんか
今度はこしをいれて
えーい
持ち上がった

こんにゃくほり

長野県・小6　横山　篤司

群馬の　祖母の家で
こんにゃくをほった。
こんにゃくほり機でほったのを
後からとっていく。
大きくても、くさったのもあるし、
子どものいももある。
「これは大きいな。」と取ると
土が　バサッ　と落ちて
小さくなった。
土のかたまりを　つぶすと
中から　小さいのが出てきた。
こんにゃくは
土と見わけが　つかないので
土を　つぶさなくては分からない。

いねかり

高知県・小6　秋田　恵理

「コンバインで刈らさして。」
「おお、ええぞ。」
父がかわってくれた。
稲刈りはもう少しで終わりだ。
レバーをまちがわんろうか。
まっすぐ行きよるろか。
もみはちゃんと袋の中へ入りよるろうか。
神経を使って機械を動かした。
父もときどき指示してくれた。
「これをこうやって上げて。」
一つひとつ教えてくれた。
やっと操作できるようになったと思うと、
稲刈りは終わってしまった。
もう少し長いこと刈りたかった。
でも、ほっとした安心の気持ちと
もっとやりたい気持ちとが
ごちゃごちゃと入り交じっていた。

秋から冬になる

京都府・小6　藤垣　里美

朝　家を出たとき
手がつめたかった
風がふいて
季節をかえる
木がかわいそうだ
木は家の中に入れない
葉っぱが散って
かわいそうだ
冬が近づいてきた

父の仕事

青森県・中1　成田　広幸

父は尾太の鉱山で働いている。
機械の技師だ。
11月にはいると週に一度の帰宅だ。
父のいない生活が
春まで続く。
このあいだ父が言った。
「冬の間は、おまえが父のかわりだ。」
――つけものの石を持つのも。
――アンテナを直すのも。
わきから母が言った。
「アンテナだの、電気だの、あぶないなあ。」
父のいない家庭は不安だ。
父はあの山奥で家族のために
がんばっているのだ。
ぼくもできるかぎりはしよう。
冬になるといつも思う。
冬は長い。
とくに津軽は長いと――。

受験勉強

静岡県・中3　倉島　美幸

高校受験
もう、目の前だ
時がたつのは早い
ずっとこのままでいたいのに
時計の針はストップしない
そうだ
今、やるしかないんだ
私は、机に向かった

11月——学校生活

☆文化の日
☆読書週間
☆学芸会
☆文化祭
☆読書感想文
☆避難訓練
☆なわとびなどの遊び
☆東北・北海道で雪が降り始める

せきかえ

徳島県・小1　ふじ　ひろみ

せんせい
せきかえ　いつするの
十一がつに　なったら　するの
はやく　十一がつに　ならないかな
だって　せきに　すわるこ　きめてるもん
はたけ山くんよ
だれにも　いっちゃ　だめよ
せんせいと　おかあさんだけに　おしえたのよ
だれにも　いわないでね　ゆびきりよ
せんせい
はやく　せきかえしてね
はやくよ

しげくんが休んだ

高知県・小1　原　こう

ぼくは
しげくんと
こまをまわして
あそぼうとおもいました。
でも　しげくんは
かぜで　休みました。
だから
ぼくも　がっこうも
しずかでした。

がくげいかい

東京都・小1　田口　洋子

たいこが
どんどんなったから
おもしろかった。
カスタネットが
いいおとだった。

さんかん日

徳島県・小1　ごとう　ひとみ

さんかん日って
きんちょうするよ

だって　たくさんの　おかあさんが　きてる
から。
てを　あげて
はっぴょうするの　はずかしい
せなかが
うず　うず　するよ

秋　空

東京都・小4　渡辺　裕文

今日のような秋晴れの下で
はばとびをすると
体が軽々ととべそう。

文化祭

東京都・小4　田辺　鈴子

文化祭のときうたをうたった。
だけど、お母さんは来なかった。
でも、いっしょうけんめいに
うたいました。

音楽発表会

静岡県・小4　寺島　礼子

いよいよわたしたちの番だ。
（落ちついて落ちついて。）
自分にそう言いきかせても、
体がふるえる。
ステージに上がって、いすにすわった。
初めて見る大きなまくが、
わたしをおそってくるみたいだった。
体がだんだん熱くなった。
どっくんどっくんむねの中から
何かがあふれ出てくる。
先生の手が上がった。
わたしの指は、ふるえながらリコーダーの上
を勝手に動いた。
三曲目は一番とくいなヤーヤーヤーだ。
ふるえが止まって、やっと落ちついて
ふくことができた。
三曲目が終わった。
大きなはく手。
うれしかった。
せなかをあせが流れた。

就学時検診

東京都・小5　岩谷　有紀

「お名前呼ぶからはいと返事をして下さい
ね。」

私は来年の一年生の名前を次々言った。

「はい。」

手まで挙げて返事をしてくれる。

「加藤君の妹だあ。」

「加藤ちづるちゃん。」

「はい。」

今まで呼んできた中で
一番はっきりしていた。

一年生ってかわいいな。

名前を呼んだら手を挙げてくれるし、
いつもにこにこしている。

私が一年生のときも
こんなにかわいかったかな。

インフルエンザ

愛媛県・小6　寺坂　健志

インフルエンザで一人休み
また一人
また一人
とみんなが休んでいく
ついにぼくにうつった
頭が痛い
体がだるい
体温は三十九度七分だ
こんなに熱が出るなんて
ぼくは四日たたかった
やっと学校にいけると思ったら
弟にうつって
お父さんまでもうつった
お母さんが
「はあ～」
とため息をついていた

11月 ― 植物

☆ナラ
☆クヌギの花
☆アラカシ
☆カシワ
☆サザンカ
☆ヒイラギ
☆ツワ
☆ヌスビトハギ
☆タデ
☆センブリ
☆ビワの花

☆センダングサ
☆コケモモ
☆ダイコン
☆コンニャクほり
☆ニンジンほり
☆ゴボウほり
☆タマネギうえ
☆カトレア
☆キウイ
☆ハクサイ
☆ノリ

☆サトウキビ
☆イネかり
☆シンマイ
☆イチジク
☆ゴボウ
☆イチゴうえ
☆ツタ
☆チョロギ
☆レモン
☆カエデ

そばひき

高知県・小1　くらはし　ゆうこ

そばを　ひきうすで　ひきました。
まっくろい　三かくけいの
そばの　みを
りょう手で　すくって
そっと　のせました。
石と　石が
ゴロン　ゴロン
大きな音を　たてました。
なんかい　まわしても
こなは　すこしも　おちません。
はんたいに　まわして　みました。
ばらばら　ばらばら
まっ白い　こなが
たくさん　おちて　きました。
石と　石との　あいだから
ゆきが　ふって　いるみたいです。

はぜまけのじっけん

熊本県・小2　石原　ちなみ

みせの前にはぜ（うるし）の木があります。
わたしは、はぜのはっぱを
ほっぺたに　なすりつけました。
はぜのはっぱは　するするして
わたしのほっぺたをなでました。
わたしは
はぜまけのじっけんをしました。
まけたあとは、どんな顔になるのかなあ
と　思いました。
おかあさんも　ひろみちゃんも
はぜまけになりました。
わたしも　ほんとうに
なるのかなあと思いました。
あくる日、顔をあらうとき
顔にぶつぶつが出ていました。
ほんとうになりました。
ほっぺにも　口のまわりも
まんまるに　はれました。
お母さんが、
「いらんことばして。」

と　おこりました。
先生は、
「さすが　ちなみじゃ。」
といって　わらいました。
わたしの顔を見て
お母さんは　毎日おこります。
先生は、わらっています。

あざみの花たば

青森県・小2　大くぼ　まゆみ

りんごもぎの、
かえりみち、
草原でみつけた、
あざみの花。
ひとみちゃんと、
あそんだときの、
ゆうやけの色だ。

一つ、
二つ、
いっぱいとった。
りょう手でもったら、
およめさんの、
花たばみたい。

こんな花たばをもった、
およめさんになりたいな。

さざんかとつばき

東京都・小2　横山　はるな

あれはつばきかな。
それとも、さざんかかなとおもってみる。
わたしは、すぐわかる。
花びらがぱらぱら
ゆきみたいにおちていると、
あれは、さざんか。
ぽつんぽつんと
花が一つずつおちていると、
あれは、つばき。

バリバリの木

東京都・小2　横山　はるな

やく島にいって、
山の中でバリバリの木みつけた。
高さ五十センチぐらい
むらさきの、うすい色の花がさいている。
はっぱは、つるんつるんしている。
さわさわゆれている。
花は
ゆっくり大きくゆれている。

かぶあらい

山形県・小2　斎藤　かよ

日曜日、
おとうさんと大きいおにいちゃんが
かぶをとってきた。
こんどは
おかあさんとわたしの出番。
トントントン
おかあさんがかぶのしっぽを切る。
わたしはわたしで
ゴシゴシとあらう。
「気もちいいな。」
といっているみたいでたのしそう。
つぎは手で
キュッキュッとこする。
かぶが
「きれいになった。」
と、よろこんだ。
九回あらった。
九このまっしろいかおがならんだ。
わたしの手は
まっかになった。

ははこぐさ

東京都・小3　岩瀬　洋一

ははこぐさは、
なんか、さみしい。
だって、
おかあさんと子どもがいて、
おとうさんがいないんだもの。

おとうさんは
どこへいってしまったのかな。

ふしぎ発見

愛媛県・小3　上地　拓弥

学校でサクラの木のかんさつをした。
めを発見した。
この後、どうなるのだろう。
花になるのかな。
まだ秋なのに
もう春のじゅんび。
だれにも教えてもらわないのに
しぜんはすごいな。
ぼくは次のことを考えて行動しないから
サクラを見習うよ。

くじゃくそう

愛知県・小3　野元　愛子

くじゃくそうという名前だけど、
雲のように見える。
冬を知らせているような感じがする。
くじゃく草の花は
コーヒーに入れるクリープのようなにおい。
クリープだってこな雪のよう。
わたしはまっ白い花がすき、
くじゃくそうさん、かれないで、
しっかりさいて
冬を知らせてね。

むぎふみ

高知県・小3　三木　あい子

むぎをふめばふむほど
よくできるという。
今日は
あたたかい日よう日。
お母さんと私はむぎをふむ。
あせばんだ私のほおを
風がしずかに流れる。

にんじんほり

岡山県・小3　佐藤　隆史

ぼくは、日曜日に、おかあさんと、
畑へ、にんじんほりに、いった。
おかあさんが、
くわをもちあげて、
おなじところを、二かいほる。
ぼくは、そのあと、
手ぶくろを、二まいかけ、
力をいれて、
にんじんを、ぬいていく。
長いにんじん、みじかいにんじん
太いにんじんもあった。
しごとがおわるころ、ちらちら
雪が、とんできた。
ほっぺたが、つめたくなってきた。
でもがまんして、
おかあさんにてつだった。

もくれんのめ

鳥取県・小3　出井　いくよ

もくれんのめが
出ている。
よく見ると
光っているように見える。
そっとさわって見たら
あたたかい。
この毛に　つつまれて
もくれんのめは
さむい冬を、こすのだろう。
毛は上むきに
かみをといたように
ならんでいた。

お茶の花

埼玉県・小4　斉藤　芳子

お茶の木に、一つぽつりと白い花。
ちぢんだ花弁のまん中に、
きいろい雄蕊が風にふるえる。
エンピツで、
ちょいと雄蕊にさわったら、
青い葉に花粉がちった。

エンピツの芯にもついていた。

ワカメ

北海道・小4　中川　恵理子

「カラカラ」と、庭にほしてあるワカメが
風にふかれて鳴っている音に
目がさめた。
ござの上のワカメは、パリパリにかわいて
風にとばないように
ぼうを　のせている。

あまどころのみ

東京都・小4　鈴木　正人

あまどころが
えだに
ころころのこっています。
ぶらんぶらんゆれています。
たのしそうね。

はくさいづけ

東京都・小4　関　学

「ギュッ、ギュッ。」

はくさいを入れ、しおとうがらしと
こんぶを順番に
くり返し、くり返し入れていく。

どんどん、おしこむと、

「ギュッ、ギュッ、ギュッ。」

と下へ行く。

ゆずを回りに、

「パラパラ。」

最後に手で、また強く、

「ギュー、ギュー、ギュー。」

とおしこんで。

重い石を二こ、

「ドーン、ドーン。」

とのせて、できあがり。

四日ぐらいで、おいしいはくさいづけにへん
しんだ。

冬のおとずれ

福岡県・小4　小森　博子

学校を出るたびにきこえる音、
それは　だっこっきの音、
このだっこっきの音は、
冬のおとずれの音、
そして　秋のおわりの音でもある。
一年間　おひゃくしょうさんたちが
いっしょうけんめいつくったいね。
でも、もうそのいねも
かりとられ、だっこくされている。
そして、このいさましい音も
きこえなくなり
さむい　きびしい冬になるだろう。

ごぼうほり

和歌山県・小4　白谷　章

ガシャ、ガシャ、ガシャ。
とんがが石にあたる。
ぼくがほって兄が土をあげる。
だいぶ見えてきた。
とちゅう交代した。
ザクッ、
ごぼうが切れたみたいな音がした。
引っぱってみると
スパッとぬけた。
「あと、こんだけもあったんかあ。」
思わず声が出た。
ぼくのせいの三分の一ぐらい。
ひげみたいな根がはえていた。

大根ほり

東京都・小4　柴田　美樹

「ほっ。」

力を入れ、足をまげてふんばり、
大根をぬく。

でっかい、でっかい大根がぬけた。

雪のように白くて、少し土がついている、
まんまるい大根。

家に持って帰った。

「まあ、大きな大根。」

お母さんは、
目を大きくしておどろいた。
白くてまんまるい大根は、
四角に切られて、
大根のにものに大変身した。
一口食べた。
しるが、じわっと出た。
少しかんでいくと、
大根のあまさも、じわっと出てきた。

つけ菜

新潟県・小4　佐藤　麻利

冷たい水で
つけ菜をあらう。
もう、何べんかあられがふり、
山は、とっくに白くなった。

つけ菜おけに入れて、
塩ととうがらしを入れ、
重い石をよいしょとのせると、
うまいつけ菜ができる。
冬の間じゅう、
雪にとじこめられるわたしたちにとって、
たいせつなおかず、つけ菜。
あったかいご飯と、
あめ色の野沢菜とをいっしょに食べるおいしさ。

冷たい水で
つけ菜をあらう。

けやきの木

長野県・小4　牧野　隆昭

うちのうしろに
大きなけやきの木が立っています。
けやきの木は
家のうしろのがけに
しっかりとつかまっています。
雨がふると
すながくずれます。
でもけやきの木が
すなを流さないようにしています。
もしけやきの木がなかったら
雨の日
すながくずれ家ごと落ちてしまう。
秋になると
葉が落ちてきます。
はいてもはいても
落ちてきます。
でも、ぼくは
いいのです。
家を
守ってくれるから。

だいこん

岩手県・小5　安藤　正彦

ぼくがいどばたにいったれば　かあちゃんが
「こりゃ正彦だいこんみろ。」
といってギュッとだいこんだしてみせた。
でっかいだいこんに
グッキリかねのわはまっていた。
ベコッとひっこまっていた。かあちゃんは
「な、正彦のだいこんでも
　くさんねでおがってるぞ。」
といった。
だいこんは　くさりもせず　おがっていた。
「いぎるためにはな
　ちょっとしたことでないたりして　そんな
　ことでわかんねんだがらな。　だいこんみ
　ろ。」
そういってかあちゃんは
ひっこまっただいこん　ぼくの前においた。
だいこんには
グッキリかねのわがはまっている。
でも　でっかくおがってだ。

ポプラ

山形県・小5　今野　きみ江

ポプラが、
すいすいと、のびている。

じっと見ていると、
私の心も、
すいすいと、のびていく。

初　冬

東京都・小5　佐々木　友美

いちごの葉が
ロゼットをして
土のぬくもりを感じている。

イイギリ

東京都・小5　黒田　麻夕美

コロコロ
コロコロ
道ばたにおっこっている
イイギリの実
まっかな実
なにか
うれしいことがあったの
兄弟が
いっぱいいて
よかったね

イヌマキの実

東京都・小5　高松　朋子

「わっ、かわいい。」
こけしが
赤と黄色の
着物を着ている。

大根取り

岡山県・小5　千代延　史彦

六時ごろ仕事から帰ってきたお母さん。
いそがしそうに、
「史彦、大根ぬきに行こう。」
と、言った。
ポクポクと
長ぐつの音をたてながら、
大根取りに行く。
寒くて暗い夜に、
パチンと、かい中電燈をつける。
ぎゅっと、大根をひきぬく。
かい中電燈をゆらすと、
「こら、チロチロさせるな。」
と、いらいらした声でおこる。
「寒いなあ。」と、いいながら、
服の中に手をつっこむ。
帰りによその畑を見て、
「見てみんちゃい、よそのは、はくさいまで
　ぬいてしもうとる。」
と、つらそうに言う。
「キャベツはまだ取ってないがな。」
と、ぼくが言った。
「はくさいは、寒かったら、いたむけんな
あ。」
「はよう取ってつけ物に、せにゃいけんな
　あ」
かい中電燈で、
夜道をてらしながら、
帰る。
うら口の明かりが見えてくると、
大根をさげた手が
急に重たくなった。

わらやき

青森県・小5　成田　和人

「おほ、おほ」
ぼくは、せきをした。
わらのけむりが
黄色になったり
白くなったりしている。
空高く、風にふかれている。
風が、ぼくの方に吹くと
目に煙が入る。
涙が、ぽろぽろと出る。
鼻にも入ってくる。
においもする。
せきがでる。
前が、煙で見えない。

柿の実

東京都・小4　土方　重昭

武彦君の家のしぶ柿。
夕日のさしこむ庭の
たった一本の柿の木に、
もう、
じゅくして落ちそうな、
たった一つの柿の実が、
なんにも残っていない空の中に、
たった一つ光っている。
風にふかれて、
今にも落ちそうで、
もう、
二週間もがんばっている。

セイタカアワダチソウ

東京都・小6　大内　敏子

なんて背の高い植物だろう。
じっと見上げていると、
首がいたくなってしまう。
しゃんと首すじをのばして、
胸をはって身がまえている。
太いくき。
目だちすぎるほど
あざやかな黄色い花。
いくら強い風にあおられても
ザザーッと
うなり声をあげて、
「何をする。」
とさけんでいるかのように大きくゆれる。
たくましい、
セイタカアワダチソウ。
自分の仲間だけをふやすことは、
ひかえめにしてほしい。

のりとり

青森県・小6　山本　博

海の水が
つめたくて
波もあった。
ぐん手をはいて
冷たそうに
のりをとる。
波のしぶきが
こわそうに
ひびいてくる。
人々は知らん顔して
のりをとる。
ぼくは
あわびのからを使って
のりをとる。
風が春をよぶ。
のりとりはいやだなあ。
おとうさんや
おかあさんたちは
冷たいのをがまんして
のりをとる。

なめっこづめ

鳥取県・小6　中田　弘子

なめっこをふくろにつめる。
じくをきるもの、
はかるもの、
ふくろにつめるもの。
家族みんなが夜なべ仕事。
「よいしょ、わしも手伝うで……」
九十のこしのまがったおばあさんも手伝う。
なめっこをもったら、
ひんやりつめたい。
ズルッー。
手からすべりおちるなめっこ。
どじょうをつかむときのようなずるずる。
ふくろに入れるときはすべってはいる。
すべり台のように。
なめっこの時期がくると
冬が近い。
なめっこづめが
はじまると
家中活気があふれ、

秋の夜長を
なめっこの
夜なべがつづく。

おな洗い

長野県・小6　坂下　昌子

おなをつけるシーズンだ。
大きなおけが
三つ四つとならんでいる。
長ぐつをはいた
おばさんたちが
話をしながら手だけは動く。
つめたそうな赤い手が
おなの横から見える。
長ぐつをはいて、
ゴムの手袋をはめたおかあさん
一しょうけんめい洗っている。

こがらし

群馬県・中1　飯塚　一江

こがらしの吹いているあぜ道。
私は父と牛車にのって
こかぶとりに行く。
山は雪でまっ白だ。
「きょうは寒いね。」と話しかけているよう
だ。
ほっかぶりの手ぬぐいが
強風にとばされそうだ。
えり巻きをとおして
手ぶくろも　はんてんもつけているのに
冷たく肌をつらぬくようだ。
道ばたに立つ有線の柱が
ピューピューうなりをたてている。
「おとうさんさむいね。」
「うん　さむいな。」
父の声もふるえている。

たばこのし

長野県・中3　青木　文隆

今夜もまた、たばこのしだ。
意外な冷気で手足がふるえるほどだ。
ねむくもなく
考え事をする落ちつきもない。
ただ、もくもくと、
父も母もたばこのしにせいを出している。
昨夜もおとといの晩もその前の晩も
何時まで？
百姓の仕事はこれほどにしても
少しも楽にならない。
啄木の
「はたらけど　はたらけど」
の歌がしみじみと思い出される。
ぼくも
たばこやにに黒くよごれた
大きな手をじっとみつめた。

つるし柿づくり

高知県・中3　中岡　由花

茶の間は柿の山だ。
コンテナに六つもあった。
死んだ祖父の植えた六本の柿の木
私たちへの贈り物なのだ。
家族総出で皮をはぐ。
しぶくさい匂いが満ちあふれている。
新聞紙の上に柿の皮がたまり始める。
皮がぶ厚く、えぐれていく。
出刃ぼうちょうと指の間に
黒いしぶがたまってきた。
しぶは、不気味に黒く光りながら
手のしわを見つけてしみ込んで来る。
指先から、きしむような音が出る。
丸い柿が、時には三角形になる。
父も、母も、祖母も、弟も皮をはぐ。
私も負けまいと手を急がせる。
ストーブが真っ赤になって燃えつづける。
今夜もまた、茶の間は柿の山だ。
外では
白く雪が舞っている。
霜が降り
雪おろしの刺し込むような寒さの中で
しぶ柿は黒く甘くなるのだ。

11月

―動物

☆カメレオン　☆ヤマネ
☆ヒツジ
☆モモンガ
☆アシカ
☆アリクイ
☆キタキツネ
☆カエル
☆ヘビ
☆トカゲ
☆カメ
☆クマ

秋深し

栃木県・小5　佐藤　実穂

あなの中から
ちょろりと
りすのしっぽが見えてる

いのししを　つかまえた

大分県・小2　吉良　みゆき

「いのししが　つかまった。
一番の、大しょうだって。」
と　おとうとが　いった。
走って　ぼうまで　見に行った。
いのししは四本の足を

なわで　ぐるぐる　くびられていた。
門ぐちのところに　なげ出されていた。
せなかと　はなから　ちが出ていた。
うす目をあけて　じっとしていた。
六センチぐらいのキバだった。
「いつも　わるいことをするからよ。」
と思った。

あしか

長野県・小3　小林　諭利子

ばしゃーん
しろい　しぶきをたてて
あしかが　とびはねた。
しぶきが　そとにでて

ぴしぴしと　おとをたてる。
おやが　口をだして
「カオー、カオー」
と　ないている。
おなかが　へったみたいだ。

キツネ

島根県・小3　糸川　知里

海潮のおばあちゃんちへとまりに行った。
海潮には、サル、イノシシ、キツネがいる。
キツネが食べるものは、
ニワトリの肉じゃなくて
血をすうそうです。
キツネ一ぴきが、

十わも食べるそうです。
私は、いっしゅん
息をとめてしまいました。
さん歩の帰りに
サルとイノシシとキツネに会わないかと
心配でした。

らくだのケーキ屋さん

徳島県・小4　山下　寿代

らくだは動物園のケーキ屋さん。
てっくり、てっくり歩いていっては、
ぽとぽとと、
ほっかほっかの
ホットケーキを作っていく。

みんなが見ているまん前で
ぽとぽとぽと
すました顔で作っていく。

らくださん、
白いスカーフをかぶって、
エプロンをしたら、
よくにあうよ。

カメレオン

東京都・小4　石井　洸生

カメレオンはいいな。
なぜなら
自分で色をすぐかえられる。
みんなに見つかったら
体の色をかえて
かくれられる。
かくれんぼの時は
むてきだなあ。
お母さんにおこられた時はいいよなあ。

きつねを見た

岩手県・小5　小針　隆志

「きつねだ。」
お父さんが、びっくりしたようにさけぶ。
「うそだべ。」
と言ったら、
「ほんとだ。」
と、勝志が言った。
車の中からのぞいて見たら、
野生のきつねが、道路を横切っている。
一メートル位ある。
すごくでっかい　野生のきつねだ。
横切ったら、またもどってきた。
一しゅん、
里ごいしたんだろうと思った。
もう一度、目をこすってほっぺをつねった。
ぼくは、本当のきつねを見たんだ。
やっぱり、動物園とはちがう。
いかにも、
がっしりしてかっこよかった。
かえりに、
車の中に　あぶらげがあったので、
いたあたりに　あげて帰った。

キツネ

青森県・小6　中田　優子

雪が降っている。
いつもより寒い朝。
学校へ行く途中、
ネコのような長いしっぽで
犬のようにピンと立った耳で
オレンジ色をした細いものが
雪でうまった畑の中を
音をたてずに走っていく。
それはきつねだ。
きつねは、がけをななめに走ったり、
また畑にもどったりして遊んでいる。
一回私と目が合った。
キツネは、
「こわいよう」
と言っているような、顔をした。
そしてふわりと飛んで、
風のように
森の方へ走っていった。

11月 ――鳥

☆ツル
☆ハクチョウ
☆カサギ
☆コウノトリ
☆ペリカン
☆コジュケイ
☆チドリ
☆メジロ
☆シジュウカラ
☆オナガ

カワセミ

東京都・小2　武藤　朱美

学校にいくとちゅうなおみちゃんが
細い川をゆびさして
「カワセミがいる。」
と言ったので、わたしが
「ほんとだ。」
と言いました。
カワセミは
小さな岩の上にとまっていました。
青や赤色をしているきれいな鳥でした。
口に魚をもっていました。

ひよどり

東京都・小3　小松　きょう子

学校から
かえってきたら
ひよどりがとんできた。
木が
ゆらゆらゆれた。
くちばしで、
なんてんの実を
くわえてひっぱった。
ひよどりは
実をたべた。
くちばしでじょうずにつぶした。
それから、
ちょっとずつ
のみこんだ。
くふうしているなあ。

たか

長野県・小3　吉田　充克

たかは、
川の近くの木にとまって、
川のほうをじっと見ている。
魚がいると、
羽をひろげて、
足のつめをのばして、
さっと　とびかかる。

魚をとると、
「キキキ」となく。
そして魚をみるみる食べてしまう。
たかは　こうやって
生きていくんだな。

シラサギ

東京都・小5　中村　保

秋川のむこうの山から、
まっ白な鳥が
すうっとんできた。
シラサギだ。
今年はじめて見るシラサギ、
まっ白なまっ白な羽が
夕日をあびてきらっと光った。
この鳥を見るたびに
ゆめを見ている気持ちになる。
シラサギは、ぼくの上へ静かに
羽をていねいに大きくうごかして、
ふわりふわりと、とんできた。

ミミズク

東京都・小5　原　広大

おばあちゃんちの庭の裏の大木の中間
　にほこらがある。
「そこにミミズクが巣を作っている。」
と、おばあちゃんに聞いた。
ぼくは、そうっと見に行った。
すると、親のミミズクがギョロリと
にらんだ。
にらむときに、首を百八十度まげて
ぼくをにらんだ。
びっくりした。
ぼくは、おばあちゃんちにもどった。
「二匹いる。」と聞いて、もう一度よく
　見た。
三匹いた。
二匹は、親らしい。
もう一匹はちいさい。
あれは子どもだ。
とてもかわいかった。

つる

北海道・小5　的場　美恵

このごろ　つるが
家のデントコーン畑にいる
大きな羽をひろげて
「クルルルルル　クワー」
と鳴く
デントコーンの実を食べている時
私がふざけて
「ポーポッポ」
と言うと　首を上げて
「だれだ？」
というように辺りを見わたす
だれもいないなと思うと
またえさを食べだす
すると今度は　さっきより
もっと　もっと
大きな羽をひろげて
空へとびたっていく
もし私が　つると話せたら
伝えたい
「またおいで」
と大きな声で

カラス

東京都・小5　久保　高一

川原へホオジロをとりに行った。
かすみあみをかけようとした時、
カラスが七、八十羽も、
ケヤキの木に群がって飛んでいた。
ぼくは生まれてはじめて、
こんなにいるのを見た。
梶君もびっくりしてみている。
ぼくは組のみんなに
見せてやりたいなあと思った。
カラスはカアカアと、
れんぞくして鳴いている。
そこになにかがあるように、
なにかを教えているように飛んでいる。

ぼくたちはおっかないような気がして、
かすみをかけるのをやめて帰った。

野鳥

東京都・小5　軸丸　智香子

もうすぐ十二月になる日曜日。
紅葉ももうすぐ終わる木々に
今年も野鳥たちがやってきた。
栗の葉がひらひらおちていくなかを、
野鳥たちが去年あったえさをさがしに
辺りをうまくとびまわっている。
ヒヨドリ、
シジュウカラ、
ジョウビタキ、
カワラヒワ、
入れかわりたちかわり、
とびまわっている。
もう冬。
そろそろえさ箱に
えさを入れてやらなくてはなりません。

鳥とほしがき

福島県・小6　加藤　秀子

あれェー
鳥がほしがきたべてるよー。
二階ののき下につるしてあるほしがきを
鳥が食べている。
左足で
ほしがきをつるしてあるひもを
ぎっしりとつかみ
右足で　ほしがきをつかんで、
口ばしをかきにさして食べる。

となりにも鳥がいるが
気にしないで、
目をぐりぐりさせて食べる。
となりの鳥もすごい早わざで、
かきをつついて食べる。

大雪がふって、
鳥も食べるものが無くなったんだな。

白鳥

青森県・小6　細川　咲子

大空から
雪といっしょに舞い降りる
白い大きな群れ
「クヮ、クヮ」エサを求めて鳴いている
いつまでも
いつまでも鳴いている
エサをあげると
冷たい水の中に首を入れ
夢中で食べる
それ、もっとやるよ
たくさん食べて　どんどん食べて
胃袋はシベリヤへ帰る時の
体力の備蓄基地だ

冬

埼玉県・小6　金子　貴志

くわの木に
かえるがささっていた。
がりがりの体だった。
もずのえさだ。
北風が音をたててふいた。
遠くの山が
はっきり見える。

冬の鳥

和歌山県・小6　吉本　顕

庭に鳥が飛んできた。
エサがほしいのか、
あたりをきょろきょろみている。
鳥は、冬になると
エサがなくなるので、
きっとおなかをすかして
いるのだろうと思った。
ぼくは、
みかんをもってきて、
木にさしておいてやった。

11月 — 昆虫

☆ミノムシ
☆アリ
☆オオヒメクモ
☆アキアカネ
☆クスサンの卵
☆ヒオドシチョウ
☆ナナホシテントウ
☆ヒシバッタ
☆テントウムシ
☆キチョウ

だんご虫

高知県・小1　中山　まさや

だんご虫は　かぞえきれないほど
足を　もっている。
まるく　なったり
ぼくの　ゆびを　よじのぼったりする。
ひげみたいな　ものを
かまきりみたいに　ふりまわして
なにかを　さがしている。
せなかに　かぶとを　かぶっている。
すぐにでも
せんそうを　する　かまえを
している。

みの虫

東京都・小2　おさき　りょう一

ふじの木に
みの虫がぶらさがっていた。
夕日があたってあったかそう。
何考えているのかなあ。
風にゆられてねむたそう。
顔を出してごらん、
夕日がきれいだよ。

みの虫とあそんだ

福岡県・小2　田口　さと子

「みの虫を出すの、むずかしいね。」
「キャー、みの虫が出てきた。」
はじめて、みの虫のかんさつをした。
みの虫は、
茶色のかたまりみたいに見えた。
よういした毛糸や色紙のはこの虫に、
茶色のみの虫を入れた、
みの虫は、
ごそごそ、うごきはじめた。
毛糸は、ふわふわしているので、
みのを作りにくそうだ。
色紙は、ペラペラでうすいので、
はだかで、さむそうなので、
日なたにおいてあげた。

つぎの日、みの虫は、
赤や黄や緑のみのを体につけていた。

クワガタの冬みん

高知県・小2　西川　あやの

「クワガタがうごかんなっちゅう。

でも、しょっかくがちょっとだけうごいた。」

「ほんなら生きちゅうわえ。」

と、おけしょうしているお母さん。

わたしは
ほんとかえと思った。

「きて、きて。」

とお母さんを
虫かごのところによんだ。

「こりゃあ、冬みんしゅうがよえ。」

とお母さん
「へぇー。」

わたしはかんげきした。

クワガタは
バナナのように体を丸めていた。

たんぼ

静岡県・小2　おおかど　かな

ジョリ、ジョリ、ジョリ。
ザリザリ。
いねかりがおわったら
田んぼが、はげぼうずになったみたい。
かられたお米は
おぎょうぎよく、ぼうにまたがった。
でも、みんなぐったりねているみたい。
夕やけが、まっ赤で
とってもきれいだった。
赤とんぼがいっぱいとんでいた。
きれいな虫の声も
リンリンと聞こえた。
かよちゃんといっしょに
虫の声をうたったよ。

バッタのくしざし

東京都・小4　吉村　ユリ

「いいものがある。」

と先生がいったので、ちかよってみた。

バッタだ。

バッタが、細い木のさきにさしてある。

「もずが、つけていったんだよ。」

「あとで、食べにくるよ。」

と先生がいった。

細い足をみると、
にげようとしている。

からだのなかほどから
木のさきが見えた。

十一月のキリギリス

長野県・小6　栗林　直子

ジジリーッジリリリ……ガサッ……ジーッ
あっ　また鳴いた
十一月のキリギリスは
まるで止まりかけたオルゴールのようだ

八月
お父さんが畑でつかまえた
夏草の入ったかごの中で
勢いよく鳴いていた

窓ぎわの陽だまり
羽はみにくく縮み
茶色になったキリギリスが　また鳴いた
かがやく太陽
むんむんとした草の中
歌って暮らした楽しい日
十一月のキリギリスは
何を思いだしているのだろうか

きっと土に帰ってしまった
仲間たちのことだろう。

11月—魚介類

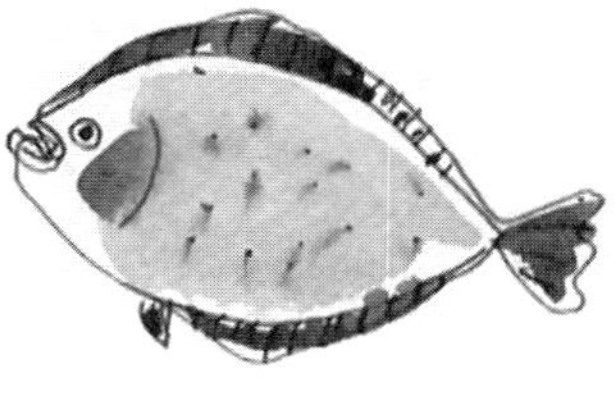

☆サヨリ
☆サワラ
☆ヒラメ
☆ブリ
☆ボラ
☆ムツ
☆バカガイ
☆カラスガイ
☆アマダイ
☆イトヨリダイ
☆ウグイ

☆ウルメイワシ
☆カサゴ
☆カタクチイワシ
☆カワハギ
☆クロマグロ
☆サケ
☆サワラ
☆ヒラメ
☆ブダイ
☆ホッケ
☆マガレイ

☆サザエ
☆スルメイカ
☆タラバガニ
☆ツブ
☆トリガイ

はたはた

秋田県・小2　小林　俊二

はたはたをかった。
はこにいっぱいかった。
ねばねばして、みんなねていた。
やかれるはたはたは、
いまくびをきられる。
かなしんでないている。
しんでもかなしんでいる。
もう　おしまいだ。
とみんなでいって気をおとしている。

さけ

青森県・小3　小山田　裕

川のそこに横になって
死んでいるさけ
たまごを見ているように。

生まれた川でさんらんして
死んでしまったんだ。

でもそのさけは
今は小さな魚のえさだ
死んださけを食べて
赤ちゃんさけは
大きくなるんだろうな。

くちぼそ

東京都・小3　うさみ　ゆうじ

去年の十月つってきた、くちぼそが
おととい五ひき死んだ。
だから四ひきしかいなくなった。
かわいそうだから、うめてやった。
うめるとき、
えさと水を入れて
「さようなら」
といいながら、
少しずつ土をかけた。

ウマズラハギ

青森県・小3　福島　奈央子

一万トンがんぺきで
ウマヅラハギをつった
かれいみたいにひらべったくて
口ぶえをふいているような口だ
せ中のまん中に二センチぐらいのつのがある
ぼうきれでつつくと
体だけでなくつのまで黒くしておこった
つのも　ぴょんと立った
バケツの水をうずまきみたいに回したら
おこって口を上にしてジャンプした
ウマヅラハギはおこるのがすぐわかる
この魚、正直なんだ

あ　じ

高知県・小4　阪本　五月

夜づりは寒い
風が目にしむ
大きな岩かと思うと
あじの　たいぐんだ
雲のように
いろんな形にかわっていく
さおを入れると　すぐに
いせいのいいあじがつれる
あ、あじがにげている
いかがきたからだ
ドーナツみたいな形
いかは真ん中にわりこみ
まわりを　あじがかこんでいる
そして　だんだんと広がり
とおくの方まで　にげてしまう
やがて　大きな魚のように
また　やってくる

魚つり

長野県・小5　土屋　広恭

ピクッピクピクとうきが上下に動く
このひきはきっとコイだ
すぐあげずにじっとまった
いっしゅんうきが水の中に入った
まるでながされたかのように動きはじめた
ぼくは、さっとさおをあげた
魚はにげようとして
左右に動いている
少ししたら魚はつかれておとなしくなった
魚にわからないようにあみですくった
大きなこいだった
かわいそうな顔をしていたので
はりをはずしてやった
にがしてやると
うれしそうに、にげていった

ブリ釣り

高知県・中1　荒木　弥

船に乗って島のうらへ出た
空はすみわたり風もない
「かかったぞー」
船方がどんどんブリを釣り上げる
兄も友達も釣り上げる
ぼくは釣らしてもらえず
エサのサバを運んでいた
やっとぼくにチャンスが来た
「釣ってもええぞ」
（よし、やるぞ）
網をスルスルとおろす
ブリの来るのを今か今かと待った
少しして網がピンとはった
「よいしょ、よいしょ」
50メートルの深さから
ブリを引き上げる
重くて手からはなれそうになる網
小さかったけれど
ぼくの初めて釣ったブリだ

十二月

12月——行事

1
温暖化防止月間
大気汚染防止推進月間（1日～31日）
歳末たすけあい運動
世界エイズデー（1986）
鉄の記念日（1858年釜石市に製鉄工場ができた日）
映画ファン感謝デー（1896年に神戸市で初めて映画が公開された・1958制定）

2
障害者週間
全国防火デー（9日まで火災予防週間）
安全カミソリの日（1901年特許を得た日）

3
秩父夜祭（埼玉）
個人タクシーが許された（1958）

地球温暖化

長野県・小6　市川　夏海

地球は今、温暖化が進んでいる。
地球が熱を出しているみたいに。
雪の降る量が減ったり、
気温が上がっているのはそのせいだ。
私たち人間は少し反省し、
考えねばならない。
未来を輝かせるためにも。

でも、温暖化はどんどん進んでいる。
過ぎた日々はもうもどらないけど、
今まで地球温暖化が少しでも進まないように
努力してきた人の努力を
むだにしないように
これからがんばっていけばいい。
進みすぎた技術をどうするかも、
地球温暖化を止める答えに
近づくことだと思う。

未来は人びとの手の中にある。
その未来を輝かせるのが、
今の人びとに与えられた課題なのだと思う。

歳末助け合い募金

東京都・小6　小野　恵美子

「よろしく、お願いします。」
歳末助け合い募金の呼びかけ。
ほとんどの人は、
横目で、通りすぎていく。
そして、私も。
ふと　後ろを向くと、
お金を入れている人が目についた。
「ありがとうございます。」
とてもうれしそうに、おれいをいう。
私の胸がいたんだ。
やはり　お金を入れてあげよう。
金額は　十円。
たったの十円でも
ふたりでは　二十円、
百人では　千円となる。
金額ではない。
募金に協力しよう。
めぐまれない人を助ける。
この気持ちが大切なんだ。
募金したあと、
とても大事なことに協力したような気がして
とてもうれしくなった。
やはり、
募金に協力してよかった。

4 奇術の日（1990・奇術協会制定）
人権週間（1948年国連で、男女、言語、宗教などで差別されないようにすることが宣言された）
5 経済・社会開発のためのボランティアデー（1985）
モーツァルト没（1791）
姉の日
6 モネー没（1926）
7 初めてラグビーの試合が行われた（1901）
西郷隆盛誕生（1827）
8 日本がアメリカの真珠湾を攻撃し太平洋戦争が始まった（1941）
事納め・針供養
9 障害者の日（1981年障害者が住みやすい社会をつくるために、国際障害者年を記念して決められた）
屋久島、白神山地をはじめ、法隆寺、姫路城、など世界遺産として登録された（1993）
夏目漱石没（1916）
10 ノーベル賞の授賞式がスエーデンで行われる（1896年ノーベル没）
世界人権デー（1948年、国連で制定）
ローベルトコッホ生まれる（1643）
11 佐藤栄作総理大臣が1966年、核兵器を造

仕事

福岡県・小4　井手口　哲朗

おとうさんが、
仕事をしている。
ピカ、ピカ、ピカ。
ブー、ブー、ブー。
電気ようせつの
音がする。
次から、次と、
鉄と鉄が、くっついていく。
そして、しなものが　出来る。
ぼくのうちは、ようせつ所だ。

鉄が生きてる

広島県・小5　大平　聖子

真っ赤に燃えた鉄が
ローラーをすべってやってきた
熱風も一緒に連れてきた
暑い空気が
私を　みんなをつつんだ
時速80キロ　グワーンと
機械の中をくぐってやってきた
まるで
生きてるみたい
製鉄工場の中では
鉄に命を
ふきこんでいるのだ
真っ赤に燃えた鉄と
一緒の熱風は
鉄の
生きている
あかし

せい鉄所

広島県・小5　大黒　幸夫

せい鉄所の
あつえん工場へ　入った。
入ったとたん
ローラーの上を
真っ赤になった　鉄のかたまりが
ころがってきた。
そのいっしゅん
鉄の熱さで
へんなことが　思いうかんだ。
もし鉄の上へおちたらと思った。
のぞくのが　こわくなった。
鉄が　とおったあとは、
きゅうに　すずしくなった。

らず、持ちこまず、持つことを許さない
非核3原則を表明した
ゴッホ誕生（1843）

12 福沢諭吉誕生（1834）

13 すすはらいの日

14 赤穂浪士が吉良邸へ討ち入りをした（1702）

15 年賀郵便取り扱い開始
観光バスが登場した記念日（1925）

16 電話創業の日（1890）
ベートーベン誕生（1770）

17 東京浅草寺で3日間羽子板市が開かれる
上野動物園にモノレールが登場（1957）

18 日本が国連に加盟した（1956）

19 学校安全会法が公布された（1959）
原子力基本法が成立。平和利用にかぎること（1955）

20 働く人の権利を守る労働組合法が成立（1945）
東京青山にボーリング場開業（1952）

21 日本に初めてデパートができた。三越（1904）
歳末大売出し

22 冬至（うるう年は23日）かぜの予防でゆず湯に入ったり、かぼちゃを食べたりする
333メートルの東京タワー完成（1958）

すうーっとして　きもちよかった。

えいが　象のいない動物園

長野県・小3　金田　美紀

せんそうのため
上野動物園のぞうに
えさもやらず水もやらずにかっていた。
一ばんめにジョンがしんだ。
わたしの目にたくさんのなみだがうかび
目をとじたらなみだがこぼれた。
そのつぎに花子がたおれ
もっとなみだがこぼれた。
わたしは目をとじた。
トンキーは死にそうなのに
えさをもらいたくて
げいをした。
そしてとうとうたおれてしまった。

映画「学校Ⅱ」

埼玉県・小3　河島　敬一

ぼくは
「学校II」の映画を見に行きました。
お母さんは一度見たけれど
ぼくに見せたいと言うから
見に行きました。
お母さんは
「なくよ！　なくよ！」
と何回も言った。
でも見てても
全然なかなかった。
でも、ぼくは最後の卒業の場面で
とうとうないてしまった。
いい映画だった。

映画「にんげんをかえせ」を見て

東京都・小4　菅野　綾子

こわいかなぁ。
胸がどきどきする。
暗くなって、映画がはじまった。
すぐに　頭をふさげるように
うでを机の上においた。
皮ふがたれて
死人のように歩いている人。
かみの毛が　立っている人。
何回も　何回も
顔をふさいだ。
ひたいとうでが
あせで　ぬれている。
時間が長くかんじる。
映画が終わったようだ。
首を上げようとしたら
いたくて
首が上がらなかった。

日本に最初の内閣ができた。首相は伊藤博文（1885）
チャペックがロボットの考えを発表した（1921）

23　ＮＴＴがカード式電話設置（1982）
天皇誕生日（1989）
ファーブル誕生（1823）

24　クリスマス・イブ
消費税導入成立（1988）

25　クリスマス
終業式

26　官公庁御用おさめ
徳川家康誕生（1542）

27　国民健康保険法公布（1958）
『世界児童白書』1996年版で過去10年間の戦争で死んだ子どもは200万人、重症は400から500万人、100万人が孤児になったと発表。

28　法隆寺金堂、東大寺三月堂、金閣寺、鎌倉の大仏などが国宝になった（1897）

29　清水トンネル貫通（1929）
野口雨情誕生（1882）

30　地下鉄が上野浅草間にできた（1927）

31　大みそか
大掃除
男鹿なまはげ（秋田）
門松を立てる

映画「ヒロシマ」を見て

佐賀県・中1　尾潟　昌代

メチャクチャに破壊された街の
無残な姿を見ても
私は目をそらすことができなかった
戦争のつめ跡をしっかり見つめることが
私の義務のように思われたからだ

今では立派に立ちなおって
昔の悲惨な面影など
かすかにしかとどめていない広島の街
今　広島に住んでいる人のうちの何人が
原爆の本当の姿を知っているのだろう
いつか
戦争を知らない私たちが
バトンを受けついだとき
同じことが起こらないとは
だれしも言うことはできない
でも　私たちは人間なんだってことだけは
忘れてもらいたくない
平和を愛することができるのは
人間だけなんだから

駅で見たこと

東京都・小2　鈴木　奈緒美

お母さんと町田に行こうとしたら、
目の不自由な人が駅にいた。
白いつえを動かしながら歩いていた。
止まっている自転車にぶつかって、
反対の方に行ってしまった。
おじいさんが、
目の不自由な人のうでをつかんだ。
「どこに行くんですか。」
と、聞いていた。
「駅に行きたい。」
おじいさんが、つれて行ってあげた。
目の見えない人は、点字でよむ。
学校でアイマスクの体験をして、こわかった。
目の不自由な人の気持ちがわかった。
点字や点字ブロックをいろんな所につけたい。

マジックショー

静岡県・小4　澤田　帆波

マジックが始まった。
えんぴつを消すマジックだ。
マジックをする人は、土屋たかとし君。
わたしは、このトリックを知らない。
じゅんびができたようだ。
えんぴつを見せた。
ハンカチにえんぴつをかくした。
たしかにえんぴつは
ハンカチの中にある。
ワン、ツー、スリー。

しめなわ
年越しそばを食べる
紅白歌合戦（1953年から）
除夜の鐘

えんぴつが消えた。
マジックはせいこうした。
みんなには分かっていない。

せいやのマジックショー

東京都・小2　とおやま　ちぐさ

夜、おとうとのせいやが、
マジックショーをやりました。
「目をつぶって。」
と、いって目をつぶらせ、
マントの中に
オルゴールをいれたり、
えんぴつをいれたりして、
さいごに
マジックをいれました。
そして、パッとあけました。
せいやが、
マジックをみせたとき、
おとうさんが、
「マジックショーだ。」
といったから、
みんな大わらいしました。

お姉ちゃん

長野県・小4　宮﨑　由衣

私は、お姉ちゃん。
お姉ちゃんは、やだって思う。
お母さんに、
「仲よくしなさい。」
って言われるのは　私。
なきたい時もある。
だけど、なくと、だんだん
弱くなるから　なきたくない。
がんばって　がんばって
いいお姉ちゃんになろう。
とってもいいお姉ちゃんになろう。

モネ「メールの荒海」

神奈川県・中3　進藤　和彦

灰色の空。
ごつごつの岩
暴れる海。
悲しいながめ。

海のドラマだ

西郷隆盛

東京都・小6　馬場　隆夫

西郷隆盛はずうたいがでかくて
目だまも大きいので
「大目だま」と言われていたそうだ。
西郷さんは多くの藩が反対したけど、
廃藩置県を実現したのでえらい人だ。
ところが教科書に、

「鉄道をつくる事に反対した人がいた」
と書いてあったので鉄道の本を書いた
東京大学の先生にだれが反対したか、
ぼくたちは職員室の電話できいた。
すると、
「西郷隆盛や黒田清隆などだった」
と教えてくれた。
ぼくたちは「えー」とおどろいた。
鉄道をつくることにがんばった
大隈重信はえらいと思った。
西郷隆盛も、もう少し考えたほうが
よかったな、と思った。

ひろしくん

東京都・小5　清水　雛子

いとこのひろしくんは
もう二十歳くらいでとってもとし上
一年くらい前、
交通事故で手足が動かなくなった
でも今は元気
左足が少し動くようになった
首だけが動くから
ヘルメットみたいな
ものをかぶったら、
パソコンができる
リハビリで立つ練習をしてがんばっている
きのう川上村のおみやげのクッキーを
もっていったら
おばちゃんに食べさせてもらいながら
「おいしい」
て言ってくれた
今がんばってるひろしくん
いつか歩けるようになってほしい

かんこうバス

大阪府・小4　杉本　あや

わたしは　遠足の日
雨がふっても
はれても
どっちでもよかってん
それは　かんこうバスに
乗れるからやねん
バスののりごこちは　さいこう
いきは　なぞなぞ
かえりは　『リボンのきし』の
ビデオ
まみちゃんたちとも
たっぷりしゃべれるし
まるで海外旅行にいってるみたいな
気分やった

おとうさん

愛知県・小1　やまだ　こうへい

ぼくのおとうさんは
まいにちバスにのっている
みんなを
いろんなところへつれていく
うんてんしゅさん
みんなのあんぜんをかんがえているので
おやすみのひはいつもねている
たいへんだな
がんばってな　おとうさん

年賀じょう

東京都・小5　町田　隆成

女の子に
はじめて
年賀じょうを　書いた。
胸がドキドキしてきた。
はなさきの空気がつまって、
だれかが
のぞきこむように静かだ。
思いきって、
「伊藤市代様」
手がふるえてしょうがない。
字が、あっちむいたり、こっちむいたり、
右になったり、左に出たりした。
書き終わったあと、
なんだか胸がすうっとした。
のどにあせがにじんでいた。

電話機の前で

青森県・小6　深川　智世

できるなら
さそうより、さそってほしいと考える
いつも、電話の前へしがみつき
「はやく私に、電話こないかなぁ。」
といつも思う。

「プルル……。」まってたよ
「はいもしもし。」と、こたえたら
「今日、いっしょに遊ぼうよ。」
ひさしぶりにさそわれて、
とびはねるように、うれしかった。

電話にすくわれた

埼玉県・小3　比留間　直輝

ぼくがお母さんに
ものすごく長い間
おこられている時に
電話がかかってきた。
お母さんが電話に出たので
そのしゅんかんに
ぼくは外にとび出した。
だから助かった。
今は電話をかけてきてくれた人に
お礼を言いたいぐらいだ。

ベートーベン

神奈川県・小1　いとう　ゆうき

あのね。がっこうたんけんに　いったよ。
そしたらね。
おんがくしつに、
「ベトベトンがいたんだよ。」
「じゃじゃじゃじゃあん、
　じゃじゃじゃじゃあん。」
って、いうやつだよ。
うれしくなって、せんせいにいったら、
「ベトベトン？　ベートーベン。」
って、せんせいいったんだ。
「そう。ベトベトンじゃなくて、
　ベートーベンがいるんだよ。」
って、ぼくはいったよ。
ちょっとちがっちゃったよ。

はごいたいち

東京都・小3　岸本　聡子

「わー。」
なんども　ためいきをつく
向こうにも
こちらにも
かぞえきれないほどのはごいた
はごいたの国みたい
はごいたの世界みたい
はごいたが　みんなで　歌っているようだ

おんたけ商店街

東京都・小5　市村　匠

商店街のレコードが
けだるそうになる中
人の足音が　コツコツコツ
池上線のふみ切りの音さえも
すぐそばに聞こえる
いくら宣伝しても
このおんたけ商店街はさびしい
冬のシーンとした商店街
両どなりの駅に人をとられ
にぎわいをとられ　ひっそりしている
十二月の風はつめたい
八百屋のおじさんが
道行く人を　じっと見送っていた。

冬　至

長野県・小4　児玉　直哉

十二月二十二日、朝　真っ暗だ。
「あ、今日は冬至だ。」
永井先生の話を思い出した。
太陽が一番低い所を通る日だ。
永井先生の顔が浮かんできた。

冬至

東京都・小5　久保　つかさ

「頭がいたい。」

朝、起きたら頭がいたかった。

学校を休んでしまった。

ねていると、テレビで、

「今日は冬至ですね。」

と言った。

おかあさんも話にのって、

「今日は一年で昼が一番短いね。」

と言いだした。

まだ私はよくわからないので聞いてみた。

「ゆず湯に入ったり、かぼちゃを食べるの。」

と言った。

「今頃のかぼちゃは、おいしくないんだよ。」

と教えてくれた。

四時半頃、外を見たら、
もううすぐらくなっていた。

昔の人は、
どうして昼が短いとわかったのかな。

ロボット

神奈川県・小1　すず木　たかし

ぼくは、ロボットをつくって
そうじゅうしてみたい。
「ひこうきが二だいほしい。」と、
ロボットにいうと、ロボットがひこうきを
二だいつくってくれた。
「はしらせろ。」と、ぼくがめいれいすると、
そのとおりにやる。
へやを、「そうじしろ。」というと、
そうじをしてくれる。
こんなロボットがほしい。

ロボット

埼玉県・小4　田端　俊哉

「カシャン」
手だけのロボットが動いている。
何回も、何回もくりかえす。
のばしてまげて
のばして　まげて　おく
七〇〇どのせいひんをつかむ
手だけのロボット

テレホンカード

神奈川県・小3　井原　美貴

テレホンカードは
電話で使ってしまっても
遊びに使える。
しおりにも使える。
絵がかわいい。
ペンギン、子犬、子ねこちゃん。
たまにもらう、うれしいカード。
テレホンカードは
最近あまり使われない。
けいたい電話があるからだ。
だから私もテレホンカードを
使ったことはない。
一度でいいから使ってみたいな。

サンタさんのプレゼント

青森県・小1　松山　ようすけ

十二月二十四日のよる、
おかあさんが
「ようすけ、そとの木になにかあるよ。なん
　だろうね。」
といいました。
まどをあけたらサッカーボールでした。
「サンタさんのプレゼントだ。」
ぼくはいそいでとりにいきました。
「サンタさん、ありがとう。」
ぼくのほしいものがわかるなんて、
サンタさんは、すごいなあ。

サンタクロース

高知県・小1　ひろせ　きいち

「ビーだま　百　もってきて　ください」
と　いうて　たのんだのに
サンタは　こなかった
「おかあさん　サンタは　こんが」

と　きいたら
おかあさんは　だまって　いた
プレゼントが　ないなったき
こんかったがやろうか
市野々川は　とおいき
こんかったがやろうか
「らい年は　市野々川から　きて　くださ
い」

クリスマスツリー

青森県・小6　加藤　梨沙

もうすぐクリスマス。
ツリーを出し
かざりをつける。
かざりをつけるのが楽しい。
まず、綿。
雪のように、ふわっとかざる。
つぎは、小物。
家、サンタ、星、いろいろある。
家はここ。
サンタは、ここ。
わくわくしながら、かざっていく。
最後は、ライト。
ライトをかざって、
スイッチ・オン。
真っ暗な中に、
パーッと
クリスマスツリーが光る。
わあーきれい。

平和を願って

東京都・小6　蒔田　美緒

十二月は大掃除の時
窓ふき、雑巾がけ、床みがき。
私たちも少しはお手伝い。
そして、クリスマス、お正月。
ごちそう食べて楽しい時間。
お祝いしながらテレビを見ていた。
画面にはテントの中の子供たち
アフガニスタンだ。
親を失くした子が
援助の食料をもらっていた。
空爆で家が焼けたという。
なぜ。
あの子が何かしたの。
子どもは何もしていない。
とても不公平でかわいそう。
私には何もできないけれど
あの子たちが
今年は平和に暮らせますように。

戦争を知っている　イラクの子どもたち

山口県・小5　石原　里彩

私はこの前イラクの子どもを見た。
イラクのテレビでも
すごくかわいそうだったのが
病院にいる子どもたちだった。
本当は一人分の薬が十人分に分けられて
つかわれていた。
目がとびでていた。
でも薬がないせいで死ぬのをまっていた。
テレビのとちゅうで
一人の男の子が静かにねむりについた。
こんなにかんたんに人が死ぬなんて
かわいそうだと思った。
それにその死んだ子どもたちは
病院のものおきにそのまま
ほかんされていた。
本当にそれをみてつらかった。

法隆寺

奈良県・小6　津田　博司

中門を入った。
金堂の屋根が
ゆるやかにそっている。
そのむこう、
奥正面の講堂の、
あざやかな朱色が強く目にはいる。
五重の塔が青空にくっきりそびえ、
塔より高い松が、こい緑をつけている。
その下を静かに歩いていると、

金堂の屋根の上で、
とびが大きくわをかいて鳴いた。

地下鉄

東京都・小6　木村　若菜

ここは、太陽の
あたったことのないところだ。
どんなときも、いつも
電気だけがここの太陽なのだ。
人間のつくった世界は太陽がない。
夜も昼もない。
人間の力がずっくりつまって、
重たい感じだ。

電　車

大阪府・小3　千田　めみ

地下てつにのったよ。
まん中にのったよ。
いつもはまっくらなまどを
みていても、
へい気なのに。
今日はちょっぴりこわかった。
このままスピードがあがって
くらやみにとびこんだら……
思わずお母さんの手を
ぎゅっとにぎった
じこがおきませんように
心の中でいのった。

じょ夜のかね

愛知県・小2　青木　なつ子

じょ夜の　かねを　ききました。
一つ、一つ、
わるい心が　とんで　いきました。
いじわるな心、
なきむしの心、
おこりんぼの心、
すぐすねる心、
みんな、とんで　いきました。

大みそかのおけしょう

島根県・小1　はしもと　しんご

かみさまと、えびすさまは、
大みそかに、おけしょうをします。
しめなわに、
さかきと、もろもきをつけて、
こんぶをかけます。
みかんは糸でさかきにぶらさげます。
だいこんや、こんぶや、つるしがきを
いっぱい、かざります。
いろいろかざると、
きれいです。
おさけや、おもちもかざります。
あしたはお正月。

おおみそか

広島県・小3　猪原　三晴

十二月三十一日、おおみそか。
明日が来年で、今日がきょ年になります。
だれが、きめたのかは知らないけど、ふしぎ
です。
十二月三十一日、おおみそか。
明日はおもちで、今日はおそばを食べます。
だれが、きめたのか知らないけど、うれしい
です。

十二月三十一日

山形県・小4　加藤　亜季

十二月三十一日は
今年の終わりの日
今年が終わると
来年が今年からバトンをもらって
来年の道を走っていく

今年は走り終わるとねむってしまう
あとは来年にまかせて
今年はえいえんにねむる
十二月三十一日
今年よ
今日まで走りつづけてくれて
ありがとう

12月

——季節

☆日が短くなる
☆寒い北風が吹く
☆雪がふる
☆雪がつもる
☆野山の冬景色
☆凍る
☆冬の空
☆冬の月
☆冬の星
☆冬将軍
☆冬至

しもばしら

群馬県・小1　よしだ　けいた

せんせい
しもばしらが
石を　もちあげるときは
みんな　あつまって
もちあげるよ

ゆきふり

北海道・小1　みたに　さとし

「ゆきふりだ　ゆきふりだ」
とさわいだら
せんせいが　おこったね。
ぼくは　うれしいけど
せんせいは　うれしくないのかい。

冬の空

長野県・小2　いとう　たかあき

外に出て、
いきをはくと
白くなって
ヒューときこえた。
もう、冬がちかいのかな。
トレーナーの下に
シャツもきた。
ズボンも
冬のあついのになった。
空がキーンとして
月や星が　とてもきれい。
月のそばの雲が
ゆっくりと
うごいていった。
おかあさんが、
「冬の空だねぇ。」
といった。
さむいけど、
星が　たくさん見える。
冬の空も
いいなぁ。

からっ風

群馬県・小3　野村　みよ子

ふみちゃんと　とね川の土手へ
じてんしゃで　あそびにいった。
からっ風が
びゅうと　音をたてて
ふきぬけていった。
あたいのはくいきが　くるしい。
じてんしゃが　よろよろする。
また　からっ風が
びゅうっと　ぶつかってきた。
「なにくそっ　まけるもんか
　風なんか！」
あたいは　ふみちゃんといっしょに
からっ風のなかへ　どなった。

冬

富山県・小4　三富　和之

まっ白
あたり一面まっ白
ぼくの家のなんてんの木も
雪をすっぽりかぶって
赤い実だけが
寒そうにえだにしがみついている
落ちないように
がんばれよ

八ヶ岳

長野県・小4　清水　頼信

山に雪がつもって
山の頭は真っ白だ。
そこに太陽が来ると
ピカピカ光って
まるで山の神様みたいだ。
生きていない物でも
生きさせてくれる力が
ありそうだ。
いつかあの山へ登るぞ。

村の冬

沖縄県・中3　清水　澄子

北風の音が
村の冬を告げる
木々のささやきで
戸のすきまから来る風の音で
老婆は持病の神経痛で
北風の音をききわける
そして冬はやってくる
火ばちをかこむ大人たち
走りまわる子どもたち
村に冬がやってきたというのに
うら山の緑は
冬の訪れを知らない

冬至

岐阜県・中3　稲野　美幸

冬至になると思い出す
今はもう
この世にいないおばあちゃん
私が幼いころ食べたのは
あの甘いカボチャ
舌がとろけそうなくらいのカボチャ
それはおばあちゃんの味
それはおばあちゃんの心
冬至になると思い出す
今はもう
ゆずを風呂に入れるのは母
私が幼いころ入れたのは
しわしわの手のおばあちゃん
ゆずの香りがぷんぷん匂う
それはおばあちゃんの匂い
それはおばあちゃんのやさしさ
冬至になると
母は私に聞く
「カボチャの味はこれくらい？」
「どれどれ！」
「うん　うまい！」
それは昔のおばあちゃんと母の姿
それはこれからも伝えられる
わが家の味

12月

――家庭生活

☆年賀状を出す
☆クリスマスパーティー
☆サンタクロースのプレゼント
☆正月の用意
☆もちつき
☆しめなわ
☆お歳暮
☆大みそか
☆湯豆腐
☆おでん
☆鍋

☆やきいも
☆こたつ
☆暖房
☆着ぶくれ

ボーナス

東京都・小2　樫原　絵美

「はい、ボーナス。」

と、お父さんがお母さんにわたした。

お母さんは、りょう手でうけとり、

「毎日ごくろうさまです。」

と頭をさげた。

お母さんは、ふくろをもって、

「ああ、おもい、おもい。」

と、笑いながら言った。

私ももたせてもらったら、
ほんとうにおもたかった。

お兄ちゃんは、

「毎日、こんなにもらえたらいいね。」

といった。

夕ごはんは、
お父さんの好きなおすしだった。

ボーナス

東京都・小2　雨宮　のり子

「こんやは、なんでも
　ごちそうしてやるぞ。」
とおとうさんがいった。
「もったいない、もったいない。」
と　おかあさんはいった。
「わあい、わあい。」
弟はとびあがった。
話がきまって
近くにできた中かはんてんに行った。
弟は、やきそばにソースをいっぱいかけて
「こりゃうまい。」といった。
おきゃくさんも　みんなわらった。
外にでて、
みんなで歌を歌いながらかえった。
弟は
「パパ、あしたもボーナス
　もらってきてね。」といった。

かまくら

長野県・小2　くぼた　せんじ

やっと

かまくらが　できあがった。
こくちゃんが
中に　入って
くうきあなを　作っている。

ぼくが　てっぺんから
のぞいたら
「おりろっ。」
と　いった。
こんやは
おかあさんと
みんなで
ここで
パーティーを　やろう。

しょうじはり

長野県・小2　佐藤　京香

二かいのへやのしょうじはりをしました。
はじめは、水でぬらして
ふるいしょうじをとりました。
「パンパン」
と、音がしてとても楽しかった。
でも、はるところは、
京かと、りおなで見ていました。
もようのあるしょうじをやりました。
竹のしょうじもやりました。
さい後に、水をふきかけて、かわいたら
しょうじが、ピンとはったので
びっくりしました。
しょうじはりっておもったより
大へんなんだなあ。

おおそうじ

愛媛県・小3　閑野　智子

今日、家ぞくみんなでおおそうじをした。
わたしはまどをふいた。
「シュッシュッ」とスプレーをして
「キュッキュッ」とまどをふいた。
まるでガラスがないみたい。
ピカピカになった。
きもちいい。
心もピカピカになった気がする。
早くお正月こないかな。

年末大そうじ

兵庫県・小6　宇保　太陽

「ゴミすててきて」
「そうじきかけて」
「まどふいて」
お母さんの言葉が
かたまりになって
とんでくる
「もーうじゃまやから外へ行き」
神戸君とあそんで
5時に帰ると
「今まで何してたん
　手伝いせんかったから
　大へんやってんで」
ぼくはだまって
空気になって
お母さんの前に立っていた

お母さんの手作りぼうし

宮城県・小4　石崎　祐里

「寒い、寒い。」
て言ったら
お母さんがぼうしをあんでくれた。
レモン色の
ぱっと明るい
ふわふわのぼうし。
ぼうしをかぶると
お母さんの声が聞こえた。
「ゆり、がんばれ。」
ぼうしから
体全体に
あったかさが広がった。

手ぶくろ

大阪府・小6　西田　由記子

新しい手ぶくろ。

ふんわりと私の手を包んでいる。
おかあさんの手で
包んでもらっているみたいだ。

雪の夜

兵庫県・小4　古田　哲弥

夜中にしょうべんにおきたら
音もせずに雪がふっとった。
なんぼでも、なんぼでもふっとった。
ずっとくびをのばしてみたら、
つららがさがっていた。
ももの木の白い花がさいている。
あしたはどのくらいつもるだろう。
ガラスのすきまからはいってくる風は
からいような風だ。
ぴりぴりしてたまらん。
「おばあさん。雪がふっとるで。」
「ほう。」
けったるい返事だ。
このちょうしなら、あしたはつもるぞ。
ぼくは早く道あけせんならん。

こたつむり

愛媛県・小6　越智　友里恵

冬になると
家には
こたつむりが
急増する
こたつむりの
せいそく時間はだいたい
七時から九時にかけてだ
こたつむりなってしまうと
なかなかうごけない
もう少し入っておこう
もう少し
と思っていると
だんだんねむくなる
気がつくと
三十分くらいたってる時だってある
あっ、しまった
こたつむりのせいそくは
まだまだつづくのである。

クリスマス

東京都・小1　とさか　みゆう

クリスマスの日
はやくねて、おきたら
大きなはこが
ベッドの上にありました。
おかあさんに、
「よかったね。」
っていわれて、
うれしかったけど
サンタさんは、なぜほしいものを
しっているのかふしぎで
おかあさんにいいました。
「こんど、手がみにくわしくかけば。」
っていわれました。
わたしは、やってみたけど、
「ひみつ。」
って、手がみがきました。

サンタクロース

東京都・小5　青木　理奈

「サンタクロースって、本当にいると思う。」

とつ然、大ちゃんに聞かれた。

「ええ、いるわけないじゃん。」

「ちがうもん、いるもん。」

大ちゃんは、サンタクロースを信じきっているような顔。

私は大ちゃんの顔を見ていると、
何も言えなくなってしまった。

大ちゃんはニコニコして、

「このラジコン、サンタさんにもらったんだ。」

と言う。

となりにすわっていたお母さんが、
わらいながらウインクをしている。

「ああ、そう。いいね。」

私は、大ちゃんの話をじっと聞いてあげた。

だって、
大ちゃんはまだ一年生だもんね。

門松作り

高知県・小5　永森　靖史

ぼくとお父さんで門松を作った
ぼくとお父さんの役目だ
材料は竹と松とうらじろだ
竹は川岸にはえている
つりざおによく使う竹だ
ぼくはなたをななめに打ち込んだ
竹は立ったまますぱっと切れた
「じょうずに切れた」
とお父さんが言った
うらじろは近くの山にある
ぼくはついて行って
お父さんが取るのを道で待っていた
松は近所の家でもらった

門の柱の両わきに竹を一本ずつ立てた
松とうらじろを竹にくくりつけた
しめなわはおばあちゃんが作った
柱と柱の間に張った
上手にできた
門がぴしっと見えた

もちつき

富山県・小5　竹橋　洋平

よいしょ　よいしょ
おじいちゃんへの声えん
ドッスン　ドスン
すごい音
すごい力

今度はぼくがかつぐ番
きねを持ったとき
腕がきねの重さでぐっとさがった
一回つくともちにまるいあな
二回目をつくとはじっこに半分のあな
きねが重くてこしがふらふら
おじいちゃんたちは
なれた手つきで
ドッスン　ドスン
どこからあんな力が出てくるのかな

もちつき

石川県・小5　川淵　裕

お父さんが　きねをふりあげると
おばあちゃんが　手を入れる。
グッチャ　ペチン
グッチャ　ペチン
時々、おばあちゃんは
「えいほ　あらよ」
と、かけ声をかける。
二人の表情は真剣だ。
そのうちに米の形がなくなって
もちになってくる。
ポッフン　パチン
ポッフン　パチン
お父さんとおばあちゃんの
息は合っている。
うすの中に　やわらかい　ほてほての
おもちができた。

年末・年始

東京都・小5　水野　香余

紅白歌合戦も終わり
さっそく、今日買ってきたばかりの
マンガを読んでいた
……っとその時
TVの画面から
パチパチ　ゴォーン
「えっ」
しまったと気づくのも
「時すでにおそし」
マンガで年が明けてしまった
今年はやけに速く
時間が過ぎるような気がする
どんな年になるんだろう！

12月——学校生活

☆委員会活動
☆クラブ活動
☆保護者会
☆通知表
☆冬休み
☆掃除
☆竹うま
☆縄とび
☆サッカー
☆雪ダルマ
☆雪投げ
☆スキー
☆スケート

えりまき

東京都・小5　平塚　麻里

ピンク色のえりまき。
母が内職を終えてから
毎晩、少しずつ編んでくれた
手作りのえりまき。
ピンク色の地にブルーのしましま。
弟の智とおそろいのえりまき。
一目、一目にあったかい思いがこもっていて、
私に通じてくるような気がする。
「いいでしょう。
　これはお母さんが編んだんだよ。」
と、早く自まんして歩きたい。

しょんべん

北海道・小4　佐藤　豊

学校帰り　しょんべんする
雪がとけて　あながあく
しょんべんを　へびのようにゆらす
じぐざぐになって　おもしろい
ぼくは「あ」という字を書く
しょんべんがたりなくなった
こんど外でしたくなったら
「あ」という字を最後まで
書くぞと思った

冬の朝

東京都・小5　吉澤　拓真

ジリリ・リリリン
めざましが鳴った。

「うるさい。」

と、ぼくはさけぶ。

兄が雨戸を開ける。

「うるさい。」

と、ぼくはまたさけぶ。

冬の朝は、起きるのがおそいぼく。

学校に行きたくないけれど、
行かなきゃいけない冬の朝。

初冬

北海道・中2　鳥海　ちづる

ガシャガシャ落ち葉を踏む
耳がちぎれそうだ
早く家に帰りたくて
必死に自転車をこぐ
ふと横を見ると
真っ赤だった景色が
がらんとしている
これからもっと寒くなるんだな
ガシャガシャ落ち葉を踏みながら
必死に自転車をこぐ

ペッタラペッタン

富山県・小5　秋元　由香里

先生が、
「おもち、つきたい人。」
と大きな声でいった。
私は、
「はい。」
と手をあげた。
ようち園のとき
一度やったけど
もう、むかしのこと。
岡山さんといっしょに
ペッタラペッタン。
うすがゆらりとうごいた。

つうしんぼの歌

長野県・小4　桜沢　益美

わたしは、つうしんぼの歌を
お正月の歌のふしで作った。
それは、
「ああ、後何時間でつうしんぼ。
　つうしんぼがよかったら
　とび上がって歌いましょう。
　わあーるかったらなきましょう。」
という歌だ。
でも、ほんとうにやれなかった。
だって
つうしんぼの点は、
あがったり、
さがったりしたからだ。

つうしんぼ

東京都・小4　吉田　宏謙

ぼくはつうしんぼが心配です。
このごろは
つうしんぼのあれが心配です。
でも、
あれとは書きたくないことです。
お父さんも、
「あれがよければいいね。」
と言っています。
ぼくもあれがよかったらいいな、
と思います。
つうしんぼをもらう日は
十二月二十五日なので、明日です。
ぼくはものすごく心配で
つうしんぼなんてなかったらいいな
と思います。

二学期最後の日

東京都・小6　神村　かおり

十二月二十五日は二学期最後の日。
今この二学期の努力の結果をしめした通知表
　を渡される。
このしゅん間、
きんちょう感が私をしばる。
もう通知表は私の手の中にある。
これで二学期は終わった。
私をしばっていたきんちょうが
だんだんほぐれてきた。
明日からは小学校最後の冬休み。
この休みが終わればもう三学期だ。
一日一日がとてもおしい。
教室をながめ、
「三学期までさようなら。」
と目で伝え、ろう下に出た。

12月
——植物

☆モミノキ
☆ビワの花
☆メタセコイア
☆ヒラカンサ
☆センリョウ
☆マンリョウ
☆ユズ
☆ワビスケ
☆ミヤコグサ
☆サザンカ
☆スイセン
☆ツワブキ
☆イイギリの実
☆サボテン
☆ポインセチア
☆アロエ
☆クロッカス
☆ポトス
☆ロゼットの草
☆レモン
☆ヤツデ
☆ビワの花
☆ミカン
☆かれ木
☆かれ草
☆ハクサイ
☆ハボタン
☆フユイチゴ
☆ネギ
☆ナンテン

ツワブキの花

熊本県・小3　高見　博幸

つめたい風がふいてきて、
花がゆれた。
メトロノームのように、
ゆれている。
花びらが、
一つおちた。

ツワブキ

東京都・小5　君嶋　小百合

ツワブキの黄色いつぼみが、
たくさん集まって
おしくらまんじゅうを
やっている。

ツワブキの花は、
寒さに向かって咲くんだ。
だから、
おしくらまんじゅうをして、
寒さに負けないように
しているのかな。

冬

埼玉県・小3　新井　仁美

土手に行きました
さきのこりの花も
一つもありません
かれた草の上を歩いていくと
たんぽぽが一りん
葉っぱを地面にへばりつかせて
ぽつんとさいていました
少し明るい土手にみえてきました

雨の日

神奈川県・小4　水村　匡一

雨の日に、
教室のまどから外を見る。
メタセコイヤの木が
ツーンと一本立っている。
とてもいきいきしていて

色があざやか。
雨の日に、
外を見るのっていいなあ。

まんりょう

兵庫県・小4　菅　祐介

赤いパラシュートが
さかさまになったように
17コの実が
ぶらさがっている

ピラカンサ

愛媛県・小4　堺　佳代

ピラカンサの実は
小さくて、しゅ色をしていました。
虫めがねで見ると、しわがよっています。
あまり小さいので、
なくしてしまいそうです。
かたまってはえています。
なかよしのお友だちのようです。

サボテンの花

沖縄県・小4　上原　芳江

そうじをしていると、
サボテンの花が見つかった。
とてもきれいで、いいかおりだ。
スイカのにおいをかいでいるようだ。

花びらは、一まい一まいわかれている。
先の方は、ピンクで
中の方は、
だんだんうすく白い色になっている。
水をたくさんやって、
花をたくさん咲かせてあげたい。

ポインセチア

東京都・小4　中村　清美

わたしのへやに
赤いはっぱの
ポインセチアをかざっている。
上のほうはまっか。
上から下までまっかになれば、
もっともっときれいだろう。
ポインセチアの赤い色を見ていると、
わたしの体に
なんだか力がわいてくるようだ。
不思議な花だな。

さざんか

栃木県・小4　石塚　孝子

かきねのもとの　さざんかが
きれいに花を　さかせている
つぼみに　じまんしてるよう
つぼみの　かわいい　さざんかも
きれいに早く　咲きたいと
なにか　お話　しているよう

さざんかの花

神奈川県・小2　おおた　くみこ

きのうまで
きれいにさいていた
さざんかの花。
ゆうべの雨と風で
ちってしまったさざんかの花。
池にいっぱいうかんでる。
花びらのおふとんを
しいたようだ。

ひいらぎの花

長崎県・小6　黒川　紀子

プーン。
どこからかにおいがする。
鼻につーんとするにおいで、
あまいにおい。
横を見ると、
丸い木いっぱいに、
小さな白い花がちょこちょこかたまっている。
いったいなんの木かな。
この葉っぱどっかでみたことがある。
ぎざぎざしたとがった葉。

これはあの、
ひいらぎだ。
へえー。
白い花か。
葉っぱしかみたことなかったな。
ごつい葉っぱにかわいい花。
へんな組みあわせだな。

ピラカンタでけがした

兵庫県・小4　黄河　涼

にわのもみじの木のとなり
わたしのかたぐらいの高さの
ピラカンタ
さわったら左手に
とげがささった
おとうさんが
「この木じゃまやな。」って
ノコギリで切って
根もとからぬいた
すずめが一羽
もみじの木にとまって
それを見てる
わたしも
もう赤い実つぶしてあそべない
そう思ってながめてる

マツバボタン

岡山県・小4　中山　絵美

朝起きて、
庭に出てみると、
マツバボタンがさいていた。
ポツン　ポツンとさいていた。
だれがうえたかわからない。
赤　白　黄　オレンジ。
プランタにうえたペチニア
キキョウ　ホウセンカ　ナデシコ。
こやしも　いっぱいあげました。
お水も　いっぱいあげました。
元気いっぱいさきました。
その下で、マツバボタンはさいていた。
ねえ、マツバボタン、
あなたはどこからきたの。
こやしもないよ。
お水もおこぼれ。
元気いっぱいさいている。
あっ　りん太がふんずけた。
つよいね　あなたは。

びわの花

東京都・小3　山田　昭博

びわの木に、花がさいた。
白くて小さくて
ちょうど、うめの花のようだ。
ちゃ色のむくむくしたがくから、
かわいい顔をだしている。
よその花は、みんなさむくて、
じっとしているのに、
びわは、花がさいているから
強いんだな。

びわの花

千葉県・小6　羽山　和子

両手で　ほうきを　にぎり
土のついたおもたい落葉を
ざあーっと　一息におした
おもたい落葉の間から
ちら　ほらと　白いびわの花びらが
のぞいている
わたしの肩にも頭にも
まっ白なびわの花びらが
リボンのようにかかっているでしょう
わたしはそれを落とさないように
落葉を　はいていった

ゆずとり

高知県・小2　前田　こうき

お母さんたちが
ゆずをはさみでとって
ぼくがそれを

かごの中に入れました。
お父さんのこぶしくらいで
みどり色でした。
すっぱいにおいでした。
百こはとりました。
みんなで家まで
ゆずをはこびました。
お母さんが、
「ありがとう。」
と言ってくれました。
「おふろに入れるがで。」
と言いました。
ゆずのおふろに入りました。
ぷんといいにおいがしました。
あったかかったです。

ゆずがり

栃木県・小6　篠崎　里美

山道をゆっくり歩いていくと、
一面にゆず畑が広がる。
黄色と緑色がとてもきれいだ。
手をのばしてとろうとすると、
とげにチクッとさされた。
でも、とげのいたみなんか、
ゆずのいい香りといっしょに、
どこかに、とんでいってしまった。
夢中になっていたら
いつのまにか、
両手いっぱい
ゆずと、
ゆずの香りがした。

いちごの葉

東京都・小5　佐々木　友美

いちごの葉は、
土のぬくもりを
感じている。
ロゼットで
温かい、やさしい
春をまちながら。

ナンテン

東京都・小5　田中　美世子

小さな兄弟一・二・三・・・
真っ赤にうれた。
ナンテンの実。
ほっぺを赤く染めてきて、
冬を知らせにおりてきた。

みつまた

東京都・小4　三浦　衛

先生が、
「これは、みつまたという木だよ。
よく見なさい。」
と言ったので
そばに行って見た。
よく見ると、
枝ぜんたいが、
どれも三つに分かれている。
花は白くて、少し黄色で、
はちのすみたい。
さわろうとしたら先生が、
「さわると、かぶれるぞ。」
と言ったからやめた。
花の中から、はちが出てきそうだ。
これが紙になるのかなあ。
どうやって紙にするんだろう。

白菜はこび

埼玉県・小4　飯島　弘子

かあちゃんと　白菜をはこんだ
たんかの上に
白菜を七つつんでもち上げると
手がだんだんしびれてきた
庭までくると　手がいたくて
下へおっことしそうになる
何回もはこぶと
手が小さくなるようだ
「まだなれないからだよ」

かあちゃんが　わらった

くまざさ

東京都・小5　三浦　憲司

くまざさは、
白い線がいっぱいついている。
おもしろいはっぱだ。
くまざさと言う名前は、
葉のひろがりが、
クマのつめに、
にているからかな。
くまざさは、
おすしに使われる。
僕は、おすしがすきだから、
くまざさもすきだ。

つるしがき

長野県・小4　二木　茂一

かあちゃんとおばあさまが、
かきの皮をむく。
ほうちょうでくるくるとむくと、
うずまきのようになって、
びくの中へおちる。
ぼくがかきへあなをあける。
ぶつぶつといって、あながあく。
きくはあなのところへわらをさす。
それがおわると、
かあちゃんがわらをあむ。
あんだあとを見ると
かきがなっているようだ。

ほしがき

東京都・小4　原　善哉

十一月の初めに、かきをほした。
下じゅんごろ
ようやくまわりがかんそうし始めた。
そしたら
みんな食べはじめ、
少ししかなくなっちゃった。
お正月までもつかなあ。

かきの実

長野県・小6　畑佐　和子

十二月のはじめに取り入れが終わった庭の柿
　の木に、
一つだけ取りのこされたかき。
てっぺんに熟し、
くされおちそうになっている。
はっぱ一つも残っていない。
強い北風にふかれて、
こずえがいたそうにふるえている。
ゆれる枝の先に、
今にもおちそうにふらふらと、
でもかじりつくように、
くっついている。
枝にとまりにくるすずめたちと、
おもしろい対照だ。
このかきの実も
もうすぐ落ちてしまうのだ。
でも続いて楽しい
正月がすぐ来る。
取り入れたかきも
正月には白くこがくる。
あたたかいこたつの中で、
おかあさんといただくのが
楽しみだ。

みかん

大阪府・小5　竹内　裕紀子

おおみそかの朝、
みかんを食べながら、
今年最後のみかんになるかもしれない
と思って、
とくべつな食べ方をした。
ふくろがやぶけないように、
中のつぶつぶを、
ジュースにしてしまうのだ。
いくつも、
いくつもしっぱいして、
やっとできた。
なんだか

しんきろくをつくったみたいだった。
今年最後のみかんが
とても
かちのあるものにおもえた。

大木

東京都・小6　杉井　みどり

風の強い春の本門寺
ビュウン　ビュウン
かれ葉がとぶ
私のかみもなびく
ゴーゴー　ザザー
そのまん中に　皮のはげた大木
若葉もない
新芽もない
年よりの大木
不器用な形
大きなこぶには
大きなあながあいている
でも　強くはった根
がっちりとした枝
なんともいえない
たくましいからだだ

もみの木

長崎県・小3　阿部　洋介

もみの木さんは
一年中、同じしせいで
いつもいつもみどり色の服を着ています。
いちょうやもみじの葉が
黄色く赤くすてきになっても
もみの木さんはいつもいつもみどり色
だけど、もみの木さんは
クリスマスが近づくと、
とってもすてきに変身します。
小さなお星さまがついたり消えたり
金やぎんのピカピカ
もみの木さんは
すてきに着かざって女王さまのようです。

きび畑の冬

沖縄県・中1　安慶名　成美

さとうきび畑に
冬がきた
真っ白なさとうきびの花が
白一面に咲いた
ずっと遠くの峰まで
ふんわり咲いた
華れいに咲いた
沖縄の冬の象徴
真っ白な花
さとうきびの穂
さとうきび畑に
風がきた
美しい白穂の花の中を
風が吹き抜ける
さとうきびの白穂をけって
カサカサ
カサカサ
風がささやいた
風に揺れるきび畑の白穂
きび畑の冬は
沖縄の美しい銀世界
ふんわりした
白穂の銀世界
北国の雪も
白穂のように美しいかな

花

大阪府・小2　西浦　陽子

花はとてもきれい
花は　とてもいい心を
もっているのだろうか
いつもきれいにさいている

12月——動物

☆アザラシ　☆キタキツネ
☆ビーバー
☆トナカイ
☆ネズミ
☆ピューマ
☆バイソン
☆クマ
☆ウサギ
☆タヌキ
☆パンダ
☆ライオン

パンダ

秋田県・小2　土田　誠

パンダは今、日本ではやっている。
しんぶんでもテレビでもなんかいもみた。
パンダなんて　くまだ。
白いくまに　黒の目、
ずがとしゃしんをくらべたら
ずがのほうが、かっこいい。
ぼくも本もの見たいけど、
あんなに人がいては見られない。
だけど　おとなって
どうしてあんなにパンダ見たいのかな。
パンダって名まえついているからかな。

ちょっと　ばかみたい。

ライオンがないた

東京都・小2　あら木　ゆき子

ライオンはもっとかっこよく
なくと思っていたのに
なき声をきいてがっくりした。
「ウオウウー　ウオウウー。」
元気がないなきかただ。
いさましくないなきかただ。
王さまらしくないなきかただ。
テレビのコマーシャルでは
もっとかっこいい
なきかたをしていたのに。

おきゃくさんがきてるんだから
どうぶつえんじゅうに
ひびくような声でないてほしい。

ねずみ

長野県・小3　新井　絵美

ねずみが、
「ねずみとり」ってゆうところに入ってた。
「これどうするの。」
ってきいたら
おじいちゃんが
「水の中にねずみをいれて
　ほうちょうでころしてすてちゃうんだよ。」
といった。

かわいそくて
ずうっとねずみを見てたら
なきそうな目をしていました。

子　犬

岩手県・小4　菊地　順子

「ただいま。」
と、戸をあけたら、
お母さんが、まっていたように顔を出して、
「子犬が生まれたぞ。」
といった。
私は、すっとんで、犬小屋へいった。
いた、いた。赤ちゃん犬が二匹いた。
親犬のおなかのそばで、目をつぶっていた。
せ中のあたりが、ピクピク動いていた。
白と黒とが一匹、白と茶色のが一匹。
親犬が、だいじそうになめていた。
かわいくて、
「だきたいなあ。」
と思った。
でも、だいじそうになめていたので、
そっとしておいた。

キタキツネの声

北海道・小4　山内　かおり

「秀一！　秀一！　キツネがないてるよ！」

母さんが外でよんでいる。

私もついていった。

外に出た。

しずかだった。

すると　キツネの声がした。

コーン、コーン。

「あっ！」

「ほらね、あそこらへんにいるんだよ。」

「コーン、コーンっていうより、カーン、カ
　ーンって感じだね。」

初めてきくキツネの声にびっくりした。

想像とはちがっていた。

やがて　何もきこえなくなった。

なんだか不思議な感じがした。

ホエールウオッチング

高知県・小4　西地　修哉

「くじらがおるぞう！」
と言う大きな声が
むせんから聞こえてきた。
さっと立って見回すと
右の向こうに見えた。
サメのつのみたいだ。
こんどはどこから出て来るかわからん。
「おった！」
と言うお父さんの声。
せなかから出て
しっぽをぐうんと高く上げておいて
海面におもいっきり
バシーンとたたきつけた。
水しぶきがバーッと
そこら中に飛び散った。
お姉ちゃんが
「海の大とうりょうやねえ。」
と目を光らせて言った。

たぬき

長野県・小5　塩入　喜美子

私が、
「あ、たぬき」
というと
「静かにしろ、
　たぬき逃げちまうじゃねえか。」
と、小さい声で母ちゃんがいった。
もろこしいれるざるをもったまま
母ちゃんの横からいきしないでみていた。
たぬきは足でもろこしをひっかいた。
ひっかいたと思ったら
口にくわえて
そのまま山の方へ歩き出した。
みていると、うれしそうだ。
ひょいひょいとおしりをふっていく。
母ちゃんは
「子にくれるだわ。」
といった。

12月

——鳥

☆チドリ
☆カモメ
☆ミサゴ
☆コウノトリ
☆モズ
☆シギ
☆オシドリ
☆アオジ
☆クロジ
☆ツグミ
☆タカ

☆ツル
☆ミミズク
☆カモ
☆ミヤコドリ
☆ジョウビタキ
☆カケス
☆マガン
☆コガモ
☆マガモ
☆ヒヨドリガモ
☆オオハクチョウ

☆ナベヅル
☆シロハラ

カナリヤ

長野県・小2　元島　佐登子

うちの　カナリヤは、
かわいいこえを　して、
なきます。
しっぽをふって
「ぴいぴい」なく。
だいだいいろで、
目が　小さくて
かわいい。
えさを
たべたり
なっぱを
たべたり
水をのんだりする。
もうすこし　えさを
こぼさないように
してほしいな。
とまりぎや
えさばちや
ぶらんこに
とんであそんでいる。

九かん鳥

長野県・小3　新井　正江

うちの九かん鳥は、
わたしのいえにきて、
五カ月になる。
はじめに、おぼえたのは
うぐいすのなきごえだ。
いつもおとうさんや、
おとなりのあんちゃが、
おしえて、やるからだ。
つぎにおぼえたのは、
「おはようございます」だ。
「おはよう」というんだけど、
「ございます」は、
まだ、そんなにいえない。
こんど、おしえるのは、
「こんにちは」だ。
早くおぼえると、いいな。

文鳥

福井県・小4　石ざき　きくみ

文鳥は　よくなく。
とっても　いい声だ。
「ピーピー」
と　そばでなくと
わたしも　とりになったようだ。
えさをもっていくと　とんでくる。
手にのせると
ぴょん　とのる。
つかんだりすると　口で手をかむ。
わたしは
「いたい。」
と　いう。
文鳥のせなかをなでると
わたのようにふわふわしている。
だからわたしはそっとなでる。

やまどり

東京都・小3　三沢　秀次

ダーン。
てっぽうの音がした。
そのとたん、
ばさっ、
という音がした。
空から
やまどりがおっこってきた。
はらのあたりに
ちがだらだらとたれていた。
まっ赤にそまっていた。
足がだんだんちぢんでいった。
はねが
ばさばさしてちぢんでいった。
からだ全体がまるくなって
ついに死んだ。

やまどりが
どんどんハンターにうたれて
死んでいく。

くいな

長野県・小4　岡村　恵理子

お父さんが、かきねをかっていて、
くいなのすを見つけた。
「たまごが八つも入っているぞ。」
と、私に教えてくれた。
へやのまどから、そっと見たら、
木のえだで作ったまるいすの中に、
黒い体と赤い口ばしの親鳥が
ちょこんとすわっていた。
あたりは、雨がふっているのに、
くいなの親は、
かぜをひかないのかなぁ
と思った。

ジョウビタキ

東京都・小4　田中　優

「あの鳥はなあに。」
妹のあゆみが不思議そうにいった。
ジョウビタキだ。
一階のてすりのところに止まっている。
おれは思わず、
「あっ、すげえ。」
と声に出してしまった。
今年初めて見た。
顔が黒っぽくて腹が茶色のジョウビタキ。
おれは、ゆっくり、しずかに
一歩一歩近づいていった。
三メートル、二メートル、一メートル
　まで近づいたとき
パタパタッ。
ジョウビタキは、羽をはばたかせて
山のほうへ飛んでいってしまった。
近よらないで
ゆっくり見てればよかった。

ミソサザイ

東京都・小4　福島　直美

ミソサザイがえんとつで鳴いていた。

お母さんが物置きを見たら
ミソサザイの巣があった。
一か月ぐらいたった。
もう一回見にいったら
巣からひなが顔を出していた。
「ミソサザイの巣はめずらしい。」
と、先生が言っていた。
だから学校の自由研究発表で
使うことになった。
全部巣立ちした後に巣を取った。
巣は、小枝、木の皮、麦のような物。
こけ、あみ、ビニールテープなど
細かい物で作ってあった。
親鳥があんなに小さいんだから
ひなは、もっと小さいと思った。
発表でミソサザイのことを本で調べて
資料を作った。
楽しかった。
よく巣を作ったなあと思った。
でも巣は、ふつうの巣より
小さかった。
なんで物置きなんかで
作ったんだろうと思った。

冬の女王さま

北海道・小4　柿崎　有里

冬になってね
私が楽しみになるのは
雪ともう一つ
それはね
白鳥にパンをあげると
花火が上がった時みたいに
「ヒューン」と集まってくる
「もっとほしい」っていうように
岸に上がってくることもあるよ
くいしんぼうだ
冬の女王さま
アハハ……

ワシ

岩手県・小5　千田　次彦

山にきのこ取りに行く途中
森のかれた杉の木のてっぺんに
見たこともない
大きな鳥がとまっていた
こっちの方を時々
ぎろりとにらめる
ガラスの破片のようにつり上がった
黄色のビー玉のように
ギラリとまぶしく光る
見たこともない巨大な目
イワナやヤマメでも
一口で呑みこんでしまいそうな
大きなだいだい色の釣針のように
するどく曲がった口ばし
ジャックナイフのように
先がするどくとがった爪
もうきんるいの
とびやふくろうにも
くらべもののつかないくらい
堂々とした空の王者
ぼくはあのワシをいつまでもわすれない

ふくろう

山形県・中1　門脇　ちえ

裏山で　今夜も
ふくろうが鳴いている
月夜には
楽しいことがあるのか
きれいな声で鳴く
ふぶきの夜は
どこで鳴いているのだろう
ふくろうの鳴く声が
今夜はまだ聞こえない
眠れない夜は
ふくろうの鳴く声が
私に何か
話しかけているような気がする
ふくろうの鳴く声が
聞けない日は
なぜかさみしい

12月
―昆虫

☆イラガノマユ
☆テントウムシ
☆マイマイカブリ
☆アカシジミの卵
☆ミツバチ
☆ヒメグモ
☆ウリハムシ
☆コカマキリ
☆セツケイカワゲラ（雪虫）
☆冬のチョウ
☆冬のハチ
☆冬のハエ

ゆき虫

北海道・小1　よしむら　かずひろ

あさ　ゆき虫が　ふくについてきた。
やわらかいから
手にのっけて
フッとふいて
にがしてやった。

雪　虫

東京都・小2　にいづま　みほ

あっ、雪虫だ。
やっと　つかまえた。
はねをもってよくかんさつした。
なんと　大はっ見。
あの白いのは毛だった。
中ゆびで　そうっと
さわってみた。
ふわふわだった。
あんまりじたばたするから、
そうっと　にがした。
雪虫は　ふわんふわんと
なみせんを引くようにとんでいった。

雪　虫

東京都・小3　山本　育江

「あれ、何だろう。」
「あっ、雪虫だ。」
ちゃんと足が六本ある。
顔を近づけて見ると、
足をばたぱたさせて、
足をぴくぴく動かした、
手がすこしくすぐったかった。
雪虫ってちょこまかあるくんだ。
かわいいんだ。

松くい虫

長野県・小2　宇山　正一

ぼくがまきくんといっしょに
松くい虫を見ていたら、
ありがあつまった。
松くい虫がしにそうで

なんかもがいているみたいだった。
ありは、はこぼうとしていた。
松くい虫は
いっしょうけんめいにげようとしていた。
ありは、
たくさんで松くい虫をひっぱっていた。

冬のはち

東京都・小3　川原　京子

公園で遊んでいたら、プーンと
虫がとんでいるみたいな音がした。
冬になったのに虫がいるなんて。
日だまりのかれ葉にとまったはちが
プーン、プーンはねをふるわしてた。
はちって
冬になったのしらないのかな。
はちって
寒くはないのかな。
こんどはブーン、ブーン
力いっぱいはねを動かしてきた。
このはちは、
親ばちからはぐれちゃったのかな。
はちさん、こごえないように
早く冬ごもりしなさいよ。

冬のカマキリ

東京都・小4　三上　剛志

ぼくの庭に住んでいた
おっきなカマキリ。
まだきれいな緑色の羽根が残っている
カマキリ。
まだ暖かい時
あみ戸に止まっていたり
物ほしざおから落ちてきたり
ひだまりの中を元気に歩いていた
カマキリ。
でも冬になって元気がなくなり
あまりさん歩をしなくなった。
同じ場所にずっといるようになった。
「さばくを旅してつかれきった旅人の
　ようだな。」
家にいれて、ティッシュで作ったベッ
　ドの上にねかせてあげた。
次の日、きのうまでほとんど動かなかっ
　たけど
頭を上げてぼくに最後のお別れを言ってくれ
　たみたいだ。
そして動きが止まった。
そしてぼくは、なみだが出た。
きっとまた
ぼくの家の庭に生まれてきてね。

ゴキブリ

広島県・小5　田辺　展子

「カサカサ。」
私は、不思議に思い見てみたら、
なんとゴキブリがいたのだ。
私は思わず
「キャー。お母さん、ゴキブリがいる。」
と、さけんだ。
そしたらお母さんも来て、
私といっしょに
お兄ちゃんやおじいちゃんをよんだら、
お兄ちゃんたちも来て、
あっというまに
ゴキブリを殺した。
そしておじいちゃんが
「とらかへびでもおるんかと思った。」
と言った。
私はそのとき、すごいはずかしかった。
そんなにすごかったなんて
思いもしなかったからだ。
でも、まだ家がたってから約半年なのに
もうゴキブリがでるなんて
きもちわるいし、
ゴキブリなんか
どうも好きになれない。

12月 ― 魚介類

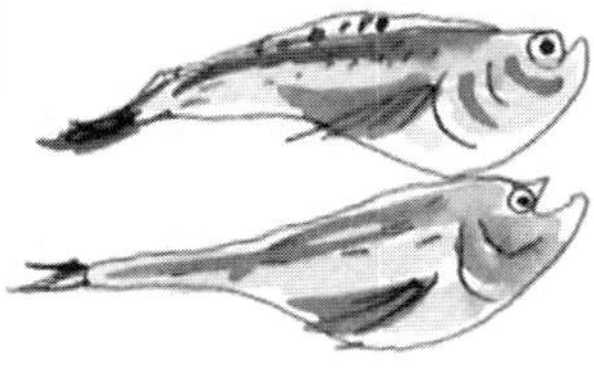

☆ハヤ
☆マグロ
☆コノワタ
☆ハッカク
☆ハタハタ
☆ホッケ
☆ボラ
☆カジカ
☆ニシン
☆ブリ
☆アコウダイ

☆アマダイ
☆アンコウ
☆イシガレイ
☆ウグイ
☆ウルメイワシ
☆カサゴ
☆カタクチイワシ
☆カワハギ
☆キンキ
☆キンメダイ
☆クロマグロ

☆サケ
☆サヨリ
☆サワラ
☆シマアジ
☆シラウオ
☆ワカサギ
☆シシャモ

マブナ

群馬県・小2　高橋　臣夫

ぼくのうちのマブナがいるところに
まい日　氷がはるんだ。
ぼくは、そこがさむいんだと思うんだ。
それで、ぼくは
(マブナ　さむいだろう。)
って思ったんだ。

魚がかわいそうだから
氷　ぶっこわしてやった。
「ありがとう。」
って　いったみたいだったよ。

魚かってみると　かわいいよ。
先生、一ど　魚かったこと　ある?

さけ

青森県・小2　内藤　淳

さけはかわいそう
だって
川を上ってくると
何日かでしぬんだもの
さけよ
川を上ってくるんじゃない
たまごをうむのなら
海でうめ

はじめて見たサケ

宮城県・小3　後藤　香里

「バシャバシャ。」
学校の帰り、六本ばしをわたっている時、
とつぜん音がした
よく見ると、サケが二ひき
川をのぼっていた
すごいいきおいで、どんどん、どんどん、
のぼっていく
水のあさい所も、しっぽをくねくねさせなが
　ら、のぼっていく
お母さんとお父さんのサケかな
長さは四十センチぐらいもあった

ここでたまごをうむのかなあ
お父さんに聞いたことがあった
自分が生まれた所に帰ってくサケ
たまごをうむと死んでしまうサケ
わたしは、
（すごいなあ、ふしぎだなあ）
と思った。
まもなく、サケは深い所に行ってしまった
スイスイおよいで、とうとう見えなくなって
　しまった
がんばって、がんばって生きるんだよ

鱈

岐阜県・中3　山　佳代子

ばあちゃんが
鱈を二匹買って来た
うろこが光っていた
「北海道でとれたんやって」
ばあちゃんが
包丁でうろこを取りながら言った
〝お前は北海道生まれか
　遠いところから来たな
　北海道は寒いでしょう〟
私はいろいろ思った。
ばあちゃんは
せっせと魚をさばきながら
「しらこも、たらこも入っていないな」
残念そうだ
ばあちゃんは
鱈を頭からしっぽまで使ってしまう
捨てるのは内臓だけ
頭とうすはらは鱈汁
おいしい身は煮付け
「鱈は全部使えるんやよ」
私は一つ勉強した
ばあちゃんは富山生まれだから
物知りならぬ、魚知りだ
今晩のおかずは
鱈
私はいつも思う
ばあちゃんにさばいてもらう魚は
幸せだ、と

ワカサギつり

東京都・小5　星野　裕太

夜中の午前二時。
ワカサギつりに諏訪湖に行った。
朝六時ごろ着いて、
ドーム船に乗った。
つりざおの先には、
針が十本ついている。
午前中は、十二匹つれた。
午後がすごかった。
一気に、五匹、三匹、四匹と
三秒もしないで連続でつれた。
ぼくの場所だけ
いっぱいつれるぞ。
午後三時に終わった。
まだやりたかったのに。
時間のたつのが、早く感じた。
家族みんなで、百五十匹。
家で、からあげにして食べた。
みんな、ワカサギだけ
食べていた。

マグロ

東京都・小5　満尾　有智

水ぞくかんに行った。
マグロが2かいにいた。
前のやつはおそくはしっていた。
水そうの前に、せつめい用のロボットがあっ
た。
きいてみたら、
「マグロが、約百二十キロで
　およいでいる。」
といっていたから、目がとびでるほどびっく
りした。
奥の方で速くおよいでいる大群は、
高速道路を走る自動車のようだった。

一月

1月——行事

1
元旦
初日の出
おとそ
おせちりょうり
年賀状
初詣
ししまい
わか水
昭和天皇人間宣言
尺貫法廃止（1959）
一休さん誕生（1394）

2
初夢
東京箱根駅伝
ソ連で月ロケット打ち上げに成功

お正月

徳島県・小1　いはら　ふみひろ

きのうは　十二月三十一日で
いそがしい　いそがしいって
じゃまに　されたのに
一月一日になると
おとしだま　くれるし
あたらしいセーター　きせてくれるし
とっても　サービスいいんだ
まい日　お正月だったら
心が　ふくらむよ

はつもうで

東京都・小2　中山　さおり

おさいせんの五円玉を
ひょいとなげた。
わたしは
「今年もびょうきをしませんように。」
と、おねがいした。
その夜から
ねつを出した。
百円玉をあげればよかった。

わか水

東京都・小2　たかはし　けんたろう

朝一番早くおきて
水どうの水をくんだ。
ポットにジャーと入れた。
おとうさんたちがおりてきて
「えらいぞ。」
といった。
かぞくみんなで、
コップにくんで
「おめでとうございます。」
といってのんだ。
あまくておいしい気がした。
「わか水をくむのは、
　長男ぼうのしごとだ。」
おとうさんがいった。
長男ぼうでよかった。

ししまいにかまれた

高知県・小2　小松　義和

お正月
高ちにいった
そしたら
ししまいがいた
ちかづいてみると
ししまいが
ガブッ
頭をかんだ
おかあさんに
ししまいにかまれた

（1959）
3 年始まわり
ひとみの日
4 仕事はじめ
石の日
5 七福神めぐり
このころ小寒
夏目漱石誕生（1867）
6 消防出初め式
ケーキの日　1879年に東京上野で初めてケーキが売り出された
良寛誕生（1758）
色の日
7 七草がゆ（せり・なずな・ごぎょう・はこべら・ほとけのざ・すずな・すずしろ）
テスラ（アーク灯発明　1943没）
減反政策決定（1970）
どんど焼き
8 刃物の日
外国に郵便を出せるようになった（1875）
昭和が平成になった（1989）
9 とんち・クイズの日（1月9日で一休さん）
宇野重吉没（1988）
10 このころ成人式・第二月曜

といったら
そらえんぎがええわ
といった

ね正月

山形県・小2　小関　泰徳

正月の　朝、
おきようと　思った。
まだ　まわりは　くらかった。
すこし　こわくなった。
おかあさんに、
「おきっぺ。」
と　いった。
おかあさんは、
「まだ　ねてろ。」
と　いった。
いつもと　ちがって　いつまでもねている。
これが　ね正月だなあと　思った。

お正月

東京都・小3　市川　早苗

おかあさんには、
お正月がない。
ごちそうも
ゆっくり　たべられない。
でもしょうがない。
ゆうびんきょくの、
くばりやさんだからだ。
年がじょうが
どっさりきて、
へとへとに　なってたら、
弟と、
おぞうにを　はこんであげよう。

はつもうで

東京都・小4　小野　一郎

ぼくはおさいせんを
十円あげて、
お年玉が一万円もらえるように
いっしょうけんめい
おいのりした。

私のお正月

高知県・小4　前田　八重

今年のお正月は
バカにいそがしかった
「八重、ビール持って来て」
「八重、おさけ持って来て」
大人たちは
れいぎというものをしらないのかな
わいわいがやがや
うるさいなあ
耳をふさいでも聞こえる
子どもたちは二かいで

110番の日（1985・国家公安委員会で設定）
福沢諭吉誕生（1835）
大隈重信没（1922）

11　鏡開き

12　スキー記念日（1911年日本で初めてスキーをした）

13　このころ書き初め展
勝海舟が日米修好通商条約を結ぶために咸臨丸で出発した（1860）
源頼朝没（1199）

14　南極で犬のタロ・ジロが発見された（1959）
もぐらうち

15　小正月・左義長（宮中の火祭り）
いちごの日
なまはげ（秋田男鹿半島）
防災とボランティア週間（15日～21日）
西条八十誕生（1892）
水洗便所促進運動開始（1959）

16　やぶ入り

17　阪神淡路大震災（M7・2　死者6308人
1995）

18　米食の日
森鴎外誕生（1862）
牧野富太郎没（1957）

19　馬に親しむ日

ドッタンバッタン
二かいへ行っても下へ行っても
うるさい
これが私のお正月でした

年賀状

埼玉県・小5　五十嵐　大輔

年賀状を書いた。

平井君には、

「今年もよろしく。」

橋本君と山崎君には、

「ソフトボールがんばれよ。」

良輔君には、

「ちゃんと宿題やっているか。」

と書いた。


一月一日、年賀状がきた。

平井君や橋本君たちからだ。

良輔君からはこない。

（まだ、書いてないのかな。）

よく日、

「ちゃんとやってるわい。」

と書いた年賀状がきた。

元旦

石川県・小5　坂下　幸子

元旦に　ねぼうすると
一年中　ねぼうするという
元旦に　お金を使うと
一年中　お金を使うという
このことは　むかしからの
いいつたえなのだろう
しかし　ほんとうに
一年中
一年中
ねぼうしたり
お金を　使っていた人が
いままでに　いたのだろうか

元旦

東京都・小5　平山　智美

今日は　元旦だ。
すごくしずかだ。
やおやのおじさんの声も
スーパーのレコードの音も
車の音、母のどなり声も
みんなどこかに
すいとられて　しまっているみたいだ。
テレビの　スイッチを　ひねる。
ここだけは、いつもよりにぎやかだ。
おめでとう、おめでとうの声。
歌手のうた声。
まんざい。
わらい声。
しずかで、さみしかったへやも

トーク（話し合い）の日
20 二十日正月　お供え物処分
ミレー没（1875）
このころ大寒
遊園地の日（第三日曜）
21 飛行船の日　1916年に初めて飛んだ
22 夫婦の日
カレーの日
日本で初めて電灯がついた（1887）
23 踏み切り用心の日
ふみ（手紙）の日
湯川秀樹誕生（1907）
ボーイスカウト始まる（1911）
24 給食記念日（1946）
25 北原白秋誕生（1885）
法然上人没（1212）
26 文化財防火デー（1949年法隆寺が火事になった）
ふろの日
国旗制定記念日（1870）
青函トンネル開通（1983）
アウシュビッツ収容所解放記念日（1945）
28 自転車安全の日
にわとりの日
ガンジー没（1948）
29 南極に昭和基地開設（1957）

わらい声で　いっぱいに　なった。

お年玉

東京都・小6　岩瀬　正典

ぼくは、正月になると早おきする。
お父さんにあいさつして、
おせじを言って
お年玉をもらう。
そして、いなかの人のところに行く。
ぎょうぎよくして、
どんどんお年玉をもらう。
うまくいけば
四万円ぐらいたまる。

お正月

徳島県・小6　曽我部　智子

お正月って不思議だな。
つくえの上の本も
貯金箱も
みんな昨日のままの
昨日のままの姿なのに
なぜ新しく見えるのだろう。
お正月って不思議だな。
庭のはち植えも
町角のでんしん柱も
みんな昨日のままの
姿なのに
なぜ新しく見えるのだろう。
不思議だな。

一月一日の朝

東京都・小6　力石　正晴

なんてんの葉かげを地面におとし、
すなの面をきらきらと光らせながら、
元日の朝日がのぼった。
空の色も、
屋根も、
空をくぎっている電線も、
遠いまっ白な道も、
みな、ぼくの目にはいったものは、
朝日をかぶり、
生き生きと見えた。
つみ重ねてある本も、
作文用紙も、
けさは、なにもかもが、
生き生きと、明るく見えた。
新しいのは、物ではなく心である。
一月、
ふるくて新しいきょうの朝の光。

初　夢

高知県・中1　北澤　香菜

白へびに巻きつかれる夢を見た

肉の日
30　みその日
シューベルト誕生（1797）
31　そばの日

初夢はだれにも言わないと
いい事があるという
今年はお年玉、去年の二倍はもらえると
ドキドキ
ワクワク
期待に胸をふくらませた

初夢にえんぎの良いものが出た
白へびをだれにも言わなかった
なのに今年はお年玉
去年の二分の一になった
シナシナ
パサパサ
からびた白へびの皮のような
気持ちだった。

こんぴらさん

愛媛県・小4　菅　真祐加

一月二日、今日は家族でこんぴらさん。
参道にはいるとたくさんの人。
お店も前もちっとも見えない。
のろのろ、のろのろ、石段を上がっていく。
みんなと、はぐれないように、
お母さんの手をぎゅっとにぎった。
やっとお宮に着いた。
お参りをして、おみくじを引いた。
ふむふむ、今年も、いい年になりそう。
「帰りは、お店で買い物しよう。」
わくわくしながら石段を下り始めた。
弟がすごいスピードで石段を下りた。
私たちは、後を追いかけた。
気づいたら一番下まで下りていた。
私は、半泣きになった。
あーあ、ほんとにいい年になるのかなあ。
ちょっぴり不安なお正月。

おみくじで大吉

高知県・小4　橋本　理華

おまいりをしたあと
おみくじをひいた。
家ぞくに見せんようにこっそり見た。
見る時、
心ぞうがいつもより早くなっていた。
大吉だった。
そばにいるお母さんに見せたら、
「よかったね。」
と、明るく言ってくれた。
すかさず、お母さんが、
「学問を見てみた。」
と、心配そうに言った。
見たら、
心配せず、
おちついて、べんきょうせよ！
と、かいてあった。

お母さんの顔は
明るかった。

はごいた

東京都・小1　こぼり　りえこ

マンションの下で
はごいたをした。
カチッと一かいできた。
なんかいもやっていたら
二かいできるようになった。
もっともっと、うまくなりたいな。
カチッ。
あおい空にとんでいく。
はねが、まわりながら、おちてくる。
それっ、とやったら、またできた。
おかあさんが手をたたいてくれた。

箱根駅伝

東京都・小6　畑中　拓輝

テレビをつけたら
箱根駅伝をやっていた。
駅伝はふつうのマラソンとちがって
みんなで力を出し合って走る。
一人が、つらいからと力をぬけば
みんなにめいわくをかけてしまう。
ゴールの時、もうななめになって入ってくる
　人がいた。
ゴールしたとたん、たおれる人もいた。
苦しそうにタンカで運ばれている人もいた。
すごい競技だ。
でも、みんながいっしょだから
がんばれるんだと思う。
放送が終わった後
ぼくは、いつもお父さんと走る道を
一人で走った。
箱根駅伝で走った人たちが
あれだけがんばったんだから
ぼくもがんばろうと思った。
二月の青梅マラソンで
去年より良い記録を出すぞ。

月の裏と宇宙旅行

長野県・中2　木之下　嘉弥

午後零時の時報がなった。
ラジオがニュースを報じている。
「ソ連の宇宙ステーション　月の裏側撮影」
いっしゅん興味を帯びた。
まだ人類が見たことのない
月の裏側が
はじめて人類に公開されたからだ。
「月の裏側はどうなっているだろう。
　きっと表と変わりないだろう」
と思った。
ところがラジオは
「月の裏は表と比べて単調だ」
と報じた。
「それじゃ、のっぺらぼうかな」
「月の裏は直径三〇〇kmの火口や
　その他大小の火口がある」
その火口には次々と名がつけられていった。
その中に
〝宇宙旅行家湾〟という名があった。
これはソ連の科学者が
近い将来に宇宙旅行可能と思って
つけたかもしれない。
だが名前だけではだめだ。
早く宇宙旅行時代に到達して
ロケットに乗って
大宇宙をつっぱしってみたいものだ。

石

茨城県・小6　長洲　美奈

人間がみんなちがうように
石もみんなちがうんだ
人間の顔や性格がちがうように
石の形や色もちがうんだ
人間も石もみんな同じだったら
つまらない
流されてたどりついた小さな石は
ただそこにあるだけのように思える
でも

それぞれが世界で一つだけなんだ

七福神

東京都・小5　川本　秀実

ぼくの机の上に
七福神の土人形が
かざってある。
大黒・弁天・福禄寿・恵比須・布袋・寿老人
　は、
すわって、
毘沙門は立って
ぼくのすることを見ている。

良寛さま

広島県・小5　藤井　良元

この本には、
良寛様の、やさしさや、
子どもたちと遊ぶ良寛様のことが、
おもに書いてありました。
（中略）
ある夜、良寛様が家にいると、
外で子ぎつねの声がします。
その声を聞いた良寛様は、
子ぎつねを家に入れてやり、
子ぎつねの両親はいるのか、
りょうしにうたれたのではないかと、
良寛様の目にはなみだが
いっぱいうかんでいました。
ぼくと良寛様をくらべたら
良寛様の方がやさしい人だ
ということがわかった。
今でも、良寛様のような人がいたら
いいと思う。

すてきな色がいっぱい

島根県・小4　やしげ　このみ

春の色は
さくらのうすもも
わか葉のきみどり
あたりをつつむ春がすみ

夏の色は
空と海のすんだ青
ギラギラ光る真っ赤な太陽
小麦色にやけたはだ

秋の色は
夕日の中の赤とんぼ
黄色い落ち葉
金色にかがやくいなほたち

冬の色は
真っ白な雪だるま
あたり一面銀世界
はだをつきさすいじわる北風

一年中いろんな色がそばにあって
今日は　何色かな

七草がゆ

和歌山県・小5　向竹　正記

なずな、はこべ、ほとけのざ……
七種類の草を入れた。
古いおかゆが、にぎやかだ。
お母さんが、
「熱いけどおいしいで。」
と、言った。
おいしいかなあ。
一口食べると、口の中でとろける。
思わずもう一ぱいおかわりをした。
今年も健康でいられるかな。

七草がゆ

長野県・小5　山下　訓弘

白いゆげがもわもわとおかゆから出ている。
まっ白なおかゆの中に、七草の緑がところど
　ころに入っている。
せり、なずな、ごぎょう、はこべら、ほとけ
　のざ、すずな、すずしろ。
ふうふうふいて上の方から少しずつ食べる。
塩味が少しきいている。

舌の先にせりをのせる。
味はしないが、かすかににおう。
これを食べると
一年間健康でいられる。
一月七日、ぼくは春を食べた。

つめけんさ

高知県・小3　高崎　理家

「今から　つめけんさをします」
みんなのつめを
じゅん番に見た
次は　先生の番
先生に近づくと
急に先生がにげ出した
ぼくは　すぐにわかった
先生は　つめがのびている

先生を追いかけて
つめを見た
やっぱり　少しのびていた
「ちゃんと　切ってください」
ほけん委員として
ぼくは　きっぱり言った

先生を注意するって
とっても　気分がいい
先生の　先生になったみたいや

バスのおっちゃん

和歌山県・小4　前東　尭

「おねがいします。」
と言ってバスに乗る。
「おっちゃんクイズしよ。」
「いいよ。」
「十たす三は一、
　どうしてでしょう。」
「わからんな。」
答えを言ったら
「おお、そうやった。」
バスの中は
大わらいになる。
おっちゃん、
いつもありがとう。

宇野重吉さん

東京都・小6　千葉　徳子

宇野重吉さんがなくなった。
ガンにおかされ
手術後　弱った身体でも
演出家として　俳優として
りっぱにつとめた。
舞台裏では演じることなどできぬほど弱って
　いたのに
舞台に出たとたん
普通の元気な人
いや、それ以上の演技を見せたという。
本当に　生涯を演技で過ごし　演技で閉じた
　といえる。
役の中で宇野さんは
「石にしがみついてでも　この道を歩んでい
　きます。」
と言った。
おそらく最後の演技の時
宇野さんはセリフとしてではなく
自分自身に　そう語りかけただろう。

おめでとう

高知県・小2　谷内　志せい

小さいときから
やさしくしてくれた
となりのおにいちゃんが
きょう
せい人しきをむかえました。
ぼくとおねえちゃんで
お金を出して
かすみ草とカーネーションの
花たばをあげました。
ぴっかぴっかのようふくで
いい顔で
「ありがとう。」
といってくれました。

頼朝の墓

東京都・小6　倉又　信一郎

「えーっこれが頼朝の墓。」
もっと大きくて
かざりとかが
ついていると思ったのに。
でも、この中に
頼朝が入っていると思うと
とってもなんだか
うれしくなった。
頼朝に会えた。
今、僕の目の前にいる。
僕は、頼朝の顔が
思いうかんだ。

左義長

石川県・小5　徳田　陽一

パーンとけんじゅうのようになった。
竹のつつがやぶれたんだ。
どさどさとくずれてきて
けむりがぱっと空にまい上がっていった。
雪がふってくるのも
おし上げるくらいに　まい上がっていった。
その時、
ぼくたちの心も　いっしょになって
とんでいった。

やぶ入り

和歌山県・小2　池林　はやと

一月十五日は、
およめに来たおかあさんが
生まれた家に帰って
ゆっくりできる日と
おばあちゃんが教えてくれた。
おばあちゃんも帰るのかな。

あき田の生はげ

埼玉県・小2　柳　宏和

あき田のおじいちゃんの家に行った時
夜　生はげがきました。
ドンドンとげんかんの戸をたたく音がして
「わるいやつはいねえか。」
どなりながら入ってきました。
青生はげと　赤生はげでした。
はが下に出ていました。
かみの毛が　ボサボサで長かったです。
はじめて見るのでドキドキしました。
こわかったので
おじいちゃんのうしろにかくれました。
赤生はげが　おにいちゃんをだきかかえて
にせのほうちょうを首にあてました。
おにいちゃんはわらっていました。
つぎはぼくの番と思ったので
いそいで二かいに　にげました。
ふとんの中にかくれました。
「わお、わおう。」
どなった声がきこえてきました。
ドキドキしてふとんをかぶっていました。
生はげが
どん、どん、とあるいている音がしました。
いまにも　あがってきそうな音でした。
「さらば。」
という声がきこえて
げんかんの戸がどんとなりました。
生はげがやっとかえったみたいです。
ぼくは下へおりていきました。
おじいちゃんがわらいながら
「おっかなかったのか。」
と言ったので　ぼくは
「べつに」
と言ってストーブのそばにすわりました。

大地震

兵庫県・小4　畑中　ひろみ

「早くふとんの中にもぐれ!!」
と言う父の声。
「バリン　ゴロゴロゴロ　ゴー　ガッ
　シャーン」
すごい音。
辺りは真っ暗やみ。

数秒たつと　ゆれはおさまった。
ガラスの破へんがあちこちに
あーあ　もう家はぼろぼろ
住めるのだろうか、心配だ。
おふろはタイルがはがれ
家のまわりのへいはくずれ
もう　ぐちゃぐちゃ。
もう大地震なんてまっぴらごめん。

木そ馬そよ風号

岐阜県・小3　山川　晋平

はじめて馬のたづなをもった。
馬は歩いてくれるかな。
ぼくの心ぞうはドキドキしてきた。
ふりむいて馬を見る。
耳がぴーんとたっている。
たづなを少しゆるくひっぱる。
頭をぐいーっと上へあげた。
大きな目でじっとぼくを見ている。
ぼくは後ろむきで一歩、二歩。
そよ風号は
ゆっくり前足を一歩動かした。
そして、しっぽをふわふわとふる。
ゆっくり歩きだした。
ぼくの後からついてくる。
ぼくはなんだかうれしくなった。
とてもかわいく思えた。

だれもいない遊園地

東京都・小5　西俣　晃喜

じゅくの帰り
だれもいない遊園地でぶらんこをこぐ。
「ギーコギーコ」
音がする。
くさりに耳をあてたら、
前より大きく、きこえた。
ぶらんこを、おもいっきりこぐと、
風をきって、ぶらんこがゆれる。
さがると、
高い所から、つき落とされたように、
ひやっとした
こぐのをやめて　とびおりた。
ぶらんこが
だれもいない遊園地で、
「ギーコギーコ」
音をならして、うごいている。

お年玉年がじょう

高知県・小3　敷地　美佳

今日の夜、
お年玉年がじょうを見た。
いっしょうけんめい見た。
あっているかなあと思ってやった。
当たりますようにと心でいうて見た。
おしいっと思うがもあった。
二十まいばあああったけん、
大へんやった。
数を言いながらやった。
「ちがう、ちがう」
と言うてやった。
小林先生がくれたがが、
五等に当たったちょった。
小林先生、すごくうれしかったぜ。

仲がいいんだな

沖縄県・小3　宮良　一美

お父さんが
おさけのんで帰ってきた。
お母さんとふたりで
ふとんの上で
ダンスをした。
手をとり合っていた。
私は、ふとんにかくれて
見ていた
仲がいいんだな。

夫婦

秋田県・小4　斎藤　久美子

夫婦っていいもんだな。
よっぱらって、寝ている父さんに、
そっと毛布かけてやっている母さん。

温かそうな毛布の中で、
気持ちよくねむっている父さん。

そばでニヤニヤしているわたしに、

「なに……」

とはずかしそうな母さん。

「やっぱし夫婦だな。」

って言ったら、

「かぜひいたら大変だべ。」

と言いわけみたいに言う。

夫婦っていいな。

父さんはなんにも知らないで、
安心しきってねむっている。

カレーはおいしかった

奈良県・小3　尾山　ゆうすけ

少林寺から帰ってきて
お母さんが作ってくれたカレーをたべた。
中にはやさいがいっぱいで
肉も入っていた。
ひさしぶりのカレーだ。
とてもおいしい。
お母さんが作ってくれた
カレーをまたたべたい。

ふみきり

東京都・小5　仲山　邦明

学校へくるとちゅう、
ふみきりのそばになんかたっている。
えいごで書いてある。
だから、僕たちにはわからない。
アメリカ人はあんまり通らないから、
僕たちにもわかるように、
日本語でたてたがいい。
日本人のいのちを大事にしろ。

ゆかわひできはかせ

東京都・小3　松永　幸一

先生がしゃしん見ていた。

「それ、だれ。」ときいたら
「ゆかわひできはかせだよ。

日本で一ばん頭のいい人だよ。

だからノーベルしょうをもらったの。」

といった。

「先生もノーベルしょうもらいなよ。」

「あたまわるいからもらえない。」

「いっしょうけんめいべんきょうすればきっともらえるよ。」

先生がよろこんでわらいました。

きゅうしょく大すき

福岡県・小1　川の　ちよ

きゅうしょくが大すきだから
やすみたくない。
びょうきになってもやすみたくない。
えんそくの日やがっこうがやすみの日も、
きゅうしょくをたべにいきたい。
いきたいきもちがつよすぎて
びょうきにならないように、かみさまにいのります。

おふろ

埼玉県・小2　森村　ひで

「おふろにはいりなさい。」

と　おかあさんがいいました。

「ぼくは、ママとはいるんだ。」

というと、おとうさんは、

「ママは　パパのおよめさんだから　パパがママといっしょに　はいるんだぞ。」

と　いばる。

ぼくも　まけずに
「ぼくは、ママのおなかから生まれたんだから、ぼくが　ママと　はいるんだ。」

と　いいあう。

でも、ママはいそがしいから、
いつでも、パパと　ぼくと　しげおくんと
三人で　はいる。

おふろ

長野県・小2　宮田　かずのり

ジャプンと
一ばんさきに

おふろに、とびこんだら　あつかった。
「あっつーい。」
と　どなった。
かあちゃんが
「うめるか。」
と　いった。
ぼくが
「うめろー。」
と　いうと　かあちゃんは
シャベルで　雪をすくってきて
ぼくの　せなかに　ガーッと　かけた。
ぼくは　あわてて　とびこんだ。
いい　きもちだ。

じてんしゃ

東京都・小1　たけうち　エミこ

わたしは　じてんしゃに　ぶつかった。

足を　けがして　うちに　かえった。

「おかあさん。」

とよんだ。

おてあらいの　ほうから
「なあに。」

と　こえが　きこえて　きた。

「でんしんぼうにぶつかってけがしたの。」

といいました。おかあさんが
「ばかね。」

といいました。

わたしは　はじめから
いわないほうが　よかった。

ガンジーが死んだ

東京都・小4　中島　啓雄

「りんじ、ニュースをもうしあげます。」
夕はんをたべていると、
アナウンサーがあわて声でいった。
ぼくは、はっとした。
茶わんをおいて、ラジオを聞いた。
ガンジーが死んだ。
インドのガンジーがころされたのだ。
一月二十九日の午後五時ごろ。
ガンジーは夕べのいのりに出かけた。
ドン、ドン、ドン、ピストルがなった。
三つめの弾がガンジーのむねにあたった。
ガンジーはたおれた。
人ごみの中にまぎれこんでいた
ヒンズー教の青年が、ピストルをうったのだ。
ガンジーはいつも、
インドの独立を考えていた。
いつもインドの平和を考えていた。
そして世界の人からうやまわれていた。
ぼくも、白い目がねをかけた
おじいさんのガンジーを、
ときどき新聞で見ていた。
そのガンジーがころされてしまった。
「死んでおしまれる人でなければ、だめだ。」
いつか先生がいったことばを思い出した。
ガンジーは、おしまれるだけ、インドや世界
　のためにつくしたのだ。
ガンジーをころしたやつを、
世界中の人がにくめ。

みそじる

山形県・小3　佐野　武義

しもが降っていた。
だけど
おかあさんのみそじるたべると
いっぺんにさむいのがとんでいく。

まな板の音

東京都・小6　森　東一郎

学校から帰ると、
まな板の音がきこえた。
コンコンコン。
台所まで走った。
一しゅん母が生きかえったのかと思って、
父が夕食の準備をしていた。
ぼくは、まだ、
母の作った、みそしるを、
のんだことがない。
母が作ったみそしるは、
どんな味がするんだろう。

1月
―季節

☆北風
☆雪
☆風邪
☆しもばしら
☆つらら
☆冬の空
☆冬の月
☆冬の星
☆書き初め
☆ししまい
☆初市

☆松の内
☆鏡開き

ゆき

東京都・小2　あべ　えみ子

わたしがこけた。

知らない人が
「あはは。」

とわらった。

その人もこけた。

たこあげ

滋賀県・小3　川合　暁子

ゆう子が
ようち園で作ったたこを持って帰ってきた。

「お姉ちゃん、たこあげしよう。」

と言ってきた。

でも、私は、

「もうお正月すんだでえ。」

と言った。

そしたら、ゆう子が、

「たこって、お正月にするもの？

　お正月じゃない時にやったらあかんの。」

と言った。

私は、ドキッとした。

「あ、そやな……。」

と、思わず言ってしまった。

風邪で、外は、
あまり行ってはいけないけれど、
もう、「そやな。」と言ってしまったのだからしょうがない。

私はジャンパーやマスクをつけて外に出た。

「ヒュー。」

「寒い。」

でも、もうにげられない。

タタタタタッと走ったらあがった。

「たこ、たこ、あがれ。」

と、ゆう子が歌う。

何度もやっていたら、あったかくなってきた。

私は、マスクをとり、ジャンパーをぬいだ。

それから、楽しい時がすぎた。

そして、四時になった。

私たちは、中に入った。

たのしかった。

たこあげ、またやろうね、ゆう子。

天気よほう

埼玉県・小3　土岐　彩子

どうして、天気よほうだと、

「雪になる心配はありません。」

っていうのかな。

雪がふるとわるいみたい。

子ども天気よほうなら
「雪がふらなくて、ざんねんですね。」

っていうのに。

子ども天気よほう　あったらいいな。

お正月のお花いけ

大阪府・小3　柴山　和佳子

おばあちゃんが
なんてんのえだを
あっちむけたり
こっちむけたり
こんどは、自分の首を
うしろへひっこめたり
体をななめにしたり
はさみで、
あっちのえだをチョキン
こっちの葉を、チョキン
えだも葉もなくなれへんかしら
おばあちゃんのかおをみたら
おちょぼ口してすましてた

お正月っていいなあ

大阪府・小3　時岡　ゆかり

お正月っていいなあ
勉強をしなくてもいいし
ごちそうだって
たくさんたべられるし
お年玉だってもらえる
それに少しぐらい悪いことをしても
おこられない
だれの顔を見ても
おこっている人一人もない
みんなわらっている
お正月っていいなあ

風　花

長野県・小3　高橋　康人

「雲もないのに雪がふったね。」
とぼくがいったら、
おかあさんが
「それは風花といって風の花と書くんだよ。」
といった。
風の花か。
だから花びらが落ちるように
ふわふわまって落ちたのだな。
風といっしょに
おどりながらまってきたのだな。

あかぎれ

東京都・小3　井上　吉郎

ぼくのあしのおやゆびに、
あかぎれができている。
とってもいたい。
いつもかる石でこすってる。
でもなおらない。
クスリをつけてもなおらない。
いつもおにいちゃんに、
「よしお、じじいじゃねえの。」
っていわれる。
まったくくやしい。
おかあさんに、
「あしのおやゆびなんかきりたい。」
っていったら、
「ばかだなよしお、おやゆびなんかき
　ったらしんじまわあ。」
ぼくはこわくなった。
どうしよう。
ぼくのおやゆびのあかぎれよ。

オリオン座

埼玉県・小4　寺尾　久美子

雪のこおる夜、
大空をゆっくりと歩く

オリオンの足おと。

ゆ　き

和歌山県・小4　小坂　由香

ふわふわふわ
ふわふわふわ
パラシュートでおりてくる
ちいさな　ちいさな
ペンキやさん

冬の朝

徳島県・小4　横田　葵

まどのむこうを見てみると
いつも見なれた景しき全てが
銀世界にかわっていた。
雲のすきまから太陽が顔を出し
金色の帯が銀世界を包みこんだ。
するときらきらとかがやき始め
まるで銀世界に星がおりてきたようだ。
――わたしも今から行こう。
あの美しい銀世界に、そして、
何をして遊ぼうかな。

雪の夜

秋田県・小5　佐藤　とし子

ひそひそと　雪がふっている。
家ではこんやも
たばこのしでいそがしい。
兄も父も
だまってたばこをのしている。
母も姉もだまっている。
暗かったまどが
急に明るくなった。
自動車のライトだ。
もそもそふっている雪のかげが
まどから見えた。
自動車は苦しそうな音をたてて
通っていった。
みんなは　だまって
たばこのしをしている。

雪

沖縄県・小5　与那覇　直美

雪って
どんなに　ふって来るのかなあ。
いつも、
テレビで　見てるけど
サラサラかなぁ。
それとも、
わたみたいに、
ふわふわかなぁ。
それとも、
雨みたいに
ザーザーかなぁ。

雪って
どんな手ざわりしているのかなぁ。
さとうみたいに
ザラザラかなぁ。
アイスクリームのように
つめたくて、ベトベトかなぁ。

一度でいいから
雪で遊んでみたいなぁ。
雪合戦や、雪だるま。
それに、
雪ぞりや、スキーで、
遊んでみたい。

どこか、雪のある所へ
行ってみたい。

雪だるま

山梨県・小6　鈴木　康嗣

いつもはだか。
寒いだろう。
ぼうし代わりのバケツをのせて、
一人ぼっちで立っている。
家に入れてあげたいけど、
それはむり。

1月 ——家庭生活

☆初もうで
☆おとしだま
☆年始のお客さん
☆七草がゆ
☆雪だるま
☆こたつ
☆雪かき
☆雪おろし
☆だるま市
☆こたつ
☆竹馬
☆かまくら
☆ストーブ
☆福引き
☆つらら
☆スケート
☆たこあげ
☆はねつき
☆かるた
☆すごろく
☆トランプ
☆ゲーム
☆こま
☆福わらい
☆百人一首
☆日記の書きはじめ
☆雪の道
☆しもやけ
☆氷
☆火の用心
☆今年の計画
☆オーバー
☆マフラー
☆ひび

こ年の目ひょう

東京都・小1　田山　大き

一月一日のあさ、お父さんに
「ことしの、目ひょうは、なにかいっ
　てください。」
といわれた。
「一つは、くだらないものはかわない。
　二つめは、わがままをいわない。
　三つめは、ぜんそくをなおす。」
といった。
おとうさんに、
「これがまもれればりっぱです。」
とほめられた。
一つめのもくひょうがまもれるかどうか、ち
　ょっと、ふあんだ。
でもがんばろう。

お正月あそび

東京都・小1　こんどう　ななみ

はねつき
カルタ
こままわし。
お正月がおわると
やめちゃうのは
どうしてかな。
お正月がおわっても
ずうっと　やりたいな。

だるまうり

長野県・小1　もりや　かずき

お正月は、ぼくはいそがしい。
うちで、だるまや　えんぎや、
まねきねこをうっている。
ぼくは、
「だるまはいかが。」
と言うんだよ。
まえまでは、
「だるまさんは、いかが。」
と言っていた。
そのうちにいそがしすぎて
「さん」がぬけてきた。

ぼくは、のどがかれるほど、
大ごえをだす。

スケート

山梨県・小2　あきやま　ひとし

みんなでスケートにいった。
はじめは　みんなこわごわ
スケートぐつで立った。
ぼくもこわかった。
すこしあるくと
すぐにすべれた。
あっちこっちにころんでいる人もいる
ぼくもころんだ
足くびがいたかった。
おしりですべってとまった
みんながわらった。
ぼくもわらった。
ふじさんがきれいだった。

おすし作り

島根県・小2　まなべ　かおる

「夕ごはんはおすしだから、よういしてね。」

お母さんの声。

いつものうちが、
あっという間におすしやさん。

お父さんは、いた前さんにへんしん。

「たまごいっちょう。」

わたしも、見ならいさんにへんしん。

「たこいっちょう。」

でもはじめてだから、
ごはんがくずれてしまいます。

「おいしいよ、かおるじょうずだね。」

お姉ちゃんたちがほめてくれたから、
どんどんうまくなってきました。

いた前のお父さんに、

「いくらを作って。」

ってたのんだら、

「いくらいっちょう。」

と、にぎってくれました。

すごくおいしかったよ。

こんどするときは
お父さんみたいに　じょうずににぎるよ。

ふくわらい

長野県・小3　荒井　佳子

わたしは、お正月休みに
家でふくわらいをした。
はじめは、弟のとしゆきがやった。
目が顔のそとに出て、
鼻が左の目のところにきて、
口が鼻のところにきている。
とても、へんな顔だ。
おもわず　大声でいもうとと
わたしでわらった。
弟も、目かくしをとってわらった。

弟のぜんそく

東京都・小3　鑪　美代子

朝、弟は薬を飲む。
でも、
飲みにくい薬を飲むと
すぐ、
ごはんといっしょにはいてしまう。
お兄ちゃんが、
「きたないからはくなよ。」
と言うと、お母さんは、
「自分がなったらどうするの。」
と、こわそうに言った。
夜、
ハア、ハア、ゼーゼー、
弟は、顔をまっ赤にして
おなかをおさえていた。
弟のこんなぜんそくを
なおしてやりたい。
毎日、
かんぷまさつをするんだよ。
おねえちゃんといっしょにやろうね。
弟がねてから、そう思った。

お正月

秋田県・小4　佐々木　和敏

お年玉たくさんたまった。
お年玉って、だれが考えたんだろう。
その人ほめてやりたいな。
昔は金じゃなく品物もらったんだって。
先生は手ぬぐいもらったと言ったけど、
手ぬぐいで、うれしかったのかな。
手ぬぐいなんかより、
お金がよかったんだろうな。

七五三

東京都・小4　滝原　明菜

弟の七五三
七五三は、一度しかない。

それなのに弟が
「あそびたい。」

と泣きわめいた。

なみだが、着物のえりに落ちた。

白かった所がみどりにそまった。

その時、お母さんが、

「だったらやらないからね！」

とおこった。

「やらなくていい。」

と弟。

私が自分たちの時の写真を見せた。

私と上の弟の七五三。

弟が
「やる！」

といった。

着た弟は、とびながら笑った。

お母さんも笑った。

たこあげ

群馬県・小4　渡辺　敬子

お正月にパーマンのたこを買った。
「女のくせに、たこなんか買って
たこあげは男の子のするものだ」
「女は羽つきするものだ」
と母はきめつけてくる。
そんなことへいちゃらだ。
男の子のマアチャンときょうそうした。
風が強くふきあげてくる。
わたしのパーマンがぐいぐい
マアチャンを追いこした。
たこあげに男も女もない。
みよ。
パーマンが高く上がっていくぞ。

こま回し

岐阜県・小4　小林　凌大

こまを回した
こまがいきおいよく回っている
赤と青色がまざって
むらさき色になる
こまが止まったとき
赤と青にもどった
こまは回りながら
きれいな色を見せてくれる

ぞうに

埼玉県・小4　高橋　雅臣

今日の朝、みんなでぞうにを食べた。
ぼくは大きなもちを食べようとした。
そうしたら、
かみ切れなくてつっかえてしまった。
ぼくは、
「クッ！」
と言ってあわてた。
息が出来なくてもがいた。
最後にむりやり
手を口の中につっこんで、
中のもちをむしりとった。
ぼくは久しぶりに、
ヒヤヒヤしてびっくりした。

ケナフのすごさ

愛知県・小6　樋田　和大

ケナフは
かれたら　ただのごみ

でも本当は捨てるとこがない
葉っぱは食べられる
かんそうして粉にして料理に入れる
クッキー　たこ焼き　シュークリーム
チャーハン　クレープ　ポテトチップス
天ぷらとかきあげ
ぼくは
ホットケーキを作った
うまかった
栄養は牛乳の四倍だ
くきの皮はロープに
しんは炭になる
それに二酸化炭素をいっぱい吸ってくれる
地球がケナフでいっぱいになったら
きっと空気はきれいになる
ケナフはすごい植物だ

七草がゆ

和歌山県・小5　玉置　よしみ

朝、七草がゆを食べた。
七草全部入っている。
ほかほかして、
七草がごはんの中にかくれている。
食べ終わってから、
突然お母さんに聞いた。
「これって、
かぜをひかないために食べるんやろ。」
「うん、そうやあ。」
お母さんが言った。
私は七草がゆが好き。
ちょっとみそ味がしておいしいから。
ずっと健康でいられるといいな。

スキー

東京都・小5　細田　高茂

「よいしょ。」

「いくぞ。」

「スタート。」

スピードが出る。

スキーをそろえる。

こしとひざをまげ、
体を前にたおし、直滑降の姿勢にする。

ひざのバネをきかす。

ヤッケがパチパチと風で音をならす。

新雪に入って止まった。

上がって来る時、おじさんが、

「六十キロぐらい出たよ。」

と言った。

えっ、自分で六十キロも出したのは
はじめてだ。

こたつ

徳島県・小6　松浦　博司

こたつは、だんらんの場。
今夜も家族で、こたつを囲む。
みかんの皮をむきながら、母は話す。
「博司、宿題できたんえ。」
「こうすけ、学校おもしろかったで。」
みかんの皮をむきながら、
祖母もにこにこしている。
ふろから出て来た父も、こたつに入る。
外はヒューヒューと風の音。
だがこたつには、
家族の優しさと暖かさがある。

父の手

徳島県・小6　豊田　治信

スコップのような大きい手
ざらざらとあれている手
もらったげんこつが痛い
とりえのない手だ
と思っていたのに
台風十号
友だちの家が流され
地ひびきをたてて
くずれる山
避難する手を
しっかりと握ってくれた手
胸にバキッときた
とてもあたたかい
力強い手

1月

―学校生活

☆冬期休業終わり
☆始業式
☆冬の登校
☆たこあげ
☆テスト
☆誕生日
☆ストーブ
☆体育（スキー・スケート）
☆雪がっせん

雪

高知県・小4　林　佑哉

「いやー、雪」
みんなが　いっせいに窓の外を見た
どんどんふっている
前が見えなくなりそうだ
あの中を思い切り走りたい
でも
今は授業中

キーンコーン　カーンコーン
ヤッター　休み時間
ぼくは外にとび出した
でも
ふっているはずの雪が
どこにも見えない
あーあ
雪も休み時間か

百人一首

東京都・小3　飯星　潤耶

ぼくはいっぱい練習して、
百人一首をおぼえた。
なかなかうまくおぼえられない。
「わびぬればー。」
でも、いやにならずにがんばった。
暗記した枚数がクラスで一番になった。
だれかに追いこされそうになった時、
ぼくは自分の実力を出してがんばった。
いよいよみんなの前で、
百枚にちょうせんした。
「夕されば」「君がため」「嵐ふく」
あと一枚で合格だ。
「春の夜のー」
「夢ばかりなるたまくらにかひなくた
　たむ名こそおしけれ。」
みんなの大きなはく手が、
教室中にひびきわたった。

冬の登校

北海道・小5　高木　美里

「ピンポーン」と
チャイムが鳴った
急いでしたくをして
げんかんの戸を開けると
いつものように〝初美〟さんが立っていた
「せーの　オッハー！」
と二人で言う
こう例の朝のあいさつである
そして　やはりいつものように
「さむー」
と私が言うと　初美さんが
「かなり寒いよねー」
と　家のそばにある近道をいつも通る
そこは坂になっている
寒さで地面がこおっているため
けっこうこわい
下手をするとコケてしまうので
そおっとおりるが
それもこわい
だから今日はスタイルを変えた
勇気を出してダッシュしてみた
すると何事も起こらずにおりれた
「はー今日はすべらないでおりれたー」
と　ほっと一息つく
そして　そのまま学校へ行った
ドキドキハラハラの登校だった

し　も

大分県・小3　長谷部　一郎

あさ、学校に行こうと思って
戸をあけると
まっ白なしもがおりている。
しもは、ぼくに「つめたいぞ。」といっているみたいだ。
ぼくは「しもなんかにまけてたまるか。」と思った。
だから、けさは、ポケットに
手をいれてこなかった。

はじめての円書き

静岡県・小3　勝又　ようすけ

学校ではじめて
コンパスを使った。
きのう、家で
すごくれんしゅうした。
けど、今日うまく書けるか
心配だった。
「プチン」
さっそく指をさした。
あわてて指をなめた。
くるっと、じょうずにまわすのは
むずかしい。
いっぺんには回せられないので
半分ずつ書いた。
手にあせをかいていた。

カ　ゼ

愛媛県・中2　重田　小百合

教室を見回す
いくつかの席が
あいている
授業中
やっぱり
いつもとちがう
静かだ
どうしたんだろう
風がよく通る
はっきりいって
寒い
先生がおっしゃった
「今日は○○さんがおやすみです。」
今
私のクラスでは
さかんにせきの音が
よく聞こえる

1月

―植物

☆門松
☆ウラジロ
☆アオキの実
☆千両
☆枯れ木
☆チャの花
☆ゼラニウム
☆コチョウラン
☆ハボタン
☆冬イチゴ

☆コマツナ
☆リュウの玉
☆ミツマタ
☆カンザクラ
☆オモトの実
☆ダイダイ
☆ザボン
☆セロリ
☆チョロギ
☆サトウキビのほ
☆ワビスケ

☆ノリ
☆フクジュソウ
☆ロウバイ
☆スイセン
☆ツバキ
☆シクラメン
☆ベゴニア
☆ハルジョオン
☆ヤブヘビイチゴ
☆タチツボスミレ
☆ダイコン

ろうばい

東京都・小1　三上　しゅんすけ

くんくん、
いいにおい。
くんくん、
パイナップルのにおい。
くんくん
りんごのにおい。
くんくん
いちごのにおい。

土をもちあげた　すいせんのめ

岩手県・小1　つきのきさわ　あきこ

すいせんのめが、
土をはんぶん　もち上げていた。
土には、ひびがはいっていた。
きみどりと、きいろっぽかった。
わたしは、
その土をとってやろうとおもって、
ちょっとさわったけど、
土をおとすのをやめた。
ふつうに、おがったほうがいいとおもった。
きれいな花を、さかせてね。

ごむのき

北海道・小1　つづき　ひろむね

きょう　ぼくは
ごむのきを　きずつけたら
しろい　しるが
たらたらと　ながれてきました。
ぼくは
これで　ながぐつが
できるかなあと　おもいました。

シンビジウム

東京都・小1　横山　はるな

お花が

カーテンのほうをむいています。
たいようが大すきです。
はっぱもそとをむいています。
おそとが大すきみたいです。
花びらのまん中はお口みたいです。
「おそとにいきたい。」
といってるみたい。

ふくじゅそう

福井県・小1　たかはし　みほ

ふくじゅそうがさいた。
きいろいはなびらは、
とてもやわらかそう。
小さなつぼみも二つふくらんでいた。
おかあさんに、
「あわてんぼうの花だね。」
といったら、
「ちがうよ、
　はるに一ばんさきに、
　さく花なのよ。」
と、おしえてくださった。
「もうすぐ、はるですよ、
　という花だね。」
といったら、おかあさんは、
「そうよ。」
と、にっこりわらった。

プリムラ

東京都・小2　村田　あや

プリムラの花がさいた。
きれいで、かわいい花。
わたしが水をあげたら
しゃべってるよう。
こんなふうにしゃべってる。
「わたしはプリムラよ。
　おせわしてもらって
　たすかるわ。」
わたしも声をかけたくなった。
「プリムラってきれいだよ。」

かどまつ

東京都・小2　よこた　まい子

かどまつさんって
たいへんね。
お正月になると、
一日じゅう
門の前に立っている。
わたしだったら
すわりたい。
夜はさむいでしょうね。
わたしだったら
家の中に入りたい。
かどまつさん
お正月をつれてきて
ありがとう。

つばき

高知県・小2　片山　樹

先生が　つばきを　とってきた。
先生の　頭が　ぬれていた。
ようふくも　ぬれていた。
つばきの　花も　ぬれていた。
はっぱも　ぬれていた。
外では　雪が　いっぱい　ふっている。
「先生、さむかったろう。」
「うん、さむかったよ。けど　この　つばき
　きれいなろう。」
花びんに　つばきを　さした。
教室が　ぱあっと　明るくなった。

うえ木

大阪府・小2　増田　まさひろ

雪がつもった
やねも　道も　うえ木にもつもった。
うえ木のほそいえだにもつもった。
ほそいえだがちょっとでもおれると、
なん千円とそんする。
ぼくとおかあちゃんと
ぼうで雪をはらった。

シクラメンの花

三重県・小3　千草　信子

おとうさんが買ってきた
ひとはちのシクラメン。
一りんだけ赤い花がさいている。
みじかい草の間から
ぬっと出ている。
みどりのまる葉の下から、
長いくきが、すらりとのびて、
ちょうちょのような形をした花。
さわりたくなる。
つくえの上においてみていると、
もう春がきたみたい。
気持ちがあたたかくなる。

やぶこうじ

岐阜県・小3　水野　広子

ぎょうぎよく一れつにならんだやぶこうじ。
おなじせのやぶこうじ
門の入り口から
げんかんの近くまで
道にそってきれいにならんでいる。
青い一本の線のよう。
三日月のような曲線。
おとうさんと夕方までかかってうえた
やぶこうじ。

セントポーリア

東京都・小3　芦葉　美紀

セントポーリアの花の
きれいなむらさき色。
先生が、
「この花の色のセーターきてみたいわ。」
といった。
また一つ、やさしい花がさきはじめている。

雪

山口県・小4　村上　節子

なんてんの上の雪、
花のようだな。
いらってみようでと
ちょっとさわると、
みんな、ぱらっと散った。

まんりょう

兵庫県・小4　吉村　ゆき

おばあちゃんのへやの
ぶつだんにかざってあった赤い実
かたまって
小さなさくらんぼみたいに
ぶらさがってる
みどりのはっぱが18まい
その中に赤い目ができたみたいに
光ってる
おばあちゃんに
「一本だけちょうだい」て
もらってきた
今は教室の白いテーブルの上で
ちゃいろのびんにさしてある
ぶつだんの時より
明るい赤で光ってる

ベゴニア

東京都・小5　石川　民子

いつも咲いているベゴニア。
母が大切に育てた
母のたから物。
朝に晩に水をやり、
寒い日には部屋の中で育てた。
ぽっぽっぽっと赤い小さな花が
光を出している
明るい人になりなさい、
と語りかけている。
一度は枯れかかったベゴニア。
母はあきらめずに世話をした。
弱々しかったその花は、
今、鉢いっぱいにしげっている。
「花の命のあるかぎり
　きれいな花を咲かせたい。」

とつぶやく母。
今日も母はベゴニアの世話をする。

幸福の木

東京都・小5　伊藤　知恵

うちにある小さな木。
一年生のとき買った木。
葉が落ちていたけど、
新しい葉が出てきた。
もう安心。
うちの幸福を守ってね。

ほうれんそう

埼玉県・小5　武藤　操

雪がうんとつもった。
テレビが「大雪注意報」と言った。
父ちゃんと、母ちゃんで、
大いそぎで、ほうれんそうをとって、
バラックに入れた。
ほうれんそうに花がでたら、
もう、うりものにならない。

雪がふっているのに、
母ちゃんと、
バラックの中でほうれんそうをたばねた。

のりつみ

鳥取県・小5　吉田　和恵

波がくるたびに
のりが、ゆらゆらとゆれる。
波がひくと
岩にぴったりとくっつく
おとうちゃんは
のりが
ぴったりくっついているところから
のりの上に、はいをおとしていた。
波がおとうちゃんの
かっぱの前にかかった。
それでも、まだとっている。
おかあちゃんは
波がきては
にげにげしている。
わたしも
波がきては、にげにげとった。
おとうちゃんが
いちばん多くとった。
わたしは、ちゃわんに
三ばいぐらいだ。
手がつめたかったから
島で、むぎわらたいてあたった。
雪がふりだした。
のりをとる手に
雪がかかっていたい。
おとうちゃん
帰ろう。

ぼだいじゅの種

埼玉県・小5　広瀬　雅人

くるくるまわりながら種がとぶ
ぼだいじゅは何万年かかって
これを作り出したんだろう
すごい木だな
ぼくはだまってぼだいじゅの種を見ていた
木村君が見まねで種を作った
ぼくも一しょに作った
実物を計って形をかえたり重さをかえたりした。
重すぎるかな
どんな紙を羽にしようかな
羽さえよければ
ぼだいじゅの種は空をとべる
「こんどはいけるぞ」
木村君が上に投げると
くるくるまわりながらとんだ
みんなが見上げた
ぼくにはストローも紙もテープもあるから作れた
何ももたないぼだいじゅはすごい木だな。

うめ

福岡県・小6　古田　晋平

「あっ。」
けんちゃんが言ったから
走っていってみた。
いまにもおれそうなぼろぼろの木に、
ちゃんと、つぼみをふくらませて、
うめがさいていた。
「もう、うめがさいとうね。」
「こんな木にようさけたね。」
うめの木をじっと見ていた。
みんなが帰ろうとしたとき、
そっと、におってみたら、
鼻がつうんときた。
うめの木はもうすぐ春だよと
知らせるみたいにきれいに咲いていた。

ポトス

福岡県・小6　池田　晴香

にょきっと生えている根。
ぱっと生えている葉。
この一つ一つが生えるとき。
それは、私が親になるとき。
一本根が生えると、
人間の子どもなら、
初めて歩けるようになる。
一つの葉が生えると、
言葉がしゃべれるようになる。
朝、みるとまた一つ葉が生えていた。
　〝水がほしいな〟
「……」
声が聞こえた気がした。

ゆずり葉

京都府・中2　大杉　尭淑

友だちよ、
ゆずり葉の木を見ようではないか。
今、美しい緑の、新しい葉が出かかっている。
それはちょうどわれわれのようである。
古い葉は、厚くてたくましいが、
もう色がくろずんでいる。
それで、古い葉は新しい葉に
すべてのものを譲ろうとしているんだ。
新しい葉は、
古い葉の心がわかるように
いきいきと、今、手をひろげて春の日に
輝いている。
われわれは
古いものをうけついで
その精神を失わず、
それを、より立派に育ててあげて
親たちの心にむくいよう。
友だちよ今、
晴々と春の日が、ゆずり葉の木にさしている。
僕たちは、みんな心に太陽を持って
私たちの新しい明日の世界を
明るく、正しく、
きずき上げようではないか。

海苔取り

岩手県・中2　黄川田　忠逸

今朝父と海苔取りに行く
風の強い朝だ
父には漕がせないで僕が漕いで行く
海苔網が並んで浮いている
網の目が見えないくらい着いている
左手にざるを持つ　網も握る
初海苔だ
黒光りがして手ざわりがいい
網を握っている左手の方が
水に入れている手より冷たい
海苔網は波で蛇が進んでくるように見える
舟ぶちが杭と摩れ合ってギイギイとなる

1月——動物

☆ウサギ
☆キツネ
☆ネズミ
☆ウマ
☆ゾウガメ
☆クジラ
☆イルカ
☆ウシ
☆タヌキ

こうま

青森県・小1　ひなはた　うかさ

日よう日
まえみさんのこうまに
さわったよ。
やわらかくって　たおるみたいなんだ。
それにぶるぶるってふるえている。
ぼくとおんなじくらいの大きさで
からだが　みんなまっくろ
いっぱいげんき
ぼくがさわってると
おかあさんうまが
けんかのようにおこってくるから
ちょっとこわい。
おかあさんが
こうまをまもろうとしてるんだ。

モルモット

東京都・小1　みやざき　けいこ

うちのモルは、もらったとき、
すごくちいさかった。
モルは、とてもかわいかった。
でも、いまのモルは、
でっかくってふくらんで
まるまるふとっている。
でも、わたしやおかあさんがだくと
ほそくなる。
でぶになったり、小さくなったりして
うちのモルはおもしろいよ。
モルは、おくびょうです。
いつもあかるいところにいると、
くらいところにかくれる。
モルって、おかしいな。

みたんだぞ

宮城県・小1　いわたに　ゆう

すごいよ　すごい
びっくりするよ
白いイルカのパフォーマンス
ふかくて大きいプールの中で
三とうのイルカがおよいでた

イルカのはなからこえがする
キュー　キュー　キュー　キュー
きもちのよくなるこえだった
イルカのはなは　あたまのてっぺん
ちょっとあたまをあげるだけ
いつでもいきができるんだ
イルカのひれはイルカの手
キャッチボールもできるんだ
いろんなゲームもできるんだ
白いイルカはにんげんみたい
おしゃべりしたり　うたったり
なんかとってもびっくりだ
それもそのはずイルカには
にんげんとおなじへそがある
ひっくりかえったそのときに
ぼくははっきりみたんだぞ

はりねずみ

広島県・小1　たきぐち　ひさのり

どうぶつえんにいきました。
はりねずみのほうに　いきました。
やまもとくんと　ひらのくんがいました。
はっぱを　もっていきました。
はりねずみは、まんまるくなっていました。
ぼくは、はっぱで　つついてみました。
やまもとくんがいいました。
「そんなにしょうたら、
はりをとばしてくるぞ。」
ぼくは、「うそだろう。」といいました。
ひらのくんもいいました。
「こっからとばしたら、
　ぞうのところまでとぶぞ。」
しりませんでした。
すごいことができるんだな。

ネズミ

東京都・小3　草場　晃子

ネズミが道をちょろちょろしていた。
ネコが来て、ネズミをつかまえてしまった。
よし川さんとわたしは同時に、
「こら。」
と言っておいかけたけど、
やねの上に乗って
ネズミを食べていた。
ネコはネズミのせなかから、
おいしそうに食べていた。
すごいだろうと言うように
いばっていた。
ネズミがかわいそうだな。

のらねこ

東京都・小3　菅谷　詩織

わたしは
ねこが大大大大好き。
この前
わたしのすんでいる家の近くの橋で
ねこを見つけた。
いつもいつも
体をなでようと思ってるけど
なにかこわい目つきをしているので
なでられなかった。
ねこじゃらしを目の前でゆらしてみた。
「ばかじゃないの。」
みたいな目をした。
じゃれると思っていた。
ちょっとつまらなかったし
さみしかった。

イルカショー

大阪府・小4　児玉　直哉

すいぞく園で　イルカショー見てん
プールみたいなとこを
しっぽをふりながら
左まわりしてん
3とうのいるかが
3メートルぐらいジャンプした時
まがり方がえびみたいに
なってん
みんなからいっせいに
はくしゅがパチパチとあがってん
ぼくは

「もっと5メートルぐらい
ジャンプができたら
いいのになあ」と言ってん

クジラ

高知県・小4　中野　翔

船で、つりに行った。
ねらいは、シイラだ。
いとこもいた。
早くつれないかなあと、
見ていたら、
黒い物が、うかんできた。
小魚が、いっせいにはねた。
十二メートルくらいの、
クジラが、近くにいた。
カメラを持ってくればよかった
と思った。
しおも、ふいて、
海にもぐったり、
上がったりを、
くり返していた。
楽しいがやろうかと思った。
テレビで見たようだった。

馬

長野県・小5　斉藤　美恵子

草をしょって、
馬小屋へはいっていった。
馬小屋の中は、
ふんのにおいと、じめじめした空気で、
気持ちがわるくなりそうだ。

馬も気持ちがわるいだろうと思って、
わらをたくさんなげこんでやった。
じめじめしたわらの上へなげた。

すると馬がかわいたわらの上に
ごろんとねころんで　目をつぶったり
足をまげたりのばしたりして、
「ヒーン。」
とないた。

ゆったりと大きくゆれて
くるっと　立ち上がった。
そして歯をむきだすようにして
草をボリボリ食べ始めた。

たぬき

東京都・小5　中島　拓也

カサカサおち葉をふむ音がして
今日もたぬきがやってきた。
のそのそしてつかれているようだ。
まいたパンくずを
せっせと食べていると、
ほかのがもう一頭やってきた。
二頭のたぬきは、鼻をつけあって、
なにか話をしているようだ。
のこりのパンを口にいっぱいくわえて、
ぼくのほうをじっと見ている。
「ごちそうさま。」
といっているのかな。
それが終わるとたぬきは、
また山のほうへ帰って行った。
冷たい風がふいて山の中は寒そうだ。

狂牛病

京都府・小6　焼田　陽平

このごろ牛肉のニュースで
牛骨粉をえさにしていた牛が病気になって、
このごろ焼肉が食べられなくて困っている。
ぼくが大好きなラーメン屋も
牛骨を使っていてなかなかいけない。
「日本は危機管理ができてないから
　こういうときに困る……。」
とお母さんが言っていた。
そのため
今、焼肉屋や肉屋やラーメン屋などが
困っている。
早くこの問題がなくなって
牛肉や焼肉が食べたいなあと思う。

1月——鳥

☆サギ
☆ユリカモメ
☆オナガ
☆カイツブリ
☆ハヤブサ
☆カラス
☆ペンギン
☆ミソサザイ
☆チドリ
☆タカ
☆ツル
☆ミミズク
☆カモ
☆オシドリ
☆ミヤコドリ
☆ヒヨドリ
☆シジュウカラ
☆エナガ
☆ヤマガラ
☆ヒガラ

はくちょうにかまれた

東京都・小2　いとう　ゆき

はくちょうにえさをあげていたら、
ゆきの手をかんだ。
いたかった。
めぐちゃんが、
「だいじょうぶ。」
ほしくんも、
「だいじょうぶ。」
こうちゃんも、
「だいじょうぶ。」
といって、とってもうれしかった。
ゆきは、このはんて、
やさしいなーっておもった。
くぼ川先生が、
「はくちょうが『あなたのことすき』って、
いったのよ。」
っていってくれたから、
よかった。
いたみがとれてきた。
ゆきは、かまれた自分の手を
じっーとみていた。

わし

長野県・小2　中沢　ゆう

先生　あのね。
きょう　学校へいくとちゅう、
わしみたいなとりを見たよ。
わたしは、わしだと思ったよ。
それで　足のほうを見たよ。
そしたら　黒っぽいねこを
さらっていったよ。
びっくりしたよ。
ほんとうにびっくりしたよ。

にわとり

大阪府・小3　高橋　ゆき子

にわとりは、鳥なのになぜ空をとばないのか
な。
はねがわるいからかな。
神さまはにわとりをきらいだからとばしてく

れないのかな。
わたしがまほうつかいだったら、
にわとりをとばしてやるのにな。

オナガ

東京都・小3　堤　正和

ゲーイ、ゲーイと、なくのはオナガ。
かっこいいのに　へんな声でなく。
どうしてかな。
もっと、いい声で　なかないのかな。
毛むじゃらの毛虫を　食べたからかな。
今にも　おっこちそうなかっこうで　ないて
いた。

春をまっているすずめ

秋田県・小3　高橋　和範

つららをおとしていると、
のき下にすずめが一わいた。
ねむっているのかうごかない。
（このすずめも、
　春をまっているんだな。）
と、思ってつららおとしをやめた。
すずめは小さくなって、
春をまっている。
ふぶきがふいているけど、
がんばれよ。
早く春が来るといいな。

すずめ。

メジロ

東京都・小4　森田　英哲

一月十八日、
妙見坂を上ると、
きれいなグリーン色のメジロに会った。
一羽、二羽、三羽。
いっしょに枝を渡っていき、
大きなけやきの中に見えなくなった。
空に、
長い長い飛行機雲が、光っていた。

かもの家族

長野県・小4　若林　英二

川をのぞいた。家族でのぞいた。

「何かいないかな。」

「あっ何かいる。」

お母さんが指さした。みんなで走る。

「かもがいた。たくさんいた。」

「あれっ一羽大きいぞ？」

よく見たら、
九羽が子どもで一羽がお母さんだった。

「あれっかものお父さんがいない！」

どこを見てもいない。

お父さんは仕事へ出かけたのかな？

何の仕事かな？

川の近くのおじちゃんがパンをくれた。
ちぎって投げた。
子どもたちがみんな食べにきた。
でも、かもお母さんは食べなかった。
そばに投げても食べない。
自分の子どもたちに
全部食べさせてあげていた。
お母さんはりっぱだな。
ぼくの家族に似てるかな。

かり

長野県・小5　高橋　三郎

朝おとうさんが、山へかりにいった。
ベルが、草むらの中を、
みつめたままうごかない。
「それ」
といった。
ベルが草むらに　とびこんだ。
ほとんど、同時に、
ガタ、ガタ、ガタと、
音をたてながら
きじがとびたった。
ドカーン音をたてながら、
鉄ぽうが火をふいた。
はねが、ちらちら、
空から、ゆれながら、落ちて来た。

1月 ― 昆虫

☆クワガタの幼虫
☆キチョウの幼虫
☆カメムシ
☆スズメバチ
☆オオクロバエ
☆ガムシ
☆アブラムシ（カメムシ類）
☆マツカレハ幼虫
☆ユキムシ（カワゲラ）
☆ハナアブ

ゆきのした

埼玉県・小2　大の　ひでこ

ふゆなのに、
ちょうちょがとんでいました。
「とうちゃん、あのちょうちょ
　さむくて、しんじゃうよ。」
というと
「ふゆでてきたちょうは
　ゆきがとけると
　ゆきのしたの花になる。」
といいました。
ほんとかな。
ほんとならいいな。
ゆきのしたの花は
ちょうちょみたいです。

虫の冬ごし

東京都・小3　関沢　亮

かれ葉や、
石と石との間で冬みんしている。
虫は、冬は人間と同じで、
さむそうだ。
虫には、ストーブもないし、
こたつもない。
だから、かれ葉の下にもぐりこむ。
しぜんの中で、自分で生きて
いかなくちゃいけないから、
虫は、大へんだなあ。

ようちゅう

長野県・小3　竹内　航太

カブトのようちゅうが
ぐにょっと
うごいた。
それから、
もぞもぞって体をまげて
ようちゅうが
歩いたよ。
ぼくは、さわりたくなっちゃった。
さわったら、
毛がざらざらしてたよ。

でもかわいそうだから
土にもどしたら
自分でぐい、ぐいってもぐったよ。
ようちゅうがねているな。
土ってあったかいんだな。
土ってきもちいいんだな。

いらがのまゆ

埼玉県・小4　福島　一美

いらがのまゆは
梅の木の先にしがみついている。
枝の先のいらがのまゆを
寒い北風が
ピーピーならしていく。

こめつき虫

長野県・小4　奥原　和久

こめつき虫が、
たたみの上を
テケテケテケと　歩いていた。
どこへ行くのかと
よく見ていたら　ステコンと
すべって　さかさになった。
グググーンと　頭を、
下にして、
ポッコーンと　とび上がり
その　しゅんかんに、
からだを　ひねり着地した。
すると、
また　なにも　なかったように
テケテケと　歩いて　いった。

星　砂

東京都・小5　木邑　恵子

「二万年前の化石……」
二万年前にいた虫か。
知らない世界へ体が行ってしまいそう。
そこは、不思議な、不思議なところ。
二万年前の世界。
原始林、きょうりゅう……。
だけど有孔虫は頭にうかばない。
星砂は、細かい、くだけた貝のよう。
小さい虫だったのか。
大きい虫だったのか。
二万年前の世界が見たい。

ゴキブリ忍者

東京都・小5　高砂　周司

「きゃ、ゴキブリ」
姉がにげまわっている
ぼくは新聞紙の刀で戦った
でも、にげられた
しぶといやつ
よし
ゴキブリホイホイだ
覚悟！
かわいそうに
ゴキブリは自分から入っていって
出て来なかった

かめ虫

東京都・小6　大森　隆太

こいつは
洗たく物の中にひっついたり
団地のかい段のすみにいる
ふとんにもいる
パジャマに着がえ
ふとんに入るとき
注意する
「またいた」
でもこいつをつぶすと
異様な臭いがする
だから
ティッシュでくるんですてる

1月 ―魚介類

☆シシャモ
☆タチウオ
☆ヤツメウナギ
☆ニシン
☆ハマチ
☆ケガニ
☆カキ
☆クチボソ
☆スケソウダラ
☆トラフグ
☆ハタハタ
☆ワカサギ
☆ウナギ
☆ナマズ
☆フナ
☆ホッケ
☆マカジキ
☆マガレイ
☆ムツ
☆マナガツオ
☆マグロ
☆マサバ

きんぎょ

東京都・小1　いとう　しんご

ぼくが　きんぎょに
えさを　やる　まねを　すると、
きんぎょが　たべる　まねを　するよ。
おもしろいよ。

さ　け

和歌山県・小3　小瀬　真吾

さけは　どうして、
自分の生まれたところでしぬのかな。
広い広い海よりも、
自分の生まれたところがいいのかな。
でも、
自分の生まれたところを　おぼえておくのは、
えらいと思う。
自分の生まれたところで、
めすがたまごを生むのを
おすが手つだって、
たまごが生みおわると、　しぬ。
かわいそうだけど、
子どもが生まれるので、
しんだ親は　うれしいだろうな。
ぼくは、
さけが　生まれたところでしぬのは　いいな
　あと思った。
さけは、　さらさらとうつくしくながれる川で
しぬほうがいいと思う。

かきとかき

広島県・小4　福田　健志

お母さんが「夜ごはんはかきよ。」と言った。
「やった。」
しかしちがった。
ぼくはくだもののかきだと思っていた。
しかし海でとれるかきだった。
とってもがっかりした。
くだもののかきは大好きだけど、
海でとれるかきは大っきらい。
でも食べないとお母さんにおこられる。
しょうがないから食べた。

今日の夜ごはんは最悪だった。
次の夜ごはんの時、おかあさんが「かきいる。」と言った。
「ぜったいいらない。」と言った。
お母さんは「本当にいらないの。」ともう一ど聞いた。
「本当にいらないよ。」と言った。
お母さんは「あっそ。」と言った。
そしてぼくがおりていったらお母さんが何か食べていた。
「何食べてんの。」と聞いたら、
ぼくの大好きなくだもののかきだった。
「ぼくにもちょうだい。」と言ったら、
お母さんは「もうない。」と言った。
とってもくやしかった。

わかさぎつり

東京都・小5　大塚　綾子

わかさぎつりに相模湖に行った。
お姉さんが先に2匹つった。
それからお父さんが2匹つった。
私はなかなかつれない。
しばらくすると釣りざおの先が、
「ピクッ。」
と、ゆれた。いそいでさおをあげた。
魚の目を見た。
目の回りがきずだらけで、
悲しそうな目で、私をじっと見た。
だれにも気づかれていないのでいそいでにがした。
それから何回か、さおがゆれたけど、
さっきの魚を思い出すと、さおが、上げられなかった。
私は、ただにげるのを待つだけだった。

とど

北海道・小5　大森　京子

ピー
ふえがなった
岩かべを
バチバチバチ
と登っていく
魚をもらったら
一ぴきまるのみだ
ドーン
花火みたいに水をあげた。
しばらくもぐって
急にムックリ出てきた。

うなぎとり

高知県・中2　岡本　雄一

ぼくとあと六人くらいでうなぎをとる
冬の川は予想以上に冷たい
足にチクチクと刺さるようだ
かかとからそろそろと歩く
みんながあちこちに散らばる
手当たりしだいに石をはぐっていく
カキがごつごついている石を
グイッとはぐった
その瞬間ぬるっと何かが足に触った
あっ、見ると
長くて黒いものがくねくねと
ゆっくり泳いでいく
それを追いかけようとすると
その気配を感じたのか
すごい速さで水を切って行く
「おった、おった」
と叫ぶと、みんなが駆け寄って来た
うなぎはバスケットボールぐらいの石の下に
スルッと入った
僕はドキドキしながら
少しずつ石を持ち上げた
するとロープぐらいの黒い胴体が見えてきた
ゆっくりとうなぎばさみを近づけた
うなぎはあきらめたのかぴくりとも動かない
ゆっくりとつかんだ
つかんだとたんに
うなぎは体をくねらせて暴れた
と同時にチャイムがなった
ぼくたちはハッとして校舎にかけこんだ

二月

2月——行事

1 テレビ放送が始まった（1953）
東京の山の手線の各駅に自動販売機が置かれた（1931）
省エネの日
札幌雪まつり
スチュワーデスが初めて飛行機に乗った（1931）
生活習慣予防週間

2 交番設置記念日（1881）
太平洋戦争終結後、国際線運行再開（1954）
灸の日

3 このころ節分
福沢諭吉没（1901）

テレビ

長野県・小3　高松　秀明

テレビがはいった。
むねがわくわくだ。
早く見たい。
らんぼうな字で
しくだい（しゅくだい）をやった。
ばあちゃん帰って来たら
おどろくだろうなあ。
おちついて
しくだいなんかやっていられない。
口から歌が
とびでそうだ。

交番

神奈川県・小2　すず木　一よ

おかしい人がついてくる。
そんなときは、交番に行く。
町でまいごになった。
そんなときは、交番に行く。
おとしものをしてしまった。
そんなときは、交番に行く。
交番は町の中のヒーローだ。

警察官

神奈川県・小6　小沼　一樹

こわれた自転車を直しに
自転車屋に行こうとした時、
宮上小学校の前で
呼びとめられた。
なんだろう。
「その自転車、君の。」
「はい。そうです。」
橋本の方では　自転車が
よくぬすまれているという。
「住所は。」
「どこから来たの。」
宮上小の人がじろじろと見る。
いろいろなことを言って
警察官は行ってしまった。
ぼくは
思いっきり自転車を走らせた。

おきゅう

神奈川県・小3　梅原　いづみ

おかあさんに、
おきゅうをすえてやった。
もぐさを、こまかく切った。
せんこうに火をつけて
足にもぐさをおいた。

4 のりまきの日（1987）
このころ立春　八十八夜、二百十日など
この日から数える
5 初午
梅前線
プロ野球創立記念日（1936）
スチュワーデス初搭乗（1931）
6 海苔の日
7 北方領土の日
ベトナム戦争はじまる（1965）
8 針供養
9 手塚治虫没（1999）
服の日（1980）
10 ふきのとうの日（1993）
自閉症児治療センターが完成（1966）
11 建国記念の日（1967）
エジソン誕生（1847）
文化勲章制定記念日（1937）
12 ペニシリン記念日　イギリスで初めて使用（1941）
とうふの日
徳川家康が江戸幕府を開いた（1603）
13 苗字制定記念日（1875）
14 聖バレンタインデー　チョコレートの日
（西洋では207、日本では1958から）
15 日本で初めて学校にプールがつくられた
（1923）


火をつけた。

とってもあつそうに
じっと顔をしかめた。

「あつい。」

ときいた。

おかあさんは目をつぶったまま、

「いいきもち。」

といった。

もぐさ

高知県・小4　渡辺　将大

おじいちゃんが
もぐさを小さい山にして、
つばでふくらはぎにひっつけた。
すね毛が生えていたので、
ひげがもえんろうかと思った。
ぼくが線香の火を
山のひっぺんにつけた。
えんぴつの先ぐらいの
赤い点がついたと思ったら
とけるように山が黒くなった。
おじいちゃんが
「けいおんちゃんが子どもの時
すごいわる子で
あんまり言うこときかんけん、
一回もぐさをすえたら、
それから、
ぴたりと悪いことせんなった。」
と言った。
すねのいたいのも治すし、
わる子もええ子にする。
もぐさのききめはすごい。

まめまき

高知県・小1　林　みき

まめまきしよって
まちがえて
「ふくはそと。」
と、いってしまいました。
どうしよう
どうしよう
ふくのかみがこんと、
おもいました。

節分

静岡県・小2　倉田　敏彦

「鬼は外、福は内。」
威勢のいい声が聞こえる
「お前もやってみろ。」
父が誘う
「そんなくだらないことできないよ。」
と、答える僕
「豆まきはくだらないことじゃないぞ。
家の厄を払うための大事な行事なんだ。」

16 ガリレー誕生（1564）
おかしの日
初めて天気図がつくられた（1883）
大隈重信誕生（1838）
全国狩猟禁止
17 CO^2削減京都議定書発動（2005）
アレルギー週間（17日〜23日）
島崎藤村誕生（1873）
ペスタロッチ没（1746）
18 出雲大社祭
光化学スモッグにより杉並区の高校生が43人病院に運ばれた（1970）
散髪の日（毎月18日）
19 万国郵便連合に日本加入　〒マーク制定
献血運動はじまる
20 衆議院議員の選挙始まった（1928）
旅券（パスポート）制定（1998）
歌舞伎が江戸で初めて上演（1607）
アメリカ初の人間衛星成功
石川啄木誕生（1886）
21 日刊新聞が初めて発行（1872）
一休宗純没（1281）
22 世界友情の日　ボーイスカウトをつくったポウエルの誕生日
ねこの日（1987）
夫婦の日
23 ふみの日

と父は言う
〝そうかなあ。
　そんなの迷信にきまっているよ〟
僕の心は変わらない
父は真剣に豆まきを続けている

せつ分

兵庫県・小4　中村　克子

せつ分に、
おにがくるゆう話を聞くけど、
おになんかいっこもけえへん。
もしきたとしたらまめなんか
なげんと石なげた方が、
ようこたえんのになあ。
わたしがおにやったら、
豆ひろて食べたるわ。

福沢諭吉

東京都・小6　牧野　紀子

汗水たらしたお金で買った本。
沢山、頭に入れなきゃ損をする。
福沢諭吉のきりっと結んだ口びる、
何かを教えるあの目が頭に残っている。
「天は人の上に人を造らず、
　人の下に人を造らずといえり。」
この言葉こそ
あのするどい光を持った目を
解釈する言葉だ。
福沢諭吉は学問の大切さを教えた。
もし、その頃私がいたら
すぐ弟子になって、
本を書いて学問の大切さを教えて、
日本を文明国にしてあげたのに。

のりまき

東京都・小6　三上　優輔

回転ずし屋に行った。
クルクル
クルクル
のりまきがぼくの前を通って行く。
えびを、ぱくぱく。
まぐろを、ぱくぱく。
しゃこを、ぱくぱく。
のりまきが、電車のように、
自動車のように、
ぼくの前を通って行く。
ぼくの家でも、
回転ずし、やりたいな。

初午

秋田県・小5　矢作　恵子

「初午ってなに。」

ってお母さんに聞く。

「初午って、おいなり様の日。

税理士記念日
24 クロスカントリーの日
25 京都北野天満宮の梅祭り
斉藤茂吉没（1953）
ルノアール誕生（1841）
26 二・二・六事件（1936）
ふろの日
27 万国博覧会（パリ）に日本が初めて参加（1867）
聖徳太子没（622）
28 ビスケットの日（1855年オランダから作り方が伝わった）
イギリスでクローン羊生まれる（1997）
茶道をひらいた千利久没（1591）
29 4年に1回のうるう年

役場の所さ旗立ってたべ。」
って教えてくれた。
けど、わからない。
どうして、きつねの日なのに、
初うまなんて言うんだろう。
だれだ。
うまと、きつねをまちがえたのは。
はつきつねって、やった方がよかったのにな。

わたしのゆめ

東京都・小4　岩川　未来

わたしのゆめは
スチュワーデスさんになること。
ひこうきにのって
お客さんに
「おのみものきまりましたか。」
って、きくんだ。
「オレンジジュースに
　ウーロン茶や、コーヒーもありますよ。」
って、いいたいな。
日本人なら伝えられるけど、
外国人さんには
伝わらないかもしれない。
えいごのれんしゅうしなくっちゃ。

あおのり　とり

高知県・小1　東　あつし

「おばあちゃん、てつだい　しようか。」
ぼくと、まゆちゃんが　いった。
「たのむよ。」
と、おばあちゃんが　いった。
みなとに　しずんでいる　石を
あみで　すくった。
石に　ついている　あおのりを
手で　とった。
なんかいも　なんかいも　とった。
おばあちゃんの　ところへ　もっていった。
ロープへ　ほした。
いっぱいの　あおのりが
かぜに　ゆれていた。
おてつだいは、つかれたよ。

ベトナムのせんそう

北海道・小3　佐藤　浩吉

死んだ人が
土の上にたおれている。
木もないところにたおれている。
空をむいて
右手を頭の方にむけて
たおれている。
死んだ人は

はだかで　はだしだった。
へいたいが
死んだ人を見ている。
いばったように
てっぽうをかたにかけていた。

先生のようふく

東京都・小1　てらしま　えみ

あ、先生、きのうとおんなじ
ようふくきてきたね。
きっとそのようふく
きにいってるんじゃないのかな。
先生のきているようふく、
とってもきれいだね。

ようふく

東京都・小2　もといずみ　さえこ

わたしの
一ばんすきな
ようふくが
ありました
それを
おかあさんが
ちいさくなったからって
すてました
おこりました

わたしの　ふく

大阪府・小4　速水　俊子

うちにくる　お客さん
お酒にようし
ようたら　けんかだし
わたしは　宿題　わかれへんし
ほんまに　いやになる。
「もう　こんなしょうばい　やめよや」
といったら
「やめたら　たべていかれへん」
とむずかしい顔で
かあちゃん　すぐ　いう。
わたしの　きている　こんなふく
いらへせんわ。
ああ　このえんぴつも
この　ボックスも
みんな　お酒のばけものだ。

ことしのバレンタイン

長野県・小2　田沢　としや

バレンタインで
お母さんが
ことしはふけいきだから
ギリチョコさえ
あげられないって
お父さんにもあげないよ

バレンタインデー

沖縄県・小4　上地　美香

二月一四日は、バレンタインデー。

となりの慶三君は
「ハアー、とうとう明日か――。」

と心配そう。

女子は、ひそひそ話。

「だれにあげる。」

「ないしょ。」

男子は、なんか落ちつかない。

もっとやさしくすればよかったと
後かいしているみたい。

ユーシッタイ
明日が楽しみだ。

私はだれにあげようかな。

バレンタイン

富山県・小5　青木　麻知

「えっ、お兄ちゃんが！」

わたしは、
スキーぐつを落としてしまった。

なんと、
お兄ちゃんが、チョコをもらったと言う。

少し見てると、

「悪いか。」

という目つきで、

お兄ちゃんは、こっちを見た。
チョコは、手作り。
すごく、いいにおいがする。
「チョコ、食べないの。」
お兄ちゃんは、
部屋から出て行った。
チョコ食べたいのに、
そんなに、
かっこうつけんでもいいのに。
せ中が笑ってるぞ。
わたしの心の中が、
あったかくなった。
もしかして、
お兄ちゃん、もてるのかな。
いろいろ、そうぞうしてしまう。
だって、
その人、お兄ちゃんのおよめさんに――。
チョコが、
口の中じゅう広がった。

ガリレイ・ガリレオ

鹿児島県・小5　石川　睦子

ぼうさんたちが
天動説をとなえたことに反対したガリレオは
宗教裁判になった
ガリレオには
おさない女の子がいたので
自分がここでちがうといったなら
子どもはきらわれものになるだろう
自分は正しいことには
死んでも負けないとは思っていたが
「天動説が正しい」
といい　宗教裁判の門を出たときは
なみだを流して
「それでも　やっぱり地球が動くんだ」
といったそうだ

おかしを　ぬすんだ

高知県・小1　もりちか　むねひろ

ぼくは
ほとけさんを　のぞいた
まるい　カステラの　おかしが　あった
くろい　カーテンが　見えた
しゃしんも　見えた
ぼくは　目を　つぶって
はんぶん　おかしを　とった
ほとけさんは　おこらんろうか

おかしを食べるとき

山口県・小3　加戸　しょうた

自分がおかしを食べようとした。
弟がおかしをとった。
そして食べようとした。
弟がおかしをなげた。
そして口を開けた。
ぼくがあくびをした。
ぼくの口に入った。
弟が「おかしは？」と言った。
ぼくはわらいながら
「知らない」と言った。
口をもぐもぐした。
そしたら気づかれた。

アレルギー

東京都・小6　西野　真央

「かゆい」
いきなりのどがかゆくなった。
りんごが好きだった私は、おどろいた。
うがいをしても、のどはかゆかった。
それ以来、りんごは食べられない。
おやつに、食べたりんご。
いい、においの、りんご。
まるかじりすると、かたい、りんご。
昔は食べられた、りんご。
また、たべたいなぁ。

島崎藤村

東京都・小6　野中　真砂子

「生い立ちの記」を読んだ。
島崎藤村の生まれた家は
大名がとまったりしていた。

部屋は十以上くらいある。
庭には大きな池がある。
石川啄木なんかより
ものすごく幸福だった。
「桜の実の熟する時」は
私はよく解釈ができなかった。
江口先生が、うし松先生の話をした。
「破戒」を読んでみたくなった。

ペスタロッチ

東京都・小5　太田　幸子

やさしい心をもった人、
ペスタロッチ。
自分の家がまずしいのに
それより、もっとまずしい人たちを
すくったのだ。

みなしごを集めて作ったこじいんも
とうとう失敗した。
みなしごたちは
ペスタロッチをばかにしたような
顔をして、
とぼとぼと
また、橋の下、どかんの中へ
かえっていった。

ペスタロッチの目には、
なみだがいっぱいだ。
だけど、
いつかは、
みなしごたちも
まずしい人たちも
幸福にしてやるんだという心で
いっぱいなのだ。

とこやさん

静岡県・小2　たかはし　ゆうた

チョキ、チョキ、チョキ、
はさみを、
五十回ぐらいやったかなあ。
頭の後ろが
たわしのようになったよ。
顔にあわみたいのをぬったら、
はなの下が、
おひげのおじさんみたいになったよ。
パタパタパタ、
ふわふわのスポンジで
ぼくのほっぺたに
白いこなをつけたよ。
だから、
「ぼく女じゃなくて男だよ。」
と、とこやのおばさんにいったんだ。
そしたら、
「ううん、おけしょうじゃないよ。」
と、いったから、
あんしんしたよ。
うちにかえったら、
お母さんが、
「かっこよくなったね。」
といったよ。

勧進帳

山口県・小6　池原　慶

最初、黒幕にかくれている時、
すごくきんちょうした。
ぼくは心の中で弁慶のセリフを
何回も言っていました。
そして絶対まちがえないように
と願っていました。
そしてセリフをいつもより
大きく言いました。
動きもおどりも精一杯やりました。
そして最後大きなはく手をうけて、
すごくうれしかったです。
黒幕にとびこんだ時
ああ終わったと思いました。
歌舞伎の練習の時は
ほめられたり、時にはおこられ、
その今までのことを本番にぶつけました。
先生歌舞伎を教えてくれてありがとう。

人間衛生

愛知県・小5　石川　年春

ツンツンツンプー
十時の時報がみんなにつたえられた。
ぼくは、じいっと　ラジオを見つめた。
ニュースだ。
アナウンサーのきんちょうした声、
やっぱり人間衛生の話が
一番だった。
グレン中佐が成功して　かぞくは、
うれしいだろうなあ。
あの宇宙は、どこまでつづいているのかなあ。
グレン中佐は、地球を見たかな。
ぼくは、
窓から見える空をぼんやり見た。
早くテレビか新聞で
グレン中佐のかおが見たいな。

啄木の歌

佐賀県・中1　森武　茂樹

自分は啄木の歌を偲ぶとき、
人口に膾炙された「東海の」などより
彼の初期の歌がむしろ忘れ得ない。

　血に染めし歌をわが世のなごりにて
　さすらひここに野にさけぶ秋

明治三十五年十月号の『明星』に、
盛岡中学五年、十七歳の啄木が
白蘋という名で送ってのったものだ。
この歌は自分の生涯を思っている。
「東海の」は一瞬の感情を歌っている。
江口先生はよく「啄木は天才だ」と言う。
全く同感だ。
啄木は二十八歳で亡くなった。
私は彼のために涙をおしまない。

一休さん

東京都・小4　清水　正雄

一休さんはちえがあっておもしろい。
ある人によばれて行くと家の前に
「このはしをわたるべからず」
と書いてあったが
一休さんはどうどうと歩いていき、
「わたしは、はしをわたらないで
　まん中をわたってきた。」
と言って、わらった。
一休さんのとんちはおもしろい。
ぼくは一休さんが大すきだ。
ぼくも一休さんのようになりたい。

アフリカが近いならいいのに

熊本県・小2　原田　みのる

学きゅう会のとき
アフリカの子どもたちに
ぼ金をするのをきめました。
きゅうしょくのとき
ぼくは、
いすの上にのぼって
「アフリカへとんでいけ。」
といって
パンをなげました。

みんなは一人のために

愛媛県・中3　正岡　咲穂

世界の子どもたちが、
今日、食べるための食糧がないと
困っている時、
私たちは、テストの点が悪かったといって、
悩んでいる。
生きたくても、軽い病気で死んでしまう
子どもがいる時、
私達は、簡単に〝死んじゃえ〟という
言葉を口にする。

これが一つの地球の風景なのだ
これも地球の一つの風景なのか？

みんなで分けあって、
みんなで悩み、喜び合おう。
一人はみんなのために、
みんなは一人のために。

たま

埼玉県・小2　木村　あかね

夜、おじいちゃんがたまを
そとへだしてやった。
たまは、げんかんから
またはいっちゃった。
たまは、とをあけられる。
でも、たまはとをしめない。

けがをしたネコ

東京都・小5　田原　愛

学校の帰り道、一匹の白いネコに会った。
そのネコは、頭に深いキズがあった。
かわいそうでたまらなくなった。
でも、見すごした。
そのネコは、私のあとをついてきた。
悲しい目をしていた。
私は走った。
家に飛び込んで、まどからネコを見た。
ネコはいなかった。
今も時々思う。
「あのネコどうしているかなぁ。」

ねこ

鹿児島県・中1　内山　麻美

ずっと前、おばあちゃんの家に
ねこがいました。
そのねこが子ねこを3匹生みました。
2匹のねこは　目がじゅくじゅくで
目が見えないねこでした
そのときの私はまだ小さかったので
目が見えないからといって
そのねこをいじめていました
ところが、ある日
いっしょに生まれたねこで
目が見えるねこに　目が見えないねこが
寄りかかっていました
でも、目の見えるねこはいやがらず
そのままじっとしていました
えらいなあ
これがきょうだいだなあ
と　なんだか体があつくなりました
それから私は　目の見えないねこも
かわいがりました
でも　その目の見えないねこたちは
いつのまにかいなくなりました。
そして　やさしい　目の見えるねこも
何年かしていなくなりました
私はあのねこたちに
いいものを教えてもらいました

手紙

大阪府・小4　奥井　慎也

転校したおかもっちゃんに
手紙を三枚も出したのに
手紙の返事くれへんねん
一枚目は「学校おもしろいか」
二枚目は「みんなサッカーうまいか」
三枚目は「すきな人できたか」
学校に行くとき
いつも家のポスト見んねん
やっと返事がきた
おかもっちゃんありがとう

クロスカントリー

兵庫県・小4　高市　須弥子

ぬかすしゅん間
おでこに風が当たってきた
耳がちょっとすずしかった
風がかみのけの
うしろにとんでいく

シュッシュッていうくつ音が
うしろからおっかけてきた
私　その音からにげるようにして
走った

聖徳太子

東京都・小6　伊藤　三代子

聖徳太子は、うまごやで生まれたというので、
「うまやどの皇子」
とよばれていたと、ならいました。
聖徳太子は、
どうしてそんなところで生まれたのだろう。
聖徳太子のお母さんは
どうしたのか、わからない。
聖徳太子を生んだまま
どこかへいってしまったのかしら。

ビスケット

長崎県・小6　山田　勝

たくさんの機械が並んで
みんないちように
ごうごうと鳴っていた。
回っているのはわからない
風がくるから
回っているのがわかった。
だまってそばに立っていると
ずんずん心がなびいていき
機械の中にまかれそうだ。
職人の人はだらだら汗を流して
身うごきもしないで
機械が回るのを見つめていた。
機械はすごいなあ。
生き物のようだ。
先の方の機械から
ビスケットがざあざあ
川の流れのように出てきた。

クローン牛

長野県・小2　柴　智也

一月十九日の夜中
クローン牛のメスが生まれた
お父さんとお母さんが
夜中、おそくまで
家に帰って来なかった
つぎの朝、
はじめてクローン牛を見た
とても元気だった

クローン牛がテレビにうつった
お父さんもテレビにいっぱいうつった
クローン牛がそんなにめずらしいのか
ぼくにはわからない
いつもと同じ牛なのに
元気に育つといいなあ

お茶をたてた

鳥取県・小3　山本　志保

シャカシャカ
いい音が聞こえる。
お茶わんの中で、ふか緑の細かいあわが
ふわっとふくらんできた。
りょう手でそっと持ち上げて
どうぞというように
そうっと、ゆうすけさんにさし出した。
ゆうすけさんは、まじめな顔で、
お茶をじいっと見た。
ゆっくり三回、お茶わんを回して、
半分ぐらい飲んだ。
のどのふくらんだ所が
ぴくっと動いた。
おいしいかな
ゆうすけさんは、くちびるをむすんだまま
ちょっとわらった。
さくらの花びらが
風に乗ってひらひらとふってきた。

2月

季節

☆雪が降り、雪どけ、なだれなどがある
☆雪あそび
☆星がよく見える
☆春一番
☆早春
☆しもばしら
☆なまはげ
☆かまくら

ゆき

東京都・小1　わだ　かおり

またまた
ゆきが　ふりだしました。
おとうさんは　小さなこえで
「くるまにのれないね。」
といいました。
おかあさんは、大きなこえで
「また、やさいがたかくなるわ。」
といいました。
いもうとと　わたしは、
ゆきがふると
ゆきだるまを　つくって
うれしいけど
おとなは、こまるんだね。

しもやけ

兵庫県・小1　つじ　とも子

先生、
わたしの足の
しもやけがなおったよ。
だから
もうすぐ
はるだよ。

インフルエンザ

愛媛県・小2　おち　りょうと

ぼくはインフルエンザになった。
話をすると
のどがいたかった。
つばをのみこんでも
のどがものすごくいたかった。
つぎに、
ねつが出てきた。
ねつが出てくると、
あたまがずきずきしてきた。
うでと足もいたくなった。
それに、

大すきなごはんも食べれなかった。
一つだけ食べれたのは、
つめたいアイスクリーム。
とってもとってもおいしかった。
口の中がもえていたのかなあ。
あっという間になくなった。
はやく元気になって
おいしいものを食べたいなあ。

春一番

神奈川県・小2　高橋　公輔

春一番がふきました。
道ばたを見たら、
ふきのとうとつくしが顔を出していました。
ぼくはつくしをとろうとしたけど
なんだかかわいそうになってしまって
やめました。
そしてふきのとうとつくしを見つけたことは
だれにもいわないことにしました。

おじぞうさま

埼玉県・小3　萩原　友宏

土手の下で
おじぞうさまが
雪をかぶっていた。
雪を落としてやった。
ぼくの手は、
つめたくなったけど、
おじぞうさまのかおが
もっとやさしく見えた。

春が来た

石川県・小3　広瀬　吏永

大谷川の近くに
ねこやなぎを見つけた。
太陽の光に
白くきらきら
かがやいている。
さわってみると
ふあっとして
きもちがいい。
ねこを　なでているみたいだ。
家の庭の
チューリップもちょこっと
顔を出している。
もう春が近づいている。

こたつの中

東京都・小4　杉原　秀樹

うちのこたつの中は
足でまいいんだ。
おとうさんの足。
おかあさんの足。
ぼくの足。
おとうとの足。
それにねこまではいっている。
こたつがせまいのかな。
せまいから、
おとうさんの足の上へのせる。
するとすぐ
「おもいぞ、こら。」
とおこる。
ちえっ、せまいんだから
しょうがないじゃないかと心でさけぶ。
二つこたつがあったらな。

向かい風

佐賀県・中3　岡　誉子

春一番が吹いた日
風に向かってペダルをふんだ
受験に立ち向かうように
重いペダルをふんだ
すきとおった空気が
私を貫く
暖かい春の気配が
ペダルをふむ足から
ひしひしと伝わってくる
春は風の中にとけて
私の髪をなびかせる

冬の朝

香川県・小4　片岡　泉

さむい朝だった。
サッシのガラスが、
バリバリとこおっていた。
わたしはひとさし指で
そっとさわった。
「冷たい。」
指の先の氷がとけた。
いつのまにか「冬」と書いていた。
冬という字のすきまから外を見たら
外からも冬がじっと
こっちを見つめていた。

雪のおどり

和歌山県・小4　川瀬　友

今、雪が、おどってる。
今日は、雪のお祭りだ。
楽しい楽しい雪の、お祭り。
雪が今、おどっている。
きれいな雪。
もうすぐ、雪が、きえる。
きれいな、雪が、きえる。
もう、冬が、おわる。
またね。

冬

新潟県・小4　南雲　厚子

私は冬が大好きだ。
学校から帰ってきて
「ただいまぁ」と大きな声でいうと
「おう」と返事をしてくれる。
夏は畑に出ていて
家の中は　だれもいない。
ただ、
のんのん様が　見ているだけだ。

冬の音

兵庫県・小6　清水　美和子

冬の音にはどんな音があるだろう。
きゅっ　きゅっ　とだれか通っていく。
あれは雪をふむ音ですね。
冬の音はおもしろい。
きゃっ　きゃっ　とさわぐだれかの声
あれはゆきなげ遊びだ。
冬の音にはどんな音があるだろう。
ピュー　ピュー　ピュー　ピュー　とこわい
　ように
あれはふぶきの音ですね。

寒空の中で

東京都・小6　長尾　麻衣

「ああ、さむい。」
かぎを忘れて家に入れない。
ポストに入っていた新聞を下にひいて
　すわってみた。
ストリートチルドレンって
こんな感じなのかな。
仕事が終わってから
寝る所をさがすのかなあ。
お風呂も入らないんだな。
さむい……大変だ。
私はあと一時間すれば家には入れるが、
家のない子は毎日のことなんだ。
やっと、家に入れた。
家に入れただけなのに、
みょうに幸せを感じた。

2月

家庭生活

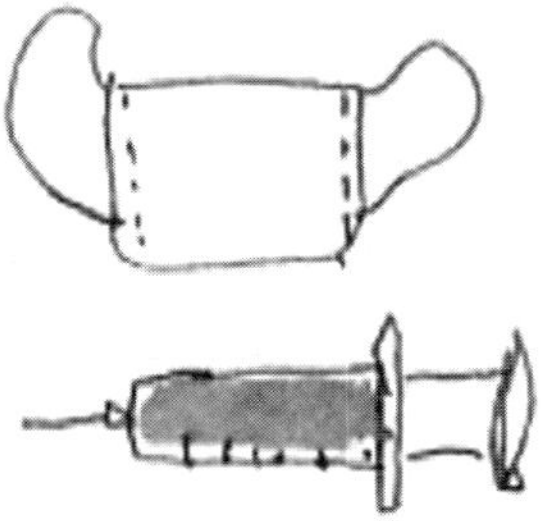

☆ 毛布やふとんを干す
☆ おとうさんの税の申告
☆ 地域防火運動
☆ インフルエンザ
☆ 進学の話
☆ 兄弟の就職

まめまき

広島県・小1　のぶえ　ひろし

とうちゃんがおにになって、

「こらあ、こらあ、
　うそつきや　おこりんぼは、
　とって　くうぞ。」

と大いばりで、どすんどすんとやった。

おにいちゃんが、こたつにもぐって、

「くわばら、くわばら。」

と　いうた。

ぼくが、おとうちゃんめがけて、

「おには、そと。おには、そと。」

と　まめをぶっつけた。

おとうちゃんが
「かなわん。かなわん。」

いうて、そとへ、かけてでちゃった。

「ふくは　うち。ふくは　うち。」

と　いってまいたら、
とうちゃんがかえってきて、

「らくじゃない。」

と　いって、
まめを、ぼりぼりたべた。

豆まき

福島県・小3　八木原　貴之

今日は、せつぶんだから、
ぼくは豆をたくさんもってきた。

こうこく紙で、ますを作った。

「おには外、ふくは内。」

大きな声をだしてまいた。

みんな、にげるかと思ったら、

「豆くれ。」

「豆くれ。」

と言ってむかってきた。

ぼくは、
にげた。

かまくら

北海道・小1　岡田　和己

きのう　ゆきがふったので
かまくらをつくった

できたと思ったら
こわれた
つくりなおしたけど
また　こわれた
どうしてこわれたのかと思ったら
おとうとが上にのっていた
ないたらこまるので
やさしく
「おりておいで」
っていったら
おしりからすべって　おりてきた
すべりだいでもいいな
みんなで　すべりだいにして
あそんだ

たけうま

愛知県・小1　かわさき　のりこ

おにいちゃんの　たけうまに　のった
おとうさんに　もって　もらった
どっこいしょ　どっこいしょ
足を　もちあげて　まえへ　やる
おとうさんが　足を　ひらいちゃ　だめ
と　おこる
でも　足が　かってに　ひらいて　いくのだ
また　のりなおした
どっこいしょ　どっこいしょ
この　たけうまは
どこに　いくか　わからない

きぶし

東京都・小1　三上　しゅんすけ

おじいちゃんが
「たぬきがっこう」
という本をよんでくれた。
たぬきがはなのあなに
きぶしのはなをいれた。
ぼくもいれた。
くすぐったかった。
おかあさんが
げらげらわらって
みていた。

誕生日に

鳥取県・小6　山根　孝栄

ジー、ジジジジー。
午前六時十分に生まれたという。
わたしは、
十二年前の今、赤ちゃんだった。
十二年前にさかのぼろうと、
ゆうべ目覚しをかけておいた。
ぱっと目を開けて想像する。
あたたかいふとん。
しあわせな朝。
きっと、
十二年前もこのぬくもりだったろう。
「オギャー。」
と泣いてみたくなる。
今日から、十二年後の今も、
このぬくもりがありますように。
来年も、さ来年も、
ずっと、ずっと、
この日、この時は赤ちゃんになりたい。

新品のふく

広島県・小5　森田　百絵

オレンジの
ふくを買ってもらった。
次の日
お出かけに行くので
新しいふくを着た。
かがみの前でわらってみた。
一番よく　にあっている。
ごはんを食べる時
よごしたくない　よごしたくない
そう思いながら食べた。
大好きな　やき肉だったのに
半分以上　残しちゃった。
ああああ　もったいないな。
新しいふくは　うれしいけどつかれるな。

2月

学校生活

☆社会科見学
☆節分集会
☆クラブ活動発表
☆文集の編集
☆開校記念日がある学校もある
☆かぜによる学級閉鎖
☆三者面談

雪合せん

高知県・小2　坂本　しょう

ギュッ　ギュッ　ギュッ
雪をつよくまるめる。
ぼくは、
つよしくんとなかまになった。
バッ
思いっきりなげた。
ドカッ
ひろゆきくんにあたった。
（よっしゃあ）
右手を見た。
手ぶくろがない。
雪だるまといっしょに
すっとんでいた。

服を買ってもらった

東京都・小3　倉田　沙央理

しんゆりに
発表会の服を
買いに行った。
かわいい服があったけど
ほかの店に行った。
長ずぼんにひもがついているのと、
半そでにさむくないように
手にぬのをつける服を買ってもらった。
もう発表会が
来たような気がした。

春よ来い

北海道・小4　矢坂　美織

朝学校に来る時の太陽が
優しく感じる
私の体全体を
すっぽりと包みこんでいる
この前までの
こおりつくような
冷たい空気が
今はほんわりと
あたたかい
春に近づいていくのが

わかる
早く　春よ来い

おはよう

愛媛県・小5　水野　千恵子

「おはよう。」

友だちが、私にあいさつをした。

「おはよう。」

私も言った。

友だちは、そのまま行ってしまった。

私は、寒さがふきとんだように、
明るい気分になった。

「おはよう。」

たったそれだけのことばだけど、
ま法のようなことばです。

誕生日

東京都・小5　野口　多紀

今日は私の誕生日。

今日は私が日直。

朝のあいさつをするため、
前に出る。

チラッと時計を見る。

朝八時二十九分。

私は朝八時三十分に生まれた。

朝八時三十分
（よし!!　今だ!!）

「おはようございます！」

「おはようございます!!」

自分の生まれた時間に、

「おはようございます！」

と言うと、何だか不思議な気分だ。

みんなが
「誕生日おめでとう。」

と言ってくれてるようだ。

今までで一番うれしい
「ひととき」だった。

自分を卒業したい

北海道・小6　秋山　真澄

勉強の時、いつもおそるおそる手をあげる私。
わかっている答えの時は、
きちっとあげるのに、
あまりはっきりしない時、
おそるおそる手をあげる。
まちがうのが、こわい。
よく先生に
「まちがってもいいから。」
と言われる。
一年生の時からずうっとそうだ。
四月からは中学生になる。
中学校に行ったら、
手をあげて発表することは
少なくなるかもしれない。
あと一ヵ月ちょっとで卒業する。
おそるおそる手をあげる
自分を卒業したい。

三者面接

熊本県・中3　小川　三保子

あっ、三時三十分
もうとっくに
面接が始まっている時間なのに、
前の人が長びいている。
外で待っている私の心は
不安でいっぱい。
何て先生に言われるかしら
脈はくまでがはげしくなり
胸がはれつしそうだ。
ようやく前の人が終わった。
私の番だ。
母と並んですわる。
先生の顔がよく見られない。
「このままじゃ危ないですよ。」
先生のことばを聞いただけで
涙があふれてきた。

2月

植物

☆ヤブツバキ
☆コデマリ
☆ユキワリソウ
☆セツブンソウ
☆オオイヌノフグリ
☆サイネリヤ
☆スノードロップ
☆フリージア
☆ホウレンソウ
☆キョウナ
☆シュンギク

☆ワカメ
☆スズメノカタビラ
☆ホトケノザ
☆スイセン
☆フクジュソウ
☆フキノトウ
☆ウメ
☆ネコヤナギ
☆パンジー
☆ツバキ
☆コブシ

のざわなとり

長野県・小1　さいとう　れい子

のざわなをさいえんにとりにいった。
くもっていて、さむい日だった。
のざわなをぬいた。
よくみると、
くきがこおっていた。
先生にわたすとき、
わたしの手は、
つめたくてつめたくて、
こおりそうだった。
でものざわなは、
そんなにもつめたそうじゃなかった。
わたしたちは、ふるえるんだけど、
のざわなは、
さむそうじゃなかった。
のざわなは、
冬の日には、さむくないのかなあ。

はる

埼玉県・小2　うちだ　ひろみ

まこちゃん、大きい声だすな。
花が、びっくりするよ。
おおいぬふぐりは
やっとさいているんだ。
おどかすと
花びらがちっちゃうよ。

春

埼玉県・小5　木村　勝博

うめのつぼみが赤かった。
白い雪の中で、
うめのつぼみだけ
春のように赤く見えた。

ふきのとう

静岡県・小1　わたなべ　ゆきひさ

なにかな。
なにかな。
土が　もっこりして　いる。
たけの子かな。

おばあちゃんが、
「ふきのとうが　出て　きたよ。」
と　いった。
ほんとうだ。
こげちゃいろの　土の　中から
きみどりの　まあるい
あたまが、見えたよ。
なんだか、
うれしく　なっちゃった。

もう、ふゆも　おわりだね。
はるに　なったら、
ぼくも、二年生になるんだな。

ふきのとう

北海道・小4　三浦　恭子

えんがわで
まりつきをしていたら
土が見えたので
いってみると
ふきのとうが
そっとかおをだしていた
ふきのとうは
うすみどり色をしていた
あたまにごみがのっていた
わたしは
そっと　ごみをとってやった

うめ

群馬県・小1　うちだ　なお子

わたしのうちのにわに
うめの花がさきました。
おとうさんと、おかあさんが、
はじめてあったときに、
かってきて、うえたんだって。
とおくのほうまで
うんといいにおいがするよ。

うめのつぼみ

埼玉県・小3　矢沢　みどり

北風がふく。
うめのつぼみは
まっかな顔で
えだにしがみついていた。
うめのつぼみは
どこで春のにおいを
みつけるのだろう。
目もないのに
どこで春をさがすのだろう。

うめの花

高知県・小3　浜岡　由加

うめの花を持って
妹といっしょに学校へ行った。
外は寒かった。
北風がふいて耳もいたかった。
さが橋のところで
うめの花が一つちっていった。
学校のちかくの所で
もう一つのうめの花がちった。
おばさんたちに会ったら
「まあきれいな花、つぼみが大きいねえ。」
と言ってくれたのでうれしい。
教室へはいると先生が
「うわーっ　春が来た。ありがとう。」
と言ってかびんにさしてくれた。
いいにおいがぷーんとした。

紅梅

東京都・小3　市来　祐介

学校に行く時、
おかあさんのごみばこをはん分もってあげた。

「あ、きれいね。あそこ。」

「ほら、紅梅よ。」

おかあさんがいった。

まだ、寒い空の下で
わずかな春の光をおへそにいれている。

長くつづいた黒い冬。

さびしかった梅の木に春が生まれた。

ごみの集める場所にごみばこをおいた。

「いってまいります。」
うしろから、
おかあさんがぼくのせなかをポンとたたいた。
ひやりとした。
小さな春の下で
おかあさんと少しおにごっこをした。

おうばい

群馬県・小6　尾島　はつ

庭に、おうばいが
まっ黄いろに咲いている。
それを見ていると
なんだか心が美しくなってくる。

くろもじの木

東京都・小1　三上　しゅんすけ

いいにおい。
うめのすっぱいにおい。
おじいちゃんが
「ようじにしてつかう。」
といった。
ぼくは
「おはしをつくってごはんたべたい。」
といった。

ゆきわりそう

東京都・小2　すず木　ゆう子

ゆきわりそうは
とても小さな花だなあ。
むらさきの花の中に、
小さな、小さなつぶつぶがある。
これはなんだろう。
さむいのに、よくさいたなあ。
つよい花だね。
小さい花で、かわいいなあ。

雪わり草

愛知県・小4　石川　里香

「ねえ、
雪わり草の花がさいたんだよ」
とお母さんが言った。
「ええっ、ほんと、
どんな花」
「白くて小さな花」
(えー、白くて小さな花)
そう思いながら想像した。
(小さな花びらが四まいあって、
葉っぱも小さくて……)
「台所にあるから、
見ておいで」

お母さんの言ったとおり
白くて小さな花だった。
だけど、
わたしが想像した花とはちがっていた。
花びらが細くて八まいあった。
葉っぱはきょうりゅうの足あとみたいな形で
いっぱいあった。
いっぱいの葉っぱの中に
小さな白い花が一本
春が来たよ、とさいていた。

ねこやなぎ

北海道・小2　みやかわ　あきら

あべくんが学校にもってきた
ねこやなぎが　もうさいている
だけど一つだけ　きいろく花が
さいているのもある
白いねこやなぎのまん中に
ちょこんと
だいずまめのように
きいろのがまじっている

ねこやなぎ

山梨県・小3　桑原　けい子

かわばたの
ねこやなぎのめが
ぎんねずに光っていた

「赤いふくもぬいで
　ぎんねずのふくにかえたのよ」
といってるみたいだ
順子のおもりをしながら
びょういんへいっている
おとうさんのことを
かんがえていると
せなかの順子が
「ねんね」
とかわいらしくいった
ねこやなぎが
夕日にてらされて
みかん色に光っていた。

ねこやなぎ

山形県・小5　孫田　幸男

おつかいのとちゅう
ふと　川の岸を見ると
ねこやなぎが出ていた。
水におされて
時々ゆれうごく。
ねずみ色をしていてかわいい。
ぼんぼが、ぎっしりと
木にくっついている。
ぼくは
そっと手をのばしておった。

長ぐつに
雪がはいった。

ねこやなぎ

東京都・小5　高野　由利子

岩にのぼって
ビロードのような
ねこやなぎの芽をなでてみた。
ふんわりとやわらかい芽に、
かすかなあたたかみがあった。
もう、春が来ているな。
そう思うと、
急にうれしくなって、
ピシピシと音をさせながら、
枝を折りはじめた。
頭の上では、
午後の太陽が光っている。

はんのき

東京都・小2　土田　彰子

校門のところに
としとったはんのきがあります。
えだがきられてかわいそう。
花がなみだみたいに、ぶらさがっています。

すいせん

島根県・小2　曽田　美瑠子

すいせんのはなが
ゆらゆら　うごいている
つぼみが　ふるえている
にしかぜにおされて
みんな東をむいて
こらえている

えごの木

兵庫県・小4　斉藤　史哲

ちゃいろいはっぱが一まい
えだにひっかかってる
風がふいて
ゆれてる
でもおちない
はっぱとえだが
いっしょにゆれてるのを
ぼくはまどから見てる
ぼくのいきで
まどが白くくもった
風もいっしょに
白くなった

水仙の香りは

佐賀県・中1　鶴田　和子

水仙の香りには
音色があります。

あまりにも透きとおっているので
耳では聞きにくいけど
心には聞こえてくるのです。
少年の口笛にも似ています。
少女の歌う声にも似ているようです。

水仙の香りは
小さく優しく
遠いところから響いてきます。
春の予感の旋律です。

フリージア

東京都・小2　土田　しょう子

先生が
「これはフリージアという花。」
とおしえてくれました。
かわいいな。
くんくん、くんくん、
いいにおいだな。
いっぱいさいているところが見たいな。

オオイヌノフグリ

群馬県・小3　新井　美香

田んぼを歩いていたら、
オオイヌノフグリが
さいていたよ。
すみれ色で
とってもちっちゃな花。
オオイヌノフグリは
空を見て
さいていたよ。

フランネル草の葉

東京都・小3　繹　吉隆

きのう本門寺に
冬の植物を見に行った。
フランネル草の葉は
ぬのみたいにやわらかくて
手でにぎったら少しあたたかかった。
二まいも取って
ポケットの中に入れた。
今さわってもあったかい。

羊歯

東京都・小3　青木　衛

森先生と本門寺を歩いた。
先生が羊歯の葉をもって話してくれた。
木の下に生える羊歯
恐竜が食べていた羊歯
お正月のおもちの下にしく羊歯
本門寺に
こんなにたくさんあるなんて
びっくりした。
今日は晴れていたから
富士山がきれいに見えた。

はっぱの上のつゆ

東京都・小2　ごとう　まなみ

あめが　あがった　かえりみち
はっぱの　上に　つゆがのっていました。
おがたさんが、
花に　つゆを　のせて　のみました。
「あー　おいしい。」
わたしも　まねを　しました。
ふたりで、ちょうちょになったみたいに
かえりました。

タンポポのまちがい

福島県・小3　渡辺　紀子

先生、先生、あのね、
朝くるとき
かずみくんのうちのちょっと来たとこに
タンポポさいてたよ。

これ、ほんとよ。
冬なのに、さいたら、しおれてしまうよ。
春でないのに、まちがえたのかな。

びんぼうぐさ

埼玉県・小3　山田　あつし

ほんとうに、
びんぼうぐさっていう名まえかな。
ほんとうの名まえは
なんだろう。

ボ　ケ

東京都・小4　中山　幹康

きのう、本門寺に行った。
先生が、
「この花の名まえを言うと、
　おこるかもしれないよ。」
と言ってから
「これは、ボケという花だよ。」
とおしえてくれた。
ぼくがもしこの花だったら
「ボケ」
って言われたらおこるな。

芽

秋田県・小4　斎藤　キミ

足もとの
黄いろい芽
ふまないで　よかった。

さんしゅゆ

兵庫県・小4　長井　正志

えだがみんな
同じ方をむいてる
花の中は
細くのびて
先に小さなまるいつぼみ
小さい花があつまって
細い毛がはえている
黄色いかんむりのようだ
お母さんが
生け花のはさみで
根もとを切ってくれた
「これにつつんでもっていき。」って
しんぶんしをくれた

つばき

愛知県・小4　稲垣　陽子

朝
つばきの花がふたつ
きれいにさいていた。
ねえちゃんの
くちびるのようにさいてた。

ピラカンタの実

兵庫県・小4　黄河　涼

すずめが四羽
ピラカンタの赤い実を
食べにくる
はっぱにとまって
つついて
下におとす
首を上にあげて
おなかの中にはいるまで
空を見てまるのみする
食べおわると
羽をゆらして
またはっぱにとまる

ヤブツバキ

東京都・小5　矢野　誠

「なんだこの木は。」
木のはだがざらざらする。
その時、重森君が、
「ヤブツバキじゃない。」
ヤブツバキのヤブは、
気の毒な名前だ。
「ヤブツバキとは、
　ヤブの中にはえてる
ツバキなの。」

でも竹内先生は好きだな。」

竹内先生が言った。

あとで、左の方に
花が一つさいていた。
ピンク色の花びらで
中心が黄色
ヤブツバキの心は、
ピカッと光ってるかもしれない。

ひなぎく

富山県・小4　杉野　栄一

去年、お母さんが、
庭先に
ひなぎくをうえました。
みどり色の葉の間から
かわいい小さな赤い花を
三本さかせました。
ときどき雪がふって
かわいそうです。
雪をかぶらないときは
ぼくを見て笑っています。
雪が花や葉につもると、
ぼくは
すぐはらってやります。
きょうも寒い風にゆれて
かわいそうです。

でいご

沖縄県・小5　後真地　妙子

でいごがゆれている。

さわさわ。さわさわ。

だれかと、お話しているように。

だれとかな？

どんなお話しているの？

「そうだ。」

風と話しているんだ。

「少し寒いね。」

「春風はまだふかないね。」

与那国のでいごたちは、
春がくるのを待っている。

たんぽぽ

愛知県・小6　近藤　幹浩

どぶのわきの黄色いたんぽぽ。
お前は、
踏まれても、踏まれても、
つぎの年に生えてくる。
お前は、なぜそんなに強いんだ。
お前の葉っぱは、ざらざらで
地面にくっついている。
お前の根っこを抜こうと思っても、
地面深く伸びている。
いつも見るお前だけど
お前を見るたびに春だなあと思うのだ。

こぶしの木

千葉県・小6　盛岡　靖子

白いこぶしの花。
花びらが落ちてくる。
遠くから見るとなんだか、
こぶしの木は、
真っ白なドレスを着て、
立っているようだ。
夕日にむかって立っているこぶし。
上のほうが夕日にそまってべに色だ。
あたりが暗くなっていっても、
こぶしの木は、
立っている。
静かに、静かに、立っている。

節分草

東京都・小6　土肥　雅男

うすい、白い色の花です。
雪の中でさいています。
先生が、花びらを
「がくだよ。」
といいました。
ぼくは、よく見た。
花に見えるなあ。

2月 — 動物

☆ネコ
☆イタチ
☆オオカミ
☆モグラ
☆テン
☆トラ
☆キリン
☆ゴリラ
☆アザラシ
☆オットセイ

ゴリラ

広島県・小1　どい　ひろよし

とみたに　レジャーランドに　いきました。
先生らは、
ゴリラの　ところで
ゆれるように　わらっていました。
いそいで　いって　みました。
おりのゆかに
水が　ちょぴ　ちょぴ　ながれている。
ゴリラは　くちで　すうと
ぼくらにむかって　つばにして　はきました。
つばは　すねにも　くつにも　つきました。
みんなは　わっと　にげました。
先生が
「ぱあぷう」
と　いったら
また　くちで　みずをすうて　はきました。
「おまえのおしりは　まっかっか。」
といって　みんな　にげました。
わるぢえのある　ゴリラでした。
はじめて　あんなゴリラを見ました。
かえって　おかあさんに　はなしました。

きりん

広島県・小1　おかだ　かずき

せんせい、あのね。
どうぶつえんの、
きりんがね、
木のはっぱをたべていたよ。
ながいくびをのばして、
おりのそとのはっぱだよ。
きりんのべろは
あかいろかとおもったら、
くろいろだったよ。
したからみたら、
大きなべろだったよ。
こんどは、
はしらもなめたよ。
きりんは、
おなかがすいていたのかなあ。

キリン

東京都・小2　江尻　貞明

キリンは
足が長いから
足をひらいて
はっぱをたべている。

牛の目

山口県・小2　笹西　記佳

牛が、ぼくの方を見た。
すごく大きな目をしていた。
こげ茶色の目をしていた。
ないた目だった。
目のまわりになみだがたまっていた。
なんでないているのかな。
強いくさりが、
首にかけてあるから
自ゆうにできないからなきそうなのかな。

みいことねえた

高知県・小2　谷川　淳

みいこはぼくの手を
ねぶりながらねえた。
みいこのしたは
がさがさしていて
きもちがいい。
「みいこ、じっとねえよ。」
といったら
ホッカロンに
ひっついてねる。
ぎん色の目が
きょろきょろうごく。
みいこはめすで
ぼくのおとうとです。

ね　こ

秋田県・小3　高橋　正也

一日じゅうねてるねこ。

こたつのあるへやでも、
ストーブのあるへやでも、
あったかい所だと、どこでもねる。

ねこを、なでながら、

「そんなに、ねむいが。」

と、きくと、

「ニャー。」

と、うす目をあけて、なく。

「あぎねが。」

と、またきくと、

「ニャー。」

と、ねながら、なく。

ねずみも、いないし、
やることが、ないからかな。

どろぼうののら猫

岩手県・小6　鈴木　達也

のら猫がやってきた
魚やするめをとっていく
ドアを自分で開けて　とっていく
だれかいないといけない
いつも家にいるばあちゃんは
ごはんを食べると
すぐねてしまうから　気づかない
弟たちは
いつも二階で遊んでいるから　気づかない
じいちゃん　父さん　母さんは
牛小屋に行っているから　気づかない
だからカギをかけることにした
猫は、入ってこれない
けど仕事に行った人も入ってこれない
こまったことになった

ゴリラのふんなげ

福岡県・小3　井上　真貴

やったあ。

動物園に着いたぞ。

ゴリラだ。

「ふんをなげます。気をつけてください。」

と書いてある。

本当かなあと思っていると、
「わー。」
という声が聞こえた。
行って見ると、ゴリラがうんこをなげとった。
きたないの。
へんたい。
そう思っていると、なげられそうになった。
なげられたら、たまらん。
とっとこ、とっとこ、にげ出した。
みんなも、いっしょに、にげ出した。

しつこいイタチ

高知県・小5　中平　真生

「ギャオー！」
夜に変な声がした。
懐中電灯を持って
お姉ちゃんと
にわとり小屋へ行ってみた。
するとイタチが
にわとりをおそっていた。
電灯を照らしてもなかなかにげない。
お姉ちゃんが石を投げた。
やっとにげたと思ったのに、
カサカサ
と、草むらから音がする。
「しつこいねえ。」
と、お姉ちゃんに小声で言った。
すると、お父さんが心配して来た。
三人でおどかすと
イタチはにげていった。
でも、にわとりは手おくれだった。

トラ

北海道・小6　坂本　理恵

トラの体には線がある
この線がトラになければ
トラのかんろくもいさましさも
わからないだろう
トラの線があればこそ
あのたくましさも強さも
あらわれるのだろう
私もトラになって
体に線をつけて
どうどうと歩いてみたい

オットセイ

長野県・小6　吉村　由美子

せまいわくの中で、
三びきのオットセイが
えさをもらおうとしておしのけあい
われ先にとおじさんの手にとびつく。
そしておじさんに頭をたたかれ
おこられては
何か人間のうったえるような目で
あたりを見回しては
せまい池に飛びこみ
同じところを何回も回る。

あのオットセイは
今何を考えているのだろうか。
来る日も来る日も
せまい池の中でくらし、
たった三びききりだというのに
おしのけあってはえさをもらう。
今の生活をどう考えているのだろう。
オットセイも
自分だけの広い世界があった。
北の海を自由に泳ぎ回っては
だれにも気がねをしないで
自分でえさを食べ
すきなことをしてくらしていた生活が。
今その生活を思い出しているのかもしれない。
あるいはこんなせまい世界に
とじこめた人間を
心の底からうらんでいるのかもしれない。
あのどろりと光る目は
自由をうばった人間にうったえているのだ。

オットセイは
まだ機械のようにグルグル回っている。

2月

鳥

☆カラス
☆コマドリ
☆ツグミ
☆ホオジロ
☆ミミズク
☆マガモ
☆オオワシ
☆ウグイス
☆スズメ
☆ハクチョウ
☆カラス

うぐいす

大分県・小1　やない　あやこ

うぐいすが
空にひびくくらいないた。
大きなこえだった。
お日さまが
「いいこえだな。」
といっているようだった。

きじばと

東京都・小1　さとう　あつこ

きじばとを　かいたいけど、
まいにち　うちにくるから
かわなくてもいいです。
ひよどりも、つぐみもきます。
みかんをやったら、
みんなでなかよく
おいしそうに　たべました。

むくどり

東京都・小3　森　一朗

ぼくのうちに、
むくどりがよく来る。
足と口は、山ぶき色です。
小さな虫を食べます。
なんの虫を食べているのかな。
おいしいのかな。
むくどりが、
話してくれたらいいのにな。

とんび

秋田県・小3　戸澤　隆信

ピーヒョロロ。
空たかく
かっこよく
気もちよさそうに
とんでいる。
上から見たけしきは
どうですか。

ぶんちょう

滋賀県・小3　柴田　みどり

チィチィチィチィ。
朝、目をさますと、
きれいな声で
ぶんちょうがないている。
「おはよう。」
「チィチィチィ。」
小鳥とわたしは、
おたがい、声をかけあう。
声でわかる二人の気もち。
ぶんちょうは、
わたしのだいじな友だちだ。

めじろ

宮城県・小4　長友　孝子

めじろを
にいちゃんがもろてきた。
勉強していると
前のはこの中にいれてある
めじろが
ばたばたして
ちゅうちゅうとないている。
めじろの口の中に
ふえが
はいっているように
きれいな声でないた。

シラサギ

東京都・小4　乙津　義博

シラサギが飛んでいた。
二羽で、
空をわが物のように
ゆうゆうと飛んでいた。
なんてシラサギは
やわらかな飛び方をするのだろう。
まるで、きぬの布を上下に
ゆっくりとふっているようだ。
きょうもシラサギは北の方へ向かって
飛んで行った。
前に見たシラサギより
はねがきれいだった。
お母さんが、
「寒くなって、
　毛がはえかわったんでしょう。」
と言った。
シラサギは、
朝焼けで光って飛んで行った。

ヤマガラ

東京都・小4　細谷　亮介

手の上にエゴの実を乗せて
来るのをずっと待つ。
「あっ、来た。来た。」
ヤマガラが近づいてくる。
近くの木に止まってから
ぼくの手まで飛んで
あっという間に
エゴの実をくわえて
どこかに飛んでいく。
お父さんが、
「帰るぞ。」
と言っても、
「あと一回。」
と言って何度もやっていた。

うぐいす

石川県・小5　水原　幸樹

学校の帰り道
とつ然
「ホーホケキョ。」
とうぐいすの声がした
たちどまって
耳をすますと
もう一度
「ホーホケキョ。」
うぐいすが鳴いた
うぐいすの春の声

もうすぐ　六年生だ

わたり鳥

高知県・小5　中川　公徳

今、家のまわりには
ツグミ、メジロ、ヒヨドリなどの
わたり鳥がたくさんいる

ツグミが、えらそうに
庭先を走りまわったり
とびはねたり
メジロは、楽しそうに
木から木へとびうつって
かわいい声で鳴き
黄色いはらをつき出して
おどっている
ヒヨドリは
黒い羽を広げてバサバサととび
声をはりあげてうるさいように鳴く

この鳥たちも、あたたかくなると
北の国へ帰っていくんだろうな

セキレイ

北海道・小6　波多野　めぐみ

春の夕方
セキレイが何羽も
学校のグランドにやってくる
ちょうどお日様がしずみかけて
月がのぼりかけた夕方
セキレイは大きな夕日色にそまりながら
夢中で何かをつっついている
お日様がしずんで
月がかがやき始めたころ
セキレイはもういない
セキレイは夕日と月の両方が
空に出ている時にくる
あたりが大きな夕日色にそまり
夜のにおいがする
少しだけのきれいな時間
セキレイの高い声がひびく

ヒヨドリのヒナ

東京都・小6　駒形　仁美

ヒヨドリが巣をつくった
寝起きのかみみたいな巣
そっと見たら
毛玉みたいな
小さなヒナがいた
親がえさをくわえてくると
サイレンのように鳴いて
えさをねだる
親鳥は三羽のヒナにえさをあげるため
行ったり来たりして
とっても大変そうだった

親鳥ががんばったおかげで
ヒナは立派に巣立っていった

つる

山口県・小6　山根　和也

つるが飛んでいる。
三羽で楽しく飛んでいる。
とつぜんおりて
えさを食べはじめた。
一羽は、
けいかいして
残りの二羽は、
えさを食べていた。
夕日がみえなくなったら、
つるが、
飛んでいった。
僕の家の上を
飛んで
山の方へ消えていった。
ぼくは、おもわず
手をふった。
また明日飛んでこいよ。

2月——昆虫

☆カブトムシの幼虫
☆カマキリの卵
☆オオムラサキの幼虫
☆オツネントンボの幼虫
☆ハナアブ
☆モンシロチョウ

ふゆのあり

岡山県・小1　みやけ　ゆき

ありが一ぴき、
まいごかな。
土のあなにつれていこう。
どのあなかな。
ちょっとまっていてね。
おさとうもってくるからね。

オケラ

千葉県・小2　羽生　智香子

「これ、なんだろう。」

すず虫みたいだけど。

ぶにゅぶにゅしていて気もちわるい。

「これ、オケラよ。かってみようよ。」

みかちゃんがいった。

虫かごに入れて、土を入れた。

もぐらみたいにはやくもぐった。

おうちができて、よかったね。

三月七日おめでとう

鹿児島県・小1　みやわき　たいき

田んぼのあぜみちを
たんけんしているとき、
まなみねえちゃんが
「おたまじゃくしが
　うまれている。」
とおしえてくれた。
はしっていってみると、
みぞの中に
かえるのたまごと、
四ひきのおたまじゃくしを
見つけた。
「かえるの赤ちゃんの
　たんじょう日。」
とぼくがいった。

ちょうちょ

長野県・小1　はやま　さとる

あっ、
ちょうちょが　とんでいる。

あっ、
どあにぶつかった。
いたくないのかなあ。
はやく
うちにかえりな。

がんばれちょうちょ

愛媛県・小3　国田　あい

きょう、わたしたちのさなぎが
ちょうちょうになった。
わたしは、はじめて見た。
すごかった。
だって、一人でからをぬいでいたのに。
ちょうちょさんに、わたしは
「これから、たびにでるんだね。」
と小さくいった。
みんなも、
「がんばれ、がんばれ。」
と大きな声でいったので、
わたしもみんなにまけずに大きな声で、
「ちょうちょさん、早く出てね。がんばれ。」
といったよ。
ちょうちょさんは、ゆっくりゆっくり
はねをのばしていた。
ちょうはふたをあけても出てこなかった。
まだ、わたしたちのそばにいたいのかな。

モンシロチョウ

山形県・小3　佐藤　秀幸

たまごからそだてた
モンシロチョウをにがしてやった。
みんなで、
「さようなら。」
「さようなら。」
といってにがした。
なぜだろう。
モンシロチョウは、いこうとしない。
とばしても、
とばしても、
とぼうとしない。
みんながついていって、
いっしょにとんであげて、
やっと、
とんでいった。
なごりおしかったんだな。
モンシロチョウも
ぼくたちと、
同じ気持ちでいてくれたんだ。

玉　虫

長野県・小3　内ぼり　しゅんすけ

玉虫、道でしんでいた。
しんでもキラキラ光ってた。
光っててもしんでいた。
生きていそうで、しんでいる。
そうしきなしでしんでいた。
でもやっぱり光ってた。
何ものこさずしんでいた。
光は、ピカピカのこってた。
夏の、日ざしの中で光ってた。
だけどもうしんでいた。

いらがのたまご

東京都・小4　平林　武

あれ、あそこにあるのは、なんだろう。
ちかづいて見たら、
いらがのたまごの、ぬけがらだった。
えだに、とびついた。
バリバリ、
やっと、とれた。
たまごの上の方にあながあいている。
白いのもあれば、
しまもようのもある。
なかに、くものすのようなものがある。
えだと、えだのわかれているところに
ついている。
さわると、つるつるしている。

2月——魚介類

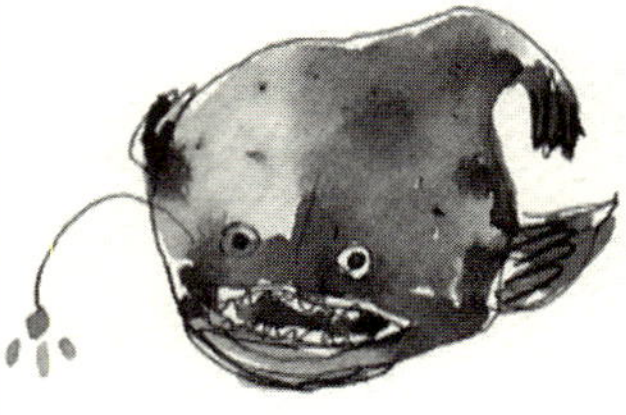

☆サワラ
☆アンコウ
☆シラウオ
☆ワカサギ
☆ハマグリ
☆アカガイ
☆ホッキガイ
☆アカガレイ
☆タイラギ
☆マダイ
☆マダラ

☆マツカワガレイ
☆マハゼ
☆マフグ
☆ムシガレイ
☆ムツ
☆カジキ
☆メジナ
☆メダイ
☆アカガイ
☆アマエビ
☆イセエビ

☆カキ
☆クルマエビ
☆ケガニ
☆サザエ

じゃこ

高知県・小1　尾崎　ともはる

じいちゃんが
「じゃこは　カルシウムが　ある。
　こけても　いたくないぞ。」と　いった。
じゃこに　おみそを　つけてたべた。
口の中で　ジャリジャリと　おとが　した。
じゃこの　ほねが　ぼくの　ほねに
うつりゆうみたい。

こ　い

東京都・小1　さとう　だいご

水ぞくかんにいった。
すごく大きいこいがいた。
ガラスにかおをくっつけて
こいとにらめっこをしたよ。
こいはそばにきて
ぼくをじっとにらんだよ。
くちはぱくぱく
おかしくてわらっちゃった。
ぼくのまけ。

タナゴ

茨城県・小3　生井沢　佳奈

わたしの家にタナゴがいる。
おじいちゃんが、お友だちからもらってきた。
「今は川にもあんまりいないんだ。」
っておじいちゃんが言ってた。
わたしが近づくと、
口をパクパクさせ、
とてもかわいい。
スースーと、まっすぐおよぐ。
おなかが、キラキラ光っている。
水がキラキラ光った。
まるで
ダイヤモンドがおよいでるみたい。

たいのうろことり

愛知県・小3　加藤　伸和

たいの、うろこをとった。
パシッ、パシッ、パシッ、と音がする。

うろこが、はねてとんでいく
頭をしっかりもって、
うろこをとる。
うろこが、どんどんとれていく。
パシッ、パシッ、パシッ、と、
とれていく
赤くて光っていた、たいが、
うろこをとられて　白くなった。
ちょっとかわいそうに　なった。

ふぐの目

福岡県・小5　河内山　貴司

コツン、コツン。
すごい引きだ。
あわてて　リールを巻いた。
ふぐだ。
おなかを　グウグウ鳴らしている。
針をはずそうとしたら、
目の色が変わった。
ふぐの目の色は、緑のビーダマみたいだった。
その目をじっと見ていたら、
持って帰ろうとうかれていた心が、
急にさめていった。
ふぐは、
「おなかがすいていたんです。
　にがしてください。」
と、言っているような気がした。

もう　針にかかるなよ
という願いをこめて、放したら、
ありがとうと言っているように
ピチャッとはねながら　泳いでいった。

かきうち

熊本県・小5　荘田　恭子

かきのガザガザのからを
コツン　コツンとたたく
白い水が　ボワッとあふれでる。
ぐい　ぎいっ
かきがらをはぐ
白い身が　だらんとぶらさがる
平和なくらしをやぶられて
かきは　さぞびっくりしているだろう。

かんの中に入れる
ぷーんと
いそのにおいが
うみのにおいが
鼻をつく。

こごえた手をあたためながら
海のにおいをかぎながら
コツン　コツン
かきをうつ。

イカつり船

青森県・小5　成田　恵子

二階の窓から
ホタルが飛んでいるように見える。
イカつり船
集魚燈が
宝石のようにかがやいている。

「あの船、お父さんのかも……。」
と妹。
母は
「お父さん、あと五つねると帰ってくるすけな。」
と妹の頭をなでる。
いつも、ふとんに顔をおしつけ
「お父さん、早く帰ってきて。」
と泣く妹が　今は、
クレヨンで、ノートいっぱいに
父の顔をかいている。

「イガいっぱいとってくるすけ。」
ボサボサのヒゲでわらいながら言う父に
「きっと大漁だよね、お父さん。」
と太いうでに、ぶら下がって
見送ったのは
もう、十日前。

「お父さん、元気でらがなー。」
とじっと海を見つめる母。

海のネオンサインは
ゆっくり動いて
いつの間にか
夜行列車のように明りが
連なっていた。

わかさぎつり

山梨県・小6　羽田　宣子

わたしのとうさん
わかさぎつり
パチャパチャパチャパチャ
わかさぎつり
水がパチャパチャ
わかさぎがパチャパチャ
日はもう入りそうだ
富士山がほんのり赤い

海へビ

鳥取県・小6　北岡　佳奈子

沖縄の海を散歩した
砂浜に
黒い物を見つけた
「何だろう。」
「焼けこげた縄かな。」
それに近づいてみる

ニュルッ
とつぜん動いた
「海へビだ。」

海へビは
重い体で何かしようとしている
サンゴでしきつめられた浜を、
一生懸命
海に向かって
何かに向かって
ニョウロリ
ニョウロリ
ひと進みひと進み

ハマグリ

静岡県・中2　渡辺　恵史

黒くて汚そうな砂に
ハマグリが住んでいた
ハマグリを砂から出すと
すぐ砂の中へ入って行った
ハマグリにとって
砂は母親のようだ
ハマグリは
砂に抱かれるように潜っている

カブトガニと人間

岡山県・中2　木村　信行

いま、ぼくの目の前に、
古生代からの生き物がいる。
北九州の旅行の途中で
父が手にいれたカブトガニだ。

おい、カブトガニよ。
さぞかし気持ちよく
玄界灘を泳いでいたんだろうなあ。
その、ぶかっこうなからだで、
朝鮮の方までも出かけて行ったのかい。
人間の世界では、
海にも国境みたいなものがあって
うるさいけれど、
おまえはそんなこと、おかまいなしだな。
壁にはりついている気分はどうだい。
人間をうらんでいるだろうなあ。
おい……何とか言ってくれよ。

手で甲らをたたいてみた。
カン……
しんとしたへやに
気味の悪い音がこだました。
何だか急に自分が
とてつもない罪人のような気がしてきた。

三月

3月——行事

1 国土緑化運動強化期間
芥川龍之介誕生（1892）
春の火災予防運動（1日～7日）
第五福竜丸がビキニ環礁で被爆。久保山愛吉無線長が初の水爆実験犠牲者となった（1954）

2 ミニの日（1969年ファッションとして、また小さい物を大切にと）

3 ひなまつり
耳の日
平和の日（日本ペンクラブが提唱して決まった　1984）

4 ミシンの日（1990）
アルミサッシの日

芥川龍之介様

東京都・小5　羽田　弥生

この前、あなたの作品の杜子春を見た
学芸会で六年が演じたから、見た
中々おもしろいなぁと思った
本屋の中をうろついていると
蜘蛛の糸・杜子春があった
私はそくざに二八〇円をとり出して
レジへ急いだ
家へ帰る道
私は読み始めた
あなたの作品には
地獄がよく出てくるような気がする
奇妙なようで、ゆかいである
それは、舞台とするところからして
私が妙だと思っているからかもしれない
……もう一度
天国で物語を書いてみたらどうですか

第五福竜丸

埼玉県・小6　本城　麻衣

一生けん命な館長さんの話
かわいそうな　かわいそうな
一せきの船の話
「太陽が二つある」
私の心に残った言葉
思わず息をのむ
聞き終わって　心が重くなる

この船には
たくさんの悲しみが
つまっているんだな

最後に　そっと
第五福竜丸にさわった

ミニスカート

神奈川県・小3　田島　沙也花

ミニスカートは、
女の子がはくもの。
ひらひらして
とってもかわいいね。
カラフルなスカートが
かわいいね。
水玉もようのスカート、
チェックもようのスカート、
私はジーパンきじのミニスカートが
お気に入り。
もっとお気に入りのミニスカートは
お花もようのミニスカート。
もっとお気に入りのミニスカートを
ふやしたいな。

5 さんごの日
オランダで初めて地球儀がつくられた
(1512)
6 「山びこ学校」が出版された（1951）
このころ啓蟄（啓は外に出ること蟄は土
の中の虫たち）
スポーツ専門紙発行（1946）
7 消防記念日（1904年消防組織法が施行）
8 国際婦人デー（1904年アメリカで婦人参
政権運動が起こった日）
自転車安全の日
みつばちの日
9 記念切手発表記念日（1894）
ありがとうの日
東京三越デパートに初めてエレベーター
ができた（1914）
10 山村漁村婦人の日（1988年に農林水産省
が制定）
東京都平和の日（1945・東京大空襲死者
88,793人、焼失267,171戸）
東京都平和の日
東海道・山陽新幹線全通（1980）
中国でパンダが発見された（1869）
アメリカの宣教師ヘボンが来てローマ字
を考案した（1815）
12 高村光太郎誕生（1883）
パンの日

おひなさま

愛媛県・小3　木原　健吾

朝おきたら、
お父さんが、
「いい天気だから
　おひなさまを出そう。」
と、言った。
ぼくも、
一年間ずっとはこの中に入っていたので、
早く出してあげたいなと思った。
ぼくとお父さんが台を作り、
お姉ちゃんとお母さんが
はこから人形をとり出して、
だんの上にならべていった。
ぜんぶならべおわった時、
おひなさまたちが、
「外に出してくれてありがとう。」
と、言っているような気がした。
ざしきいっぱいに
春が来たような気がした。

ひな祭

青森県・小5　千葉　一臣

今日は、三月三日。
おひなさまの日。
僕の家には、ひな人形がない。
でも、お姉ちゃんが言っていた。
お姉ちゃんが、おだいり様。
僕が、おひな様。
「りっぱなひな人形だよ。」
と言っていた。
僕が
「フッ」
とふきだした。
お姉ちゃんも、にっこりわらった。
僕の家のひな人形は、
たちまち大きな口をあけてわらった。
どこにも売っていないひな人形。
僕の家のひな人形は、生きている。

おひな様

愛媛県・小5　渡辺　詩織

一年ぶりに、
おひな様を、
出しました。
人ぎょうは、
ねむっていたように、
ねぐせが、
ついていました。
でも、
いつまでも変わらないのが、
顔です。
いつ見ても、

14 キャンデーの日
ホワイトデー
日本で万国博覧会開幕（77か国6400万人参加、1970年）
15 靴の記念日（1870年初めて靴工場ができた）
おかしの日
世界消費者権利デー（1983）
16 遊園地の日（第3日曜）
東北新幹線開業（1989）
17 彼岸入り
ダイムラー自動車をつくった（1834）
電卓がつくられた日（1984）
19 ミュージックの日（1991）
トークの日
20 動物愛護デー（上野動物園開園記念日・1882）
狂牛病イギリスで発生（1996）
21 このころ春分の日（1948）
たまごの日
高松塚壁画発見（1972）
動物愛護週間
22 ＮＨＫ放送記念日（1925）
エレベーターが日本にできた（1896）
「のぞみ・こまち」運転開始（1997）時速300Ｋ
新美南吉没（1943）

やさしい顔です。
私も、
しょう来、
おひな様みたいな、
やさしい顔に、
なりたいです。

おかあさんのみみ

青森県・小1　しむら　さとし

「おんどくするよ。」

というと、

「はいどうぞ。」

「おもちゃをかって。」

というと、

「なあに　みみがきこえない。」

おかあさんのみみは、へんなみみだなあ。

耳の遠いおじいちゃん

東京都・小5　桜岡　優子

耳の遠いおじいちゃん。
若い時、機械工場で働いていらい、
おじいちゃんは耳が遠くなった。
話しかける時は、声を大きくしなければ
おじいちゃんには聞こえない。
でもなぜかおばあちゃんには
小さい声でも聞こえる。
何年間もおばあちゃんとくらしているからだ。
おじいちゃんと話す時はいつもそう思う。

まっすぐ、ぬいたい

福岡県・小5　金城　千紘

ウィーン、ウィーン、カタカタカタッ。
家庭科で、はじめてミシンをつかった。
機械と針が、スピードをあげて私に向かって
　くる。
ミシンに負けては、おれない。
布にしるしをつけ、待ち針を打ち、
しつけぬいをした。
しつけぬいにそって、ミシンをかけた。
しるしやしつけは、直線なのに、
よがんだり、ずれたり　あっ、失敗だ――。
再度、挑戦。ああ、また、よがんだ。
まっすぐ、ぬいたいだけなのに。

ミシンの音

東京都・小5　鈴木　茜音

学校の帰り、エレベーターから出てくると
かすかに聞こえるお母さんのミシンの音
カタカタ
立ったまま　考えた
「お母さんって今、幸せ？」
「お母さんって今、何を考えているの？」
「お母さんって今、何か欲しい物あるの？」

23 世界気象デー（1960）
24 マネキン記念日（1928）
卒業式
25 電気記念日（1878年東大工学部で初めて電灯が灯された）
終了式
26 春休み
ベートーベン没（1827）
さくらの日（1992）
仏壇の日（1972）
28 藤原頼通が宇治の別荘を平等院とした（1052）
29 まりも記念日（1952年に天然記念物に指定された）
30 国立競技場ができた（1958）
パリのエッフェル塔ができた（1889）
ゴッホ誕生（1853）
31 119番がつくられた（1949）
教育基本法・学校教育法の公布の日（1947）

考えたまま　インターホンを押した
お母さんが出てきた
今　私が考えたことを質問しようかなと思っ
　たけど
やっぱりやめた

だって私が大人になったらわかるもん

初めてのミシン

東京都・小5　長谷川　亮

「カタカタ。」

まるで笑っているみたいな、へんな音。

ゆっくりから、はやいにかえてみた。

「デュトデュトデュト。」

スピードが上がって
もっとへんな音になった。

「おもしろいや。」

ゆっくり、はやい、ゆっくり、はやい、
と、順番にやってると、

「カタカデュトデュカタカタ。」

とってもおもしろい。

心ぞうがバクバクしてきた。

家庭科の授業が終わっても、
まだバクバクしてた。
「またやりたいな。」

冬の朝

愛媛県・小4　池松　和久

冷たい朝だ。
サッシのガラスが
バリバリとこおっていた。

ひとさし指で
そっとさわった。
「冷たい。」
指の先の氷が
ぼうっととけて
いつの間にか
冬と書いていた。
冬という字のすき間から
外をのぞいたら、
外からも
冬がじっとこっちを
見つめていた。

風

長崎県・小6　池田　由美

ビューン、ビューン、
家のまわりを風がおいかけっこ。
ガタガタ。
ゴトゴト。
サッシを開いて、

風を中に入れてやる。
風はノートをとばす。
貯金箱をおっことす。
がまんできなくなった。
サッシをぴたりとしめた。
風は外を
ヒューンヒューン
とびまわる。

さんご

東京都・小6　三上　優輔

玄関のさんごは
沖縄で拾ってきた。
石みたいで
たたくといい音がする。
波の音もきこえてくるようだ。
この音には、
楽しかった沖縄旅行の思い出が、
戦争のあとの悲しい思い出が、
つまっている。

けいちつ

神奈川県・小4　梅沢　佳

けいちつの日がすぎた。
でも、虫が活動しているところ
見あたらない。

火　事

東京都・小3　清水　紀子

風がすごい。
小さい火の粉や大きい火の粉が、
次から次へと山の方へとんでいく。
家の前を
しょうぼう車がとぶように走って行く。
すごい大火事だ。
近くの家の人も心配して集まってきた。
まっ黒なけむりの中から、
おじいさんとおばあさんが
よろよろしながら出てきた。
集まっている人から、
「あっ、おじいさんとおばあさんだ。」
「無事だったみたいね。」
という声が聞こえた。
私には二人の顔が、
ざんねんそうでさみしそうに見えた。
家と工場とお店、車庫は
もえてしまって柱だけが残っていた。
まわりの人が少なくなってから
柱だけになった家の中をのぞいてみた。
着物もお金も通帳も、
まっ黒こげになっていた。
これから
どうやって暮らしていくんだろう。

お父さんの仕事

千葉県・小4　伊東　裕輝

消防署で働いているぼくのお父さん。
夜まで働いて帰って来た朝、
目がしぼみ、
しわがふえているみたい。
仕事は大変だろうな。
火事の火を消したり、
はしご車に乗って人を助けたりするという。
きついだろうな。
家ではやさしいお父さん。
仕事の時は、どんな顔をしているのかな。
仕事場へ連れて行ってもらった。
たくさんの人が働いていた。
はしご車も見せてもらった。
校舎よりも高そうだった。
実さいに乗ってみた。
はしごの上の方がゆれていた。
こわくて足がふるえた。
下の方が見られなかった。
「はしごがすごく長いから、お父さんも
　少しこわいな。」
とお父さんが言った。
いつも大変なことをやっているんだな。
お父さんは、すごいな。
お父さんがいつもより大きく見えた。

父の仕事

青森県・小5　長谷川　優

父は消防士。
とても大変な仕事だ。
地しんが来た時、
近所が火事になった時、
父はすぐとんでいく。
私はこの仕事がきらいだ。
それは、
地しんの時も、
つ波が来た時も、
火事の時も、
たつまきが来たように、
父をさらっていくから。

「リリリリリーン。」
「はい、今いきます。」
目をこすりながらの応待。
仕事にほこりをもつ父を、
またさらっていく電話。

お父さんは消防士

福岡県・小5　小清水　将大

ウーウーとサイレンの音、火事だ。
ぼくが火事を見にいくと、
家が勢いよく燃えていた。
はしご車がやってきた。
はしご車から、とび出してきたのは
ぼくのお父さんだ。
お父さんは、ホースを持って走った。
それから、ホースをかまえて水をかけた。
火の勢いは弱くなった。
でも、なかなか火は消えない。
お父さんは、力を入れて、
ぐっとホースを握ってふんばる。
家では、見たことのない真剣な顔だ。
やっと火が消えた
ぼくもお父さんみたいな
消防士になりたいと思った。

みつばちのす

広島県・小4　木村　千穂

すごい　みつばちのすだ。
生まれて　はじめてみた。

おっちゃんが　あおむけになって、
すを　取り出した。

直けい　三十センチもある。
さんごのように　すごくきれいなすだ。
とても　はちのすとは思えない
「一年や　そこらでできんど。
何十年もんど。」
と　おっちゃんが　言った。
はちみつをなめた。
とっても　あまかった。

記念切手

東京都・小4　藤原　直樹

記念切手を買うために、
朝七時十五分ごろ起きて、
八時十四分ごろ家を出た。
自動車でゆう便局まで行った。
ゆう便局には、ふたりいた。
四年生と五年生のふたりだった。
十三分ぐらい待っていたら、
ゆう便局の入り口があいた。
きょう買った記念切手は、
「上信越高原国立公園」というのだった。
この前、買ったのは、
「富士山頂気象レーダー完成記念」の
切手だった。

ありがとう

長野県・小1　かさはら　ちづる

はさみとのりをわすれてきました。
こまっていたらかずひろくんが
「つかいな。」
といってかしてくれました。

「いいよ。」
といってつかわなかったら
「じかんないよ。じぶんのだっておもいな。」
といいました。
わたしはつかいました。
そして心の中で
「せわかけてごめんね。」
と百かいくらい
いいました。

三月十日

東京都・小6　押山　美久

四年ほど前、
三月十日に飛行船が飛んでいた。
帰ってから、
お母さんに話した。
「飛行船になんか書いてあったけど、
　どうしてかな。」
「三月十日にね、昔戦争をしていたころ、
　大空襲があったんだよ。」
そのころの私は、
意味がわからなかった。
六年になって社会で習い、
やっと意味を知った時、
悲しい気持ちになった。
三月十日は、
私にとってはすごくうれしい誕生日。
でも昔では、
十万人以上の人の命を落とした日。
平和のありがたみを
改めて知ると思う。

高村光太郎

宮城県・小5　中山　聡子

山のふもとにある。
高村光太郎の
山そうを、たずねた。
うすぐらい部屋に、
すすけたランプや、
かまや、かごなどが
ぶらさがっていた。
机の上には
本が、ぎっしり、
ならんでいた。
今にも、ゴキブリでも
わきそうな、せまい部屋。
このみすぼらしい部屋に
たった一人で、
不自由な生活にも、まけず、
じっとがまんをした。
ちえ子さんの事を、
思いだしながら、
美しい詩や、
りっぱなちょうこくを
作りつづけた。
えらいなあ。
力強い人だなあ。
私は、何度も、思った。

サンドイッチ

埼玉県・小4　小澤　遥

今日お昼ごはんに、
お母さんと私とお姉ちゃんとで
サンドイッチを作った。
まずはタマゴを
きみにあたらないようにして、
ほうちょうでしろみを
くるっと回してとって、
きみも出した。
その次に
サンドイッチのパンに
バターをぬった。
それからたまごをのっけた。
ハムものせたりして楽しかった。
そしたらおかあさんが、
「何でもおぼえていくねー。」
と言った。
うれしかった。

ホワイトデー

長野県・小2　清水　かほり

おとうさんから、
バレンタインデーのおかえしに
ピーナッツの入ったクッキーをもらった。
わたしは、
ちょっとたってから食べようと思って
クッキーをとだなのおくに入れておいた。
そのよる、
たべようと思っていってみたら、
おかあさんとおばあちゃんがわらいながら、
クッキーを食べていた。
わたしは、大きなこえでないてしまった。
そして
「かえして。」
とおこった。
クッキーは三こしかのこってなかった。

クツ

埼玉県・小4　白鳥　香帆

この前の休みの日に
運動グツを買いにいった。
ピコのクツで
軽くて気持ちよくって
すごくはきやすい。
私はとても気に入って
うれしかった。
お母さんが
「これで運動会は一等賞だね。」
と言ったけど、
私はクツだけでは
一位になれるとは思っていない。

くつ

大阪府・小4　日出　公子

このあいだ、くつを買いに行った。
中へはいったら、
いろいろな色のくつがならんでいた。
おかあさんは、「どれにする」と言った。
わたしは、「これぜんぶほしい」と言った。

くつ音

大阪府・小6　池田　紀子

コツ、コツ、コツ、
お向かいのおじさんのくつ音。
コツ、コツ、コツ、
こんどはとなりのおじさん。
八年前に、
お父さんに死なれた私は、
お父さんのくつ音を知らない。
破れたくつをはいたお父さんでも、
少しぐらい
ビッコをひいたお父さんでもかまわない。
お父さんのくつ音がききたい。
一度でもよいから
きいてみたい。

マネキン

神奈川県・小3　木村　衣里

わたしはいつも止まっている。
動けない。
たまには動きたいな。
でも、
かわいい服や、
いろんなきれいな物をつけて、
おしゃれしていて、
うれしい！
これからも、わたしに、
きれいな物を
いっぱいつけてね。

電卓

青森県・小5　小泉　貴昭

たし算、ひき算、かけ算、わり算。
あらゆる計算ができる、
電卓。
〇・一秒で、答えが出せる。
とても頭がいい。
何けただって、おまかせ。

ぼくも、そんな頭がほしい。
たまには頭を休めて、
まちがえてみたらどうだい？

動物園

埼玉県・小5　渡部　明日香

私の弟は、
年少の時に、
上の動物園と
下の動物園があると思っていた。
私が、
「上の動物園に行く。」
と言ったら弟が、
「ぼくは下の動物園に行く。」
と言った。
私はつい笑ってしまった。

あやと
もう間違えないようにしなよ！

てい電

愛媛県・小4　小川　憲人

花見から帰ってくると、
家の中はまっくらだ。
スイッチをおしても電気がつかない。
そう、てい電だ。
ブレーカーを上げようとしても上がらない。
ぼくとお兄ちゃんは手さぐりでなんとか、
かい中電とうを見つけ出した。
上のおじちゃんをよんで来て、
ブレーカーを見てもらった。
妹はまっくらなので泣いていた。
その時ピカッと電気がついた。
やっとついたとぼくは思った。
妹も
「やったー。」
と大よろこび。
てい電になると大へんだ。
まるで、おばけ屋しきみたいだ。
もうてい電にならないといいな。

ベートーベン

青森県・小3　千葉　こずえ

ジャジャジャジャーン
お母さんがかみを切った。

かみはくるくる
パーマをかけてきた。

おねえちゃんが言った。

「ベートーベンみたい。」

わたしも言った。

「前の方がよかったな。」

お母さん、ちょっとがっかりして、

「ジャジャジャジャーン。」

と、大きな声で歌った。

さくらの花

東京都・小1　うらの　ともえ

わたしが　にわで　あそんで　いたら、
かぜが　ひゅうひゅうと　ふいて　きて、
さくらの　はなびらが、
うずまきに　なったから、
わたしは
ひょんと　その中に　はいりました。

さくら

東京都・小4　尾崎　幸則

花びらが
風にふかれて、たくさん散った。
庭のひとすみが
べに色のござになった。
すずめが一羽、
その上を
首を下げたり上げたりして
チョンチョンと
歩いている。

ぶつだんの前で

兵庫県・小4　原田　真由美

おじいちゃんが
うえ木の手入れと
戸だなの整理をしている夢を

見るんだって
おじいちゃんの大好きだった
あんぱんをかざりながら
私の方を向いて
おばあちゃんが笑った
そのあと
おじいちゃんの写真を見て
じっと手を合わせたまま
下を向いて
目をつぶっていた

平等院

東京都・小6　西嶋　良夫

社会科で学習しているときから
どうしても平等院が見たかった。
「あった。あった。」
中堂の屋根の上に
一対の鳳凰がかざられている。
これは、教科書で見た通り。
貴族達が舟をうかべて
遊んでいた池は、
たいしたものではない。
ここですばらしいのは
建物よりも
如来像の蓮台と天蓋である。
「円満なお顔ねぇ」
と母が言った。
「身体の各部のつりあいと安定感がいい。」
と父がいった。
そういわれて、もう一度見た。
仏様達が、雲に乗ったり歌ったり
なんとなく楽しい表情であった。
藤原氏の政治を話し合いながら、
奈良に向かった。

まりも

北海道・小3　毎くま　里な

おばあちゃんから、もらった、まりも。
大きいまりもと小さいまりも。
びんに二つ、なかよくうかんでいる。
よく見ると、まん丸で、緑色の毛がある。
ふかふかして、気持ちいいなあ。
毎日見ていると、
少しずつ水がへっていく。
まりもは、のどがかわくのかなあ。
じっと見ていると、
まりものおしゃべりをする声が、
聞こえてきそうだ。
これから、たくさんお話しようね。
今度は、まりもの名前を決めよう。
これから、
いい友だちになろうね、
まりもさん。

ゴッホ

青森県・中3　牧野　淑子

私が　そこに見たものは
ものすごい炎と黒煙をあげて
燃えるものだった。
私がそこに見たものは
絵でもなんでもない
大きな　集団をつくって活動しているような
　生きものだった
これが　はたして絵だろうか？
これがいと杉だろうか？
この燃えるいと杉の下を歩く娘らは
火のなかにはいろうとでも
しているかのようだ
そして
私がそこに見たものは
彼の精神
彼の情熱
彼は　死んではいない
彼の魂がそこに生きている
それだった
この情熱の人　すばらしい画家
いや　精神の征服者を
私は　尊敬せずにはいられない。

3月——季節

☆山の雪がとけ始める
☆東から風が吹き寒さがやわらぐ
☆草木がめぶき、花が咲く植物が多い
☆北海道ではマイナスの気温もあり、九州では10度以上の日がつづく。陽炎（かげろう）が見える

春を見つけたよ
秋田県・小2　高橋　辰身

かめが　二ひき
とうみんからさめて
のそのそと　歩いていた。
ぼくは　びっくりした。
こんなに　早く出てきて
しなないかと　心ぱいだった。

とうさんが　とってきた
山うさぎを見て
ぼくは　びっくりした。
白い毛が　少しずつ
茶色になっていたんだ。

かめも　山うさぎも
ぼくがしらないのに
春が来たのをしっている。
ぼくも　かめと山うさぎを見て
春を見つけたよ。

はる
宮崎県・小2　甲斐　守

はるが　きたから
だいこんの花がさいちょる、といった。
うちのさかえが
だいこんの花をとって
「こりが《（これが）》　春かと」
といった。
ぼくは　春じゃといった。

もうすぐ春
徳島県・小3　市川　さつき

「ホー。ヘキョッ。」
あっうぐいすだ。
学校へ行く道で、
かすかに聞こえたうぐいすの声。
どきっとした。
そしてうれしくなった。
わくわくしてきた。
春が来ているんだな。

もうすぐ春が来るんだな。

わたしは、

「オーイ。」

と春によびかけたくなった。

小さい春を見つけた

秋田県・小3　伊藤　祐紀

学校の帰りに、
十字ろのそばの高い土手で、
ふきのとうを見つけた。
よりそうように四つ生えていた。
あたり一面一メートル近く雪があるのに、
そこだけが、
春いっぱいの感じ。
きれいな黄緑の、
かわいらしいふきのとう。
とって、かおりをかいでみたい気がしたが
だいじな春だから
とらずに帰った。

雲

東京都・小3　八木　清一

雲がきれた。
かたいっぽうは動かないで
かたいっぽうは動く
春の雲だ。

春っていいな

秋田県・小4　浅野　さえ子

ふくじゅそう
ふきのとう
れんぎょう
すいせん
いろんな花がさきだした。
みんな黄色。
「春は黄色からはじまるよ。」
とお母さんが言った。
そうだな、みんな黄色だ。
「命がもえだす色。」
とお母さんが言った。
春は、草も虫も動き出すからだね。
春っていいな。
あっちも
こっちも
お日さまの色であふれている。

春

群馬県・小4　冨永　裕子

シチューを作るのに
じゃがいもをだしたら
太くて紫色の芽が
生えていました。
今度はたまねぎをとりだして
半分にきったら
緑っぽい芽が中にありました。
じゃがいももたまねぎにも
春がきているんだな。

春

青森県・小5　山田　美恵子

春になり、
母の手もやっときれいになった。
冬の間は、いつもがさがさだった。
このごろやっとつるつるになった。
春は、何千円もするクリームだ。

花粉症

東京都・小6　川村　恭平

むかつく　めちゃむかつく
花粉症の時季は、むかついてきらいだ
スギの木を切りおとして、
海に捨てたいぐらいだ
花粉症さえなければいいのになー
ほかの人は
花粉症のことどんなふうに思ってるのだろう
つらいなー、
目がかゆいし、
はなづまりは、するし
やだなー　花粉症

3月 ― 家庭生活

☆ しおひがり
☆ ひなまつり
☆ お墓まいり
☆ 卒業
☆ 入園
☆ 入学
☆ 進学
☆ 就職
☆ 春休みの計画
☆ くさもち

おすし

長野県・小3　荻原　由美

きょうの夕はんは、お母さんがにぎった
にぎりずしとまきずしでした。
おかまのスイッチを
お母さんがおしわすれて、
夕はんが少しおそくなりました。
いよいよ夕はんです。
お母さんがにぎって
「へい！　おまちい！。」
と言ったら、お父さんが
「いただき！」
と返事をしたので
わたしたち子どもは大わらいでした。
少しおそい夕はんで、
ねるのも九時をすぎてしまったし、
おすしの形もへんだったけど、
とっても楽しくて、
おいしい夕はんでした。

ほしたふとん

山梨県・小3　石原　保夫

おばあちゃんが
ぼくたちのふとんを
ほしてくれた。
ふんわりとして
いかにも　あったかそうだ。
まるで　ベッドのような
ぐあいのよい　ふとん。
「こんやは　この　ふとんの上で
　ぐっすり　ねむれる」
と　おもいながら
ねまきや　もうふを
たたんでいた。
ふとんの上にも
はるが
すわっているような　きがする。

おひがん

埼玉県・小4　つか田　りえ子

おせんこうは二本あげました。

ひいばあちゃんと
まえばしのよしおちゃんの分です。
ほとけさまは
どうして
お水もちょっと
おちゃもちょっと
ごはんもちょっとなんだろう。
おはぎを二つあげました。
外に出ると
ひがん花がさいていました。

妹

埼玉県・小5　根岸　徹

「いいでしょ。このピアニカ」

妹が言いました。

春になれば
ぼくの妹は、一年生になります。

春になれば、いっしょに登校できます。

省エネでの口げんか

高知県・小5　大久保　忠宗

夕食のあと、また
父と母の口げんかが始まった。
父が
「ひとつも、かいだんの電気を消しゃせんろうが。」
母はまけずに大声で
「二、三分ばあつけちょっても、そうかわらんよ。」
と言った。
父は
「そいたら四国電力に、電話をして聞いちゃらあや。」
と、電話帳をさがしはじめた。
ぼくは
（あほみたいな）
と思った。
「省エネのことじゃけんど、電気は、二、三分でも早く消したらえいんじゃお。」
と父は言った。
「どうも、ありがとうございました。勉強になりましたよ。」
父が電話を切った。
母に笑いながら
「二、三分でも、早よう、消さんといかんと。」
と言った。
母も笑いながら
「ばかじゃ。」
と言って口げんかをやめた。
本当に口げんかをする親、
人に見られたらどうする。

パチンコのすきな父さん

広島県・小6　坂口　信行

ぼくの父さんは
よくパチンコに行く
「ちょっと行ってくるからな。」
と言いながら
「ええかげんにしよ。」
と言うぼくのことばもきかずに
たのしそうに今日も行く
いつもぼくより早くから出かけ
帰ったら
ぼくのめんどうを見てくれる
お父さん
毎日つかれているんだろうな
気ばらしに
なるのかと思う
するとどうにも強くとめられない
ぼくもおとなになると
行くのかなあと考えると
すこしなさけなくなる。
でもこんな父さんを
ぼくは好きなんだ

3月

学校生活

☆学芸会
☆社会科見学
☆文化祭
☆卒業式
☆終了式
☆1年間の反省と希望
☆通知表
☆春休み

音楽朝会

高知県・小2　小松　智恵

春が来たよを
みんなで歌った
それまでは
冬だったのに
歌っているうちに
あたたまって来た
春が来た気分になった
全校の人が
大きな声で歌ったから
あたたかかった
すごく楽しくて
春が来た気分になった

はるかぜ

長野県・小2　青木　正義

先生は
車にのってくるから
わからないけど
ぼくたちは
はるかぜにのって
学校にくるんだ

こじんめんだん

青森県・小3　清水　琢矢

今ごろ
お母さんと先生は
何を話しているのかなぁ
ぼくのこと何でも知っているのかな
ぼくのことぜんぶ話しているのかな
でも
半分は
ぼくのことおこっているのかな
ぼくはだんだんふあんになってきた
しばらくして
お母さんが帰ってきた
学校で話したことを聞いてみたら
ぼくががんばっていることを

話していたんだって
こじんめんだんは
はらはらするなあ

かなちゃんが転校した

和歌山県・小3　向竹　智香

ほ育所の時、いつも遊んでいた。
小学生になってからは、
氷おにをして遊んだ。
かな子ちゃんが
「三年生になったら、海南へ行く。」
と言った。
わたしは、
「えっ、本当に海南に行ってしまうん。」
と言った。
しんどいとき、先生に言いに行ってくれた。
三年生になって、
かな子ちゃんから手紙が来た。
かな子ちゃんの事を思い出すと、
なみだが出てきそうだ。
また、この学校にもどってきてほしいな。
お手紙出そうかな。
電話しようかな。

もったいないな

愛知県・小4　村山　かおる

この前ゴミ工場に見学にいった
まだ使えるものがいっぱいある
今からとりにいこうか
だめだ
クレーンがうごいて
ゴミをどんどん
しょうきゃくろへもっていく
すごいなあ　でももったいない
新聞や牛にゅうパックはまた紙になる
料理のくずや生ゴミは畑のひ料になる
空カンはとかして　またカンになる
トレーはうえ木ばちになる
ペットボトルは　洋服になる
いろいろな方法で
リサイクルできるのに
どうしてしないのかな
不ねん物しょり場は
あと三年でゴミでいっぱいになる
自転車　れいぞう庫　クーラー
せんぷうき　せんたくき
まだまだつかえそう
もったいないな
自分でも　使える物は使って
リサイクルをしよう

先生と通知表

長崎県・小4　愼　勝進

こわいこわい　通知表
ぼくのこと
何でもかんでも知ってる通知表
通知表はなんにもしゃべらず
じっと　じっと
ぼくをにらんでいる
それがぼくにはよくわかる
通知表って　センセイみたい‼

寒い朝

徳島県・小4　星中　マミ

毎日毎日、寒い朝学校に通う。
女子はスカートで男子はズボン。
男子はいいよ、ぬくいから。
女子は朝スカートの中へ
風がふきこんで寒いのよ。
男子もたまには
スカートはいて寒くなれ。

春のにおい

大阪府・小4　奈木　さおり

お母さんと
まめのかわをむく
「花や太陽のまぶしい　においがするね」

お母さんが言った
「そうやね」
妹も　一年生
よこで
新しいピカピカのランドセルを
みがきながら
春のにおいをまっている

ずるい！

東京都・小4　赤池　翔太

消防署を見学した。
大森先生だけ、
はしご車に乗って、
三十メートル上に行った。
みんな
「ずるいぞおー！」
とさけんだ。
もちろん、
ぼくもさけんだ。

先生の通知表

山形県・小5　清石　恵美子

みんなが、先生に
「通知表いいぐつけろな。」

といったら、

「うんとわるぐつける。」

といった。

「おらださばりつけてずるい。」

といったら、

「くやしがったら、先生さもつけでみろ。」

といった。

声が大きいから　九〇点
にこにこしているから　九五点
わかるように教えるから　九三点
おこらないから　九〇点
本、読んでくれるから　九〇点
字がへただから　六〇点
タバコのみすぎるから　四〇点

と、わたしはつけた。

少し、あまかったかなあ。

がんばるぞ

奈良県・小5　仲　麻有美

六年生にメッセージを一言ずつ書いた。
私はさびしい気持ちになった。
六年生が卒業したら、学校が暗くなりそうだ。
だけど、その時、
次の六年生、
私たちが、全校のリーダーとして、
学校を明るくしないとなあと思った。
全校のためにがんばるぞ。

卒業式

宮城県・小6　小野寺　正博

今日は、朝から調子が悪かった。
ミーティング室で待っている間に
「だいじょうぶか。」
と、まわりの人から、何度も言われた。
（これが、ゆめならば……）
と何度も思った。
手から力がぬけて、証書を落とした時
「だいじょうぶか、正博。」
と、かま田先生が来た。
（最後の最後まで、
　先生や友達、家の人に
　心配してもらったな。）
と思いながら、
卒業式をしていた。

受　験

宮城県・小6　鈴木　亜紀子

生きていく上での一つの大きな山、
今日は公立高校の受験日。
ちゃんと前々から勉強してきた人も、
あんまり勉強してなかった人も、
大切な日だ。
私のうちには受験生はいないが、
近所のそろばん教室の先生の子供。

小百合ちゃんのお兄さん。
受ける人はたくさんいる。
必死の思いで勉強に取り組み、
今日、それが発揮されたんだな。
結果はどうあれ、それは自分の実力。
受験生の苦しみとか悲しみとか、
うれしさとか楽しさとかが、
私のお姉ちゃんは来年、私にも三年後、
分かる日が来るんだなあ。

自分を卒業

鹿児島県・小6　若松　健士

遊びから帰るとちゅう、
四人の中学生にかこまれ
「金、もっちょらんか。」
こう言われた。
とられたくなくて、
「もってません。」
その声はふるえていた。
「なら、そことんでみろ。」
ぼくははねた。
チャリン、チャリン、
けっきょく見つかってしまった。
一発くらった。
でも、おじさんが見つけてよってきた。
ぼくはお金をとられずにすんだ。
なみだが出た。
いたさではなく、自分の弱さにないた。
卒業まであと数日。
なによりもこんな
自分の弱さを卒業したい。

卒業を前にして

東京都・小6　野川　ゆかり

「子供、子供。」
と、大人は、言うけど
もう子供ではなくなるのね
中学へ進級すると
そこは、大人の世界なのね
バス代も、映画も、電車賃も
みんな大人になるのね。
考え方も、変わるのね
大人の世界ってどんな世界
きれいな世界かな
楽しい世界かな
明るい世界かな
私は、大人の世界にあこがれる
でも、ちょっぴり不安だ。

制　服

東京都・小6　小野　直樹

中学校の制服を着てみた。
鏡に映ってる僕はまるで別人。
ただ制服を着ただけですごい変化だ。
一気にお兄ちゃんになった感じ。
僕は思った。
もう中学生になるんだ。
部活をたくさんするぞ。
新しく英語もやるぞ。
そして、夢に近づいていくんだ。
小学校を出ていくさみしさも
頭をよぎったけど
中学生になる喜びがわいてきた。
まだ、中学に行ったわけではない。
制服を着ただけなのに。

ぼくはがんばる

熊本県・中3　樅木　徹也

とうとう別れの時がきた
自分の進路をめざし
それぞれの道に向かって
歩んでいく級友たち
ただ一人僕は就職する
自分で決めた自分の道だ
つらいこともあると思う
でも僕は負けない
自分の道は自分で切り拓く
十四人そろって
顔を合わせる時を楽しみに
ぼくはがんばる

3月——植物

☆ミツマタの花
☆サンシュユの花
☆ジンチョウゲの花
☆アンズの花
☆ボケの花
☆モクレンの花
☆マンサクの花
☆アオキの花
☆キブシの花
☆ハンノキの花
☆コブシの花
☆アケビの花
☆ゲッケイジュ
☆シダレヤナギ

☆フキノトウ
☆ヒトリシズカ
☆カタクリの花
☆シュンラン
☆ホトケノザ
☆アズマイチゲ
☆ニリンソウ
☆アマナ
☆ユキワリイチゲ
☆フクジュソウ
☆ナズナ
☆ヨモギ
☆ツクシ
☆ワサビの花

☆シュンギク
☆フキの花
☆スミレ
☆タンポポ
☆ハコベ
☆キスイセン
☆アネモネ
☆ポピー
☆パンジー
☆チュウリップ
☆ストック
☆ヒヤシンス
☆ミヤコワスレ
☆イチゴの花

☆ワスレナグサ
☆ノビル
☆トマトの種まき
☆ジャガイモ植え
☆ヒジキ
☆モズク
☆ヨメナ

なのはな

東京都・小1　うすい　けいこ

なのはなが
はたけにさいている
「ちょうちょさんが
はやくあそびに　こないかな」
ってまってるみたい。

れんげ

鳥取県・小1　たなか　まさこ

れんげが　さいた。
あの　うえで
ままごとを　したいな。
そして
ころんで　あそびたいな。

れんぎょう

東京都・小1　三上　しゅんすけ

れんぎょうの
はなをとって、
れんぎょうの
はなびらをもって、
うえにあげて、
てをはなすと、
ヘリコプターみたいになるよ。

ひよこぐさ（はこべ）

佐賀県・小1　ながひろ　いずみ

がっこうに　いく　みちの　のはらに、
ひよこぐさの
すこし　でて　いるのを　みつけた。
きみどりみたいな
きいろの　とがったのが　ありました。
したは　うすい　きみどりでした。
やさしく　さわると

ざらざらした　けが　でて　いました。

つぼみ

沖縄県・小1　たむら　あきら

がっこうに　つくとすぐ
ともちかくんが
「ちゅうりっぷ　つぼみがでたよ。」
といった。
ほんとかな。
ぼくのも　でてるかな。
ぼくは
じっと、ちゅうりっぷをみた。
つぼみがでていた。
とびあがるほど　うれしかった。
よかったな。

ひやしんす

千葉県・小1　いりえ　ひでたか

ひやしんすは、たまねぎそっくり。
ね、せんせい、そう、おもうでしょ。
まるっきり、むらさきたまねぎだよ。

ふつうのはなは、
はるにたねをまくのに
ひやしんすは、あきに
きゅうこんを土のなかにうえるよ。
それに、ひやしんすのたねは
まいてから、はながさくのに
六ねんもかかるんだって。
ぼくがうまれて
いまになるまでと、おなじだね。
ぼく、びっくりしたよ。

やっぱり、たまねぎじゃなくて
ひやしんすだ。

大こんの花

東京都・小2　山下　愛

けさ、大こんの花を見つけました。
よく見たら
花がハートがたでした。
花をとって
げんかんにおいといたら、
ぺちゃんこになってしまいました。

パンジー

熊本県・小2　林田　恵子

なえが
ペーパーポットに、
ならんでいる。
まだ、
本ばが出たばっかり。
まるで、
小人のぎょうれつだ。

ぜんまい

秋田県・小2　ささき　しょうま

ぜんまいは
くるくるしていて、おもしろいね。
すこしふわっとした
わたをかぶってて
ふかふか
あったかそう。

さくらのつぼみ

東京都・小2　三好　広和

さくらのつぼみがえだにある。
もう、春のじゅんびをしている。
百こぐらいある。
さむいのに
よくつくれるな。
すごいな。
えだの間から
すんだ冬の空が見える。

つくし

埼玉県・小3　内田　広美

かんさつノートに
つくしのこなをはりつけた。
みどり色をしていた。
「先生、

ほれ、つくしの　かふん。」

と言ったら
先生は、

「それは、ほうしだよ。」

といった。

ほうし、
花粉とどこがちがうんだべ。

「先生、言うな。言うな。」

おれ、理科じてんで自分でしらべるんだ。

すみれ

高知県・小3　谷脇　ゆき

冬の朝、いきをきらして
さえちゃんをむかえにいった。
ふと気がついてよくみると
すみれの花がさいていた。
水たまりには氷がはり
しもがたくさんおちているのに
コンクリートの中から
きれいな花をさかせていた。
つもうとしたけど
冬の寒い日にさいている花をみたら
つめなくなった。
また
さえちゃんちにむかって
はしっていった。

すみれ

愛媛県・小5　山一　雅代

すみれがきれいにさいていた。
花だんが、
すみれの山のようだ。
むらさき色の小さな数まいの花びらが
たくさん集まっているのできれいだった。
ピカピカ光っている。
手でさわってみると、
つるつるしていて、気持ちがいい。
スーと風がふいてきた。
すみれの山が大さわぎした。
耳をすますと、
スースーとかわいい音がきこえた。
小さな音だけど、
かわいい音楽に聞こえた。
すみれの音楽会をしていたのかな。

しろだも

東京都・小3　千葉　由希子

しろだもは
はっぱのうらが
なぜ白いのだろう。
そのわけを知りたい。
そして、おわりに「ん」をつけて
「しろだもん」
と言えるから、
わたしは気に入っている。

すずめのかたびら

東京都・小3　青木　淳子

小さいすずめの洋服。
ほんとうに、すずめにきせたら、
かわいいだろうな。
名まえがとってもかわいい感じ。
すずめがきたら、にあうだろうな。

カトレア

埼玉県・小3　新田　浩子

花がつるつるしている。
うすあかい、大きな花。
うたをうたってるみたい。
おどっているみたい。
どうやって、こんな花ができたのか、
「カトレア」ってだれがつけたのか、
すてきな花だなあ。

サフランの花

沖縄県・小3　知念　久江

サフランの花は
むらさき色だ。
サフランの花の中に
赤いのと

黄色いのがある。
あれは
いったいなんだろう。
赤いのは
だらっとたれて
黄色いのは
ぴしゃっと立っている。
サフランの花はかわいくて
サフランの根っこは
ぐにゃ　ぐにゃ
ソーメンみたいだ。

花（まんさく）

山形県・小3　石沢　秀男

まんさくの花が咲いてから、
私のすきな、
こぶしの花が咲く。
ああ、
このころはいいな。

ヒヤシンスがさいた

高知県・小3　尾野　一

朝来たら、
すっと、ヒヤシンスが目に入った。
つぼみがひらき始めている。
かふんが見えた。
こゆいピンクのヒヤシンスだ。

むらさきも、
つぼみが少し見え始めている。
幸恵ちゃんが、
「いいにおいがするで。」
と言った。
お母さんのおけしょうみたいな、
においがした。

なるこびえ

埼玉県・小3　金子　てつゆき

ウー、と声で紙をふるわせたら、
ミズスマシのように
ぞろぞろうごきました。
ワァーとふいたら、
ばらばらにうごいて、
紙からおっこちました。
くちがぶるぶるふるえます。
草のたねであそべるなんて
すごいです。
ほかのたねでもうごくかなと思って
おおばこのたねでやりました。
あんまりうごきませんでした。

かくれみの

東京都・小3　三浦　衛

「こんな小さなはっぱに、
てんぐは、かくれられないよ。」

と言ったら、先生が、

「てんぐは、小さくなって入る。」

と言った。

「小さくなりかた、おしえて。」

と言ったら、

「自分で考えなさい。」

と言った。

「先生、小さくなって、かくれてみて。」

と言ったら、
しらんかおして、

「つばきの花、きれいだなあ。」

と言った。

みつまた

東京都・小3　岩瀬　洋子

みつまたの花は、
はちのすみたいな
かわいい白い花
先生が、
「さわると、かぶれるよ。」
と言った。
みつまたの枝は
どこもみんな
三つに分かれている。
かわいいな。
さわりたいな。

ラッパスイセン

東京都・小4　小鷹　千秋

パッパカパーとなるのを待っていた。
この間のよい天気の時、
みんないっせいにパッとさいた。

ポピー

東京都・小4　山本　真悠子

太陽が出ている時だけ
さいている。
かげでは
またつぼみにもどる
ポピーの花。
きっと太陽の光が
すきなんだね。

たんぽぽ

三重県・小4　伊藤　剛

学校の帰り道
道路のはしっこに
黄色いたんぽぽが
さいていた。
かわいいなあ。
のんびりと日なたぼっこを
しているのかあ。
たんぽぽのくきを
ふえにするのはやめよう。
すると
風がふいてきた。
たんぽぽがゆれて
おしゃべりしているようだ。

たんぽぽ

長野県・小5　杉山　香織

ふまないで
ふまないで
いちばんはじめの春だから

金魚草

和歌山県・小4　上林　妙子

「ほら、金魚草さいてる。」
よしえちゃんが言った。
「あっ、ほんまや。」
「何で金魚草って言うんやろう。」
「金魚ににてるからやろ。」
といって、
よしえちゃんは、
花をそっとさわった。
小さな花だった。
ピンクと白で
でめ金に似ている。
水そうの中に入れたら
本当の金魚になったらいいのにな。

桃の花

東京都・小4　内田　裕

毎年、三月がくると、
「女の子がほしいわ。」と
おかあさんは言う。
どうしてだろう。
おひな様をきれいにかざって
やさしくお祝いしたいのかな。
おにいさんに、ぼく、そして弟。
みんな男の子ばかりだ。
また今年もおかあさんは
ひとり、桃の花を、
いけている。

リンゴのせんてい

長野県・小4　伝田　則夫

山のはたけに
とうちゃんと
リンゴのせんていに行った。
山うさぎが
花さくえだを　くっちゃって
かたいとこだけ　のこしてあった。
夜と、朝の早いうちに
くっちゃうんだそうだ。

はたけには
雪がまだ　たくさんあった。
でも、ふきのとうが
二十こぐらいとれた。

すぎのこな

長野県・小4　本道　龍也

「わっ、すぎのこなだ。」
「みんな、目をふさげ。」
正明君の声でたすかった。
「どうして目をふさぐだ。」
と聞いたら、
「すぎのこなは、
　目に入ったら目がつぶれる。」
と言った。
「ふうん。
　正明君ってもの知りだなあ。」
通りすぎても
まだ雨のようにふりつづく。
緑色だった。
すぎのこなは、
きれいでも、
こわいんだな。

春の光

長野県・小5　興梠　鳥奈

大きなくりの木の下に
さくら草が咲いた。
二りん草
わすれな草
いかり草
春をまっていたように
いっせいに咲いた。
春の光をあびて、
花は、うれしそうに
みんなで、お話をしているみたい。
うすい水色、ピンク　黄色。
花を光が明るく照らす。

ほとけのざ

東京都・小5　岩塚　はつみ

先生がおはなししました。
「これは、こおにたびらこ。
　ほとけのざともいうよ。」
私はどうして花に「おに」なんて
つけたのかなと思った。
わるいと思ってまた、
ほとけのざって、
いい名まえをつけたのかな。

ホトケノザ

茨城県・中1　雑草　花子

私は　雑草
いっしょうけんめい背のびしても
誰も気づいてくれない
誰も私のことなんか気づかないで
みんな　私を踏んでいく

毎日　毎日　踏みつぶされて
それでもがんばる私を
また　みんなが踏んでいく

だけど　誰かが　私をつかんで
ピーピー鳴らしてくれるとき……

つらい時もたくさんあるけど
この時を楽しみにして
いつまでも
いつまでも
私は　がんばっています

じんちょうげ

東京都・小5　古田　幸

げんかんの戸をあけたら
プーンといいにおい
あら　じんちょうげだ。
いつのまにさいたの
おかあさんが死んでから
うら口からばかり
出はいりしていたので
少しも気がつかなかった。

おかあさんのすきな
じんちょうげがさいたよ。

とうだい草

長野県・小5　倉島　周平

とうだい草は、
そんなにあるものではない。
茎を見ると
灯台のように、上に伸び
花を見ると
黄色く、
光のようになっている。
とうだい草を見ると、
本当の灯台のそばにいるみたい。
良く見ると、
来年の種まで用意してあった。
すごいなあ。

ふきのとう

東京都・小6　笠間　加恵

「わぁ、お母さん。今日は天ぷらなの。」
お皿をならべている母に言うと、
「そうよ。今日はふきのとうの天ぷらよ。」
天ぷらのころもから、
うす黄緑のふきのとうが
頭をぴょこんとだしている。
「お母さんはね、雪国で育ったから、
春が近づくとふきのとうを探しに行ってね、
　春が来ないかと思っていたものよ。」
なつかしそうにふきのとうを味わう母の目が
少しうるんでいるのに気づいた。
私は急いで目をそらして
ふきのとうを口に入れた。
土の香りがぷうんとした。

かたくりの花

東京都・小6　平方　真由実

曲がりくねった山道を行くと
山のしゃ面が一面うすむらさき色に
そまっていた。
近づくとかたくりの花だった。
二枚の葉から短いくき。
ゆりのような形で、うすむらさき。
とってもかわいらしい。
春のぬくもりを感じて
顔を一面に出している。

ひとりしずか

東京都・小6　土肥　雅男

小さい白い花。
さびしい花。
元気がなくてかわいそうな花。
山に一人でいるのが
すきなのかな。
だから、
ひとりしずかという名まえなのかな。
かわいそうな花。

シネラリア

宮崎県・小6　高野　梨加子

うえてもう八ヵ月
シネラリアを見ていると
もうすぐそつぎょうかあ……
と思ってさみしくなってくる。
わたしのシネラリアはまだ小さい。
みんなのをみている。
またかなしくなる。
でもさみしくなっても、
かなしくなっても、
きれいでやさしいシネラリア。
一つ一つつぼみをつけて、
一つ一つはなびらがひろがり、
一つ一つさいていくシネラリア。
ほんとうにきれいでやさしいシネラリア。
八ヵ月の苦労がさいているシネラリア。
きれいなシネラリア。

はこべ

東京都・小6　石黒　由起

あなたは
うさぎに食べられるために

生まれてきたの。

山は〝つるの恩返し〟

新潟県・小6　坂井　ノブ子

まちの人が、
毎日のように、
山菜を取って行く。
つつじを引っこぬいで行く。
山菜やつつじは、
つうの羽だ。
つうの羽は、
だんだんすくなくなっていく。
つうは、
よひょうに見つかって
とんで行った。
山も、いつかは
どこかへ
とんで行くんじゃないかな。

ばんごはんの時

鹿児島県・小6　峯崎　由紀

ばんごはんの時、
お酒のまわった
お父さんが言った。
「ばかだなあ
　由紀は、
ピーマンをうんと食べたら
美人になれるんだよ。」
私の口から
こだまがはねかえった。
「おりこうね、
　お父さんは
　お酒をちゃんとやめたら
　胃が痛いのが治るんだよ。」
花火になって
ぱあっとあがった
お母さんの大笑い。
花火の下で
お父さんは
首をふりふり
でたらめな「なにわ節」を
始めだした。

ふまれてもふまれても

沖縄県・中3　狩俣　繁久

金網のむこうに
小さな春を作っている
タンポポ
金網の外にも
小さな春を作っている
タンポポ
ひかりいろのタンポポは
金網があっても
金網がなくても
春を沖縄の島に
ふりまいたでしょう
デモ隊に踏まれても
米兵に踏まれても
それでも　咲こうとする
タンポポ
強く生きぬくタンポポを
金網のない　平和な沖縄に
咲かせてやりたい

3月——動物

☆ハムスター
☆イヌ
☆ゾウ
☆スイギュウ
☆ウシ
☆ウマ
☆カワウソ
☆ヒョウ
☆カメ
☆アカガエル
☆ヒキガエル

やぎ

沖縄県・小1　よなは　まさたか

ぼくは
やぎの　せなかに　のりました。
つのを　つかんで
「あるけ。あるけ。」
と、いいました。
やぎは、
ぴょんぴょん　とびました。
ぼくは　せなかから
ころがって　おちました。
「こら　あばれるな。」
と、ぼくは　おこりました。

やぎ

新潟県・小2　たけうち　正子

先生、あのね。
おしえてあげる。
やぎは、
どうして、かみをくうかしってる。
わたしが、おしえてあげる。
わたしは
きのう、まんが本を見たの。
あのね。
かみは、くさでできているから
やぎは、くうんだよ。

かわうそ

高知県・小1　浜田　里美

りょうくんと　かえりようとちゅう
きたない川で
かわうそが　はしに　あがっちょった。
まえ足を　こっちに　むけて
山を　見よった。
小さかった。
なにか　かんがえよう　みたいやった。
かわうそが　びっくりしたら　いかんけん
だまっちょった。
りょうくんは
きが　つかんかった。

いきなり
かわうそが　こっちを　みた。
あっ　きがつかれた。
かわうそは
山へ　あがっていった。

らくだ

栃木県・小1　やすなが　ひろとし

らくだってすごいんだよ。
パンのみみをやろうとしたのに
えさのふくろを
たべちゃったんだ。
いっきにたべちぉったんだよ。
ひっぱったけど
とりかえせなかったよ。
ぼくより
力もちなんだよ。
おなかがいたくならないかなあ。
しんぱいだよ。

ぞう

東京都・小1　はぶ　ゆうじ

どうぶつえんにいった。
ぞうがいた。
ぼくが見ていたとき、
ちょうど、ぞうがうんこをしていた。
「ぼと、ぼと。」
と、音がしていて、
しっぽをふっていた。
うんこはすごく大きくて
ぼくのかおぐらいあって、
びっくりした。

ぞう

東京都・小2　やご　たかひで

ぞうがないたとき、
はなから、
すごい空気を　はいていた。
あまりのつよさで、
はっぱが、
五まい　とんでいった。

リス

東京都・小2　大池　ゆうじ

あっ、やっとチャメが
とうみんからさめた。
チャメはぼくがかっているリス。
お父さんがむりやりおこしちゃったから
ねむそうだ。
「もうちょっと、ねかしておいてよ。」
と、いっているように
またねてしまった。
ぼくは一人っこだから
弟のようなチャメと
はやくあそびたいのに

ガラスの中のゴリラ

東京都・小6　森田　悦代

動物園のはじのほうの、
こけのついたガラスの部屋の中に
何かがいた。
家族みんなでのぞいてみた。
私が
「ゴリラだ。」
というと、
お母さんが
「毛皮を着てる。」
と言った。
お父さんがのん気に
「そんなわけないだろ。」
といい、今度は弟が
「顔がせんべいみたいだ。」
と変な事を言い出した。
だけどよく見れば
ほんとうに毛皮を着ているようだ。
顔の下のほうがまるくて平べったくて、
おせんべいのようなゴリラだ。
何を考えているのか分からないけど、
とてもかなしそうだ。
ゴリラは少しも動かないで
一点をずっと見ている。

カメ

長野県・小3　和田　遼

名前は、カメタロウ。
ぼくの友だち。
うらがえしにすると、
自分でおきる。
首をつかっておきる。
おれはできない。
えさをうしろにすると、
ころぶ。
おれはできない。
今は冬みん中、
気もちよさそうにねてる。
ときどきおきる。
おれはできない。
おれたちは、友だち。

へんな犬

青森県・小2　佐藤　みか

学校に来ると中
ブルドッグが大人のパンツをはいていた。
おもしろくてわらってしまった。
わらいすぎて
おなかがいたくなった。

子犬

群馬県・小2　やまき　さちこ

子犬が　生まれたよ。
おとうさんが　おしりから
ひっぱったよ。
おかあさんが　へそのおが
ついていたから　はさみできったよ。
わたしは　ドキドキしたよ。
しんじゃうのかなって
おもったよ。
子犬を　さかさまにしたら
口から　水が　でてきたよ。
わたしは　びっくりしたよ。
水が　でたら　子犬が
「ふ〜ん」
って、ないたよ。
わたしは　うれしかったよ。
生きていて　よかった。
たいせつに　そだてたいなあ。

ハムスター

東京都・小3　桒名　育美

ハムスターが、うんていをしていた。
「すごい。」「すごい。」
ずっと見ていた。
何分かたったとき、
ハムスターが、
「ポテッ。」という
音をたてて、落ちた。
すごく、わらってしまった。
ハムスターは、心の中で、
はずかしいと思ったかな。

モルモット

東京都・小3　石川　凌馬

モルモットがやってきた。
名前はきちだ。
さわると、やわらかい。
おなかがすくと、
「クーイ、クーイ。」
と、鳴く。
それに、ときどきかるくかんでくる。
かわいいやつだ。
きちはさん歩が大すき。
家の中を走り回ってかくれんぼをする。
おしりだけ出ているのですぐ見つかる。
おもしろいやつだ。
これからもずっと、なかよしでいたいな。

カメが生きちょった

高知県・小3　鎌倉　友香

朝、しもがおりちょった。
（カメ、だいじょうぶやろうか）
パジャマのまま、
外に出た。
カメの水そうに
氷がはっちゅう。
カメが、動いてない。
ぼうで氷をわった。
カメがゆっくり動いた。
生きちょった。
よかった。

ワニの気持ち

千葉県・小3　仲長　なお子

私はワニとせいかくがにているから
ワニの気もちがよくわかる
やさしいときはやさしくして
こわいときはほんとにこわい
びっくりしたとき
にげる速さは人一倍だ
私とワニのせいかくは
なんでこんなににているんだ？

ろ　ば

北海道・小4　中村　よしえ

ろばって足がほそい。
わたしは、ろばの世界へいった。
「むしゃ、むしゃ」
えさをたべている。
友だちとおしゃべりをしている。
わたしもおしゃべりをした。
いろいろなことをはなした。

牛の鼻かん通し

福島県・小6　小沢　昌男

ブズッ、
牛の鼻にあなをあける。
牛はとてもいたそうだ。
たまらなくなって、あばれる。
かあちゃんと、おれがしっかりつかむ。
とうちゃんがまた、あなをあけつづける。
血が四方にとびちった。
おれのふくにも、血がついた。
どろどろした血だった。
気持ちわるいのをがまんしてつかんだ。
やっとあながあいて、鼻かんを入れた。
まだ血がどろどろとでている。
とても見ていられない。
はしって家に帰った。

牛の出産

北海道・小6　鳥海　ちづる

「子っこ、ひっぱるぞ。」
お父さんがあわてたように言った。
すぐお母さんを呼んで
牛しゃに行った。
苦しそうに横になっている
親牛のおしりから後ろ足が出ている。
さかごだ。
足首にロープをつけて、
お父さんのかけ声で
家族みんなでひっぱる。
でも、なかなか生まれない
親牛も苦しそうに鳴いている。
手がヒリヒリしてきた。
「ズブッ」
半分くらい体が見えた。
もう一息だ。
「ズボッ」
生まれた。
まっ黒な和牛だ。
体じゅうがどろどろになっている。
親牛は子牛をじっと見つめている。
かみの毛から汗が落ちた。

3月 ——鳥

☆ウグイス
☆モズ
☆コサギ
☆コゲラ
☆ツグミ
☆シメ
☆キジ
☆コジュケイ
☆コマドリ
☆ヒバリ
☆シャモ
☆ミソサザイ
☆ショウビタキ
☆ライチョウ
☆ペンギン

白くじゃく

東京都・小1　高木　延枝

白くじゃくが
はねをひろげました。
ふつうのくじゃくは、はねをひろげてから
右をむいたり、左をむいたり
まん中をむいたりするのに
白くじゃくは、
まえをむいたきり
十ぷんぐらいじっとしていました。
白くじゃくは、
どこからどこまで、　まっ白でした。
目のまるいところまで
まっ白でした。

ひばりのこ

広島県・小1　きむら　あいこ

せんせい、
じどう車がっこうにな、
ひばりが　おるんよ。
でもな、あかちゃんが　おるけど
おやがこまるから　とっちゃあ　だめなんよ。
あちこちおるんよ。
たてもののしたのほうのな、
木で　ちいさいまどになっとるとこよ。
あなのなかにいるけえ、
みえんのよ。
じどう車にひかれたらいけんけえ、
なかにおるんよ。
おかあさんが　おしえてくれたんよ。
でも、おやは　よくとぶんよ。
すこし、ちゃいろかったよ。
えさをはこんで、くるんよ。

白鳥が来た

宮城県・小6　佐々木　美保

外で、石を高く投げて遊んでいた。

空を見上げていたら
V字になって飛んできた鳥がいた。

よく見たら、白鳥だった。

「迫川の方へ行くのかなあ。」

「伊豆沼の方へ行くのかなあ。」
あとから
あとから
いっぱいの白鳥が飛んでくる。
一列に飛んだり
十字に飛んだり
「もう少しで、寒くなるのかなあ。」
「冬が、やってくるんだなあ。」

とうさんの　ことりを　まもる

秋田県・小1　森田　ちから

「とうさんは
　ぼくたちを　まもるために
　でかせぎに　いった。」
とかあさんが　いった。
だから、とうさんの　ことりを
ぼくが、がんばって　まもるんだ。
ことりが　しぬと
とうさんが　かわいそうだから
ぼくが　がんばって
水と　えさを　やるんだ。

きじ

長野県・小1　せと　なおき

みのるおじちゃんが
てっぽうを
うちにいきました。
大きなきじが
とれました。
みどりやあかやくろや
きんいろのはねが
ありました。
ぴかりぴかりとひかって
きんかのように
みえました。
口ばしのとがっていたところが
まがっていました。
かたっぽうだけ
目をあけていました。

きじ

長野県・小5　相原　仁

とうちゃんが、「きじ」を
二羽かうことになった。
三日がかりで
でっかい「す」を作った。
きじと小鳥が、いっしょに移された。
二日め　きじは小すずめを一羽食った。
四日め　じゅうしまつを一羽食った。
五日め　今度は
自分の生んだ玉子を食っちまった。
きじというやつは　死に神だ。
また　二日おいて生んだ玉子も食った。
きじって食欲おうせいで
ざんこくな鳥だ。

キジ

愛知県・小6　北村　裕直

むねをはって
自分の体はうつくしいと
じまんしている。

山がら

青森県・小1　かが　ゆきこ

わたしの家で
山がらをかっている。
山がらは
せなかがオレンジいろで
するどいくちばしをもっている。
でも
なきごえは
ピーピーっていうかわいいこえだ。
まいあさ、
「おはよう、おはよう。」
って、あいさつしているみたい。

うぐいす

神奈川県・小2　西　正人

学校へ行くとき、
うぐいすがないていた。

「ホケキョ」とないていた。
ぼくが口ぶえでなきまねをした。
「ホーホケキョ」と、なんどもふいた。
うぐいすは、なかなかった。
ぼくのまねが、できないんだ。

もずの子

長野県・小2　はたけやま　かずお

もらったもずの子が
ピイピイとないておやのかおを見ていた。
かわいそうになったので
いとをきって　にがしてやった。
そしたら　おやのくちばしとつけあって
よろこんでいた。
ぼくは、やっぱりにがしてやってよかった
とおもった。

コゲラ

東京都・小2　山下　たろう

林の中で　コンコン、コンコン　音がする。
そっと近づいてみた。
あっ、コゲラだ。
足のつめでしっかり木につかまって、
くちばしで、コンコン、コンコン
木をつっついている。
はじめて見た。
さわりたくなる、かいたくなる。
でも、野鳥はかっちゃいけないんだ。
コゲラがおどろかないように、
しばらくの間、木のかげで
そっと見ていた。

こじゅけい

東京都・小2　松ざき　とおる

夕やけチャイムが　きこえてきた。
こじゅけいの　お通りの時間だ
ガサ。ガサ。
こじゅけいの　お母さんが
道を　よこぎった。
お父さんが　後ろを
みながら　よこぎった。
子どもが　あとから
1・2・3・4
チョコチョコチョコチョコ
よこぎった。
家は　どこかな。
そっと　あとをつけてみた。
竹やぶの中に　きえてった。

こじゅけいちょうの親子

長野県・小3　大井　志奈子

朝、チロのさんぽに行った。
山道をくだって行くとき
田んぼの広いどてに　鳥が歩いていた。
わたしは
「あ、きじがいる。」
といった。
そしたら、みよおばちゃんが
「あれは、こじゅけいだよ。」
といった。
全部で八わいた。
一番前がおかあさんどりで
子どもが六わいた。
一番うしろはおとうさんどりが
きょろきょろまわりを見まわしていった。
だれにも見つからない遠くの山に
にげていけばいいな。

もず

長野県・小3　林　竜二

さくらんぼのあみに、
もずがひっかかって
ばたばたしていた。
たすけて！　たすけて！
と言っている。
あみからはずしてやった。
にげない。
一日じゅうぶらさがっていたから、
とべない。
その夜、
もずは、

くるしんで死んだ。

オウムの体の中

千葉県・小3　山中　あつお

オウムの体の中は……
自動ろくおんそうち
自動さいせいそうち
はねは電動はばたき
体ぜんたいはニューセラミック
なんてふくざつなオウムの体

アカゲラ

北海道・小4　近井　泰志

朝、自転車で、学校へ行く時
大きくて　強そうなアカゲラが
いきなり口ばしで
かみの毛をひっぱった。
にげてもにげても追いかけて
とまったら、すとんと前にとまった。
よくみたら
「あそぼう。」
といっているように
羽をばたばたさせて
口を大きくあけていた。
「おもしろいやつだな。」
って笑ったら
頭の上にとびのって
向こうへとんでいってしまった。

けんか鳥

茨城県・小5　椙山　久

しゃもはもともと、けんか鳥だから、
強いほうがいいに決まっているけど、
なにも、えさをやっているおれの手を
むらさき色になるほど、
つっつかなくてもよかっぺな。
えさをやるのがおれの役だから、
毎日、毎日、やってるのに、
なんでこう、わかんねんだっぺ。
いくら、けんか鳥だって、
けんかばかりじゃ、さびしかっぺに。
今日も向かってきたから、
ぶっくらせて、わからせようとしたら、
首をまっすぐにして、毛をさか立てた。
まばたかない目が強く光った。
けんか鳥は、けんかしたほうが、
いい気持ちなんだっぺか。

ふらみんご

北海道・小6　半谷　学

さすがに足が長いな
僕にはおとるけど
ふらみんごは、あんな体で
よく大空を飛べるな
はねをひろげた時の姿も
かっこいいなー
あんな姿でケンカもするのかな
やっぱり、フラミンゴは鳥なのかな
もしかしたら
天女の変身したものかもしれないな

うぐいす

新潟県・小6　阿佐美　恭子

今日「ホケ　ホケ」ときこえました。
「静かに。うぐいすが鳴いているよ」
お母さんに言いました。
もう一度「ホーホケ　ホケ　ホケ」と鳴きました。
私は　あと二回もホケ　ホケというのはよぶんだよと思いました。
こんどはかすかに鳴きました。
お兄ちゃんが
「あっ、鳴いた」
と言いました。
葉っぱがすっかり落ちてしまった木れんの木にいました。
うぐいすは自分がまる見えなのに気づかないで鳴いていました。
うちのインコがうぐいすのまねをして
「ピー」と高い声で鳴きました。

3月——昆虫

☆ナナホシテントウ
☆モンキチョウ
☆イトトンボ
☆ギフチョウ
☆ゲンゴロウ
☆タガメ
☆アゲハチョウ
☆タイコウチ
☆ミツバチ

みつばち

東京都・小1　原　とも子

みつばちがみつをとってた。
花にもぐるようにとってた。
おちゃのしろい花の中に
あたまをつっこんで、
おしりだけ見えたんだよ。
おしりが
ぴくぴくうごいてたの。

てんとうむし

埼玉県・小2　大の　ひでこ

いつも、ひなたぼっこする
木の下をのぞいたら
てんとうむしが
うんといました。
てんとうむしも
ひなたぼっこしていた
さむいときは
おしくらまんじゅうするんだね。

ルリタテハのよう虫

東京都・小3　大住　友乃

先生が
ルリタテハのよう虫をもってきた。
よう虫の体は　とげがあって
サボテンみたい。
とげのところに
少しさわってみた。
ちくちくして
しばふみたいな感じだ。

よう虫が
葉っぱを食べているところも見た。
葉っぱを前足ではさんで
けずるように食べている。
大きいよう虫は
すごいスピードで食べている。
わたしより食べるのが早い。
よう虫は　いっぱい食べると　みんな

「し」の字になって　ひと休みする。

小さい「し」の字。

大きい「し」の字。

みんな「し」の字。

ちょうになるのが　楽しみ。

校長室の前にいたアゲハチョウ

愛媛県・小3　森田　ま子

校長室の所にいたアゲハチョウ。

元気だったアゲハチョウ。

おやゆびにのったアゲハチョウ。

のったまま羽をバタバタさせている。

どうしたのかな。

ちょっとふあんなのかな。

早く広い世かいへだしてあげよう。

これからも元気でいてね。

羽をいためないようにね。

ぜったいだよ、アゲハチョウ。

さようなら、さようなら。

おいしいみつの所へとんでいけ。

ちょうちょ

東京都・小4　乙津　浩子

もんきちょうが
なの花にのる。
き色いちょうちょが
き色い花にのる。
じっとして
みつをすう。
ふわふわっととびあがる。
また花にのる。
そして、みつをすっている。
き色とき色で
まざってしまった。
もんきちょうが
なの花になってしまった。

タイコウチ

広島県・小4　坂本　達哉

田んぼのどろの中に　ごそごそ。
取って見たら　タイコウチがいた。
カマキリのカマをもっている。
長い口を　もっている。
はっぱみたいな羽をもっている。
はっぱみたいにひらべったい。
ぼくの手を　さした
イテッ。イテテテ。
田んぼに　にがした。
様子を　ずっと　見てた。
タイコウチが　おたまじゃくしをとらえた。
カマで取り、
長い口で　おたまじゃくしの血を
すっていた。
また　えさを取ろうと　はっぱにばけた。
長いしっぽを　空にむけ　空気をすっていた。
小さなやもりを　カマでつかまえた。
長い口で　血をすっている。
どろの中に　ゆっくり　ゆっくり
はいっていく。
長いしっぽだけ　空にむけて――。

あおむし

東京都・小6　笹田　史

キャベツは、あおむしに、

「私は、あなたのお母さんよ。」

と言っているにちがいない。

春のおとずれ

新潟県・中1　金城　雅代

学校の帰りに
キャベツ畑を通った。
紋白蝶が
五、六匹
ひらひら飛んでいた。
次の日もキャベツ畑を通った。
昨日より　三倍ぐらいふえて
羽をキラキラさせて
上へ下へ　右へ左へ
舞い群れていた。
もう春だなあ。

3月——魚介類

☆アイナメ
☆イサキ
☆イシガレイ
☆タナゴ
☆エソ
☆カサゴ
☆アカガイ
☆シャコ
☆ニナ
☆タニシ
☆ヤマトシジミ

☆アマダイ
☆ウグイ
☆ウミタナゴ
☆キンメダイ
☆コイ
☆サヨリ
☆サワラ
☆シラウオ
☆ハタハタ
☆ワカサギ
☆アオヤギ

☆カキ
☆サザエ
☆ハマグリ

いそぎんちゃく

愛媛県・小1　さくらだ　ひろやす

おじいちゃんとおばあちゃんが
わかめとりをしているあいだ
ぼくは、いそぎんちゃくをとることにした。
しおだまりの中の石に
十ひきくらいのいそぎんちゃくが
くっついていた。
大きいものや小さいものがあって
石のおうちにすんでいるかぞくみたいだ。
しおだまりの中に
「バシャン。」
と、手を入れると一つしぼんだ。
ほかのいそぎんちゃくも、
つぎからつぎへとしぼんでいった。
ばんごうがきまっているのかとおもった。
石のおうちのまま、
もってかえりたいなとおもった。

こげた

香川県・小1　くとみ　さおり

おかあさんと、こげたほし。
おとうさんが、あみでとってきた。
じゃぶじゃぶ水であらって
あみの上にならべる。
まっすぐならべる。
ゆうがたは、いえの中にいれる。
あさになると、こげたほし。
だんだん、かわいていく。
からからに、かわいたこげた。
おかあさんが、やいてくれる。
カルシウムがいっぱいのこげた。
わたしは大すき。
おかあさんも大すき。
おいしい、こげた。
おとうさん、また、とってきてね。
（こげた＝小さいひらめ）

コイをつった

東京都・小2　うらの　みつはる

「しずかにしろ。」

「もうつれてるぞ。ほらあげろっ。」
とじいがいった。
つりざおをもつ手がぐいっときた。
これは大きいぞ。
ひとりで大きいのをつったよ。
ぜんぶで三びきだったけど
うちのじいは二十三びきもつったよ。
じいが
いっぱいつれるほうほうをおしえてくれたよ。
じいはこいに、
「こっちにこい、こっちにこい。」
っていってるみたいだったよ。

かにつり

青森県・小2　上村　紗暉

おじちゃんとかにつりに行った。
生いかをつりざおにつけた。
つりざおを川にたらすと
けしごむぐらいのかにが
いかをはさんで食べはじめた。
今だ、
ゆっくり、リールをまいた。
上げてから、ずっと食べていた。
よっぽど、いかがごちそうなんだね。
バケツの中で
おじちゃんのつったでかいかにが
わたしのつった小さいかにを
ふんづけていばっていた。
小さいかにがおこって
口からあわを出した。
なんか、わたしが、おじちゃんに
なきながらかかっていった時みたい。

生きているかに

青森県・小3　白戸　基

お母さんが
かにを買ってきた
ふくろの中でじっとしている
そっとつっついたら
ピクピクと動いた
水をかけたら
あわを出した
クチョクチョクチョクチョ
まるでつばを出しながら
ぼくをわらっているようだ
小さな目を
キョロキョロッとさせ
食べられてしまうのも知らないで
がんばっている

大ナマズ

長野県・小4　後藤　浩行

バシャーン
天竜川にとあみをうった。
おじいちゃの顔が、
いっしゅん緊張した。
大物が入ったぞ
と、いった。
あみが、ツンツンツンと動いた。
しんちょうにあみを引っぱっている。
バシャバシャバシャーン、
大ナマズだ。
重くて上がらない。
こしをまげてだきかかえた。
ぼくも手伝った。
バケツと言った。
急いで家に行った。
大きいバケツを持って来た。
苦労して入れた。
バシャバシャバシャーン、
水をとばした。
ナマズは長いひげをゆらして、
おおあばれをした。

つれたっ

青森県・小4　前川原　佑介

ぴくっぴくっと
うきがうごく。
魚がエサをつついているな。
さおがぐんとまがった。
今だ。

ひっぱれ。
つれたっ。
ホッケだ。
しかも四十センチの大物だ。
スーパーで売っているやつより大きいぞ。
おかあさんにりょうりしてもらって
食べたら
とっても、とってもおいしかった。
だってぼくがつった魚だもんな。

アワビの手伝い

青森県・小4　田中　陽

お母さんたちが
アワビの大きいのをえらんで
かごに入れる
たまったアワビを
水そうに入れるのが　ぼくの仕事だ
水そうに入れているうちに
アワビがかごにくっついてしまう
引っぱると　かごもいっしょに持ち上がる
かごに足を入れて
両手で引っぱる
「いそげ」
母の声がする
なおきが　かごの中のアワビを
ぼくの手の上にあけた
手がしびれて冷たかった

いかつけ

東京都・小4　福士　宣義

初めていかつけにいった
はりのついたテグスを下までたらした
いっぱい　つれればいいなあ
さおが重くなった
海へ引っぱられそうだ
力いっぱい　リールをまき上げる
三本目のはりに　いかがかかっていた
大きくて元気のいいやつだ
キュッとなきながら水をはいた
遠くの町のあかりが少なくなってきた
少しねむくなったががまんしてつった

船が帰る時
ぼくのアイスボックスは
大きいいかで　いっぱいになっていた

クロダイを釣ったぞ

愛知県・小5　梅村　建志

チョッチョッとさおがゆれた。
地球がつれたわ。
魚が四方八方に引っぱっていく。
さおが弓なりに曲がる。
海に引っぱられそうだ。
口をぎゅっとつむってさおを引く。
さおの先が細かくふるえる。
あたりがきゅうに弱くなった。
このいきだ。
ぐいっ。
二十センチの大物――クロダイだ。
クロダイは、
船板の上でバタバタあばれている。

釣りたい

宮城県・小6　福島　久登

竿さきが
V字形になったまま
もどらない
竿さきが
海に引きこまれるようになったまま
もどらない
父の釣っているところを見ていると
その重量感が　よく分かる

ヒラメの引きを　味わいたい
ヒラメの重量感を　味わいたい

はやく　ヒラメよ
おれの竿に　かかってくれ

『日本児童詩歳時記』作品一覧

《家庭生活》

《学校生活》

《植物》

5月

《動物》

《鳥》

《昆虫》

《魚介類》

6月

《行事》

《季節》

7月

《季節》

《家庭生活》

《学校生活》

《植物》

8月

《季節》

《家庭生活》

《学校生活》

《植物》

《動物》

《鳥》

《昆虫》

《**動物**》

《**鳥**》

《**昆虫**》

11月

《季節》

《家庭生活》

《学校生活》

《植物》

12月

《季節》

《家庭生活》

《学校生活》

1月

《行事》

《季節》

《家庭生活》

《学校生活》

《植物》

《動物》

《鳥》

2月

3月

《動物》

《鳥》

《昆虫》

《魚介類》

指導者一覧

【北海道】

金子　良作　渡辺　衣恵　清水　博岳
佐藤　昭一　白峰　尤一　木村健一郎
清水　秀雄　相川　敏治　小場てるあき
熊谷　誠司　白子　孝子　箕島久仁子
野表　義広　高野智恵子　金崎　重弥
星　都志子　福沢　洋介　水間　徹
向井　豊昭　渡辺　勉　佐藤　武
三角　光二　沢田みほ子　新庄　久芳
佐藤　良一　川出　次信

【青森県】

木崎　了　漆　昌三　坂本　厚子
葛西美智子　大友　貴子　松本　和子
佐々木洋子　藤田　眞　深堀　祥子
片岡　通夫　伊藤千佳子　森　三佳子
荒谷　明子　市川　洋子　川村　一夫
大高　ユリ　渡辺　敏子　大崎富士子
元沢　節子　高橋　洋子　大柳　順子
吉川　恭子　津幡　亨　佐藤　佳子
児玉　敏　下佐　ゆき　五十嵐　忍
花田　葉子　広津　京子　津田八洲男
徳差健三郎

【岩手県】

佐藤　栄喜　三上　信夫　夏井　フミ
新沼　競　佐々木早苗　服部つねよ
小野寺　寛　鈴木　公盛　田中　修子
平塚　行蔵

【宮城県】

吉岡　芳江　愛田　勝彦　小野　孝子
小山　修　小川智江子　佐藤まり子
高橋　寿郎　市川　圭　高宮　美紀
加藤　紹子　福留　一子　金子　こう
鈴木　勉　鈴木　宏子　河野　好郎
佐藤　晴子　小室　友子　及川　英人
山田　成子　高橋千賀子　吉田　求
北川　淑美

【秋田県】

柴田　信夫　高橋　郁夫　藤原　雅子
織山　成子　田口　雅人　佐々木佳子
原田　明美　小原　靖　小川正太郎
菅原　純子　伊藤ゆかり　安保　憲一
渡辺　栄子

【山形県】

白田　安二　高橋　健　佐藤美喜子
鈴木　キヨ　金森　昌江　太田　洋子
小野寺順一　斉藤　隆　木村よし子

【福島県】

佐藤　秀男　加藤　利之　手塚　優子
佐久間美恵子　高橋　新一　渡辺　ミチ
遠藤　美子　本名　幸平　山本治三郎
紺野　武二

【茨城県】

金井　直美　多崎　久子　塙　裕子
久下　英彦　松田　光明　根本　聡子
塚越　恵　長島けい子　鈴木　俊夫

【栃木県】

津久井　文　佐藤　忠行　藤沼　祐子
相原　早苗　川俣まゆみ　郡司　光雄

【群馬県】

石川六合子　茂木　栄　伊藤　仁也
小倉　順子　大前　忍　池田カズ子
対比地源朔　長谷川高市

【埼玉県】

増田　修治　草野　政夫　大野　英子
中村　富子　中村　和江　平山　弘美
有山　裕子　清野　正子　桜井　尚久
若林　敏子　岡田　文子　早川　恒敬
木村　幸二　荒井不二男　小谷野　寛
井上富美枝　吉田　満　長田　坊助
吉田　陽子　萩野　真弓　渡辺登美江
野口マサ子　金子　満枝　渡辺由紀枝

【千葉県】

平野　道子　橋立　悦子　木村　英夫
加藤　憲一　社　義則　豊嶋　昭治
田中　明子　小高美知代　鴇田よし子
坂本　寿子　江野澤淳子　網代多鶴子
中村眞理子　日暮　一美　神地　英紀
長田　裕子　大沢　笑子　川島貴美子
高宮　良一　鈴木　房子　石毛美智子
嶋崎　光代　森　好美　佐久間里子
伊藤久美江　鈴木　雄子

【神奈川県】

松野まゆみ　瀧寺　繁夫　小鮒　智
田中　安子　吉田　俊一　中川　正彦
高埜　輝子　有墨　直美　近藤　恭子
笠原　登　須山佳代子　目代　裕世
久米　武郎　佐野　京子　佐藤　直子
生田目静子　相馬　藤枝　内田　光
岩松　政則　伊藤　光子　国武　和美
金高　孝子　相原　早苗　中島　愛子
高橋登志子　大平　悦子　井上　恵子
佐藤　幸雄　高木　真理　矢口　速子
倉富　美帆　小野塚三彩子　藤原美智子

【東京都】

江口　季好　川口　錦子　加沢　うめ
小山　啓子　渡辺　直江　高安美枝子
神森　正　下田喜美子　南　孝男
新井恵美子　山下　妙子　浜　勝
日野倉陽子　下田　正子　糟谷　京子
宮沢　哲学　福原　義利　高橋　和美
市川てる子　廣瀬　明子　小林　茂代
田嶋　定雄　白石　蓉子　石井隆之介
森　繁男　松本　実　高橋　留造
新納　光明　戸嶋　洋子　羽仁　七秀
植木　セツ　田中　光晴　岩谷　康子
小野ますみ　美野輪美子　柞山　久雄
高村　俊和　藤井　春美　久保田晃子
鎌田　尚子　久保田　登　小林　公子
小新井たけ子　新井　普学　小島かよ子
櫛原　崇　田中レイ子　北村　孝児
園山　美幸　西村　陽子　山森キクエ
佐々木信央　加藤　史朗　田中　智子
白沢　弦雄　船尾　定子　田中　雅代
小沢　あい　堀内　純子　志村　信代
永川　健治　安藤久美子　木庭　和雄
高原　美幸　島　さと　藤田ゆう子
広瀬　藍子　森　誠一郎　渡辺　律子
伊倉　碧子　丁野　勝子　山本　素子
斎藤　里美　河内　初江　綿田　三郎
藤田久美子　川瀬　都　鈴木　由紀
菱田　吉克　小林　数夫　古川恵一郎
加藤　策夫　野崎　和広　梅沢　芳美
鈴木美也子　甲斐崎博史　中野　博方
小井　和代　黒沢　周三　平口ヨシ子
竹内　弘美　森下　朝子　浜渦　要郎

小沢たか子　勝亦　勇一　高木　春子
関根　孝之　樋口　光江　遠藤　裕幸
清水　寿雄　福原　博　小林　健二
大江田　貢　勝又田　功　福原　憲
丸山タマエ　涌中　弘子　田村　君子
金子　京子　市川　英子　清水　繁
堤崎　昭文　辻口　良春　金田一清子
佐藤　龍作　戸口　健一　黒沢　周三
馬渕　由紀　根本　輝子　望月　武人
穐山かおる　福地　和子　福原　憲生
田中　節子　三上　晶子　馬場　郁
森田　洋子　田中　敏文　福岡　ツル
高野やよい　中川　節子　武藤　優子
小沢　正道　生方　節子　榊　直人
岡野美喜子　真由　美学　斉藤　乃太
藤沼　俊成　三上　達也　宮崎　芳子
横山　純子　富田　純世　阿部　昭伍
檜島　静江　安田　春信　堤崎　昭文
木下　靖　佐久間順子　皆越　宰
金井三和子　大畑　博子　清水　晃
馬場　英雄　井上菜穂子　新田　幸子
尾崎　幸則　小竹　和美　松井　雅子
大森　芳樹　大家　秀雄　鈴木　忠雄
吉田　茂美　佐藤　俊子　宿谷　清子
木原　伸彦　鈴木　巌　華房千代子
中村　直子　渡辺　貞江　田嶋　房子
石川　秀子　垣見　佳子　野村　寿夫

生島　久資　大宮　雅弘　榎本　文子
川島　良代　土生　房江　吉川　泉
村田　順子　林　登美子　小川　広樹
奥崎　和子　原　和枝　市川　哲彦
幡野　了子　隅内　利之　村林扶美子
奈良寿美子　吉原　敏雄　石川志津夫
佐藤　保子　真嶋　孝士　松野　節子
本間　繁輝　梅本　睦美　窪田　初子
池田美智子　宮村　福次　渡辺　照美
塚田　守　中村　操　鈴木　光江
高木　礼子　宗方　功子　石岡　幸子
比良田かずえ　石川　末治　中山　加代
古田　茂

【新潟県】

高沢　弘一　庭野　由美　西島　幸江
佐藤　守正　加藤　コト　津幡　竜峰

【富山県】

田中　博　寺西　康雄　原田　清美
水上　悦子　白石　悦子　田形　京子
武藤　隆彦

【石川県】

沢味辰治郎　大井しずえ　前田　良雄
谷　和子　出口　和子　小中　弘一
谷口　仁一

【福井県】

安井タケ子　福井　悦子　渡辺　春美
服部　清子　上田　和男　山田　敏文

【山梨県】

早津　敏生　間瀬　勇造　望月　秀男
飯野みゆき　深沢美与子　山口　武夫

【長野県】

田尻美喜子　竹村こずえ　土屋　武広
岩波　千澄　轟　博子　小林　一夫
伊藤　悦弥　宮尾まち子　中澤　良浩
小松　利夫　武井　信彦　市ノ瀬正人
岡村　秀男　久保田千足　相沢　昌夫
山崎　博文　氏原　京子　小宮山公子
原田　妙子　池田　幸雄　岩倉　浩子
手塚　恒人　小沢　敬也　山口　茂
中村　和由　波多腰みつる　高木　梢
酒井　修　町田せつ子　山寺　淳一
渡辺　正喜　矢沢　玉枝　伊坪　達郎
鈴木　利哉　千野　和江　羽賀　一夫
渡辺　好子　飯島さだ子　野村　修治
井川　淳子　高島　操子　平田　勝子
武田　淳　宮崎　晶子　萩原　悦子
山崎久美子　多田みち子　中川　千恵
宮井　克彦　下条　貞昭　宮原　輝雄

清野　利弘
斎藤　順一
小林　邦勝
橋詰　修
片桐　実
八代　京子
藤井　哲士
吉池　重行
宮沢　文人
小林　善巳
前田由幾子
土屋　明子
三水　学
武藤美紀子
山崎　圭子
島田　正夫
青柳　信雄
田中　猛司
中島　裕隆
北村　善和
飯島　妙子
居島　豊
中村　仁光
高野かおる
天田　良子
松永　稔
山崎　晶
吉岡　豊
戸谷　貞富
大野　俊浩
塩原　久代
高山　享俊
掛川　波平
小松　裕明
小柳　正勝
滝沢　喜輿
島崎　みわ
小林　英雄
酒井十四男
竹花　初雄
小原　俊一
北沢　善政
村田　和良
岩波　敏正
小宮富美子
小林　啓子
中山　好子
松村　文夫
山崎　快郎
新井　晃
中沢　知徳
青木　一男
天田　藤雄
南澤　優子
五味　郁子
赤岡　厚子
武山　厚
斉藤　実
日向　良孝
渡辺　基夫
高田　充也
斎藤　征夫
伊東　昇
赤羽　素乃
宮下　正已
小山　忠
小林てる子
折井　晃
嶺村　欣乎
赤岩　光子
矢崎　エリ
鈴木　茂春
梶山恵美子
宮坂真由美
依田　緑
伊藤　宏美
北沢　浩志
猪瀬　明司
北原八重子
小山　治男
告池　朋子
越前　雅代
松田　文彦
金田　良男
臼井　哲
山下　幹夫
山口　尚男
依田　蒔子
高橋　文子
中村　斉江
長峰　希清
三井　弘道
松田　功
山口　肇
松山　幸子
佐藤　好子
市川　仁子
宮坂　敏子
北沢　元久
倉嶋　隆雄
桜井　春子
会田　昭二
下倉　長俊
和田　進

【岐阜県】

坂下　行雄
上田　武夫
清水　幸子
片山　元平
林　克子
安藤　直子
高橋　良明
堀野　慎吉

【静岡県】

井沼　一
桜井　和弘
石井　亨
四條　頼明
山本　一
真島　節子
須田　静江
池谷　秋雄
村田　勝彦
瀬古　淳子
明佐田春子

【愛知県】

名倉　美子
本田　恵子
城所　晶代
河上　眞一
荒島　利行
野田　憲二
塚本　恭代
川口　厚
成瀬　晃
水谷　有子
野田千三子
井上　真利
塩野　敦子
加納　周
大河内悦子
川西　美咲
西口あき子
丸山　惇子
森　隆蔵
中根　清巳
藤田由美子
野勢　裕子
山田　泉
林　定夫
榊原　順子
天野季和子
市川　佳枝
加藤　進
丸山　実
田中　治作

【三重県】

朝倉　保
山田　芳昭
西川　要
国分　忠雄
中村真知子
石井　武子

【滋賀県】

草川　喬夫
佐々木康二
広瀬　久忠
澤村恵美子
河瀬　哲也
南沢　恭子

【京都府】

赤坂　咲恵
嶋路　和夫
浅尾　紘也
藤原　久代
笠井　文範
平野　広子

【大阪府】

三上　周治
小山　健一
松下　睦子
地下　末吉
佐倉　義信
富永ひさ子
三国　丘校
伊賀　陽子
岸根ゆり子
佐々木　豊
坂本ハツノ
中川　慶一
渋谷　章
松本　睦子

【兵庫県】

鹿島　和夫
黒田　和至
桧皮　道弘
山本　昌代
戸田　隆雄
今宮　信吾

石川　武夫　八木　悦子　小林　淳子
古田　哲弥　永田　喜久　松谷　俊弘
近藤美佐子

【奈良県】

中村かよ子　古川　幸男　西岡　千種
仲子　真知　原　育子　坂上　興之
小金　重裕　長田　光男

【和歌山県】

川出　次信　寅本　光子　竹川　香
森　敬二　西口由佳子　青山　正美
清水八重子　丹羽　美幸　椎崎てるみ

【広島県】

升本　孝行　天野　真澄　升本　孝子
小西ヒサ子　福留ゆかり　福原　英文
黒田チズエ　松坂みよこ　倉田　豪之
藤井　文夫　今沢　健而

【岡山県】

春名　隆　小山　玄夫　水木　久子
玉木　茂　福森　尚美　千葉　正平
池原　栄子　岡部　修　中西　弘子
山下　智之

【鳥取県】

中原　郁恵　安田　美恵　長谷　啓子
高橋　恵光　三好美恵子　生田千恵子
下田　健一　山本　麗子　沢田　光哉
稲村　謙一　三浦　一美　三谷　祐児
河野　六俊　松川　敬実　遠藤　斉

【島根県】

清水恵美子　林　秀子　岩井　登美
広江　俊子　堀尾　亮介　広江　俊二
佐々木和行　藤倉　将利　堀尾　亮介
山城　健　錦田　唯雄

【山口県】

渋谷貴代子　田村　昌恵　勝山　愛子
高見　哲生　瀧　史子　宇野　義昭
恩田　操　金子　節子　長田　英子
石田　勝巳　村中　昌恵

【徳島県】

西條　益美　小倉　英子　勝田喜美夫
白川　富子　川原　末子　福岡　俊和
沢田　覚信　扶川　茂　藤橋きみ子

【香川県】

高木　稔　関　アキ　三枝　智子
阿河佐代子　三谷　恵子　高橋　久視
柳　マサエ

【愛媛県】

長時　久子　浜田恵美子　阿部　敦子
塩出　絹子　越智　園子　小林　月子
越智　順子　村上　リエ　渡邊ゆかり
半田　理恵　松浦　洋一　大政　恵
井原　渉

【高知県】

岩田　憲治　植田かおる　田中喜代子
西　百合　杉内須磨枝　宮川　昭男
中野　耕造　渡辺久留美　坂本　浩
上岡　啓子　北代　可也　城　藤吉
中田　正幸　広田　早紀　鈴木　義夫

【福岡県】

前川　和子　竹下のり子　吉野　直美
大塚美恵子　本田　文吉　早野　美恵
古賀　里美　見山　英美　濱屋　尚子

【佐賀県】

西山　寿子　中村　徳　谷口　正男
吉永　節子　中西　穂澄　嘉村　千種
河村　英樹　小川　雅子　大塚　香
汐待　和子　益田ミドリ　丸田　哲士

【長崎県】

中島　繁　原田　真市　山口　行雄
山本ちはる　中島　文子　永山　絹枝
浜崎　均　近藤　一宇　木場　隆志
太田　光男　黒石登美子

【熊本県】

岩下　澄子　上田　精一　桑原　寛
中村　八郎　赤星　恭介　馬田　哲明
村上ますえ　脇山ミヨシ　中島美代子
宮崎　信子

【大分県】

荒金　美穂　赤嶺　悦子　渕上　孝敏
藤原　邦子　後藤久美子　高橋　弘文

【宮崎県】

中武　睦男　新田　勝　北村　統子
木村　寿　臼杵　通夫　比江島重孝
緒方　辰雄　田口　惇子

【鹿児島県】

茂山　忠茂　中俣　勝義　谷口千枝子
谷口　先雄　福永　浩幸　富岡　健
宮之原　彬　佐土原　盛

【沖縄県】

宮良　愛子　玉城みち子　神谷　乗好
池田　豊吉　富里八重子　大仲　睦万
亀島　尚美　平地　克己　友寄　英子
桃原　功子　宮良　孫立　唐真美智子
真壁　カツ　大浜　敏夫　田盛　正雄
平良　洋子

あとがき

この『日本児童詩歳時記』に掲載する作品を膨大な作品のなかから選んでコピーし、また、必要な事項に、それにみあう作品がない場合は、あらためて問いあわせて作品をいただき、およそ二十年かけてようやく満足できる内容とすることができました。

長年にわたって、二千人以上の先生たちからいただいた子どもの詩を無駄にすることなく、いちおうこうして収録することができたことは、駒草出版のご協力がなかったらできないことでした。とくに村山惇氏にはたいへんなご苦労をおかけしました。この紙面をかりて、厚くお礼申し上げます。もちろん、ここに一筆のお礼を書くことですむものではありません。

この本が全国各地で使われ生かされて、子どもたちが健やかに成長していくなかでこそお礼の気持ちは果たされることと思います。

どうか、多くの方々にご活用いただけることを切に願いつつ、この本のあとがきとさせていただきたいと思います。また、不備な点も多々あることと思います。お気付のことがありましたらご指摘いただければ有りがたく感謝いたします。

なお巻末に指導していただいた先生のお名前を記載させていただきましたが、このなかに、地域の児童詩集の発行に尽力され、それをお送り下さった方々のお名前も同じように入れさせていただきました。

二〇〇八年三月　　江口　季好

江口　季好（えぐち　すえよし）

佐賀県生まれ。早稲田大学文学部卒。詩人、国語教育家。

東京都大田区立池上小学校にて17年間心身障害学級を担任。

元日本作文の会常任委員。東京都立大学講師、横浜国立大学講師、大田区教育委員会社会教育課主事などを務める。

『児童詩教育のすすめ』『児童詩教育入門』、詩集『チューリップのうた』（百合出版）『自閉症児の国語（ことば）の教育』『知的障害者の青年期への自立をめざして』（ともに同成社）など著書多数。

『日本の子どもの詩』（岩崎書店）全47巻で、サンケイ児童出版文化大賞受賞の際の編集委員長。

子どもの詩から見えるものシリーズ『家族の形』『友達の証』『感動の力』『いのちの和』『平和の理』（駒草出版）

日本児童詩歳時記

2008年 4 月25日初版発行

編　者　江口季好
発行者　井上弘治
発行所　駒草出版株式会社
〒110-0016　東京都台東区台東 1-7-2 秋州ビル 2 階
TEL　03-3834-9087　FAX　03-3831-8885
印刷・製本　株式会社太平印刷社

ISBN978-4-903186-64-1　C0092